O LEGADO DA VILA DOS TECIDOS

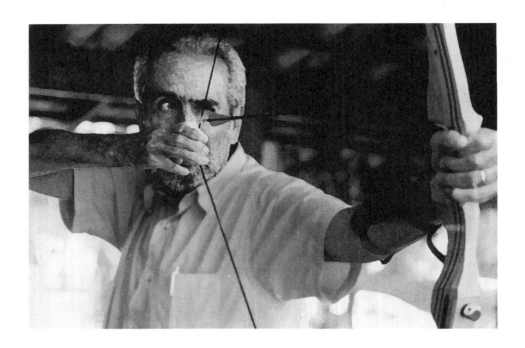

O Arqueiro

GERALDO JORDÃO PEREIRA (1938-2008) começou sua carreira aos 17 anos, quando foi trabalhar com seu pai, o célebre editor José Olympio, publicando obras marcantes como O menino do dedo verde, de Maurice Druon, e Minha vida, de Charles Chaplin.

Em 1976, fundou a Editora Salamandra com o propósito de formar uma nova geração de leitores e acabou criando um dos catálogos infantis mais premiados do Brasil. Em 1992, fugindo de sua linha editorial, lançou Muitas vidas, muitos mestres, de Brian Weiss, livro que deu origem à Editora Sextante.

Fã de histórias de suspense, Geraldo descobriu O Código Da Vinci antes mesmo de ele ser lançado nos Estados Unidos. A aposta em ficção, que não era o foco da Sextante, foi certeira: o título se transformou em um dos maiores fenômenos editoriais de todos os tempos.

Mas não foi só aos livros que se dedicou. Com seu desejo de ajudar o próximo, Geraldo desenvolveu diversos projetos sociais que se tornaram sua grande paixão.

Com a missão de publicar histórias empolgantes, tornar os livros cada vez mais acessíveis e despertar o amor pela leitura, a Editora Arqueiro é uma homenagem a esta figura extraordinária, capaz de enxergar mais além, mirar nas coisas verdadeiramente importantes e não perder o idealismo e a esperança diante dos desafios e contratempos da vida.

ANNE JACOBS

O LEGADO *da* VILA DOS TECIDOS

LIVRO 3

Título original: *Das Erbe der Tuchvilla*

Copyright © 2016 por Blanvalet Verlag
Trecho de *Rückkehr in die Tuchvilla* © 2020 por Blanvalet Verlag
Copyright da tradução © 2024 por Editora Arqueiro Ltda.

Blanvalet Verlag é uma divisão da Penguin Random House Verlagsgruppe GmbH, Munique, Alemanha. Direitos negociados com a agência literária Ute Körner.

Todos os direitos reservados. Nenhuma parte deste livro pode ser utilizada ou reproduzida sob quaisquer meios existentes sem autorização por escrito dos editores.

coordenação editorial: Taís Monteiro
produção editorial: Guilherme Bernardo
tradução: Gabriel Perez
preparo de originais: Dafne Skarbek
revisão: Suelen Lopes e Taís Monteiro
diagramação e adaptação de capa: Ana Paula Daudt Brandão
capa: Johannes Wiebel
imagens de capa: Rekha | Arcangel; Richard Jenkins;
© Yolande de Kort | Trevillion Images
impressão e acabamento: Lis Gráfica e Editora Ltda.

CIP-BRASIL. CATALOGAÇÃO NA PUBLICAÇÃO
SINDICATO NACIONAL DOS EDITORES DE LIVROS, RJ

J18L

Jacobs, Anne, 1941-
   O legado da Vila dos Tecidos / Anne Jacobs ; tradução Gabriel Perez. - 1. ed. - São Paulo : Arqueiro, 2024.
   480 p. ; 23 cm. (A Vila dos Tecidos ; 3)

Tradução de: Das erbe der tuchvilla
Sequência de: As filhas da Vila dos Tecidos
Continua com: O regresso à Vila dos Tecidos
ISBN 978-65-5565-618-3

1. Ficção alemã. I. Perez, Gabriel. II. Título. III. Série.

24-87908   CDD: 833
                                    CDU: 82-3(430)

Gabriela Faray Ferreira Lopes - Bibliotecária - CRB-7/6643

Todos os direitos reservados, no Brasil, por
Editora Arqueiro Ltda.
Rua Artur de Azevedo, 1.767 – Conj. 177 – Pinheiros
05404-014 – São Paulo – SP
Tel.: (11) 2894-4987
E-mail: atendimento@editoraarqueiro.com.br
www.editoraarqueiro.com.br

I

Setembro de 1923

Leo estava apressado. Na escada, abriu caminho por entre os alunos do primeiro ano e passou por um grupo de garotas conversando. Então parou de repente, pois alguém o havia segurado pela mochila.

– Olha a fila! – disse Willi Abele, com escárnio. – Os bem-nascidos e os amiguinhos dos judeus vão lá para trás.

Referia-se a seu pai. E também a Walter, seu melhor e único amigo, que naquele dia estava doente e não podia se defender.

– Me larguem ou vão ver só! – advertiu Leo.

– Vamos ver o quê, orelhudo? Você não teria coragem...

Leo tentou se desvencilhar, mas o garoto o segurava com força. O mar de alunos descia os degraus à esquerda e à direita, seguindo em direção ao pátio da escola e inundando a calçada da Rote Torwall. Leo conseguiu arrastar seu adversário até o pátio, quando uma alça de sua mochila se rasgou. Ele precisou se virar com agilidade para tentar agarrá-la antes de Willi, que claramente pretendia roubar todos os seus livros e cadernos.

– Melzer... Bebê chorão, tira as calças e cai no chão! – espezinhou Willi, enquanto tentava abrir o fecho da mochila de Leo.

Leo ficou vermelho. Ele conhecia bem aqueles xingamentos, sobretudo na boca das crianças dos bairros operários, que faziam questão de lhe dizer aquelas maldades, pois suas roupas eram sempre melhores e porque Julius às vezes o buscava de automóvel na escola. Abele Willi era cerca de um palmo maior que ele e dois anos mais velho. Mas pouco importou. Leo deu um chute bem dado no joelho de Willi e o menino abriu o berreiro, largando a mochila. Leo mal teve tempo de pegá-la, pois seu oponente se lançou sobre ele. Ambos caíram no chão. Leo recebeu uma bordoada de socos, seu casaco rasgou, mas ele seguiu lutando contra o mais forte, que arfava.

– O que está acontecendo aqui? Abele! Melzer! Parem agora!

O ditado de que um dia é da caça e outro é do caçador provou-se verdadeiro, pois Willi, que estava por cima e ganhava a luta, foi o primeiro a levar um sopapo do professor. Leo, por sua vez, foi apenas levantado pelo colarinho – o nariz sangrando o isentou da bofetada. Sem dar um pio, ambos escutaram a reprimenda do professor. Mas o pior foram as risadinhas e cochichos dos colegas, que haviam se reunido em círculo ao redor dos galos de briga. Principalmente as meninas.

– Ele foi com tudo para cima...
– É covardia bater nos mais novos...
– Bem feito para o Leo... metido do jeito que é...
– Esse Abele Willi não vale nada...

O sermão do professor Urban entrou-lhes por um ouvido e saiu pelo outro. Era sempre igual. Leo pegou seu lenço, assoou o nariz e percebeu que a costura do casaco havia rasgado na manga. Enquanto enxugava o rosto, notou os olhares de pena e espanto das garotas e sentiu um enorme constrangimento. Foi quando Willi afirmou que Melzer havia começado, levando uma merecida segunda bofetada do professor Urban.

– E agora apertem as mãos...

Eles conheciam aquele ritual reservado às brigas físicas, algo que jamais surtira o menor efeito. Mesmo assim, cumprimentaram-se com a cabeça e prometeram tolerância mútua dali em diante. A tão maltratada pátria alemã necessitava de jovens sensatos e não de garotos brigões.

– E vão para casa!

Estavam liberados. Leo colocou a mochila arrebentada no ombro. Sua vontade era sair correndo, mas não queria de forma alguma causar a impressão de que estava fugindo, portanto caminhou em um ritmo regular até o portão da escola. Só então apertou o passo. Deteve-se brevemente na Remboldstraße e, tomado de ódio, olhou para trás em direção à construção de tijolinhos. Por que ele precisava ir àquela escola horrível na Rote Torwall? O pai lhe contara que, na infância, frequentara o ginásio Santo Estevão. Estudara em uma turma preparatória. Só com rapazes de boa família, que tinham permissão para usar boinas coloridas. E não havia meninas. Mas a república queria que todas as crianças frequentassem os primeiros anos no mesmo tipo de escola. A república era uma bela porcaria. Todos reclamavam, principalmente a vovó. Ela dizia que tudo era melhor na época do kaiser.

Ele assoou o nariz mais uma vez e logo constatou que, felizmente, já não havia sangue. Mas precisava correr, porque já deviam estar esperando por ele. Passou pela basílica de Santo Ulrico e Santa Afra, subiu a ladeira e atravessou algumas vielas até a Milchberg, para entrar na Maximilianstra…

E então se deteve, como se fincado na terra. Ouviu um piano. Alguém tocava uma peça conhecida. O olhar de Leo perscrutou as paredes cinzentas do edifício. A melodia vinha de uma janela aberta no segundo andar. Não era possível ver nada, pois a cortina branca estava fechada, mas fosse lá quem estivesse tocando, era sublime. Onde ele escutara aquela canção antes? Talvez em algum dos concertos do clube de arte aos quais a mãe sempre o levava? Era linda e, ao mesmo tempo, muito triste. A força dos acordes atravessava seu corpo, ele poderia ficar ali por horas, mas o pianista interrompeu a execução para praticar melhor um trecho. E começou a repeti-lo à exaustão.

– Olha ele ali!

Leo estremeceu. Era, sem dúvida, a voz aguda e penetrante de Henni. Ah, então elas estavam vindo ao seu encontro. Mas que sorte a delas, pois ele podia muito bem ter entrado em outra viela. De mãos dadas, as duas corriam pela calçada: Dodo com as tranças louras ao vento e Henni com o vestido cor-de-rosa que a mãe lhe fizera. Ela carregava uma esponjinha pendurada na mochila, pois era seu primeiro ano na escola e ainda estava usando a lousa para aprender a escrever.

– O que você está fazendo aí pensando na morte da bezerra? – perguntou Dodo, quando as duas pararam ofegantes diante dele.

– Ficamos séculos esperando! – exclamou Henni, em tom acusador.

– Séculos? Vocês já estariam mortas há muito tempo!

Henni ignorou a observação. Ela só escutava o que lhe convinha.

– Na próxima vez, a gente vai pra casa sem você…

Leo deu de ombros e olhou Dodo de relance, mas ela não parecia disposta a defendê-lo. De qualquer forma, os três sabiam que ele só ia buscá-las por vontade da avó. Ela acreditava que meninas de sete anos não deveriam andar pela cidade desacompanhadas. Menos ainda naquela época tão conturbada. Portanto, Leo recebera a missão de, após a aula, correr para a igreja de Sant'Ana e acompanhar a irmã e a prima de volta à Vila dos Tecidos em segurança.

– Olha como você está – disse Dodo, apontando para a manga rasgada e para a mancha de sangue no colarinho dele.

– Eu? Como assim?

– Você brigou de novo, Leo!

– Iiih! Isso é sangue? – perguntou Henni.

Ela tocou a gola da camisa com o indicador. Não estava claro se achava os pontos vermelhos nojentos ou emocionantes. Leo afastou sua mão.

– Me larga. Vamos logo.

Dodo o escrutinava com os olhos franzidos e fazendo bico.

– Foi de novo o tal do Abele Willi?

Ele assentiu, contrariado.

– Se eu estivesse lá, ia puxar esse garoto pelo cabelo e... cuspir na cara dele!

Ela soava muito séria e acenou duas vezes com a cabeça. Leo se sentia ao mesmo tempo comovido e constrangido. Dodo, sua irmã, era corajosa e sempre o defendia. Entretanto, era apenas uma garota.

– Vamos logo! – gritou Henni, já enfadada com aquele assunto de briga. – Eu ainda tenho que passar na Sra. Merkle.

Isso significava um desvio muito grande e, naquele dia, não daria mais tempo.

– Hoje não. Já estamos atrasados...

– Mamãe me deu dinheiro para comprar café.

Henni sempre queria impor a própria vontade. Leo prometera a si mesmo que não cairia mais em sua lábia. Mas não era fácil, pois a prima sempre encontrava um motivo aparentemente razoável. Como, por exemplo, comprar café.

– Mamãe disse que não consegue viver sem café! – insistiu Henni.

– Quer que cheguemos atrasados para o almoço?

– Quer que minha mãe morra? – retrucou ela, indignada.

Mais uma vez a prima vencera. Os três entraram na Karolinenstraße, onde a Sra. Merkle tinha uma lojinha que vendia "café, geleias e chá". Nem todo mundo podia se permitir tais luxos. Leo sabia muito bem que vários de seus colegas comiam apenas um prato de sopa de cevada no almoço e nem sequer levavam merenda para a escola. Ele costumava sentir pena deles e chegara a repartir seu pão com patê. Em geral com Walter Ginsberg, seu melhor amigo. A mãe dele tinha uma loja de partituras e instrumentos musicais na Karlstraße. Mas os negócios iam mal. Para piorar, o pai de Walter morrera na Rússia e eles tinham sido assolados pela inflação. Tudo ficava cada vez mais caro e – como dizia mamãe – o dinheiro já não valia nada. No dia anterior, a cozinheira, a Sra. Brunnenmayer, reclamara de ter pagado 30 mil marcos por meio quilo de pão. Leo já sabia contar até mil. Era trinta vezes mil. Que bom que desde a guerra quase não se usava moedas, apenas notas; do contrário, a Sra. Brunnenmayer teria precisado alugar uma carroça.

– Olhem só, a loja de porcelanas dos Müllers fechou – disse Dodo, apontando para as vitrines cobertas por jornal. – Vovó vai ficar triste. Ela sempre compra xícaras aqui quando alguma quebra.

Aquilo havia se tornado comum. Muitas lojas em Augsburgo estavam fechando e as que se mantinham abertas só exibiam itens encalhados nas vitrines. Recentemente, o pai dissera no almoço que aqueles vigaristas estavam escondendo os melhores produtos até a volta de tempos mais favoráveis.

– Veja só, Dodo. Ursinhos dançarinos...

Leo olhou com desdém as meninas com o nariz enfiado na vitrine da padaria. Aqueles ursinhos de goma, vermelhos e verdes, pegajosos e com sabor de fruta, estavam bem longe de ser sua guloseima favorita.

– Vá comprar logo esse café, Henni – resmungou Leo. – A loja da Sra. Merkle é logo ali...

Ele se interrompeu quando lembrou que ao lado da lojinha da Sra. Merkle ficava a loja de louças e metais sanitários de Hugo Abele. Propriedade dos pais de Wilhelm Abele. Willi, aquele canalha. Será que o garoto já estava em casa? Leo avançou alguns passos e, ainda à distância, tentou olhar para o interior da loja do outro lado da rua. Não havia muita coisa exposta na vitrine. Apenas algumas mangueiras e torneiras atrás do vidro. Mais ao fundo, distinguiu um vaso sanitário de porcelana branca. Protegendo os olhos do sol baixo de setembro, constatou que a refinada peça ostentava um logotipo azul e estava coberta de poeira.

– Vai comprar uma privada? – perguntou Dodo, que o seguira até ali.

– Claro que não.

Dodo também aguçou a vista e fez uma careta.

– Aquela é a loja dos pais do Willi Abele, não é?

– Aham...

– Willi está lá?

– Talvez. Ele sempre tem que ajudar os pais.

Os irmãos se entreolharam. Havia um brilho nos olhos azul-acinzentados de Dodo.

– Vou lá dentro.

– Para quê? – perguntou o irmão, preocupado.
– Para perguntar quanto custa a privada.
Leo balançou a cabeça.
– Não precisamos de privada nenhuma.
Mas Dodo já estava atravessando a rua e logo tocou a campainha da loja dos Abeles. Depois ela entrou e sumiu de vista.
– O que ela foi fazer lá? – indagou Henni, enquanto exibia para Leo o saco de papel cheio de moedinhas de alcaçuz e ursinhos de goma.
Pelo jeito, não sobraria dinheiro para comprar o café. Ele pegou uma moedinha de alcaçuz, sem desviar os olhos da loja.
– Foi perguntar o preço da privada – respondeu Leo.
Henni o fitou revoltada, pegou um ursinho do saco de papel e o levou à boca.
– Você acha que sou boba?
– Pergunte você, então...
Ao longe, viram a porta se abrir. Após uma educada reverência, Dodo saiu da loja. Ela esperou um veículo a cavalos cruzar a rua, e então correu em direção a eles.
– O pai do Willi está lá. Um altão com bigode grisalho. Ele é esquisito, parece que vai comer a gente viva.
– E o Willi?
Dodo sorriu. Willi estava sentado logo atrás, separando parafusos em caixinhas. Ela se virara discretamente para o garoto e lhe mostrara a língua.
– Deve ter ficado furioso. Mas não disse nada, porque o pai estava lá.
E o vaso sanitário custava duzentos milhões de marcos. Oferta especial.
– Duzentos marcos? – perguntou Henni. – É muito caro para uma privada tão feia.
– Duzentos milhões – corrigiu Dodo.
Nenhum dos três sabia contar até um número tão alto.
Henni franziu as sobrancelhas e, de longe, contemplou a vitrine que já refletia o forte sol de meio-dia.
– Vou perguntar...
– Não! Fique aqui... Henni! – exclamou Leo, tentando agarrá-la pelo braço, mas ela se esquivou por entre duas senhoras.
Com semblante de reprovação, Leo observou Henni, de cachinhos loiros e vestido cor-de-rosa, desaparecer dentro da loja.

– Vocês duas ficaram doidas? – queixou-se ele para Dodo.

Dando-se as mãos, eles atravessaram a rua e olharam através da vitrine. De fato, o pai de Willi tinha bigode grisalho e parecia mesmo estranho. Talvez fosse alguma inflamação nos olhos? Willi estava sentado bem atrás, junto a uma mesa repleta de caixinhas de papelão de tamanhos diversos. Só era possível ver sua cabeça e os ombros.

– Mamãe me mandou aqui – disse Henni, quase piando, enquanto dedicava seu mais lindo sorriso ao Sr. Abele.

– E como se chama sua mãe?

Henni sorriu mais ainda. E simplesmente ignorou a pergunta.

– Mamãe queria saber o preço da privada...

– Aquela na vitrine? Trezentos e cinquenta milhões. Quer que anote?

– Seria muita gentileza...

Enquanto o Sr. Abele procurava um papel, Henni virou-se rapidamente para Willi. Os gêmeos não conseguiram ver o que ela fez, mas os olhos de Willi se arregalaram como os de um sapo. De posse do pedaço de papel, a menina saiu orgulhosa da loja e achou absurdo o fato de Dodo e Leo a estarem observando pela vitrine.

– Mostra! – exigiu Dodo, pegando o papel da mão de Henni.

Era possível ler o número 350, seguido pela palavra "milhões".

– Que safado! Ainda há pouco eram duzentos milhões! – disse Leo, indignado.

Henni nem sequer sabia contar até duzentos, mas logo entendeu que aquele homem era um salafrário. Um pilantra de marca maior!

– Vou lá de novo! – exclamou Dodo, decidida.

– Deixa isso pra lá – advertiu Leo.

– Agora eu faço questão! – insistiu ela.

Leo e Henni detiveram-se na frente da loja e espreitaram outra vez pela vitrine. Foi preciso aproximar-se bastante e fazer sombra com as mãos, pois o sol refletia com intensidade no vidro. Ouviram a voz enérgica de Dodo e o tom grave do Sr. Abele.

– O que você quer aqui de novo? – resmungou o homem.

– O senhor disse que a privada custava duzentos milhões.

Ele a encarava e Leo percebeu as engrenagens no cérebro do Sr. Abele girando lentamente.

– Eu disse o quê?

– O senhor disse que custava duzentos milhões. Foi isso, não foi?

O homem olhou primeiro para Dodo, depois para a porta e, finalmente, para a vitrine, onde o vaso sanitário se encontrava. Lá, flagrou as duas crianças coladas ao vidro.

– Seus pestinhas! – vociferou ele, irritado. – Sumam daqui. Vão fazer outro de palhaço. Fora! Antes que eu mesmo ponha você na rua!

– Mas eu estou falando a verdade! – exclamou Dodo, intrépida.

Mas logo teve que dar meia-volta, apressada, pois o Sr. Abele aproximou-se de maneira ameaçadora, chegando a esticar o braço para pegá-la pelas tranças. Ele já estava perto da porta quando Leo entrou e se interpôs entre o homem e a irmã.

– Moleques malditos! – esbravejou o Sr. Abele. – Acham que eu sou idiota, é? Você vai ter o que merece, rapazinho.

Leo se agachou, mas o Sr. Abele o segurou pela gola do casaco e a bofetada acertou sua nuca.

– Não bata no meu irmão! – berrou Dodo. – Senão, vou cuspir na sua cara.

E, de fato, cuspiu. Atingiu a roupa do Sr. Abele, mas, infelizmente, também a nuca de Leo. Naquele meio-tempo, a mãe de Willi aparecera na loja. Era uma mulher esmirrada, de cabelo preto. Willi vinha logo atrás.

– Elas me mostraram a língua, papai! E esse é o Leo, dos Melzers. Foi por causa dele que o professor me bateu hoje!

Ao ouvir o nome "Melzer", o Sr. Abele se deteve. Mas continuou segurando o colarinho de Leo, que se debatia.

– Dos Melzers? Os da Vila dos Tecidos? – perguntou o Sr. Abele, virando-se para Willi.

– Ai, meu Deus! – exclamou a mulher, cobrindo a boca com a mão. – Não arrume problemas, Hugo. Coloque esse garoto no chão. Por favor!

– Você é um Melzer da Vila dos Tecidos? – berrou o proprietário da loja.

Leo assentiu e o Sr. Abele logo o soltou.

– Não aconteceu nada aqui – sussurrou ele. – Eu me confundi. A privada custa trezentos milhões. Pode dizer isso para o seu pai.

Leo esfregou a mão na nuca e ajeitou o casaco. Dodo observava o homenzarrão com desprezo.

– Garanto que na loja do senhor... – começou ela, com pompa. – Na loja do senhor é que não compraremos privada alguma, pode ficar sossegado. Nem que fosse de ouro. Vamos, Leo!

Leo continuava atordoado. Sem resistir, deixou-se levar por Dodo. Logo estavam na rua, em direção ao Portão de Jakob.

– Se aquele sujeito contar para o papai... – gaguejou o garoto.

– Ah, que besteira! – respondeu Dodo, tranquilizando-o. – É ele quem está morrendo de medo.

– E onde Henni se meteu? – perguntou Leo, detendo-se.

Encontraram a prima na loja da Sra. Merkle. Com o dinheiro que sobrara ela ainda conseguira comprar cerca de 100 gramas de café.

– Porque somos ótimos clientes! – disse ela, orgulhosa.

2

Marie interrompeu o desenho, sobressaltada, quando a porta se abriu.
– Paul! Ai, céus. Já é meio-dia? Perdi totalmente a noção do tempo!
Ele se postou atrás da esposa, beijou-lhe o cabelo e lançou um olhar curioso ao bloco de croquis. Marie estava desenhando vestidos de noite. Quanto romantismo. Sonhos em seda e tule. Justo naqueles tempos...
– Não gosto que bisbilhotem por trás de mim – queixou-se ela, cobrindo a folha com as mãos.
– Por que não, querida? Seus desenhos são maravilhosos. Talvez um pouco... irreverentes.
Marie inclinou a cabeça para trás e ele, com ternura, depositou um beijo na testa da esposa. Três anos haviam se passado, mas continuavam aproveitando a dádiva que era estarem juntos novamente. Às vezes, ela acordava no meio da noite, assombrada pela horrível sensação de que Paul ainda estava na guerra. Então, se aconchegava no corpo em repouso do marido, sentia sua respiração, seu calor, e voltava a dormir tranquila. Marie sabia que ele sentia o mesmo, pois, com frequência, Paul agarrava sua mão antes de pegarem no sono, como se quisesse levá-la consigo para o mundo dos sonhos.
– São vestidos de festa. Precisam ser irreverentes. Quer ver os conjuntos e saias que eu criei? Veja só...
Ela retirou uma pasta da pilha de documentos. Desde que Elisabeth se mudara para a Pomerânia, seu antigo quarto fora convertido no local de trabalho de Marie. Ali ela desenhava seus croquis e costurava uma peça ou outra. Na maioria das vezes, entretanto, a máquina entrava em ação apenas para pequenos reparos.
Paul admirou os desenhos e afirmou que eram bastante originais e ousados. Só lhe chamou atenção o fato de tudo ser tão longo e justo. Ela só criava roupas para mulheres com silhueta de vassoura?

Marie soltou uma risadinha. Embora já estivesse acostumada com as piadas de Paul, sabia que o marido tinha muito orgulho de seu trabalho.

– Meu querido, a mulher moderna é magérrima. Seu cabelo é curto, o busto reto e os quadris estreitos. Ela se maquia com extravagância e fuma de piteira.

– Que horror! – exclamou ele. – Espero que você nunca siga essa moda, Marie. Já basta Kitty andando por aí com esse cabelo de homem.

– Ah, eu ficaria ótima de cabelo curto.

– Por favor, não...

As palavras de Paul soaram tão suplicantes que ela quase riu. Marie tinha os cabelos longos, mas os prendia durante o dia. À noite, quando iam juntos para a cama, ela se sentava diante do espelho para soltar o penteado, enquanto Paul a contemplava. De fato, seu amado era bastante conservador em muitos aspectos.

– As crianças ainda não chegaram? – perguntou Marie.

Ela olhou para o relógio de pêndulo na parede. Um dos poucos objetos que Elisabeth deixara ao partir – os demais móveis, com exceção do sofá e de dois tapetes pequenos, ela levara consigo.

– Nem as crianças, nem Kitty – respondeu Paul, com tom acusador. – Mamãe está lá embaixo sozinha, esperando para almoçar.

– Ai, coitada!

Marie fechou a pasta e levantou-se, apressada. Alicia, mãe de Paul, andava com a saúde frágil e reclamava com frequência que ninguém tinha tempo para ela. Nem mesmo as crianças, que preferiam correr pelo parque com os pestinhas de Auguste. Ninguém cuidava da educação dos pequenos. As meninas, principalmente, vinham apresentando péssimo comportamento. Na sua época, teriam contratado uma tutora para manter as garotas em casa, ensinar-lhes coisas úteis e supervisioná-las para que desenvolvessem um bom caráter.

– Espere um momento, Marie!

Paul colocou-se entre ela e a porta com um sorriso travesso, como se tramasse alguma brincadeira. Marie riu. Ai, como ela amava o humor do marido!

– Queria te contar uma coisa, meu amor – disse ele. – Algo só entre nós dois, sem nenhuma testemunha.

– Ah, é? Só entre nós dois? É um segredo?

– Nada disso, Marie. É uma surpresa. Uma coisa que você já quer há tempos...

Ai, Senhor, pensou ela. *O que será que quero há tempos? Na verdade, me sinto tão satisfeita. Tenho tudo de que preciso. Principalmente ele. Paul. E as crianças. Bem, estamos querendo aumentar a prole. Mas, com certeza, o tempo nos proverá...*

Ele a encarava ansioso e sentiu certa decepção quando a viu dar de ombros.

– Não te ocorre nada? Pense bem. Uma dica: agulha.

– Agulha. Costurar. Linha. Dedal...

– Está frio! – falou ele. – Bem frio. Outra dica: vitrine.

O jogo parecia diverti-la, mas ao mesmo tempo a inquietava, pois Alicia os esperava no andar de baixo. Além disso, já ouvia as vozes dos filhos.

– Vitrine. Preços. Pãezinhos. Linguiça...

– Minha nossa! – exclamou ele, sorrindo. – Agora está longe mesmo. Vou dar a última colher de chá: ateliê.

Ateliê! Só então Marie entendeu. Ah, Deus. Era difícil acreditar.

– Um ateliê? – murmurou ela. – Um ateliê... de roupas?

Paul acenou com a cabeça e aproximou-se.

– Isso mesmo, minha querida. Um pequeno ateliê de verdade só para você. "Ateliê da Marie, Moda Feminina", é o que vai estar no letreiro. Eu sei o quanto você sonhava com isso.

Ele tinha razão, aquele era seu maior sonho. Mas com todas as mudanças que ocorreram após Paul retornar da guerra, ela quase se esquecera disso. Marie se sentia feliz e aliviada por não ser mais a responsável pela fábrica e poder se dedicar por completo à família e a Paul. Bem, no começo ela continuou participando das reuniões, inclusive para atualizar o marido. Mas, logo depois, Paul explicou-lhe – com ternura, mas também com firmeza – que o destino da fábrica de tecidos dos Melzers estava de novo nas mãos dele e nas do sócio, Ernst von Klippstein. Era o correto a se fazer, pois o tempo urgia e decisões importantes precisavam ser tomadas. Paul agira com astúcia e intuição – seu pai ficaria orgulhoso dele. As máquinas haviam sido reformadas, as *selfactor* foram substituídas por máquinas de fiação por anéis, montadas conforme os desenhos do pai de Marie. Com o restante do capital que Von Klippstein investira na fábrica, Paul adquirira alguns terrenos, bem como dois imóveis na Karolinenstraße.

– Mas como é possível? – quis saber ela.

– A loja de porcelanas dos Müllers fechou – explicou Paul, suspirando por pena do casal idoso.

Por outro lado, Marie sabia que não era nenhuma surpresa. Há anos o negócio já vinha mal das pernas e a inflação galopante lhe jogara a pá de cal.

– O que será dos dois, Paul? – perguntou ela.

Ele ergueu os braços e, resignado, tornou a baixá-los. Paul permitiria que o casal morasse no apartamento na parte superior do imóvel. Mas em breve passariam por privações, pois o dinheiro da venda seria devorado pela inflação.

– Podemos tentar ajudá-los, Marie. Mas a loja e os cômodos no primeiro andar serão seus. Lá, você vai poder realizar todos os seus sonhos.

A emoção era tanta que ela mal conseguia falar. Isso era uma verdadeira prova de amor. Ao mesmo tempo, no entanto, sentia certo remorso, pois estava construindo seu futuro profissional em cima da desgraça do casal de idosos. Mas logo se lembrou de que os dois receberiam cuidados, e que aquilo, no fim das contas, talvez fosse uma sorte com a qual muitos idosos em situação semelhante não poderiam contar.

– Está feliz ou não? – indagou Paul, segurando-a pelos ombros.

Ele sentiu uma leve decepção ao analisar o semblante da esposa, mas a conhecia bem. Marie não era do tipo que expressava as emoções com tanta rapidez.

– Claro – disse ela, com um sorriso. Em seguida recostou-se no marido. – Só preciso de um tempo… Eu não consigo acreditar. É verdade mesmo?

– Tão verdade quanto o fato de eu estar aqui.

Estava prestes a beijá-la, mas a porta se abriu com um só golpe e os dois se afastaram como se tivessem sido flagrados cometendo um pecado.

– Mamãe! – berrou Dodo, em tom acusador. – O que vocês estão fazendo aqui? Vovó está muito chateada e Julius disse que não pode manter a sopa quente por muito tempo!

Leo limitou-se a lançar um breve olhar para os pais e desapareceu no banheiro. Já Henni puxava uma trança de Dodo.

– Que burra que você é – cochichou ela. – Eles iam se beijar.

– O que você tem a ver com isso? – retrucou Dodo, interrompendo-a. – Eles são *meus* pais!

Marie segurou a filha e a sobrinha pelos ombros e as empurrou pelo corredor na direção do banheiro. Julius tocou mais uma vez a sineta, chamando-os insistentemente para o almoço.

Kitty veio de seu quarto e reclamou em alta voz que aquele "blém-blém-blém" ridículo a cada cinco minutos não a deixava em paz para criar.

– Filhinha, mostre as mãos! Estão meladas – constatou ela. – O que é isso? Ursinhos dançarinos? Vá já para o banheiro e lave esses dedos... Cadê Else? Por que não está cuidando das crianças? Ai, meu querido Paul. Você está radiante, parece um bonequinho de açúcar. Me dá um abraço, irmãozinho.

Marie deixou Paul e Kitty irem na frente e correu com Henni e Dodo para o banheiro, onde Leo contemplava o espelho com ar crítico, limpando o rosto com uma toalha. Seu olhar sagaz de mãe logo percebeu a gola da camisa dobrada para dentro.

– Vem cá, Leo! Deixa eu ver sua camisa. Arrá! Vai correndo vestir outra. Rápido. Henni, você não precisa molhar o banheiro inteiro. Dodo, essa toalha é minha, a sua está ali.

Instantes atrás ela estava pensando na refinada cauda de um vestido preto de seda, e agora se via de volta ao papel de mãe. Leo brigara de novo! Preferiu não dizer nada na frente de Dodo e Henni, e tampouco era um assunto adequado para a hora do almoço. Mas depois conversaria com ele a sós. Ela sabia, pela época em que morava no orfanato, que as crianças podiam ser bastante cruéis. Marie teve que enfrentar tudo aquilo sozinha. Mas os filhos jamais passariam por isso.

Quando entrou na sala de jantar, Paul e Kitty já estavam em seus lugares. Paul conseguira aplacar a irritação da mãe. Não precisava de muito, apenas uma brincadeira, um comentário simpático – Alicia se derretia quando o filho lhe dava atenção. Kitty tinha o mesmo poder sobre o pai; ela era sua filha favorita, sua menina dos olhos, sua princesinha, mas fazia quatro anos que Johann Melzer já não estava entre eles. Marie volta e meia tinha a sensação de que tanto amor e benevolência paterna não haviam preparado Kitty para a vida. Por mais que a amasse muito, sabia que Kitty nunca deixaria de ser uma princesa mimada e cheia de caprichos.

– Façamos nossa prece – disse Alicia, solenemente.

Todos prontamente colocaram as mãos sobre o colo. Apenas Kitty revirou os olhos para os adornos em gesso no teto, uma atitude que Marie desaprovou, tendo em vista a presença das crianças.

– Senhor, agradecemos o alimento diante de nós. Abençoe esta mesa e também os pobres. Amém.

– Amém! – repetiu o coro familiar, no qual se destacou a voz de Paul.

– Bom apetite, meus queridos... – falou Marie.

– Para você também, mamãe.

Em outros tempos, quando Johann Melzer ainda era vivo, não existia esse ritual na hora das refeições. Era Alicia quem fazia questão da oração à mesa, alegando ser por causa das crianças, que precisavam estabelecer uma rotina. Marie, assim como Kitty e Paul, o faziam por Alicia, que sempre rezara na infância e, uma vez viúva, encontrara consolo naquele costume. Desde a morte do marido, ela se vestia apenas de preto; o gosto pelos belos vestidos, joias e cores vibrantes havia desaparecido. Felizmente, ela parecia gozar de boa saúde – salvo as corriqueiras enxaquecas –, mas Marie se dispusera a ficar atenta à sogra.

Julius surgiu com a sopa e a serviu. Já fazia três anos que ele fora contratado como criado na mansão, mas nunca conseguira despertar a afeição dos patrões e dos funcionários como Humbert. Seu último trabalho havia sido na casa de uma família aristocrática em Munique e, por conta disso, costumava olhar para os colegas de serviço com certa arrogância, o que causava antipatia.

– Cevada de novo? E com nabo, ainda por cima... – resmungou Henni.

Os olhares de censura da avó e do tio Paul foram recebidos com um sorriso inocente, mas quando Kitty franziu a testa a menina mergulhou a colher na sopa e se pôs a comer.

– Era só um comentário – murmurou ela. – Porque os nabos são sempre tão... tão... macios.

Marie percebeu que ela queria dizer "molengas", mas ficou em silêncio por precaução. Por mais generosa e inconsequente que Kitty fosse como mãe, às vezes ela ficava séria, e Henni sabia que era melhor lhe obedecer. Leo sorvia a sopa de cevada às colheradas, aparentemente absorto em pensamentos. Dodo olhava para ele repetidas vezes, como se quisesse lhe dizer algo, mas permaneceu calada e começou a mastigar lentamente um pequeno pedaço de toucinho defumado que boiava em sua sopa.

– Por que Klippi não vem mais comer com a gente, Paul? – inquiriu Kitty, enquanto Julius retirava os pratos. – Enjoou do tempero daqui?

Fazia alguns anos que Ernst von Klippstein tornara-se sócio de Paul. Os dois, que já se conheciam há tempos, tinham uma boa relação. Paul cuidava da parte comercial, ao passo que o sócio se encarregava da administração e do pessoal. Marie jamais contara a Paul que, em tempos passados, quando Von Klippstein jazia gravemente ferido no hospital de campanha, ele se declarara para ela de maneira bastante inequívoca. Após alguns anos, o assunto perdera a importância e em nada atrapalhava a boa convivência dos dois sócios.

– Ernst e eu decidimos que ele fica na fábrica durante meu intervalo de almoço. Na parte da tarde, ele sai para comer. Assim é melhor para o ritmo de trabalho.

Marie se calou. Kitty balançou a cabeça e comentou que o pobre Klippi estava cada dia mais magro; o irmão deveria cuidar para que o sócio não saísse voando com o vento um dia desses. Alicia percebia como afronta o fato de o Sr. Von Klippstein não vir pelo menos lanchar na mansão na parte da tarde.

– Ele já é adulto e tem a própria vida, mamãe – disse Paul, sorrindo. – Não conversamos muito a respeito, mas acho que Ernst está pensando em formar uma família de novo.

– Ai, não! – exclamou Kitty, exaltada.

Parecia muito difícil para Kitty domar a própria língua enquanto Julius servia o prato principal. *Schupfnudel* com chucrute – a comida favorita das crianças. Paul também olhou para o prato com grande satisfação e comentou que a Sra. Brunnenmayer era mestre no preparo do chucrute.

– Se o senhor me permite uma observação, Sr. Melzer – disse Julius, inspirando com força pelo nariz, como era seu costume. – Eu ralei o repolho todo sozinho. A Sra. Brunnenmayer só o colocou nos vidros depois...

– Valorizamos muito seu trabalho, Julius – comentou Marie, sorrindo.

– Muito obrigado, Sra. Melzer!

Julius tinha especial simpatia por Marie, talvez por ela sempre se esforçar para mediar – com sucesso – os conflitos inflamados entre os funcionários. Para Alicia foi um prazer delegar aquela atribuição à nora, pois achava aquilo maçante. No passado, era sua querida Eleonore Schmalzler, a antiga governanta, quem se encarregava da convivência harmônica entre os empregados. Mas ela havia merecidamente se aposentado e voltara para o lugar onde crescera, na Pomerânia. Entre Alicia e sua empregada de tantos anos ocorria uma intensa troca de correspondências, cujo conteúdo ela raramente relatava à família.

– Daqui a pouco vou explodir – disse Dodo, forçando o último *Schupfnudel* na boca.

– Eu já explodi – retrucou Henni, exagerando. – Mas não tem problema. Mamãe, posso comer mais?

Kitty se opôs, pedindo que Henni fizesse o favor de, primeiro, comer a porção de chucrute que continuava em seu prato.

– Mas eu não gosto. Só gosto do *Schupfnudel*.

Kitty balançou a cabeça, perguntando-se em voz alta onde a menina aprendera a ser birrenta. Ela sempre fora tão rígida com a filha.

– Verdade – declarou Marie, em tom suave. – Pelo menos de vez em quando.

– Minha nossa, Marie! Eu não sou nenhuma mãe desnaturada. Até dou uma ou outra liberdade. Principalmente de noite, quando ela não consegue dormir, eu a deixo zanzar por aí até ficar cansada. Com doces também sou generosa. Mas nas refeições sou muito rígida.

– É verdade – replicou Alicia. – Aliás, é o único quesito no qual você se comporta como uma mãe sensata, Kitty.

– Mamãe! – interveio Paul, em um tom conciliador. Segurou a mão de Kitty, que estava prestes a protestar. – Não vamos brigar por causa desse assunto. Principalmente hoje. Por favor!

– Principalmente hoje? – indagou Kitty, admirada. – Por que não, irmãozinho? Hoje é um dia especial? Estou por fora de algo? Você e Marie estão comemorando bodas de quê? Ah não, é em maio – tagarelou ela.

– É o começo de uma nova era nos negócios, meus caros... – disse Paul, cerimonioso, sorrindo para Marie.

Ela não gostou muito de ouvir Paul revelando seus planos tão particulares diante de toda a família, mas entendeu que ele fazia isso por ela, então retribuiu o sorriso.

– Estamos prestes a abrir um ateliê de moda, meus caros – declarou Paul, contemplando satisfeito os rostos surpresos.

– Não acredito! – gritou Kitty. – Marie vai ganhar um ateliê! Mal consigo me conter de tanta emoção. Ai, Marie! Minha querida Marie! Você merece. Já vejo suas mais belas criações em tecido e todos em Augsburgo vestindo suas peças...

Ela deu um salto da cadeira para abraçar a cunhada. Ah, assim era Kitty! Tão espontânea, exagerada em sua alegria, sem papas na língua, sempre expondo tudo o que sentia e pensava. Marie recebeu o abraço, sorriu com tamanho entusiasmo e chegou a se comover quando viu lágrimas de emoção escorrerem no rosto de Kitty.

– Vou decorar as paredes do seu ateliê, Marie. Vai ficar como Roma Antiga. Ou você prefere rapazotes gregos? Como nos jogos olímpicos, sabe? Quando eles se enfrentavam sem roupa...

– Não acho que seja muito apropriado, Kitty – comentou Paul, franzindo a testa. – No mais, acho sua ideia ótima, irmãzinha. Podíamos colocar pinturas em pelo menos algumas paredes, não é mesmo, Marie?

Ela assentiu. Senhor, até agora mal tinha visto o espaço, apenas a loja no térreo que os Müllers entulharam com estantes. Os cômodos do primeiro andar Marie nem sequer conhecia. Estava tudo indo rápido demais, e ela já sentia medo da grande empreitada que Paul, inocentemente, lhe delegara. E se seus croquis não agradassem? E se ela ficasse no ateliê dia e noite sozinha, sem nenhum cliente para dar o ar da graça?

Até que as crianças resolveram participar da conversa.

– O que é um ateliê, mamãe? – perguntou Leo.

– Você vai ganhar muito dinheiro, mamãe? – indagou Dodo.

– Quer meu chucrute, tio Paul? – ofereceu Henni, aproveitando-se da situação.

– Mas você, hein?! Passa para cá.

Enquanto Paul explicava que já providenciara uma equipe para esvaziar o espaço e que queria passar com Marie na loja dos Finkbeiners para decidir as cores e os papéis de parede, Henni comia satisfeita o restante do *Schupfnudel* da travessa. Cinco pedaços inteiros. Mas ela precisou se esforçar para dar fim à sobremesa, que consistia em uma pequena porção de creme de baunilha com geleia de cereja.

– Não estou bem – resmungou a menina, choramingando, quando a vovó indicou que os demais podiam deixar a mesa.

– Claro, né? – disse Leo, entre os dentes. – Você enche a pança até passar mal, enquanto outras crianças não têm nem o que comer.

– E daí? – retrucou Henni, dando de ombros.

– A gente rezou pelos pobres, esqueceu? – lembrou Dodo, apoiando o irmão.

Henni a fitou com olhos arregalados. Parecia ingênua e impotente, mas na verdade estava apenas avaliando a situação para responder à altura.

Desde cedo, ela aprendera que os gêmeos sempre se ajudavam, inclusive contra ela.

– Eu pensei o tempo todo nas crianças pobres e foi por elas que comi um pouco mais de *Schupfnudel*.

Paul achou a resposta engraçada, Kitty também sorriu, apenas Alicia franziu o rosto.

– Eu acho que Leo não está errado – disse Marie em tom suave, mas convincente. – Bem que podíamos economizar nas refeições. Tampouco precisamos servir sobremesa todo dia.

– Ai, Marie! – exclamou Kitty, radiante, agarrando o braço da cunhada. – Você é tão bondosa. Não duvido que passasse fome para dar sua sobremesa aos pobres. Só acho que ninguém ficaria saciado com isso. Agora vem, minha querida. Quero te mostrar o que estou pensando para as paredes. Paul, quando podemos visitar o lugar? Hoje? Não? Então quando?

– Nos próximos dias, Kitty... Quanta impaciência, irmãzinha!

Marie acompanhou Kitty até o corredor, onde Else já aguardava. Sua tarefa era se encarregar das crianças após a refeição, quando deveriam fazer a lição de casa. Depois elas teriam algumas horas para brincar; visitas de amigos da escola precisavam ser marcadas com antecedência e aprovadas pelas mães.

– Queria ir à casa do Walter, mamãe – pediu Leo. – Ele está doente e não foi à escola.

Marie se deteve e olhou para a sala de jantar, cuja porta seguia aberta. Logo mais, Paul iria à fábrica, mas naquele momento estava envolvido em uma conversa com Alicia. Ela teria que decidir sozinha.

– Tudo bem, mas uma visita rápida, Leo. Depois do dever de casa, Hanna vai te acompanhar.

– Não posso ir sozinho?

Marie negou com a cabeça. Ela sabia que Paul e Alicia não aprovariam sua decisão, uma vez que viam com maus olhos a amizade de Leo com Walter Ginsberg. Não pelo fato de os Ginsbergs serem judeus; ao menos Paul não demonstrara preconceito nesse sentido. Mas porque os meninos compartilhavam de uma paixão desmedida pela música, e Paul temia – uma ideia ridícula, segundo Marie – que seu filho cismasse em se tornar músico.

– Vem logo, Marie. Só uns minutinhos... Daqui a pouco, vou me encontrar com Ertmute para falar da minha exposição no clube de artes. Julius! Está tudo em ordem com o carro? Vou precisar dele já, já.

– Tudo perfeito, senhora. Quer que eu a leve?

– Agradeço, Julius. Mas eu mesma vou dirigir.

Marie subiu atrás de Kitty até o quarto, que ela convertera em ateliê de pintura. Além disso, apropriara-se do antigo quarto do pai, algo que Alicia só permitira após muita hesitação. Mas era evidente que a pobre Kitty não poderia dormir entre todos aqueles quadros inacabados e tampouco respirar o ar tóxico das tintas durante a noite.

– Veja só, eu também poderia pintar uma paisagem inglesa – prosseguiu ela. – Ou aqui: Moscou na neve. Não? Então Paris, agora sim. A Notre-Dame e as pontes do Sena, a torre Eiffel… Ai, não. Aquela coisa é feia de doer.

Marie escutou as invencionices que Kitty sacava de sua imaginação fervilhante e então comentou que as ideias eram ótimas, mas que era preciso ter em mente que ela queria expor as roupas. Portanto, a decoração não poderia se destacar muito.

– Tem toda razão… E se eu pintasse um céu estrelado? E, nas paredes, uma paisagem na névoa, com um ar misterioso em tons pastel?

– Vamos primeiro ver o espaço, Kitty.

– Tudo bem… Eu já estava indo mesmo. Você encurtou minha saia? Sim? Ai, Marie… Você é uma joia rara. Minha menina de ouro.

Após diversos beijinhos e abraços, Marie se viu no corredor, liberta de toda a amorosidade da cunhada. Ela apurou o ouvido – Paul ainda estava no andar de baixo, ela o escutava falar na sala de jantar. Que bom, então o acompanharia pelo átrio até a porta da casa e lhe diria o quanto estava feliz. Ele ficara um tanto decepcionado com a reação pouco radiante da esposa e Marie não queria deixá-lo voltar ao trabalho com aquela impressão errada.

Ela acenou com a cabeça para Julius, que corria até a escada de serviço para retirar o carro da garagem e, quando estava prestes a abrir a porta da sala de jantar, se deteve.

– Não, mamãe. Não entendo sua preocupação. – Era a voz de Paul. – Marie tem minha plena confiança.

– Paul, meu querido. Você sabe o apreço que tenho por Marie. Mas, infelizmente, isso não é culpa dela. Não foi criada como uma dama da nossa classe.

– Acho seu comentário muito impertinente, mamãe!

– Por favor, Paul. Só estou falando isso porque me preocupo com sua felicidade. Marie fez muito por nós enquanto você estava na guerra, preciso reconhecer. Mas é justamente por isso que temo que esse ateliê de moda a leve para o mau caminho. Ela é ambiciosa, tem talento e... Bem, não esqueça quem era a mãe dela.

– Agora chega! Mamãe, me desculpe. Já escutei sua objeção, não compartilho dela e não quero voltar a discutir sobre isso. Além do mais, estão precisando de mim na fábrica.

Marie escutou os passos dele e fez algo que muito a envergonhou. Mas, naquele momento, foi a melhor solução. Abriu silenciosamente a porta do escritório e entrou. Nem Paul nem Alicia deveriam saber que ela escutara a conversa.

3

– ... nesta data querida, muitas felicidades, muitos anos de vida!

O coro festivo soava bastante desarmônico, com destaque para a voz grave de Gustav e a esganiçada de Else, mas mesmo assim Fanny Brunnenmayer se sentiu tocada. Afinal de contas, seus amigos cantavam de coração.

– Obrigada... obrigada...

– Parabéns a você, que tenha muitas crianças... – prosseguiu Gustav, no ritmo da música, até que uma cotovelada da esposa, Auguste, interrompeu sua cantoria.

Sorridente, ele olhou ao redor e constatou que pelo menos Else e Julius riam da piada.

– Isso de filho eu deixo para vocês dois, Gustav! – respondeu a Sra. Brunnenmayer, cravando o olhar em Auguste, novamente grávida.

O quarto filho deveria ser, finalmente, o último. Como se já não fosse difícil alimentar as outras três bocas famintas...

– É verdade. É só eu pendurar a calça na cabeceira que minha Auguste já embarriga.

– Não precisa entrar em detalhes – repreendeu Else, enrubescida.

A Sra. Brunnenmayer ignorou a conversa fiada e sinalizou para que Hanna servisse o café. A comprida mesa da cozinha estava festivamente decorada com galhos coloridos e cravos alaranjados. Hanna dera o máximo de si e chegara a enfeitar o lugar da Sra. Brunnenmayer com uma guirlanda de folhas de carvalho. A aniversariante não aparentava em nada os recém-completados 60 anos. Apenas o cabelo, preso em um coque outrora de tom escuro, se tingira de branco com o passar dos anos. Seu rosto, contudo, seguia rosado, redondo, e a pele viçosa como sempre.

Pratos com sanduíches tomavam a mesa, e logo seria servida uma autêntica torta de creme com cerejas em compota, especialidade da Sra. Brunnenmayer. Todas aquelas delícias haviam sido fornecidas pelos patrões, para que a cozinheira pudesse comemorar devidamente seu grande dia. De manhã, brindaram no salão vermelho, com a presença de todos os funcionários. A Sra. Alicia Melzer fizera um discurso em honra à aniversariante, agradecendo-lhe pelos 34 anos de serviços prestados à casa e descrevendo-a como "uma admirável mestre de sua arte". Para a ocasião, a cozinheira usara seu vestido preto de festa, adornado com um broche que ganhara dos patrões dez anos atrás. A vestimenta pouco comum e todos aqueles presentes e honrarias lhe causaram desconforto, e a Sra. Brunnenmayer se sentiu aliviada ao se ver novamente na cozinha, com o avental e as roupas de sempre. Não, os cômodos dos patrões definitivamente não eram para ela. Sempre tinha medo de derrubar algum vaso ou – o que seria ainda pior – tropeçar em algum tapete e cair de cara no chão. Ali, na área de serviço, ela se sentia em casa e exercia seu indiscutível domínio sobre a despensa, o porão e a cozinha – e pretendia continuar exercendo-o por muitos anos mais.

– Sirvam-se, meus queridos. Aproveitem enquanto ainda tem! – exclamou ela, com um sorriso.

Pegou um sanduíche de patê que Hanna e Else haviam adornado com uma fatia de pepino em conserva.

Ninguém relutou. Nos minutos que se seguiram, além do chiar da chaleira sobre o fogão, a única coisa que se ouviu na cozinha foi o ruído que alguns deles faziam ao sorver o café quente.

– Esse patê da Pomerânia está divino – comentou Julius, limpando a boca com o guardanapo antes de repetir.

– A linguiça defumada também está ótima... – disse Hanna, suspirando. – Que sorte a Sra. Von Hagemann sempre nos enviar caixas de comida.

Else assentiu, pensativa. Mastigava apenas de um lado, pois estava com uma dor de dente havia dias. Recusara-se a ir ao dentista, pois tinha pânico de que lhe tirassem o dente e esperava que a dor desaparecesse algum dia.

– Será que eles estão felizes lá na Pomerânia, cercados de vacas e porcos? – perguntou Else, desconfiada. – Elisabeth von Hagemann tem o sangue dos Melzers e cresceu aqui em Augsburgo.

– E por que Lisa não estaria feliz? – respondeu Hanna, dando de ombros. – Ela tem tudo de que precisa, ora.

– Com certeza – comentou Auguste com maledicência. – Tem o marido e o amante. Aquela ali não vive no tédio...

O olhar furioso da cozinheira fez Auguste baixar a cabeça e pegar o último sanduíche. O criado Julius, afeito a fofocas, tentou trocar um olhar com Hanna, mas ela se fez de desentendida. Julius já havia tentado fazê-la perder a compostura diversas vezes com comentários de duplo sentido, mas a moça era prudente e não lhe dava confiança.

— E como estão as verduras, Gustav? — indagou a Sra. Brunnenmayer, tentando mudar de assunto. — Tem tido muito trabalho?

Já fazia dois anos que Gustav Bliefert se tornara autônomo e abrira a pequena empresa de hortaliças. Antes que a inflação devorasse as economias de Auguste, o casal comprara um terreno próximo à Vila dos Tecidos, construíra uma choupana e montara os canteiros. Paul Melzer havia permitido que a pequena família continuasse morando no casebre do jardim, pois sua renda não era suficiente para pagar aluguel. Na primavera, Gustav fizera excelentes negócios com mudas de hortaliças, já que grande parte da população de Augsburgo continuava se alimentando dos frutos do próprio jardim. Inclusive na cidade as pessoas vinham aproveitando qualquer pedaço de terra para plantar cenoura, aipo ou couve.

— Anda meio parado — respondeu Gustav, lacônico. — Só coroa de enterro e guirlandas para a igreja...

Com ar de sabichão, Julius comentou que o negócio precisava de uma boa gestão financeira e recebeu um olhar indignado de Gustav. Evidentemente, todos sabiam que Gustav não era um empresário. E mesmo Auguste, outrora copeira da mansão, tampouco aprendera a fazer cálculos precisos de gastos e receitas. Era Auguste quem garantia que o dinheiro ainda entrasse na casa, pois continuava trabalhando na mansão em meio expediente três vezes por semana. Não era fácil, pois ela precisava resolver todos os trabalhos pendentes, inclusive os que não cabiam ao ofício de copeira, como buscar lenha para o fogão ou limpar o chão. Mas como seu bebê provavelmente nasceria em dezembro, ela já contava com vacas ainda mais magras na época do Natal.

— Está tudo um absurdo — disse ela, mal-humorada. — O pão, que hoje custa 30 mil marcos, amanhã vai estar 100 mil. E sabe lá Deus quanto vai custar na semana que vem. Quem vai comprar flores assim? E ainda precisamos dos vidros para proteger os canteiros. O melhor mesmo seria uma estufa grande de verdade. Mas onde vamos arranjar isso? Não dá para economizar nesses tempos. O que você ganha hoje já não vale nada amanhã.

A Sra. Brunnenmayer assentiu com empatia e ofereceu a Gustav a bandeja de sanduíches. O coitado estava faminto. Auguste, pelo menos, comia na mansão, às vezes até conseguia levar uma garrafa de leite para casa ou a cozinheira lhe dava escondido um vidro de conserva. Para Liesel e os dois meninos. Mas o pobre Gustav se continha e deixava tudo para as crianças, passando fome com frequência.

Auguste entendeu a boa intenção da Sra. Brunnenmayer, mas não se sentiu à vontade ao ver o marido ser alimentado como um esfomeado. Alguns anos antes, Auguste anunciara a altos brados que a época das copeiras e camareiras se aproximava do fim e que, em breve, não haveria mais empregados domésticos. Por isso, Gustav decidira largar a Vila dos Tecidos para abrir a própria empresa. Infelizmente, o tempo revelara que não era mau negócio ser funcionário da mansão. Dali tiravam o sustento e podiam viver sem grandes preocupações com o futuro.

– Olha, tanta gente perdeu tudo – comentou Auguste, recorrendo à desgraça alheia para esquecer os próprios problemas. – É uma loja fechando atrás da outra em Augsburgo. Demitiram empregados na fábrica de máquinas MAN também; afinal, o exército não precisa mais de armas, né? Até as associações estão fechando, inclusive as mais caridosas. Parece que o dinheiro delas evaporou no banco... Vocês souberam que o orfanato faliu?

Aquela notícia era nova e causou alvoroço.

– O Orfanato das Sete Mártires? – questionou a Sra. Brunnenmayer, atônita, buscando confirmar a informação. – Fecharam? Nossa, o que será daquelas pobres criaturinhas?

Auguste serviu-se do resto do café no bule e completou com um pouco de creme.

– Não é tão grave, Fanny. As freiras de Sant'Ana vão se encarregar do orfanato. As irmãs o fazem por amor a Deus. Mas Jordan em breve vai estar no olho da rua, pois não há mais dinheiro para o salário dela.

Maria Jordan trabalhara por anos como camareira na Vila dos Tecidos, porém pedira demissão e, por uma feliz coincidência, assumira a direção do Orfanato das Sete Mártires. Mas, ao que parecia, aquilo era passado. Fanny Brunnenmayer nunca fora grande amiga de Jordan, inclusive não suportava sua mania de ler cartas para prever o futuro e os sonhos que fingia ter. Contudo, sentia pena da antiga camareira. Maria Jordan sempre tivera uma vida difícil, o que se devia, era preciso reconhecer, à própria personalidade difícil, mas também a circunstâncias infelizes das quais não tinha culpa. A mulher era guerreira e encontraria uma saída daquela situação.

– Então parece que em breve teremos uma visita das mais simpáticas – queixou-se Else, que nunca fora afeita a Jordan. – E ainda poderemos dar uma espiada no futuro, pois com certeza ela trará as cartas...

Julius riu com indiferença. Aquela feitiçaria, como ele chamava, não lhe despertava o menor interesse. Costumava dizer que não passava de esperteza para tirar dinheiro de idiotas ingênuos.

– Até que ela fala a verdade – murmurou Hanna. – E já comprovou. A questão é se a pessoa quer mesmo saber a verdade. Ou se não é melhor continuar na ignorância...

– A verdade? – indagou Julius, virando-se para ela com ar de desprezo. – Não venha me dizer que aquela farsante tem a mais remota ideia de como será o futuro. Ela só conta às pessoas o que elas querem ouvir e recebe umas moedas em troca.

Hanna balançou a cabeça, sem responder. A cozinheira sabia do que estava falando. Tempos atrás, Jordan profetizara a Hanna a vinda de seu amante de cabelos negros e, também, de todo o sofrimento que o acompanhava. E fora certeira, mas a quem importava?

– Jordan só fala verdades! – exclamou Auguste, às risadas. – Todo mundo aqui sabe. Não é mesmo, Else?

Else rangeu os dentes de raiva e a dor no molar a fez estremecer.

– Você só fica feliz espezinhando os outros ou o quê? – retrucou ela.

Todos à mesa sabiam que Jordan já previra três vezes um grande amor para Else. Até o momento, não havia sinal de seu príncipe e a desgraçada guerra só piorara suas chances. Homens saudáveis eram raridade no país.

– O grande amor! – provocou Julius, levantando as sobrancelhas com desdém. – E isso significa o quê? Primeiro o casal quer morrer um pelo outro, depois não aguenta viver um dia junto.

– Nossa, Sr. Kronberger! – disse Auguste, olhando com deboche para os outros. – Agora o senhor falou bonito.

– O barão Von Schnitzler, meu antigo senhor, costumava se expressar assim – retrucou Julius, esforçando-se para não demonstrar irritação. – Aliás, Auguste, pode me chamar apenas de "Julius", para facilitar.

– Ora, vejam... – comentou Gustav, com uma pontada de ciúme.

Julius gozava da fama de mulherengo insistente, ainda que malsucedido.

— Isso não vale para todos, Sr. Bliefert. Até porque o senhor não é mais funcionário da Vila dos Tecidos!

Gustav ficou vermelho, pois o criado tocara em outra ferida. Evidentemente, ele lamentava ter se demitido de maneira tão inconsequente. Seu avô, falecido há um ano, lhe advertira. "Os Melzers cuidaram de mim durante toda minha vida, Gustav", dissera o velho. "Não seja soberbo e continue sendo o que é." Mas ele preferira escutar Auguste e agora arcava com as consequências.

— Chamo apenas meus amigos pelo nome — resmungou Gustav em resposta. — O que não o inclui, Sr. Kronberger!

— E agora basta! — declarou a Sra. Brunnenmayer, batendo com o punho na mesa da cozinha. — Hoje é meu aniversário e não quero saber de brigas. Senão, vou comer a torta de creme sozinha!

Hanna comentou que era uma vergonha os dois brigões discutirem no dia especial da Sra. Brunnenmayer. Ao afirmar isso, não olhou para Gustav, apenas para o criado Julius.

— Tem razão, Hanna — disse Else, com expressão chorosa e a mão sobre a bochecha direita, pois a dor não cessava. — Se a bondosa Srta. Schmalzler estivesse aqui, jamais permitiria essas discussões entre os empregados.

Gustav disse entre os dentes algo ininteligível, mas logo se acalmou quando Auguste lhe acariciou as costas.

Empinando o nariz, Julius bufou. Não fora sua intenção despertar aquela briga e ele não tinha culpa de algumas pessoas serem tão sensíveis.

— Pelo que vocês contam, essa Srta. Schmalzler deve ter mesmo poderes mágicos — comentou Julius, em tom irônico, pois se irritava por ter que escutar incessantemente as menções à lendária governanta.

— A Srta. Schmalzler sempre lidou com cada um de nós levando em consideração como éramos — explicou a Sra. Brunnenmayer, com a assertividade que lhe era característica. — Era uma pessoa que impunha respeito. Mas da maneira boa, sabe?

Julius esticou-se para pegar a xícara de café, mas, ao levá-la à boca, constatou que estava vazia e voltou a colocá-la na mesa.

— Claro — disse ele, forçando simpatia. — Uma grande dama. Entendo. Que ela aproveite por muitos anos sua merecida aposentadoria.

— É o que todos desejamos — respondeu Hanna. — A senhora sempre recebe cartas dela. Acho que a Srta. Schmalzler pensa muito em nós e na

Vila dos Tecidos. Recentemente, a senhora mandou para ela umas fotos. Dos netos.

Auguste, que nunca fora grande amiga da governanta, observou que a Srta. Schmalzler havia partido por vontade própria. E se agora sentia saudades da mansão, estava apenas colhendo o que plantara.

– Por falar nisso, você também andou recebendo cartas, Sra. Brunnenmayer. De Berlim. E, se não me engano, tinha umas fotos junto.

A cozinheira sabia muito bem o que Auguste pretendia com aquilo. Contudo, era descabido mostrar a todos as fotos de Humbert, e Julius não entenderia. Humbert se apresentava em um cabaré em Berlim vestido de mulher. E, ao que parecia, com muito sucesso.

Fanny Brunnenmayer conhecia um método infalível para fugir daquele assunto.

– Hanna, traz a faca grande e a vasilha com a torta. Else! Pratos limpos. E garfinhos de sobremesa. Hoje vamos comer como grã-finos. Julius, coloca a panela com água em cima da mesa, para eu molhar a faca enquanto fatio a torta.

Ao ver a branca e cremosa maravilha, enfeitada com lâminas de chocolate e as palavras "Feliz aniversário", os humores mudaram no ato. Todos os melindres e aborrecimentos foram esquecidos. Julius sacou o isqueiro – um presente de seu antigo senhor – e acendeu as seis velas vermelhas que Hanna colocara na torta. Uma para cada década.

– Que obra-prima, Sra. Brunnenmayer!
– A senhora se superou!
– Dá até pena de comer!

Fanny Brunnenmayer contemplava satisfeita sua obra de arte, que resplandecia sob a luz das velas.

– Tem que soprar! – exclamou Hanna. – De uma vez só, senão dá azar!

Todos se inclinaram para observar Fanny Brunnenmayer executando o importante ato. A cozinheira soprou com o fôlego de quem precisava apagar não seis, mas sessenta velas, e recebeu os devidos aplausos. Então empunhou a faca para cortar a torta.

– Hanna, minha filha, traga os pratos!
– É pão de ló – sussurrou Auguste. – E cerejas em calda. Com o destilado de cereja, *Kirschwasser*. Está sentindo o cheiro, Gustav? E uma camada bem farta de geleia...

Um silêncio cerimonioso se impôs. Hanna trouxe o segundo bule de café, que esquentava sobre o fogão. Todos se sentaram diante de sua respectiva fatia de torta, entregues àquele doce prazer. Tais iguarias eram reservadas apenas aos patrões e, mesmo assim, só em banquetes ou datas festivas. Com sorte, conseguiam fisgar o resto de algum prato ou lamber a espátula na cozinha às escondidas.

– Esse *Kirschwasser* me deixou completamente bêbada – admitiu Hanna, às risadinhas.

– Que ótimo – comentou Julius, com ar pícaro.

O deleite de Else veio pela metade, pois o doce causava ainda mais a dor no dente enfermo. Entretanto, ela não se fez de rogada quando a cozinheira ofereceu a todos a segunda fatia. Na bandeja da torta restaram apenas as seis velas queimadas até a metade – que Else logo limparia e devolveria à caixa. Sabe-se lá se a empresa de gás entraria em greve de novo, deixando todos no escuro.

– Acabou-se o que era doce – avisou Auguste, raspando os restos do prato. – Temos que ir. Liesel se vira bem com os meninos, mas não gosto de deixá-los sozinhos muito tempo.

Gustav terminou o café e levantou-se para pegar seu casaco e a capa de Auguste. O tempo esfriara. Do lado de fora, o vento dispersava uma fina garoa e arrastava as primeiras folhas de outono pelo parque.

– Esperem! – pediu a cozinheira. – Preparei uma coisinha para vocês. A cesta você me devolve amanhã de manhã, Auguste.

– Que Deus a abençoe, Fanny! – disse Gustav, encabulado. – E muito obrigado pelo convite!

Custava-lhe um pouco caminhar, mas apenas quando ficava muito tempo sentado. No mais, conforme costumava repetir, a prótese estava perfeita e ele já não sentia dores na cicatriz. Seu pé esquerdo ficara em Verdun. Mas ele tivera sorte, pois muitos de seus companheiros haviam deixado a vida.

Else também se despediu; ela precisava do descanso para acordar cedo no dia seguinte e acender a estufa da sala de jantar.

Hanna e Julius, por sua vez, se alongaram um pouco mais à mesa. Conversaram sobre Leo, que Hanna acompanhara no dia anterior à casa de um amigo, Walter Ginsberg.

– O menino foi lá para tocar piano – contou Hanna, com um profundo suspiro. – A Sra. Ginsberg está dando aulas para ele, e o garoto tem jeito para música. Toca tão bem. Nunca ouvi nada assim.

– O senhor está sabendo disso? – perguntou Julius, descrente.

Hanna deu de ombros.

– Se ele não pergunta, eu não falo.

– Não vá se meter em encrencas...

Um cansaço repentino se apossou da Sra. Brunnenmayer e ela apoiou a cabeça na mão. Não era de se admirar. Havia sido um longo e cansativo dia, sobretudo por conta do nervosismo de comparecer ao salão vermelho diante de tantas honrarias.

– Queria contar uma coisa à senhora...

– Não pode aguentar até amanhã, minha filha? Estou esgotada – respondeu a Sra. Brunnenmayer.

Hanna hesitou, mas a cozinheira a fitou e logo percebeu que era algo importante.

– Diga logo!

Julius bocejou, cobrindo elegantemente a boca com a mão.

– Não me diga que vai se casar – comentou o criado, em tom de brincadeira.

Hanna negou com a cabeça e, vacilante, cravou o olhar em seu prato vazio. E então deu um longo suspiro e tomou coragem.

– É o seguinte: a senhora quer que eu trabalhe para ela como costureira no ateliê... A inauguração deve ser antes do Natal.

De um só golpe, a Sra. Brunnenmayer despertou. Hanna sempre fora a protegida de Marie Melzer. E ela queria transformá-la em costureira. Sendo que a garota nem sequer sabia costurar. Mas se a Sra. Melzer encasquetava com uma ideia, assim acontecia.

– Ah, francamente! – exclamou Julius, balançando a cabeça. – E quem vai ajudar na cozinha?

Só restava Auguste. Que em breve daria à luz.

– São os novos tempos – resmungou a Sra. Brunnenmayer. – Acabaram-se os funcionários, Julius. Os patrões vão descascar as próprias batatas.

4

Kitty guardou a carta na bolsa para ler mais tarde. Afinal de contas, Gérard escrevia sempre a mesma coisa: havia muito serviço na fábrica de seda, sua mãe estava doente e o pai era uma pessoa difícil. O segundo bebê da irmã estava para chegar nas próximas semanas. Que bom para ela. Havia também as habituais juras de amor: ele pensava dia e noite em sua encantadora "Cathérine" e estava decidido a pedir sua mão no próximo ano.

Exatamente o que dissera no ano anterior. Não, a velha paixão que outrora sentiram um pelo outro havia amornado. E Kitty já não contava com Gérard Duchamps.

Isso se devia sobretudo ao gosto que tinha tomado pela vida independente que vinha levando. Ninguém para decidir sobre ela, nada de marido ou pai, no máximo apenas o irmão Paul, que às vezes tentava dar algum palpite. Ou a mãe. Mas Kitty os ignorava e fazia o que bem queria. E estava obstinada em ensinar sua amada cunhada Marie a ser mais independente também. Em sua opinião, Marie se transformara em uma inexpressiva dona de casa desde que Paul reassumira as rédeas da fábrica. Claro, estavam todos felizes por seu irmão querido ter voltado da terrível guerra são e salvo – exceto pela infeliz história do ombro. Mas aquilo não era razão para Marie renunciar a seus tantos talentos. Quando Kitty recebera a notícia da morte de Alfons em combate e ficara tão desesperada que havia perdido a vontade de viver, fora Marie quem enfaticamente lhe lembrara de seus talentos.

– Você não tem o direito de negligenciar esse dom que Deus lhe deu, Kitty – sentenciara Marie.

E era isso que agora se aplicava à cunhada. Marie era filha de uma pintora, desenhava coisas lindíssimas, mas sobretudo criava vestidos fabulosos. Elegantes, extravagantes, ousados ou discretos – sempre perguntavam a Kitty de onde eram suas roupas.

– Nossa Marie é uma artista, Paul! Você não pode deixá-la presa aqui na Vila dos Tecidos por muito tempo. Ela vai definhar como um passarinho engaiolado – comentara Kitty.

No início Paul se defendera, afirmando que Marie estava perfeitamente feliz em seu papel de mãe e esposa. Mas Kitty não cedeu e – que maravilha! – a insistência finalmente produzira frutos. Ai, ela sabia. Marie ia ganhar um ateliê! Seu irmãozinho era mesmo um excelente marido. Quase uma pena ela própria não poder se casar com ele.

A primeira impressão causada pelo imóvel da Karolinenstraße foi desoladora. Logo após o café da manhã, Kitty convencera Marie a acompanhá-la até a cidade para fazer uma "inspeção no local", ideia que lhe pareceu ótima naquele momento. Mas ao ver as vitrines empoeiradas e a porta desbotada pelo tempo, de pronto se arrependeu da decisão precipitada e tratou de salvar a situação na medida do possível.

– Que loja mais bonita! – exclamou ela, agarrando o braço da cunhada. – Se contar o sótão, são três andares. E essas telhazinhas contrastando com o céu azul, não são encantadoras? É óbvio que vamos ter quer aumentar as vitrines. E a porta de entrada ficaria melhor com um vidro. E o letreiro "Ateliê da Marie", em dourado.

Marie parecia muito menos horrorizada do que Kitty temia. Ela ria em voz baixa enquanto a cunhada tagarelava e logo comentou que ainda havia muito a fazer, mas que tinha esperança de poder abrir o estabelecimento antes do Natal.

– Claro… com certeza. O melhor seria no começo de dezembro. Para que as pessoas ainda possam dar seus modelos de presente – sugeriu Kitty.

Ela sabia tão bem quanto Marie que aquilo seria muito difícil. Se a inflação persistisse, os presentes natalinos seriam bastante modestos. Isso porque eles tinham sorte: Henni contara sobre colegas da escola que mal tinham uma refeição quente por dia e se vestiam com roupas remendadas. Isso fez com que Kitty logo juntasse todas as roupas já pequenas em Henni e pedisse que Hanna as entregasse às irmãs de Sant'Ana, para serem distribuídas às famílias necessitadas.

– Vamos entrar – disse Marie, com a chave que recebera de Paul na mão.

– Mas cuidado. Deve estar tudo imundo.

Kitty tinha razão. A situação era tenebrosa na antiga loja de porcelanas. Foram recepcionadas por um cheiro de mofo misturado com cola, papelão e cera para pisos. Quando Marie tentou acender a luz elétrica, o lustre permaneceu apagado.

– Nossa! – murmurou Marie, olhando ao redor. – Primeiro vamos ter que desentulhar o lugar.

Kitty deslizou o dedo sobre uma mesa antiga e escreveu "Ateliê da Marie" na poeira. Ela soltou uma risadinha.

– Credo! Tudo isso só serve para lenha, Marie. Veja como está bambo... Mas os quartos ali atrás podiam ser parte da loja. Tem outros cômodos?

Marie abrira uma porta, revelando uma mesa desgastada, cadeiras e lúgubres armários embutidos que ainda abrigavam pastas e caixas de papelão.

– Eles tinham até escritório. Veja só, uma tomada de telefone. Que prático, você vai precisar, Marie. Eca, teias de aranha no teto. Certamente estão aí há anos. Será que tem ratos aqui?

– Possivelmente.

Kitty mordeu o lábio. Para que falar essas besteiras? Ratos! É claro que havia ratos ali, não era preciso chamar a atenção de Marie para isso.

– É muito maior do que eu pensava – comentou Marie, que acabara de descobrir novos cômodos.

Mais atrás, nos fundos do imóvel, havia inclusive um jardim de inverno, uma estrutura magnífica de ferros entrelaçados e vidro. Infelizmente, em vários pontos o betume já estava caindo e dois vidros haviam se soltado e jaziam estilhaçados no chão.

– Temos que ajeitar isso rápido – disse Marie. – Seria uma pena deixar essa preciosidade se deteriorar.

Com um pedaço de jornal, Kitty limpou o vidro empoeirado para poder enxergar. O interior do jardim havia sido tomado por mato.

– Que matagal! Temos que pedir para Gustav...

Kitty interrompeu-se ao escutar passos. As duas se entreolharam, intrigadas.

– Você fechou a porta, Marie? – sussurrou Kitty.

– Nem lembrei...

Paralisadas, elas apuraram os ouvidos. Seus corações palpitavam. Os passos se aproximaram; a visita inesperada espirrou e se deteve para assoar o nariz.

– Sra. Melzer? Marie? Está aí embaixo? Sou eu...

– Klippi! – gritou Kitty, com desaprovação. – Você nos assustou. Já estávamos pensando que fosse um maníaco assassino.

Ernst von Klippstein parecia igualmente assustado e garantiu que não havia sido sua intenção incomodá-las.

– Só estava passando e vi as senhoras entrarem no prédio. Então pensei que talvez pudesse ajudá-las – justificou ele.

Von Klippstein pontuou as palavras com uma leve reverência, ainda com um ar um tanto militar. Por mais que já morasse há alguns anos em Augsburgo, em muitos aspectos ele permanecia um autêntico oficial prussiano.

– Então... – comentou Marie, com um sorriso. – Já que o senhor está aqui, poderia nos acompanhar até o andar de cima. Mas já aviso: Kitty vai desmaiar se vir uma aranha.

– Eu?! – exclamou Kitty, revoltada. – Que bobagem, Marie. Não tenho medo de aranha, nem de abelha, vespa ou formiga. Nem mesmo de pernilongo. No máximo de ratos. Mas só quando eles passam correndo.

Ernst von Klippstein garantiu que, em caso de desmaio, ele carregaria nos braços qualquer uma das senhoras e a levaria pessoalmente até a Vila dos Tecidos.

– Então podemos subir sem receios – concluiu Marie.

Os Müllers usavam o andar de cima como depósito. Havia caixas de papelão e caixotes por toda parte. Dois dos quartos eram alugados esporadicamente para estudantes e ainda contavam com camas e alguns móveis antigos. Tudo causava uma triste e angustiante impressão. No último andar, havia dois pequenos apartamentos. Em um deles ainda morava o velho casal Müller, já o outro estava vazio. Ali vivera uma família que já se mudara.

– Era um médico – contou Von Klippstein. – Trabalhava no hospital público antes da guerra. Foi socorrista no front e ficou na Rússia. E a mulher está vivendo de costura e sustentando os filhos assim. Como não pôde mais pagar o aluguel, se mudou para sua antiga cidade.

– Essa maldita guerra inútil – murmurou Marie, balançando a cabeça. – Foi Paul quem despejou a mulher?

Von Klippstein negou. Os Müllers o fizeram antes da venda do imóvel.

Pensativos, eles desceram a escada e Kitty precisou encorajar a amiga.

– Meu Deus, Marie! Não faça essa cara de tristeza. A vida é assim mesmo, com altos e baixos... Talvez você possa contratar a moça como costureira. Todos sairiam ganhando, não é?

O rosto sorumbático de Marie se iluminou um pouco.

– Seria uma boa ideia, Kitty... Até que poderia fazer isso mesmo. Mas, claro, contanto que ela costure bem.

– Tão bem quanto Hanna, com certeza – zombou a cunhada.

– Hanna ainda está aprendendo, Kitty. Estou certa de que ela pode mais do que lavar louça e sovar massa. Se ela se tornar uma boa costureira, vai poder se sustentar.

– Muito bem, minha amada Marie, sempre cuidadosa e preocupadíssima com o bem-estar de toda a humanidade. Por mim, ela já é costureira. Aproveite para lhe dar um colar de ouro e um castelo de presente... Hanna, a princesa da agulha veloz.

– Ai, ai, Kitty! – repreendeu Marie.

Apesar de tudo, não pôde evitar a risada; Kitty e Ernst se uniram a ela. Fez bem para os três dissipar o clima sombrio que havia se instalado ao constatarem a decadência do imóvel. Kitty propôs que pintassem de branco as duas velhas mesas de madeira com pernas torneadas que havia na loja. Ficariam bonitas e chamariam atenção.

– Pintar as paredes de branco está fora de questão, vamos optar por tons de creme. Você concorda, Marie? Fica mais elegante. Dourado e creme, como na realeza. Vai poder até cobrar o dobro pelos seus vestidos.

– Ai, Kitty – disse Marie. Ela suspirou com um ar de desolação ao examinar a loja vazia. – Quem vai comprar vestidos de estilista nesses tempos tão horríveis?

– Posso citar inúmeras famílias com condições de comprar armários inteiros, repletos de roupas feitas sob medida – replicou Ernst von Klippstein, discretamente. – Acredite no seu projeto, Marie. Tenho certeza de que será um sucesso.

Ele estava dizendo aquilo apenas para animá-la? Kitty sabia muito bem que o pobre Klippi continuava apaixonado por sua cunhada, ainda que soubesse que não havia qualquer esperança.

– É que... Paul está colocando tanto dinheiro no ateliê. As reformas. A mobília. E ainda tem os tecidos. Os salários das costureiras... Às vezes fico zonza só de pensar.

Kitty revirou os olhos. Francamente... Fora Marie quem mantivera a fábrica têxtil dos Melzers de pé durante a guerra. Nada a impediria de negociar, entregar os pedidos e ainda implantar a fabricação de tecidos de papel. E, repentinamente, se intimidava com a inauguração daquele diminuto ateliê.

– Acredite em mim, Marie – insistiu Von Klippstein. – Esse investimento é a melhor coisa que Paul está fazendo com seu dinheiro. Investir é a palavra-chave nos tempos atuais. Guardar dinheiro é o mesmo que perder.

Marie lançou-lhe um olhar agradecido, que Von Klippstein correspondeu com um sorriso alegre. Kitty supunha que Klippi se lembraria daquele momento por meses.

– As senhoras me permitem levá-las de volta à Vila dos Tecidos? Ou já têm outro destino? Meu carro está bem em frente à loja.

Já fazia algum tempo, Von Klippstein possuía um Opel Torpedo, um sedã que adquirira de segunda mão. A compra havia sido por mera conveniência, pois, ao contrário de Paul, ele não era obcecado por automóveis. Tendo crescido na fazenda dos pais, sabia cavalgar com excelência. Mas o ferimento da guerra o fez pendurar as botas de equitação. Ele ainda sentia dores ao andar e ao sentar-se, mas raramente as mencionava. O automóvel, portanto, seria a maneira mais cômoda de se deslocar em Augsburgo.

Marie recusou a oferta, pois elas ainda tinham algumas pendências a resolver e voltariam mais tarde de bonde.

– Então lhes desejo uma agradável tarde – falou ele, despedindo-se.

Enquanto Marie trancava cuidadosamente a porta da loja, Kitty observava Von Klippstein indo embora. De fato, ele era um homem bastante bem-apessoado, não comprometido, sócio de uma fábrica têxtil que voltava a florescer e, para completar, dono de um automóvel. Exatamente o que se chamava de "bom partido".

– O que Klippi está fazendo a essa hora aqui na cidade? – indagou Kitty. – Ele não deveria estar naquele escritório horroroso lá da fábrica?

Marie forçou a porta e se certificou de que estava bem fechada.

– Talvez queira comprar um presente para o filho – respondeu ela. – O aniversário dele deve estar chegando. Acho que vai fazer 9 anos.

– Verdade, o filho com a ex-esposa. Como era mesmo o nome dela... Ah, não importa. Bem, ele já tem um herdeiro. Coitado do Klippi. Acho que ele gostaria de ver o filho crescer.

– Adele – replicou Marie. – O nome dela é Adele.

– Isso. Adele. Uma pessoa horrível. Ainda bem que se livrou dela. Ai, céus. Já está começando a chover. Não trouxe chapéu.

Marie se precavera. Sob o guarda-chuva preto que outrora pertencera a

Johann Melzer, as duas correram até o empório e compraram meio quilo de café e um pacote de açúcar em cubos, e dirigiram-se ao ponto do bonde.

– Teria sido bem mais confortável no sedã do Klippi... – constatou a aborrecida Kitty, analisando os sapatos molhados.

– Com certeza estaríamos secas – respondeu Marie, também lamentando.

Esperaram um pouco, mas como a condução não chegava, decidiram pegar uma das charretes que ainda transitavam aos montes no centro da cidade. Afinal de contas, não havia motivo para arranjar um resfriado naquela chuva fria.

O delicioso aroma de carne assada com manjerona e cebola tomava o átrio da Vila dos Tecidos – a Sra. Brunnenmayer estava com as panelas no fogão. Else andava indisposta havia dias, subindo constantemente para seu quarto por razões que Kitty desconhecia. Julius assumiu sua posição – recolheu os chapéus e os sobretudos úmidos e já havia providenciado calçados secos. Ele levou os sapatos encharcados à lavanderia, para secá-los sobre uma camada de jornal velho. Em seguida, os trataria com uma mistura de substâncias cuja composição só ele sabia e que deixaria o couro novamente lustroso e com aspecto de novo.

– A senhora está esperando no salão vermelho – informou ele.

Dirigira-se a Marie, mas Kitty, que já supunha o teor da conversa, fez questão de participar. Na sua opinião, a mãe andava cada vez mais esquisita com a idade. Estava completamente alheia aos novos tempos, o que não era de se admirar, tendo em vista suas seis décadas de existência.

Alicia Melzer aguardava a nora de pé, junto à janela, de onde podia ver a entrada da vila e grande parte do parque. Quando Kitty adentrou o recinto junto com Marie, Alicia franziu a testa.

– Henni estava perguntando por você, Kitty. É melhor você subir...

– Ai, acho que Hanna está cuidando dela.

Alicia suspirou, contrariada. Parecia inútil querer insistir, considerando a cabeça-dura que era Kitty.

– Tenho assuntos para tratar com Marie – insistiu Alicia.

Kitty sentou-se na poltrona e sorriu para a mãe, enquanto Marie, com semblante contido, sentou-se ao seu lado. Alicia optou pelo sofá.

– Hoje chegou aos meus ouvidos que Leo já esteve duas vezes na casa dos Ginsbergs. Uma amiga, a Sra. Von Sontheim, viu Hanna por lá com o menino. Fui perguntar a Hanna e ela admitiu ter levado Leo até lá. Além disso, o que acho bastante preocupante é Leo estar tendo aulas de piano com eles.

Foi preciso fazer uma pausa para recuperar o fôlego; a situação parecia lhe causar uma enorme aflição. Nos últimos tempos, Alicia vinha sofrendo de falta de ar.

– Foram instruções minhas – disse Marie em voz baixa, porém decidida. – Só não sabia que Leo estava fazendo aulas de piano. Uma pena ele não ter dito nada, mas não acho que haja algo errado em uma criança aprender a tocar piano.

– Você sabe muito bem ao que me refiro, Marie – retrucou Alicia – Que Paul não aprova essa amizade. É uma pena você não apoiar seu marido nesse ponto.

– Mas isso é um assunto entre meu irmãozinho e Marie. Concorda, mamãe? – falou Kitty, intrometendo-se. – E caso minha opinião interesse a alguém: quanto mais tentarem afastar o garoto do piano, mais vontade de tocar ele vai ter.

A expressão de Alicia não deixava dúvida de que o ponto de vista de Kitty não a interessava em absoluto. Entretanto, como Marie seguia em silêncio, passou para o assunto seguinte.

– Parece que já está decidido que Hanna em breve trabalhará fora daqui. Infelizmente, ninguém perguntou minha opinião, mas não quero parecer sensível. A situação é que Hanna, após as dificuldades iniciais, revelou-se uma excelente ajudante de cozinha. E apta a outras tarefas também, sobretudo no que diz respeito às crianças. Se ela nos deixar, vamos perder uma funcionária importante.

– Está coberta de razão, mamãe – concordou Marie. – Acredito que não teremos que contratar apenas outra pessoa para a cozinha, mas também alguém de confiança para cuidar das crianças...

– Fico muito feliz por termos a mesma opinião – respondeu Alicia, vibrante.

A insatisfação reprimida se dissipou e ela chegou a sorrir. Desde que a antiga babá se demitira, Alicia tentava convencer Marie de que as crianças precisavam de uma preceptora de confiança, mas até então a nora se negava a aceitar a ideia. Dodo, Leo e Henni tampouco gostavam da severa babá, então se sentiram libertos quando a mulher se foi.

– Para a cozinha eu consigo imaginar a Gertie – comentou Kitty. – Ela trabalhava para Lisa na Bismarckstraße, é uma menina mirradinha. Acho que depois ficou um tempo na casa dos Kochendorfs, mas não gostou do serviço.

– Bem... – respondeu Alicia, com paciência. – Vejamos na agência. Por sorte, não faltam jovenzinhas à procura de emprego.

Kitty assentiu, sorrindo, e se voluntariou para averiguar o paradeiro de Gertie. Afinal, não precisavam deixar tudo nas mãos do destino.

A sineta ressoou pelo corredor, o que significava que Paul retornara da fábrica e Julius já estava de prontidão junto ao elevador da cozinha. O som de passos veio do corredor – era Hanna, que subia apressada para buscar as crianças.

– E quanto à preceptora – retomou Alicia, quando Marie já se levantava para ajudar Hanna. – Tenho em mente uma jovem de excelente família, que, além da ótima educação, tem muito jeito com crianças.

Kitty intuía o pior, pois a concepção de boa educação da mãe era totalmente antiquada.

– E quem seria a preciosa criatura?

– Ah, vocês a conhecem bem – respondeu Alicia, com alegria. – Trata-se de Serafina von Dobern, cujo sobrenome de solteira era Von Sontheim. A melhor amiga de Lisa.

O semblante de Alicia era o de quem entregava uma maravilhosa surpresa de Natal.

Kitty estava horrorizada. As amigas de Lisa eram todas umas víboras, mas Serafina era particularmente ardilosa. Havia criado esperanças com Paul, mas no fim se casara com o major Von Dobern para, como se dizia, garantir seu futuro. O coitado Von Dobern morrera na batalha de Verdun.

– Péssima ideia, mamãe!

Alicia explicou que, após a morte heroica do marido, a pobre Serafina vinha enfrentando problemas financeiros e sua mãe infelizmente também não podia ajudá-la. Lisa contara sobre a triste situação da amiga em uma de suas cartas.

Lisa, claro, pensou Kitty, aborrecida. *Típico dela nos empurrar uma amiga insuportável.*

– Não, mamãe! – objetou ela, com determinação. – Nem por um segundo eu deixo minha Henni com essa mulher!

Alicia calou-se. Era evidente que sua opinião ia no sentido oposto.

5

Novembro de 1923
Pomerânia, distrito de Kolberg-Körlin

Trêmula, Elisabeth contraiu os ombros, tentando manter a gola felpuda do casaco levantada. Se ela ao menos tivesse vestido um casaco de pele... O vento gélido penetrava seus ossos sem clemência, pois estava sentada na boleia da carruagem obsoleta. Inicialmente, Lisa quisera ir na parte de dentro, em meio às compras, mas tia Elvira afirmara que ela seria motivo de chacota. Era impressionante como a tia estava relaxada ao seu lado, conversando, rindo e atiçando o cavalo Jossi com o chicote. Ainda por cima, segurava as rédeas sem luvas, mas seus dedos pareciam intocados pelo frio.

– Espia só ali, garota! – disse tia Elvira, empinando o queixo para sinalizar que Elisabeth olhasse para a frente. – Foi bem ali em Gervin, perto da antiga igreja de madeira. Viram o Tinhoso lá uns anos atrás na noite de Natal. O Cão estava à espreita. Dizem que era preto e tinha uma carranca horrível.

Elisabeth aguçou a vista e, à distância, distinguiu as casinhas e a estrutura de madeira da velha igreja no povoado de Gervin. Elas vinham de Kolberg e, felizmente, não faltava muito para chegar à fazenda dos Maydorns. Era pouco depois das cinco da tarde, mas o céu já se fechava, indicando que a noite se aproximava.

– Todo preto? Então como conseguiram vê-lo no escuro? – questionou Elisabeth.

Elvira bufou com desdém. Não gostava que duvidassem de suas histórias sobrenaturais. E detestava ter que explicar as coisas, aquilo sim a deixava de mau humor. Elisabeth não sabia se a tia inventara a história para assustar seus interlocutores ou se acreditava de fato naquilo.

– Era noite de lua cheia, Lisa. Todo mundo viu muito bem aquele espírito das trevas. Ele andava mancando do pé esquerdo, que na verdade nem parecia um pé de gente. Era mais um casco de cavalo.

Elisabeth estava a ponto de mencionar que o diabo, na verdade, tinha patas de bode, mas preferiu abstrair. Em silêncio, apertou o lenço em sua cabeça e queixou-se do caminho acidentado que fazia a carruagem sacudir e as garrafas baterem umas nas outras. Sua vontade era enfiar os dedos gélidos no bolso do casaco, mas se via obrigada a se segurar com as duas mãos para não cair do assento.

– Esquecemos os palitos de fósforo, tia!

– Ai, raios! – praguejou Elvira. – Não tinha dito hoje de manhã que não podíamos esquecê-los? Só temos três caixinhas. Vão acabar logo, logo.

Elvira freou o cavalo, pois parecia que animal queria chegar a todo custo na manjedoura cheia de comida que o aguardava.

– Isso não seria um problema se o Sr. Winkler não usasse tantos fósforos e tanto óleo de lamparina. Por acaso é normal uma pessoa saudável passar metade da madrugada enfurnada na biblioteca lendo livros? Ele está doente, mas da cabeça. E olha que é bastante discreto e educado. Não importa o que digam, o homem está sempre sorrindo.

– E tem boas maneiras.

– É um bocó, isso sim. Não fala o que pensa. Esconde as ideias, mas eu sei muito bem quais são as intenções dele.

– Chega, tia...

– Não quer ouvir? Mas vou falar mesmo assim, Lisa. Aquele rato de biblioteca não tira os olhos de você, um covarde. Não quero nem pensar no que ele sonha à noite, deve ser só barbaridade.

Elisabeth aborreceu-se. A fazenda estava há anos à margem de qualquer progresso tecnológico; não havia eletricidade nem gás encanado, passavam as noites à luz da velha lamparina e no inverno iam todos dormir com as galinhas. Para o pobre Sebastian, sempre ocupado escrevendo seus tratados, a tarefa não era nada fácil, inclusive porque ele não enxergava bem. Ai, ele já escrevera textos tão lindos e relevantes, principalmente sobre a paisagem e as pessoas da Pomerânia. E até mesmo um livreto sobre antigas sagas e tradições da região, no qual contava sobre a crença no poder de cura da Água de Páscoa, a *Osterwasser*; a lenda do Homem do Cavalo Branco, o *Schimmelreiter*; e o costume de um homem se vestir como um urso de palha, o *Erbsbär*. Falava também das feras selvagens que vagavam pelos bosques nas noites frias de novembro e das quais era melhor manter distância. Elisabeth revisara todos os textos dele, corrigindo a lápis pequenos erros e incoerências, ajudando-o a passá-los a limpo depois. Nas palavras de Sebastian, ela se tornara uma ajuda indispensável. E também sua musa. Um raio de luz que o auxiliava nos dias sombrios. Um anjo. Sim, isso ele expressara várias vezes. "A senhorita é um anjo, Srta. Von Hagemann. Um anjo bondoso, enviado pelos céus."

Pois bem, a tia tinha certa razão. O Sr. Bibliotecário não era particularmente corajoso. Não fazia qualquer esforço para sair da toca. Ele sorria, limpava os óculos, parecia sempre um cachorro sem dono.

Elisabeth se sentiu aliviada ao avistar a fazenda no fim da estrada acidentada. Era uma bela propriedade, compreendendo vários hectares de campos, prados e bosques. No verão, as edificações ficavam escondidas pelas faias e carvalhos. Mas naqueles dias, nos quais as árvores mal tinham folhagem, os telhados e as paredes de tijolinho reluziam entre os galhos. Era possível ver o alto celeiro, as cocheiras, o amplo estábulo e a casa com telhado de palha, na qual moravam os funcionários fixos e temporários. Um pouco mais longe, o casarão, com seus dois andares e um frontão ao centro. A hera crescia sobre os tijolinhos do andar térreo. À esquerda e à direita da porta, haviam plantado rosas trepadeiras, já murchas fazia tempos.

– Parece que Riccarda aqueceu demais a casa de novo. Preciso do dobro de lenha desde que vocês estão aqui na fazenda. Mas não interessa. Estou feliz por não ficar mais sozinha.

De fato, a chaminé do casarão liberava uma nuvem de fumaça cinzenta, provavelmente vinda da lareira na sala de estar. Riccarda von Hagemann era bastante friorenta; no inverno, a criada colocava várias bolsas de água quente em sua cama, do contrário a mulher não conseguia dormir. No começo, Elisabeth temia brigas sérias entre a sogra e tia Elvira, devido ao gênio forte de ambas. Contudo, para sua imensa surpresa, as duas se davam bem. Possivelmente devido à personalidade decidida e extrovertida de Elvira, que desarmava Riccarda de antemão. De qualquer modo, as duas já haviam delimitado seu território no primeiro momento: Riccarda se encarregava dos funcionários e da cozinha, enquanto Elvira assumia as compras e dedicava-se à sua paixão por cavalos e cães. Elisabeth, por sua vez, fizera questão de cuidar do orçamento doméstico e da organização das grandes festas, que contavam com muitos convidados. A biblioteca também ficava a seu cargo, assim como o próprio bibliotecário, Sebastian Winkler, que já trabalhava ali havia três anos e cujo salário tia Elvira descrevera várias vezes como "gasto supérfluo".

Quando a carruagem antiga finalmente adentrou o amplo pátio e Elisabeth voltou a sentir o cheiro pestilento de estrume de vaca, Leschik apressou-se em sua direção para soltar o cavalo. O cocheiro polonês mancava desde pequeno, quando um pangaré possivelmente quebrara sua bacia ao lhe dar um coice nos quadris. Na época, não se dava muita atenção a tais eventos; o quadril melhorara, mas o andar manco permaneceu.

– O senhor já voltou? – perguntou Elisabeth, descendo do veículo com grande esforço por causa dos membros que pareciam congelados.

– Não, senhora. Está no bosque. Hoje está tendo venda de madeira, deve ir até tarde.

Elvira desceu com a ajuda de Leschik e instruiu-lhe que não desse aveia a Jossi, para o animal não engordar. A tia montava desde a infância, e cães e cavalos eram seu mundo. As más línguas diziam que ela só aceitara o pedido de casamento de Rudolf von Maydorn por causa dos mais de vinte cavalos da raça Trakehner que ele possuía na fazenda. Mas era tudo invenção, Elisabeth sabia que os tios se amavam muito. Cada um à sua maneira.

– Que muquirana o seu marido! – comentou Elvira, às risadinhas. – Quando me lembro do meu Rudolf... Ele sempre mandava um funcionário para vender madeira...

... e botava quase todo o dinheiro no bolso, pensou Elisabeth. *Por isso que nunca havia dinheiro para nada naquela casa. E o pouco que sobrava, tio Rudolf investia em vinho do Porto e da Borgonha.*

Elisabeth apressou-se para chegar à sala, onde era esperada pelo calor da estufa e por uma xícara de chá quente. Sentado em uma poltrona junto ao fogo, Christian von Hagemann, de roupão de lã e pantufas de feltro, dormia em meio ao jornal que começara a ler. Elisabeth retirou a chaleira do aquecedor sem fazer barulho, serviu-se e mexeu o açúcar. Christian von Hagemann seguia impassível em seu cochilo. O sogro de Elisabeth engordara vários quilos nos últimos três anos, o que se devia à sua paixão por comidas pesadas e bons vinhos. Os angustiantes problemas financeiros eram coisa do passado e ele desfrutava da vida no campo, deixando qualquer preocupação a cargo do filho e das mulheres da casa; dedicava-se exclusivamente ao próprio bem-estar.

Enquanto Elisabeth aquecia as costas junto à lareira revestida de cerâmica verde e sorvia seu chá quente, lembrou-se de que ainda havia tempo para uma breve visita à biblioteca antes do jantar. Riccarda provavelmente estava na cozinha, guardando as compras junto com tia Elvira. Temperos diversos, um pacote de sal, açúcar, bicarbonato, glicerina, graxa para sapatos e vinagre. Além disso, um saco de arroz, ervilhas secas, chocolate, marzipã, duas garrafas de rum e algumas de vinho tinto. Elisabeth comprara no salão de cabeleireiro um pequeno frasco azul de perfume, que logo guardara no bolso, enquanto tia Elvira colocava a conversa em dia com uma vizinha. O cheiro era bastante intenso e floral – uma diminuta gota atrás das orelhas bastava. Que pena Serafina não ter dinheiro para enviar-lhe também batons bonitos, um pouco de pó de arroz ou algum perfume interessante de Augsburgo. Ela preferia não pedir essas coisas a Kitty ou Marie, pois elas sabiam bem quem Lisa pretendia seduzir com aquilo. Mamãe, então, nem pensar.

A fragrância do perfume era tão intensa que Elisabeth chegava a se sentir um tanto vulgar. Quando fosse ao banheiro, tentaria tirar aquele cheiro. Do contrário, sabe-se lá o que Sebastian pensaria dela. Sem fazer barulho para não acordar o sogro, ela pousou a xícara vazia sobre a mesa e saiu da sala. Na escada, voltou a sentir frio – pensou que devia ter pegado um xale. Como não podia deixar de ser, as tábuas de madeira rangeram; o efeito do carpete que haviam mandado colocar dois anos atrás era mínimo. Aborrecida, lembrou-se de como os tios foram negligentes em permitir a decadência daquele belo casarão por puro desleixo e indiferença. Não havia sequer janelas com vidros duplos; no inverno, colocavam rolos de feltro grosso nos parapeitos a fim de evitar as correntes de ar, enquanto diminutos cristais de gelo formavam-se e cobriam as vidraças.

O único luxo era o banheiro, de fato uma prioridade para tio Rudolf nos velhos tempos. Paredes de azulejos brancos, uma banheira apoiada em quatro patas de leão, pia com espelho e o vaso de porcelana legítima, com tampa de madeira branca removível. Elisabeth umedeceu um lenço, na tentativa de suavizar o perfume. Foi em vão. A substância exalava um cheiro ainda mais forte. Era melhor ter economizado o dinheiro gasto naquela aguinha fedida. Após um suspiro, ela ajeitou as madeixas. Voltara a deixar o cabelo crescer e o prendia como antigamente – ali no interior, nem mesmo as filhas dos proprietários de terra deviam usar cabelo curto. E Sebastian, aparentemente, não apreciava aquela nova moda. Para um apoiador dos socialistas, ele era bastante conservador em muitos aspectos.

Por precaução, bateu à porta. Ele jamais poderia ter a sensação de estar sendo tratado como subalterno.

– Sebastian?

– Pode entrar, senhora. Eu a vi entrando no pátio com sua tia. Fez boas compras em Kolberg?

Obviamente, o recinto estava gélido. Sentado à mesa de trabalho, Sebastian usava suéter, um casaco grosso e um cachecol envolvia seu pescoço. Ele não ousara ligar a estufa, pois tia Elvira recentemente havia reclamado do alto consumo de lenha. Ao que parecia, em breve estaria usando luvas para que o lápis não escorregasse por entre seus dedos rijos.

– As compras? Ai, sim. Tirando os fósforos, que infelizmente esquecemos. Mas não tem problema, podemos comprá-los em Gościno também.

Ela fechou a porta ao entrar e, com passos lentos, foi até a mesa para olhar por trás de seus ombros. Sebastian aprumou as costas e levantou a cabeça, tal como um aluno sendo chamado pelo professor. Algumas vezes, ela apoiara a mão em seu ombro inocentemente, mas logo percebera como o corpo dele se enrijecia com o toque. Desde então, ela evitava fazê-lo.

– Continua com a crônica da Gościno? – perguntou ela.

– Na medida do possível, já que não há como consultar o arquivo dos Von Manteuffel. Falei com o padre e ele teve a bondade de me deixar folhear os registros da igreja.

Havia mais de um ano Sebastian trabalhava como professor assistente na escola de Gościno. Elisabeth lhe facilitara a vaga. Ele não ganhava muito, mas tinha grande alegria em trabalhar com as crianças. Já era hora de encontrar outra ocupação para o bibliotecário, pois os livros dos Von Maydorns em poucos meses foram vistos, restaurados e reorganizados. Elisabeth temia que Sebastian pedisse demissão daquele serviço que não o satisfazia e deixasse a fazenda. Mas desde que ele enfim começara a atuar na profissão que aprendera, ela esperava continuar perto dele.

De todo modo, a esperança que ocultava dentro de si por um relacionamento mais íntimo jamais se concretizara. Sebastian evitava aproximar-se dela e chegava a ter medo de tocar sua mão ou seu ombro. Por vezes, ele se portava como uma garotinha, esquivando-se, olhando para o lado, e sempre ficava enrubescido. Durante um tempo, Lisa pensou que simplesmente não era seu tipo. Ela não era Kitty, que tinha todos os homens na palma da mão. Não era sedutora; poucos homens haviam se apaixonado por ela. E possivelmente apenas por causa da perspectiva da herança dos Melzers e seu busto farto, mas ela definitivamente dispensava essa categoria de admiradores. Ainda assim, se Sebastian tivesse interesse em seu corpo, a situação seria outra. Contudo, os últimos três anos infelizmente haviam mostrado que ele a estimava muitíssimo, mas não a desejava. Aquela rejeição lhe atingia em dobro, pois Klaus, seu marido, praticamente nunca reivindicava os direitos matrimoniais.

– Estou tentando transformar as anotações que fiz dos livros da igreja em um texto coerente... – explicou Sebastian, com a calma de sempre.

Impaciente, ela deu meia-volta e foi até a estufa, abaixou-se e abriu a porta. Com certeza, lenha não fora queimada ali desde a tarde do dia anterior.

– O que está procurando, Elisabeth? Não estou com frio. Por favor, não precisa acender essa estufa por minha causa...

– Mas *eu* estou com frio. E muito. Estou congelando!

Suas palavras soaram mais enérgicas e antipáticas do que pretendia, mas surtiram efeito: ela escutou Sebastian arrastar a cadeira. Ele se levantou e esperou um momento, sem saber o que fazer. Mas quando Elisabeth começou a jogar os primeiros tocos de madeira na estufa, Sebastian foi depressa até ela.

– Permita-me fazê-lo, Elisabeth – disse ele.

Ela olhou para cima e constatou que o homem parecia bastante preocupado e um tanto confuso. Melhor. A esperança é a última que morre, assim diziam.

– Você acha que eu não sei acender uma estufa?

Ele suspirou. Não, não era o que ele queria dizer.

– Suas mãos vão ficar sujas – justificou ele.

– Ai, que horror! – exclamou ela, com ironia. – A senhora da casa com as mãos imundas. Acha que é melhor você ficar com os dedos sujos? Não seria nada prático para escrever, não é?

Ela continuou entretida com a lenha, enquanto Sebastian a observava um olhar crítico. Por fim, ela pediu os fósforos.

– Um momento – respondeu ele.

Estavam em uma caixinha de madeira sobre a escrivaninha. Aparentemente ele tratava aquilo como um tesouro, pois precisava dos palitos para acender a lamparina. Ela até podia dar-lhe de presente o isqueiro do tio Rudolf. Mas tia Elvira não veria o ato com bons olhos.

– Eu realmente prefiro fazer isso, Elisabeth. Até porque não temos muitos fósforos – acrescentou ele.

Impressionante a pouca confiança que ele tinha nas habilidades dela. Aborrecida, Elisabeth estendeu a mão em direção à caixinha, enquanto a outra empurrava uma das toras de lenha para dentro da estufa. Foi quando tudo aconteceu.

– Ai! Inferno! – praguejou ela.

Algo afiado espetou a ponta de seu indicador. Ela levou o dedo sangrando à boca e queixou-se à exaustão. Por que aquilo tinha que acontecer justo agora?

– Uma farpa? – indagou ele.

– Não sei... Parece um prego.

Ela analisou o dedo e constatou que, de fato, havia um pontinho preto. Quando passou o polegar por cima, sentiu dor. Havia algo ali dentro.

– Deixe-me ver, Elisabeth...

Ele se inclinou e pegou a mão dela, virando-a para poder avaliar a ponta do dedo. Então, aproximou-a do rosto e retirou os óculos.

Engraçado, pensou ela. *Se toco em seus ombros, Sebastian age como se eu tivesse segundas intenções. E agora ele simplesmente agarra minha mão e fica apalpando, girando meus dedos. Parece até que...*

– Parece que bem no fundo tem uma farpa mesmo – declarou ele, com ar de especialista.

Sem os óculos, seus olhos eram muito mais claros. Radiavam uma determinação pouco costumeira. Elisabeth correspondeu ao olhar. Ele continuava segurando sua mão. Embora a ocasião não fosse nada romântica, ela desfrutava daquele contato.

– Temos que remover a farpa, Elisabeth. Pois pode virar uma ferida com pus. Melhor irmos até a mesa, vou acender uma lamparina para ver melhor...

Que maravilha. Ela se sentia como em um sonho. Aquele era mesmo Sebastian, tomando decisões com tanta confiança? Ela gostava daquilo. Como pudera pensar que ele fosse um covarde? Quando a situação exigia, ele de pronto revelava o homem que verdadeiramente era.

– Se o senhor está dizendo... – disse ela, consentindo. – Mas é só uma farpinha de nada.

Sebastian a conduziu até a cadeira e pediu-lhe que se sentasse. Ele só precisava acender a lamparina e providenciar uma agulha.

– Uma... agulha? – questionou Lisa.

Ele, que já removera a cúpula de vidro da lamparina, dirigiu o olhar para Elisabeth.

– Serei o mais cuidadoso possível – prometeu ele, com um sorriso tranquilizador.

Ai, Deus, pensou ela, apavorada. *Ele vai ficar cutucando meu dedo com a agulha.*

Quando era criança, certa vez a babá fizera o mesmo. E como Lisa gritara. A mãe viera correndo, pensando que algo horrível tivesse acontecido com a filha. Mas quando viu que se tratava apenas de uma farpa, pôs-se a rir sem piedade.

Sebastian ajeitou a lamparina e vasculhou a gaveta. Por fim, encontrou um alfinete que, sabe-se Deus como, fora parar ali dentro.

– Preparada? – perguntou ele.

A vontade dela era fugir correndo. Até poderia dizer que ela mesma faria aquilo. Ou talvez esperasse mais um pouco. Ou apenas deixaria que a natureza seguisse seu curso... Mas, nesse caso, não aproveitaria aquela maravilhosa proximidade entre os dois e tampouco a determinação tão máscula de Sebastian. Assim, simplesmente assentiu obedientemente e estendeu-lhe o indicador com valentia.

– Um pouco mais perto da luz... Isso. Tente não se mexer. Espere, vou ajudá-la... A senhora está muito nervosa.

Com a mão esquerda, ele agarrou a mão dela, envolvendo-a com firmeza, e pegou o dedo indicador. Então começou seu complexo trabalho.

No começo, ela sentiu apenas um pouco de cócegas. Em seguida, uma pontada, e foi preciso morder os lábios para não fazer barulho. Sentia a mão ser segurada com mais força, até que ele retirou um lenço limpo do bolso do casaco e enxugou uma gotinha de sangue do dedo.

– Já está acabando... Você é muito valente, Elisabeth.

Agora está falando comigo como se eu fosse uma garotinha, pensou ela. Por algum motivo, sentiu certo encanto. Se ele ao menos parasse de cutucar seu dedo. No mais, era magnífico vê-lo em seu novo papel de enfermeiro decidido e protetor.

– Pronto!

Ele mostrou a agulha. Na ponta, era possível ver o pequeno corpo invasor, preto e fino como uma linha. Sebastian logo envolveu cuidadosamente o dedo dela com um lenço e soltou sua mão.

– Graças a Deus! – exclamou ela com um suspiro, apalpando o curativo.

Que pena. Tinha acabado. Talvez ela pudesse quebrar a perna em uma próxima oportunidade?

– Espero que não tenha sido muito ruim – disse ele.

– Ai, imagina...

Sebastian guardou a agulha na gaveta e a fitou com um sorriso. Estava pálida?

– Algumas crianças entram em pânico quando tentamos tirar uma farpa do dedo delas.

– É mesmo?

– Sim, tive um aluno na escola que quis sair correndo de medo – contou ele.

Elisabeth esboçou um discreto sorriso e tirou o lenço do dedo. Não estava mais sangrando. Lentamente, ela se recompunha.

– Muito obrigada, Sebastian – disse ela, com carinho. – Estávamos acendendo a estufa.

– Se a senhora insiste.

– Com certeza. Não queremos que o senhor arrume uma pneumonia.

Contrariado mas obediente, ele balançou a cabeça e foi até a estufa, sacando um graveto em meio à lenha para acendê-lo na lamparina. Enquanto o fogo estalava e lambia um pedaço de madeira, ele esclareceu que a ideia da pneumonia era absurda. Até o momento, não tivera sequer um leve resfriado.

– E que continue assim, Sebastian. Eu me encarrego disso!

Resignado, ele se sentou à mesa, ao passo que Elisabeth permanecia junto à estufa para aquecer as mãos. Quando se virou para ele, viu que Sebastian colocara novamente os óculos e estava absorto em seu trabalho.

Ela o observou, pensativa. Era um homem robusto, ainda que um tanto desengonçado, com o rosto largo e os olhos azul-escuros. Ela o amava. Fazia três anos que ele se tornara alguém próximo e, no entanto, inalcançável. Uma tortura. E depois de tanto tempo, Elisabeth aprendera algo novo sobre ele: Sebastian se mostrava forte quando ela fraquejava. E precisava usar isso a seu favor.

6

Leo nunca vira tanto brilho. Tudo reluzia de tal maneira que ofuscava a vista: copos, letras douradas, os frasquinhos... além dos broches e anéis nos dedos das muitas senhoras.

– Os anjinhos podem chegar um pouco para trás? Não fiquem aí no meio do caminho!

Julius e Hanna traziam taças cheias em bandejas de prata e ofereciam vinho e espumante aos presentes. Os cavalheiros vestiam ternos cinza e pretos e as damas usavam roupas coloridas, sapatos de salto e meias de seda que reluziam.

– Aquele ali foi mamãe quem pintou – disse Henni.

Ela apontava para uma paisagem invernal. Além de duas casas e uma cúpula bulbosa, via-se apenas neve. Logo em frente, tia Kitty pintara a América: arranha-céus, um cacique indígena com cocar de penas e a famosa Estátua da Liberdade, em Nova York.

Um piano era responsável pela música ambiente. Leo esgueirou-se por entre um grupo de senhoras que tomavam espumante para ver a Sra. Ginsberg tocar. Marie havia contratado a mãe de seu amigo naquela noite, mas Walter infelizmente não pudera ir. A inauguração do ateliê de sua mãe era destinada apenas a convidados, dissera o pai.

A Sra. Ginsberg encontrava-se de costas para o público, pois o piano estava junto à parede. Ela executava um estudo de Chopin, uma peça bastante difícil para a qual os dedos de Leo ainda eram muito curtos e pouco flexíveis. Quando alguém tocava tão bem quanto a Sra. Ginsberg, a melodia transmitia o encanto e a leveza de um verão ligeiro.

– Posso virar as páginas das partituras? – pediu o menino.

– Se quiser, claro!

Ele colocou-se à esquerda dela, tal como a Sra. Ginsberg lhe ensinara. Sempre que virava as páginas, ele ficava na ponta dos pés e as segurava pelo canto superior direito. Quando a mulher acenava, Leo trocava a página cuidadosamente. O importante era lembrar-se de manter o braço bem levantado para não cobrir a partitura. Mas, de qualquer modo, a Sra. Ginsberg sabia praticamente tudo de cor e, na verdade, mal precisava consultá-la.

– Por que estão falando tão alto? – perguntou ele, aborrecido, voltando-se para os convidados.

– Shh, Leo. Somos só música ambiente. O pessoal quer conversar. Ver o novo e lindo ateliê da sua mãe...

Leo fez um bico e virou para o piano. *Se só querem falar, então não precisam de música*, pensou ele. Era um pecado tratar assim o talento da Sra. Ginsberg. Esticou o braço para folhear a partitura a tempo. Era fácil aprender a sequência de notas, pois enquanto seus olhos deslizavam por elas, ele escutava o som. Nota e som eram uma coisa só. Além disso, Leo sabia como cada nota soava. A Sra. Ginsberg afirmara que ele tinha ouvido absoluto. Fora uma surpresa, pois o menino sempre pensara que todo mundo podia reconhecer notas musicais.

– Me passe o volume com as sonatas de Schubert – pediu ela.

Leo pegou o livro de capa dura da pilha disposta em um banco junto ao piano. Ele gostava muito de Schubert e já sabia tocar muito bem dois de seus "Improvisos". Se ao menos pudesse praticar mais... No entanto, a mãe permitia que tocasse apenas meia hora por dia. E quando o pai chegava em casa, era preciso parar imediatamente. Leo aguçou os ouvidos quando a Sra. Ginsberg começou a tocar uma das sonatas – aquela peça ainda lhe era desconhecida. A primeira frase soava como um passeio feliz pelos campos e pastos. Não era exatamente difícil, talvez ele também conseguisse. O problema principal era que seus dedos ainda eram muito curtos e nem sequer cobriam uma oitava. Às vezes ele puxava os dedos para que crescessem mais rápido, mas até o momento não tivera sucesso.

– Leo, meu garoto! O que você está fazendo aí no piano? Está atrapalhando a Sra. Ginsberg.

Ele franziu o cenho, mas Serafina von Dobern não percebeu, pois o menino estava de costas para ela. Leo sentia horror daquela mulher. O que tinha de meiga também tinha de falsa. Fosse em suas visitas à mansão ou quando a encontravam na cidade, sempre agia como se a educação dele e da irmã fosse assunto dela. Mas Serafina não tinha direito de lhes dizer nada, pois era apenas uma amiga da tia Lisa.

– Não estou atrapalhando, estou virando as páginas – respondeu ele, corrigindo-a enfaticamente.

Infelizmente, Serafina pouco se importou com a explicação. Ela o segurou pelos ombros e o conduziu pela sala até uma cadeira, na qual ele deveria sentar-se.

– Seu pai não gosta que as crianças incomodem os adultos – advertiu Serafina, com um sorriso forçado. – Em ocasiões como hoje, vocês têm que ficar quietinhos, sem chamar a atenção.

Serafina era bastante magra e tinha a pele muito branca. Aplicara blush nas bochechas, provavelmente por pensar que ficaria mais bonita. Mas, com aqueles óculos e o queixo pontudo, mais parecia uma coruja-das-neves. A mulher então ordenou que Leo ficasse ali sentado e foi procurar Dodo e Henni. Com Henni teve azar, pois ela estava acompanhada da mãe. Serafina sabia que contra tia Kitty ela não tinha chance. A pobre Dodo, por sua vez, agarrou-se ao tio Klippi, que pouco se importou quando Serafina a levou.

– Agora fiquem sentadinhos aqui, seus lindinhos. Leo, deixe sua irmã se sentar, os dois cabem na cadeira. O bumbum de vocês ainda é magrinho.

Que ridículas aquelas risadinhas. Furiosíssima, Dodo sentou-se na ponta da cadeira e fungou, como se estivesse com o nariz entupido. Enquanto Serafina acenava para que Hanna trouxesse os canapés, Dodo cochichou para o irmão:

– O que ela tem a ver com nosso bumbum? Ela devia era cuidar do dela, aquela mocreia...

– Como se ela tivesse um... – respondeu Leo, maldoso.

Os dois riram e se deram as mãos. Dodo era parte dele. Suas piadas eram boas, ela estava sempre ao seu lado e era esperta e corajosa. Sem Dodo, algo lhe faltava. Sua outra metade.

– Peguem um canapé, crianças. Devem estar com fome – falou Serafina.

E ainda se fazia de generosa. Como se fossem os canapés *dela*. Leo captou o olhar compassivo de Hanna, que deu um sorriso e abaixou a bandeja para que pudessem ver melhor o conteúdo. Hanna era um amor. Ela o admirava por tocar piano. Era uma pena que fosse virar costureira. Por que Serafina não sabia costurar?

– Obrigada, não gosto de canapé – resmungou Dodo. – Estou com sede.

Serafina ignorou a vontade de Dodo, dispensou Hanna e explicou-lhes que os dois deveriam ficar ali sentados, pois em breve começaria o desfile de moda. Todos se sentariam para admirar os belos vestidos que a mãe deles desenhara e cosera.

Ela se afastou para servir-se de canapés e conversar com Alicia e a esposa do diretor Wiesler. Do outro lado, junto à paisagem invernal russa, estava a tia Kitty rodeada por um mar de gente. Eram seus amigos do clube de artes. Leo conhecia alguns deles: dois pintores e um rapaz gordo que tocava violino. Eles tomavam espumante e riam tão alto que atraíam os olhares dos demais convidados.

– São todos amigos de trabalho de Paul. – Era a voz de Kitty. – Diretores de banco, advogados, pessoal da indústria, magistrados e sabe-se lá quem mais. É a nata de Augsburgo, junto com as esposas e os filhos.

– Olha ali a Henni – disse Dodo, apontando o queixo na direção da prima. – Ela já comeu no mínimo uns dez canapés. Só o de ovo com caviar.

Leo franziu os olhos, pois assim enxergava melhor. Henni estava na porta do quarto de costura, bebendo uma taça de espumante que alguém deixara pela metade. Se mamãe visse, ela seria mandada imediatamente para casa. Álcool era terminantemente proibido para as crianças.

– Que droga de inauguração! – queixou-se Dodo. – Muito chata. E que barulho! Já estou com o ouvido doendo.

Leo concordou. Se estivesse em casa, poderia tocar piano e ninguém o incomodaria. Ele suspirou fundo.

– E vocês dois aí? Está chato? Já, já vai ter coisas para ver, Leo. E depois vou te mostrar as máquinas de costura novas. Com pedal. Finíssimas!

Paul acariciou a cabeça dos filhos, tentou animá-los com o olhar e voltou a ocupar-se com os convidados. Leo o escutou falando com o Sr. Manzinger sobre o *rentenmark*, que valia um bilhão de marcos em papel-moeda. Talvez a situação começasse a melhorar e os preços se estabilizassem. Mas o Sr. Manzinger duvidava. Enquanto as reparações de guerra continuassem sufocando a Alemanha, a economia jamais conseguiria se reerguer. A tal da república era inútil, só sabiam falar e trocar de governo a cada poucos meses. Precisavam de um homem como Bismarck. Um chanceler de ferro.

– O que é um chanceler de ferro? – perguntou Dodo.

– Deve ser algo parecido com um soldadinho de chumbo.

Que entediante aquilo tudo. Leo tentava abrir o primeiro botão da camisa. Ele estava a ponto de sufocar naquele terno apertado no qual a mãe lhe enfiara. Há tempos o traje ficara pequeno, mas Marie dissera: "Só hoje, por mim." Bom, se ouvissem um barulho alto, seria o terno estourando.

– Papai vai te mostrar as novas máquinas de costura – disse Dodo, em tom acusador. – Só para você. Mas eu queria ver também.

Leo bufou com desdém. Máquinas pouco lhe importavam. E as de costura eram coisa de mulher. Muito mais interessante era o interior de um piano. Ele havia visto uma vez, quando o afinador abrira a tampa do instrumento. Ali estavam as cordas, tensionadas por um quadro de metal. Tão esticadas que enrijeciam. Ao tocar uma tecla, um pequeno martelo de madeira revestido com feltro golpeava uma das cordas. O piano era uma máquina complexa e, ao mesmo tempo, parecia uma pessoa. Ele podia ficar feliz ou triste, alegrava-se quando o tocavam direito e, às vezes, quando tudo corria bem, era possível flutuar com ele. Walter contara que com o violino acontecia a mesma coisa. Na verdade, com todos os instrumentos. Até com o tímpano. Mas Leo duvidava.

– Por que estão só aí sentados?

De súbito, Henni estava ao lado deles, com o rosto vermelho e os olhos brilhantes.

– Por causa da Serafina!

– Ela não está nem olhando.

De fato, Serafina estava no fundo do salão, junto aos arranha-céus americanos, segurando uma taça de espumante enquanto conversava com o Dr. Grünling. E sem parar de dar aquelas risadinhas ridículas.

– Vou mostrar uma coisa para vocês.

Henni puxou Dodo pelo vestido e abriu caminho por entre os convidados. Leo não tinha a menor vontade de ficar correndo atrás da prima. Ela estava querendo se fazer de importante, algo que já era quase um hábito. Por outro lado, os dois estavam morrendo de tédio ali. No fim das contas, Dodo seguiu a prima e Leo, contrariado, foi logo atrás.

Henni correu para dentro do quarto de costura. As máquinas que o pai mencionara estavam enfileiradas junto à parede, guardadas em pequenos baús de madeira. Ao lado da porta, Marie pendurara dois grandes espelhos e, logo abaixo, havia mesinhas com toda sorte de objetos de beleza. Escovas de cabelo, presilhas, maquiagem, entre outros. Do outro lado, havia cabideiros com barras longas, nas quais provavelmente os modelos da mãe estavam pendurados – não era possível ver, pois tinham sido cobertos com panos cinza.

– Ali embaixo tem um pássaro de prata – cochichou Henni.

– São os vestidos da mamãe, sua burra – repreendeu Dodo. – Deixe isso aí, não podemos tocar em nada!

Henni já se enfiava embaixo do pano para procurar o pássaro prateado em meio aos vestidos. O cabideiro começou a balançar, parecendo um monstro cinzento que se propunha a bailar.

– Peguei! – exclamou Henni de dentro do monstro. – É um... um... passarinho brilhante.

Leo e Dodo se enfiaram embaixo do pano também. Por mais que quisessem ver o pássaro, mais importante ainda era proteger os modelos da mãe das mãozinhas grudentas de Henni.

– Onde?

– Ali! Todo de prata...

Era verdade. Costurados em um tecido azul cintilante, estavam minúsculos disquinhos prateados que formavam um pássaro de asas abertas.

Leo estava a ponto de pegar Henni pelo braço, para afastá-la dos cabideiros da mãe, quando percebeu gente entrando no quarto de costura.

– Rápido. Podem seguir a ordem em que eu pendurei os vestidos. Primeiro os vestidos para a tarde... Hanna, você vai entregando as roupas. Gertie, ajude as meninas a se vestirem. Kitty vai fazer a inspeção final. Ninguém sai sem o meu sinal.

Era a mãe deles. Nossa, como estava nervosa. O que estavam fazendo? Seria o desfile que Serafina mencionara?

Dodo se agarrou ao pano cinza, Henni acocorou-se no chão; provavelmente a tolinha pensava que não seria vista se ficasse totalmente encolhida. Não tinha jeito. Mamãe logo descobriria os três e o sermão seria certo.

Mas não foi o que aconteceu. Alguém puxou o pano cinza de cima dos vestidos e, com um rápido movimento, jogou-o para trás do cabideiro. Dodo, Henni e Leo sumiram embaixo do tecido. Ninguém os viu, era como se usassem uma capa de invisibilidade.

Ficaram um tempo agachados no chão, até que Dodo espirrou e Leo pensou que seria o fim. Mas as mulheres, nervosas como estavam, nada perceberam.

– A saia é ao contrário... isso, assim... Coloca o sutiã, senão a blusa vai ficar estranha... Espera, tem uma mechinha no seu rosto... A costura está torta... Os marrons não, pega os sapatos mostarda... Espera, os colchetes estão abertos...

A voz da mãe vinha do salão principal do ateliê. Ela apresentava as roupas a todos, falava sobre os tecidos usados e sobre a ocasião adequada para cada um. Entre uma explicação e outra, ouviam-se clamores como "Ohhh", ou "Ai, que lindo!", ou "Gente, que gracinha". A Sra. Ginsberg tocava Schumann e Mozart, alguém tossia sem parar e um copo se quebrou em algum canto.

Leo tinha a sensação de sufocar por baixo daquele pano. Ele precisava de ar, não importavam as consequências. Se morresse ali, a mãe tampouco ficaria feliz. Com cuidado, levantou discretamente o tecido e respirou fundo. O cheiro era incomum. Não era como no quarto de costura da mãe na mansão. Era mais como perfume. E ar parado. E roupa de baixo. Um cheiro de... de... mulher.

Ele afastou os trajes para as extremidades do cabideiro, na tentativa de enxergar o que se passava no cômodo. Era impressionante. Duas mulheres de pé, diante dos espelhos. Ele podia ver suas costas e seu reflexo. Uma delas, de cabelo ruivo, despiu a blusa e, sem seguida, a saia. A outra usava um traje de banho azul-escuro com bordas brancas, e tia Kitty separou para ela um chapéu de palha azul. A moça moveu os quadris e ajeitou as alças da peça. A outra mulher vestia apenas sutiã, e Gertie o abria pelas costas... Leo se sentiu tonto. Ele nunca havia visto uma mulher sem roupa. Meninas já. Até dois ou três anos atrás, ele tomava banho com Dodo, até que não quis mais. Mas Dodo ainda não tinha seios. Ao contrário daquela moça...

– Vire-se para mim – instruiu a voz de tia Kitty. – Muito bem. Pegue a capa, mas deixe aberta. No final, você deixa cair para todo mundo ver o maiô. Vamos lá!

Uma terceira moça chegou acalorada. Ao entrar, parou de rir e livrou-se do vestido verde. Igualmente verdes eram suas ligas.

– O azul?

– Não, primeiro o lilás...

Alguém pegou um vestido no cabideiro, e Leo de repente estava diante dos imensos olhos horrorizados de Hanna. Ele não percebera que as roupas eram retiradas e vestidas uma após a outra, acabando com seu esconderijo.

– O que houve, Hanna?

– Nada... nada não... – respondeu ela. – Estou um pouco tonta. Acontece às vezes quando me abaixo.

Hanna não sabia mentir. Qualquer um percebia. Principalmente Kitty, que nessas situações era ainda mais observadora que Marie.

– Não estou acreditando nisso! – exclamou Kitty.

A tia afastara os vestidos com os braços e agora encarava o rosto pálido e amedrontado de Leo.

– Dodo? Henni? – chamou ela em tom ameaçador.

Dodo revelou-se por baixo do monte de tecido cinza. Henni permaneceu imóvel, agachada no chão.

– Quem deixou vocês entrarem?

Dodo tomou a iniciativa, pois Leo estava confuso e Henni fingia não estar ali.

– Só queríamos ver esses vestidos bonitos – justificou a menina.

Kitty não tinha nem tempo nem paciência para escutar explicações. Atrás dela, a moça de maiô já aguardava o chapéu. Gertie tirava do cabideiro um amálgama de rendas pretas e tecidos transparentes que pareciam teias de aranha.

– Me dá o vestido de noite, Gertie – pediu tia Kitty. – Leve as crianças lá para trás, onde está o Julius. Peça para levá-las de volta à vila agora mesmo. Henni! Saia daí. Eu sei que é você aí agachada!

Tudo aconteceu muito rápido. Gertie os puxou de trás do cabideiro, os livrou do tecido cinza e de repente eles já estavam no escritório, em seguida no jardim de inverno, onde Julius desfrutava de uma taça de vinho e fumava um charuto.

– Você precisa levá-las para casa… – falou Gertie.

Julius olhou aborrecido para as três crianças, cujos rostos estavam estampados com o sentimento de culpa. A tarefa vinha em péssima hora, bem quando ele começava a relaxar.

– Que tal acrescentar "Por favor, Sr. Kronberger"? – resmungou ele.

Gertie ignorou. Mas Julius insistiu:

– Até parece que nasceu com o rei na barriga.

– Faz o que estou falando e não cria caso – asseverou ela.

Gertie deixou as crianças e voltou para o quarto de costura. O desfile aproximava-se do ápice, então sua ajuda era imprescindível.

Julius terminou o vinho de um só gole e guardou o charuto.

– Então vamos lá, patrõezinhos. Pela porta de trás, não pela loja. Vamos vestir os casacos.

Ele trouxe os sobretudos e colocou o gorro de lã em Henni. Milagrosamente, ela não se queixou como sempre fazia. Daquela vez seu arrependimento parecia sincero.

Atravessaram o jardim, em seguida percorreram uma viela escura que desembocava na Karolinenstraße. Ficaram esperando alguns minutos no frio enquanto Julius buscava o carro.

– Mas também, já mais do que passou da hora de vocês, né? Que traquinas – comentou ele.

Os três estavam sentados em silêncio no banco traseiro.

– Tem razão – respondeu Dodo.

Leo preferiu ficar calado. Ainda estava afetado pelo que vira e se sentia péssimo. Henni produzia ruídos estranhos com a garganta.

– Não! – repreendeu Julius. – No estofado, não. Raios, mil vezes raios. No estofado, não!

De um salto, ele saiu do carro e abriu a porta traseira para tentar cobrir os bancos de couro com jornal. Era tarde demais.

– Eca! – disse Dodo, enojada, espremendo-se do outro lado do banco.

– Agora estou melhor – murmurou Henni, com um suspiro.

7

A cozinha da Vila dos Tecidos estava a todo vapor naquela noite de sábado. Julius acabara de retirar a mesa no andar de cima. Auguste ocupava-se com as sobras, que guardava em pequenos recipientes para levar à despensa, enquanto Gertie, que fazia duas semanas assumira o cargo de Hanna, lavava a louça. Hanna também estava na cozinha: embora estivesse aprendendo a costurar no ateliê, continuava morando e comendo na Vila dos Tecidos. Sentada à mesa com ar melancólico, ela mordiscava um sanduíche de presunto, encarando o indicador direito. Estava enfaixado.

– Eu sempre soube que você era muito atabalhoada para virar costureira – alfinetou Auguste, quando passou por ela. – Costurou o próprio dedo! Como é que pode? Seu nome devia ser Srta. Hanna Trapalhona...

– Quer deixar a garota em paz? – bradou a cozinheira em pé diante da mesa, cortando aipo, cenouras e cebolas.

Paul convidara vários amigos do trabalho com as respectivas esposas para jantar na noite seguinte, e era importante já adiantar alguns pratos. Sobretudo o caldo de carne, que seria servido como segundo prato junto com *Maultaschen*, a massa recheada. A carne cozida viraria um ensopado para os funcionários. Já os senhores comeriam barriga de porco recheada com repolho roxo. Também prepararia o recheio na véspera, de forma que os temperos apurassem para o dia seguinte.

– E o que vai nesse recheio? – gritou Gertie, junto à pia.

– Você vai ver – respondeu a Sra. Brunnenmayer, que não gostava de revelar o segredo de suas receitas.

– É carne de porco moída, né? E pão ralado, né? E sal e pimenta... e... acho que noz-moscada, né?

– Carne de lagartixa moída, graxa de sapato e fuligem – replicou a Sra. Brunnenmayer, rabugenta.

Julius soltou uma gargalhada maliciosa; Auguste também riu; apenas Hanna estava abatida demais para unir-se à zombaria.

Mas Gertie não se deixava intimidar tão facilmente. Não era seu primeiro emprego, embora nunca tivesse trabalhado em uma casa tão grande. Os Melzers tinham até mesmo um criado, sem contar a cozinheira, a ajudante e a copeira. Dizia-se que antes da guerra trabalhavam ali ainda dois jardineiros, duas copeiras e duas camareiras. E uma governanta também. Aqueles tempos de fartura haviam passado – mas, conforme se escutava, as coisas na fábrica têxtil vinham melhorando. Talvez estivessem até pensando em novos funcionários.

Não se podia dizer que Gertie ficara entusiasmada quando a Sra. Katharina Bräuer ofereceu-lhe o cargo de ajudante de cozinha na Vila dos Tecidos.

– Você não precisa ser ajudante de cozinha para sempre – dissera a Sra. Bräuer. – Se fizer o serviço direitinho, pode ser promovida.

Gertie ficara impressionadíssima ao saber que a jovem Sra. Melzer também começara como ajudante de cozinha na mansão. Pois bem, embora não houvesse na família um cavalheiro disponível para o matrimônio, ela poderia ascender para copeira ou, quem sabe, camareira. Ou virar cozinheira. Claro que primeiro precisaria aprender o ofício e fazer um curso na área. Ela não poderia pagar, mas talvez os senhores...

– E coloca *kümmel* também, né? – indagou ela. – E manjerona.

– A manjerona é para as almôndegas de fígado, não para o recheio do porco! – esbravejou a Sra. Brunnenmayer, mordendo os lábios.

A garota teimava em desconcentrá-la com sua tagarelice.

– E se você não fechar o bico agora mesmo, te mando até o porão para separar batatas! – gritou ela, aborrecida.

Concluído o trabalho, Auguste sentou-se aos suspiros ao lado de Hanna e afirmou estar esgotada. Sua barriga estava tão grande que seria possível apoiar uma xícara de café em cima. Ela se queixava diariamente que a criança que carregava no ventre só podia ser o filho do capeta, de tão grande e agitada que era.

– E ainda me chuta. Nas costas. Mal consigo ficar deitada de noite... Só melhora quando Gustav faz massagem com aquela mão forte.

A mulher havia servido em um prato os restos do jantar dos senhores, colocando-o no centro da mesa para que todos pudessem beliscar um pouco. Linguiça defumada, conserva de pepino, pão com manteiga e alguns cubinhos de torta de ameixa que, na sua opinião, devia ser comida assim, aos pedaços.

– Tem um pouco da trança de pão ainda – avisou a Sra. Brunnenmayer. – Pode levar para sua prole.

Auguste já havia separado quatro pedaços de bolo e contava, de boca cheia, como Gustav era trabalhador.

– Ele já está montando as proteções dos canteiros das mudinhas. Foi possível porque o senhor finalmente nos deu os vidros das janelas velhas do ateliê.

– Ninguém vai vir secar a louça? – queixou-se Gertie, junto à pia.

Auguste fingiu não escutar.

Por fim, Hanna levantou-se e pegou um pano de prato.

– Onde Else se meteu? – perguntou ela, curiosa.

– É a folga dela – respondeu Auguste.

– Mas já passa das oito. Normalmente ela volta bem antes disso...

Auguste soltou uma risadinha e comentou que ela talvez tivesse encontrado um admirador bonitão e os dois estivessem se divertindo no hotel Kaiserhof.

– Ou talvez estejam no cinema Luli, na Königsplatz, vendo alguma coisa de Charlie Chaplin.

– Está doida, Auguste? – indagou Julius. – A Else? Eu duvido!

Em sua opinião, os cinemas fechariam em breve. O que um filme tinha de especial? Não passava de imagens em movimento. E como os atores eram artificiais ao se moverem! Não podiam falar, então vinham sempre aquelas cartelas de texto estúpidas. E o piano que não parava... Não, ele preferia ir aos teatros de revista, lá sim havia pessoas de verdade.

– É mulher pelada que você quer ver, isso sim! – retrucou a cozinheira, intrometendo-se enquanto mexia uma panela fumegante no fogão.

– De forma alguma, Sra. Brunnenmayer – respondeu Julius, indignado. – Elas são artistas.

Auguste soltou uma sonora gargalhada, seguida por Gertie, e até mesmo Hanna deu uma risadinha contida.

– Podem até ser artistas. Mas não deixam de estar peladas.

Julius olhou para o teto e suspirou.

– Se você quiser, Hanna... – disse ele, em tom suave. – Bem, se quiser, posso te convidar um dia para ir ao teatro de revista. Você vai gostar.

Hanna agarrou um prato e o secou.

– Não, obrigada – recusou ela, educadamente. – Melhor não.

Julius franziu o cenho e tomou um gole de chá. Já estava acostumado com a resistência de Hanna, mas nunca desistia. Provavelmente por acreditar que quem persiste sempre alcança um bom resultado.

– Se você me convidar, não me farei de rogada – comentou Gertie.

Julius não respondeu; já Auguste comentou, risonha, que Gertie podia esperar sentada.

– Nosso Julius só quer saber da pequena Hanna – declarou ela. – Mas a menina é uma graça mesmo. Tolo foi o tal do Grigorij, que fugiu. Mas os russos são assim mesmo. Não sabem o que é bom. Sabe as reparações de guerra que estamos pagando para eles? Estão gastando tudo em bebida.

– Isso é conversa fia... – rebateu Hanna, mas se interrompeu quando escutaram batidas à porta lá fora.

– É Else – comentou a cozinheira, franzindo a testa. – Já estava na hora. Abra a porta, Hanna.

No entanto, quando Hanna deslizou o trinco e abriu a porta, não era Else, mas Maria Jordan. Ela se protegia do frio com uma capa de lã xadrez e um grosso cachecol de tricô. Ao entrar na cozinha, foi possível ver que ela tinha o rosto vermelho por causa da friagem.

– Ora se não é a senhora diretora do orfanato! – exclamou Auguste, com ironia. – Deixou as criancinhas sozinhas e veio ler as cartas para seus velhos amigos?

Maria Jordan não esboçou qualquer reação. Após cumprimentar todos, livrou-se do cachecol. Julius a ajudou com as roupas e pendurou-as no gancho.

– Que vento gelado! – reclamou ela, esfregando os dedos frios. – Vai nevar com certeza. Domingo que vem já é o primeiro Advento.

Sorrindo como se fosse uma convidada há muito esperada, ela aceitou uma caneca de chá com açúcar e o último pedaço da deliciosa torta de ameixa.

– Está trabalhando de ajudante de cozinha aqui, Gertie? – perguntou ela, mastigando.

– Já é minha segunda semana.

Jordan acenou com a cabeça e comentou que já testemunhara ajudantes de cozinha terem uma ascensão meteórica na Vila dos Tecidos.

– E você? – perguntou a cozinheira, que tinha diante de si uma grande tigela de cerâmica com os ingredientes do recheio. – Como estão as coisas, Jordan?

– Eu? Bem, não posso me queixar...

– Que bom – respondeu a Sra. Brunnenmayer, salpicando uma generosa pitada de sal sobre a mistura na tigela.

Gertie, que lavava a bandeja grande, esticou o pescoço para ver quais temperos a cozinheira havia separado. Mas já tinha percebido que os rótulos dos potinhos de cerâmica brancos e azuis quase nunca coincidiam com o respectivo conteúdo.

– E aqui na vila? – inquiriu Jordan. – É verdade que vão contratar uma preceptora para as crianças?

– Infelizmente, sim – replicou Hanna. – A Sra. Melzer mais velha *já* contratou uma preceptora. Contra a vontade da filha e da nora. Dizem que é uma pessoa horrível. A pobre Dodo se acabou de chorar comigo ontem à noite.

Com ares de nobreza, Maria Jordan tomava seu chá em pequenos goles, mantendo o dedo mindinho erguido. Gertie considerava aquele comportamento esquisitíssimo, ainda mais vindo de uma ex-funcionária. Mas já haviam lhe explicado que Maria Jordan era uma pessoa muito "peculiar".

– Então as crianças já a conhecem – comentou Jordan. – Qual o nome dela?

Julius bocejou com vontade, com os olhos já se fechando; provavelmente sua vontade era ir para a cama. Mas como Hanna ainda estava na cozinha, ele se negava a subir.

– Ela se chama Serafina – respondeu Hanna.

Jordan franziu a testa.

– Serafina von Sontheim, ou algo assim?

– Não. Serafina von Dobern. Parece que é amiga da Sra. Elisabeth.

Jordan assentiu. Conhecia a moça. De fato, não era uma pessoa fácil. Pobres crianças. Sentia muito por elas.

Gertie constatou que, exceto por ela e Julius, todos os funcionários já sabiam algo de Serafina von Dobern. Uma aristocrata decadente. Magra e feia. Queixo pontudo. Chata de doer. Outrora cobiçara a posição de Sra. Melzer.

– Isso não vai dar certo – comentou Jordan. – Pensava que a velha Sra. Melzer fosse mais esperta. Mas, claro, ela já tem certa idade...

Com uma colher de chá, a cozinheira provou o recheio, assentiu satisfeita e cobriu a tigela com um pano de prato seco.

– Toma, Gertie – ordenou a cozinheira. – Leve para a despensa e guarde os temperos na estante.

Em seguida, foi até a pia lavar as mãos.

– E como está a horta, Auguste? – perguntou Jordan.

Auguste dispensou o assunto com um gesto. Não tinha vontade de falar sobre seus problemas, muito menos com Jordan.

– Agora, com o inverno chegando, não tem muito o que fazer. Além disso, daqui a pouco eu saio de licença – respondeu, direta.

– Claro, claro – disse Jordan, com o olhar cravado na barriga protuberante de Auguste. – Então acredito que uma renda extra não lhes cairia nada mal, certo? Em breve é Natal… Os rapazinhos e a menina vão querer ganhar alguma coisa.

Presentes de Natal estavam fora de questão na casa dos Blieferts. Eles poderiam dar-se por satisfeitos se tivessem um pequeno assado para a ceia.

– Que renda extra? Está querendo alguém para te ajudar a ler as cartas, Jordan? – debochou Auguste.

Maria Jordan sorriu e recostou-se na cadeira. Com as mãos cruzadas sobre o ventre, a mulher irradiava arrogância.

– Estou com uns servicinhos para quem quiser. Pintar paredes. Colocar piso. Trocar o encanamento das estufas…

Todos na cozinha a fitaram com diferentes níveis de descrença. Gertie também não sabia o que pensar. Não se dizia por aí que Maria Jordan, diretora do orfanato, havia perdido seu emprego por causa da inflação?

– Você? – indagou Auguste, sem saber se ria ou se continuava séria. – É você quem está oferecendo esses trabalhos?

– Mas claro! – Ela sorria em sua cadeira, satisfeita com o efeito de suas palavras.

– E vai pagar também, não é?

– Claro que vou.

– Sim, mas… – gaguejou Auguste e, em busca de ajuda, olhou para a Sra. Brunnenmayer, que estava tão perplexa quanto os demais.

– Recebeu uma herança, foi? Ou é um pretendente rico?

Maria Jordan encarou a cozinheira com ar acusador. O que estavam pensando dela?

– Hoje em dia a mulher vai atrás do próprio sustento – anunciou, acenando com a cabeça. – Quem depende de ajuda alheia está perdido.

Esperou o burburinho cessar na mesa e prosseguiu:

– Comprei dois pequenos imóveis na Milchberg e preciso ajeitá-los um pouco. Para alugar os apartamentos.

Auguste estava boquiaberta. Hanna quase deixou cair o último prato que secava. A Sra. Brunnenmayer derramou o chá. Julius, por sua vez, fitava Jordan com genuína admiração.

– Imóveis – balbuciou a Sra. Brunnenmayer. – Você comprou dois imóveis. Diga logo, Jordan. Está nos fazendo de palhaços?

Ela deu de ombros e disse que, acreditassem eles ou não, a situação era aquela. Do contrário, a inflação teria devorado todas as suas economias. E como havia juntado um pouco de dinheiro, o banco lhe concedera um crédito e ela investira tudo sem demora.

– Entendi – murmurou Julius, mordido de inveja. – E a senhorita pagou uma bagatela nas casas, pois os donos estavam em apuros. E a inflação varreu a dívida com o banco. Negócio limpo! Meus parabéns, Srta. Jordan.

Ele foi o único a expressar algo; todos os outros se calaram. Maria Jordan, aquela velha raposa. Concluíra sua obra-prima. Sua bonança certamente advinha da desgraça alheia, mas assim eram as coisas naqueles tempos difíceis.

Auguste foi a primeira a se recompor.

– Quanto você paga?

– Diga para Gustav me procurar, chegaremos a um acordo.

– Nada disso – retrucou Auguste. – O preço você acerta comigo. Te conheço muito bem, Jordan.

– Como queira, Auguste. Mas saiba que vou abrir uma delicatéssen no térreo. Pensei em comprar flores e hortaliças de vocês.

– Nós vendemos nossos produtos na feira.

– Passa lá em casa amanhã. São os dois prediozinhos na esquina. Meu nome já está na campainha.

Então ela se levantou e fitou Julius, como se lhe pedisse algo. Gertie mal podia acreditar, mas o criado – em geral tão soberbo – prontamente lhe trouxe a capa e o cachecol. Inclusive ajudou Maria Jordan a se vestir, sorrindo, como se estivesse diante de uma verdadeira dama, sendo que ela não passava de uma camareira demitida que juntara algum dinheiro. Mas assim era a vida. O dinheiro fazia qualquer um subir na hierarquia.

– Uma boa noite para todos – disse Jordan, com o sentimento de triunfo evidente no olhar. – Até amanhã, Auguste!

Julius a acompanhou até a saída e trancou a porta. Um silêncio de perplexidade tomou brevemente a cozinha.

– Alguém me belisca – murmurou a Sra. Brunnenmayer.

– Já, já ela cai do cavalo – comentou Auguste, com desprezo. – Uma delicatéssen! Na Milchberg! Só rindo! A Jordan vendendo iguarias...

– E por que não? – indagou Gertie.

– Porque ela não entende nada disso, tolinha – respondeu Auguste.

– Mas coragem ela tem – insistiu Gertie. – Andando sozinha pelo parque nessa escuridão, e depois até a cidade.

O olhar venenoso de Auguste em nada a afetou. Ela não era Hanna, que se deixava intimidar com facilidade. Com ela, Auguste acabaria mordendo a própria língua venenosa.

– A noite está um breu – comentou a Sra. Brunnenmayer. – Já passa das nove. Onde diabos a Else se meteu?

Auguste levantou-se da cadeira com esforço e reclamou do inchaço nas pernas. Compadecida, Hanna foi buscar seu casaco e o cachecol.

– Por que tanta preocupação? Ela já deve estar lá em cima há tempos, roncando na cama.

– E ela entrou como?

A entrada de serviço levava à cozinha, e, se Else tivesse voltado, teria sido vista pelo menos pela Sra. Brunnenmayer, que estava desde o meio-dia no fogão.

– Vou para casa. Liesel já deve ter colocado os meninos para dormir – avisou Auguste, envolvendo a cabeça com o cachecol. – Durmam bem.

Gertie abriu a porta e esperou que Auguste acendesse a vela da lanterna. O vento balançava a saia e o xale dela, enquanto cruzava o pátio custosamente, até chegar ao caminho de pedrinhas que conduzia ao casebre do jardim através do parque outonal.

Liesel acabou de fazer 10 anos, pensou Gertie, enquanto fechava a porta e passava o trinco. *E já tem que fazer o papel de mãe dos meninos. Coitada.*

Na cozinha, havia restado apenas a Sra. Brunnenmayer, que enchia o aquecedor de água do fogão. Os demais haviam subido.

– Boa noite!

– Bons sonhos – respondeu a cozinheira.

Gertie não havia subido nem três degraus da escada de serviço quando deu de encontro com Hanna, seguida por Julius.

– Else está lá em cima. Está com um ronco tão estranho. Acho que precisamos chamar o médico.

Ao pé da escada estava a Sra. Brunnenmayer, verdadeiramente assustada e com a mão cobrindo a boca.

– Eu sabia! Há semanas ela está com algo. Mas não fala nada...

Gertie abriu caminho entre Hanna e Julius e subiu. Não se podia dizer que ela gostava de Else; na verdade, achava-a inacessível e rabugenta. Mas se ela estivesse mesmo doente, era preciso ajudá-la.

– É dor de dente – arriscou Julius. – Tem que ir ao dentista amanhã.

– Amanhã é domingo – respondeu Hanna.

– Então segunda-feira de manhã – disse Julius, categórico.

Gertie subiu apressada até o terceiro andar. O comprido corredor, ao longo do qual ficavam os quartos dos empregados, contava com uma lâmpada elétrica no teto que emitia uma luz muito fraca. Ainda assim, percebia-se que a porta dos aposentos de Else estava apenas encostada.

– Else? – chamou ela.

Como não obteve resposta, Gertie abriu a porta, decidida. Sentiu um ar abafado dentro do quarto – melhor nem pensar nos odores que se mesclavam ali. Gertie encontrou o lampião e o acendeu. Else jazia na cama, enterrada entre os travesseiros e imóvel; só era possível escutar sua respiração rápida e ofegante. A única coisa que se via da mulher era a testa, vermelha de suor, e a bochecha roxa e inchada.

Gertie cravou o olhar no inchaço escuro e ficara apavorada. Sua irmã morrera aos 5 anos, vítima de uma sepse. Uma simples ferida purulenta no dedo. Ninguém pensara em levar a menina ao hospital enquanto havia tempo... Gertie desceu as escadas com tanta rapidez que sentiu tonteira.

– Julius! – chamou ela.

Na cozinha, todos deliberavam se deveriam chamar um médico àquela hora. Julius nem sequer se virou para Gertie, ocupado em convencer Hanna a fazer um passeio noturno com ele.

– Só vamos ao Dr. Greiner, menina. Ele é um bom amigo dos Melzers e com certeza virá.

– E eu vou lá fazer o quê? Vá você sozinho – replicou Hanna.

– Você tem que me ajudar a convencer o médico. Você é boa nisso, Hanna...

– Chega! – exclamou Gertie. – É caso de vida ou morte. Temos que colocar Else no carro e levá-la ao hospital agora mesmo.

Julius revirou os olhos. Mas que besteira. De mais a mais, ele nada podia fazer sem a permissão do senhor.

– Temos que avisar os patrões – disse a Sra. Brunnenmayer, concordando. – A senhora decidirá o que fazer.

Hanna já havia saído da cozinha e Gertie a seguiu. O corredor no primeiro andar estava escuro, a sala de jantar encontrava-se vazia, assim como o salão dos cavalheiros e o jardim de inverno. Contudo, alguém falava em voz baixa no salão vermelho – provavelmente era a jovem Sra. Melzer conversando com a cunhada.

Hanna bateu à porta e as duas jovens aguardaram ansiosas, mas não obtiveram qualquer reação. A conversa parecia bastante acalorada, de maneira que não ouviram as batidas discretas de Hanna.

– Gente... – cochichou Hanna. – Estão falando da nova preceptora.

– Isso não importa agora.

Sem esperar permissão, Gertie abriu a porta e olhou para dentro. Viu Marie Melzer e Kitty Bräuer sentadas lado a lado no sofá, ambas exaltando-se cada vez mais à medida que conversavam. Kitty Bräuer acabara de erguer os braços. Quando percebeu Gertie junto à porta, ficou imóvel nessa posição.

– Gertie? O que você quer a uma hora dessas? – perguntou ela, nitidamente aborrecida com a intromissão.

Marie Melzer foi mais rápida em entender.

– Aconteceu algo?

Gertie esboçou uma reverência e assentiu repetidas vezes.

– Perdão pela impertinência, senhora. Else está à beira da morte. Acho que é uma infecção no sangue.

– Meu Deus! – exclamou Kitty. – Hoje está vindo tudo de uma vez! Como Else foi arrumar isso?

Marie levantou-se de um salto só. No corredor, encontrou Hanna, que esperava obedientemente.

– Hanna? Você esteve com ela? Ela está com febre? Tem alguma ferida?

Gertie permanecia junto à porta, pensando que a senhora devia fazer as perguntas a ela, não a Hanna. Mas as coisas na mansão eram assim – uma ajudante de cozinha não importava. Já uma costureira, sim.

– Gertie disse que temos que levá-la ao hospital. Do contrário, Else vai morrer.

– Vamos lá, Hanna. Vou dar uma olhada nela.

Gertie não foi convidada a participar da visita à doente, de modo que continuou na porta. Hanna não havia mencionado seu nome com toda a clareza do mundo? Por que não lhe pediram que fosse junto?

Naquele momento, Kitty também se levantou para sair do salão. Aborrecida, ela olhou para Gertie.

– Mas que drama! Provavelmente é só mais uma dor de dente. Ela tem que ir logo ao dentista, aquela teimosa. E o que você está fazendo aí? Vá para o seu quarto. Espere, espere! Já que está aí, pode me trazer uma xícara de chá? O chá preto da Índia. E dois biscoitinhos de amêndoa com chocolate. Pode levar lá em cima, no meu quarto. Ande logo!

– Perfeitamente, senhora.

Aquela mulher era um iceberg. Enquanto Else agonizava, a senhora pedia chá com biscoitos. Furiosa, Gertie desceu até a cozinha, onde mais problemas a esperavam.

– Por que você mete o nariz em tudo? – indagou Julius entre os dentes. – Estava quase conseguindo.

– Você não pode pegar o carro sem a permissão dos patrões! – retrucou ela, exaltada.

Era só o que faltava. Aquele mulherengo aproveitando-se da oportunidade para cortejar Hanna.

– Numa emergência, em caso de vida ou morte, posso, sim – afirmou ele.

Impressionante! A única que se importava com a pobre Else era a cozinheira – Fanny Brunnenmayer, que também havia subido e agora chegava à cozinha, ofegante. A jovem Sra. Melzer estava com Else no quarto. Graças a Deus. Marie Melzer com certeza saberia o que fazer.

Gertie também acreditava saber o que estava fazendo. Mas infelizmente ninguém lhe dava ouvidos.

– Julius! Traga o carro! – A voz masculina soou enérgica.

O criado estremeceu. Aparentemente, a notícia já havia se espalhado e o senhor da casa tomara ciência do que estava ocorrendo.

– Agora mesmo, Sr. Melzer!

Gertie e a Sra. Brunnenmayer correram até o outro lado da cozinha, onde havia a porta para o átrio. Foram recebidas por um clarão – no ano anterior, o senhor mandara instalar na área várias lâmpadas elétricas.

– Ali! – gemeu a Sra. Brunnenmayer, apontando para a escada social com o braço estendido. – Ai, meu Deus! Minha Virgem santa! Jesus amado!

Com os olhos arregalados, Gertie acompanhava a sucessão de fatos. O senhor trazia escada abaixo, pelos braços, uma Else desacordada. Seus antigos patrões jamais fariam uma coisa daquelas. Haviam enrolado a enferma no cobertor, mas seus pés descalços pendiam para fora. A pobre Else tinha muitos calos.

– O carro chegou? Me traga mais uma manta, Hanna.

Marie Melzer corria ao lado do marido e Hanna se apressou em abrir a porta. Flocos de neve brancos invadiram o átrio – naquele momento, começava a nevar.

A Sra. Brunnenmayer apoiava o braço no ombro de Gertie e soluçava, desconsolada.

– Ela não vai voltar, Gertie. Ela não vai voltar – choramingou a cozinheira.

Gertie afastou-se para buscar os sobretudos e os chapéus dos senhores. Marie Melzer lhe sorriu por uma fração de segundo, pendurou as roupas no braço e apressou-se em alcançar o marido. Aparentemente, ela também queria ir ao hospital.

Assim que fechou a porta da mansão, Hanna deparou-se com Kitty Bräuer no topo da escada. Atordoada, ela olhava para o átrio, onde estavam Hanna, Gertie e a chorosa cozinheira.

– Meu Deus, que horror! – exclamou ela. – Gertie, não esqueça meu chá. Mas sem biscoitos. Perdi o apetite.

8

As coisas estavam melhorando. Era o que Paul Melzer sentia, por mais que todos ao seu redor permanecessem céticos. Mas ele tinha certeza, confiava no próprio faro, assim como o pai sempre confiara no dele. A Alemanha finalmente estava saindo do fundo do poço econômico que a engolira após a derrota na guerra.

Ele guardou na pasta o documento que estava analisando e preferiu deixar a decisão que tinha que tomar para o dia seguinte, de preferência após uma longa conversa com Ernst von Klippstein. A oferta dos norte-americanos para o fornecimento de algodão cru era perfeitamente aceitável, a única questão era se o novo *rentenmark*, no qual ele próprio depositava tantas esperanças, de fato estabilizaria o sistema monetário no país. Se a moeda alemã continuasse perdendo tanto valor em relação ao dólar, seria melhor vincular a compra de algodão à venda de tecidos estampados a fim de evitar prejuízos.

Fechou a porta e endireitou a postura – ficar sentado muito tempo não fazia bem para seus ombros, que enrijeciam se ele não se mantivesse em constante movimento. Era incômodo, mas não se podia negar que tivera sorte – outros haviam regressado com ferimentos de guerra muito mais graves. Sem contar os milhares e milhares de vidas ceifadas pela guerra, cujos corpos jaziam não identificados em algum território estrangeiro. Sim, ele era um homem de sorte. Não só sobrevivera, como também pudera abraçar sua amada Marie, seus dois filhos, sua mãe, as irmãs... Nem todos que voltaram foram agraciados com essa sorte. Alguns tiveram a infelicidade de descobrir que suas esposas ou noivas haviam procurado outros homens durante a ausência.

Já estava escuro lá fora. Pela janela do escritório, era possível enxergar parte dos galpões iluminados da fábrica de tecidos dos Melzers, com as pontas do telhado em forma de dentes de serra; mais atrás, a certa distância, estavam os edifícios do setor de fiação e outros complexos industriais. Bem ao longe, as luzes da cidade brilhavam na escuridão da noite. Era uma bela visão de paz e esperança. Augsburgo, sua cidade Natal – como ele sentira saudades naqueles dias sombrios de guerra na Rússia. Mas era melhor não pensar muito naquilo. Não revirar velhas lembranças. O que ele vira nas trincheiras e no campo de prisioneiros era de uma crueldade tão inconcebível que ele precisava manter enterrado dentro de si. Algumas vezes ele tentara partilhar certas coisas com Marie. Mas logo se arrependia, pois os fantasmas que evocava o atormentavam por várias noites e não se deixavam espantar nem mesmo com álcool. Era necessário sepultá-los no porão do esquecimento, trancar aquelas sombras malignas com mil cadeados e jamais voltar a aproximar-se delas. Era a única maneira de seguir em frente e pensar no futuro.

Ele afastou a pasta e ajeitou as pilhas nos dois lados da mesa. À esquerda, os assuntos pendentes, ordenados por grau de urgência; à direita os arquivos e pastas que examinara naquele dia. No centro, o jogo de objetos de escritório em pedra verde, que pertencera ao pai. Fazia três anos que Paul usava o escritório do pai, sentava-se à sua mesa e, inclusive, na mesma cadeira. Não havia passado tanto tempo desde o dia em que seu pai, o imponente diretor Johann Melzer, o havia desmoralizado de maneira tão humilhante – e ainda por cima diante de vários funcionários! Tomado pelo ódio, Paul voltara imediatamente a Munique, onde estudava Direito na época...

Águas passadas. O tempo abria caminho para as gerações seguintes. Johann Melzer gozava de seu descanso eterno no cemitério Hermanfriedhof, Paul Melzer assumira seu lugar e seu filho Leo, que viria a seguir os passos do pai e do avô, andava aos socos e bofetadas com seus colegas da escola.

Alguém bateu à porta.

Henriette Hoffmann, uma das duas secretárias, abriu uma fresta e olhou para dentro do escritório. As lentes de seus óculos brilhavam sob a luz da lâmpada no teto.

– Já terminamos, senhor.

– Ótimo, Srta. Hoffmann. Então encerramos. Peça para a Srta. Lüders guardar essas duas pastas no escritório do Sr. Von Klippstein.

Ele perdera a hora de novo, seu relógio de pulso marcava sete horas. Paul já contava com o sermão da mãe. Havia anos Alicia se convertera na guardiã da rotina regrada na Vila dos Tecidos, sobretudo no que dizia respeito ao horário das refeições. Não era fácil, pois Kitty era a que menos se importava com pontualidade. Além disso, havia o trabalho de Marie no ateliê, que frequentemente se estendia até o final da tarde. Algo que ele tampouco aprovava, mas que aprendera a aceitar em silêncio.

– Perfeitamente, senhor.

– Então por hoje é só, Srta. Hoffmann. O Sr. Von Klippstein já foi?

A Srta. Hoffmann esboçou um sorriso. Sim, o Sr. Von Klippstein já saíra do escritório havia cerca de quinze minutos.

– Ele mandou dizer que vai passar na Karolinenstraße para buscar a esposa do senhor.

– Obrigado, Srta. Hoffmann. Não se esqueça de trancar a porta da escada quando for embora.

Paul percebeu que ela enrubesceu. Naquela manhã, ele constatara que a mencionada porta não estava trancada. Qualquer um poderia ter entrado na antessala e no escritório das secretárias. Ninguém assumiu a culpa, mas supunha-se que Klippi fora o responsável pela negligência. Nos últimos tempos, ele parecia um tanto distraído. Talvez Kitty tivesse razão quando volta e meia dizia que Ernst von Klippstein estava tentando conquistar uma mulher.

Paul vestiu o sobretudo e colocou o chapéu. Não conseguia se decidir se levaria ou não o bastão que, assim se dizia, distinguia os elegantes cavalheiros de família nobre. Às suas costas, Ottilie Lüders entrou apressada em seu escritório para recolher as duas pastas e levá-las a seu lugar de origem, na sala de Klippstein. Ao contrário do pai, que costumava dividir a mesa com montanhas de papel, Paul não suportava o acúmulo de documentos que não estivesse usando.

– Bom descanso para as senhoras – falou ele.

Paul desceu a escada apressado. A distância entre os degraus lhe era tão familiar que suas pernas se moviam sozinhas. Ao chegar ao térreo, inspecionou rapidamente os galpões, deu uma olhada nas máquinas novas da fiação e constatou, satisfeito, que tudo funcionava. Em meia hora encerrariam o expediente. Antes da guerra, as máquinas trabalhavam dia e noite, mas aquilo era passado. Os pedidos ainda não haviam aumentado a tal ponto, portanto bastava o turno da manhã e o da tarde, ambos limitados a oito horas, o que lhe garantira a fama de empregador progressista. Obviamente havia aqueles que declaravam que ele o fazia por medo de novas greves, que era um covarde que se curvava aos socialistas. Pouco importava – seus funcionários estavam satisfeitos e os resultados não decepcionavam. Era o que contava. Por mais que seu pai pudesse estar se revirando no túmulo por conta daquilo.

– Boa noite, senhor!

– Boa noite, Gruber!

O porteiro o vira chegar pelo vidro de sua guarita e – como sempre – saiu para se despedir do senhor diretor. Não havia funcionário mais leal do que aquele em lugar algum no mundo. Ele vivia pela fábrica, era o primeiro a chegar e o último a sair. Kitty certa vez afirmara que ele dormia naquela cabine, o que obviamente não era verdade. Mas, de fato, Gruber conhecia todos que passavam por ali, todos os empregados, desde os faxineiros, passando pelos carteiros, fornecedores, até os sócios e quem mais tivesse acesso ao complexo.

Enquanto dirigia pela Haagstraße em direção à vila, perguntava-se o que levara Ernst a buscar Marie no ateliê. Seu amigo já o fizera outras vezes, argumentando que Marie não devia voltar sozinha para casa nos meses em que escurecia cedo. Aos risos, Marie explicara que não era a única mulher tomando o bonde. E perguntara ainda se ele pretendia levar em casa a Srta. Hoffmann e a Srta. Lüders, que também voltavam sozinhas naquela escuridão. Buscando o apoio de Alicia, Von Klippstein respondeu que estava apenas cuidando para que o jantar começasse pontualmente na casa dos Melzers. E que, dessa forma, esperava ser convidado para comer, visto tamanho cavalheirismo. O que Alicia fazia de bom grado. Paul tampouco se opunha, afinal Klippi – como Kitty o chamava – era uma pessoa amável e um comensal muito agradável.

Quando chegou à entrada do parque, lembrou-se pela enésima vez que a banda esquerda do portão estava pendendo torta na dobradiça. Teriam que restaurar o pilar de alvenaria, mas, por sorte, as grandes peças de ferro fundido estavam intactas. Paul se propôs a conversar sobre o assunto com a mãe na primeira oportunidade e desviou o olhar para a mansão, onde as lâmpadas externas brilhavam intensamente. Bem em frente à escada da porta, viu estacionada uma charrete. Provavelmente era o vendedor de bebidas, de quem havia encomendado várias caixas de vinho tinto e branco. Paul se aborreceu. A entrada principal não era lugar para veículos puxados a cavalos. Camponeses e comerciantes que forneciam alimentos para a Vila dos Tecidos deviam fazê-lo pela entrada de serviço, já que era por ali que recebiam as mercadorias. Ao aproximar-se, constatou com grande assombro que não estavam descarregando vinhos, mas sim tirando malas e móveis da mansão para acomodá-los na charrete.

Ele estacionou logo atrás do veículo e chegou a tempo de impedir que Julius embarcasse a banqueta estofada com seda azul-clara.

– O que está acontecendo aqui, Julius? Essa banqueta é do quarto da minha irmã!

Julius, que não o vira chegar, assustou-se com o inesperado questionamento. Ele colocou a banqueta sobre os paralelepípedos do pátio e, antes de falar, respirou fundo. Paul percebeu que toda aquela situação lhe era muito incômoda.

– São ordens da sua irmã, Sr. Melzer – disse ele, angustiado. – Só estou cumprindo as ordens que me deram.

Paul encarou Julius e em seguida olhou para o belo móvel adornado com babados de seda fina. Não era a banqueta da penteadeira de Kitty?

– Leve tudo de volta para dentro! – ordenou ele ao criado atônito.

Paul então irrompeu escada acima para colocar juízo na cabeça de Kitty. No átrio, se chocou com uma escrivaninha pequena que dois rapazes carregavam até a saída.

– Coloquem isso no chão! Não vai sair mais nada daqui! – exclamou ele, furioso.

Um dos homens obedeceu, já o outro o fitou com ar desafiador.

– Só estamos fazendo nosso trabalho, senhor. Melhor não ficar no caminho.

Paul controlou-se para não perder a razão. Ele conhecia aquele tipo de jovem, já havia contratado alguns na fábrica e só tivera problemas. Tinham sido enviados para a guerra com 17 anos, e as únicas coisas que haviam aprendido foram destruir e matar sem escrúpulos. Voltaram corrompidos e não se adaptavam à vida no país.

– Eu sou o senhor da casa – disse Paul, em tom tranquilo, porém enfático. – Portanto os advirto para não tirarem mais nada contra minha vontade. Ou podem arcar com as consequências.

Na porta da área de serviço, viu a Sra. Brunnenmayer com Auguste, cuja gravidez já estava bem avançada. Ambas acompanhavam a cena com olhos assustados. Paul lhes acenou brevemente e cruzou o átrio para subir.

– Kitty! Onde você se meteu?

Não houve resposta. Vindo do segundo andar, onde se encontravam os aposentos da família, havia sons de arrastar de móveis e o choro desconsolado de Henni. Ele já estava com o pé na escada quando viu a mãe saindo do salão vermelho.

– Paul! Ainda bem que você chegou!

Parecia abatida. Ela teria andado chorando? Ai, céus. Era de fato um drama familiar. Em geral, ele preferia manter-se alheio às picuinhas das mulheres da casa.

– O que aconteceu?

De fato, ela havia chorado. Ainda segurava um lenço e o usou para secar os olhos.

– Kitty perdeu o juízo – disse ela, suspirando. – Quer ir embora da vila para morar com Henni na Frauentorstraße.

Alicia enxugou novamente as lágrimas e Paul entendeu que eram menos por Kitty e mais pela neta. A mãe era muito afeiçoada às três crianças.

– E posso saber o motivo?

Ele poderia ter dispensado a pergunta, pois já sabia a resposta. A nova preceptora, Serafina von Dobern. Por que a mãe contratara aquela mulher sem antes conversar com Kitty e Marie? Na verdade, Alicia era a responsável pelo próprio sofrimento.

– Eu lhe peço encarecidamente, Paul – disse ela. – Suba e tente colocar algum bom senso na cabeça da sua irmã. Ela não me escuta.

Não estava nem um pouco disposto a assumir essa responsabilidade. Até porque conhecia bem sua irmã – quando cismava com algo, não se deixava dissuadir por ninguém. Ele deu um suspiro. Por que Marie não se encarregava daquilo? E onde estava Ernst, aquele covarde?

– Se Johann ainda estivesse vivo... – balbuciou mamãe em seu lenço.
– Kitty não ousaria!

Paul fingiu não ter ouvido aquela frase e subiu mais um andar. Seu pai jamais permitiria aquela tal de Serafina na mansão. Na verdade, ele nunca gostara das amigas de Lisa e estava coberto de razão.

Um caos absoluto de malas e caixas reinava no corredor de cima. A caminha de Henni estava desmontada e apoiada na cômoda, o colchão e os lençóis ao lado, os penicos, bonecas, o cavalinho de balanço...

– Kitty! Você enlouqueceu de vez?

Em vez de sua irmã, quem surgiu no corredor foi Marie, levando nos braços uma pilha de roupas de criança. Uma montanha de vestidos parecia mover-se sozinha atrás dela, até que ele reconheceu a pequena Gertie, que carregava o guarda-roupa em um grande baú de viagem.

– Ai, Paul! – exclamou Marie e colocou as peças dentro do baú aberto. – Sinto muito... Hoje está tudo de pernas para o ar.

Balançando a cabeça, ele abriu caminho por entre caixas e baús para chegar ao quarto de Kitty.

– Não entendo como você está compactuando com esse desvario, Marie – disse ele, ao passar por ela. – Por que não tentou apaziguar a situação? Mamãe está de cabelos em pé.

Marie o olhou abismada e ele imediatamente arrependeu-se de suas palavras. Que estupidez culpar apenas Marie. Certamente ela era a menos envolvida na história.

Mas a resposta de sua esposa deixou claro que se enganara.

– Você me desculpe pelo que vou dizer agora, Paul – contestou ela, tranquila. – Mas a culpa é da mamãe. Ela conhece a filha desde pequena e deveria saber que não é assim que se lida com a Kitty.

Paul aceitou em silêncio a acusação contra a mãe. Alicia comentara que toda a responsabilidade pelas crianças recaía sobre ela, pois Marie passava o dia inteiro no ateliê. E, portanto, ela se dera o direito de selecionar uma preceptora de sua inteira confiança. Ele até podia entender a lógica desses argumentos, mas preferiu não os mencionar naquele momento.

Kitty estava sentada na cama, segurando a chorosa Henni no colo, enquanto lhe dizia palavras de consolo.

– Uma casinha de bonecas...
– Nãããão! Quero ficar aqui!
– Mas, meu anjo, vovó Gertrude vai ficar tão feliz com você.
– Nããão gosto... da vovóóóó... Trudeeee...

Aborrecida, Kitty ergueu a vista e percebeu Paul junto à porta. Ela não parecia feliz ao vê-lo.

– Ah, irmãozinho – exclamou ela, com dissimulada alegria. – Olha só essa menina boba que não quer morar na Frauentorstraße. Lá vai ter um jardim só para ela. E vamos poder levar todos os brinquedos.

Ela falava mais com Henni do que com o irmão.

– E vamos ter uma casa de bonecas linda. Com móveis de verdade. E luzes...

Paul pigarreou e decidiu tentar. Por menor que fossem suas esperanças.

– Você vai mesmo fazer isso com a mamãe, Kitty?

Ela revirou os olhos e, movendo energicamente a cabeça, jogou para trás seus curtos cabelos escuros.

– Mamãe é uma egoísta que quer deixar os netos nas mãos de uma bruxa sem pensar duas vezes. Não quero mais saber da mamãe, Paul. Sei do que estou falando. Até porque conheço Serafina o suficiente. E nunca, nunca mais, entrego minha pequena e doce Henni a ela.

Paul suspirou. Estava claro que era uma batalha perdida. Mas ele o fazia por sua mãe. E, obviamente, para garantir a paz na família.

– Por que vocês não se sentam e discutem isso? Deve ser possível encontrar uma solução se todas cooperarem. De mais a mais, a Sra. Von Dobern não é a única preceptora de Augsburgo.

Henni, que percebeu que as atenções da mãe nitidamente não estavam voltadas para ela, tomou ar e abriu novamente o berreiro.

– Henni, meu amor. Já chega, não? Ninguém precisa gritar desse jeito.

Mas a menina não se deixava acalmar e persistia no escandaloso pranto. Kitty tapou os ouvidos, enquanto Paul deu meia-volta e escapou para o corredor. Lá, encontrou Marie ocupada em acomodar um fardo de bolsas e cintos em uma mala.

– A gente tentou conversar, Paul – disse ela, angustiada. – Mas já era tarde demais. Mamãe se recusa a dispensar a Srta. Von Sontheim. Ai, Paul. Acho que é tudo culpa minha. Fico muito tempo no ateliê e negligencio minhas outras obrigações.

– Não, não, Marie. Não pense assim. É tudo questão de organização. Vamos encontrar uma solução, querida.

Ela olhou para o marido e sorriu aliviada. Seus olhares se encontraram por um instante e ele se viu tentado a abraçá-la. Sua Marie. A mulher ao seu lado que lhe dava tanto orgulho. Nada ia se impor entre eles.

– Desculpe por eu ter... – murmurou ele, mas logo foi interrompido pela voz aguda de Henni.

– E Dodo... e Leo... e... e... a vovó... e meu balanço... e a Liesel, com o Max e o Hans...

– Na casa nova tem a vovó Gertrude. Além disso, a tia Tilly vem no Natal e os amigos da mamãe vão visitar a gente...

– Você vai comprar mesmo uma mansão de bonecas?

– Eu falei uma casinha, Henni – corrigiu Kitty.

– Uma mansão. Com os quartos dos empregados lá em cima. E um salão com poltronas vermelhas. E um automóvel.

– Uma casinh... – O choro de Henni veio em resposta, mas Kitty se manteve firme. – E se continuar chorando, não vai ganhar nada!

Logo em seguida, Kitty apareceu no corredor, com a filha às lágrimas no colo. Aparentemente, o assunto estava encerrado: seria uma casinha, não uma mansão de bonecas.

– Marie, minha amiga. Estou levando esse bebê chorão para a Frauentorstraße. Hoje à noite preciso ir a uma exposição no clube de arte, não posso faltar porque farei um discurso. Por favor, seja um anjo e providencie para que seja tudo bem embalado e enviado, sim? Ah, meu querido Paul. Que tristeza. Não vamos mais nos ver com tanta frequência, mas prometo visitar sempre que possível. E dê um abraço na mamãe, diga-lhe para não se preocupar e evitar a enxaqueca. Está tudo bem com a Henni, minha anjinha será muito feliz na Frauentorstraße. E... Gertie, não esqueça os chapéus no roupeiro! Se não tiver caixas suficientes, pode colocar na mala mesmo. Ai, maninho. Me dá um abraço. Você sempre será meu único e amado irmão, nunca vamos nos separar. Marie, minha querida, amanhã cedo te vejo no ateliê. Um abraço, meu bem. Segure a Henni um instante, Paul. Para eu abraçar Marie. Fiquem todos bem... Felicidades... Não se esqueçam de mim. Gertie, não esqueça as pantufas na cômoda.

A verborragia de Kitty era como uma capa de proteção – Paul não foi capaz de proferir uma só palavra. Com ar de angústia, ele a viu se afastar e a escutou conversando com Auguste no átrio. Em seguida, houve o barulho da porta se fechando quando ela saiu e então o do carro partindo.

– Só não me diga que ela está indo para a Frauentorstraße com o meu carro.

Ele correu até o quarto dele e de Marie, cuja porta dava para o pátio, e olhou para baixo. De fato, um carro movia-se na direção da entrada do parque.

– Fique tranquilo, Paul – disse Marie, que o seguira. – É o carro antigo do Klippi. Ele deu de presente para ela.

– Ora, vejam... – resmungou Paul. – Por causa disso deve ter perdido o apreço da mamãe, então.

Marie riu discretamente e comentou que Alicia tinha Klippi em tão elevada estima que ele podia permitir-se um pequeno deslize.

– Ele é uma pessoa tão amorosa e prestativa...
– Claro – retrucou Paul.

Por mais que tentasse evitar, Paul sentiu uma raiva imensa do amigo e sócio. Por que ele teimava em interferir em sua vida familiar? Não bastava buscar Marie no ateliê e, com isso, acusá-lo, de maneira nem tão sutil, de não proteger sua jovem esposa? O cúmulo era tomar o partido de Kitty, opondo-se à vontade de sua mãe. Paul sentia pena de Alicia, que certamente agira com boas intenções. Não se podia culpá-la por ter uma concepção de educação das crianças tão distinta da filha.

Ouviram o gongo na sala de jantar.

– Vamos pelo menos jantar juntos, Marie.

Ela assentiu e instruiu Gertie rapidamente sobre como proceder com as malas. Então, pegou Paul pela mão e cruzaram juntos o corredor até a escada. Antes de descerem, Paul a segurou um instante e deu-lhe um beijo fugaz na boca. As risadinhas entre os dois evocaram os dias em que Marie ainda era a camareira que beijava o jovem Sr. Melzer às escondidas no corredor.

Todos já haviam tomado seus assentos. O sorriso de Von Klippstein pareceu-lhe um tanto culpado; mamãe estava muito séria e mantinha a coluna ereta. A cadeira de Kitty fora confiscada por Serafina von Dobern, que estava ladeada pelos gêmeos. Leo nem sequer levantou o olhar quando os pais entraram e o rosto de Dodo estava vermelho e inchado, o que indicava aborrecimentos.

– O que houve, Dodo? – perguntou Marie, que fitava a filha com ar preocupado.

– Ela me deu um bofetão!

Marie aparentou serenidade, mas contraiu os lábios. Paul conhecia aquele sinal: ela estava furiosa.

– Sra. Von Dobern – disse Marie, lentamente e em tom firme. – Até hoje nunca houve necessidade de bater nos meus filhos. E espero que a senhora mantenha as coisas assim!

Serafina von Dobern sentava-se tão aprumada quanto Alicia – provavelmente aquela postura ao sentar era parte da educação aristocrática. A preceptora sorriu com indulgência.

– Perfeitamente, Sra. Melzer. Bater não é um instrumento de educação adequado para pessoas da nossa categoria. Mas um pequeno bofetão nunca fez mal a criança alguma.

– Também acho, Marie! – exclamou Alicia.

– Mas minha opinião é outra – disse Marie, soando severa.

Paul sentia-se bastante desconfortável em meio a essa interação. Provavelmente, seu pai teria dado alguma palavra de ordem e terminado o conflito à sua maneira. Já Paul tinha outra personalidade, preferia mediar. Contudo, o que na fábrica fazia de olhos fechados, com a família era praticamente impossível.

– Os dois podem ser agitados, mas nunca desobedientes, Sra. Von Dobern – falou ele, conciliador. – Excessos são absolutamente desnecessários.

Serafina comentou que quanto àquilo não restavam dúvidas.

– Dorothea e Leopold são crianças encantadoras – comentou ela, em tom adulador. – Vamos nos entender muitíssimo bem. Não é mesmo, pequena Dorothea?

Dodo empinou o nariz e encarou Serafina com hostilidade.

– Meu nome é Dodo!

9

Faltavam apenas duas semanas para o Natal. Com a testa colada ao vidro da janela, Leo observava o parque invernal da Vila dos Tecidos. Como estava imunda a entrada, cheia de poças e cocô de cavalo que ninguém limpava! As árvores desfolhadas estendiam seus galhos sob o céu cinzento, e era preciso forçar a vista para distinguir os ousados corvos pousados sobre eles. Se não se movessem, podiam ser facilmente confundidos com os galhos pretos e nodosos onde descansavam.

– Leopold? Está estudando direitinho? Volto em cinco minutos.

Ele franziu o cenho e se assustou ao ver a careta refletida no vidro.

– Sim, Sra. Von Dobern...

Ao fundo, escutava-se a escala de dó maior no piano. Dodo sempre vacilava no fá, pois precisava passar o polegar por baixo e depois subir agilmente até o dó. Quando descia, se atrapalhava antes do mi, às vezes nem o alcançava e parava. Ela tocava as notas o mais forte que podia e o som saía com verdadeira fúria. Leo sabia que Dodo detestava tocar piano, mas a Sra. Von Dobern insistia que donzelas de boa família deveriam dominar razoavelmente o instrumento.

Ele não estava nada ansioso para o Natal. Mesmo quando o pai falava do belo e grande pinheiro que em breve colocariam no átrio. Com bolas coloridas e estrelas de palha. Naquele ano poderiam, ainda, fazer as próprias estrelas de papel metálico. Mas Leo pouco se importava – de qualquer forma, faltava-lhe talento para trabalhos manuais. Suas estrelas sempre ficavam tortas e manchadas de cola.

Fazia semanas que ele só via Walter na escola. As visitas à casa dos Ginsbergs às escondidas, as aulas de piano – tudo aquilo acabara. Walter havia lhe entregado partituras da mãe em duas ocasiões. Leo as escondera na mochila para olhá-las secretamente na cama à noite e ficar imaginando as melodias. Ele até tinha êxito nisso, mas seria muito, muito melhor tocá-las ao piano. Mas não podia. A Sra. Von Dobern ministrava pessoalmente as lições, que consistiam em tocar escalas e cadências, aprender o círculo das quintas e – conforme ela afirmava – fortalecer os dedos. Ele gostava de tocar cadências, o círculo das quintas tampouco deixava a desejar. O problema era ela ter trancafiado todas as partituras, alegando serem muito difíceis para seus pequenos dedinhos.

Dodo tinha razão: a Sra. Von Dobern era uma pessoa má. Sentia prazer em atormentar os pequeninos. E tinha a vovó na palma da mão. Porque Serafina von Dobern era uma víbora mentirosa e vovó não enxergava.

Ele viu o carro do pai se aproximar lentamente da vila. Sempre que passava pelas poças, a água jorrava e respingava nos para-lamas. Voltou a chover e o carona acionou o limpador de para-brisas. Para lá e para cá. Para lá e para cá. Para lá e para cá.

O carro chegou ao pátio, passou pela rotatória, cujo canteiro exibia suas flores coloridas no verão, e então Leo o perdeu de vista. Ele só conseguiria enxergar se abrisse a janela e se debruçasse para fora.

Cinco minutos uma ova. Ela quase sempre se ausentava por mais tempo, aproveitando para subir ao seu quarto e fumar escondido na janela. Leo atrapalhou-se um pouco com a maçaneta, que sempre insistia em ficar agarrada, e finalmente conseguiu. Então se apoiou no parapeito.

Arrá! Eles pararam em frente à entrada de serviço e duas pessoas desceram. Uma delas era Julius. A outra estava envolta em um cobertor, e ele não pôde reconhecer. De todo modo, tratava-se de uma mulher, pois uma saia balançava sob a manta. Seria Else, no fim das contas? Mas ela ainda não saíra do hospital. Gertie contara que sua vida "estava por um fio". Mas, pelo jeito, ela havia se recuperado. Podia ter morrido, como acontecera com o avô. As lembranças de Leo eram muito vagas, mas o enterro permanecia em sua memória, os terríveis relâmpagos e trovões daquele dia. Ele chegara a pensar que era o próprio Deus vindo buscar o vovô. Que estupidez – mas, bem, já fazia muito tempo. No mínimo três anos...

– Quem deixou você fazer isso? Já para dentro! Agora!

O susto de Leo foi tamanho que ele quase caiu da janela. A Sra. Von Dobern o agarrou pelo cós da calça, puxou o menino e, usando sua orelha direita como alça, arrastou-o para dentro do quarto. Leo urrou. A dor era insuportável.

– Nunca mais faça isso! – sibilou a preceptora. – Repita o que eu disse!

Leo rangia os dentes, mas ela não soltava sua orelha.

– Eu só queria... Eu só queria...

Ela nunca os deixava falar.

– Estou esperando, Leopold!

A mulher parecia querer arrancar sua orelha. Leo começou a ficar enjoado de tanta dor.

– Pois bem? – insistiu ela

– Nunca mais faço isso – proferiu ele.

– Quero ouvir a frase completa.

Ela apertou com mais força. A orelha dele já estava dormente, mas a cabeça doía como se alguém a atravessasse com uma longa agulha de um ouvido a outro.

– Nunca mais vou me debruçar na janela.

Aquela bruxa de óculos nunca se dava por satisfeita.

– Por que não?

– Porque posso cair lá embaixo.

Ela o soltou, mas não sem lhe dar uns solavancos. Ele já não sentia a orelha, era como se no lado direito da cabeça pendesse uma bola de fogo do tamanho de uma abóbora.

– Feche essa janela agora, Leopold! – exigiu ela.

O hálito da mulher cheirava a cigarro apagado. Um dia ele provaria à avó que ela fumava escondida. Um dia, quando estivesse distraída e se deixasse flagrar.

Leo fechou a janela e se virou. A Sra. Von Dobern estava sentada em uma carteira conferindo suas tarefas de aritmética. Ela podia ler o quanto desejasse, estava tudo certo.

– Pode escrever de novo. Sua letra está péssima!

Com isso ele não contava. A mulher era burra. Ela já deixara passar dois erros de Dodo, pois a única coisa que lhe importava era que os números e letras fossem escritos com capricho. Contudo, talvez fosse melhor não reclamar para que ela não lhe tirasse a meia hora de piano.

– E depois vai escrever cinquenta vezes: "Nunca mais vou me debruçar na janela, pois posso cair."

Adeus, exercícios de piano. Ele provavelmente ficaria o resto da tarde escrevendo sem parar. Ficou furioso. Com a preceptora. Com a avó, que se deixava enganar tão facilmente. Com a mãe, que vivia em seu ateliê idiota e não cuidava mais dele nem da irmã. Com tia Kitty, que simplesmente fora embora com Henni. Com o pai, que não suportava a megera da Serafina von Dobern, mas também não a colocava na rua, com o...

– Pode começar agora! – bradou ela.

Ele se sentou na carteira, bem ao lado do lugar da irmã. Papai comprara os dois móveis quando eles entraram na escola, pois diziam que era mais saudável que as crianças escrevessem na carteira. O assento ficava fixo à mesa, de maneira que não podia ser movido para a frente ou para trás. Na parte de cima, havia um nicho para os lápis e, ao lado, uma cavidade para o frasco de tinta. O tampo onde escrevia era inclinado e podia ser levantado; embaixo havia um escaninho para livros e cadernos. Tudo tal como na escola, com a única diferença de que a preceptora inspecionava o compartimento diariamente, tornando impossível esconder qualquer coisa lá dentro. Partituras, por exemplo. Ou biscoitos. Um dia ela encontrara alguns e os confiscara imediatamente. Ele sempre pensava em colocar uma ratoeira ali, para prender os dedos da preceptora e ela gritar de dor. Seria um prazer escrever "Não devo colocar ratoeiras na carteira, pois minha preceptora pode prender os dedos". Ele pediria à Sra. Brunnenmayer na manhã seguinte. Ou a Gertie. Auguste não vinha mais, pois estava com o bebê na barriga. Mas todas tinham horror da preceptora. Sobretudo a cozinheira. Um dia chegara a dizer que aquela bruaca traria muita desgraça à vila.

– Que tal começar a escrever, em vez de ficar olhando para o nada? – perguntou a Sra. Von Dobern, em tom frio e irônico.

Ele levantou o tampo e procurou o caderno de castigo. Já estava escrito até quase a metade com frases idiotas como "Não devo cochichar com minha irmã, pois é falta de educação" ou "Não devo desenhar partituras no meu caderno, pois ele é para escrever, não desenhar". Havia manchas de tinta por toda parte, inclusive em seus dedos. Ele, que no início do segundo ano se sentira todo orgulhoso por poder escrever com lápis e, até mesmo, pluma e tinta, naquele momento preferia não ver tanto respingo.

– Você tem meia hora, Leopold. Agora vou dar aula de piano para sua irmã e depois vamos tomar ar fresco – avisou ela.

Leo mergulhou a ponta na tinta e, com cuidado, roçou a pluma metálica na borda do frasco. Contrariado, começou a escrever as primeiras palavras, mas logo surgiu uma grossa e reluzente mancha azul no papel. Não importava o que fizesse, era impossível escrever direito com aquela pluma horrível. Alguns dias antes, Klippi mostrara sua pluma no jantar, uma Waterman – vinha da América e tinha a ponta em ouro. Era possível escrever com ela sem ter que mergulhá-la na tinta e sem manchar. Mas seu pai dissera que aquele equipamento era caríssimo, e muito grande e pesado para seus pequenos dedos. Sempre os dedos! Por que não cresciam logo?

Duas frases depois, deu um profundo suspiro e enfiou a pluma no frasco de tinta. Já sentia cãibras na mão pela idiotice que teria que escrever. No andar de baixo, voltavam a tocar as escalas: primeiro a de dó maior, depois lá maior, em seguida sol maior. Evidentemente, Dodo tropeçou na tecla preta, o fá sustenido. Pobrezinha, provavelmente nunca conseguiria tocar piano direito, mas também não era um desejo da irmã. Dodo queria ser pilota. Mas aquilo só ele e a mãe sabiam.

Limpou a mão suja de tinta em um trapo e se levantou. Na verdade, tanto fazia escrever aquele despropósito antes ou depois do jantar – ele já estava sem sua meia hora de piano. Portanto, poderia muito bem correr até a cozinha para bisbilhotar se a Sra. Brunnenmayer havia assado biscoitos. Ele abriu a porta sem ruído e atravessou velozmente o corredor. Sentiu-se seguro na escada de serviço – a preceptora jamais subia por ali, pois fazia questão de, assim como um membro da família, usar a escadaria principal. Na cozinha também estaria protegido, já que ela nunca aparecia ali.

– Olha quem está aí! – disse a cozinheira ao percebê-lo lá embaixo. – Fugiu da sua cuidadora, garoto? Então entra logo...

Que cheiro maravilhoso! Satisfeito, aproximou-se da comprida mesa, onde ela preparava salada de repolho com toucinho e cebola. Viu também Gertie descascando as batatas cozidas e, ao seu lado, Else. Então ele não se enganara, era Else mesmo. Ela parecia mais pálida e envelhecida, a bochecha continuava um pouco inchada, mas pelo menos conseguia picar as cebolas.

– Melhorou, Else? – perguntou ele educadamente.

– Meforei. Ofrigada for fergunfar, Leo. Já vou ficar fem...

O menino a fitou, intrigado, por não entender suas palavras de primeira. Talvez lhe faltassem alguns dentes. Pois bem, eles logo cresceriam. Dois de seus dentes de leite tinham caído e os novos já estavam à vista.

– E ficamos todos muito felizes com a sua volta, Else! – disse a cozinheira, acenando com a cabeça para a copeira.

Else cortava a cebola aos golpes e conseguiu sorrir sem abrir a boca.

– Quer provar um pão de mel, garoto? – perguntou Gertie, satisfeita. – Assamos ontem. Para o Natal.

Ela deixou a faca sobre a mesa e limpou os dedos no avental antes de correr para a despensa. Gertie era magra e ligeira como uma doninha. Mais ligeira até do que Hanna, inclusive. E mais esperta.

– Traz a lata com as rosquinhas crocantes também – pediu a Sra. Brunnenmayer. – Pode levar umas para sua irmã, Leo.

Gertie retornou com duas latas grandes, que abriu sobre a mesa. Um aroma maravilhoso de especiarias natalinas se sobrepôs ao cheiro de cebola, e Leo ficou com a boca cheia d'água. O menino pegou dois pães de mel grandes, um em formato de estrela e outro de cavalo, e mais quatro rosquinhas. Além de amêndoas, levavam avelã também. E caramelo. Quando mordeu, sentiu a maravilhosa textura crocante da cobertura entre os dentes. Por dentro, os biscoitos eram macios e muito doces. Leo engoliu sua porção, que foi diretamente para o estômago, onde a Sra. Von Dobern não poderia encontrá-la. A parte de Dodo foi um pouco mais difícil. Ele envolveu o pão de mel e as duas rosquinhas em seu lenço, mas a estrela era grande demais e o embrulho não coube em seu bolso.

– Então tem que partir a estrela – sugeriu Gertie. – Seria uma pena se a pessoa errada a comesse.

A cozinheira não se opôs. Ela afastou os repolhos e pegou a travessa de salada de batatas para misturar com duas grandes colheres de pau. Quem a conhecia podia ler em seus movimentos que estava contrariada. Leo escondeu a trouxinha que fizera com o lenço e pensava em como poderia pedir uma ratoeira. Mas ao lembrar-se de que Else estava ali, desistiu. Else não era uma pessoa confiável e sempre debandava para o lado dos mais fortes – e, infelizmente, a Sra. Von Dobern tinha as costas quentes, era protegida pela avó.

– Vai ter salsicha na janta?

– Quem sabe... – disse Gertie, enigmática.

– Estou sentindo o cheiro! – insistiu Leo.

– Será que está mesmo, garoto?

Julius entrou na cozinha e ergueu as sobrancelhas ao ver Leo.

– Tem um musaranho lá em cima no corredor – avisou ele. – Cuidado para ele não te morder.

Leo captou a mensagem. A preceptora deixara Dodo sozinha no salão vermelho e subira para fumar escondida no quarto. Era preciso cuidado para não trombar com ela.

– Então vou indo. Obrigado pelos biscoitos.

Após sorrir para todos, conferiu rapidamente o conteúdo do bolso bem recheado e subiu pela escada de serviço.

– É uma pena – disse a Sra. Brunnenmayer. – Antigamente eles ficavam brincando aqui na cozinha. A Liesel com os dois garotos, junto com a Henni e os gêmeos. E agora...

– Cozinha não é lugar para os filhos dos patrões e... – retrucou Julius.

Leo não escutou o restante da frase. Ele já estava na porta do segundo andar, observando o corredor pelo vidro. Caminho livre – a mulher devia estar em seu quarto. Na verdade, era o quarto da tia Kitty, mas como ela infelizmente fora embora, vovó alojara ali a Sra. Von Dobern, a fim de que a preceptora estivesse sempre perto das crianças.

Ele abriu a porta com cuidado e deslizou para dentro. Se tivesse azar, a Sra. Von Dobern já teria percebido sua ausência do quarto e estaria lá esperando por ele. Ela sentia prazer em fazer esse tipo de coisa. Gostava de aparecer repentinamente, quando não contavam com ela. O que considerava ser de imensa perspicácia.

Apesar disso, ele resolveu voltar para o quarto e, em caso de emergência, dizer que tivera que sair um instante. Ele movia os pés com tanta astúcia que mal se escutavam seus passos, mas o rangido das tábuas do assoalho foi mais difícil de abafar. Já estava quase conseguindo, sua mão quase tocava a maçaneta, quando escutou o ruído de uma porta se abrindo.

Azar. Que belo azar. Ele se virou e tratou de não aparentar a surpresa de estar sendo flagrado. Mas não pôde evitar o assombro. A Sra. Von Dobern não vinha saindo de seu quarto, mas sim dos aposentos dos pais dele.

Por um instante, Leo sentiu uma pontada no peito. Ela não podia. Não tinha nada a fazer ali dentro. Aquele quarto era proibido até mesmo para ele e Dodo. Era onde dormiam seus pais.

– O que você está fazendo no corredor, Leopold? – perguntou a preceptora, enérgica.

Por mais ameaçador que fosse seu olhar, ele logo percebeu que o pescoço dela estava vermelho. As orelhas certamente também, mas não dava para ver pois estavam sob os cabelos. A Sra. Von Dobern estava ciente de que havia sigo flagrada com a boca na botija. Aquela bruxa estava bisbilhotando o quarto de seus pais.

– Tive que ir ao banheiro.

– Então vista-se, pois vamos sair – disse ela. – Estou indo chamar Dodo. Vamos dar um belo passeio de inverno pelo parque antes do jantar.

Leo continuava no corredor e a encarava. Furioso. Magoado. Com ar reprovador.

– Que foi? – indagou ela, arqueando as finas sobrancelhas.

– O que você estava fazendo aí dentro?

– Sua mãe ligou, perguntando se não tinha esquecido o broche vermelho na mesinha de cabeceira.

Simples assim. Os adultos mentiam tão bem quanto as crianças. Talvez até melhor.

– Não queremos chatear sua mamãe com aquela história boba da janela. Não é mesmo, Leopold?

A preceptora sorriu. Ele ainda tinha muito o que aprender. Adultos eram não só os melhores mentirosos, como também chantagistas cruéis.

Deixando-a na incerteza, ele nada respondeu e correu para a escada. Gertie já o esperava no átrio com suas botas de couro marrons e o sobretudo de inverno. Dodo, irritada, ajeitava o gorro de lã que Gertie lhe enfiara até as orelhas.

– Odeio passear – murmurou ela para o irmão. – Odeio, odeio, eu o...

– Pegue isso! – ordenou ele, tirando a trouxinha de dentro do bolso e lhe entregando.

Radiante, ela enfiou uma rosquinha inteira na boca e começou a mastigar.

– Ela já está vindo? – cochichou Dodo, pegando um pedaço do pão de mel.

– Não. Está no espelho para ver se fica bonita.

– Então vai demorar muito – zombou Dodo.

10

As bochechas de Elisabeth estavam em brasas. O calor na sala durante a ceia de Natal estava insuportável. Talvez fosse pelas muitas doses de aguardente, já que naquela região era costume tomá-la antes, durante e depois das refeições. Tia Elvira lhe explicou que era necessário, pois os pratos costumavam ser muito gordurosos.

– Ao menino Jesus no presépio! – exclamou o vizinho Otto von Trantow, erguendo uma taça de vinho tinto.

– Ao menino Jesus...

– Ao Salvador que nasceu hoje...

Elisabeth brindou com Klaus, com a Sra. Von Trantow, em seguida com a tia Elvira, com a Sra. Von Kunkel e, por fim, com Riccarda von Hagemann. O líquido grená reluziu à luz das velas, e as taças talhadas da tia Elvira produziram um melódico tilintar. Otto von Trantow, proprietário de uma vasta propriedade perto de Ramelow, dirigiu-lhe um sorriso expressivo por trás do vidro da taça. Ela sorriu de volta e esforçou-se para tomar apenas um golinho do Borgonha. Lisa já participara de vários daqueles banquetes pomeranos e sempre se sentia enjoadíssima no dia seguinte.

– Para uma fazendeira, você é bastante fraca para bebidas, querida – comentou Klaus no meio da noite, sem piedade, ao vê-la se levantar, pálida, para correr até o banheiro.

Mas ela não deixaria aquilo acontecer de novo; teria prudência.

– Hoje está uma autêntica noite de Natal, Elvira – disse Corinna von Trantow, uma imponente dama por volta dos 40 anos que já apresentava os primeiros fios grisalhos. – Vejam as gotículas congelando na beira dos telhados, parecem soldadinhos enfileirados...

Todos olharam pela janela e constataram que grossos flocos de neve dançavam pelo jardim, à luz de uma lanterna. Fazia cerca de quinze graus negativos. Estava tão frio que haviam colocado um fardo de palha nas casinhas dos cachorros para que não congelassem, apesar de Leschik ter afirmado que não se devia mimar os cães. Afinal, os lobos resistiam ao inverno na floresta, mesmo sem palha. Mas Klaus amava seus cachorros, os havia adestrado para a caça, de modo que Leschik teve que ceder.

Conforme rezava a antiga tradição, no final da mesa sentavam-se os mais jovens e os funcionários convidados a celebrar junto com os patrões. Os Trantows haviam trazido uma preceptora de idade mais avançada, a Srta. Von Bodenstedt, que vigiava com rigor Mariella, de 6 anos, e sua irmã, Gudrun, de 11. Além da preceptora, cujo corselete quase a estrangulava, à mesa também estava o bibliotecário Sebastian Winkler, com seu puído casaco marrom, e, ao seu lado, os filhos adultos da família Kunkel: Georg e Jette. Georg Kunkel era conhecido por ser mulherengo e folgado. Havia largado a faculdade em Königsberg e, como seu pai ainda estava em boa forma, o filho preferia ocupar-se com as coisas boas da vida, em vez da propriedade da família. Jette, ao contrário do irmão, era uma moça tímida. Aos 26 anos, há muito estava apta a se casar, mas como não se destacava por seus atrativos, carecia de pretendentes. Sebastian, que se sentia bastante desconfortável em meio àquelas pessoas, envolvia Jette em uma conversa sobre costumes natalinos na Pomerânia e fazia os olhos da garota brilharem. Elisabeth, sequestrada pela tagarelice da Sra. Von Trantow, olhava discretamente para Sebastian do outro lado da mesa. Não lhe agradava em nada o entusiasmo que causava na jovem. Bem, um bibliotecário – ainda mais de origem humilde – estava fora de questão como possível genro de seus vizinhos. Mas se Jette cismasse com Sebastian, ele talvez não tivesse concorrentes...

– Ah! – exclamou Erwin Kunkel. – O assado de ganso. Estou pensando nele desde hoje de manhã. Com castanhas?

– Com maçã e castanhas, como manda o figurino!

– Esplêndido!

Como não tinham copeiro no campo, as travessas eram colocadas sobre a mesa por uma ajudante de cozinha rechonchuda e, em seguida, era costume o dono da casa destrinchar o assado, enquanto a mulher distribuía os pratos. Lisa achou perfeito que tia Elvira assumisse tal função; Klaus, por sua vez, cumpria sua obrigação com grande prazer. Sob o olhar atento de todos os presentes, ele afiou a faca e, com a precisão de um cirurgião, separou a carne dos ossos da ave. Ao toque da lâmina, porções individuais do crocante e aromático ganso caíam na travessa.

Lisa, que fazia anos trocara os apertados espartilhos por corseletes mais leves, respirou fundo e cogitou não consumir aquele prato. Sopa de miúdos de pato, enguia defumada e salada de arenque. Depois lombo de veado com *Schwemmklößen*, a sopa com bolinhos de massa *choux*, e molho de ameixa assada – aquilo já havia sido um desafio. Sentiu náuseas só de pensar que, depois do substancioso ganso, haveria ainda pudim de nata e *Quarkbällchen*, as bolinhas de coalhada fresca fritas. Como era possível aquela gente se entupir de tanta gordura? Não se podia dizer que passavam fome nos Natais em Augsburgo, mas ela nunca vira aquela quantidade absurda de comidas pesadas. Assim como o constante consumo de aguardente. Ela finalmente entendera o motivo de tio Rudolf sempre levar sua garrafa de vodca quando os visitavam nos Natais em Augsburgo com tia Elvira.

– Um brinde ao Natal! – exclamou Klaus von Hagemann, erguendo o copo de vodca.

– À Alemanha!

– Ao kaiser!

– Isso aí! Ao nosso bom kaiser Guilherme. Viva! Viva!

Klaus se adaptara ao local e às pessoas com uma rapidez espantosa. Estava um pouco mais parrudo, andava quase sempre de botas com calça de equitação e um casaco de lã. As duas operações que fizera no hospital universitário Charité, em Berlim, com o famoso Dr. Jacques Joseph, haviam devolvido o aspecto humano a seu rosto arruinado. Naturalmente, ainda se viam as cicatrizes deixadas pelas queimaduras na bochecha e na testa, mas ele tivera a sorte de não perder a visão. O cabelo também começava a crescer lentamente. O mais importante, contudo, era sua dedicação às atribuições de capataz. O serviço lhe convinha perfeitamente, mais até que o trabalho como oficial. Passava o dia inteiro fora, ocupando-se das roças, pastos e gado, negociando com camponeses, vizinhos, fornecedores de madeira e com a prefeitura, e, à noite, ainda encontrava tempo para tratar da contabilidade.

Elisabeth sabia que havia salvado a vida dele com a mudança para a Pomerânia. Viver como um inválido de guerra desfigurado, sem perspectiva de futuro profissional e falido – não, aquilo seria insuportável para Klaus von Hagemann e, mais cedo ou mais tarde, ele escolheria a morte. Elisabeth percebera essa possibilidade e, por isso, lhe fizera a oferta. Ele não demorou a notar o amor dela por Sebastian Winkler – em tais assuntos, o marido tinha um instinto apurado. Mas Klaus não perdera a compostura e não deixara escapar, nem uma única vez, qualquer palavra sobre as idas da esposa à biblioteca. O casal mantinha as formalidades: dormiam juntos nas antigas camas talhadas que outrora pertenceram aos tios e, após a segunda operação e a cicatrização do novo nariz, ele passou a fazer uso esporádico de seus direitos matrimoniais. Elisabeth não se recusava – por que o faria? Klaus continuava sendo seu marido e, além disso, era um amante experiente. No entanto, o homem por quem realmente sentia algo não demonstrava qualquer intenção de seduzi-la. Sebastian Winkler vivia na biblioteca escrevendo sua crônica.

– Quer uma coxa bem crocante, Lisa? Pegue dois *Klöße* também. O repolho roxo tem maçã e toucinho defumado...

O restante ela não conseguiu ouvir. Assim que tia Elvira estendeu o prato sob seu nariz, sentiu um enjoo repentino. Ai, não! Ela não devia ter tomado toda a aguardente do copo. Ergueu a vista e constatou que a mesa festivamente decorada com velas acesas e taças cintilantes começava a girar diante de seus olhos. Então, percebeu o ganso assado que Klaus destrinchava com a faca e um garfo pontudo. Impotente, cravou os dedos na toalha branca sob a mesa. Não podia desmaiar ali. Ou – pior ainda – vomitar no prato cheio.

– Está tudo bem, Elisabeth? – perguntou sua sogra.

– Acho... acho que preciso de ar fresco.

Suas mãos estavam frias como gelo, mas a tontura cedera um pouco. De uma coisa estava certa: se continuasse ali, sendo obrigada a ver e cheirar aquele ganso assado, algo terrível aconteceria.

– Ah... Quer que eu vá com você, minha querida? – ofereceu a Sra. Von Trantow, sentada ao seu lado.

A entonação indicava que ela preferia não se afastar do prato. Elisabeth recusou com a mão.

– Não, não. Podem continuar. Já volto – respondeu ela.

– Tome uma vodca ou um *slivovitz*, para deixar o estômago mais forte.

– Obrigada – disse ela, quase sem voz, e tratou de sair da sala.

Ao ser recebida pela corrente de ar do corredor, já se sentiu melhor. Que agradável poder se mover em vez de estar espremida entre aquela gente que só comia e tomava aguardente na noite de Natal. Mas os cheiros da cozinha que chegavam até o corredor também a incomodavam, então abriu a porta e pisou no pátio coberto de neve. Um dos cachorros acordou e começou a latir, os gansos no viveiro grasnaram um pouco, mas logo os animais voltaram a se acalmar. Elisabeth respirou o ar puro de inverno e sentiu as batidas de seu coração. Sob o brilho das duas lanternas, que pendiam à esquerda e à direita da entrada, contemplou o cair da neve, que era arrastada pelo vento em direção ao casarão. Uma névoa branca se soltava do telhado do celeiro e formava redemoinhos no pátio. Os pequenos flocos caíam em seu rosto quente, faziam-lhe cócegas no pescoço e no decote e ficavam presos em seu coque. Era uma sensação estranhamente boa, de liberdade. Seu estômago se acalmou, as náuseas passaram.

No final das contas, era tudo porque aquelas pessoas lhe davam nos nervos. O costume na região era convidar e visitar os vizinhos. Durante o ano inteiro, os poucos proprietários de terra naquelas planícies levavam uma vida bastante solitária, por isso qualquer data festiva se transformava em evento social e culinário.

– Você vai se acostumar – dissera tia Elvira, para consolá-la.

Contudo, aquela fartura gastronômica excessiva, as mesmas conversas sobre criados e aldeões e, sobretudo, as intermináveis histórias de caçador iam se tornando mais enfastiantes para Lisa a cada ano que passava. Aquele não era o seu mundo. Por outro lado, qual era? Onde estava o lugar que lhe era predestinado naquela vida?

Ela apoiou as costas em um poste da marquise de madeira e cruzou os braços. Natal na Vila dos Tecidos. Era aquele o seu lugar? Bem, sem o pai jamais seria como quando era criança. Naquele dia, noite do dia 24, deviam estar todos na sala de jantar, conversando com alegria, certamente na companhia de Ernst von Klippstein e Gertrude Bräuer, sogra de Kitty. Talvez Tilly, a cunhada, também. Alicia contara por carta que Tilly já havia sido aprovada no exame preliminar de medicina em Munique, um passo importante para obter o título. Tilly era uma das poucas mulheres na faculdade – ela tinha ambição e estava decidida a tornar-se médica. Lisa deu um suspiro. Pobre Tilly. Provavelmente ainda esperava secretamente que seu Dr. Moebius voltasse da Rússia. Talvez fosse por isso que estudava com tanto afinco, porque o médico a encorajara naquela época. Ele era um rapaz simpático, o tal Dr. Ulrich Moebius. Era bom médico e uma pessoa amável. Tocara piano tão bem quando celebraram o Natal no hospital de campanha...

Marie era a única pessoa em seu círculo que parecia verdadeiramente feliz, constatou Elisabeth, com pesar. Ela tinha seu amado Paul, seus filhos meigos e agora até um ateliê, onde desenhava e vendia suas peças de roupa. Na verdade, era injusto que uma única pessoa tivesse tanto, enquanto outras seguiam com tão pouco. Bem, Tilly pelo menos aproveitava os estudos. E Kitty tinha sua filhinha e a pintura. Mas ela mesma tinha o quê?

Se ao menos tivesse engravidado... Mas o cruel destino também lhe negara tal felicidade. Lisa notou crescer dentro de si a velha e terrível sensação de ter ficado para trás e tratou de ignorá-la. Aquilo não levava a nada, só a puxava ainda mais para baixo. Além disso, causava rugas e embaçava a vista.

De repente, a porta se moveu atrás dela, o que a assustou.

– Vai pegar um resfriado, Elisabeth.

Era Sebastian! Parado na soleira da porta e segurando um sobretudo para que ela vestisse. De súbito, seu abatimento se esvaiu. Ele se preocupava com ela. Levantara-se de seu lugar ao lado de Jette Kunkel, deixara a entusiasmada companheira à mesa, só para levar um agasalho para *ela*, Elisabeth.

– Ah, que atencioso da sua parte – comentou ela, enquanto ele colocava a grossa peça de roupa sobre seus ombros.

– Pois é, precisei me ausentar um momento e, quando passei pelo corredor, vi você parada do lado de fora, na neve.

Certo. A cena podia não ser tão romântica como ela imaginara. Mas mesmo assim, foi bom sentir aquelas mãos em seus ombros. Ainda que brevemente, pois ele recuou logo após cobri-la com o sobretudo. Que desespero! Por acaso ela tinha lepra? A peste? Podia ao menos ficar um minuto com ela, curvar-se até sua nuca e beijar sua pele nua... Mas apenas em seus sonhos Sebastian Winkler faria algo do tipo. Infelizmente.

– Que imprudência, Elisabeth. Você pode arranjar uma pneumonia, saindo do aconchego do salão para este frio.

E agora ainda por cima ele lhe dava um sermão. Como se ela não soubesse!

– Estava precisando de um pouco de ar fresco... Não estava me sentindo bem.

Elisabeth fechou o sobretudo e fingiu ainda estar enjoada. Com êxito. O semblante de Sebastian revelou um misto de empatia e preocupação.

– Essa comilança daqui é péssima para a saúde. E ainda mais com o álcool, principalmente aquele destilado russo que bebem como água. Melhor deitar-se um pouco, Elisabeth. Se quiser, acompanho você até lá em cima – ofereceu ele.

Se Klaus fizesse tal oferta a uma mulher, o desfecho da história seria óbvio. Sebastian, por sua vez, subiria comportadamente a escada com ela e se despediria na porta do quarto com sinceros votos de melhoras. Era isso que ele faria, não? Bem, ela podia arriscar.

– Acho que é uma boa sugestão.

Ela foi interrompida quando a porta da sala de estar se abriu e Jette Kunkel, acompanhada pelas duas filhas dos Trantows, apareceu no corredor.

– Gente! Que neve! – exclamou Jette. – Não é encantador ver o vento movendo os floquinhos brancos?

– "O vento move rebanhos de flocos nos bosques invernais como um castor" – recitou Gudrun, do alto de seus onze anos, o poema de Rilke.

– É pastor, não castor, minha querida Gudrun – corrigiu Sebastian, com um sorriso. – Porque são rebanhos que o vento move, então só pode ser pastor.

Ele era professor de corpo e alma. Raramente deixava passar uma oportunidade de ensinar algo a alguém. Mas sempre de uma maneira simpática, julgava Elisabeth.

– Verdade, é pastor. Um pastor de flocos – concordou Gudrun, às risadinhas. – Vamos sair? Está tão bonito com a neve lá fora.

Sua irmã, Mariella, fez um gesto circular com o indicador na lateral da cabeça e perguntou se, por acaso, ela havia perdido o juízo.

– Mas que ideia maravilhosa! – exclamou Jette. – Vou pegar meu sobretudo. E as botas. Vamos, Gudi...

Que malucas, pensou Elisabeth, irritada. Um passeio noturno pela fazenda no meio de uma nevasca. Quem pensaria naquilo? E, certamente, arrastariam Sebastian junto. Ela podia esquecer a ideia de ser acompanhada por ele até a porta do quarto. Enfim, aquilo não teria dado em nada mesmo.

– O que está havendo aí?

Georg Kunkel surgiu pela porta entreaberta da sala com ar brincalhão. Seu olhar ligeiramente perdido revelava que o vinho tinto fizera efeito.

– Essas doidas vão dar um passeio – informou Mariella.

– Não me diga. E vão na sua companhia, honrada senhora?

Elisabeth estava prestes a negar quando a porta se escancarou e o pai de Georg chegou trôpego no corredor, seguido por tia Elvira e a Sra. Von Trantow.

– O que é que vocês vão fazer? Um passeio? Que maravilha! – berrou Erwin Kunkel. – Ei, criados! Tragam tochas. E nossos sobretudos, as botas...

Apenas Leschik atendeu ao pedido, saindo de um canto escuro. As criadas e a cozinheira estavam ocupadas com a sobremesa.

– Tochas? – indagou tia Elvira – Querem botar fogo no meu celeiro? Traga uns lampiões, Leschik. Peça para Paula e Miene trazerem os sobretudos e os calçados.

Um caos absoluto se formou no corredor: confundiram-se casacos e chapéu, a Sra. Trantow sentou-se em um vaso de cerâmica, dois vidros de compota de ameixa que estavam sobre a cômoda se quebraram e a preceptora esganiçou – alguém a havia "agarrado". Por fim, Leschik chegou da lavanderia com os lampiões acesos e o grupo saiu para o pátio em meio a gritos e gargalhadas. Os cachorros latiam agitados e os gansos também haviam acordado. O relincho do cavalo castanho de Kunkel vinha do estábulo.

– Venham comigo!

Tia Elvira saiu na frente, segurando seu lampião o mais alto que pôde. Os demais a seguiram em fila, porém dispersos. A Sra. Von Trantow apoiava-se em seu marido; Erwin Kunkel andava de braço dado com a esposa, Hilda, pois a vodca já não lhe permitia ficar em pé e, menos ainda, caminhar. Elisabeth também se uniu à comitiva e Sebastian, que primeiramente hesitara, a acompanhou. Permaneceram no casarão apenas Christian von Hagemann e sua esposa, Riccarda, que dissera preferir ficar de guarda. O marido já estava quase entrando no doce mundo dos sonhos após tanto comer.

O vento gélido torturou os caminhantes, que o enfrentavam com a gola do sobretudo erguida. Georg Kunkel queixou-se por ter esquecido o gorro de pele. Contudo, o ar frio trouxe alguma sobriedade, e com isso as risadinhas e gargalhadas diminuíram. Era preciso prestar atenção onde colocavam os pés dentro da grossa camada de neve. Os contornos das construções revelavam-se pelas sombras, e os pinheiros curvados transformavam-se em fantasmas amorfos. Uma ave noturna, assustada com o barulho, sobrevoou o grupo por um tempo, o que despertou em Jette Kunkel a hipótese de se tratar do próprio espírito de Natal. Corinna von Trantow lembrou-lhes do frio que a Sagrada Família devia ter passado naquele estábulo.

– Com neve e gelo, imaginem só!

– Não tinha nem uma fogueirinha. Os dedos chegavam a congelar!

– No meio dessa miséria nasceu nosso Senhor Jesus Cristo.

Elisabeth não pôde distinguir o rosto de Sebastian na penumbra, mas ela sabia o quanto ele devia estar se contendo. Informar-lhes de que nevascas e temperaturas abaixo de zero não aconteciam em Belém teria arruinado as tão românticas ilusões daquelas senhoras.

– Está melhor, Elisabeth? – perguntou ele, em voz baixa.

– Só estou um pouco fraca, mas já vou melhorar.

Ela não era burra. Quando Sebastian lhe ofereceu o braço, Lisa não se fez de rogada e se deixou conduzir, enquanto ele a desviava de um carrinho de mão, esquecido por alguém no meio do caminho. Como ele era atento! E como participava descontraído da conversa – ao contrário de quando estava na biblioteca e pensava em cada palavra. Aquela caminhada noturna estava abrindo comportas que Sebastian costumava manter fechadas por medo.

– Quando eu era garoto e nevava, tinha que andar no bosque no escuro... Era um caminho longo da nossa cidadezinha até a escola na cidade. Duas horas para ir, e a volta era uma subida, então demorava cerca de meia hora mais.

– Nossa, que cansativo. Então quase não sobrava tempo para as lições de casa.

Ele avançava em ritmo constante e ela o percebia sorrindo sozinho, perdido em seus pensamentos. Talvez estivesse lembrando da infância bem-aventurada e cheia de privações.

– No inverno, faltava luz com frequência. As velas eram caras e não tínhamos gás encanado. Muitas vezes eu ficava pertinho do fogo na cozinha, tentando reconhecer os números e letras com a luz vermelha das brasas.

Mais à frente, Georg Kunkel entoava com voz de tenor a canção natalina "Oh, du fröhliche", à qual alguns aderiram. Na segunda estrofe, a cantoria esmoreceu – a maioria havia esquecido a letra. A Sra. Von Trantow resmungou que não estava com suas meias de lã e os dedos do pé congelavam.

– No verão, nós trabalhávamos no campo – contou Sebastian, sem prestar atenção nos demais. – Precisávamos tirar as ervas daninhas, ceifar os grãos, produzir feno, debulhar, proteger o gado... Com 10 anos, eu carregava as sacas até o silo, e com 12 já rastilhava e arava. Com as vacas mesmo, cavalo era luxo dos ricos.

No sexto ano, teve que enterrar seu sonho de se tornar missionário – os pais não tinham mais dinheiro para a escola. Portanto, cursou magistério. Por dez anos ele ensinara as crianças de Finsterbach, perto de

Nuremberg, e então eclodiu a guerra. Sebastian Winkler esteve entre os primeiros convocados.

– A guerra, Elisabeth, não podia ter acontecido... Eu os eduquei, ensinei a escrever e calcular, dei tudo de mim para que se tornassem pessoas honestas e de bem. Mas, junto comigo, convocaram sete dos meus ex-alunos. Tinham 17, não chegavam a 18 anos. Três deles tinham encontrado serviço numa fábrica de camas, dois trabalhavam na fazenda dos pais, um seguia com os estudos em Nuremberg. Queria ser padre, era um rapaz esperto e obediente...

Ele se deteve para sacar seu lenço. Lisa estava comovidíssima. Ao mesmo tempo, sentia um intenso desejo de consolá-lo em seus braços. E por que não? Os dois haviam ficado um pouco para trás, estava escuro ao redor – ninguém os veria.

– Nenhum voltou – murmurou Sebastian, enxugando o rosto. – Ninguém... Nem os mais novos.

Ela não aguentou. Com um movimento impulsivo, envolveu a nuca dele com seus braços e deitou a cabeça em seu peito coberto de neve.

– Sinto muitíssimo, Sebastian.

Se estava surpreso, ele não demonstrou. Permaneceu tranquilo em meio à neve que ainda caía. Após alguns segundos de angústia, Lisa sentiu a mão dele acariciando suas costas terna e suavemente. Imóvel, ela tremia a cada batida de seu coração, desejando que aquele momento magnífico fosse eterno.

– Não podemos, Elisabeth – disse ele em voz baixa. – Não sou o tipo de homem que destrói casamentos.

Finalmente! Já fazia três anos e nem uma única palavra a respeito havia sido trocada entre eles. Nenhum dos dois ousava abordar aquele delicado tema.

– O que eu tenho não é mais um casamento, Sebastian...

Ele acariciou a maçã de seu rosto e ela sentiu o toque da luva enquanto o fitava. Sebastian havia tirado os óculos por causa da neve, e sem a proteção das lentes seu olhar parecia mais infantil, vívido e, ao mesmo tempo, sonhador.

– Você é a esposa dele – sussurrou ele.

– Eu não o amo. Eu amo você, Sebastian...

Essas palavras o arrebataram. O primeiro beijo deles foi tímido, apenas um toque quase imperceptível dos lábios. Um hálito doce, a fragrância de seu sabonete de barbear, sua pele misturada a pequenos flocos de neve. Mas a magia daquele inofensivo contato foi traiçoeira. Elisabeth baixou todas as barreiras, e com isso a paixão até então contida tomou os dois de assalto.

Sebastian foi o primeiro a despertar do delírio: pousou as mãos sobre as bochechas de Lisa e a afastou com ternura.

– Me desculpe – disse ele.

Não houve resposta. De olhos fechados, ela se recusava a aceitar que era o fim.

– Sempre levarei sua confissão no meu coração, Elisabeth – murmurou ele, ainda ofegante. – Ouvir isso me fez um homem feliz. E você sabe o que eu sinto.

Ela foi se recompondo lentamente. Sebastian a havia beijado de verdade. Não era um sonho. E que beijo! Klaus poderia aprender algo com ele.

– Sei mesmo? Não sei de nada, Sebastian. Me diga!

Ele se virou e ajeitou as luvas. Enquanto olhava para a frente, viu o grupo de andarilhos noturnos, que haviam parado para discutir o caminho de volta. Escutaram a voz enérgica de tia Elvira tentando se impor diante de Erwin Kunkel, que bradava que precisavam do bom kaiser Guilherme de novo.

– Silêncio! – exclamou a tia Elvira. – Vamos acompanhar a cerca do jardim. Pensem no pudim de nata e nas bolinhas de coalhada que estão à nossa espera.

– As bolinhas e o delicioso bolo... bocho... Beaujolais!

Era óbvio que o grupo voltaria ao casarão pela mesma rota. Qualquer outra ideia seria absurda, pois a trilha já estava marcada pelas pegadas na grossa camada de neve.

– Vamos nos afastar um pouco do caminho e depois nos unimos a eles sem que ninguém perceba – sugeriu Sebastian. – Para não termos problemas.

– Você ainda não me respondeu.

– Você já sabe a resposta, Elisabeth.

– Não sei de nada – rebateu ela.

Tarde demais, aquele covarde se esquivaria da confissão que ela tanto queria escutar. O bruxulear das lanternas se aproximava, e já era possível reconhecer alguns rostos. Escutaram a risada explosiva de Otto von Trantow. A bela canção que costumavam cantar sobre a melodia de "Üb immer Treu und Redlichkeit" soava com mais força ainda:

– "O kaiser é homem de bem, ele vive em Berlim. E se não fosse tão longe, eu moraria lá sim."

– Jesus amado... – lamentou-se Sebastian. – Venha, Elisabeth. Vamos sair do caminho.

Esperaram atrás de um zimbro coberto de neve, até que o grupo finalmente passou. Pouco restava da euforia inicial – todos tremiam de frio e as duas meninas, de tão exaustas, mal podiam levantar os pés; Georg Kunkel havia se oferecido para levar a pequena Mariella em suas costas. Tia Elvira ainda erguia seu lampião que já quase se apagava, enquanto os dois outros produziam um fulgor igualmente fraco e trêmulo.

– Meu joelho já congelou.

– Meus pés, meus pobres pés!

– Não posso falar na presença das damas tudo que congelou em mim.

Sebastian e Elisabeth não tiveram dificuldade em juntar-se aos outros sem serem percebidos. Desesperados pelo calor do salão como estavam, nenhum deles prestou atenção nos dois. Sobretudo as senhoras se perguntavam quem tivera o despautério de sair perambulando em noite de plena nevasca. Estavam muito próximos da casa, os cachorros latiram e já se podia ver o interior da sala iluminada.

Com as chamas da lareira ao fundo, Klaus von Hagemann se agarrava com a jovem criada, que tinha a blusa e o corpete abertos e não fazia qualquer menção de rechaçar as carícias ardentes de seu senhor.

Elisabeth ficou sem ar. Sentiu o braço de Sebastian sobre seu ombro, mas aquilo não passava de um débil consolo. Não podia acreditar no que se passava ali. Ela não era a única.

– Rapaaaaz! – exclamou Erwin Kunkel.

– O sujeito não perde uma! – sussurrou Otto von Trantow, com admiração na voz.

– O que o tio Klaus está fazendo ali? – indagou Mariella, que, olhando pelas costas de Georg, tinha a melhor vista do salão.

Um silêncio constrangido reinou entre as mulheres, e apenas a Sra. Von Trantow atreveu-se:

– Inacreditável! Em plena noite de Natal!

Quando os distraídos amantes finalmente perceberam a presença de seus espectadores no pátio, a moça se livrou de Von Hagemann com um grito assustado, cobriu os seios com a blusa e correu dali.

O ocorrido não voltou a ser mencionado ao longo da noite, mas Elisabeth sofria incomensuravelmente sob os olhares curiosos e compassivos.

Claro, ela não tinha o menor direito de acusar Klaus de nada, mas ele a havia traído em público, tinha exposto a esposa ao ridículo. E o pior: parecia não ter arrependimentos.

De madrugada, quando todos os hóspedes já haviam se retirado para os respectivos aposentos e tia Elvira subia as escadas com Elisabeth, ela decidiu consolar a sobrinha.

– Sabe, menina... – disse ela, sorrindo. – Isso é coisa de ser fazendeiro. Para eles, é questão de "saúde mental" e "atividade física".

11

Em Augsburgo, o novo ano começara com neve, que logo derretera nos primeiros dias de janeiro. O tempo chuvoso se instalou, transbordando córregos e encharcando os gramados do bairro industrial. As largas poças que se formavam pelos caminhos do lugar transformavam-se em traiçoeiras camadas de gelo durante a noite. Por cima de toda aquela desolação cinzenta, o céu invernal carregado de nuvens prometia mais chuvas.

Paul já havia feito sua ronda habitual pelos galpões da fábrica, aproveitando para pontualmente discutir o ritmo de produção com algum capataz e admirando as novas máquinas de fiação por anéis, que vinham apresentando excelentes resultados. A única coisa que o preocupava era a situação dos pedidos, pois até o momento o maquinário não atingira a capacidade máxima. A economia alemã recuperava-se muito lentamente e sofria muitos revezes – mas pelo menos o *rentenmark* havia vingado. Contudo, as violentíssimas reparações que a Alemanha era obrigada a pagar aniquilavam qualquer êxito. A região do Vale do Ruhr continuava ocupada por soldados franceses. Quando a França finalmente iria entender que uma Alemanha empobrecida não só lhes seria inútil, como lhes causaria imenso prejuízo econômico?

Taciturno, ele subiu as escadas do prédio da administração. Por que diabos estava de tão mau humor? Os negócios não iam mal, a inflação parecia controlada e o contrato com os americanos já estava decidido. Devia ser o tempo ruim. Ou a incômoda dor de garganta que insistia em ignorar. Ele não podia se permitir um resfriado, muito menos acompanhado de febre.

Deteve-se um instante na porta da antessala para tirar os sapatos. Não era de seu feitio entreouvir as conversas de suas secretárias, mas era difícil não escutar a voz da Srta. Hoffmann.

– Dizem que ela é uma graça e ainda faz ajustes ao gosto da cliente... Minha vizinha é conhecida da Sra. Von Oppermann e mandou fazer dois vestidos e um sobretudo com ela.

– Claro, é só para quem pode mesmo...

– Parece que ela desenhou vários modelitos para a Rosa Menotti também.

– Aquela cantora? Ah, não. Deve ter sido pago pelo namorado atual dela... O jovem Riedelmeyer, né?

– Claro. Ele foi com ela todas as vezes experimentar, minha vizinha que disse.

– Está vendo?

Paul abaixou a maçaneta com força e atravessou a antessala. As duas secretárias emudeceram, e de repente só havia o som das máquinas datilográficas. Inacreditável. Suas funcionárias viviam tagarelando em vez de trabalhar.

– Bom dia, senhoritas.

Ambas sorriram satisfeitas e com ar inocente. Henriette levantou-se da cadeira para recolher seu sobretudo e o chapéu, Ottilie explicou que as correspondências estavam em sua mesa e que o Sr. Von Klippstein desejava falar-lhe um instante.

– Obrigado. Aviso quando eu estiver pronto.

A Srta. Hoffmann apressou-se em levar ao seu escritório uma bandeja com café e biscoitinhos feitos por ela – possivelmente sobras do Natal. A estufa já estava acesa. Suas duas assistentes eram muito eficientes; na verdade, ele não tinha qualquer razão para se queixar.

E por que a Srta. Lüders e a Srta. Hoffmann não conversariam sobre o ateliê de moda de Marie? Certamente, ele se inteirara de que a esposa era um sucesso e já contava com uma longa carteira de clientes. Paul se sentia feliz, havia confirmado sua previsão. Ele estava orgulhoso da mulher. Estava mesmo. Contudo, até então não sabia que homens também compareciam às provas. Aquilo lhe parecia, no mínimo, incomum. Mas provavelmente se tratava de uma exceção, não valia a pena nem abordar o assunto com Marie.

Sentou-se para folhear a pilha de correspondências, selecionou as mais importantes e fez uso de seu abridor de cartas em jade verde. Antes de concentrar-se na primeira – uma mensagem da autoridade fiscal local –, tomou um gole de café e mordeu o biscoitinho de canela em formato de estrela. Engolir era um problema, sua garganta devia estar inflamada. Por outro lado, o biscoito da Srta. Lüders não estava nada mau – fora ela mesma quem fizera? O sabor da canela evocou as lembranças do Natal e ele se perdeu em pensamentos.

A verdade era que tudo transcorrera como de costume. Naquele ano, Paul cortara os pinheiros junto com Gustav. Julius ajudara, enquanto Leo perambulava pelo caminho. Infelizmente, nesses assuntos o menino era aparvalhadíssimo. Dodo, por sua vez, havia selecionado com Gertie os galhos que seriam usados na decoração das salas. A pequena Gertie era uma mocinha muito habilidosa, que bom tê-la contratado. O mesmo já não se podia dizer de Serafina von Dobern. A mulher era difícil, as crianças andavam petulantes e aproveitavam qualquer oportunidade de passar a perna na preceptora. A situação se complicava ainda mais por Serafina ser amiga de Lisa e não poder ser tratada como uma funcionária. Várias vezes ele já conversara a respeito com Marie, mas os dois nunca chegavam a uma solução. Pelo contrário, haviam passado a ter brigas desnecessárias, pois a esposa desejava demitir Serafina o mais rápido possível.

– Essa mulher é um poço de frieza. E não suporta crianças. Não quero de forma alguma que ela continue infernizando Dodo e Leo!

Mas se recusava a enxergar que aquela atitude prejudicava a sogra e sua saúde frágil. Era preocupante ter uma esposa tão insensível. Vários conhecidos já lhe haviam chamado a atenção para o aspecto adoecido da mãe, e a Sra. Manzinger chegara a se oferecer para levar a querida Alicia até as águas terapêuticas de Bad Wildungen – o que ela certamente recusara.

– Águas terapêuticas? – questionara Alicia. – Mas, Paul, não posso me ausentar por uma semana da Vila dos Tecidos. Quem vai ficar a cargo da casa? E das crianças? Não, não. Meu lugar é aqui.

No Natal, ele se esforçara ao máximo para reconciliar as mulheres da casa: havia animado a mãe, tratado Serafina com simpatia e dedicado toda a ternura a Marie. Fez bonecos de neve com as crianças no parque e chegara até a permitir que os dois subissem nas árvores. Foi obrigado a admitir que a filha Dodo era incrivelmente mais ágil e intrépida que o irmão. Leo pouco se importou com a emocionante brincadeira de escalar e voltou à mansão sem que percebessem, onde tornou a se ocupar com o piano. Paul não conseguia entender como Marie podia considerar inofensiva aquela paixão desmedida por música.

– Mas, Paul, ele só tem 7 anos. Além disso, saber tocar piano nunca fez mal a ninguém.

Paul tomou mais um gole do café, franziu o cenho por causa da dor de garganta e voltou para as cartas com avidez. Dois pedidos, um deles considerável, o outro peixe pequeno. Pedidos de amostra de tecido, ofertas de algodão cru. Caríssimo. Quando os preços iriam finalmente baixar? Faria a encomenda mesmo assim, os clientes esperavam suas entregas, por mais que a margem de lucro caísse – inclusive, havia casos em que trabalhava sem cobrir os próprios custos. Mas precisava manter a produção, pagar os operários e funcionários; com a ajuda de Deus, as coisas prosperariam muito em breve.

Permitiu-se um segundo biscoito e terminou o café já frio. Natal. Não, não fora como sempre. Apesar de todos os esforços, não conseguira apaziguar as tensões da família, o que acabara afetando a festa. Também sentiram muita falta de Kitty na ceia, já que a irmã passara a comemoração com Gertrude e Tilly na casa da Frauentorstraße. Todos se reencontraram no dia 25 na Vila dos Tecidos, mas os constantes comentários afiados de Kitty impediram que celebrassem em paz. Para completar a desgraça, ele brigara com Marie à noite – a razão, ele já nem lembrava. A única certeza era de que se tratava de um motivo ridículo, mas que o fizera dizer coisas que deveria ter guardado para si. Era compreensível que Marie estivesse cansada no fim do dia, afinal de contas trabalhava muito. Não, ele não era o tipo de marido que reprovaria a mulher por isso; ele a entendia e conseguia se controlar. Naquela noite, entretanto, sua decepção se revelou. Afirmou que ela o amava menos que antes, que se afastava, rechaçava suas ternas tentativas de aproximação. Suas acusações a afetaram profundamente. Marie chegou a oferecer fechar o ateliê, o que certamente seria um absurdo. E então, para arrematar, expressou a insatisfação que nutria há anos – o que, à luz da situação, foi bastante inapropriado.

– Eu só me pergunto por que não temos mais filhos, Marie.
– Não posso responder a essa pergunta.
– Talvez você devesse ir ao médico.
– Eu?
– Quem mais?

E então sua doce e meiga esposa o acusou de enxergar apenas o que lhe convinha.

– O motivo pode estar tanto em mim quanto em você!

Ele nada respondeu e limitou-se a virar para o lado, cobrir-se com a colcha e apagar o abajur sobre a mesa de cabeceira. Marie fez o mesmo. Os dois permaneceram calados em seus travesseiros e mal ousavam respirar, cada um esperando que o outro dissesse algo que aplacasse aquela terrível tensão. Mas nada aconteceu. Nenhuma palavra, nem um roçar cauteloso de mãos que sinalizasse a vontade de fazer as pazes. Apenas na manhã seguinte, ao sentir a esposa dormindo ao seu lado, seu desejo foi tão grande que a acordou com um beijo carinhoso. A reconciliação foi maravilhosa e os dois se prometeram solenemente nunca mais discutirem por um motivo tão besta e desnecessário.

A dor de garganta se tornou impossível de ignorar e ele sentiu também um desconforto nos brônquios. Havia alguma doença se instalando, inferno!

Após passar os olhos rapidamente nas correspondências, chamou a Srta. Hoffmann.

– Diga ao Sr. Von Klippstein que posso vê-lo agora.

Ele poderia simplesmente ir até o sócio, como costumava fazer. Mas, estranhamente, naquele dia não estava disposto.

– E me traga mais café, por favor. Aliás, os biscoitos de canela estão uma delícia.

A alegria com o elogio fez a secretária enrubescer, e ela explicou que a receita era de uma conhecida, a Sra. Von Oppermann.

– Que, por sinal, é uma cliente muito satisfeita da sua esposa.

Aquilo ele já sabia, mas, de todo modo, acenou-lhe satisfeito com a cabeça, para que ela não pensasse que o marido invejava o sucesso da mulher. Quando iam deixá-lo em paz com essa conversa fiada?

Como de costume, Ernst von Klippstein estava impecavelmente vestido: terno cinza combinando com o colete. Nos meses frios ele até trocava o sapato, pois não gostava de usar botas de inverno no escritório. Ele se dava incrivelmente bem com as secretárias, sem dúvida por despertar nelas sentimentos maternos. Ernst havia sido levado para o hospital de campanha com estilhaços de granada na barriga e por pouco não perdera a vida; já as cicatrizes ainda o atormentavam.

– Você está meio pálido hoje, meu velho amigo – comentou Ernst ao cruzar a porta. – Foi pego por essa onda de resfriado que está derrubando todo mundo?

– Eu? Ah, imagina... Só estou um pouco cansado.

Ernst assentiu, compreensivo, e tomou assento em uma poltrona de couro. Custou-lhe um pouco, pois o estofado era bastante fundo, mas ele não deixou transparecer. Ernst continuava sendo um soldado prussiano e estimava a disciplina, sobretudo a própria.

– Sim, esse tempo... – comentou ele, enquanto via as nuvens baixas pela janela. – Janeiro e fevereiro são sempre esse horror de frio e escuridão.

– Exato.

Paul tossiu e sentiu alívio quando a Srta. Lüders surgiu com um comprimido. Como não podia deixar de ser, ela serviu dois cafés e uma porção dupla de biscoitos. As estrelas de canela contaram com o acompanhamento de pães de mel e pastinha de bolacha de amêndoa.

Ernst pegou uma xícara do café preto, que tomava sempre sem açúcar e sem leite. Os biscoitos preferiu ignorar.

– Queria discutir com você alguns gastos que, na minha opinião, poderíamos reduzir. A comida da cantina, por exemplo...

As refeições na cozinha haviam sido introduzidas na época do pai, e Marie fora a força propulsora. Antes disso, havia apenas um refeitório, onde os operários e funcionários consumiam a marmita trazida de casa. Foi Paul quem começara a cobrar uma módica quantia pelas refeições que, por sua vez, passaram a contar com carne, batatas e legumes. Em outros tempos, quase sempre serviam ensopado de rutabaga.

– O preço está muito baixo, Paul. Se cada um pagasse dez fênigues a mais, poderíamos economizar o subsídio.

O fênigue era uma moeda interna, introduzida – assim como em muitas outras fábricas – por conta da inflação. Não teria sido nada prático pagar as refeições com cédulas de papel, ainda válidas na época. Precisariam de cestas imensas para carregá-las. Quem comia regularmente na cantina tinha o valor descontado do salário e recebia em troca o fênigue Melzer. Com as fichas podiam comprar bebidas, sabonete ou tabaco.

– Vamos ver como as coisas evoluem.

– Você sempre diz isso, Paul – repreendeu Von Klippstein.

– Na minha opinião, isso é querer economizar no lugar errado.

Ernst respirou fundo. Eles já levavam a fama de empresa mais generosa da região. Recentemente, o Sr. Gropius, da fiação de lã penteada, lhe perguntara se sobrava dinheiro na fábrica dos Melzers.

– Tudo bem – concordou ele. – Vamos deixar os operários em paz. Andei calculando o consumo de carvão dos escritórios neste período mais frio e vi que já atingimos as cifras do ano passado. Colocando na ponta do lápis, vamos gastar pelo menos um terço a mais.

Pois então era isso que seu sócio fazia no escritório: perdia tempo com cálculos supérfluos. Funcionários com frio rendiam menos – nem todos tinham uma personalidade tão austera como Ernst von Klippstein, que expressamente instruíra suas secretárias a aquecerem sua sala com moderação.

– Não é hora de economizar, Ernst. É hora de investir e motivar o pessoal a produzir bem. Temos que fazer fumaça e mostrar que os fios de tecidos dos Melzers não só são de primeira classe, como também possuem preços competitivos...

Passaram algum tempo debatendo. Ernst pontuou que só se conseguia preços competitivos apertando os cintos e reduzindo os custos. Paul lhe advertiu que havia uma diferença entre redução de gastos e avareza. Os argumentos voaram em uma e outra direção, até que Ernst cedeu, como sempre fazia.

– É, vamos ver – respondeu ele, contrariado.

E então colocou a mão no bolso interno do casaco e sacou um envelope.

– Já ia esquecendo. Uma encomenda...

Seu sorriso constrangido deixou Paul desconfiado. No envelope em branco, havia uma folha escrita à mão, onde Marie anotara uma lista de tecidos. Por que ela a entregara a Ernst? Por que não a ele, seu marido? Naquela manhã durante o café, por exemplo.

– Quando Marie te deu isso? – quis saber Paul.

– Ontem, no final da tarde, quando a busquei no ateliê.

– Ah, sim – respondeu ele, colocando a folha entre os outros pedidos. – Muito obrigado.

Ernst assentiu satisfeito e, embora já pudesse se levantar e ir para sua sala, permaneceu na poltrona.

– Uma pessoa impressionante, sua esposa Marie. Eu já a admirava na época da guerra, quando ela salvou a fábrica com o seu pai.

Paul não respondeu. Ele se recostou na cadeira e tamborilou os dedos sobre o couro que revestia o tampo da mesa. Contudo, não causou em Ernst a impressão desejada.

– É uma sorte você e Marie terem se encontrado. Uma mulher como ela precisa de um marido que lhe dê o espaço necessário para crescer. Alguém de visão limitada provavelmente a sufocaria, cortaria suas asas. Obrigaria Marie a ser quem não é.

Aonde ele pretendia chegar? Paul seguia tamborilando os dedos e tossiu em um momento quando sua garganta coçou. Também sentiu a cabeça doer, mas a culpa era daquele intrometido. Estavam todos mancomunados para enlouquecê-lo naquele dia?

– Ah, a propósito – disse ele, interrompendo o discurso entusiasmado de Klippstein. – Eu mesmo vou buscar minha esposa hoje no ateliê. Por acaso tenho algo para resolver na região, fica bem no caminho.

– Ah, é? Certo, só espero poder juntar-me a vocês para o jantar.

– Mas claro. É sempre um prazer...

Sua decepção era nítida. Paul regozijou-se e, logo depois, sentiu-se mesquinho. Por que privava Ernst daquele prazer inofensivo? Ele não tinha absolutamente nada para resolver na Karolinenstraße. Em vez disso, o melhor naquela noite seria ir direto para casa e tomar alguma providência contra aquele resfriado incômodo. Chá com rum e cama. A Sra. Brunnenmayer adoraria preparar-lhe um chá de lilás e aquele unguento ensebado – ele preferia renunciar àquilo, pelo menos enquanto estivesse de pé.

– Então vou parar de atrapalhar seu trabalho.

Ele observou a dificuldade com que Klippstein se levantou da poltrona e sentiu imensa pena. O amigo recusava ajuda, muitas vezes reagindo com bastante antipatia. Não eram apenas as cicatrizes no abdômen que doíam – provavelmente ele ainda tinha estilhaços da granada alojados no corpo. Ele sobrevivera, mas os ferimentos o acompanhariam por toda a vida.

Antes que Ernst saísse, Paul terminou seu café e colocou a xícara vazia na bandeja. Sentiu certo alívio quando se viu novamente sozinho. Ele se levantou para aquecer os dedos perto da estufa, colocou mais carvão, mas continuava tremendo. Com a consciência pesada, abriu a porta do armário e serviu-se um copo de uísque. Seu pai abusara da bebida até quase o fim da vida, mesmo sabendo o quanto aquilo o prejudicava. Paul não tinha o costume de beber; a pequena coleção de vários destilados destinava-se às reuniões com parceiros comerciais, nas quais uma pequena dose em geral funcionava melhor que uma pilha de argumentos.

Ele ia tomar uma dose apenas com fins terapêuticos, pensou antes de sorver um generoso gole. Logo em seguida, precisou controlar-se ao máximo para não gritar de dor, pois o uísque fez sua garganta arder como as chamas do inferno. Era como sair da panela e cair direto no fogo. Mas tomou o resto que havia no copo, sentindo os olhos lacrimejarem, e guardou a garrafa e o copo no armário.

Contudo, continuava se sentindo péssimo. Enquanto almoçava, foi dificílimo manter-se ereto. Ele escutou pacientemente as queixas da preceptora e tranquilizou a mãe quando Marie se lançou em defesa dos filhos. Os almoços – outrora um momento de descanso ao meio-dia – haviam se convertido em um encontro muito tenso entre partes conflitantes. As crianças também sofriam – permaneciam em silêncio diante de seus pratos e só falavam quando lhes perguntavam algo. Assim que comiam a sobremesa, esperavam com impaciência que Marie permitisse que se retirassem da mesa.

Naquele dia, Alicia mencionou Tilly Bräuer. A jovem estudante de medicina passara o Natal em Augsburgo e puderam conversar longamente com ela.

– Como está magra, coitadinha – comentou a mãe, com pesar. – E tão pálida. Antigamente, só as mulheres daquela Sociedade das Meias Azuis andavam assim. Não me admira o pobre Klippi não ter pedido sua mão em casamento. Sim, eu sei, Marie. Os tempos mudaram, hoje em dia as moças escolhem uma profissão, tem até as que acham que precisam fazer faculdade.

– Ela é uma jovem muito corajosa e esperta – afirmou Marie, convicta. – Eu a admiro muito. Qual o problema em uma mulher estudar medicina e ser doutora?

Aquele assunto já havia sido motivo de inúmeras brigas, portanto Alicia limitou-se a emitir um suspiro. Mas Serafina sentiu-se obrigada a apoiá-la.

– Como uma pessoa assim vai encontrar um marido? – replicou ela. – Que homem gostaria de saber que a esposa examina desconhecidos dos pés à cabeça? Vocês sabem do que estou falando...

Se ela supunha que os gêmeos não entenderiam sua insinuação, estava enganada. Dodo arregalou os olhos, e as orelhas de Leo enrubesceram.

– Os homens têm que tirar a roupa toda? – sussurrou Dodo.

Leo não respondeu, muito obviamente por achar a ideia muitíssimo constrangedora.

– O marido não se incomoda quando um médico homem examina a esposa – contestou Marie. – É tudo questão de costume.

Alicia pigarreou.

– Não gostaria que discutíssemos esses assuntos no almoço. Muito menos na frente das crianças!

Todos continuaram a refeição em silêncio. Marie não tirava os olhos do relógio, Serafina insistia para que Dodo se sentasse ereta, e Alicia olhava preocupada para Paul, cuja tosse persistente se fazia perceptível.

– É melhor você tirar a tarde para descansar, Paul.

– Bobagem! – resmungou ele.

A mãe suspirou e comentou que ele em tudo saíra ao pai. Johann, igualmente, nunca cuidava da própria saúde.

Marie foi a primeira a levantar-se da mesa, pois já tinha uma cliente agendada no ateliê às duas da tarde. Deu um apressado abraço nos gêmeos, prometeu-lhes ler uma história naquela noite e se retirou.

– Quer que eu te leve, querida? – perguntou Paul antes que ela saísse.

– Não precisa, meu bem. Vou pegar o bonde.

Apesar de se sentir cansado após o almoço, a garganta lhe doía menos que de manhã. Descansar... Era só o que faltava! Ser vítima voluntária dos cuidados da mãe. Lenço amarrado no pescoço. Unguento no peito, chá de camomila... O pacote completo. Na pior das hipóteses, chamariam o Dr. Stromberger ou o velho Dr. Greiner. Não, ele se curaria sozinho daquele incômodo.

Já no escritório, chegou à conclusão de que uma cama macia e um pouco de cuidado não fariam nada mal. Sobretudo por causa dos calafrios que o incomodavam e que se alternavam com fortes suadouros. Febre. Ele conhecia desde a infância aquela abjeta sensação de ter o corpo prostrado. Tempos depois, no campo de prisioneiros na Rússia, passou anos acamado pela febre decorrente dos ferimentos e chegou a ficar à beira da morte. Comparado àquilo, o que sentia era apenas um mal-estar inofensivo.

Deu alguns telefonemas importantes, e por volta das quatro horas da tarde recebeu um novo cliente. Um certo Sigmar Schmidt, que pretendia abrir uma grande loja de departamentos na Maximilianstraße e estava interessado em tecidos de estamparia colorida em algodão. Paul o acompanhou até a tecelagem e depois ao departamento onde tecidos eram estampados. Schmidt se mostrou bastante impressionado e voltaram ao escritório de Paul para discutirem valores e condições de entrega. Sigmar Schmidt mostrou-se um comprador astuto, insistindo em obter descontos, até que Paul lhe lembrou dos preços já bastante em conta e da excelente qualidade dos produtos da fábrica Melzer. Finalmente chegaram a um acordo e Schmidt encomendou uma quantidade considerável de rolos de tecido.

A negociação mantivera Paul alerta, mas assim que o cliente saiu de seu escritório, foi acometido pela fraqueza e a febre de maneira alarmante. Ele se obrigou a aguentar até as seis e meia, então despediu-se das secretárias e tomou ciência de que Von Klippstein já estava a caminho da Vila dos Tecidos.

Ao sair do prédio, foi recebido por um frio chuvisco e sentiu-se aliviado quando entrou no carro. Cumprimentou rapidamente o porteiro e partiu em direção ao centro. Faltava pouco para as sete da noite. Ele esperava que Marie ainda não tivesse tomado o bonde. De fato, quando parou em frente ao ateliê, constatou – para sua surpresa – a presença de clientes. No iluminado interior da loja, distinguiu um elegante casal sentado a uma mesinha folheando o catálogo. Mas se não era... Claro, o Sr. e a Sra. Neff, proprietários de um cinema na Backofenwall. Sem dúvida, o casal tinha condições de pagar pelos caros modelos de Marie. Examinavam com grande entusiasmo o catálogo, pois Marie, é claro, havia desenhado e pintado todos os croquis ela mesma.

Paul decidiu esperar no carro para não atrapalhar a esposa. Afinal de contas, sabia por experiência própria que interrupções podiam ser bastante incômodas em uma conversa de negócios. Assim, reclinou-se no banco, aconchegou-se em seu sobretudo e espreitou pela vitrine como um espectador não convidado. Ali estava ela, sua Marie. Como era bonita – a saia modelada em formato de sino e o casaco solto davam-lhe um ar moderno e descontraído, arrematado pela vasta cabeleira escura. Ela parecia uma garotinha delicada, mas na verdade era uma mulher de negócios bastante sagaz...

Ela conversava com os Neffs, desmanchando-se em risos e gestos. Era mesmo encantadora, sua esposa. O dono do cinema se comportava como um verdadeiro paspalho e quase tropeçou no próprio pé ao arrastar uma cadeira para Marie. Ela deu um sorriso grato antes de se sentar. Gratidão parecia ser o sentimento correto. Ou talvez acolhedor? Receptivo. Sim, era isso. Mas, de certo modo, também... afetuoso.

Isso é coisa da sua cabeça, pensou Paul. *Nem dá para ver daqui como ela está tratando esse sujeito. Afinal de contas, nos negócios é importante tratar bem os clientes.*

Contudo, percebeu que estava irritado. Por que dedicar tantos sorrisos àquele homem? A amabilidade de Marie poderia muito bem ser mal interpretada e lhe causar aborrecimentos.

Um calorão febril voltou a tomar o corpo de Paul, e ele enxugou o suor da testa com seu lenço. Quanto tempo mais ela se demoraria ali dentro? Já eram sete e meia. Alicia já os esperava para o jantar na mansão.

Passado o suadouro, Paul saiu do carro e caminhou decidido na direção do ateliê. O sino da porta soou quando ele entrou; Marie e os Neffs o fitaram um tanto aturdidos.

— Boa noite a todos. Queiram me desculpar por chegar assim, vinha apenas de passagem e pensei que a loja já estava fechando.

Marie franziu a testa por um breve momento, os Neffs o cumprimentaram com entusiasmo e não pouparam elogios à nova coleção de Marie.

— Imagine só ter uma estilista desse calibre aqui em Augsburgo. Esses modelos poderiam estar expostos em Paris!

— Finjam que não estou aqui... Vou me acomodar no jardim de inverno e fumar meu charuto.

— Ah, não vamos demorar muito.

Hanna ainda estava trabalhando no quarto de costura. A pobre menina não parecia exatamente feliz com o serviço. Ele nunca entendera por que Marie cismara em ensiná-la a costurar. Mas essas eram decisões nas quais preferia não se intrometer.

— Senhor... mas que surpresa. Nossa, o senhor está doente?

Ela levantou-se da máquina e correu até a estufa, sobre a qual fervia uma chaleira.

— Vou preparar um chá quente. Vai lhe fazer bem.

Paul não recusou. Naquele momento, seu mal-estar era tamanho que ele estava disposto até mesmo a beber chá. Sentindo o corpo trêmulo, sentou-se ao lado da estufa, segurando a bebida quente nas mãos.

— Parece que pegou o senhor de jeito. E, mesmo assim, o senhor deu um jeito de vir buscar sua esposa. Deveria ter mandado o Sr. Von Klippstein.

Passados uns quinze minutos, Marie surgiu. Ela jogou um caderno de notas na mesa do escritório e vestiu o sobretudo, apressada.

— Ai, que inferno! — queixou-se ela. — Atrasados de novo. Coitada da mamãe. Vamos rápido, Paul... Hanna, desligue as luzes de dentro, por favor. Mas deixe a da vitrine acesa.

Ela se olhou no espelho enquanto colocava o chapéu, ajeitou o cabelo e virou-se para Paul. Só naquele momento notou como o marido estava abatido.

– Meu Deus, Paul! Você devia ter escutado a mamãe hoje no almoço. Aposto que agora vamos todos nos contaminar! – falou Marie.

Ele colocou a caneca sobre a estufa e se levantou com dificuldade. Pois bem, ele não era de se magoar por qualquer coisa. Mas não pôde deixar de notar que a esposa já fora mais empática em outros tempos.

12

Março de 1924

Como o domingo passava rápido. Isso porque, supostamente, era para ser um dia de reflexão após a semana frenética, um momento para passar com a família, aproveitar as preciosas horas de descanso e lazer. No entanto, após o rápido desjejum, correram para a igreja, assistiram à missa e conversaram com alguns conhecidos. Então já precisavam se trocar para o almoço – a sogra fazia questão. Pelo menos aos domingos, ela enfatizara recentemente, queria ver a família com a vestimenta alinhada. A consequência disso era um almoço engessado em formalidades. Os gêmeos quase enlouqueciam com a vontade reprimida de falar, visto que as boas maneiras ditavam que crianças não deveriam conversar à mesa.

Marie estava com sono, se sentia esgotada. Teve uma imensa vontade de deitar-se depois de comer, mas não havia tempo. Dodo e Leo se esgueiraram para dentro do quarto dela e lhe teria partido o coração pedir que saíssem. Sentaram-se os três no sofá e Marie escutou pacientemente as queixas e lamúrias da semana.

– Tive que escrever a porcaria dos números três vezes, mamãe. E olha que as contas estavam todas certas – reclamou Leo.

– Por que tenho que usar esse vestido bobo de florzinha, mamãe? Está muito apertado, não consigo nem levantar os braços – falou Dodo.

– Ela disse que não vamos ganhar ovos de Páscoa porque somos desobedientes.

– E ela me faz tocar piano toda hora... Já estou com os ouvidos doendo.

Marie se culpava por não exigir com mais veemência a demissão da preceptora. Mas aquilo seria uma verdadeira queda de braço com a sogra, e ela preferia poupar Paul. Contudo, se sentia infeliz. Ela consolou os filhos, procurou explicar, fez promessas vagas. Pegou Dodo nos braços e acariciou os cabelos de Leo. Desde o aniversário de 8 anos dos gêmeos, quatro semanas antes, ela estava proibida de abraçar e beijar o filho – afinal de contas, dissera ele, era uma atitude ridícula, pois já era um rapaz e não mais um bebê chorão.

– Daqui a pouco a tia Kitty vem lanchar conosco e, com certeza, vai trazer Henni. Aí vocês três podem ir brincar juntos no parque.

A notícia não causou a empolgação esperada em Dodo, tampouco em Leo.

– A Henni gosta de bancar a mandona.

– Se a Sra. Von Dobern for também, ela não vai nos deixar sair da trilha nem pegar gravetos e jogar pedrinhas.

– E não podemos brincar com a Liesel, nem com o Maxl. A Sra. Von Dobern não gosta.

Marie prometeu conversar com a preceptora. As crianças tinham direito a um pouco de diversão, por mais que os sapatos e sobretudos pagassem a conta depois. Já era março, e a primavera todavia não vingava. Dois dias antes havia, inclusive, nevado.

– Quando você vai nos levar ao aeródromo, mamãe? – indagou a menina.

Fazia meses que Dodo a importunava com aquele pedido. Ela queria ver os aviões. A Rumpler, fabricante das aeronaves, tinha sua sede próximo à Haunstetter Straße, na parte sul da cidade.

– Não sei, Dodo... Ouvi dizer que a companhia está passando por dificuldades. E aviões com motor não podem mais voar mesmo – respondeu Marie.

Entre as muitas sanções impostas pelos Aliados, constava a proibição de voo a aviões motorizados alemães – assim como sua produção.

A expressão de tristeza da menina fez Marie perceber como seu interesse era sincero. De onde ela tirara aquela ideia maluca?

– Vamos ver, querida. No verão, talvez. Agora com esse tempo eles não podem decolar.

De pronto, o rosto de Dodo se iluminou e ela tentou arrancar uma promessa da mãe.

– Está bem! No verão. Promete?

– Acho que sim...

O motor do automóvel se fez audível e Leo correu até a janela.

– É a tia Kitty! – anunciou. – Nossa, não consegue dirigir reto! Quase bateu numa árvore... Ah, conseguiu.

Dodo saltou do colo da mãe e afastou o irmão, abrindo espaço no peitoril da janela.

– Ela trouxe a tia Gertrude. E Henni. Que azar!

Marie suspirou. Já podia esquecer a ideia de descansar naquela tarde. Ela se levantou para dar instruções aos funcionários, pois Alicia vivia adoentada desde a severa bronquite. Se toda a casa fosse ficar sob sua responsabilidade durante a semana inteira – como dissera a matriarca –, então ela merecia ao menos um cochilo aos domingos.

No átrio, já se escutava a voz aguda de Kitty, a língua solta como sempre. Às vezes dava a impressão de que ia se esquecer de respirar. No caminho, Marie bateu à porta da preceptora para lhe pedir que se encarregasse das crianças e desceu as escadas apressada.

Julius estava a postos na entrada da sala de jantar, ainda com um aspecto adoecido, pois a onda de resfriado não o poupara. Hanna e Else pegaram a doença, assim como o pobre Klippi. Paul passara dois dias de cama e logo sarou, mas Von Klippstein ainda não havia se recuperado.

Ao longo de uma semana, Marie providenciara a entrega do almoço em seu apartamento, até lhe enviar o Dr. Stromberger. Von Klippstein se emocionou tanto com os cuidados dela que lhe enviou um buquê de rosas brancas. Devia ter custado uma fortuna e, por dias, Paul caçoou de Marie por conta de seu "cavalheiro das flores". De fato, Paul sentira ciúmes. Ele mudara em algumas coisas, estava mais sensível e irritável que antes e às vezes a repreendia sem razão aparente. Talvez tudo se devesse ao fato de que os dois finalmente estavam se conhecendo de verdade. Um ano após o casamento, Paul fora chamado para a guerra e foram quatro longos anos separados. Existindo um para o outro apenas em cartas e na saudade, não era de se admirar que eles houvessem se idealizado. Mas com a volta da rotina, os filhos, o ateliê, a família... Tudo aquilo cobrava seu preço, e talvez uma parte do amor deles tivesse ficado pelo caminho.

– Peça para a cozinheira preparar o café. E chocolate quente para as crianças. O bolo é para servir só quando todos já estiverem à mesa.

Ela desceu até o átrio e viu Hanna recolhendo os sobretudos e chapéus das visitas. Gertie carregava um volume envolto em papel, sem dúvida uma das pinturas de Kitty.

– Ai, minha Marie querida! – gritou Kitty ao ver a cunhada na escada. – Que bom te ver! Tenho grandes novidades para você, minha amiga. Vai ficar de boca aberta. Leve o quadro com cuidado, Gertie. É um presente para o meu irmão, para pendurar no escritório. Credo, que tempo horroroso, estou com os pés congelando. Marie, meu anjo. Me dá um abraço. Deixa eu te apertar bem forte.

Ai, essa Kitty! Como era vibrante, espevitada e carinhosa. Marie esqueceu todo o cansaço e respirou por um momento o perfume caro da cunhada. De onde ela tirava dinheiro? Enfim, talvez fossem presentes de seus inúmeros admiradores.

– Como está a mamãe? Continua com a coisa nos brônquios? Coitada. Desde que papai se foi, ela não teve um momento de alegria. Isso que é amor, Marie. Mas não é para nós duas. Fidelidade até a morte... Ah, trouxe a Gertrude. Já falou com ela, Marie?

– Assim que você me soltar... – respondeu.

Gertrude Bräuer, sogra de Kitty, não se ofendeu em absoluto por ter sido deixada de lado. Ela já se acostumara ao jeito agitado da nora e – para surpresa de Alicia – lidava com isso sem nenhum problema. Enquanto Hanna despia o sobretudo e o gorro de Henni, a menina espiava todos os cantos do átrio em busca de Leo. Na última vez, o menino se escondera atrás de uma cômoda para guinchar como um rato; ele sabia bem que Henni tinha pavor dos roedores.

– Vamos lá para cima – sugeriu Marie. – Gertie, suba até o segundo andar e chame a senhora. Mas com cuidado, você sabe que ela se assusta com facilidade.

Kitty ofereceu o braço a Gertrude e explicou que ela não podia subir de forma alguma, pois estivera de cama até o dia anterior devido à tosse e a uma dor de garganta.

– Não toque em mim, Kitty! É bem o que você quer mesmo, me fazer passar por velha decrépita – rechaçou Gertrude.

– Ai, Trudi! – disse Kitty, às risadinhas. – Só estou feliz por você estar ao meu lado e quero que isso se mantenha assim o quanto puder. No mínimo por mais cem anos. Espero que esteja de acordo. Cadê meu irmãozinho, Marie? Onde deixou seu marido? Ah, olha ele aí!

Paul surgiu no alto da escada e abriu os braços, sorridente. Kitty soltou Gertrude e subiu gritando para lançar-se nos braços do irmão.

– Paul! Olha só você! Ai, meu querido, meu mais querido e único irmão.

– Kitty – disse ele, com um sorriso satisfeito enquanto a segurava. – Que ótimo ter você aqui na mansão. Mesmo me atrapalhando no trabalho.

– Trabalho? Hoje é domingo, irmãozinho. Quem trabalha no domingo fica com a mão direita murcha. Lembra? O capelão sempre dizia isso antigamente.

– Me admira muito você ter memorizado justo essa frase, Kitty!

O corredor irradiava alegria; Marie caminhava contente junto a Kitty. As duas riam e zombavam, Paul se defendia como podia, mas era nítido que desfrutava daquela conversa animada. De repente, voltou a ser o jovem cavalheiro que outrora desejava a jovem ajudante Marie apenas à distância. Paul Melzer, o voluntarioso filho dos patrões, que tanto perseguia Marie Hofgartner com um olhar carinhoso. Que, na cidade antiga, a protegera de um agressor furioso e a acompanhara em segurança até o Portão de Jakob... Ai, por que aquela magnífica paixão inicial não podia durar para sempre?

Na sala de jantar, Julius havia posto a mesa com tanto esmero que a tinha decorado com as primeiras violetas. A preceptora vestira os gêmeos com suas roupas de domingo e os obrigara a calçar os sapatos de verniz, que na verdade já estavam muito pequenos. O rosto de Leo, contorcido pela dor, não fugiu à atenção nem mesmo de Kitty.

– Meu Deus, Leo! O que aconteceu? Que bicho te mordeu?

Antes que Leo pudesse responder, Paul advertiu:

– Chega de careta, Leo. Não quero palhaçada!

Leo enrubesceu. Marie sabia que o menino era desesperado por agradar o pai, mas infelizmente nem sempre tinha êxito. Era algo que a incomodava em Paul. Por que não acolhia um pouco o filho? Será que não sentia o quanto Leo necessitava daquilo? Contudo, Paul era da opinião de que elogios estragavam as crianças e, portanto, os limitava ao mínimo.

– Pode tirar os sapatos depois – disse Marie. – Mas fique com eles agora, para deixar a vovó feliz. Foi ela quem comprou para vocês.

– Está bem, mamãe.

A preceptora sorriu, benevolente, e explicou que não era errado ser um pouco mais duro com as crianças.

– A vida nem sempre é fácil, Sra. Melzer. É bom as crianças aprenderem a aguentar a dor caladas.

– Se você continuar falando, Serafina, vou pular dessa janela! – exclamou Kitty. – Você quer transformar os coitados em mártires? Não precisamos de santos, Sra. Von Dobern. O que precisamos é de pessoas íntegras com pés saudáveis!

Serafina não teve tempo de responder, pois Alicia surgiu na sala de jantar naquele momento.

– Kitty! – disse ela, levando a mão à testa. – Como você grita. Lembre-se que estou com dor de cabeça.

– Ai, mamãezinha! – exclamou Kitty, correndo para abraçá-la. – É bom aguentar a dor calada, isso se aprende desde criança nesta casa.

Ao perceber que Alicia a olhava confusa, desatou a rir travessamente e explicou que era tudo brincadeira.

– Coitada da minha pobre mamãe! Sinto muito por seu sofrimento com essa enxaqueca idiota. Queria poder fazer algo para ajudar...

Alicia afastou-se da filha com um sorriso e comentou que já bastaria se ela falasse um pouco mais baixo e se sentasse logo para o lanche.

– Onde está minha Henni? Minha menina de ouro...

A menina de ouro, que havia corrido até a cozinha, voltava com as bochechas lambuzadas de chocolate. Fanny Brunnenmayer cedera ao charme da pequena bajuladora e lhe dera três biscoitos com cobertura de chocolate recém-assados.

– Vovó, sempre penso em você! – exclamou Henni, estendendo os braços para Alicia. – É tão triste não poder mais morar aqui.

O humor de Alicia melhorou no ato, e Henni pôde sentar-se ao lado de sua querida vovó. Marie trocou olhares com Paul e entendeu que ele pensava o mesmo: Henni ainda chegaria longe.

Após sentarem-se à mesa, Julius serviu café e chá enquanto cortavam a torta de creme e o bolo de baunilha e distribuíam os pratos com biscoitos. Kitty tagarelava sobre a próxima exposição em Munique, da qual participaria com dois conhecidos seus, também artistas. Gertrude contou que Tilly já vinha se preparando para o exame final e Alicia perguntou sobre o Sr. Von Klippstein.

– Me ligou ontem – disse Paul. – Amanhã ele volta para o escritório.

– Devíamos tê-lo chamado para o café – lamentou Alicia. – Ele é uma pessoa tão amável!

Serafina zelava com rigor para que Dodo e Leo não deixassem migalhas sobre a toalha de mesa, enquanto Henni alegremente cobria o redor de seu prato com manchas de creme e chocolate.

– Tem notícias de Elisabeth? – indagou a preceptora. – Infelizmente ela me escreve pouco e eu fico preocupada. Lisa é minha melhor amiga.

– Então por que ela te escreve tão pouco? – perguntou Kitty, com malícia.

– Sem dúvida ela deve lhe escrever com mais frequência, querida Sra. Bräuer – disse Alicia, que terminou a xícara de café e pediu a Julius seus óculos e a pilha de correspondências sobre a escrivaninha.

Ai, ai, pensou Marie. *Agora ela vai ler em voz alta a última carta de Lisa, que já estamos cansados de ouvir. E depois contar sobre sua juventude na fazenda. Pobre Leo, se eu deixar que ele troque os sapatos agora, vovó vai ficar zangada com ele.*

– Meu caros! – exclamou Kitty, do outro lado da mesa. – Antes de escutarmos a verborragia campestre de Lisa, queria dar uma notícia grandiosa. É que eu recebi uma carta... Da França!

– Ai, meu Deus – queixou-se Alicia. – Não me diga que é de Lyon.

– De Paris, mamãe!

– De Paris? Bem, contanto que não seja daquele... daquele... Francês!

Kitty vasculhou a bolsa. Ao lado de seu prato, colocou vários frascos de perfume, duas latinhas de pó facial, as chaves, lenços de renda usados e uma coleção de batons. Em seguida, reclamou que aquela bolsa engolia e sumia com tudo o que era importante.

– Aqui! Finalmente. Ei-la aqui. Uma carta de Gérard Duchamps que chegou ontem pela manhã – anunciou Kitty.

– Sabia! – murmurou Alicia.

Paul também franziu a testa e a preceptora pareceu bastante preocupada, como se fosse ela a responsável pela honra da família Melzer. Marie constatou que Gertrude era a única a permanecer descontraída, enquanto se servia da terceira fatia de torta de creme. Aparentemente, ela já conhecia o teor da carta.

– "Minha querida e encantadora Kitty, meu anjo apaixonante, em quem penso dia e noite..." – disse Kitty, sem cerimônias, e olhou radiante para todos.

– Não na frente das crianças, por favor! – disse Alicia, irritada.

– Mamãe tem razão – opinou Paul. – Isso é completamente descabido, Kitty!

Contrariada, ela balançou a cabeça e disse que precisava de silêncio para ler.

– Vou pular a primeira a parte e ir logo para o que importa. Pois bem: "Para minha imensa alegria, descobri entre as peças deixadas pelo falecido colecionador de arte Samuel Cohn-d'Oré várias pinturas da artista alemã Louise Hofgartner..."

Marie estremeceu e pensou ter escutado errado. Kitty acabara mesmo de proferir o nome de Louise Hofgartner?

– Isso mesmo, Marie – garantiu Kitty, percebendo a surpresa no rosto da cunhada. – São mais de trinta quadros pintados pela sua mãe. Esse tal de Cohn-d'Oré era riquíssimo e colecionava arte de todos os estilos. Pelo que parece, ele tinha um fraco por Louise Hofgartner. Vai saber por quê...

Marie olhou para Paul, que parecia igualmente surpreso e lhe sorriu animado. Um calor a envolveu. Paul estava feliz por ela.

– Isso... isso é uma notícia realmente grandiosa – comentou ele.

– Bem – interrompeu Alicia. – Na verdade, depende. O que vai acontecer com essas... obras?

– Estão à venda – disse Kitty. – Os herdeiros do Sr. Cohn-d'Oré estão mais interessados em dinheiro vivo do que em arte. Parece que haverá um leilão.

– Os quadros vão a leilão? – indagou Marie, nervosa. – Quando? Onde?

Kitty fez um gesto em sua direção para acalmá-la e voltou à carta.

– Como suponho que tenha interesse em adquirir as obras da sua mãe, já tive uma primeira conversa com os herdeiros. Eles estão dispostos a vender a coleção Hofgartner a preço de ocasião.

– E o que seria um "preço de ocasião", Kitty? – inquiriu Paul.

Ela deu de ombros. Gérard não mencionava números, ele era discreto nesses assuntos.

– Mas ele é um espertalhão. Está me cobrando a embalagem e o transporte também, aquele sovina. Primeiro me chama de sua "querida e encantadora Kitty", diz que sonha comigo dia e noite, para depois estender a mão aberta. Dispenso esse tipo de sonhador.

– Pena não ter dispensado antes, minha querida Kitty – comentou Alicia, em tom seco. – Acho que não devíamos de forma alguma encorajar esse sujeito a manter contato conosco. Portanto, sou estritamente contra aceitar qualquer favor de sua parte.

Marie quis afirmar que estava muito agradecida ao Sr. Duchamps por ele haver repassado aquela notícia. Mas Paul tomou a frente.

– Discordo, mamãe. Gérard Duchamps está apenas e tão somente fazendo-nos uma proposta. Portanto, é natural que reembolsemos suas despesas e, conforme for, também paguemos uma comissão pelo serviço.

Alicia suspirou fundo e levou novamente a mão à testa.

– Julius! Peça para Else trazer meus sais para dor de cabeça. Os pacotinhos estão na minha mesa de cabeceira.

Marie percebeu o olhar de interrogação do marido, mas era impossível explicar o que se passava dentro dela. Não sabia praticamente nada sobre a vida e o trabalho artístico da mãe. Haviam-lhe contado apenas sobre o último ano de Louise Hofgartner e sua trágica morte. Sua mãe conhecera o genial inventor Jakob Burkard em Paris, o casal oficializara o matrimônio na igreja e, pouco depois, Burkard estava morto. Deixara Louise sem um tostão. Com a filha recém-nascida, ela se virou como pôde com pequenos trabalhos esporádicos, no inverno contraiu uma pneumonia no apartamento gélido e faleceu em poucos dias. A pequena Marie foi entregue ao orfanato.

– E de mais a mais, não acho que esses quadros nos interessem – disse Alicia. – Marie agora é uma Melzer...

– O que você quer dizer com isso, mamãe?! – exclamou Kitty, então lançou a carta sobre os utensílios que tirara da bolsa, fitando a mãe, horrorizada.

Alicia levou a xícara de café aos lábios e bebeu com toda a tranquilidade antes de responder:

– Por que tanto escândalo, Kitty? Só comentei que Marie agora é parte da família.

– Por favor, Kitty... – disse Paul, intervindo. – Vamos manter a calma, não vale a pena brigar por isso.

– Paul está coberto de razão – opinou Gertrude.

Marie se sentiu impotente. Era óbvio que não queria briga, inclusive por causa de Leo e Dodo, que acompanhavam a conversa com ar apreensivo. Por outro lado, aquela notícia lhe causava um turbilhão de emoções. O quadros pintados por sua mãe... Não eram mensagens de seu próprio passado? Não lhe contariam muitíssimas coisas sobre sua origem? Todas as coisas que Louise Hofgartner não pudera transmitir à filha, suas esperanças, convicções, anseios – tudo aquilo estava em suas obras. Claro, ela se transformara em uma Melzer. Mas, antes de tudo, era filha de Louise Hofgartner.

– O que você acha disso, Marie? – indagou Kitty, do outro lado da mesa. – Até agora não falou nada. Ai, eu te entendo tão bem. Deve estar aturdida com essa novidade, não é mesmo? Minha pobre Marie! Estou do seu lado. Jamais permitirei que esses quadros caiam nas mãos erradas.

– Ai, Kitty – disse Marie, em voz baixa. – Sem pressa. Paul tem razão, temos que proceder com calma.

Mas calma não era do feitio de Kitty. Irritada, ela jogou seus pertences de volta na bolsa, enfiou a carta junto e declarou já saber o que fazer.

– Eu te imploro, Kitty – pediu Alicia, em seguida olhou para Paul com preocupação. – Pelo amor de Deus, não vá agir de maneira precipitada. Essa gente só quer dinheiro, ficou bem claro nessa carta.

– Dinheiro! – falou Kitty, colérica. – Claro, é a primeira coisa em que se pensa nesta casa. "Não vá desperdiçar dinheiro." Menos ainda com arte. Vocês por acaso estão cientes de que a fábrica dos Melzers não existiria mais sem a intervenção exemplar de Marie?

Foi demais até mesmo para Paul. Ele jogou o guardanapo sobre o prato vazio e encarou Kitty, furioso.

– O que você está dizendo, Kitty? Isso é um disparate, você sabe muito bem!

– Disparate?! – exclamou Kitty, escandalizada. – Ai, se papai estivesse aqui conosco, ele iria abrir seus olhos, Paul. Foi Marie quem insistiu na produção de tecidos de papel. Só assim a fábrica pôde sobreviver, até papai admitiu isso. Mas claro, vocês esquecem rápido os méritos de uma mulher inteligente. Bem típico dos homens. Prepotentes e ingratos!

– Já basta, Kitty! – repreendeu Alicia, com tom incisivo. – Não quero ouvir mais uma só palavra sobre este assunto. Aliás, é uma imensa falta de respeito recorrer ao seu falecido pai. Vamos deixar meu pobre Johann descansar em paz.

O silêncio imperou na sala de jantar. Gertrude serviu-se de mais café. Paul olhava para o vazio com ar sorumbático. Kitty abaixara o olhar e mordiscava um biscoito, como se não fosse com ela. Marie sentiu-se desamparada. Se ao menos Kitty não tivesse sido tão ríspida. Ela concordava com a cunhada em muitas coisas. Mas a situação saíra totalmente de controle.

– Podemos nos levantar? – perguntou Dodo, com a voz abafada.

– Pergunte à sua vovó – respondeu a preceptora.

Serafina escutara a briga familiar em silêncio. Decerto, não cabia a ela intrometer-se ou expressar seu ponto de vista. O que, claro, não a impediu de julgar calada.

– Já, já você vai tocar um pouco de piano para nós, Dodo – declarou Alicia, decidida. – E o que minha pequena Henni anda fazendo? Pode nos apresentar algo também?

– Eu sei um poema – gabou-se Henni.

– Vamos mudar de ambiente. Julius, pode servir o licor e depois retirar a louça. Venham, minhas crianças. Estou ansiosa por escutar seu poema, Henni.

Marie não pôde evitar a admiração pela atitude de Alicia. A facilidade com que a sogra voltava à rotina das tardes de domingo: tomar um copinho de licor, conversar sobre amenidades em família e assistir às apresentações dos pequenos. Pobre Dodo. Ela odiava piano do fundo da alma.

No corredor, Paul envolveu por um momento os ombros de Marie com o braço.

– Vamos conversar depois, Marie. Cabeça erguida, encontraremos uma solução.

Aquilo lhe fez bem. Ela olhou para o marido e sorriu em agradecimento.

– Claro, meu amor. É que foi muita coisa de uma vez.

Ele deu um beijo rápido em sua bochecha e logo estavam na porta do salão vermelho. Marie se sentou no sofá ao lado de Kitty.

– Não se preocupe – sussurrou Kitty, apertando sua mão. – Estou com você, Marie.

E então ouviu atentamente a filha, que, sem gaguejar, declamava um poema que Kitty nunca escutara na vida. Gertrude o havia ensinado às crianças.

– "E com ar desafiador o inverno estreita..."

– "Espreita" – corrigiu Gertrude, paciente.

– "Lançando gelos e neves, que VENHA a primavera..."

Henni possuía um notável talento para o teatro, pois complementava sua apresentação com gestos dramáticos. Ao pronunciar a palavra "venha", o fez com tanta entrega que a voz não acompanhou e ela tossiu. Apesar da pequena imperfeição, foi calorosamente aplaudida. Fazendo reverências em todas as direções, a menina se comportava como uma experiente dama dos palcos. Dodo marchou em direção ao odiado instrumento, sentou-se no banco e fez soar algumas notas. Ela também foi aplaudida, e a preceptora igualmente recebeu elogios pelas aulas que dava à pequena. Por fim, Leo tocou um prelúdio de Bach. Ele dispensava partitura e mantinha os olhos fechados, totalmente imerso no mundo dos sons. Marie se emocionou profundamente, assim como Kitty e Gertrude.

– Que maravilhoso, Leo! – disse Kitty, convicta. – Quem te ensinou isso? Não me diga que foi a Sra. Von Dobern...

Leo enrubesceu, olhou inseguro para a preceptora e, então, explicou que ganhara a partitura do Sr. Urban, seu professor.

Marie sabia que era mentira. Com certeza o volume com prelúdios e fugas provinha da Sra. Ginsberg, mãe de seu amigo Walter.

– Se você se dedicasse tanto aos estudos quanto ao piano, Leo, ficaríamos muito satisfeitos – comentou Paul.

Marie notou o esmorecimento que o filho sentia e aquilo lhe partiu o coração.

– Sim, papai.

– Podem ir dar um passeio agora – disse Marie. Então virou-se para Serafina. – Coloque umas roupas mais à vontade neles e deixe as crianças correrem um pouco.

Para desgosto de Henni, ela não pôde acompanhá-los, pois Kitty decidira voltar para casa. Ela parecia ter esquecido a briga por completo; abraçou Alicia e Paul calorosamente e voltou a falar pelos cotovelos. Também se despediu de Marie com todo o carinho do mundo e deu-lhe dois beijos no rosto, como os franceses costumavam fazer.

– Vai ficar tudo bem, minha querida Marie. Vou lutar por você, minha cordeirinha inocente. Vou lutar por você como uma leoa defendendo sua prole.

Mais tarde, quando Alicia e as crianças já haviam ido há tempos para a cama, Marie fechou-se no quarto e debruçou-se sobre o croqui que deveria terminar para o dia seguinte. Era difícil, pois os pensamentos davam voltas em sua cabeça. Trinta quadros. Todo um mundo. O mundo de sua mãe. Ela precisava ver aquelas pinturas. Sentir o impacto delas. Decifrar a mensagem oculta que guardavam.

Estava tão absorta que quase não percebeu quando Paul entrou. Ele tinha o ar cansado, havia trabalhado algumas horas a mais no escritório, às voltas com as contas. Ao vê-la, sorriu.

– Ainda acordada, querida? Escute, tomei uma decisão. Vamos comprar três dessas pinturas e pendurá-las aqui na mansão. Você decide onde.

Ele parecia orgulhosíssimo de sua resolução.

– Três pinturas? – perguntou Marie, insegura, para confirmar se havia entendido bem.

Paul deu de ombros e completou que, por ele, poderiam ser até quatro, se fosse o caso. Mas no máximo. Deveriam deixar que Gérard Duchamps escolhesse, pois podia vê-las pessoalmente e, além do mais, era um entendedor de arte.

– E agora venha aqui, querida – pediu ele, acariciando sua nuca. – Vamos terminar este domingo fazendo algo agradável. Estou louco de desejo por você...

Marie preferiu não brigar de novo. Estava muito cansada. Muito decepcionada. Ela o acompanhou e entregou-se à doce sedução de seu corpo. Mas, logo depois, quando Paul caiu em um sono pesado ao seu lado, poucas vezes na vida sentiu-se tão sozinha.

13

— Vocês viram? – disse Else com sorriso extasiado. – Os narcisos estão quase abrindo. Até uma tulipa vermelha já saiu.

O sorriso era uma novidade para Else, outrora famosa pela amargura. Mas desde a complicada cirurgia dentária, a copeira se transformara em outra pessoa. Em vez de, como antes, aproveitar qualquer oportunidade para resmungar e esperar sempre o pior, ela discorria sobre a sorte que era ter um emprego na Vila dos Tecidos. Todos deveriam agradecer muito e alegrar-se a cada dia que se iniciava.

— Já não era sem tempo – respondeu a Sra. Brunnenmayer, com tom seco. – Semana que vem já é Páscoa.

Julius entrou na cozinha trazendo os últimos pratos e travessas da janta. Os senhores haviam terminado de comer e avisado que não precisariam mais dos funcionários, o que não significava o fim do expediente. Mas, pelo menos, o clima ficaria mais descontraído na cozinha – poderiam se permitir uma xícara de café com leite e jantar juntos.

— Virou santa, Else? – debochou Auguste, que naquele dia ajudara na arrumação e limpeza das despensas.

Após dar à luz em janeiro, a criada precisara de uma semana para se restabelecer. O bebê resistira em deixar o quente ventre materno. Chegaram até a pensar que ele estava morto, por ter nascido completamente azul. Mas o forte rapazote se recuperara mais rápido do que a mãe.

— Imagina... – disse Else, com gentileza. – É que agora eu enxergo as coisas bonitas que a vida nos dá. E como são breves, Auguste. Só de lembrar daquele hospital, o médico furando minha boca, martelando. Os litros de sangue que saíram...

— Credo, chega! – exclamou Hanna. – Estou jantando, poxa.

— E o pus – acrescentou Else, impassível. – É sério, se eu tivesse esperado um dia a mais, teria sido meu fim. O osso já estava podre, me disseram depois...

– Já basta – resmungou a cozinheira, irritada, agarrando uma fatia de pão. – Você não acabou de dizer que só via as coisas bonitas da vida?

– Só estou falando para vocês verem que era verdade, não era uma *silumação*.

– Não era o quê? – perguntou Auguste, franzindo a testa.

Julius soltou uma gargalhada estridente que todos à mesa consideraram inconveniente. Quando percebeu, parou de rir e apressou-se em explicar.

– O certo é "simulação", Else.

Ela assentiu, benevolente, o que quase fez Auguste cair para trás. Fossem outros tempos, Else não disfarçaria sua irritação e teria feito comentários maldosos depois. Mas ela parecia realmente mudada. Só vendo para crer.

Julius se levantou e pegou uma bandeja cheia de utensílios de prata: jarrinhas de leite, açucareiros, saleiros, colherinhas, entre outros. Colocou os itens no lado desocupado da mesa, onde já havia disposto panos macios e diversos frascos. Hora de limpar a prataria de novo, pois convidados deveriam vir para a Páscoa. Era uma questão de honra para Julius que a prata brilhasse e refletisse a luz das velas sobre a mesa posta.

– Pode me ajudar, Else? – pediu ele. – E você também, Gertie!

Gertie encheu a boca com o resto de seu terceiro sanduíche de linguiça e, contrariada, acenou com a cabeça. Era impressionante a quantidade de comida que ela podia tragar e continuar magra como um fiapo.

– Tenho que lavar a louça antes – declarou ela.

– Eu posso ajudar – disse Hanna. – Gosto de limpar prata.

Ela afastou o prato, terminou o café e se sentou na outra ponta da mesa. Julius lhe passou um pequeno bule escurecido e instruiu-lhe que prestasse bastante atenção nas bordas, pois sempre sobrava um escurinho nos ornamentos. Hanna assentiu e colocou mãos à obra. Com o tempo, Julius entendera que não tinha chances com a bela porém voluntariosa Hanna. Sentiu-se ofendido e teve seu orgulho masculino ferido, mas terminou por aceitar o fato e deixar a moça em paz.

– Vai limpar prata por livre e espontânea vontade? – indagou Auguste, admirada. – Hanna, agora você é uma costureira, não ajudante de cozinha.

A jovem deu de ombros e esfregou o bule com zelo. Else uniu-se aos dois, agarrou um trapo e pegou uma minúscula colher de sal.

– A Hanna gosta de fazer isso, é? – disse ela, com um sorriso.

Hanna fez que sim com a cabeça. Ela não ficara exatamente feliz quando Marie lhe explicou que pretendia promovê-la a costureira. Mas, no final das contas, se resignou, até porque a Sra. Melzer o fazia com boa intenção. De lá para cá, passou a ver o serviço como um martírio. Estar sentada o dia inteiro na mesma cadeira, sem tirar os olhos do tecido e da agulha que subia e descia diante de si. Prestar atenção para deixar a costura reta, não estreitar demais na margem, não sair do ritmo no pedal e não arrebentar a linha.

– A Sra. Melzer está te pagando um salário decente? – inquiriu Auguste.

– Ainda estou aprendendo. E eu como aqui, moro aqui...

Auguste arqueou as sobrancelhas e olhou para a cozinheira, que havia pegado lápis e um bloco para anotar as compras de Páscoa pendentes. A Sra. Brunnenmayer deu de ombros. Embora soubesse quanto Hanna ganhava, não revelaria o valor à fofoqueira Auguste. Era mais do que recebia uma ajudante de cozinha, mas certamente muito menos que uma costureira formada.

– Se precisar de dinheiro, pode tomar conta das crianças lá em casa à noite – sugeriu Auguste. – Posso te dar uns trocados.

Gertie empilhou os pratos sujos, colocou os talheres por cima e levou tudo até a pia. Encheu um bule com a água que fervia no fogão, despejou-a na cuba e completou com um pouco de água fria para não queimar as mãos. Usavam sabão e bicarbonato para lavar, e as tábuas de madeira precisavam ser esfregadas com areia pelo menos uma vez por semana.

– Também queria ganhar uns trocados – disse para Auguste. – E por que vocês precisam de alguém para tomar conta das crianças à noite?

Auguste explicou que os negócios iam de vento em popa, que as mudas vendiam como pão quente, pois todo mundo passara a cultivar hortas. Usavam as noites para desenterrar as plantas da estufa e colocá-las em vasos, que vendiam na manhã seguinte na loja ou na feira. Recentemente Gustav construíra ao lado dos canteiros uma choupana, que os dois chamavam de "loja", pois às vezes atendiam clientes lá.

– A Liesel já está com 10 anos e nos ajuda bastante. Maxl também é muito esperto. Mas o Hansl só tem 2 anos e o Fritzl acabou de fazer 4 meses.

Não havia dúvidas sobre o fato de que as crianças deviam colaborar na horta tão logo tivessem condições. Nenhum serviço pesado, claro, mas transplantar mudas ou eliminar as ervas daninhas eram tarefas fáceis. Normalmente se sentiam orgulhosas por poderem ajudar, pois, afinal de contas, gostavam de trabalhar com o pai.

– Se não fosse por aquela porcaria de pé... – comentou Auguste, suspirando. – Gustav não é de reclamar, mas às vezes parece doer muito à noite.

A cicatriz em seu coto inflamava com frequência, ele sentia dor ao caminhar e às vezes, quando piorava, perdia o ânimo. "Agora chega de filhos", dissera-lhe Gustav recentemente. "Já temos bocas demais para alimentar e não sei quanto tempo mais vou aguentar."

Ele havia procurado a irmã Hedwig, que conhecera nos tempos em que a Vila dos Tecidos dispunha de um hospital de campanha. Consultar-se com um médico seria caro demais. Mas Hedwig, que passara a trabalhar no hospital municipal, dissera que pouco se podia fazer. Era só evitar andar por períodos tão prolongados, para não piorar a situação. E lhe deu um unguento, que pouco ajudava.

– Culpa dele – comentou a Sra. Brunnenmayer, inclemente. – Gustav não devia ter largado o serviço na Vila dos Tecidos. O Sr. Melzer pagou o médico e o hospital da Else. Não foi, Else?

Else assentiu fervorosamente e garantiu estar eternamente grata ao patrão.

– E até te carregou escada abaixo para te colocar no carro! – exclamou Gertie na pia da cozinha.

Else enrubesceu de vergonha.

– Ai, bobagem – disse Auguste, irritada. – As coisas vão melhorar. Quando tivermos dinheiro suficiente, vamos contratar gente para trabalhar. Para o Gustav poder descansar. Que nem a Jordan. Ela que está certa. Aquela malandra...

– Ela anda fazendo o quê? – inquiriu Hanna.

– Então... – falou Auguste, em meio a risadinhas – Nossa querida Maria Jordan anda vendendo iguarias finas. Ou melhor: estão vendendo por ela.

Julius examinou o açucareiro esmeradamente polido contra a luz e, em seguida, o colocou na mesa, satisfeito.

– O que isso significa, Auguste? – perguntou ele, enquanto procurava um bule de prata para prosseguir com o trabalho. – A Sra. Jordan tem mesmo uma funcionária?

– Na verdade é um rapaz...

Os olhos de Hanna se arregalaram. Fanny Brunnenmayer, que escrevia com empenho sua lista de compras, ergueu a cabeça. Julius devolveu à mesa o frasco de detergente. Else foi a única a não se inteirar de nada; com a cabeça apoiada na mão, ela havia adormecido naquela posição um tanto desconfortável.

– Um... um rapaz? – perguntou a cozinheira, incrédula. – Como assim, Auguste?

– É o que estou dizendo – respondeu Auguste, sorridente.

– Então ela contratou um vendedor – comentou Julius. – Pois bem, por que não? A Srta. Jordan me parece uma pessoa esperta e com tino para os negócios. Provavelmente o rapaz é especialista na área de vendas.

Ele se calou quando Auguste desatou em uma gargalhada maldosa.

– Tenho certeza de que o homem é especialista na área – comentou ela, enquanto esfregava os olhos. – E o que ele não souber, pode ter certeza de que a Jordan ensina... O rapaz parece que gosta de aprender.

Julius torceu o nariz. A ideia de que Maria Jordan tivesse um caso com seu funcionário não cabia em sua visão de mundo.

– E como que ele é? – perguntou Hanna, tomada pela curiosidade. – Não me diga que é... mais novo que ela.

– Mais novo? – zombou Auguste. – Não tem nem metade da idade dela! Um menino esmirrado com orelhas de abano e uns olhões azuis enormes. Acabou de terminar a escola, coitado. E já foi enlaçado por aquela bruxa.

Gertie deixou os talheres lavados em cima da mesa, em frente ao lugar de Else, e levou uma pilha de pratos até o armário da cozinha. A cabeça de Else deslizou, quase escapando da mão que a sustentava, e por pouco ela não caiu com o rosto sobre os garfos. Mas se recompôs a tempo e começou a organizar os talheres na gaveta.

– Eu já vi o moço – declarou Gertie, antes de abrir o armário para guardar os pratos.

– Você já viu?

– Claro. Fui lá ontem comprar café e marmelada.

– Ah, é?

Gertie sorriu satisfeita e fingiu não ter percebido o tom mordaz de Auguste. Não a suportava. Além de ser uma víbora, a mulher tinha uma língua que não cabia na boca. De fato, Maria Jordan tampouco lhe despertava simpatia, mas, felizmente, ela já havia pedido as contas na vila fazia muito tempo.

– Se chama Christian – contou ela. – E ele entende mesmo do serviço. É um rapaz simpático, trabalhador. Não acho que esteja envolvido com Jordan. Mas tem alguma coisa estranha naquela loja...

– Estranha? – perguntou Julius, franzindo a testa. – Bem, no começo sempre é difícil. Sempre falta uma coisa aqui, outra ali.

– Não, não – respondeu Gertie. – A loja está bem pintada, mobiliada, tudo no lugar, como manda o figurino. Mas... tem uma porta.

Gertie puxou uma cadeira e se juntou aos demais à mesa. Todos a olhavam ansiosos.

– Uma porta? E por que não haveria portas na loja? – desdenhou a Sra. Brunnenmayer, sem entender.

– Pois bem... – disse Gertie, um tanto insegura. – É estranho mesmo. Porque uma senhora entrou nela. Uma senhora de mais idade. Que com certeza deveria ser bem rica, pois um chofer ficou esperando por ela no automóvel do lado de fora.

Houve uma troca de olhares incrédulos; apenas Auguste agiu como se já conhecesse a história.

– Tem uma sala nos fundos, então?

Gertie fez que sim com a cabeça. Ela perguntara a Christian o que havia atrás da porta, mas o moço enrubesceu e começou a gaguejar.

– Ele disse que ali aconteciam conversas.

– Ah, então é isso – sussurrou a Sra. Brunnenmayer.

– Já era de se esperar – sentenciou Auguste.

Também Else aparentava saber ao que se referiam, mas permaneceu em silêncio. Julius e Hanna, por sua vez, continuavam perdidos.

– Ela está lendo as cartas, aquela espertalhona – declarou Auguste. – Eu já imaginava. A delicatéssen é só fachada. Na verdade, ela está ganhando uma fortuna como clarividente na salinha dos fundos. Ai, aquela diabinha não dá ponto sem nó mesmo.

– Ela é mais sagaz que todos nós juntos! – comentou a Sra. Brunnenmayer e riu com bom humor. – Um dia vai ficar mais rica que os Fuggers e ser dona de metade da cidade.

– Era só o que faltava – comentou Auguste e se levantou. – Já deu minha hora. Gustav deve estar me esperando.

– Não quer pegar umas rosquinhas de açúcar para as crianças? – perguntou a cozinheira. – Sobraram algumas de ontem.

– Não, obrigada. Fiz biscoito lá em casa também.

– Está bem, então – retrucou a Sra. Brunnenmayer, ofendida.

Após Julius trancar a porta, Else decidiu subir para o quarto. Hanna também bocejava; a noite seria curta e um dia inteiro em frente à máquina de costura esperava por ela.

– Queria falar uma coisa com vocês – disse Julius. – É algo que não interessa a Auguste, por isso estava esperando que ela saísse.

– Diz respeito a mim? – perguntou Hanna, já ansiando pela cama.

– Não diretamente...

– Fique aí, Hanna – ordenou a cozinheira, decidida. – E você, Julius, fale logo e pare de enrolar. Estamos todos cansados.

Hanna deu um suspiro, voltou para sua cadeira e apoiou a testa na mão.

– Não estou gostando de certas coisas que estão acontecendo nesta casa – declarou Julius. – Me refiro à preceptora.

Sua última frase conseguiu atrair a atenção das três mulheres. Até mesmo Hanna sentiu a fadiga desaparecer.

– Ninguém aqui suporta essa mulher.

– Ontem ela me mandou pegar papel de carta no quarto da senhora – relatou Gertie.

– E ela disse que sou uma menina burra e petulante – acrescentou Hanna.

Julius escutou as acusações enquanto acenava com a cabeça, pois já contava com aquilo.

– Ela tenta exercer uma autoridade que não tem – afirmou ele, olhando para as colegas. – Não me aborreço com qualquer coisa, mas tampouco sou obrigado a cumprir ordens da preceptora. Além do mais, acho grosseiro o jeito como fala comigo.

– O que vocês queriam? – perguntou a cozinheira, intervindo. – Afinal de contas, ela é amiga da filha da senhora, é isso que salva a pele dela. Mas comigo ela não se cria. Se um dia ousar me mandar fazer algo, vai dar com os burros n'água.

Ninguém duvidava. A cozinheira Fanny Brunnenmayer tinha seu posto garantido na Vila dos Tecidos, eram poucos os que podiam repreendê-la.

– Mas infelizmente a questão é mais complicada – afirmou Julius, retomando a conversa. – A Sra. Alicia anda doente e vem delegando várias tarefas à preceptora. Essa sujeitinha ontem veio exigir que eu a levasse à cidade para resolver umas coisas. E anteontem ficou me observando colocar a mesa para os convidados. Isso é incumbência de uma governanta, jamais de uma preceptora!

– Tem razão – disse Hanna. – É uma pena a Srta. Schmalzler não estar mais aqui. Ela colocaria a preceptora em seu devido lugar.

– Colocaria mesmo – concordou a cozinheira, sorrindo. – Iria acabar com a raça dessa mulher!

Gertie não chegara a conhecer a lendária governanta, portanto pensava menos nos bons e velhos tempos e mais nas incertezas do futuro.

– É verdade, Julius – falou ela. – Essa mulher foi se aproximando da Sra. Alicia Melzer, por isso se permite tanta confiança. Vocês já viram as intrigas que ela faz sobre a jovem Sra. Melzer?

– Intrigas sobre Marie Melzer? – indagou Hanna, arregalando os olhos.

– Claro! – respondeu Gertie. – Por causa daquela briga sobre os quadros na França...

– Sempre esses quadros – lamentou Hanna. – Como já brigaram por causa disso! Como se uma tela com um pouco de tinta em cima fosse tão importante...

– Seja como for... – afirmou Gertie, olhando para Julius. – Depois da discussão, a preceptora foi para o quarto da Sra. Alicia e conversou um tempão com ela.

Então hesitou, pois não queria admitir que estivera escutando atrás da porta. Mas ao ver Julius indicando-lhe com um gesto que continuasse, retomou o relato.

– Ficaram falando mal da Sra. Marie – prosseguiu. – Que ela não tinha educação, que sua mãe era uma... uma... uma pessoa promíscua, que o pobre Paul devia ter encontrado outra mulher.

– Quem disse isso? A Sra. Alicia? – indagou a Sra. Brunnenmayer.

– Na verdade... – afirmou Gertie, refletindo por um instante. – Na verdade, foi a Sra. Von Dobern que a fez dizer isso. Sabem, ela tem talento para a coisa. Ela começa concordando com a senhora. E depois puxa um pouquinho mais. E quando vê que a senhora se deixa levar, ela atiça o fogo um pouco mais. Até chegar onde quer.

Julius elogiou a descrição precisa de Gertie.

– Se continuar assim, a Sra. Alicia vai passar a comer na mão dela – comentou ele. – Temos que dar um basta nisso. Ela está aqui como preceptora e não pode bancar a governanta. Os patrões precisam saber que não aceitamos essa mulher aqui.

– E você quer levar essa reclamação a quem? – perguntou a cozinheira, cética. – À Sra. Alicia? Ou a Marie Melzer?

– Vou falar com o senhor.

Hanna respirou fundo e lhe desejou boa sorte.

– O coitado do senhor já está cheio de preocupações – disse ela, em voz baixa. – Tem o problema no ombro. E ainda brigou com o Sr. Von Klippstein. Mas o pior nem é isso...

Todos sabiam ao que Hanna se referia. Já era a terceira noite que alguém dormia no sofá do quarto da jovem Sra. Melzer. Algo muito grave devia estar acontecendo naquele casamento.

14

Maio de 1924

Minha querida Lisa, que está tão distante de nós, aproveitando a vida rural na bela Pomerânia. Irmãzinha do meu coração, de quem sinto tantas saudades...

Elisabeth deixou cair no colo a carta recém-aberta e deu um suspiro de indignação. Kitty era a única pessoa no mundo capaz de redigir uma introdução tão fervorosa. Mas ali tinha coisa. Ela conhecia bem a irmã.

Como você está? Escreve tão pouco e, quando o faz, é sempre para a mamãe. Paul está igualmente preocupado e, claro, minha queridíssima Marie também. É uma lástima a Pomerânia ser tão longe de Augsburgo, do contrário já teria passado aí umas cem vezes para lanchar ou tomar um café com vocês...

Lisa interrompeu a leitura. *Era só o que me faltava*, pensou. *Como se já não tivesse problemas suficientes.* E deu vivas pela distância geográfica entre Augsburgo e a fazenda Maydorn na Pomerânia.

Coisas incríveis têm acontecido em Augsburgo. Veja só, meu querido Gérard descobriu trinta quadros da mãe de Marie. Você sabe que Louise Hofgartner foi uma pintora conhecida, não? Morou em Paris, e lá um entusiasmado admirador, um tal de Samuel Cohn-d'Oré, passou a colecionar suas obras. Depois que ele morreu, colocaram essas maravilhosas pinturas à venda e você pode bem imaginar que não hesitei em adquiri--las. Todas elas. Uma coleção dessas raramente aparece no mercado. O valor é considerável, mas acredito que o investimento valha a pena.

Como meus recursos são limitados, pedi ao meu querido Gérard que me adiantasse a quantia e ele aceitou. Agora estou oferecendo à minha família e a alguns de meus melhores amigos a oportunidade de adquirir parte da coleção. Garanto que o investimento dará resultado, pois as peças decerto vão se valorizar. Planejamos exposições em Augsburgo, Munique e Paris e, obviamente, nossos parceiros receberão parte da arrecadação.

Com a módica quantia de 500 rentenmark *você já pode participar. Daí para cima, claro. Você me faria o favor de repassar esta carta para tia Elvira? Ela também é parte do seleto grupo ao qual estou fazendo esta oferta com toda a discrição.*

Lisa leu o parágrafo duas vezes, sem entendê-lo por completo. Mas algo era certo: Kitty precisava de dinheiro. Quinhentos *rentenmark*... não era um valor irrelevante. E para quê? Aparentemente, ela comprara quadros de Louise Hofgartner, a falecida mãe de Marie.

Lembranças desagradáveis vieram à tona. Não se contava a história de que seu pai costumava visitar aquela mulher na parte antiga de Augsburgo? E o pior: ele chegou a ser acusado da morte prematura dela. Por querer se apossar dos desenhos técnicos que Jakob Burkard, seu finado marido, lhe legara. Como ela se recusou a entregá-los, ele tratou de impedir seu sustento. A mulher morrera de alguma doença, por não poder mais aquecer o quarto no inverno... Aquela culpa deve ter atormentado muito Johann Melzer – era bem possível que até tivesse sido a causa de seu infarto. Não, Lisa não tinha qualquer intenção de comprar uma obra daquela mulher. Menos ainda por 500 *rentenmark*. O que Kitty estava pensando? Que os gansos na Pomerânia botavam ovos de ouro?

Ela leu por alto o resto da carta, que ainda continha outros relatos de menor importância. A mãe delas continuava com as frequentes enxaquecas; Paul trabalhava muito e a fábrica ia às mil maravilhas; Marie já precisava colocar os clientes do ateliê em lista de espera; Henni estava fazendo aulas de piano com uma tal Sra. Ginsberg... Que importância tinha tudo aquilo? Lisa dobrou o papel e o colocou de volta no envelope. O sol de maio entrava pela janela da sala e refletia seus raios na chaleira de cobre polido sobre a moldura da lareira, produzindo pontos luminosos no papel de parede escuro. Ela escutou um barulho vindo do pátio: Leschik vinha de dentro do estábulo com Gêngis Khan, um cavalo castrado castanho. O animal estava selado; pelo visto Klaus pretendia cavalgar até o campo de centeio. Dias antes, um grupo de javalis causara danos consideráveis ao cultivo. Aquelas feras ariscas haviam se multiplicado além do normal na primavera. Ela observou o marido subir na sela e pegar a rédea que Leschik lhe estendeu. Klaus era um excelente equitador e, mesmo sem o alinhado uniforme de tenente que outrora usava, formava um conjunto imponente com o cavalo. Os horríveis ferimentos de seu rosto também vinham cicatrizando. Por mais que nunca pudesse recuperar a bela aparência de antes, pelo menos já era possível olhá-lo sem se assustar. Ele saiu do pátio com Gêngis Khan ao passo; provavelmente, logo após cruzar o portão da fazenda, engataria um alegre galope. Leschik continuou no mesmo lugar, com as mãos na cintura e olhando para o sol.

Haviam declarado uma frágil trégua na fazenda Maydorn. Klaus pedira perdão por seu deslize no Natal. Com um arrependimento verdadeiro, afirmou que aquilo não passara de pura atração física e jurou a Elisabeth de pés juntos que, dali em diante, não teria qualquer relação extraconjugal. Como prova de seu remorso, consentiu que demitissem a criada Pauline e contratassem outra no lugar. Tia Elvira encarregou-se de que a sucessora fosse totalmente desprovida de atrativos físicos. Na concepção da tia, com isso estava feita a justiça e a paz matrimonial deveria ser restabelecida.

Reiteradas vezes, Elisabeth insinuara a Sebastian como estava infeliz e como precisava de seu alento. Ele correspondera suas expectativas pelo menos em palavras, dizendo-lhe o quanto lamentava e que não entendia como alguém podia se portar de maneira tão vil. Aquilo era o cúmulo da ingratidão, ainda mais depois de tudo que ela fizera pelo marido.

– Como você aceita isso, Elisabeth? – indagou ele.

– O que acha que eu posso fazer?

Sebastian respirou fundo e explicou que não cabia a ele dar-lhe conselhos. As tentativas dela de obter uma consolação física da parte dele foram todas em vão. Por mais que estivesse certa de que Sebastian Winkler a desejava loucamente, ele conseguia se controlar. Nem mesmo sua visita tarde da noite usando *négligé* conseguira invocar aquele santo e casto homem à ação.

O que ele pretendia? Que ela se separasse? Talvez para ser sua esposa? E viveriam do quê? Do seu mísero salário de professor? Isso se ele conseguisse emprego... Ah, ela devia ter vento na cabeça nos tempos em que o pai ainda era vivo. Queria estudar para ser professora, ensinar crianças do campo e levar uma vida humilde. Mas já não perseguia aquele sonho. Ali na fazenda ela era a senhora, era daquilo que gostava. E Klaus von Hagemann era um administrador excelente. A única coisa que faltava a Elisabeth era Sebastian. Seu amor. Não só em palavras e olhares. Ela queria senti-lo. Seu corpo inteiro. E tinha certeza de que era recíproco.

Pensativa, olhou a carta e se deu conta de que algo não se encaixava. Por que, por exemplo, a própria Marie não comprava os quadros da mãe? Ela devia estar ganhando bem com o ateliê. Mas sem o consentimento do marido não podia fazer grandes gastos. Ela não dispunha a seu bel-prazer do dinheiro que ganhava, precisava consultar o marido. Essa era a questão. Teria Paul se negado a comprar os quadros? Era bem possível. Alicia insinuara algo muito por alto em suas cartas, no sentido de que Paul e Marie não vinham se entendendo. Principalmente depois que a esposa abrira o ateliê.

Elisabeth precisava admitir que não estava exatamente triste por aquilo. Pelo contrário. Até gostava. Por que ela tinha que ser a única a sofrer com um amor infeliz? Pois bem, Paul e Marie, cuja felicidade ela até então julgava completa, estavam sendo postos à prova pelo destino. Enfim havia justiça no mundo!

Seu humor melhorou no ato. Se fosse mais persistente, talvez algum dia alcançasse o objetivo de seduzir Sebastian. Naquele início de tarde, o lindíssimo céu de maio a chamava para fora. As árvores do pomar exibiam suas flores brancas e rosadas, os bosques cobriam-se de folhagem nova e as sementes germinavam no chão. Sem falar nos pastos: o capim já chegava à altura dos quadris, então no máximo até o começo de junho já poderiam produzir a primeira leva de feno.

Tia Elvira e Riccarda von Hagemann haviam ido fazer compras em Gościno. Elas também queriam aproveitar para visitar Eleonore Schmalzler, que vivia por lá com a família do irmão, portanto as duas só voltariam no final da tarde. Christian von Hagemann já debandara para o jardim, munido do jornal, e provavelmente já estava adormecido na espreguiçadeira. Por que não subir rapidinho até a biblioteca e convidar Sebastian para um curto passeio? Seguindo o córrego até o final do bosque e, de lá, cruzando a trilha que passava pela velha cabana – onde poderiam descansar e tomar um pouco de sol sentados no banco. Por fim, pegariam a rua de volta para a fazenda. O capim estava de fato muito alto e, caso decidissem sentar-se ou deitar-se na grama, ninguém os notaria.

– Um passeio? – perguntou ele, tirando os olhos do livro.

Era impressão sua ou Sebastian a fitava com desaprovação?

– O dia está lindo... Você não pode ficar sempre enfurnado aqui entre os livros, Sebastian.

De fato, ele parecia pálido. Havia emagrecido também? Ou era apenas o fato de ele a estar olhando de maneira tão estranha?

– Tem razão, Elisabeth. Não deveria passar tanto tempo trancado com todos esses livros.

Ele falava mais devagar que o normal. Elisabeth sentiu a necessidade de abordar o tema com um pouco mais de veemência. Pelo jeito, Sebastian estava novamente afundado naquele desânimo que o acometia com cada vez mais frequência nos últimos tempos.

– Calce sapatos bem fechados, pois o caminho até o bosque ainda está um pouco úmido. Estarei esperando no portão da fazenda – avisou ela.

Sorriu para animá-lo e já estava na porta quando o escutou chamar seu nome.

– Elisabeth! Espere... por favor.

Pressentindo algo ruim, ela se virou. Sebastian havia se levantado e alisava seu casaco de ficar em casa, como se quisesse fazer um discurso importante.

– O que... o que foi?

– Decidi pedir demissão – declarou ele.

Ela se recusou a acreditar no que escutara. Imóvel e olhando-o fixamente, Elisabeth esperava uma explicação. Mas ele se manteve calado.

– Não... não estava esperando isso – confessou ela.

Foi a única coisa que conseguiu dizer. Pouco a pouco, foi percebendo que ele iria embora. Ela o havia perdido. Sebastian Winkler não era o tipo de homem que ela poderia envolver naquele jogo por muito tempo. Ele a queria por completo: tudo ou nada.

– Não foi fácil tomar esta decisão – afirmou ele. – Só lhe peço que me dê mais uma semana. Ainda preciso concluir um trabalho. Além disso, estou esperando notícias de Nuremberg, de parentes para quem escrevi.

Logo após comunicar sua resolução, ele já parecia sentir-se melhor e, inclusive, mais tagarela.

– Não conseguia mais me olhar no espelho, Elisabeth – prosseguiu ele. – A pessoa que eu via refletida não era eu. Era um submisso, um mentiroso, um hipócrita. Um homem que perdeu o respeito por si mesmo. Como eu poderia, nessas condições, ser respeitado pela senhora? Ah, não! Essa decisão não só salva minha vida, ela salva meu amor.

O que era todo aquele discurso? Elisabeth, escorada no portal, tinha a sensação de estar diante de um abismo sombrio. Vazio. Solidão. Só naquele momento percebeu que a presença de Sebastian na fazenda Maydorn era seu elixir vital. O frio na barriga que sentia ao visitá-lo na biblioteca. As noites perguntando-se se ele também estava acordado, desejando-a. Pensando nela. As muitas conversas, os olhares, os toques tímidos... Uma vez, uma única vez, ele a abraçara e a beijara. Havia sido no Natal. Mas ele iria embora. Dali a uma semana ela entraria naquela sala e veria uma cadeira vazia. E a mesa sem uso, coberta de poeira.

Elisabeth se recompôs. Se o que ele pretendia era fazê-la implorar para que não a deixasse, ia se dar mal. Afinal, ela também tinha amor-próprio.

– Pois bem – replicou ela, pigarreando. – Se o senhor está mesmo decidido, então não posso detê-lo aqui. Por mais que eu...

Ela gaguejou ao perceber que ele a escrutinava com o olhar. Ele estava esperando uma declaração de amor? Justo quando anunciava seus planos de fuga? Sua partida quase se igualava a uma chantagem.

– Por mais que eu lamente muito te perder – concluiu ela.

Por um momento, os dois permaneceram calados. O silêncio dominou o recinto. Eles sentiam e ansiavam por uma palavra que os libertasse, mas nada aconteceu.

– Também sinto muito – respondeu ele, em voz baixa. – Mas já terminei meu trabalho aqui há muito tempo. E é contra meus princípios ganhar dinheiro que não mereço.

Ela assentiu. De fato, Sebastian tinha razão. No final das contas, já não havia mais nada ali para ele fazer.

– As crianças da escola vão sentir saudades.

– Sim, sinto muito mesmo por elas...

Veja só, pensou ela com amargura. *Está triste por seus alunos catarrentos. Mas despedir-se de mim, pelo visto, não lhe importa tanto. Bom saber. Então também não vou precisar chorar sua partida...* Aquilo não passava de autodefesa, ela sabia bem. Era óbvio que choraria por ele. Choraria como uma louca.

– Bem... Então não vou incomodar mais. O senhor já disse que tinha um trabalho para terminar.

Ele fez um gesto como se aquilo já não fosse importante, mas ela não correspondeu.

– Hoje à noite eu vou fazer as contas de sua demissão – informou ela.

Elisabeth fechou a porta ao sair e escorou as costas nela por um momento. Era preciso permanecer forte. Não podia sair correndo para lhe contar que não podia viver sem ele. Ela desceria a escada lentamente e ficaria um pouco na sala para superar o susto inicial.

Sabia que Sebastian escutava seus passos ao descer os degraus. Quando chegou ao corredor do andar inferior, suas pernas tremiam. *Uma xícara de café*, pensou ela. *Preciso de forças.*

Quando abriu a porta da cozinha, constatou que nem a cozinheira nem as criadas estavam ali. *Claro*, pensou. *Quando a gata Riccarda von Hagemann sai de casa, os ratos fazem a festa.* Provavelmente as moças estavam no celeiro com os poloneses, que vinham para a fazenda como funcionários temporários. *Por que elas não esperavam pelo menos juntar os montes de feno?*

O bule com o resto de café morno continuava sobre o fogão. Ela verteu um pouco do líquido na xícara, completou com leite e finalmente encontrou o açucareiro. Cruzes, a bebida veio com tanto pó que seria possível mastigá-la. Mesmo assim, sentiu-se mais desperta. Sentou-se à mesa da cozinha, respirou fundo e lembrou que, pelo menos, ainda tinha a fazenda. Além do marido, que desde o Natal se transformara em um companheiro agradável e atento. Desde o deslize, Elisabeth se mantinha distante dele, mas Klaus estava se esforçando. Era inegável que nunca fora tão carinhoso com a esposa, nem mesmo durante o noivado. Seria aquilo um sinal do destino? Não seria melhor manter-se uma esposa fiel e esquecer que um dia acreditara no amor verdadeiro?

Pensativa, Lisa olhou pela janela. Viu o canteiro de ervas aromáticas, que era a luz dos olhos de Riccarda: a cebolinha e a borragem cresciam plenamente; já a salsinha ainda estava um tanto minguada. Os arbustos de groselha, por sua vez, cobriam a pequena cerca e exibiam suas flores.

– Eu sei do que estou falando – disse uma voz feminina, não muito longe dali. – Meu irmão tem uma fazenda bem ao lado.

– Seu irmão?

Era Leschik. A mulher devia ser a cozinheira. Os dois deviam estar bem perto da cerca do canteiro e nem suspeitavam de que havia alguém na cozinha. Na verdade, Elisabeth não tinha curiosidade pelas conversas do povo da roça, mas pelo menos aquilo a distraía de seus pensamentos.

– O mais velho, Martin. Se casou e foi morar em Malzow há uns três anos... Foi ele quem me contou. O sujeito vai lá de dois em dois dias. Leva presente, inclusive pros pais. Já deu perfume para ela. E sapatos novos. Uma blusa de seda também.

– É mentira dele...

– Martin não mente. E Else, a mulher dele, sempre conta as coisas do jeito que são. Ela viu a blusa pendurada no varal.

– Deixa de ser linguaruda...

– Está achando que sou ingênua? Mas, um dia, todo mundo vai ficar sabendo. No mais tardar quando o bebê nascer.

Elisabeth sentiu seu pulso acelerar. Ela já não escutara uma conversa parecida outra vez? Não ali, na Pomerânia, mas em Augsburgo, na Vila dos Tecidos.

Ouviu alguém proferir um palavrão. Era Leschik.

– Um bebê? Então vão descobrir com certeza...

– E o que te importa? Se a esposa não consegue, é claro que ele vai buscar outra que lhe dê descendentes. Não seria a primeira vez que uma criança assim acaba virando fazendeiro do nada.

– De pé-rapado a fazendeiro!

Os dois riram, e Leschik acrescentou que Pauline era uma mulher forte e que se sairia muito melhor como mãe de um fazendeiro que a requintada donzela de Augsburgo. Que, de mais a mais, só vivia no andar de cima com o Sr. Winkler e entendia tanto de agricultura quanto uma vaca de matemática.

– A banda toca de uma forma muito estranha aqui nesta fazenda... – comentou a cozinheira, suspirando. – Mas não estou nem aí. Faço meu trabalho e pronto!

Algo caiu no piso de ladrilhos da cozinha, rente a Elisabeth. Um recipiente de cerâmica se estilhaçou e o café respingou em seus sapatos e na saia. Ela mal percebeu que se tratava da caneca caindo de sua mão. De repente, sentiu que estava perdendo o equilíbrio, seu cérebro se esvaziara e tudo ao seu redor ficou frio, gélido, como se o inverno estivesse de volta. Seu corpo perdeu o peso, ela sentiu que flutuava.

Ali estavam a porta da cozinha, que parecia abrir-se sozinha, o corredor, a entrada da casa. Desceu três degraus e chegou ao pátio, onde foi recebida por olhares abismados de duas pessoas junto ao canteiro. Pardais chilreavam no telhado, um tentilhão levantou voo. Na porta do celeiro, um gato tigrado que tomava sol levantou a orelha direita.

– Senhora, está tudo bem?

Ela ainda tinha a sensação de flutuar sobre o solo. Sua cabeça também parecia atordoada, mas aquilo não dava à cozinheira o direito de fazer perguntas estúpidas.

– O que você está fazendo aí parada? Não tem serviço na cozinha?

A mulher esboçou uma reverência atrapalhada e sussurrou algo que se escutou como "tomar ar fresco".

– Leschik! Encela uma égua para mim!

– Mas a Soljanka saiu com as senhoras...

– Serve outra. Anda! Rápido!

Sem perguntar mais nada, ele correu para buscar uma égua no estábulo. Elisabeth não costumava sair a cavalo, mas, quando o fazia, preferia os animais mais tranquilos e gentis.

Quero ver com meus próprios olhos. E, se for verdade, vou arrancar os olhos dessa mulher com minhas próprias mãos.

A blusa de seda pendurada no varal. Em meio aos montes de estrume e toda a porcaria da roça. Malzow, dissera ela. Não era longe dali. De charrete, não chegava a meia hora. A cavalo, daria para chegar em dez minutos, e Klaus cavalgava bem... Ela se flagrou rindo sozinha e tratou de se controlar. Por acaso estava prestes a perder o juízo?

– Ela está meio agitada – avisou Leschik. – Eles ficam assim na primavera. Mas, no geral, a Cora é bastante obediente.

Ele quis ajudá-la a montar, mas Elisabeth negou com a cabeça e Leschik se afastou. A égua castanho-avermelhada não era tão alta como as outras, mas, mesmo assim, foi difícil subir na sela. Porém aquilo pouco lhe importava no momento, assim como o olhar cético do cuidador de cavalos. Ele podia até rir se quisesse – que diferença faria?

A égua estava acostumada a uma equitação mais enérgica e foi preciso manter a rédea curta para evitar que o animal mordiscasse o capim fresco às margens do caminho. Elisabeth saiu em trote ligeiro e tomou a estrada na direção de Gervin. Pouco a pouco, conforme ia deixando de controlar cada passo da égua, os pensamentos voltaram.

Então continua me traindo, pensou. *Primeiro me sorri, me pergunta como me sinto ou se pode me agradar com algo e, depois, pega o cavalo para se deitar com uma camponesa. O que tia Elvira costumava dizer mesmo? Saúde mental e atividade física.* Ela riu de novo. Atividade física. Que estranho outras mulheres engravidarem com aquilo. Só ela que não.

Não servia para ser esposa, por não poder ter filhos. Tampouco servia para amante, pois era incapaz de seduzir um homem. Ela perderia os dois. Tanto Klaus quanto Sebastian. Ah, ela já os tinha perdido há tempos. Talvez nunca tivessem sido seus. Ela não tinha atrativos, a irmã feia, gorda e mais velha da encantadora Kitty. Por que Klaus se casara com ela? Apenas por não ter conseguido Kitty. Por que Sebastian viera para a fazenda Maydorn? Apenas por ela tê-lo atraído com tanta astúcia. Ah, e pensar que poucas horas antes ela se regozijava ao inteirar-se das desavenças no casamento de Paul e Marie. Aquilo fora cruel de sua parte e agora era punida pelo destino.

Cora já havia relaxado e voltado ao passo. Como sua amazona estava distraída em pensamentos, o animal mordiscava as moitas nas margens do caminho. Elisabeth a obrigou a voltar para o meio da trilha e cogitou se não seria melhor tomar um atalho por dentro do pequeno bosque. Daquela maneira, não chegaria ao vilarejo Malzow pela rua, mas pelo pasto, e seria mais fácil surpreender Klaus. Não teria dificuldades em encontrar a fazenda, tudo o que precisava era procurar o cavalo do marido.

A égua, animada por tomar o caminho do pasto, engrenou em um trote de livre e espontânea vontade e só desacelerou ao chegar no começo do bosque. Ali, recusou-se a seguir adiante. Era nítido que a estreita trilha por entre as árvores lhe causava medo.

– Ai, vamos logo... Não tem nada ali. Para de ser teimosa! – insistiu Lisa.

Duas vezes tentou conduzir o animal para dentro da trilha, duas vezes a égua se assustou e saltou para o lado, quase derrubando Elisabeth da sela. E então aconteceu algo que ela só foi compreender depois. Uma flecha castanha cruzou-lhes o caminho e a égua, em pânico, empinou as patas dianteiras, fazendo sua amazona perder o equilíbrio. Elisabeth viu as raízes do carvalho aproximando-se em alta velocidade, mas não sentiu dor, apenas um impacto e, em seguida, uma dormente sensação de escuridão.

Quando recobrou os sentidos, viu-se deitada no chão, sob os verdejantes galhos do carvalho que cobriam parcialmente o céu azul. Um esquilo, que vasculhava as folhas caídas ao lado de Elisabeth, subiu no tronco velozmente e desapareceu dentro da copa da árvore.

Meu cavalo! Foi seu primeiro pensamento.

Ela se sentou apressada e olhou ao redor – a égua castanho-avermelhada não estava à vista. Então, os galhos, o céu e os caules em volta começaram a rodar em uma velocidade impressionante, e ela precisou se deitar para não desmaiar.

Não foi nada de mais, pensou. *Só me assustei. Logo, logo vai passar e poderei me levantar e procurar Cora. Deve estar pastando em algum lugar aqui perto, enchendo a barriga de mato...*

De fato, o mal-estar cessou. Dessa vez, sentou-se lenta e cuidadosamente, enxotou um besouro curioso da manga de sua blusa e tentou se levantar, mas uma dor pungente no tornozelo esquerdo a trouxe de volta ao chão com um gemido. Só então percebeu que seu pé estava inchado. Possivelmente tratava-se de uma torção. Ou de uma fratura. Céus, o que ela faria ali sozinha?

– Cora! Cora! – chamou Lisa.

Onde aquela égua estúpida havia se metido? Por que não ficou comportada, ao seu lado? Ah, a boa e velha Soljanka nunca teria saído de perto dela. Fez mais uma tentativa de colocar-se de pé, apoiando-se no tronco de um carvalho, mas assim que pisou com o pé esquerdo, sentiu uma dor excruciante. Como o tornozelo estava inchado! Devia dar para ver de longe. Talvez nunca mais conseguisse tirar o sapato daquele pé. Apesar da dor, foi mancando até o pasto em busca da égua. Sem êxito.

Não tardou a perceber a gravidade da situação na qual se encontrava. A chance de que alguém passasse por ali ao acaso era ínfima. Se tivesse azar, ficaria ali a tarde inteira – na pior das hipóteses, madrugada adentro. Não, não era bem assim. Em algum momento sairiam à sua procura. Se bem que... A ideia de ser encontrada por Leschik ou, pior, por Klaus não a agradava em nada. Melhor mesmo seria ignorar o tornozelo machucado e voltar para casa. Afinal de contas, os soldados nunca recuavam no terreno inimigo, por mais que sofressem dos piores ferimentos e dores.

Foi uma ideia infeliz. Ela mal havia avançado 50 metros quando sentiu uma dor tão lancinante que o pasto ao redor se fundiu com o bosque e ela, ofegante, caiu no meio da trilha. Simplesmente não dava. O tornozelo começou a doer mais do que nunca, latejando, como se um pica-pau estivesse martelando dentro de seu pé inchado.

Ela começou a chorar de tanta dor e desespero. Por que tinha que ser sempre tão azarada? Já não bastava ser detestada por todos, traída pelo marido e ainda ver o homem que amava partir? Não, ela tinha que cair daquele maldito cavalo e se machucar. Que patética. Já podia escutar a chacota alheia: a requintada donzela de Augsburgo que não sabia montar. Que havia caído do cavalo. Foi xeretar a vida do marido e deu de cara na lama...

Ao pensar no escárnio dos empregados, a tristeza se apoderou dela de vez. Tudo o que lhe sucedera naquela trágica tarde, todas as esperanças destruídas, as humilhações... Buscava uma maneira de extravasar tudo aquilo, o que fazia seu corpo estremecer. Ela irrompeu em um pranto desesperado. Não se importava, afinal ninguém a escutaria ali.

– Elisabeth! Cadê você? Elisabeth! – chamou uma voz masculina.

Viu uma grande sombra deslizando pelo matagal. Os insetos revoaram e um cavalo bufou. Elisabeth teve tempo de enxugar o rosto com a manga da blusa quando uma cara equina surgiu diante dela, que gritou de susto. Logo em seguida, o homem saltou da sela e se ajoelhou ao seu lado.

– Ai, que bom que encontrei você! Está ferida? Quebrou algo?

– Não... não foi nada. É só o pé – resmungou ela.

Elisabeth estava rouca de tanto chorar. Ela tinha o nariz e os olhos tão inchados que quase se fechavam. Ai, Deus! Devia estar horrorosa. O que Sebastian estava fazendo ali?

– O pé? Nossa, estou vendo. Tomara que não tenha quebrado... – disse ele.

Apalpou o tornozelo dela, que mais parecia uma abóbora de tamanho médio.

– Está sentindo algo? – indagou Sebastian.

– Não, está completamente dormente, só se eu me levantar...

Ela nunca o vira tão nervoso. Gotas de suor brilhavam em sua testa, a respiração ofegava, mas quando a fitou, deu um sorriso de alegria e alívio.

– A égua apareceu sem sela no pátio... Quase enlouqueci de preocupação. É culpa minha, Elisabeth. Fui muito ríspido quando lhe comuniquei minha decisão. Fui egoísta e insensível. Não pensei no quanto estava ferindo você com isso.

Ela escutou suas palavras com atenção, enquanto enxugava as lágrimas repetidas vezes com a roupa. Maldito choro. Se ao menos seu rosto desinchasse. Até porque ele não tirava os olhos dela.

– Eu... eu não sabia que você sabia montar – murmurou ela.

– Também não. Andei a cavalo uma vez ou outra quando era criança, mas não se pode chamar isso de montar. Apoie-se em mim, vou ajudar você com a sela.

– Eu... eu não sou uma moça magrinha – debochou ela, constrangida.

– Estou ciente – respondeu ele, em tom bastante sério.

Ele tinha consideravelmente mais força do que ela supunha. Apesar dos ferimentos de guerra, não demonstrou dificuldade em erguê-la. Quando ela encaixou o pé sadio no estribo e tentou sentar-se com dificuldade, Sebastian a apoiou, segurando firme em sua cintura – algo que nunca teria ousado fazer em circunstâncias normais. Confusa, Elisabeth se ajeitou sobre a sela e balbuciou um tímido "obrigada".

Com as rédeas da égua na mão, ele ia caminhando na frente. Vez ou outra, se virava para perguntar se estava tudo bem, se ela sentia dores, se conseguiria aguentar até a fazenda.

– Não foi nada...

– Você é muito valente, Elisabeth. Jamais me perdoarei por isso.

Ela sentiu vontade de sorrir, vendo o quanto Sebastian era cortês, sincero e solícito. Era mesmo necessário revelar que ela pegara o cavalo não por ele, mas sim para arrancar os olhos da amante do marido? Seria uma decepção. Sebastian acreditava veementemente na bondade do ser humano. Talvez fosse por isso que ela o amasse tanto.

No pátio da fazenda, Leschik estava de prontidão para ajudar a senhora a descer, enquanto as criadas se espremiam na entrada da casa. Elisabeth podia escutá-las rindo.

– Vamos sentá-la num banquinho, depois subimos com ela pela escada. Um homem de cada lado, acho que é o suficiente – sugeriu Leschik.

Ela estava lhe pedindo ajuda com o olhar? Ou aquilo foi um ato impulsivo da parte dele? Tão logo Elisabeth se livrou da sela, ele correu em sua direção e a tomou pelos braços. Com toda naturalidade e sem perguntar nada.

– Espero não estar incomodando – disse ele, um tanto sem jeito, quando chegaram ao corredor diante da escada.

– Está ótimo... Só espero não ser muito pesada.

As iguarias da fazenda não permitiam que ela perdesse peso.

– De maneira alguma...

Ele subiu vagarosamente a escada, parando vez ou outra para se equilibrar com mais destreza e recuperar o fôlego. Apesar de ofegante, sorria e sussurrava que não havia razão para se preocupar, pois desde jovem estava acostumado a transportar peso.

Supostamente, nessa época, seu trabalho era carregar sacos de batata para o porão. Mas Elisabeth calou-se e desfrutou de estar sendo carregada por ele. Como Sebastian era forte. E duro consigo mesmo. E como a agarrava com vigor.

Ela abriu a porta do quarto. Não a dos aposentos do casal, que vinha evitando há meses, mas a da saleta que outrora servira como dependência de hóspedes. Ele a levou até a cama e a deitou cuidadosamente sobre o edredom de plumas.

– Sente-se – pediu ela. – O senhor deve estar exausto.

Ele obedeceu. Sentado na borda da cama, Sebastian sacou seu lenço, tirou os óculos e enxugou o rosto.

– Nunca teria imaginado que você fosse tão forte – comentou ela.

– Tem algumas coisas que não sabe de mim, Elisabeth.

– Bem... – prosseguiu ela. – Pois hoje aprendi bastante.

Uma sensação repentina de culpa se abateu sobre ele.

– Você descobriu que sou uma pessoa insensível – replicou ele, constrangido. – Mas eu juro, Elisabeth...

Ela balançou a cabeça.

– A única coisa que acho é que se comportou como um covarde.

Suas palavras o atingiram como um soco. Sebastian a fitou indignado, pronto para se defender. Mas Elisabeth nem sequer permitiu que ele abrisse a boca.

– Você tem medo de se expor, Sebastian – acrescentou ela. – Medo de romper regras que já não fazem sentido. Prefere fugir e me deixar aqui sozinha neste desespero.

Ela falava com fúria e encarava os olhos arregalados de Sebastian, sentindo o quanto seu discurso o atingia e permitindo-se desabafar tudo o que trazia dentro de si.

– Você é homem ou não é? Corre sangue nessas veias? Tem coragem de agir? Imagina... Nem sequer se atreve a me... me...

Ela soluçava. Ah, Deus! Que papel ridículo! Mas seu desejo era tanto que ela não sabia mais ao que apelar.

– Você está perguntando se sou homem – sussurrou ele, inclinando-se sobre ela. – É isso que está me perguntando?

Não houve resposta. Ela o viu levantar-se e caminhar até a porta, e chegou a acreditar que Sebastian sairia do quarto, ofendido com a oferta que ela tão claramente lhe fizera. Mas ele girou a chave na fechadura.

– Pois você venceu, Elisabeth... Eu sou homem e, já que está pedindo, vou te provar – declarou ele, sério.

Conforme se via, aquele era mesmo o dia dos acontecimentos extraordinários. O dia em que milagres se tornavam realidade. Elisabeth, que acreditava ser sempre prejudicada pelo destino, estava recebendo o que desejava. Recebendo até mais do que esperava, pois Sebastian se ressentia com a vitória dela e fez questão de mostrar sua fúria. O que também foi maravilhoso, tal qual uma tempestade de primavera.

Só foram se confrontar com as dificuldades da vida real no dia seguinte.

15

— Mas é óbvio que falamos com a Sra. Melzer! – disse Kitty, revoltada.

Serafina von Dobern estava no átrio, em frente à escada, e a olhou com frieza e desconfiança. Kitty achava que ela tinha um quê de Rainha da Neve. A mulher de coração gélido que não queria entregar o menino. Quem escrevera aquela história mesmo? Hans Christian Andersen.

— Só me admira ninguém ter me colocado a par desse plano.

— Isso eu já não posso te explicar – respondeu Kitty, impaciente. – Gertie, desça com as crianças. Elas vão passar a tarde comigo. Vou dar aula de desenho para elas.

Gertie, que esperava solicitamente na porta da cozinha, assentiu e já estava prestes a subir a escada para o primeiro andar, mas foi detida pela voz da preceptora.

— Espere, Gertie. As crianças estão fazendo as tarefas de casa. Não posso deixá-las ir antes de terminarem.

Kitty encarou o rosto pálido de Serafina von Dobern. Inacreditável, aquela mulher a estava desautorizando. Achando-se apta a dar ordens ali, na Vila dos Tecidos, a casa dos seus pais!

— O que você pode ou deixa de poder não é problema meu, cara Sra. Von Dobern – replicou Kitty, esforçando-se para manter a educação. – Estou levando Leo e Dodo para a Frauentorstraße. Gertie, traga logo as crianças!

Gertie ponderou por um instante qual era o lado mais forte daquela corda e decidiu-se pela Sra. Kitty Bräuer. Inclusive por detestar a preceptora com todas as suas forças. E, assim sendo, subiu apressada.

— Sinto muito, mas, neste caso, é melhor eu confirmar – declarou a Sra. Von Dobern, e subiu alguns degraus.

Kitty esperou que ela chegasse até a metade da escada para dirigir-lhe a palavra.

– Duvido que seja uma boa ideia incomodar o sono da tarde da mamãe por uma besteira dessas!

A preceptora parou e virou-se. Seu sorriso demonstrava que tinha uma carta na manga.

– Não se preocupe, Sra. Bräuer. Não vou acordar sua mãe. Minha intenção é ligar para o Sr. Melzer na fábrica.

Ela pretendia falar com Paul, aquela bruxa. Claro que aproveitaria para lembrá-lo que a Sra. Ginsberg dava aulas de piano na Frauentorstraße. O resto não lhe custaria deduzir. Seu irmão não era idiota.

– Faça o que tiver que fazer – disse Kitty, forçando um tom de indiferença. – Leo! Dodo! Onde vocês se meteram? Henni está esperando no carro.

– Já estamos indo!

Ai, esse Leo! Desceu correndo com os livros de partitura sob o braço, passando bem ao lado da preceptora. Foi graças à presença de espírito de Dodo que Serafina von Dobern não confiscou seus preciosos cadernos. A menina deslizou entre a preceptora e o irmão, que, com um salto veloz, superou os últimos degraus e lançou-se na direção da tia.

– Me recuso a compactuar com suas intrigas, Sra. Bräuer! – disse a preceptora, furiosa. – O Sr. Melzer não quer que o filho tenha aulas com a Sra. Ginsberg. A senhora sabe disso. Sua atitude não só pode me causar aborrecimentos, como induz Leo a agir contra a vontade do pai. O que a senhora pretende obter com isso?

Kitty precisou reconhecer que Serafina não estava de todo errada. O que não significava que tivesse razão.

– As crianças vão ter aula de desenho comigo – respondeu ela, irritada. – Pode dizer isso ao meu irmão, se achar mesmo que precisa.

O rosto da preceptora corou com tamanha agitação – uma cor que lhe caía muito melhor do que o usual tom pálido, quase tão branco quanto papel. Ela empinou o nariz e declarou que buscaria as crianças na Frauentorstraße em exatamente duas horas.

– Não precisa. Vão deixá-las aqui – respondeu Kitty.

– Quem vai deixar?

Era o cúmulo. Kitty sentiu imensa vontade de jogar naquela pessoinha insuportável um dos belos vasos de porcelana Meissner que ficavam em cima da cômoda, na frente do espelho. Mas seria uma pena estragar o enfeite que Alicia tanto adorava.

– Não é da sua conta! – exclamou Kitty, curta e grossa, agarrando Dodo e Leo pelas mãos antes de sair do átrio.

– Isso não vai ficar assim! – gritou a preceptora atrás dela.

Kitty se calou para não deixar as crianças abaladas, mas por dentro ela explodia de raiva. Aquela megera arrogante! Incrível, Lisa só atraía esses seres prepotentes. Todas as suas amigas eram daquela laia. Antes era diferente, estavam na mesma classe social, e inclusive se tratavam com mais informalidade. Mas eram tempos passados.

– Mamãe, dirige direito! Está tudo sacudindo aqui – queixou-se Henni.

As três crianças estavam sentadas no banco de trás, com Henni no meio. Pelo retrovisor, Kitty podia ver o rosto indignado da filha, envolto em seus cachinhos dourados. Um anjinho, essa menina. Na escola, todos os meninos se jogavam aos seus pés. E ela se aproveitava, a doce e meiga Henni. Alicia certa vez dissera que Kitty fazia exatamente o mesmo quando pequena. Ai, essas mães!

– Ela é uma bruxa. – Kitty ouviu os sussurros da filha.

– É mesmo. Uma bruxa malvada. Ela gosta de castigar crianças.

Foi a voz de Dodo. Ela raramente tinha papas na língua. Era uma endiabrada. Subia em árvores sem pestanejar.

– Ontem ela torceu minha orelha de novo – denunciou Leo.

– Mostra!

– Não dá para ver nada...

– Ela também bate com a régua de madeira – cochichou Dodo. – E tranca a gente no quartinho de vassouras quando desobedecemos.

– Ela pode fazer isso? – indagou Henni com espanto.

Kitty também achou um absurdo. Quando crianças, às vezes recebiam uma bofetada ou uma leve pancada nos dedos com a régua. Mas sua mãe nunca permitiria que trancassem os filhos no quartinho de vassouras.

– Ela faz e pronto.

– É uma bruxa de verdade.

– Ela faz feitiço?

– Feitiço? Não.

– Que pena – comentou Henni, decepcionada. – A bruxa da ópera enfeitiçava as crianças para elas não se mexerem. E depois as transformava em pão de mel.

– Queria assistir a uma ópera – disse Leo. – Mas mamãe e papai não levam a gente. É verdade que lá tem um monte de instrumento tocando junto? E que os cantores ficam no palco?

Henni provavelmente acenou com a cabeça, pois Kitty não escutou sua resposta. Ela freou o carro e parou – o centro de Augsburgo estava novamente entupido de automóveis e charretes. Para completar, o bonde começou a buzinar atrás dela. Podia buzinar o quanto quisesse, pois teria que esperar de qualquer maneira. Ah, francamente. Uma carroça, estacionada em frente ao mercado das frutas, era descarregada por dois homens, que tiravam caixas e barris com toda a calma do mundo. Não se admirava o trânsito estar tão congestionado. Kitty colocou a cabeça para fora da janela e ralhou a plenos pulmões, mas recebeu apenas um sorriso simpático de um dos carregadores.

– Vovó Gertrude disse que lugar de bruxa é no forno – contou Henni, no banco de trás.

– A Sra. Brunnenmayer também disse isso. Mas infelizmente a preceptora não cabe no fogão da cozinha – lamentou Dodo.

– Acho que se apertar um pouco, a gente consegue.

Kitty virou-se exasperada e cravou os olhos na filha.

– Você já está indo longe demais, Henni.

– É só brincadeira, mamãe – respondeu a pequena, fazendo bico.

Dodo sorriu, travessa. Leo já havia aberto um de seus livros de partituras e estava imerso na leitura. Quando levantou o olhar para Kitty, ela percebeu que o menino viajara para outro mundo. Não, o que ela fazia era o certo. Seu sobrinho era um verdadeiro talento musical, a Sra. Ginsberg também o dissera. Seu irmãozinho Paul lhe agradeceria um dia.

A carroça enfim avançou e puderam prosseguir até a Frauentorstraße. O motor pulsava como devia, no verão o carro funcionava perfeitamente. Fora um presente de Klippi para ela. Apenas no outono e no inverno ele engasgava um pouco, pois o frio e a umidade comprometiam seu rendimento. O veículo, afinal, já não era mesmo mais novinho. Kitty o animava com palavras de incentivo e dava pancadinhas no volante de madeira. Mas quando era obrigada a descer e abrir o capô, ela se via imediatamente rodeada de rapazes solícitos. Ah, ela amava o carinho que recebia.

Após esperar as crianças desembarcarem, seguiu com o automóvel até a garagem, que na verdade era apenas uma casinha adaptada na área externa. Ao desligar o motor, escutou alguém tocando piano. Ótimo, a Sra. Ginsberg já havia chegado. Leo esperava impaciente em frente à porta; Dodo sumira com Henni para algum lugar do jardim. Se é que se podia chamar de jardim o matagal que circundava sua casa no verão.

– Devagar, Leo – advertiu ela, abrindo a porta. – Tem quadros no corredor, não vá derrubar nada.

– Tá, tá.

Entrou correndo tão rápido que por pouco não atropelou seu amigo. Que dupla: Leo, alto e loiro, e o esguio Walter, com sua cabeça coberta por vastos cachos negros e o semblante sempre tão sério. Os olhos de Kitty marejaram ao ver quanta afinidade os dois tinham. Foram juntos para a sala e sentaram-se no sofá para abrir os livros de partitura. Indicavam as notas com os dedos. Riam, se divertiam. Discutiam um pouco e logo se entendiam. Ambos estavam com o rosto radiante de felicidade.

– Posso entrar lá na sala? – perguntou Leo.

Pelo tom, chegava a parecer que sua vida dependia daquilo. Kitty assentiu sorrindo e o rapaz correu para a sala ao lado, onde o piano se encontrava. Walter o seguiu sem pressa e logo desapareceu no quarto de música. Kitty escutou a voz baixa e tranquila da Sra. Ginsberg. Em seguida, alguém tocou um prelúdio de Bach. Com força e cadência. Podia-se perceber cada tema, escutar cada linha, cada nota. Quando ele havia praticado? Em casa só lhe permitiam tocar no máximo meia hora de piano por dia.

– O som aqui é bem mais alto do que lá em casa.

Não era de se estranhar. Alicia pedira que o afinador abafasse o som das teclas por causa de suas dores de cabeça. Ai, coitada dela. Quando Kitty, Lisa e Paul eram pequenos, seus nervos andavam muito melhor.

– Quer fazer o favor de descer daí? Henni! Dodo! Quero vocês em cinco minutos comigo na cozinha. Senão, vamos comer a torta toda sozinhos.

Era Gertrude. Kitty se aproximou da janela e flagrou a filha em cima do telhado da casinha do jardim. Próxima à prima, Dodo se equilibrava na calha; ela tentara saltar para o carvalho ao lado, pendurando-se em um de seus galhos maiores.

– É sempre assim quando a Dodo vem! – resmungou Gertrude. – Henni é tão obediente sozinha.

– Claro, é uma santinha – afirmou Kitty, com sonora ironia.

Gertrude tinha as mãos apoiadas na cintura e acompanhava pela janela aberta as peripécias das meninas. A julgar pelo estado de seu avental, haveria torta de morango com creme e raspas de chocolate. Quando seu marido ainda era vivo, Gertrude administrava uma casa grande e – como era natural – relegava a cozinha aos talentos de uma cozinheira. Mas com a impossibilidade financeira de contratar funcionários, ela descobrira a paixão pelo forno e fogão. Mas seu êxito ainda era um tanto irregular.

– Olha só como vocês estão! – lamentou-se ela ao ver as duas meninas no corredor, com o rosto suado e os cabelos desgrenhados. – Como pode as meninas dessa família subirem em árvore, enquanto os garotos ficam bonitinhos no quarto? Jesus, Maria e José... Na época da minha Tilly e do pobre Alfons era igualzinho.

Kitty não respondeu. Preferiu conduzir as duas mocinhas ao banheiro e ordenar-lhes que lavassem as mãos, os joelhos, os braços e o rosto e passassem uma escova nos cabelos.

– Está escutando, Henni? – disse Dodo, orgulhosa. – É meu irmão Leo no piano. Ele ainda vai ser pianista um dia!

Henni abriu a torneira e colocou as mãos embaixo, deixando respingar água nos azulejos.

– Também toco piano muito bem – gabou-se ela, empinando o nariz com desdém. – A Sra. Ginsberg disse que tenho talento.

Dodo afastou a mais nova para alcançar a torneira e ensaboou os dedos.

– Talento, aff! Leo é um gênio. É bem diferente de só ter talento.

– O que é um gênio?

Tampouco Dodo sabia explicar com precisão. Tratava-se de algo grande, inalcançável.

– É como um kaiser.

Kitty distribuiu as toalhas e lhes advertiu para que andassem com cuidado no corredor, pois os quadros embalados estavam apoiados nas paredes. Em seguida, subiu ao seu pequeno ateliê para trabalhar um pouco. Ela começara uma série de paisagens, nada de especial, apenas flores, cores, raios de sol, ramagens delicadas. Passeios em grupo, breves histórias para os observadores atentos descobrirem. Não se podia reclamar das vendas. As pessoas sentiam falta de imagens idílicas, de experiências alegres sob o céu de verão. Ainda que não desgostasse de pintar aqueles quadros, Kitty tampouco se entusiasmava. Ela o fazia pelo dinheiro. Afinal de contas, não sustentava apenas Henni; Gertrude e Tilly também dependiam do que ganhava. E ela se orgulhava disso.

Os sons do piano fundiam-se com a voz das meninas e, no meio disso, ainda era possível ouvir as broncas de Gertrude e o barulho de água na pia do banheiro. Kitty sentia-se bem com aquela paisagem sonora. Ela apertou os tubos de tinta sobre a paleta, analisou o quadro já começado com um olhar crítico e misturou o tom certo. Deu algumas pinceladas e afastou-se para contemplar o efeito.

De repente, voltou-lhe à mente o que Gertrude dissera: "Minha Tilly e o pobre Alfons." Que estranho. Ultimamente, ela vinha pensando bastante nele. Talvez por já ter há muito deixado de acreditar nas juras de Gérard. E tampouco lhe interessavam os outros cavalheiros que conhecia em todas as ocasiões possíveis e que a abordavam com segundas, mas também honrosas intenções. Ela ia a exposições, frequentava a ópera, encontrava-se com amigos na casa da esposa do diretor Wiesler ou de outro mecenas, mas havia constatado que se entediava cada vez mais. Não havia ninguém que lhe tocasse o coração como Alfons. Embora tudo aquilo no início não tivesse sido mais do que uma solução de emergência. O atrapalhado e adorável rapaz que se casara com ela apesar do escândalo – afinal, ela havia fugido para Paris com Gérard. Um homem peculiar: talentoso e astuto banqueiro e, ao mesmo tempo, um marido tão tímido e apaixonado. E que falta de jeito na noite de núpcias dos dois. Ela precisou conter o riso. Mas então ele disse coisas tão maravilhosas. Que a amava há muitos anos, que mal se aguentava de felicidade por poder chamá-la de esposa. Que estava muito nervoso e, por isso, fazendo um papel tão ridículo...

Ela respirou fundo. Não, ela jamais encontraria outro homem que a amasse de forma tão intensa e verdadeira. E como ele se alegrara com o nascimento da filhinha. Dava cambalhotas de alegria. Por que o destino fora tão cruel? Alfons condenara aquela guerra desde o começo. Mas quem se importava? Assim como os outros, ele precisou ir para o front. E ela nem mesmo sabia como e onde ele morrera. Talvez fosse melhor assim. O pior de tudo era que Henni nem sequer se lembrasse do pai.

– Kitty! – chamou Gertrude no andar de baixo. – Pausa para um café com torta. Desce, estamos esperando.

– Um momento.

Sempre a mesma coisa. Bastava encontrar o tom certo e logo alguém vinha perturbar seu trabalho. Não, era ótimo ter a casa cheia. Mas podiam pelo menos deixá-la pintar em paz. Até porque já tinha que tolerar o som do piano.

Após dar mais algumas batidinhas na tela e pintar os contornos com pincel fino, ela voltou a se afastar e não ficou satisfeita. Kitty não podia deixar de pensar nos quadros embalados espalhados por toda a casa. As obras de Louise Hofgartner. Gérard lhe enviara tudo conforme combinado após receber o dinheiro. No calor do entusiasmo inicial, ela pendurara as vinte pinturas e os dez desenhos por todos os lugares. A sala de estar ficou tomada, assim como o quarto de música, o corredor, o jardim de inverno... Não havia espaço livre nas paredes. Ela passara várias tardes e dois domingos inteiros com Marie na companhia daquelas imagens. Analisando-as, mergulhadas nelas, enquanto confabulavam sobre os motivos e circunstâncias sob as quais haviam surgido. Sua querida Marie estava totalmente confusa e chorou muito, pois acreditava que sua mãe tinha talento para ser uma grande artista. A pobre Marie parecia realmente atordoada com aqueles quadros e, na verdade, Kitty também. Como não conseguiu aguentar mais que três semanas a superioridade de Louise Hofgartner, removeu as obras das paredes e voltou a embrulhá-las. E continuavam todas escoradas no corredor, pois Marie não pudera levá-las para a Vila dos Tecidos.

Sim, foi uma decepção e tanto. Seu queridíssimo irmãozinho Paul, que ela julgava ser o melhor marido do mundo, se recusara a comprar mais que três quadros. Ele estivera na Frauentorstraße uma única vez durante meia hora, quando passou os olhos na coleção e decidiu que não queria de maneira alguma ver aqueles quadros em sua casa. Principalmente aqueles nus tão provocantes, um desrespeito com as crianças. Sem falar em Alicia e nas visitas. Paul estava bastante mal-humorado naquela tarde. Na verdade, a cada dia que passava Kitty tinha a impressão de que seu irmão se portava de maneira mais estranha. Seriam as constantes preocupações na fábrica? Ou a guerra e a longa detenção na Rússia o teriam mudado? Não. Quando voltou da Rússia, Paul estava carinhoso como sempre. Simplesmente tudo se devia ao fato de que ele assumira o lugar do pai: ele se tornara o chefe da família, o senhor diretor Melzer. Talvez aquilo tivesse lhe subido à cabeça e ele tivesse começado a incorporar as mesmas atitudes de Johann. Ai, que chateação. E como ela sentia pena de Marie.

– Mamãe, vem logo. Vovó Gertrude não quer cortar a torta sem você.

– Já vou! – exclamou Kitty, irritada, e devolveu o pincel ao copo com água.

Na sala de estar, Leo e Walter já estavam sentados à mesa, com a única intenção de engolir um pedaço de torta e correr de volta para o piano. Além disso, Walter havia levado seu violino e Leo, decerto, tentaria tocá-lo... Era bom que o fizesse: quanto mais instrumentos conhecesse, melhor. Kitty estava convencida de que Leo um dia ainda comporia sinfonias e óperas. Leo Melzer, o famoso compositor de Augsburgo. Não. Melhor: Leopold Melzer. Ou melhor ainda: Leopold von Melzer. Soava bem. Nomes artísticos permitiam um tanto de imaginação. E se ele, quem sabe, virasse maestro? Paul Leopold von Melzer.

– A torta está com gosto de... de... – comentou Henni, franzindo o cenho. Estava pensativa e encarava o teto.

Dodo foi menos diplomática.

– De álcool.

A Sra. Ginsberg, sentada entre os dois meninos, balançou a cabeça energicamente.

– A torta está uma delícia, Sra. Bräuer. Colocou essência de baunilha?

– Um pouco. E uma dosezinha de *kirschwasser*. Para ajudar na digestão.

– Ah.

Os dois garotos adoraram. Walter prontamente se fingiu de bêbado. Leo também tentou, mas pecou na autenticidade.

A melhor foi Dodo, que chegou a ter soluços de verdade.

– Me dá... me dá mais um... mais um pedacinho aí.

Henni, já achando todo aquele teatro ridículo, fitou Kitty com ar reprovador e revirou os olhos. Foi quando alguém bateu à porta e Dodo se calou.

– Certamente é um dos seus conhecidos, Kitty – disse Gertrude. – Esses artistas vão e vêm quando lhes dá na veneta.

– Henni, vai lá abrir a porta – pediu.

Mas não era um de seus admiradores. Quem surgiu na entrada da sala foi Marie.

– Gente, mas que surpresa! – exclamou Kitty, levantando-se de um salto para abraçar a cunhada, beijar-lhe as faces e por fim conduzi-la à cadeira. – Chegou na hora certa, minha querida Marie. Gertrude fez torta de creme. Pode comer à vontade, você está pele e osso.

Sempre que ficava nervosa, as palavras lhe saltavam da boca, sem que ela pensasse. Em sua cabeça, reinava um caos completo, tal como uma revoada frenética de pássaros engaiolados. Na verdade, aquela visita surpresa não lhe agradava em absoluto. Claro, ela já contara a Marie sobre as aulas de desenho que queria dar para os gêmeos. E claro que a querida Marie também sabia que a Sra. Ginsberg ensinava piano a Henni. Só faltou deixá-la ciente de que as duas coisas aconteciam ao mesmo tempo.

– Que alegria em vê-la, Sra. Ginsberg – disse Marie, estendendo-lhe a mão. – Espero que esteja tudo bem com a senhora. Bom dia, Walter. Que bom que vocês conseguem se encontrar às vezes depois da escola.

Com a chegada de Marie, foram-se as efusivas gargalhadas à mesa. As crianças sentaram-se eretas, como haviam aprendido, usaram o garfo de sobremesa e o guardanapo, sempre se certificando de que nada caísse fora do prato. Conversava-se sobre o calor do verão e as obras do novo mercado que estavam construindo entre a Fuggerstraße e a Annastraße. Marie perguntou sobre os alunos de piano que havia indicado para a Sra. Ginsberg e Kitty contou da exposição no clube de arte que contaria com obras de Slevogt e Schmidt-Rottluff. Por fim, a Sra. Ginsberg lembrou que estava na hora da aula de Henni.

Foi uma perfeita apresentação teatral. Henni obedientemente acompanhou a Sra. Ginsberg à sala de música; Dodo explicou que ajudaria a tia Gertrude a lavar a louça e os dois meninos perguntaram educadamente se poderiam brincar mais um pouco no jardim. Marie consentiu.

– Kitty! – exclamou Marie, após respirar fundo, quando se viu a sós com a cunhada. – O que você foi me arrumar? Paul vai ficar furioso.

Inacreditável. Em vez de lhe agradecer por estimular o grande talento de seu filho, ela a estava censurando.

– Marie, minha querida – replicou Kitty. – Estou um pouco preocupada com você. Antigamente você era uma moça esperta, sabia o que queria, e eu te admirava por isso. Mas desde que nosso Paul voltou, você virou uma mosca morta.

Era um exagero e Marie, obviamente, foi bastante enfática em sua defesa. Afinal, ela era uma mulher de negócios, tocava sozinha um ateliê de moda e atendia uma infinidade de clientes importantes.

– E quem decide o que você faz com o dinheiro que ganha? – indagou Kitty. – Paul. Não acho que ele tenha o direito. Ele pode mandar na fábrica, mas não em você.

Marie abaixou a cabeça. Já haviam conversado inúmeras vezes a esse respeito. Mas lei era lei. Além do mais, era Paul quem respondia financeiramente por ela caso se endividasse.

– Não é justo – murmurou Kitty.

Mas preferiu não insistir no assunto. Com muito pesar, Marie renunciara aos quadros de sua mãe, pois Paul se recusara a comprá-los. Kitty sabia bem o quanto a situação lhe era difícil e, portanto, intercedeu. Contudo, até o momento não havia informado Marie de que Ernst von Klippstein contribuíra com uma quantia considerável para isso. Só contara de alguns bons amigos. E do aporte de Lisa. Foi uma surpresa imensa para Kitty ver que a irmã, ainda que tarde, tivesse enviado uma modesta quantia. Sua querida Lisa! Ela podia considerar-se com sorte por tanta generosidade.

– Por que você teima em se intrometer, Kitty? – perguntou Marie, suspirando. – Leo já tem aula de piano com a Sra. Von Dobern. Isso deve bastar. Já tenho problemas demais para dar conta de tudo. As crianças. Paul. A mãe de vocês. E ainda tem esse ateliê de moda. Às vezes me sinto no limite das minhas forças. Já pensei seriamente se não seria melhor desistir do ateliê.

– De jeito nenhum! – discordou Kitty, indignada. – Depois de tudo que você construiu lá, Marie. Seus lindos croquis. Seus desenhos.

Marie limitou-se a balançar a cabeça, tristonha. Ai, os desenhos. Mas ela não era artista como sua mãe fora. Ela tinha família. Duas crianças maravilhosas. E Paul.

– Eu o amo, Kitty. Me dói magoá-lo – explicou Marie.

Mas Kitty ainda discordava. Marie estava se confundindo. Era Paul quem a machucava. E para Marie era difícil admitir que seu amado marido não era um anjo. Kitty compreendia que o irmão tinha um bom coração, mas também que podia ser bastante voluntarioso.

– Você está sobrecarregada, Marie – falou Kitty, em tom apaziguador. – Em alguns dias, a escola entrará de férias. Por que não fecha o ateliê umas duas semanas para viajar um pouco neste verão? Nos fins de semana, Paul poderia visitar vocês.

– Não, não. Mas vou sossegar um pouco. Quero ficar em casa três tardes por semana.

Kitty deu de ombros. Ela achava uma péssima ideia, algo que mais parecia uma tarefa executada a prestações. E, para completar, Marie queria fazê-la prometer que não organizaria mais aulas de piano às escondidas para Leo.

– Eu não quero, Kitty. Por favor, me entenda! – implorou Marie.

– O filho de vocês ainda vai culpá-los por isso! – rebateu Kitty.

Sua querida e tola Marie sorriu. Ela não acreditava no próprio filho. Céus, e ainda o obrigaria a assumir a fábrica algum dia. Quanto talento desperdiçado!

Apesar de tudo, Kitty prometeu. Por mais que lhe doesse. E também manteve toda a serenidade quando Marie avisou que já queria ir embora com os gêmeos.

– Se você esperar mais meia horinha... Klippi prometeu levar as crianças de volta para a Vila dos Tecidos.

– De maneira alguma. Paul e Ernst têm tido algumas divergências. E não quero provocá-lo.

Novamente ela estava se sujeitando. Rebaixando-se. Cometendo uma estupidez apenas para não contrariar Paul. Kitty já não aguentava mais, sua revolta era imensa.

– Ah, tenho outra coisa para te dizer: o clube de arte fará uma grande exposição no outono com os quadros da sua mãe – contou ela. – Serão vistos por toda Augsburgo. Não é ótimo?

Marie empalideceu, mas não disse nada.

16

Julho de 1924

Ottilie Lüders usava um daqueles vestidos modernos que mais pareciam um saco de batatas. Paul não gostava da nova moda e acreditava que as mulheres eram mais bonitas antes da guerra. Principalmente por causa dos cabelos longos, mas também pelas peças de roupa com a cintura bem marcada, os elegantes vestidos e as saias que iam até o chão. É, talvez ele fosse mesmo bastante antiquado.

– O que foi, Srta. Lüders? – perguntou ele, sorrindo.

Não queria que a secretária percebesse o quanto abominava aquela roupa. Mas as mulheres tinham um sexto sentido para essas coisas.

– Tem uma senhora querendo falar com o senhor. Assunto particular.

Ele franziu a testa. Mais uma pedinte. Coletavam dinheiro para boas causas, imploravam recomendação para o marido desempregado, traziam cartazes de eventos de arte aleatórios em busca de doações.

– É bonita? – indagou ele, em tom de brincadeira.

Como esperado, Ottilie Lüders enrubesceu.

– É questão de gosto. Aqui está o cartão dela – respondeu a secretária.

Paul lançou um rápido olhar para o papel amarelado, no qual se lia um nome escrito com caligrafia rebuscada. O endereço havia mudado fazia tempos. Ele suspirou. Era só o que faltava... Por que ela o estava procurando ali?

– Mande entrar – ordenou ele.

– Perfeitamente, senhor diretor.

Serafina von Dobern se movimentava com certa rigidez, porém com a descontração de uma jovem aristocrata. Bonita ela nunca fora, pelo menos não para o gosto de Paul. Insossa. Como se dizia, não fedia nem cheirava. Um zero à esquerda. Mas não lhe faltavam princípios. As crianças a detestavam, mas Alicia a considerava uma excelente educadora.

– Queira me desculpar por vir até a fábrica, meu caro Sr. Melzer. Não faço isso por minha vontade. Sei que o senhor é um homem muito ocupado.

Ela se deteve em frente à mesa de trabalho, e Paul se sentiu obrigado a convidá-la a se acomodar em uma das pequenas poltronas de couro.

– Ah, não quero tomar muito do seu tempo. É um assunto que prefiro falar pessoalmente. Pelas crianças. O senhor há de me entender.

Embora não entendesse nada, Paul supôs que se tratava de problemas familiares. Por que Marie não cuidava daquilo? Bem, a resposta não era difícil. A esposa estava ocupada com o ateliê. Infelizmente, a advertência de sua mãe, que na época ele ignorara, acabou se concretizando. O ateliê de moda estava trazendo conflitos para o casamento.

Paul esperou que a mulher tomasse assento, mas se manteve sentado em sua cadeira.

– Pois bem... Pode falar, Sra. Von Dobern. Estou ouvindo – disse ele.

Esforçou-se para descontrair o ambiente, sem êxito. Talvez fosse pelo ar sério da preceptora, ou talvez por ele vir perdendo cada vez mais a leveza que sempre o diferenciara do pai. Será que estava se transformando em um velho rabugento com apenas 36 anos?

Ela hesitou, pois era nítido que considerava aquela história muito desagradável. Paul sentiu um repentino pesar. Em tempos passados, quando estavam na mesma classe social, os dois se tratavam com mais informalidade, encontravam-se em festas ou na ópera. A guerra e os anos seguintes de inflação tiraram tudo de muitas famílias que um dia haviam sido prósperas e renomadas.

– Diz respeito à sua irmã Katharina. Não é por gosto que trago esta queixa, Sr. Melzer. Mas me sinto na obrigação de fazê-lo. Ontem à tarde, sem meu consentimento, sua irmã levou as crianças para a Frauentorstraße, a fim de que Leo tivesse aulas de piano com a Sra. Ginsberg.

Kitty! Aquela cabeça-dura. Ele sentiu a raiva crescer. Pelas suas costas, a irmã vinha alimentado aquela paixão sem sentido de Leo.

Serafina o fitava com atenção, tentando avaliar o impacto de suas palavras. A coitada talvez sentisse a consciência pesar.

– Não me entenda mal, caro Sr. Melzer. Sei quanto o senhor gosta da sua irmã. Mas ela me deixou em uma situação difícil – acrescentou a mulher.

Ele entendia bem. Kitty era mesmo impossível.

– É perfeitamente razoável que a senhora venha me avisar, minha cara Sra. Von Dobern. Inclusive, estou muito agradecido.

Serafina parecia aliviada e chegou a sorrir. Se tomasse um pouco de sol, ficaria até bonitinha. Ou, pelo menos, bastante aceitável.

– Eu proibi veementemente que as crianças fossem levadas até lá. Mas sua irmã se mostrou indiferente à minha objeção – explicou a preceptora.

Certamente, pois apenas um rolo compressor era capaz de dissuadir Kitty quando ela metia uma ideia na cabeça.

– Pensei que teria o apoio da sua esposa. Mas infelizmente ela não se encontrava na vila quando tudo aconteceu.

Ele ficou em silêncio. Marie devia estar no ateliê. Embora recentemente tivesse lhe informado de que pretendia sossegar e passar três tardes por semana em casa.

– A esposa do senhor trouxe as crianças no final da tarde. Os dois estavam muito cansados e não conseguiram terminar a tarefa de casa – prosseguiu a Sra. Von Dobern.

Ele até preferia deixar Marie fora da conversa, mas não resistiu.

– A senhora quer dizer que minha esposa foi buscar as crianças? À tarde?

Serafina pareceu realmente assustada. Não, ela se expressara mal. A Sra. Melzer certamente não sabia nada sobre aquele combinado.

– Sua esposa passou a tarde com a irmã do senhor. Ela faz isso de vez em quando. Nos fins de semana, ela também vai muito à Frauentorstraße. Que bom que sua mulher e sua irmã mantêm uma relação tão amistosa. Afinal, as duas são artistas.

– Claro – respondeu ele, laconicamente.

Nas últimas semanas, ele e a esposa haviam tido discussões inflamadas por causa daquelas malditas pinturas. Por mais que sentisse pena de Marie, aquelas obras eram horrorosas. Pelo menos aos seus olhos. Ele se recusava a ver aquelas porcarias no salão vermelho e mais ainda na sala de jantar. E o que dizer do cômodo dos cavalheiros, onde, de todo modo, mal havia espaço por causa das altas estantes de livros? E no átrio também era impossível. O que as visitas pensariam? Paul prometera comprar três quadros e estava disposto a honrar sua palavra. Mas nem um a mais! Além disso, não gostava que Marie frequentasse tanto a Frauentorstraße. Principalmente levando as crianças.

– Depois, fiquei sabendo pela mãe do senhor que o Sr. Von Klippstein buscaria as crianças na Frauentorstraße. Fiquei bem mais tranquila, pois estava preocupada pensando em como os dois voltariam para casa. Infelizmente me proibiram de buscá-las.

O nome "Von Klippstein" foi um golpe a mais para Paul. Nos últimos meses, seu amigo vinha se revelando um sovina ferrenho. Céus, quantas brigas haviam tido por causa dos investimentos na estamparia. Dos horários de trabalho. Dos salários. Ele, Paul Melzer, por fim provara estar com a razão, pois os pedidos só cresciam e a fábrica, por oferecer qualidade a preços baixos, sempre estava um passo à frente da concorrência. Mas Ernst, avarento como era, temia muitíssimo por seu dinheiro. Paul já estava decidido a pagar o que devia ao sócio e separar-se dele. Obviamente, iria lhe oferecer uma quantia razoável. Afinal de contas, não tinha intenção de traí-lo.

Mas outra coisa o incomodava em seu velho amigo. A maneira como se infiltrava na vida familiar dos Melzers. O que era, em grande parte, culpa de sua mãe. Mas Marie também reagia com bastante complacência. Aceitava que ele a buscasse de automóvel no ateliê, que a levasse à Frauentorstraße. Ele escutara direito? No dia anterior, Ernst havia buscado Marie e as crianças. Provavelmente, ele também a teria deixado lá e inclusive aproveitado para tomar café com as senhoras, enquanto Leo tinha aulas de piano no cômodo ao lado. Esse comportamento não era o que ditavam as boas maneiras entre velhos amigos. Sim, era fato que Klippstein havia sido cruelmente castigado pela vida. Mas isso não lhe dava o direito de se meter em seu casamento. Todos precisavam entender aquilo. Principalmente Marie. O carinho maternal de Alicia ele até podia relevar.

– Bem, agora que pude ser franca com o senhor, me sinto aliviada. Por favor, me entenda. Tive que fazer isso. Não suportaria esconder esses acontecimentos ou, pior, mentir para o senhor. Preferiria pedir demissão, por mais apegada que eu seja às crianças.

Paul lhe assegurou mais uma vez que ela agira da maneira correta, que era grato por sua confiança e que guardaria para si aquela conversa. Como se tivesse tirado um peso das costas, a mulher sorriu, levantou-se da poltrona e desejou-lhe bom-dia e que ficasse com Deus.

Paul agradeceu e sentiu-se aliviado quando ela saiu.

– Traga-me um café, Srta. Lüders – pediu ele.

Foi difícil concentrar-se no trabalho, ponderar decisões importantes, estimar custos de produção... Ele tentava afastar os pensamentos que lhe vinham à cabeça e o distraíam. Marie. Ele a amava. Mas tinha a sensação de que a estava deixando escapar por entre os dedos. De que a via se transformar em outra mulher, e essa nova mulher estava prestes a largá-lo para seguir o próprio destino. Leo também parecia afastar-se. Reiteradas vezes ele levara o menino à fábrica, passeara com ele pelos galpões, enquanto lhe explicava sobre as máquinas. Mas Leo mantinha os ouvidos tapados o tempo todo, pois alegava não suportar o barulho. A única coisa que o filho gostou foi quando se sentaram à mesa e o pai pediu o almoço para os dois. Principalmente porque todos os operários se viraram para observá-los. O senhor diretor, que sempre comia na Vila dos Tecidos, estava ali entre eles. Com o filho pequeno, que um dia se transformaria no jovem senhor diretor. Paul também percebeu que o menino observava as jovens funcionárias com grande interesse. Com apenas 8 anos! Inacreditável. Quando tinha aquela idade, ele próprio ainda era uma criança inocente.

Enquanto dirigia de volta à mansão para o almoço, lembrou-se de como o pai conseguira despertar seu interesse pela fábrica. Ele não fora apresentado ao complexo quando criança e só foi conhecer os galpões e o prédio da administração quando já estava na faculdade e seu pai o obrigou a passar por todos os departamentos. Não ficara apenas olhando, trabalhara ativamente. Cumpriu seu dever com grande entusiasmo, sentia-se orgulhoso e acreditava – na qualidade de filho do diretor – ser mais hábil e esperto que os outros. Ledo engano... Certa vez, seu pai o repreendera duramente diante de todos os funcionários. Foi uma situação complicada e ali se iniciou um longo hiato na relação entre pai e filho. Contudo, sua aspiração sempre fora dar continuidade à obra da família. Teria sido por isso que o pai lhe dificultara a vida naquela época? Para que ele se esforçasse? Seria essa a razão? E se ele simplesmente deixasse Leo em paz e observasse seu desenvolvimento de longe? Talvez fosse melhor. Só precisaria se atentar para que o menino não tomasse o caminho errado. Um músico não lhe teria serventia como sucessor.

O calor de agosto era escaldante, e o trajeto até a casa no carro aberto pouco contribuiu para refrescá-lo. Nuvens de poeira levantavam-se nas ruas de paralelepípedos e estradas de terra. Paul afundou o chapéu na cabeça, mas continuou com a sensação de inalar pó e barro. Só foi se sentir melhor quando adentrou o fresco átrio de casa.

Gertie veio em sua direção para ajudá-lo com as roupas.

– Lá em cima já está tudo ajeitado, Sr. Melzer. Mas que calor! A gente mal consegue respirar.

– Obrigado, Gertie. Minha mãe ainda está lá em cima no quarto?

Alicia mais uma vez tivera uma terrível dor de cabeça naquela manhã.

– Não, Sr. Melzer. Ela melhorou. Acho que está no escritório, falando ao telefone.

Boa notícia. Subiu as escadas apressado para se jogar rapidamente na banheira antes do almoço e vestir as roupas limpas que Gertie sempre lhe deixava separadas ao meio-dia. Uma verdadeira bênção após chegar da fábrica suado e coberto de poeira.

Quando saiu do banheiro, já limpo e vestido, sentiu-se um novo homem. Seu humor também havia melhorado. De uma hora para outra, todos os problemas que o afligiam pareceram irrelevantes. Por que aborrecer-se com aquilo? Os negócios na fábrica transcorriam de maneira promissora, ele tinha uma esposa amorosa e dois filhos saudáveis, sua mãe estava melhor e, como se não bastasse, começou a sentir o aroma de *Leberknödel*, o bolinho de fígado, com *Spätzle* ao molho de queijo e cebola frita. Não, não havia motivos para reclamar. Toda família tinha problemas. Eles existiam justamente para serem enfrentados e resolvidos.

Na sala de jantar, Julius se via às voltas com um grande buquê que, devido a seu tamanho, mal cabia sobre o aparador. Um arranjo opulento de flores – até onde conseguia reconhecer, a maioria era de rosas – brancas e, em menor número, vermelhas.

– De onde saiu esse mastodonte, Julius?

– Entregaram para a senhora, Sr. Melzer.

– Para minha mãe?

– Não, Sr. Melzer. Para a sua esposa.

– Ah, é?

Quem estaria enviando um buquê tão exuberante para Marie? Ele esperou Julius sair do recinto e, então, fez algo que considerava bastante indigno. Mas fora tomado pelo ciúme e, quando leu o cartão decorado com flores, percebeu-se inflamado pelo desgosto.

Com minha mais profunda admiração e gratidão.
Ernst von Klippstein

Conseguiu recolocar o pequeno pedaço de papel dentro do envelope e prendeu-o entre os ramos antes que Serafina entrasse na sala com as crianças.

– Comprou flores para a mamãe? – perguntou Dodo, fitando-o com um olhar radiante.

– Não, Dodo. Foi um conhecido que enviou – respondeu ele.

Paul irritou-se com o semblante decepcionado de Dodo e pigarreou ao sentir novamente na garganta a poeira da rua. Serafina contornou a situação, ordenando aos gêmeos que se colocassem diante das cadeiras para esperarem a avó. As crianças só podiam se sentar à mesa quando autorizadas pelos adultos.

Poucos minutos depois, Alicia surgiu. Parecia bastante disposta, sorriu para todos e, após sentar-se, proferiu a oração. Em seguida, pediu que Julius servisse a sopa.

– Por onde anda Marie? – indagou Paul.

O olhar que sua mãe lhe dirigiu falava por si só. *Ai, maldição*, pensou ele, sentindo-se impotente diante dos conflitos familiares que negavam qualquer trégua.

– Sua esposa telefonou mais cedo, informando que não viria. Uma cliente difícil. Acredito que ela só volte à tarde.

Se sua mãe dizia "sua esposa", em vez de "Marie", havia algo errado. Mesmo as crianças entendiam tais sinais e, inclusive, era até possível que, nesse quesito, os sentidos delas fossem mais apurados que os dele.

– Mamãe prometeu me levar ao aeródromo – disse Dodo.

A preceptora comentou com gentil assertividade que o dia estava muito quente e empoeirado para um passeio daqueles.

– Que raios você quer fazer no aeródromo, Dodo? – indagou o pai, irritado.

As paixões de seus filhos o incomodavam. Dodo era menina, deveria brincar de boneca. Por que outra razão lhe haviam dado no Natal uma lindíssima cozinha de brinquedo, com um fogão que funcionava de verdade?

– Ver os aviões. Bem de perto – explicou ela.

Pelo menos parecia haver ali um interesse pelas novas tecnologias. Que pena vir justo de Dodo.

– E você, Leo? Quer ver os aviões também? – quis saber o pai.

Leo mastigou avidamente um pedaço de *Leberknödel* e engoliu. Então, negou com a cabeça.

– Não, papai. Não gosto do barulho. Aquele estardalhaço todo.

Naquela tarde, Alicia pouco contribuía para a conversa, parecendo mais ocupada com os próprios pensamentos. Já Serafina, que no geral era mais calada, esforçava-se em descontrair o ambiente. Ela encorajou Dodo a declamar, acenando com uma fita azul, um poema que acabara de aprender e que versava sobre a primavera. Leo lhes contou sobre a comunidade Fuggerei, que havia visitado em um passeio da escola na semana anterior. Paul escutava os relatos com paciência, fazia elogios, complementações e trocava olhares animados com Serafina – que, nitidamente, muito se alegrava por receber sua atenção.

Após a sobremesa, Alicia permitiu que as crianças se retirassem da mesa e a preceptora também deixou a sala. Paul ficou a sós com a mãe.

– Quer um *mocaccino*, mamãe?

– Obrigada, Paul. Mas minha pressão já anda nas alturas – respondeu ela.

Ele dava tudo de si para manter a calma, enquanto se servia de café e adoçava a bebida.

– Tive uma conversa com a esposa do diretor Wiesler – começou Alicia.

Pronto. Aquela velha fofoqueira devia ter aberto uma caixa de Pandora outra vez. Talvez tivesse até mesmo um armário de Pandora em casa.

– Mamãe, por favor, seja breve – pediu Paul. – Você sabe que preciso voltar para a fábrica.

Foi uma observação infeliz, pois Alicia aproveitou para afirmar que ele era como o pai. Nunca tinha tempo para a família, seu mundo girava em torno da fábrica.

– Por favor, mamãe. Pode falar o que tanto a aflige – insistiu Paul.

– A esposa do diretor Wiesler disse que o clube de arte está planejando uma exposição aberta com os quadros de Louise Hofgartner. Uma retrospectiva. Ela mesma vai discursar no vernissage e já pediu para vir material da França.

Alicia se deteve, por falta de ar. Suas bochechas estavam vermelhas, até mesmo escuras em alguns pontos, o que Paul interpretou como sinal de alerta, dada sua condição de saúde. Meu Deus, que notícia. Não era de se admirar o nervosismo da mãe.

– E espero que você tenha dito que nós nos opomos totalmente a... a... expor esses quadros.

– Claro que disse – replicou Alicia, inclinando a cabeça para trás e soltando uma gargalhada exagerada. – Mas essa mulher é tão cabeça-dura. Disse que não havia razão para isso. Que Louise Hofgartner viveu e trabalhou em Augsburgo. Que, inclusive, encontraram outros trabalhos dela. Disse que a cidade deveria sentir orgulho por ter abrigado entre seus muros uma artista tão única.

Que desatino! Tanta comoção por causa daqueles quadros horrendos. Uma artista! Paul opinava que aquela mulher – com todo o respeito a Marie – era uma louca.

– Não se preocupe, mamãe. Vou cuidar disso. Afinal de contas, nós, os Melzers, ainda temos alguma influência em Augsburgo.

Alicia assentiu e pareceu mais aliviada. Devia estar contando com ele, afinal, não poderiam permitir que passassem por cima da Vila dos Tecidos. Sem falar na memória de seu pai, que seguramente seria jogada na lama com aquela história.

– Tem muita inveja e rivalidade por aí, inclusive em Augsburgo. Tenho certeza de que disparates de todo tipo correriam de boca em boca. Principalmente com respeito à relação do seu pai com aquela mulher.

– Já contaram para Marie? – indagou ele.

– Acredito que sim. Kitty, pelo menos, está eufórica. E você sabe que as duas andam grudadas.

Paul se levantou e, com as mãos nos bolsos, deu voltas na sala. Seria possível que Marie estivesse o tempo todo ciente daquela exposição? Ou que até mesmo tivesse sido iniciativa dela? Não, ele se recusava a crer em tal ideia. Provavelmente tinha a ver com sua irmã.

– Vou conversar com Kitty, mamãe – disse ele.

– Não é só com a Kitty que você vai ter que conversar, Paul.

Isso ele já sabia. Precisava falar principalmente com Marie. Com muito cuidado, claro. Ele não queria magoá-la. Mas ela precisava entender que...

– Kitty tem uma pequena parte dos quadros. A maioria pertence a Ernst von Klippstein.

– O quê?! – exclamou Paul.

Paul interrompeu seu vaivém inútil pela sala e fitou a mãe, horrorizado. Havia escutado bem? Ernst financiara aquela perniciosa compra? Mal podia acreditar. Enquanto na fábrica mesquinhava cada fênigue, fora dela queimava o dinheiro com fanfarronices. Por quê? A resposta vinha se tornando óbvia. Ele queria impressionar Marie. Finalmente a verdade se revelava: seu tão íntegro amigo Ernst cobiçava sua esposa. E como Marie reagia? Ela o colocava em seu devido lugar?

Contemplou o enorme buquê de flores, cuja adocicada fragrância já se sobrepunha até mesmo ao forte aroma do café. *Com minha mais profunda admiração e gratidão*, dizia o cartão.

– Vou pedir para Julius colocar essas flores no alpendre – comentou Alicia, acompanhando o olhar do filho. – Esse cheiro está me dando dor de cabeça!

Ela sabia quem enviara o buquê? Provavelmente. Sua mãe também era curiosa, o que jamais ousaria admitir.

– Nos vemos no final da tarde, então – disse ele, beijando sua testa.

Ela agarrou a mão do filho por um instante e fechou os olhos.

– Sim, Paul... Ai, eu sinto tanto por você.

Não seria um bom dia, isso ele já intuíra desde cedo. E a desgraça que pairava sobre a vila como uma nuvem carregada seguia seu agourento percurso. Paul estava nervoso, enfurecido. Sentia-se traído pela pessoa que um dia considerara seu melhor amigo. Porém o que mais o tirava do sério era a nítida cumplicidade de Marie. Ela e Ernst eram farinha do mesmo saco, estava claro. Sua esposa planejara aquela exposição em segredo, em conluio com Kitty e Ernst e pelas costas do marido, sem nem sequer pensar no quanto aquilo afetava a ele e sua família.

Desceu correndo até o átrio, arrancou seu chapéu do cabideiro e ignorou Gertie, que vinha apressada ao seu encontro. Quando já ia sacando do bolso a chave do carro, a porta se abriu e Marie entrou.

– Ai, Paul! – disse ela ainda à distância. – Me desculpa, mas acabei ficando presa no trabalho.

Que linda estava, vindo ofegante em sua direção. Ela sorria, os olhos lhe pediam perdão. Com alguma malícia, mas também com carinho.

Mas ele não estava disposto a ceder aos encantos da esposa.

– Que bom que pelo menos decidiu aparecer! Já estou sabendo das suas maquinações – observou ele, em tom severo.

– Do que está falando, Paul? Que *maquinações*?

– Você sabe muito bem. Mas eu te juro que vou impedir essa exposição. Deviam era queimar esses quadros horrendos em vez de expô-los em público.

Ele viu o semblante dela congelar. A maneira como o encarava, como se não pudesse crer que fosse o marido proferindo tais palavras. Paul envergonhava-se de si mesmo, mas um demônio o incitava a arrematar seu discurso.

– E pode dizer ao seu amante, ao cavalheiro que te envia flores, que não o receberei mais em minha casa. O restante eu resolvo com ele – disparou Paul.

A ira, que até então o dominava, abrandou. De pronto, percebeu que havia dito coisas que jamais poderia desdizer. Ao dirigir-se à porta, passou pela esposa, mas não ousou olhar em seus olhos. Ajeitou com força o chapéu na cabeça ao descer os degraus da mansão e ir embora.

17

Marie sentiu uma dor lancinante. Ela conhecia aquela sensação, aquele embrulho fervilhante no estômago, que lhe subia pela garganta e se alastrava por todo o corpo. Era algo que conhecia desde criança, quando se via impotente diante das injustiças que sofria. Também sentiu isso quando soube que Paul fora capturado como prisioneiro de guerra pelos russos e temeu nunca mais vê-lo.

Foram apenas palavras, pensou ela. Não deveria ficar tão abalada. Ele estava irritado. Aquela ideia estúpida de exposição...

Mas a dor continuava a queimá-la por dentro, com mais intensidade e prestes a tomá-la por completo. Ela nunca sentira aquilo com tanta força.

O que ele disse? Que deveriam *queimar* os quadros? Como pôde falar isso? Por acaso não sabia que as palavras, tal qual armas, podiam ferir? Podiam até mesmo matar. Quão grande o amor precisava ser para suportar aquela agressão?

– Mamãe! – exclamou uma voz.

De repente, ela percebeu que ainda se encontrava no átrio, no mesmíssimo lugar onde o marido lhe disparara aquelas acusações. Paul saiu correndo, deixando-a ali parada. Paul, o homem que ela amava.

– Mamãe! – insistiu a voz infantil.

Dodo descia as escadas, com os dedos sujos de tinta e a gola da roupa manchada de azul-escuro.

– Mamãe, você prometeu me levar hoje ao aeródromo!

Parada diante dela e sem fôlego, a menina a fitava com olhos cheios de expectativa.

– Hoje? Acho que hoje está quente demais para esse tipo de passeio, Dodo.

Uma profunda decepção se esboçou no rosto da filha; ela estava a ponto de debulhar-se em lágrimas. Ai, ela sabia bem o quanto Dodo batalhara por aquela promessa, o quanto lhe suplicara. Partia seu coração desapontar a filha daquela maneira.

– Mas você prometeu! – disse a menina.

Não faltava muito para a filha começar a bater o pé. Marie hesitou. Sim, ela estava abalada, sentia-se péssima e com a urgente necessidade de ficar sozinha. Mas por que Dodo deveria sofrer também?

– Deixa a mamãe em paz! – gritou Leo, que também descera, agarrando o braço da irmã e tentando afastá-la da mãe.

Dodo resistiu.

– Por quê? Me solta – questionou a menina.

Os ouvidos de Marie eram aguçados, ela entendia palavras sussurradas. E Leo na verdade sussurrava bastante alto.

– Papai foi mau com ela.

– Ai, que nada. Ele vive resmungado.

– Mas hoje ele estava zangado mesmo.

– E daí?

É claro que haviam escutado. Paul havia falado em alto e bom som. Ele não sabia que os sons no átrio chegavam até o segundo andar? Sim, obviamente sabia, pois, afinal de contas, ele crescera ali. Só então Marie se deu conta de que os funcionários na cozinha deviam ter ouvido também. E certamente sua sogra. E também a...

– Vocês dois, tratem de subir agora. Ainda não terminaram as tarefas!

Serafina von Dobern surgiu no alto da escada e Marie foi capaz de ver uma enorme satisfação estampada em seu rosto. Mas talvez fosse apenas impressão. A preceptora sempre se portara de maneira correta com ela, por mais que soubesse que Marie não concordava com seus métodos e que chegara a pedir que a demitissem. Era evidente que Serafina von Dobern a considerava uma inimiga, portanto as ofensas de Paul deviam ter-lhe causado especial alegria.

– Pode deixar os dois aqui, Sra. Von Dobern. Vou levá-los à cidade – disse Marie.

A esquálida silhueta de Serafina enrijeceu; ela empinou o nariz e baixou a vista para encarar Marie através das lentes dos óculos.

– Sinto muito, Sra. Melzer, mas não poderei permitir. Dodo está de castigo, fazendo exercícios extras, e Leo precisa terminar as tarefas que não resolveu ontem. Além disso, sua sogra deseja que as crianças tenham uma rotina regrada para aprenderem ordem e disciplina!

A mulher falava em voz baixa, mas com convicção. Por baixo daquela tranquilidade, Marie percebia a segurança característica de uma demonstração de poder. O senhor da casa havia humilhado sua esposa e Serafina agora se achava no direito de desautorizá-la. Sua palavra não valia mais nada naquela casa? Será que pretendiam tratá-la como uma funcionária dali em diante? Sentia o corpo todo tremer.

– Então vou esperar mais meia hora, isso deve bastar – respondeu Marie, esforçando-se para manter o controle.

Ela tirou o chapéu e lançou-o sobre a cômoda. Com o olhar, pediu que Dodo e Leo obedecessem e, após passar ao lado da preceptora, subiu as escadas correndo. Apressada, cruzou o corredor e chegou ao escritório já no limite de suas forças. Ela se jogou no sofá, respirou com dificuldade e fechou os olhos.

O que está acontecendo comigo?, perguntou-se, entristecida. *Não é a primeira vez que eu e Paul brigamos. Já deve ter se arrependido do que disse. Hoje à noite vai me pedir desculpas.*

Mas a dor era tão intensa que ela se sentia paralisada. Algum limite fora cruzado. Naquele dia, Paul lhe revelara o quanto desprezava sua origem. Ele, Paul Melzer, tirara a órfã Marie do fundo do poço, e tivera a infinita bondade de desposá-la. Ela devia retribuir com obediência e renegar suas origens. Na opinião do marido, a obra de sua mãe, que ele considerava "horrenda", deveria ser queimada.

Ele não entendia que a mãe era parte de Marie? Independentemente do que Louise Hofgartner tivesse feito em sua breve e inconsequente vida, ela a amava acima de tudo. Seus quadros, que tantas coisas diziam sobre ela, eram para Marie um tesouro, uma mensagem que a mãe lhe enviava mesmo depois de morta. Como suportar que Paul se referisse a esses trabalhos com tanto desdém?

Amargurada, lembrou-se que fora o pai de Paul o responsável pela morte prematura de Louise Hofgartner. E mais: Johann Melzer enganara o pai de Marie; usara os projetos geniais de Jakob Burkard para depois apossar-se de maneira insidiosa da parte da fábrica que lhe cabia. Ela, Marie, foi quem tivera a grandeza de perdoar os Melzers. Por amar Paul e estar plenamente convencida de que o amor entre os dois seria mais forte que as sombras do passado.

Ela suspirou e sentou-se em posição ereta. Como era abafada aquela saleta. Entulhada com armários e estantes com documentos. Com lembranças. Mal se podia respirar. Marie cobriu o rosto com as mãos e sentiu o calor em suas bochechas. Não, ela não podia permitir que aquelas sombras do passado destruíssem sua vida. Tampouco podiam afetar Paul. Mas, sobretudo, ela precisava proteger as crianças daqueles terríveis fantasmas.

Era preciso voltar a si. Encontrar serenidade. Não deixar a raiva vencer, mas sim o amor.

Ela se levantou e aproximou-se da escrivaninha. Ergueu o telefone do gancho e aguardou a telefonista para passar o número de Kitty.

– Marie? – disse a cunhada. – Nossa, que sorte a sua. Já estava saindo de casa. Ficou sabendo? A esposa do diretor Wiesler encontrou um currículo da sua mãe. Em meio ao espólio do Samuel d'Oré, veja só!

Mas que notícia. Em tempos normais, Marie não se aguentaria de emoção. Mas, dadas as circunstâncias, ela escutava desatenta a tagarelice de Kitty.

– Kitty, por favor. Não estou bem. Você podia passar aqui para levar as crianças ao aeroporto da Haunstetter Straße? Dodo cismou que quer ver os aviões – pediu ela.

Houve uma pausa de surpresa do outro lado da linha.

– O quêêê? Neste calor? Naquele aeródromo imundo? Onde não tem nada para ver pois estão falidos? – indagou Kitty. – Estava indo encontrar três colegas na confeitaria Zeiler.

– Por favor, Kitty – insistiu Marie.

Seu tom era tão sério e suplicante que Kitty ficou desconcertada.

– Mas eu... É que... Meu Deus... Você está mal a esse ponto, Marie? O que houve? É a gripe de verão? Sarampo? Parece que teve um surto na escola católica.

Marie precisou interromper novamente a verborragia de Kitty. Custou-lhe um grande esforço, pois de fato se sentia doente.

– Preciso pensar, Kitty. Sozinha. Por favor, me entenda.

– Pensar? – questionou a cunhada.

Ela podia imaginar Kitty prendendo as madeixas atrás da orelha e seus olhos passeando pela sala, enquanto tentava entender o que sucedia. E o primeiro chute foi certeiro.

– Meu irmãozinho se comportou mal? – perguntou ela.

– Vamos conversar depois. Por favor – respondeu Marie.

– Chego em dez minutos. Espera, não. Tenho que abastecer o carro antes. Em vinte minutos. Se o carrinho cooperar. Você aguenta até lá?
– É só por causa das crianças – disse Marie, sem responder à pergunta.
– Tem que ser no aeródromo mesmo? Não podemos ir todos comer bolo na confeitaria? Está bem, então não. Vou correr aqui. Henni! Onde você se meteu? Henni, vamos ao aeródromo!
– Obrigada, Kitty.

Ela levou o fone ao gancho e sentiu certo alívio. Conseguira o espaço do qual necessitava. Precisava ter clareza. Encontrar uma forma de ser verdadeira, sem abrir mão do amor. Era a única forma de seguir viva.

Quando já ia saindo do escritório, o telefone sobre a mesa tocou. Ela estremeceu. Por um momento, sentiu-se tentada a pegar o fone, mas não o fez. E então saiu apressada, cruzou o corredor em direção à escada e estava a ponto de tapar os ouvidos com as mãos para não escutar a campainha do aparelho. Quando chegou repentinamente ao átrio, viu Gertie e Else, que se apartaram como conspiradoras flagradas em pleno ato.

– A Sra. Brunnenmayer perguntou se deve esquentar o almoço.

Marie sentiu uma empatia contida na voz de Gertie. Else recuou e fingiu estar ocupada com o espanador.

– Obrigada, Gertie. Diga à Sra. Brunnenmayer que não vou almoçar.
– Perfeitamente, Sra. Melzer.
– Em vinte minutos a Sra. Bräuer vem buscar as crianças. Diga à Sra. Von Dobern que já está tudo combinado.

Gertie assentiu, obediente. Provavelmente já intuía os aborrecimentos que viriam; a preceptora já se queixara diversas vezes com Alicia a respeito da suposta impertinência da ajudante de cozinha.

– Pode trazer meu chapéu, por favor – pediu Marie.

Ela não tinha ideia de para onde ir, a única coisa que sabia era que na Vila dos Tecidos não havia lugar onde pudesse se reencontrar. Aquela mansão exalava a primazia dos Melzers, a soberba daquela dinastia, que se julgava superior a todos os demais. Como haviam conseguido tanto? Em que se baseava todo o patrimônio daqueles magnatas da indústria têxtil? Toda sua influência? Eram graças principalmente às geniais invenções de seu pai. Sem Jakob Burkard, a fábrica de tecidos dos Melzers não existiria.

Após colocar o chapéu, lançou um rápido olhar ao espelho e se deu conta de como estava pálida. O tremular nos membros também voltou. Pouco importava. Quando Gertie lhe abriu a porta, o sol do meio-dia penetrou no átrio, desenhando um longo e ofuscante quadrilátero sobre o piso de mármore. Saiu em direção à luz, franziu os olhos e desceu rapidamente os degraus, enquanto sentia o calor do verão sufocá-la. No caminho poeirento que conduzia ao portão do parque, automóveis e charretes haviam cavado dois sulcos no solo, onde a água se acumulava quando chovia. Com o calor, ela secara, restando apenas terra e sujeira. Antigamente, o jardineiro costumava se encarregar do acesso à mansão, mas como nos últimos tempos Gustav Bliefert só lhes atendia esporadicamente, o parque e suas trilhas decaíam a olhos vistos.

E de que isso me importa?, pensou Marie. *Minha sogra e meu marido são os responsáveis por decidir o que acontece com a vila e o parque. Ninguém me pergunta nada.*

Ela correu pelo gramado, para não ter chance de encontrar Kitty, e, após muitos desvios, chegou ao portão. Sua cabeça teimava em revirar memórias cruéis havia muito adormecidas. Ali estivera quando viu surgir uma silhueta na névoa, e chegara a sentir medo. Então reconhecera Paul. Ele havia voltado da guerra – e Marie quase explodira de felicidade.

Tratou de afastar a lembrança e atravessou a rua. Tomou uma estradinha de terra que levava até a cidade, passando por cocheiras, construções abandonadas e fábricas recentemente instaladas. Ela se sentiu melhor, a respiração voltou a ficar regular e o tremor quase cessou. Provavelmente por ter deixado a Vila dos Tecidos.

Será que cheguei ao meu limite?, perguntou-se, assustada. *Não, não. Vou encontrar uma solução. Vamos chegar a um acordo. Pelas crianças.*

Camundongos cinzentos correram diante de seus pés, dois açores-nortenhos voavam no céu em círculos – era possível escutar seus longos e agudos chamados. Passou em frente à fábrica de gás, olhou intimidada o tanque cilíndrico que se projetava para cima e seguiu adiante, ultrapassando a fiação de algodão às margens do canal Fichtelbach. Em toda parte havia alguém construindo ou reformando – o *rentenmark* havia vingado e a confiança na economia vinha se recuperando. Era estranho que, justo naquele momento em que se podia olhar para o futuro com esperança, sua felicidade ameaçasse ruir.

Os córregos ainda estavam bem baixos e ela por duas vezes arriscou-se a cruzá-los, saltando de pedra em pedra. Paul não havia contado que, quando garoto, costumava pescar ali com os amigos? Já o filho não tinha direito a tais liberdades. Ela subiu pelo Milchberg, andando pelas sombras das casas da cidade velha para fugir do sol escaldante. Aqueles telhados inclinados e rebocos descascando lhe eram bastante familiares, assim como os cheiros, que ainda trazia no nariz desde os tempos de criança. Um odor de umidade e mofo, e nos becos escuros somava-se ainda um cheiro de urina. Cães vagavam sem rumo, gatos de rua espreitavam ratos e camundongos nas janelas dos porões. Pouco ali mudara desde sua infância, apenas alguns prédios estavam em melhores condições. Entre eles os dois edifícios que pertenciam a Maria Jordan. Um deles contava com uma grande vitrine, que exibia uma mesa baixa com uma miríade de mercadorias: frutas, legumes, caixinhas de madeira pintadas, vasos, colheres de latão e colares de pérolas falsas. Enquanto passava, viu o jovem funcionário de orelhas de abano atendendo diligentemente uma cliente. Marie pensou que Jordan, na verdade, era digna de inveja. A mulher agira no momento certo e garantira seu sustento. E, como era sozinha, podia conduzir seus negócios como bem entendesse, sem precisar da assinatura de ninguém.

De fato, Maria Jordan podia até não ser uma candura de pessoa, mas era a astúcia personificada.

Três vielas adiante, Marie chegou ao lugar a que se dirigia de maneira mais inconsciente do que intencional. O telhado do imóvel havia sido renovado. No mais, tudo continuava igual. No andar de baixo, ainda pendia o letreiro de madeira do Árvore Verde e o vidro sujo de uma das janelas ainda refletia o raio de sol que chegava através de um vão entre as casas. Marie se encostou em uma parede para observar a construção. Ali, no andar de cima, ela nascera e passara seus dois primeiros anos com a mãe. Louise Hofgartner havia batalhado e tentado seguir em frente com pequenos trabalhos; contraíra dívidas e talvez tivesse, inclusive, passado fome, mas se recusara a vender os desenhos técnicos deixados por seu marido, Jakob Burkard, ao homem que o havia ludibriado. Que teimosa ela foi! E dura consigo mesma. Uma mulher tão cabeça-dura que chegara a colocar o bem-estar da filha em risco.

O coração de Marie batia com força, suas pernas tremiam e, de repente, ela sentiu medo de desmaiar naquela viela. Ou pior. Lembrou-se da noite de horror no orfanato, quando acordou coberta de sangue e demorou a entender que vinha dela mesma. Uma hemorragia interna. Por pouco não morreu.

Não, ela não deixaria isso acontecer. Respirou fundo para aplacar sua estúpida palpitação. Ela jamais permitiria que seus filhos crescessem sem mãe. Marie preferia... O quê? Trair a si mesma? Ela seria capaz disso? Era o que queria ser para seus filhos? Uma mulher que se sacrificava? Que renunciava, que colocava a felicidade da família na frente de tudo? Incontáveis romances e histórias tentavam descrever essa nobre vocação feminina como algo palatável para as jovens. Nas estantes do orfanato, havia obras do tipo, na biblioteca da Vila dos Tecidos também. Louise Hofgartner provavelmente teria rido daquilo.

Afastou-se da parede e constatou que conseguia continuar caminhando. Era possível que as palpitações e o tremor fossem invenção de sua cabeça. Ela se sentiu melhor assim que se pôs em movimento. Tomou o caminho até a Hallstraße e, de lá, foi em direção à estação. Ali, por onde os trens passavam chacoalhando e locomotivas apitavam, os mortos do cemitério Hermanfriedhof descansavam na paz eterna.

Estou louca, pensou. *Por que estou indo para lá? Milagres só acontecem uma vez e o monsenhor Leutwien, que um dia me consolou e me acolheu, se aposentou há tempos.*

Mas seus pés teimavam em conduzi-la àquele lugar, havia algo que a atraía como mágica. Não era o suntuoso jazigo dos Melzers, tampouco a última morada de Edgar Bräuer, que, após a falência de seu banco, tirara a própria vida. Era a pequena lápide, instalada rente ao muro do cemitério e parcialmente coberta por grama. Nela se lia o nome de sua mãe, Louise Hofgartner. De vez em quando, Marie deixava ali um ramo de flores, mas agora havia apenas uma coroa de heras, pois as flores murchavam rapidamente com o calor do verão.

Naquele horário, o cemitério estava praticamente deserto. Duas mulheres vestidas de preto andavam entre as fileiras de túmulos, plantando e regando beijinhos. Ao lado da igreja, três crianças brincavam de bola de gude. Marie sentou-se na grama e tocou ternamente a pequena lápide, acariciou as bordas, deslizou o dedo indicador sobre as letras.

O que eu faço? Me dê um conselho. Me diga o que teria feito em meu lugar, pensou ela.

O sol inclemente ardia em sua pele, o muro bloqueava o vento e tornava o calor ainda mais insuportável do que no lado de fora. Nem mesmo os pássaros cantavam, apenas algumas formiguinhas carregavam suas crisálidas pelo chão.

Marie percebeu que ninguém, nem mesmo sua mãe, poderia lhe indicar o que fazer. As acusações de Paul lhe voltaram à memória e ela pensou em como responder. A palavra "maquinações" martelava em sua mente. Meu Deus, ele realmente acreditava que ela planejara aquela exposição com Kitty. Pelas suas costas. Como era capaz?

E o que queria dizer com "seu amante" e "cavalheiro que te envia flores"? Só então lembrou-se dessa frase, que quase esquecera tamanha a indignação com aquele desdém por sua mãe. Ou era ironia dele? Não é possível que ele acreditasse mesmo na existência de um amante. Ou acreditava? Estava se referindo a Klippi? Claro, ele lhe mandava flores vez ou outra, mas também as enviava a Kitty. E Tilly também recebera um buquê dele na Páscoa. Como é que Paul não sabia que Ernst von Klippstein jamais ousaria ultrapassar certos limites com ela?

Exausta, sentou-se sob a sombra de uma velha faia. Um esquilo subiu veloz pelo tronco, desapareceu por entre os galhos e logo escutaram-se grunhidos agressivos: provavelmente ele se deparara com concorrentes lá no alto.

Ela tirou o chapéu e o usou para se abanar. Àquela altura, Paul certamente já teria colocado a cabeça no lugar. Entretanto, Marie não deixaria de abordar as acusações, explicar-lhe que até a noite anterior ela nada sabia dos planos de Kitty. Que era do feitio de Ernst von Klippstein portar-se como um cavalheiro. E que, ao seu ver, os quadros de sua mãe podiam ser tudo, menos "horrendos".

Escorou a nuca no tronco liso da faia e olhou para os frondosos galhos sobre si. Em pontos isolados, os raios de sol penetravam a folhagem como flechas. Ela fechou os olhos.

Mas algo lhe dizia que não deveria ser assim. Uma fronteira havia sido ultrapassada. Ninguém merecia ficar constantemente defendendo-se de acusações injustas. Onde há amor, há confiança. Se a confiança falha, o amor morre.

– Ele não me ama mais – concluiu.

Ela sussurrou, sem nem perceber que dizia tais palavras. Escutou água correr em algum lugar – provavelmente eram as mulheres enchendo seus regadores no poço. Ou talvez um córrego, um rio. Seu coração palpitava, ela se sentiu tonta. *Não vá desmaiar agora,* pensou. *Não desmaie de jeito nenhum.*

– Marie! Nossa, que susto. Eu sabia! Marie, o que está havendo com você? Minha querida, Marie do meu coração!

Como se estivesse rodeada por uma névoa cintilante, viu um rosto inclinar-se em sua direção. Os grandes olhos azuis assustados, o cabelo curto caindo sobre a testa e as bochechas.

– Kitty? Estou... um pouco... tonta... – balbuciou ela.

– Tonta? Ai, graças a Deus. Já estava achando que você tinha morrido – confessou a cunhada.

A névoa se dissipou e Marie percebeu que estava deitada de barriga para cima, exatamente embaixo da faia sob a qual havia se sentado.

– Eu bem imaginei que você tivesse corrido para cá. Consegue se levantar? Não, espera, eu te ajudo... Ou é melhor chamar um médico? Tem um casal ali, eles podem ajudar – disse Kitty.

– Não, não. Está tudo bem. Foi só o calor. Onde estão as crianças?

Quando se sentou, Marie voltou a sentir uma ligeira tontura. Kitty a observava, preocupada.

– Os pestinhas estão com a Gertrude. Vou te levar lá.

Com esforço, Marie se levantou, levou a mão à testa e percebeu o braço de Kitty sobre seus ombros.

– Na Frauentorstraße? – murmurou ela. – Kitty... Eu...

– Lá mesmo! – disse Kitty, enfática. – E vocês podem ficar lá o quanto quiserem. Até o final dos tempos.

18

As cortinas fechadas pouco ajudavam; o escritório estava tão quente e abafado que ele precisou tirar casaco e colete. Por sorte, não tinha nenhum compromisso no dia, de maneira que ninguém se incomodaria ao ver o senhor diretor sentado à mesa com as mangas da camisa à mostra. Paul trabalhava como um desvairado, sem se permitir qualquer intervalo, e já bebia sua sexta xícara de café. Contudo, se sentia cada vez mais distraído.

Havia se deixado levar, perdera o autocontrole. Aquilo era o que mais lamentava. Sentira-se tão abalado por conta de Marie que nem sabia mais o que dizia. E, claro, ele falara coisas extremas, e a esposa devia estar profundamente magoada. Tudo fora completamente desnecessário, um verdadeiro tiro no pé, pois agora era ele quem teria que recuar e pedir desculpas. Havia se colocado em uma situação de total desvantagem, que idiota.

Ele chegara a ligar três vezes para a vila, o que também já lamentava. Na primeira vez, ninguém havia atendido. Devia ter parado por ali. Mas não, ele precisava apaziguar seu remorso e dizer a Marie que sentia muito. Só que ela nem sequer estava na mansão – conforme percebeu quando telefonou pela segunda vez.

– Casa dos Melzers. Sra. Von Dobern falando.

A preceptora! O que a mulher estava fazendo em seu escritório? E por que estava atendendo o telefone?

– É o Sr. Melzer – disse ele, curto e grosso. – A senhora poderia chamar minha esposa?

– Lamento, Sr. Melzer. Sua esposa saiu – informou a mulher.

Por um momento, acreditou que Marie apareceria na fábrica. Quase se comoveu, pois, afinal de contas, era ele quem devia pedir perdão.

– Aliás, com o consentimento de sua esposa, levaram as crianças para a Frauentorstraße. Eu lhe garanto que me opus…

Não estava disposto a escutar aquela ladainha.

– Ela disse aonde foi? – interrompeu ele.

– Infelizmente não, Sr. Melzer. Eu a vi indo em direção ao parque, suponho que alguém esperava por ela.

Logo constatou que sua bela esperança de em breve se encontrar com Marie no escritório era uma ilusão.

– A senhora supõe... – repetiu ele. – O que quer dizer com isso, Sra. Von Dobern?

– Ah, eu só vi por acaso pela janela e suponho que ela devia ter um motivo para se esconder nos arbustos – respondeu a preceptora.

As imagens lhe vieram de pronto à cabeça. Ernst von Klippstein esperando Marie e a tomando nos braços. Mas logo recuperou o controle de seus pensamentos e percebeu que não havia motivos para imaginar isso. Ernst estava no escritório ao lado, atarefado com os orçamentos de vários pedidos.

– Solicito seriamente que não espalhe boatos de nenhuma natureza sobre minha esposa, Sra. Von Dobern – advertiu ele, em tom incisivo.

– Perdão, Sr. Melzer. Não foi minha intenção. Juro que não. É que eu fico preocupada.

Aquela mulher era uma pérfida em busca de intrigas. Como não havia percebido? Sempre tivera horror dela, desde os tempos em que figurava entre as melhores amigas de Elisabeth.

– Preocupe-se com a educação dos meus filhos. E fique longe do telefone. As ligações que chegam à vila não lhe dizem respeito! – repreendeu ele.

Sem esperar a réplica, recolocou com ímpeto o fone no gancho. Então Marie havia saído. Ido ao parque. Certo, talvez um passeio a ajudasse a se acalmar.

A terceira ligação foi atendida pela mãe.

– Marie? Ainda não voltou. As crianças também não – informou Alicia.

Já passava das cinco. Que diabos mantinha Marie tanto tempo no parque? E se, no final das contas, alguém tivesse aparecido para buscá-la?

– Você ligou na Frauentorstraße? – indagou Paul.

– Liguei, mas ninguém atendeu. Acho simplesmente um absurdo da parte de Kitty, a coitada da Sra. Dobern está desesperada. Isso não pode ficar assim, Paul. Você precisa ter uma conversinha séria com a sua irmã.

– Talvez no domingo – disse ele, entre os dentes. – Agora eu tenho mais o que fazer.

– Claro. Você sempre tem mais o que fazer. Que bom poder se manter alheio a tudo.

– Até de noite, mamãe!

Aquele terceiro telefonema, com certeza, foi o mais desnecessário de todos.

Trabalhou até seis e meia e, então, vestiu o colete e o casaco, colocou o chapéu de palha e mandou avisar Klippstein que estava indo para casa.

Sua tensão era descomunal, e ele quase se chocou com uma carroça quando cruzou o portão da fábrica e virou na Lechhauser Straße. De fato, as coisas não podiam seguir daquela maneira. As constantes brigas já lhe davam nos nervos, ele não se reconhecia e já descobria em si mesmo características do pai que outrora tanto odiara. Impaciência. Gênio forte. Arbitrariedade. Soberba. Frieza. Sim, isso era o pior. O que acontecera com o afeto? Não podia permitir que fosse corroído por tantos problemas. Ele próprio testemunhou como a relação dos pais transformou-se em um casamento de aparências. Como se distanciaram, as rotinas individuais, os quartos separados... Mamãe era quem mais sofria. Não, ele não podia fazer o mesmo com Marie, nem consigo próprio.

Estacionou o carro diante dos degraus da entrada da vila. Julius podia levá-lo à garagem depois. Com o coração acelerado, subiu a escadaria e entrou lentamente no átrio quando Else lhe abriu a porta. Sentiu ali um frescor agradável; na parte dos fundos, haviam aberto as portas que davam acesso ao alpendre e uma suave corrente de ar atravessava o lugar.

Entregou o chapéu de palha a Else e hesitou antes de fazer a pergunta que tanto o angustiava. Seus olhos procuraram os ganchos do cabideiro. Havia dois chapéus: um deles com certeza pertencia a sua mãe. O outro, um trambolho cinza com formato de panela, devia ser da preceptora – pelo menos combinava bastante com seu estilo.

– A mãe do senhor deseja vê-lo no salão vermelho – informou Else.

A operação dentária deixara o sorriso dela ainda mais acanhado, provavelmente por ter vergonha de mostrar o buraco que agora havia entre os dentes. Contudo, a mulher se mostrava mais calorosa. Seu olhar era compassivo.

Marie não está, pensou ele, enquanto tentava disfarçar o pânico. *O que será que aconteceu? Um acidente? Ai, Deus. Tomara que não tenha sido nada. E as crianças?*

Alicia Melzer repousava no sofá do salão vermelho, a cabeça apoiada em uma volumosa almofada de plumas e uma compressa fria sobre a testa. Serafina estava sentada na poltrona ao lado – sua tarefa era mergulhar a toalha branca de algodão em uma bacia com água gelada e colocá-la novamente na testa de Alicia.

Paul entrou sem fazer barulho, fechou a porta com delicadeza e aproximou-se do sofá na ponta dos pés. Com dificuldade, a mãe virou a cabeça em sua direção, levantou um pouco a compressa e abriu os olhos.

– Sra. Von Dobern, está dispensada – disse a matriarca.

– Obrigada, Sra. Melzer... Melhoras. Estarei lá fora, caso precisem de mim.

Ao sair, Serafina limitou-se a acenar de forma solene para Paul. Possivelmente levara a mal a conversa ao telefone. Alicia esperou a preceptora fechar a porta para jogar a compressa na bacia e se sentar.

– Finalmente você chegou, Paul! – lamuriou-se ela. – Coisas horríveis aconteceram. O chão está ruindo sob nossos pés. O céu está caindo sobre nossas cabeças.

– Mamãe, por favor!

Ela passou a mão sobre a testa ainda úmida.

– Kitty ligou faz meia hora – contou Alicia. – Marie e as crianças estão com ela na Frauentorstraße.

– Graças a Deus! – exclamou ele, de maneira involuntária. – Já temia que algo tivesse acontecido.

Alicia o olhava fixamente.

– Deixe-me terminar de falar, Paul. Kitty me comunicou fria e secamente que Marie não pretende voltar à Vila dos Tecidos. Ela quer ficar com Kitty, e levou as crianças junto.

Paul sentiu a respiração vacilar. Ele escutara bem? Não podia ser verdade. O lugar de Marie era naquela casa. Como sua esposa. Qual era a maluquice da vez de Kitty?

– E você acreditou nisso, mamãe? – indagou ele.

Alicia moveu os braços em um gesto cansado de impotência.

– Claro que não. Mas comecei a temer que ela tenha falado sério. E você não sabe o pior...

Ela precisou usar o lenço, pois lágrimas surgiram em seus olhos.

– Hanna, aquela traiçoeira. Entrou sorrateiramente na casa, pegou o material da escola e algumas roupas do quarto das crianças e desapareceu – disse Alicia.

Foi quando o desespero se apossou dela. Da nora podia abrir mão, mas não dos netos. Seus amados descendentes!

– Paul, ela nos abandonou e levou a crianças. Jamais pensaria que Marie fosse capaz disso. Mas é o que acontece quando se casa com uma mulher que não teve a devida educação. Minha Virgem Santa, também passei por maus bocados no meu casamento. Mas nunca cogitei deixar meu marido.

– Isso é uma maluquice! – exclamou Paul. – É invenção de Kitty para me assustar. Você sabe bem como ela é.

Alicia respirou fundo, mergulhou a compressa na água fria, torceu e a segurou sobre a testa.

– Conheço minha filha, claro. Mas, para mim, Marie é uma incógnita. Tão boazinha. Com uma paciência de Jó. Sempre disponível, solícita. Sua esposa tem qualidades muito boas mesmo. Mas, de repente, do nada, ela faz coisas que ninguém entende. É de uma frieza, uma falta de compaixão.

Paul, que havia se levantado, abraçou a mãe para acalmá-la. Prometeu-lhe que resolveria aquela situação. Naquele dia mesmo. Não havia razão para se exaltar.

– Tudo vai ficar bem, mamãe. Vou até a Frauentorstraße e conversarei com Marie. Em menos de duas horas estaremos todos aqui.

– Deus te ouça.

Ao abrir a porta para sair, surpreendeu Gertie e Julius, que estavam claramente colocando o assunto em dia. Julius assumiu de pronto a postura de serviçal, enquanto Gertie, constrangida, afastou-se – na verdade, deveria estar na cozinha.

– Posso colocar o carro na garagem, Sr. Melzer?

– Não, Julius. Vou precisar dele.

O criado esboçou uma discreta reverência; jamais lhe ocorreria fazer mais perguntas. Meses antes, Paul tivera uma longa e séria conversa com seu funcionário e havia lhe prometido colocar limites na autoridade da preceptora, o que havia cumprido. Mas, infelizmente, sua mãe teimava em passar por cima dessas decisões.

– Gertie, já que está aqui, avise na cozinha que vamos jantar mais tarde. E vá averiguar se minha mãe precisa de algo – instruiu Paul.

– Perfeitamente, Sr. Melzer.

A mulher saiu em disparada. Era bastante ágil, a tal de Gertie. Uma pena que provavelmente não ficaria muito tempo na casa, pois devia ter ambições maiores. Talvez devessem investir nela, possibilitar um curso de cozinheira. Ou talvez de camareira.

Paul admirou-se quando percebeu que, face àquela difícil situação, encontrava energia para pensar no futuro de Gertie. Importante mesmo era encontrar uma estratégia para o iminente encontro com Marie, mas sua cabeça parecia bloqueada para ideias muito elaboradas. Os dois conversariam. Desarmados. Sem acusações. Era preciso manter a tranquilidade e, em hipótese alguma, ceder à raiva. Escutá-la. Sim, talvez fosse a melhor estratégia. Ele a deixaria falar, ouviria suas acusações sem contestar – o que seria dificílimo –, escutaria pacientemente até que ela aplacasse os ânimos. Uma vez que tivesse desabafado, tudo seria mais fácil. Primordial era levá-la, junto com as crianças, de volta à Vila dos Tecidos. Nada importava mais que aquilo. Depois, poderiam discutir e encontrar uma solução. E brigar um pouco também, se não houvesse outra saída. Mas melhor não. Estava decidido a ceder em tudo, para depois abordar certos temas de maneira isolada – como a educação de Leo, por exemplo – e conseguir impor sua vontade.

O calor persistia, por mais que o sol já estivesse baixo e seus raios, pouco imponentes. Na cidade, tinha-se a sensação de que as casas e o asfalto radiavam o calor armazenado durante o dia. Alguns restaurantes haviam disposto mesas e cadeiras nas calçadas, onde se sentavam principalmente jovens, tomando café ou cerveja. Quando passou por ali, constatou que não eram poucas as moças sem a companhia de um rapaz, algo que antes da guerra teria sido impensável para uma mulher de família. Havia até aquelas que, despudoradamente, fumavam em público.

Conhecidos, que o reconheciam ao volante do carro aberto, acenavam por onde passava. Paul retribuía com aparente alegria e, quando se tratava de uma mulher, levantava o chapéu com um educado sorriso. Sentiu tremendo alívio ao virar na Frauentorstraße e se perguntou de onde aquela gente tirava tempo e dinheiro para comer fora em pleno dia de semana. Enquanto os inúmeros desempregados tentavam batalhar o sustento de suas famílias, outros desperdiçavam dinheiro com vinho e conversa fiada.

Estacionou o carro em frente à casinha do jardim de Kitty, que fazia as vezes de garagem. Alguém tocava piano. Parecia Leo, praticando enfurecido alguma obra além do seu nível. Se não se enganava, tratava-se da *Appassionata*, de Beethoven. O começo soava quase perfeito, mas o resto saía aos trancos e barrancos. Se demonstrasse essa persistência também em outras áreas, o menino poderia ir longe.

Ele alisou o casaco e pigarreou antes de bater à porta. Vendo que não foi atendido de pronto – afinal, ali não havia empregada –, tirou o chapéu. De maneira alguma pretendia aparentar soberba e altivez.

Deixaram-no esperando. Talvez tivessem visto seu carro pela janela e, inclusive, observado seus passos enquanto desembarcava e se dirigia à porta. Escutou vozes conversando dentro da casa, sobretudo a de Kitty, que era inconfundível. O som do piano cessou. Por fim, a porta foi aberta.

Gertrude surgiu pela estreita fresta e fitou Paul com desconfiança. Será que tinha medo de que ele saltasse em cima dela?

– Boa noite, Gertrude – cumprimentou ele, em tom inofensivo. – Posso entrar?

– Melhor não.

Pelo jeito, haviam lhe incumbido o papel de cão de guarda. Mas não seria tão fácil livrar-se dele.

– Queria ver minha esposa e meus filhos – declarou Paul, em tom mais enérgico. – Acho que esse direito eu tenho.

– Pois acho que não – rebateu ela.

Inacreditável! Gertrude Bräuer sempre fora mesmo uma pessoa peculiar. Quando o marido ainda estava vivo, sua língua era temida nos círculos sociais, pois nunca hesitava em dizer o que pensava.

– Sinto muito, Gertrude – insistiu ele, já colocando o pé na fresta. – Mas não vou me intimidar com isso. Se não quer que eu volte aqui com a polícia, saia da minha frente agora!

Impaciente, Paul empurrou a porta com o ombro e adentrou o corredor. Gertrude, incapaz de conter seu rompante, cedeu e abriu passagem. Foi quando avistou a irmã. Kitty estava pálida e estranhamente séria.

– É melhor você ir embora, Paul – falou ela, em voz baixa. – Marie está doente. O Dr. Greiner disse que ela não pode se exaltar de maneira alguma.

– Doente? – perguntou ele, com descrença. – O que ela tem?

– Foi um colapso. Lembra daquela hemorragia de anos atrás? Então...

Ele se recusava a acreditar e exigiu que lhe deixassem passar. Só para vê-la. Afinal de contas, era seu marido.

– Certo. Mas não a acorde. O Dr. Greiner lhe administrou um sonífero – observou a irmã.

Marie jazia na cama de Kitty, frágil e pálida, com os olhos fechados. Paul se lembrou da Branca de Neve, dormindo em seu caixão. O medo que sentiu chegou a lhe causar enjoo.

– Amanhã... – disse Kitty, voltando a fechar a porta. – Vamos ver o que fazemos amanhã.

Ele retornou à vila de mãos abanando. Nem sequer havia insistido em levar as crianças, para não causar algum tumulto que pudesse prejudicar Marie.

19

Agosto de 1924

Eleonore Schmalzler pouco havia mudado desde que se aposentara. Elisabeth tinha a impressão de que a ex-governanta, inclusive, rejuvenescera alguns anos. Talvez fosse efeito do ar puro do interior e da comida abundante, ou talvez se devesse ao fato de não ser mais a responsável pela gerência da imensa Vila dos Tecidos. Ali, em sua pequena sala, entre móveis antigos e as coloridas cortinas estampadas que trouxera de Augsburgo, tamanha felicidade e plenitude eram, aos olhos de Elisabeth, dignas de inveja.

– Fico muito feliz que venha me visitar às vezes, Lisa... Posso te chamar de Lisa quando estivermos a sós, certo?

– Claro. É um prazer – disse Elisabeth, entusiasmada.

O sítio da família Maslow ficava a leste da fazenda dos Maydorns, não tão distante de Ramelow. Quatro pequenas propriedades haviam formado uma pequena aldeia rural; três delas pareciam descuidadas, mas a quarta, a dos Maslows, tinha um aspecto impecável. Elisabeth estava certa de que os novos telhados e a bela construção anexa à casa principal haviam sido pagos com as economias da antiga governanta. Fora um investimento certeiro, pois "tia Jella", como era chamada ali, gozava de um importante papel na vida familiar.

Os Maslows, na verdade, eram oriundos da Rússia e haviam migrado em algum momento na época de Napoleão, estabelecendo-se ali graças à sua diligência e disciplina. Tia Elvira certa vez contara a Elisabeth que Eleonore Schmalzler na verdade se chamava "Jelena Maslowa", sendo inclusive esse o nome que constava em seus documentos. Fora Alicia quem, muitos anos atrás, transformara Jelena em "Eleonore" e Maslow em "Schmalzler", por não querer em Augsburgo uma camareira com nome russo.

– Naqueles tempos, trabalhar na fazenda era algo especial – contou a Srta. Schmalzler, servindo uma xícara de café a Elisabeth. – Muitas pessoas iam para ajudar na colheita, mas só por algumas semanas no verão, e tinham que dormir no celeiro. Também contratavam como zelador, nos estábulos... Mas conseguir trabalhar dentro da mansão, o sacrossanto lugar onde moravam os senhores, era raro. E ninguém ficava por mais que alguns meses, pois sua avó conduzia a propriedade com mão de ferro.

Elisabeth assentiu e pensou no que tia Elvira chamava de "atividade física". As coisas não deviam ser fáceis para uma moça do interior trabalhando na casa dos senhores. Mas preferiu evitar o tema, e a Srta. Schmalzler tampouco tocou no assunto.

– E como conseguiu subir à função de camareira? – quis saber Lisa.

Sem esconder o orgulho, Eleonore sorriu, enquanto colocava um pedaço de torta de creme no prato de Elisabeth.

– Bem, foi acontecendo. Eu tinha 13 anos quando cheguei à fazenda. Desde o começo, sua mãe e eu éramos como irmãs. Dado o devido distanciamento, claro. Mas o afeto entre nós duas era grande. Você com certeza sabe daquele acidente grave que sua mãe teve cavalgando. Foi em 1870, pouco tempo após o irmão preferido dela ter morrido na guerra contra a França. Lembro que fiquei dia e noite sentada ao seu lado, confortando-a em sua dor. Mas eu mesma estava bastante desolada.

Elisabeth tomou um gole de café que, felizmente, vinha misturado com leite. Raras vezes sua mãe falava de Otto, seu irmão mais velho, mas ela sabia que o rapaz havia morrido na guerra. Daí vinha o ódio da mãe por tudo que fosse francês.

– Ele era um jovem bonitão – contou Eleonore, olhando distraída pela janela. – Alto, com cabelo escuro e um bigodinho fino. Estava sempre rindo, amava a vida. E se foi tão cedo.

Quem diria, pensou Elisabeth. *Será que a jovem Jella era apaixonada pelo tenente Otto von Maydorn?* Era uma ideia fascinante, principalmente por ele já estar há anos a sete palmos do chão e a mocinha da história ter se tornado uma velha senhora.

– Você não está comendo nada, Lisa! Pegue mais, por acaso está sem apetite? Não está gostando da vida no campo? Seria uma pena, pois eu queria muito que você assumisse aquela bela fazenda um dia.

Com algum esforço, Lisa deu mais uma mordida na torta gordurosa. As delícias do interior. Muita manteiga e banha. Muito creme e farinha, ovos, linguiças, carne de porco e batatas. Sem falar no assado de ganso que serviam não apenas no Natal. Sentiu enjoo e devolveu, ligeira, o prato à mesa. Por sorte, a Srta. Schmalzler encontrava-se distraída, pois um carregadíssimo carro de feno puxado por dois cavalos entrou no sítio. As três crianças sentadas nele lhe acenaram, satisfeitas. Já era o segundo corte do ano; se o tempo seguisse firme e tivessem um pouco mais de chuvas, poderiam, inclusive, realizar um terceiro corte.

– Veja só, Lisa! – exclamou a Srta. Schmalzler, batendo palmas. – Gottlieb e Krischan já sabem usar a forquilha. E Martin já ajuda as mulheres rastelando. Como crescem rápido esses meninos.

– É, bem rápido mesmo – comentou Lisa.

Ela tomou um pouco de café com leite para acalmar o estômago. Pouco adiantou, e foi preciso força para se recompor.

Quantos anos mesmo deviam ter os netos? Gottlieb acabara de fazer 9 anos quando ela chegou. E Krischan, que na verdade se chamava Christian, era dois anos mais novo. Martin nem havia começado a escola. Por que faziam tanto escândalo quando encontravam uma operária de 14 anos na fábrica? Ali na fazenda, as crianças começavam a trabalhar tão logo pudessem segurar o rastelo. Algumas com 5, a maioria com 6 ou 7 anos. E os afazeres do campo não eram moleza, Deus sabia que não.

No lado de fora, mãos de criança batiam vigorosamente no vidro da janela.

– Tia Jella, tia Jella! Já sei andar a cavalo! Gottlieb me ensinou – gritou um dos meninos.

– Tia Jella, faz pudim de ameixa hoje de noite? – pediu outro.

A mulher abriu a porta e explicou, de maneira clara mas amável, que no momento tinha visita e não queria ser incomodada. O pudim de ameixa era uma boa ideia, mas só no domingo. Contudo, quem aparecesse ali mais tarde, de banho tomado e cabelo penteado, ganharia um pedaço de torta de creme.

Os três garotos correram para o celeiro, onde o pai já havia começado a descarregar o feno do carro. Gottlieb e Krischan se encarregaram de desatrelar os cavalos e levá-los ao estábulo; a Martin coube varrer o chão do barracão.

Lisa decidiu abordar a questão que a preocupava. Quando os meninos voltassem para comer a prometida torta, seria tarde demais.

– Tenho uma pergunta, Srta. Schmalzler.

Ela não esboçou surpresa, provavelmente por já esperar algo do tipo. Após fechar a janela com cuidado, sentou-se à mesa com Lisa.

– É algo que deve ficar entre nós – começou Lisa.

Sua interlocutora acenou com a cabeça. Elisabeth sabia que poderia confiar em Eleonore. Discrição sempre fora uma de suas maiores virtudes.

– Trata-se de... do Sr. Winkler – acrescentou ela.

Elisabeth interrompeu-se e aguardou um momento, na esperança de que a Srta. Schmalzler aproveitasse sua deixa. A antiga governanta a fitava com atenção, sem dizer uma só palavra.

– Minha tia me contou que ele passou uma noite aqui em maio. Antes de... seguir viagem – disse Lisa.

– É verdade – confirmou a ex-governanta.

Por que era tão difícil fazer aquela mulher falar? A Srta. Schmalzler já deveria saber aonde ela queria chegar.

– Ele... ele contou...? – gaguejou Elisabeth.

Era difícil encontrar a melhor maneira de se expressar. Sebastian não era do tipo que dava com a língua nos dentes, certamente não lhe revelara nada sobre a relação dos dois. Mas, mesmo assim...

– Contou o quê? – perguntou a Sra. Schmalzler.

– Não sei. Sobre seus planos, sobre onde se instalaria...

A Srta. Schmalzler recostou-se na cadeira e cruzou as mãos sobre o colo. Com a lã escura de fundo, suas mãos pareciam branquíssimas, lisas, sem calos ou fissuras... as mãos de uma mulher que nunca precisara trabalhar no campo.

– Pois bem – disse Eleonore, cuidadosa. – Conversamos muito quatro anos atrás, quando viemos juntos para a Pomerânia. O Sr. Winkler é uma pessoa de princípios.

Ela fez uma pausa e escrutinou Elisabeth com o olhar.

– É minha impressão também – respondeu Lisa, apressando-se em confirmar.

– Ele estava em uma situação difícil na época – prosseguiu Eleonore. – Nós todos já sabíamos de seu envolvimento com a república de conselhos e que ele havia sido preso. Falamos muito abertamente sobre isso no trem e cheguei à conclusão de que o Sr. Winkler é um idealista, que luta pelo bem de todos.

Elisabeth assentiu. O que mais Sebastian teria revelado?

– Estava muitíssimo grato a você pela contratação na fazenda dos Maydorns – disse ela, sorrindo. – E ficou ainda mais quando soube depois que você se mudaria para a Pomerânia com seu marido.

Elisabeth sentiu o rosto enrubescer. Era óbvio que Eleonore percebia seu jogo. O que mais ela esperava? Não devia ter ido até ali. Mas, infelizmente, era a única chance de descobrir algo sobre o paradeiro de Sebastian.

– É... não teve outro jeito – comentou Elisabeth, intervindo. – Os graves ferimentos do meu marido exigiam medidas especiais. Aqui, no interior, seria mais fácil para ele recomeçar do zero.

– Com certeza – comentou Eleonore Schmalzler.

Ela tomou mais um gole de café e, com cuidado, pousou a xícara no pires.

Elisabeth estava prestes a explodir de impaciência e já acreditava escutar as vozes daqueles garotos famintos.

– Então... – disse Eleonore, retomando o fio da conversa. – Foi em maio que o Sr. Winkler chegou tarde da noite aqui na fazenda. Ficamos todos muito surpresos, pois ele estava a pé e sem mala. Pediu para dormir aqui, o que obviamente concedemos. Só não disse o motivo de sua inesperada visita, mas parece que ele pretendia ir a Nuremberg. Por isso na manhã seguinte meu filho o levou de charrete até Kolberg.

Era mais ou menos o que Elisabeth já intuía. Aquele idiota fugira como um desvairado noite adentro, tomado pela raiva por ter "fraquejado" e feito o que ela esperava que fizesse. Sendo que ele sentira tanto prazer quanto ela. Mas não, o Sr. Winkler era um homem de princípios.

– Para Nuremberg... Ele deu algum endereço específico?

– Ele disse que não tinha certeza se encontraria acomodação por lá – respondeu a Srta. Schmalzler.

Elisabeth sentiu que seu incômodo embrulho no estômago se intensificava e tentou contê-lo respirando fundo. Era vergonhoso estar bisbilhotando daquela maneira. Por que ele não mandava um sinal de vida? Lisa só sabia de uma coisa: tudo o que ela tocava estava fadado ao fracasso. Nos assuntos amorosos, então, seu azar era certo.

Como corroboração, ouviram batidas à porta da casa.

– Tia Jella! – chamou uma voz infantil.

O mais novo dos três netos surgiu na fresta da porta e sorriu com alegria ao avistar a torta sobre a mesa.

– Entre, Martin. Diga "bom dia" para a Sra. Von Hagemann e faça o cumprimento com a cabeça. Isso, assim. Deixa eu ver suas mãos. Muito bem. Pode se sentar ali.

Aquela cerimônia de saudação foi tão enfadonha para Elisabeth quanto para Martin, na flor de seus 6 anos. Pelo menos era um garoto bonito, com cabelos castanhos e cacheados, olhos claros e um sorriso travesso. Ela o observou empanturrando-se com a torta de creme e pensou como devia ser bom ter um filho como ele. De onde vinham essas ideias?

– Foi um prazer nossa conversa, Srta. Schmalzler. Esperamos uma visita sua lá na fazenda.

Eleonore levantou-se para acompanhá-la até a porta. Então, hesitou por um instante e agarrou o braço de Elisabeth.

– Espere – murmurou ela. – Não sei se o que estou fazendo é certo, mas me sinto na obrigação.

Ela abriu a porta do armário e tirou uma carta de detrás das xícaras e jarros de planta.

– Ele me escreveu em junho e perguntou como andavam as coisas na fazenda. Respondi com poucas palavras. Depois nunca mais escrevi e tampouco recebi cartas dele.

O envelope tinha sido postado em Gunzburgo e havia um endereço para resposta: Sebastian Winkler (hóspede da família Joseph Winkler), Pfluggasse, 2. Então ele estava hospedado na casa do irmão. Ai, essa Srta. Schmalzler! Por que fizera tantos rodeios?

– Rezarei por você, Lisa – disse Eleonore, em tom muito sério. – A vida às vezes não te sorri, menina. Mas você é forte e um dia encontrará a felicidade. Tenho certeza.

Despediu-se com um abraço apertado, como nunca ousara fazer. Elisabeth chegou a se emocionar, quase como se estivesse nos braços carinhosos de sua mãe.

– Muito obrigada. Agradeço do fundo do coração.

Sentada no banco do cocheiro, sentiu-se melhor com o ar fresco. O embalo da charrete e o cheiro da égua também lhe fizeram bem. Contudo, o que mais contribuía para sua satisfação era a carta na bolsa. Claro, era possível que Sebastian se encontrasse em um novo endereço, mas seu irmão certamente lhe encaminharia a correspondência.

Então ele queria saber como andavam as coisas na fazenda dos Maydorns... Estaria preocupado com ela? Ai! Provavelmente só queria saber se ela fizera o que ele lhe pedira: o divórcio. E quando viu que isso não tinha acontecido, não voltou a escrever. Ah, que homem birrento!

Os dois brigaram acaloradamente naquela noite de maio. Mas primeiro haviam compartilhado um momento intenso de felicidade. Foi como um delírio, uma explosão de paixões até então contidas, um encontro que lhes furtava a noção do que se passava. Em seguida, o cansaço. E, por fim, a realidade. Devia ser algo semelhante ao que acontecera no Paraíso. Haviam provado do fruto proibido. E prestariam contas ao anjo com a espada flamejante.

No caso deles, era o próprio Sebastian quem interpretava o papel do anjo.

– Só há uma solução – dissera ele. – Quero que você seja minha esposa. Que me assuma perante todos. E juro que te tratarei como uma rainha.

Ele encontraria um emprego. Um pequeno apartamento, bem ao lado da escola local. Uma vida modesta, honesta e feliz. Não, ele não pretendia morar com ela na Vila dos Tecidos. Tampouco queria a proteção de sua família. Nesses assuntos, ainda era muito conservador. E se ela não se dispunha a ser parte da vida dele, era porque não o amava.

Ah! E as coisas que ela lhe jogara na cara... Que não estava acostumada a viver na pobreza. Que era loucura abrir mão da ajuda de sua família. Que tampouco era certo que ele encontraria um emprego, afinal de contas só haviam se passado cinco anos desde seu envolvimento com a república de conselhos. Mas Sebastian era teimoso. Disse que já havia sido iludido por tempo suficiente. Será que ela não entendia o quanto o magoava com aquilo? Ele insistia no casamento, na união abençoada por Deus entre duas pessoas com a intenção de constituir família. Tudo o que fazia era esperar que ela entendesse e, finalmente, pedisse o divórcio. Claro, ele sabia que Elisabeth sentia pena do marido, por causa do ferimento de guerra que o deixara terrivelmente desfigurado. Mas, naquele momento, seu esposo estava ótimo, enquanto ele, Sebastian, estava à beira da loucura, desejando a morte diariamente.

Ela havia lhe dito "Não fique assim" ou algo do gênero? Já não sabia mais; os dois estavam muito alterados. Só lembrava que ele saltara da cama, juntara as roupas e desaparecera. E, como estava com o maldito tornozelo machucado, ela não conseguiu correr atrás dele.

Logo, logo ele se acalma, pensara Elisabeth. *Ele se deitou comigo, vai ficar aqui.* Mas aconteceu justamente o contrário. Na manhã seguinte, a criada lhe contou que o Sr. Winkler havia ido embora no meio da noite, deixando, inclusive, a mala grande que já estava preparada.

Sem uma carta de despedida. Nenhum endereço. Ele não lhe dera qualquer chance. As primeiras semanas foram uma agonia. O médico mexeu seu pé para lá e para cá, quase matando-a de dor e, em seguida, constatou tratar-se de uma fratura simples. Ela tivera sorte. Seis semanas de repouso, imobilização com duas talas e ela logo melhoraria. Foram dias e noites deitada no quarto, oscilando entre raiva, desespero e saudade, escrevendo inúmeras cartas, que logo em seguida fazia a criada queimar na estufa diante dos seus olhos. Tentava ler, crochetou capas de sofá e brincava com o gato cinzento que se abrigara em sua cama para dividir com ela as refeições. De vez em quando, perguntava se havia correspondência para ela. Kitty lhe escreveu. Serafina também. Mamãe lhe enviou cartas carinhosas, Marie a consolou e desejou-lhe uma rápida recuperação. Apenas a carta que Elisabeth mais ansiava não chegava.

Quando finalmente conseguiu se levantar e caminhar pela casa, mancando, o tornozelo dolorido tomava toda a atenção. Estava tão concentrada nele que mal percebeu as mudanças em seu corpo. Evidentemente, havia engordado após tanto tempo deitada. Mas por que os seios estavam a ponto de arrebentar-lhe o corpete? E por que precisava ir sempre à latrina? Seria alguma irritação na bexiga? Bem, as regras ainda não haviam chegado, mas nunca vinham com regularidade. Contudo, quando passou a sentir intensas náuseas de manhã, começou a estranhar. Para piorar, o mal-estar estomacal lhe acometia durante todo o dia, chegando a perturbar seu sono. Era horrível. Ela mal comia, e a refeição rapidamente encontrava uma forma de sair de seu corpo.

– Eia! – bradou o comando para a égua.

Conseguiu fazê-la parar antes de seu estômago vencer a batalha e devolver os pedaços da torta de creme. Gemendo, procurou o lenço para limpar a boca. Havia duas possibilidades. Ou tia Elvira tinha razão e ela contraíra uma solitária, ou estava grávida. Mas era impossível. Fazia nove anos que estava casada com Klaus e, pelo menos no começo, ele sempre fora um marido diligente. Desejava um filho do fundo de sua alma, mas nada acontecia. E, do nada, apenas uma noite passara a ser suficiente?

Mas que noite foi aquela, pensou, nostálgica.

Como era colossal o desejo que sentia por Sebastian. Passava as noites acordada, sonhando com ele, sobretudo nos últimos tempos. E também fazia outras coisas das quais se envergonhava profundamente. Mas não podia evitar, seu corpo a obrigava.

Pelo menos de uma coisa tinha certeza. Se ela, de fato, carregava um filho no ventre, era de Sebastian, pois Klaus não a tocava desde o Natal. Seria uma vingança grandiosa por sua infidelidade, empurrar-lhe um bebê de outro homem. Mas ela queria isso? Ai, Klaus bem que merecia criar um herdeiro bastardo. Mas talvez ela não esperasse filho nenhum. Tratava-se apenas de uma solitária, havia remédios para aquilo, era só tomar e se livrar do verme. Também podia ser sua vesícula declarando greve. A comida na roça era muito gordurosa, então devia se acostumar a ela desde criança. O melhor era evitar tanta gordura, incluindo manteiga e bolos. Ia observar se o estômago se acalmaria.

Elisabeth se ajeitou no banco do cocheiro e atiçou a égua. O ar de maio. A brisa suave acariciando sua cabeça, sem arruinar o penteado. Pensativa, contemplou os campos, a grama escura recém-aparada espalhando-se sob o sol. Se desposasse Sebastian, teria que usar vestidos e sapatos antiquados. Nunca mais cortaria o cabelo curto. Cozinharia todos os dias para ele. Precisaria consolá-lo quando se sentisse mal. Preparar-lhe um banho nas noites de sábado. Paparicá-lo. Compartilhar sua vida. E também a banheira. E a cama. Principalmente a cama. Todos os dias. E aos domingos, quem sabe, inclusive...

Pare, pensou ela. *Impossível, em poucos meses eu me sentiria sufocada em um apartamentinho. E cheirar a fumaça do fogão o tempo inteiro deixaria meus olhos vermelhos. Comer sopa de cevada todo dia. Tremer de frio no inverno. A esposa de um pobre professor. E se ele perder o emprego? Vamos morar debaixo da ponte? Ou na rua? Como ele pode exigir algo assim de mim? Esse é o amor que ele quer? Não vejo amor aí, apenas egoísmo. Não mesmo, Sebastian Winkler. Não é assim que funciona. Fugir e esperar que eu corra atrás! Me chantagear. Nem no dia de São Nunca!*

Não estava grávida e pronto. Nem um pouco. Ela se sentia ótima. Não era nada mais que uma pequena indisposição estomacal.

Por que fiz aquele papelão diante de Eleonore Schmalzler?, pensou ela, irritada. *Nem imagino o que ela esteja pensando de mim. E nem preciso dessa porcaria de endereço. Mas bem, não é nada mau tê-lo.*

Nos verões, a fazenda ficava praticamente escondida em meio à folhagem das faias e carvalhos, apenas o telhado vermelho do casarão sobressaía entre as copas das árvores. Pela grama corriam gansos brancos e patos marrons; alguns banhavam-se no pequeno lago, que recebia as águas de um córrego próximo. Algumas poucas vacas também pastavam com seus bezerros. O pasto dos cavalos encontrava-se do outro lado, onde saltitavam potros nascidos na primavera. No outono, precisariam vender as éguas e garanhões com três anos completos. Elisabeth preferia não pensar naquilo, pois havia visto os animais crescerem. Tia Elvira, apesar de sua paixão pelos equinos, era mais prática. De modo algum poderiam manter todos os animais durante o inverno. Portanto, era preciso vender alguns deles. Cavalos eram como mudas de plantas: separavam-se os melhores para a multiplicação e se desfaziam do resto. Não era problema para ninguém e, além do mais, obtinham um bom dinheiro com a venda.

Elisabeth precisou conter a égua, que engatara um entusiasmado galope em direção aos campos que tão bem conhecia. Percebeu que descarregavam o feno no pátio, em frente ao celeiro, pois já escutava a voz clara e enérgica do marido.

– Espalhem bem aí na eira! E, da próxima vez, vejam se está tudo seco mesmo. Meus cavalos não vão comer feno podre! – bradou Klaus.

Ao ver Elisabeth, deixou seu posto e desceu pela escada de mão.

– Por onde você andou? – perguntou ele, agarrando o arreio da égua. – Faz tempo que estou te esperando.

Estava com uma boina azul-escura, bastante suja, que costumava usar afundada na cabeça. Estava sorrindo? Provável. Não era fácil distinguir, pois seus lábios e bochechas eram cobertos por cicatrizes deixadas pelas cirurgias.

– Estava me esperando? – perguntou Elisabeth.

– Sim, Lisa. Quero falar uma coisa com você.

O mal-estar voltou a tomar-lhe de assalto e ela precisou se apoiar com o braço ao descer da charrete. Não era difícil deduzir o assunto que queria discutir. Provavelmente desejava reconhecer a paternidade do bebê que Pauline dera à luz oito semanas antes. Um menino.

– O que deu em você? – indagou ele, quando a viu ofegante, parada.

– Nada. Pode me esperar na sala – respondeu ela.

Elisabeth conseguiu chegar até o monte de compostagem do pequeno jardim. E lá passou mal e ficou um tempo até apaziguar sua ânsia.

– Vai ser menino – disse Berta, a velha criada, no canteiro das framboesas. – Quando a mulher vomita assim, significa que é menino. Pode acreditar, senhora.

Lisa lhe acenou rapidamente com a cabeça e correu para o casarão. Dali em diante, nada de gordura. Nada de bolos. Acabou. Para sempre!

Na sala de estar, Klaus estava sentado diante da lareira e lhe pediu com um gesto que se acomodasse no sofá.

– Seja breve – pediu ela. – Não estou me sentindo bem. Além disso, já sei o que quer me dizer. E acho bastante desnecessário, porque todo mundo já sabe quem é o pai.

– Ah, é? – respondeu ele, com leve ironia. – Então deixe-me adivinhar: Sebastian Winkler?

Elisabeth se levantou de um salto e o encarou, indignada.

– O quê? – sussurrou ela. – Do que está falando?

Klaus não respondeu. Em vez disso, tirou a boina e ela percebeu que o marido, de fato, sorria.

– Quero o divórcio, Lisa. E acredito que isso seja do seu interesse também.

– Você... – balbuciou ela. – Você quer... o divórcio?

Ela não conseguia entender. Era seu marido que, em uma ação ousada, propunha a solução do dilema, já apresentando sua decisão: o divórcio. O término. Mas, talvez, um novo começo.

– Terminemos isso tudo sem ódio, Elisabeth – propôs ele, em tom brando. – Sou eternamente grato a você, e jamais me esquecerei disso.

20

O domingo se arrastava. Talvez fosse culpa do calor, que minava as energias dos moradores da Vila dos Tecidos. Ou, mais provavelmente, do silêncio. Há dias, uma triste e incomum quietude pairava sobre a mansão.

– Chá para três. Um pouco de biscoito. Mas não os de nozes. São muito duros para a senhora.

Julius sacou o lenço para enxugar o suor sobre a testa. O uniforme escuro do criado era de lã fina e, com aquelas temperaturas de final de verão, também um verdadeiro martírio. Principalmente na cozinha, onde o fogão ficava aceso.

– Muito duros? – resmungou a cozinheira. – Você não colocou uma maçã junto na lata, Gertie?

Sentada à mesa, ensimesmada, Gertie se levantou bruscamente.

– Claro que coloquei a maçã. Mas já estão muito pequenas e ressecadas – respondeu ela.

– Então pegue os biscoitos amanteigados e coloque uns de nozes no meio. Leo gosta tanto deles... – sugeriu a cozinheira.

A Sra. Brunnenmayer se deteve e deu um profundo suspiro. Mais uma vez ela esquecera que as crianças não estavam na Vila dos Tecidos, e sim na Frauentorstraße. Já fazia três semanas.

– Isso não vai durar para sempre – comentou Else, com um sorriso tímido. – Deus vai colocar juízo nessas cabeças e reunir a família novamente. Tenho certeza.

Fanny Brunnenmayer lhe lançou um olhar atravessado e levantou-se da cadeira para preparar chá. Já fazia algum tempo que os patrões vinham tomando mais chá do que café no lanche da tarde. Graças à preceptora, que, como grande entusiasta de chá, convencera a senhora de que o café causava enjoo estomacal e cólica biliar.

– Não acho certo essa mulher ficar no salão vermelho com a senhora e o Sr. Melzer – observou Gertie, alterada. – Ela é uma funcionária, assim como nós. Não tem nada que tomar chá com os patrões.

Julius assentiu, Gertie falava por ele também. Depois que a jovem Sra. Melzer deixou a vila, a situação com a preceptora passou de mal a pior. Estava sempre rodeando a Sra. Alicia, bajulando-a, dizendo-lhe o que queria ouvir. Também aproveitava para dar ordens arbitrárias ao criado. Fazia isso com diligência e um peculiar prazer – provavelmente alguém lhe contara que Julius se queixara dela.

– Se o senhor não estivesse tão abatido, certamente daria a essazinha o que ela merece – comentou Gertie, sem papas na língua. – Mas o coitado anda irreconhecível. Sempre arrastando-se triste e taciturno. Quando chega da fábrica, se tranca no escritório, fica revisando os documentos, fumando...

– E tem mais – afirmou Else, assentindo com a cabeça, preocupada. – Fica bebendo vinho também. Ontem foi uma garrafa inteira de Beaujolais.

A cozinheira encheu o infusor de prata e o mergulhou na chaleira estampada de azul e branco. Porcelana de Meissen. Modelo cebola. Presente de casamento de Rudolf von Maydorn, irmão da Sra. Alicia Melzer, falecido há anos. Desde então, a senhora guardava a peça com carinho especial.

– Em vez de encher a cara, ele devia colocar essa preceptora no olho da rua e correr até a Frauentorstraße para buscar a esposa – sentenciou a Sra. Brunnenmayer.

Julius assentiu, em sinal de aprovação.

– Mas parece que ela está doente – comentou Gertie.

– Como é que você sabe?

Gertie deu de ombros. No dia anterior, ela encontrara Hanna no mercado. A garota estava morando na Frauentorstraße para cuidar da Sra. Marie Melzer.

– Consta que foi um colapso. Passou dias acamada, estava muito fraca para se levantar. Hanna ficou a cargo de tudo. Deu banho e comida e a manteve animada. Até dos filhos ela tomou conta – explicou Gertie.

– Ah, bem típico da Hanna! – exclamou Else, balançando a cabeça. – Em vez de se manter fiel à Vila dos Tecidos, saiu fugida e nos deixou na mão!

– Ela disse que ficou apavorada por causa da Sra. Marie. Parece que ela já tinha sofrido dessa tal hemorragia quando menina. Chegou a ficar à beira da morte.

– Jesus, Maria e José! – falou Else, juntando as palmas das mãos. – Ela não pode nos deixar.

A Sra. Brunnenmayer deu um murro tão forte na mesa da cozinha que Else estremeceu de susto.

– Querem fazer o favor de calar essas matracas? É só Marie Melzer voltar para a Vila dos Tecidos que ela se recuperará!

E, assim, virou-se de volta para o fogão, pegou a água fervente e a despejou no bule.

– Você conferiu se o creme não está azedo, Gertie? – perguntou a cozinheira.

A ajudante de cozinha já havia colocado xícaras e pires na bandeja, junto com um pequeno frasco de creme e o açucareiro cheio. Os biscoitos também já estavam dispostos de forma decorativa na travessa. Gertie meteu o dedo mindinho no frasco e provou o creme. A cozinheira tinha razão. Naquele calor, podia azedar rápido.

– Está bom.

– Então pode subir – disse a Sra. Brunnenmayer, depois de adicionar o bule à bandeja.

Julius agarrou a bandeja com a agilidade de sempre e a levou aos fundos da cozinha, onde se encontravam o elevador de carga e a escada de serviço que conduzia aos aposentos dos senhores.

– Como podem tomar chá neste calor? – perguntou-se Gertie, balançando a cabeça e se servindo de água gelada.

Logo teve que largar o copo e correr até a porta, pois alguém batia do lado de fora.

– Boa tarde a todos!

Auguste estava empapuçada de suor pela caminhada entre o parque e a vila. O sol não fazia bem para sua pele, o nariz vinha descascando e manchas vermelhas cobriam suas bochechas.

– Estava entediada? – perguntou a Sra. Brunnenmayer, que havia se sentado e posto os óculos para ler o semanário.

– Entediada? Mas é claro! Com quatro filhos, eu nunca tenho o que fazer – replicou Auguste, irônica. – Vim trazer verduras para a sopa e aipo. E vi umas dálias e uns ásteres tão lindos no jardim. Para decoração. Daqui a pouco é aniversário da Sra. Alicia.

Deixou uma cesta de vime sobre a mesa e se refastelou na cadeira. Apesar da dieta bastante restritiva, ela pouco emagrecera após ter dado à luz em janeiro. Sobretudo a barriga se recusava a diminuir. Auguste ainda tinha trinta e poucos anos, mas depois de quatro partos e com tantas preocupações com o pão de cada dia, percebia-se que seus tempos áureos já haviam passado.

– Verduras para a sopa? – indagou a cozinheira, ponderando. – Estamos com três potes cheios, já em conserva para o inverno. E com respeito aos ásteres, melhor perguntar à senhora.

– Então amanhã pode fazer um caldo de cordeiro com *Leberknödel* – sugeriu Auguste. – Verdura fresca assim você não acha em lugar nenhum. Acabamos de tirar da terra.

– Ai, meu Pai... Então coloque ali – instruiu a Sra. Brunnenmayer, sacando a carteira da gaveta do armário para colocar um marco e vinte fênigues na mesa, diante de Auguste.

Ela não se queixou. Era um bom preço por três maços das hortaliças murchas que Liesel não conseguira vender na feira do dia anterior. Sem demora, enfiou o dinheiro no bolso da saia.

– É um *reichsmark* novinho! – disse ela, quase com ternura. – Dizem que dentro tem uma pepita de ouro. Mas esses fênigues são velhos.

Gertie selecionou na cesta de Auguste os três maços mais aceitáveis e levou-os à despensa. A Sra. Brunnenmayer tinha mesmo um bom coração. No que dependesse dela, jamais compraria um só caule daquela dissimulada. Mas enfim... Os negócios da horta iam mal, e as crianças não tinham culpa pela mãe ser uma patife.

– Você se mata de sol a sol – comentou Auguste, em seguida tomando um demorado gole da caneca que Else lhe servira. – Mas o dinheiro mal chega e já desaparece. É imposto, salário dos funcionários, escola, o aluguel da barraca na feira. Liesel precisa de uma saia nova e Maxl não tem um casaco de frio sequer. Sapatos para o inverno, nenhum dos dois têm. E justo agora meu Gustav deu para se embebedar. Vai de noite à cidade e fica lá no bar bebendo com os ex-companheiros de guerra.

Afastou a caneca e agarrou, ávida, os biscoitos do prato no centro da mesa. Eram os exemplares menos perfeitos, aqueles que eram permitidos aos criados. Alguns haviam se quebrado ao serem retirados do tabuleiro, outros pareciam tostados demais. Obviamente, também se comiam os biscoitos que os patrões deixavam na travessa.

– Gustav deu para beber, foi? Nunca imaginei – falou Else, balançando a cabeça. – Ele sempre foi um rapaz tão ajuizado.

Auguste, que mastigava os amanteigados, nada respondeu. Não fora boa ideia entrar naquele assunto. Mas ela precisava desabafar, do contrário explodiria. O inverno se aproxima, a renda deles minguaria e ela não conseguira economizar nada. Se não trabalhasse de vez em quando na vila, já teriam morrido de fome há tempos.

Escutaram passos na escada de serviço dos fundos. Era Julius voltando do salão vermelho, com a bandeja nas mãos.

– Eu sabia – disse ele, com voz trêmula. – Minha intuição nunca me engana. Sabia que ela planejava algo para me humilhar. Aquela desgraçada, falsa, víbora.

Todas se viraram em sua direção, pois um rompante daquele não era usual.

– O que ela fez? – sussurrou Gertie.

Todas, inclusive Auguste, sabiam a quem ele se referia.

Julius deixou a bandeja, sobre a qual repousava apenas o açucareiro. Suas mãos tremiam.

– Primeiro ela disse que esse açúcar não era o ideal para o chá. Que precisavam de cristal de açúcar, como havia visto em Londres. E que os ingleses são peritos em chá.

– Pois ela que vá lá, essa malandra – comentou a mordaz Auguste. – Para a Inglaterra, para Londres, para onde quiser.

– E isso foi tudo? – perguntou Gertie, decepcionada. – É por isso que você está nervoso assim?

Julius precisou se sentar. Estava tão pálido que elas ficaram preocupadas. Não, esse tinha sido só o começo.

– Quando fui servir o chá – continuou ele, vacilando –, devia estar a um metro de distância dela... Aí ela disse... Teve o desaforo de dizer...

Ele bufou e enxugou a testa com dedos erráticos. Tinha-se a impressão de que o pobre rapaz irromperia em lágrimas a qualquer momento. Então prosseguiu:

– Ela disse: "O senhor não se lava, Julius? Seu cheiro é horrível."

Fez-se silêncio. Aquilo foi duro. Mesmo se tivesse razão, não se dizia algo assim no salão vermelho, na frente dos senhores. O costume na Vila dos Tecidos sempre fora tratar assuntos assim em particular, com a governanta.

– E a senhora? – gaguejou Gertie. – Não repreendeu a Sra. Von Dobern?

Julius já não estava em condições de falar. Limitou-se a negar com a cabeça e cobrir o rosto com as mãos.

– É a maldade em pessoa! – disse a cozinheira, enfaticamente. – Você pisou numa cobra venenosa, Julius. E agora ela está dando o bote.

Alguém bateu à porta da cozinha, mas estavam tão horrorizados com o relato de Julius que ninguém se dignou a abrir.

– Tem que colocar isso aí numa jaula!

– Empalhar e expor no museu.

– E arrancar os dentes venenosos.

Bateram mais forte. Gertie por fim se levantou de um salto e correu contrariada até a porta.

– Não acredito! – exclamou ela. – Maria Jordan. Mas que oportuno!

– Olá?! O que você quer dizer com isso, Gertie?

Jordan adentrou a cozinha com toda a naturalidade, sorriu aos presentes e os cumprimentou com deferência. Afinal de contas, não era mais uma funcionária, e sim uma mulher de negócios que não precisava se rebaixar. Suas vestimentas também expressavam a nova situação: uma blusa clara de seda, com saia creme na altura do tornozelo, e sapatos claros de verão com uma pequena tira no peito do pé. Os dois primeiros botões da blusa estavam abertos para exibir o reluzente cordão de ouro que pendia de seu pescoço fino.

– Ai, nada... – gaguejou Gertie. – Estávamos... estávamos falando sobre... sobre dentes.

– E o que isso tem a ver comigo? – perguntou Jordan, um tanto incomodada.

– É que a senhora colocou esse dente de ouro tão bonito – mentiu Gertie, sem pestanejar.

De fato, já fazia alguns meses que um canino de ouro brilhava no maxilar superior de Jordan. O que também comprovava que seus negócios iam bem.

– E precisa de tanto alvoroço? – comentou ela, dando de ombros e voltando a sorrir, para mostrar a todos sua valiosa conquista. – Pois é, costumo ter clientes da alta roda na minha loja. Então preciso cuidar da aparência.

– Claro, claro – disse Else, em tom de admiração. – A senhora subiu mesmo na vida, Srta. Jordan. Não quer se sentar conosco?

Desde que Maria Jordan adquirira os dois edifícios e a loja, Else passara a dirigir-se a ela como "senhorita". Com a chegada da visita, Julius se recompôs e livrou-se de seu semblante sombrio. Auguste encarava Jordan com desdém. Aquela malandra era dona do próprio nariz, assim como ela tentava ser. Mas enquanto a horticultura ia à beira da falência e ela não sabia como sobreviveria ao inverno, os negócios da mulher pareciam florescer. Àquela altura, já haviam descoberto como a golpista ganhava dinheiro: lia nas cartas o futuro de clientes desavisados. Atendia em uma sala escura, entre imagens fantasmagóricas e corujas empalhadas, e usava, além das cartas, uma bola de cristal cheia d'água. Havia comprado a peça de um sapateiro que fechara sua oficina por estar velho demais.

– É sempre um prazer bater um papinho com meus velhos amigos – falou Maria Jordan. – Ainda somos um grupo unido, por mais que alguns já tenham deixado a Vila dos Tecidos. Fanny, como anda nosso querido Humbert? Está lhe escrevendo bastante?

– Às vezes – resmungou a cozinheira, ainda distraída com o semanário.

– Aquele sim era talentoso! As imitações que fazia. Igualzinho. Isso aí na jarra é água gelada?

– Água gelada com um toque de hortelã.

Julius, já recuperado, passou a servir a visita. Em outras ocasiões, Hanna e Gertie já haviam se mostrado péssimas anfitriãs e cabia a ele fazer as honras da casa para Jordan. O que ela aceitava com prazer.

– Obrigada, Julius. Muito amável da sua parte. Nossa, o senhor parece esgotado, meu caro. Ou é este fim de verão que está incomodando?

Julius relatou que havia dormido mal. Lá em cima, logo abaixo do telhado, onde se encontravam os quartos dos empregados, o calor era insuportável, inclusive de noite.

– Nem me diga! – exclamou Jordan, suspirando. – Me lembro daquelas longas noites de verão que eu passava acordada, tirava até a camisola para não sufocar.

Gertie disfarçou a iminente gargalhada com um ataque de tosse. Auguste revirou os olhos, enquanto Else sorriu discretamente. Julius deu uma risada maliciosa. A única que fingiu não ter escutado foi a Sra. Brunnenmayer, absorta em sua leitura.

– E quando a gente fica acordado de noite... – prosseguiu Jordan, inabalável. – Aí é que vêm as preocupações, surgem pensamentos sobre tudo e mais um pouco. Não é mesmo? Acho que isso acontece com todo mundo.

Julius pigarreou e concordou. Auguste comentou que os pernilongos naquele ano estavam impossíveis. E então se fez silêncio, não se escutava nada além de Else mastigando um biscoito. Contrariada, Jordan se recostou na cadeira. Ela esperava que aquele empurrãozinho bastasse para abrir as comportas. Entretanto, tudo indicava que teria de usar armamento pesado.

– Pois é, nem sempre as coisas são como a gente quer – proferiu ela, com um suspiro. – O ateliê da Sra. Melzer já está há umas duas semanas fechado. Não me digam que ela está doente.

Todos sabiam do ódio que Jordan nutria por Marie. A aversão remontava ao tempo em que Marie, a ajudante de cozinha, fora promovida a camareira e afastara Jordan de suas funções. Isso ela nunca perdoara.

– A senhora está doente mesmo – disse a cozinheira, finalmente. – Não é nada sério, mas ela precisa ficar de cama um tempo.

Jordan fingiu preocupação e lhe estimou melhoras.

– O que ela tem? Tomara que não seja uma hemorragia. Ela sempre foi tão debilitada...

Nem mesmo Auguste, que tanto prazer tinha em criticar a Sra. Marie Melzer, estava disposta a seguir alimentando as fofocas da curiosa Jordan.

– Logo, logo ela se recupera – respondeu Gertie, com naturalidade.

– Que bom. Fico feliz. De verdade. Outro dia vi a Sra. Kitty Bräuer com os gêmeos no carro. Entraram na Frauentorstraße – comentou Jordan.

Julius abriu a boca para dizer algo, mas o olhar de advertência da cozinheira o fez emudecer.

– Se você veio aqui atrás de informações, vai sair de mãos abanando! – disse a Sra. Brunnenmayer. – Ninguém aqui vai te contar nada sobre os senhores da Vila dos Tecidos, esses tempos já se foram. Quando você trabalhava aqui e era uma das nossas, podíamos falar de tudo entre nós. Mas agora você é rica, dona de loja, usa esses sapatos caros e meio quilo de ouro na cara e no pescoço! Não venha se fazer de sonsa para fuxicar nossas conversas.

– Ora, ora! Bom saber – replicou Maria Jordan, irritada. – Pelo jeito ninguém aqui quer saber de velhas amizades. Que pena, é tudo que digo. Pena mesmo. Mas é assim que se conhece as pessoas.

Julius levantou as mãos, em um gesto apaziguador. Pediu que ela não se exaltasse, pois a cozinheira estava mal-humorada naquele dia. Culpa do calor.

– Culpa da inveja – declarou Maria Jordan, e, decidida, levantou-se da cadeira. – Vocês exalam inveja por todos os poros! Porque eu cheguei a algum lugar e vocês continuam aí sentados na cozinha, limpando os fundilhos dos patrões por um salário de fome. Isso vocês não perdoam, não é?

A única resposta da Sra. Brunnenmayer foi um sinal com a mão, indicando-lhe a saída.

– Vocês acham que não sei o que se passa aqui na Vila dos Tecidos? – disse Jordan, ardilosa. – Um furacão. Já não comem nem dormem juntos. Todo mundo já sabe do divórcio que está por vir. Aí ela vai ver só, aquela orgulhosa. Quanto mais se sabe, pior é o tombo.

– Então cuidado para não cair de volta na lama – provocou Auguste.

Parecia indignada com a acusação de estar com inveja. Até porque, infelizmente, era verdade.

Maria Jordan parou junto à porta. Afastou Julius, já prestes a lhe tomar o braço para tranquilizá-la, e virou-se para Auguste.

– Você é a que menos motivos tem para falar mal de mim, Auguste – declarou Jordan, furiosa. – Ontem mesmo veio me procurar na minha loja, pedindo favor. Eu ia te ajudar, mas você saiu correndo.

Auguste enrubesceu quando todos os olhares se voltaram para ela. Mas sempre tinha uma mentira na manga em caso de emergência.

– E por que será? – replicou ela, dando de ombros. – Você é muito careira. Quem é que paga dois marcos por cem gramas de café?

Não foi uma desculpa inteligente, pois todos sabiam que a família do jardineiro Bliefert jamais teria condições de comprar café de verdade.

– Passe lá amanhã de novo. Vamos entrar em um acordo – sugeriu Jordan e, em seguida, virou-se para a Sra. Brunnenmayer com um sorriso dissimulado. – E aos demais, desejo um bom domingo. Não trabalhem demais, meus caros amigos. Pode fazer mal neste calor.

Julius abriu a porta e permaneceu paciente enquanto ela saía com calculada lentidão.

– Bom domingo para você também. Sem ressentimentos...

Quando ele retornou à mesa, recebeu um olhar antipático da cozinheira e retribuiu dando de ombros.

– Muito me admira... – comentou Gertie.

– O que te admira?

– Você não se dar bem com a Sra. Von Dobern, Julius – respondeu Gertie, em tom inocente. – Sendo que adora uma cobra peçonhenta.

Julius se limitou a bufar e fazer um gesto de desdém na direção de Gertie. Auguste riu de maneira exagerada e pegou a cesta de vime.

– Já está na minha hora – comentou ela, já se levantando. – Amanhã fico só duas horas. Para bater os tapetes.

– Auguste – chamou a cozinheira.

Contrariada, ela se virou para a Sra. Brunnenmayer.

– O que foi agora?

Fanny tirou os óculos, piscou duas vezes e a encarou com olhos penetrantes.

– Não me diga que vai gastar seu dinheiro com essa vigarice. Com cartas. Bola de cristal. E seja mais o que for que ela tenha por lá.

Auguste riu com escárnio. Por acaso a cozinheira achava que ela perdera o juízo? Sabia de coisa melhor para fazer com seu dinheiro. Isso se tivesse algum.

– Então ótimo – afirmou a cozinheira.

Balançando a cabeça, Auguste andou até a porta, acenou rapidamente para Else, que parecia desanimada, pois na manhã seguinte precisaria contar aos patrões que a ajuda de Auguste para a limpeza geral de outono seria indispensável.

Não, ela duvidava das adivinhações de Maria Jordan tanto quanto a Sra. Brunnenmayer. Tratava-se de outra coisa.

21

Em seus sonhos febris, Marie via coisas há muito adormecidas nas profundezas de sua consciência, tal qual folhas murchas no fundo de um lago. As imagens eram pouco nítidas e tremulavam, como se estivessem refletidas em águas turbulentas. Às vezes tratava-se de uma única imagem, uma lembrança que contemplava com carinho e com a qual conversava ou até a levava a chorar. Mas, de repente, era engolfada por um sem-número de cenas assustadoras, tão indistinguíveis como as janelas de um trem passando a toda a velocidade, e então se afundava aos prantos no travesseiro, indefesa perante aqueles delírios.

No começo, via a mãe. Eram figuras desbotadas, parecidas com desenhos a lápis, sem cores. Uma jovem diante de um cavalete, com um xale de lã em volta dos ombros, sobre o qual se viam seus longos cabelos soltos. Seu rosto era anguloso, o nariz e o queixo, protuberantes. Ela às vezes contraía os lábios enquanto a mão direita repetia gestos duros, violentos, sobre o papel. Linhas e manchas pretas feitas com lápis de carvão.

Então o rosto de sua mãe surgia bem próximo, inclinado sobre ela, mas completamente transformado. Afetuosa, ela sorria, fazia brincadeiras, acenava. Inclinava a cabeça de lado e jogava para trás o longo cabelo. Marie... *Ma fille...* Minha pequena Marie... Minha filhinha... *Que je t'aime...* Meu anjinho... *Ma petite, mon trésor...*

Ela escutava os apelidos e os reconhecia. Cada um deles. Suas mãos eram pequenas e apalpavam o rosto da mãe, agarravam seu nariz. Ela a via sorrir, escutava-a repreendê-la.

– Larga meu nariz, sua monstrinha. Está machucando! – dizia a mãe.

E sentia uma das densas mechas ruivas entre seus dedos, levava-a à boca e se recusava a soltar.

Sempre que despertava daqueles sonhos febris, mesmo que brevemente, Hanna estava ao seu lado. Segurava uma caneca diante de seus lábios e tentava fazer com que ela bebesse um pouco de chá de camomila. Marie bebia avidamente, tossia e voltava a cair, esgotada, sobre as almofadas.

– A senhora precisa comer algo, Sra. Melzer. Só uma colherzinha – insistiu Hanna. – Gertrude fez caldo de carne com ovo só para a senhora. Isso... Só mais uma colherada. E esse pedacinho aqui de pão.

A comida lhe causava repulsa. Só queria beber, umedecer a boca seca e a língua ferida, receber água fresca no corpo ardendo em febre. Mas cada movimento era um esforço hercúleo, e ela mal conseguia levantar a cabeça. Seu pulso disparava, a respiração acelerava e ela às vezes sentia como se estivesse voando.

Escutava o piano. Era Leo, seu pequeno Leo. Também Dodo estava próxima, era possível escutá-la cochichando com Hanna. Seus filhos estavam por perto. Dodo falava aos sussurros e entregava panos úmidos a Hanna, que os envolvia nos pulsos e tornozelos de Marie, fazendo com que a febre cedesse por alguns instantes. Frequentemente escutava uma voz que conhecia muito bem. A voz de sua cunhada Kitty.

– Não, mamãe. Nem pensar. A febre está altíssima. O Dr. Greiner está vindo todo dia para vê-la... As crianças? De jeito nenhum. Não enquanto aquela megera estiver na mansão fazendo o que quer... Você sabe muito bem de quem estou falando.

De repente Marie percebeu que estava acamada na casa de Kitty. Longe da Vila dos Tecidos. Longe de Paul, com quem brigara. Um abismo se abria diante dela, como uma bocarra prestes a devorá-la. Levariam seus filhos. Ela seria deserdada. Teria que deixar tudo que tanto amava. Ir viver nas sombras. Sozinha.

A febre a envolveu como uma imensa labareda. Viu um quarto feio que lhe era familiar, leitos lado a lado, o reboco despencando das paredes, penicos cheios embaixo das camas. Sempre havia uma criança doente, normalmente as menores. Muitas vezes eram várias, que se contagiavam. Quando uma morria, a levavam enrolada no lençol da cama. Para onde, ela nunca soube. Viu também sua amiga, Dodo – nome que também dera à filha. Seu rosto miúdo e pálido, as mãos magras, a longa camisola com um rasgo na lateral. Ela ouvia seus murmúrios, sua risada tranquila; sentiu por um momento aquele esmirrado corpo junto ao seu. Haviam levado Dodo para um hospital e ela nunca mais a viu. As crianças saudáveis deviam trabalhar na cozinha ou descascar batatas no porão.

– Você só dá aborrecimento. Por acaso acha que é boa demais para a fábrica? É cheia das ambições, né? Quer ler livros. Pintar quadros.

Era a Srta. Pappert, diretora do Orfanato das Sete Mártires. Jamais esqueceria aquela mulher que a torturara por anos. Um dia ainda prestaria contas por aquelas infelizes criaturas. Sempre economizava com roupa e comida, nunca ligava a estufa, e tudo isso para desviar o dinheiro da fundação para si mesma. Que lhe importava se as crianças morressem? Sempre haveria novos órfãos por quem a igreja também pagaria.

– Mas só uns minutinhos – disse Kitty. – E não pode falar com ela. A febre persiste. E não vá derrubar a chaleira.

Ela sentiu uma mão pesada e fresca sobre sua testa. Alguém lhe acariciava o rosto com dedos acanhados, tocava sua boca.

– Marie... Está me escutando, Marie?

Um grande anseio a tomou de assalto. Ela abriu os olhos e viu um rosto, trêmulo e embaçado. Era Paul. Ele tinha ido vê-la. Estava tudo bem. Ainda o amava. Um amor maior que tudo no mundo.

– Você tem que melhorar, Marie. Me prometa. Nunca mais vamos brigar quando você voltar para nós. Não há razão para essas brigas idiotas. Tudo pode ser tão simples...

– Sim. – Ela escutou o próprio sussurro. – Sim, tudo é tão simples.

Ele a beijara? Percebeu por um momento o cheiro de seu casaco, a conhecida mescla de tabaco, fábrica, carro e sabonete floral; sentiu no rosto a barba do queixo por fazer. E então ele foi embora e ela ouviu vozes furiosas discutindo no corredor.

– Onde você acha que eles estão? Na escola, claro!

– Vou mandar buscá-los. O lugar deles é na Vila dos Tecidos! – bradou Paul.

– Você quer que a Marie melhore? – questionou Kitty.

– Por que essa pergunta?

– Então deixe as crianças aqui, Paul.

– Isso é ridículo! Em dois ou três dias, Marie vai poder voltar. Conversei com o Dr. Greiner. Vou contratar uma enfermeira para cuidar dela até que melhore.

– Você não pode arrastar Marie para lá contra a vontade dela, Paul. Não vou permitir! Isso é sequestro.

– Que disparate é esse, Kitty? Sequestro? Marie é minha esposa!

– E o que isso tem a ver?

– Você enlouqueceu de vez, Kitty. São essas as ideias modernas das mulheres de hoje? Você também é dessas malucas que fumam em público, pregam amor livre e consideram desnecessário o casamento entre homem e mulher?

– Marie não sai desta casa. A não ser por livre e espontânea vontade. Entendeu bem, Paul? – sentenciou Kitty.

Escutou-se então um estrondo, como se alguém batesse uma porta com violência. Marie sentiu que chorava. Lágrimas vertiam incessantemente de seus olhos e escorriam pelas têmporas até o travesseiro, cuja umidade logo lhe transmitiu uma sensação de frescor. A grandiosa esperança de felicidade, pela qual vinha lutando fazia tanto tempo, havia se despedaçado; agora, os estilhaços voavam em todas as direções como pequenas e afiadas estacas de gelo.

– Mamãe, você tem que parar de chorar. Quero que você melhore agora, tá? Por favor.

– Dodo? Como seus dedos estão frios.

– Mamãe, tia Kitty foi com a gente ao aeródromo. Leo morreu de tédio, mas eu achei incrível. Vimos os hangares. E a tia Kitty pediu para um senhor simpático deixar a gente entrar. Tinha um avião dentro e me colocaram no assento. Aí eu saí voando. Não de verdade, só de brincadeirinha. Voei rápido, mais rápido... bem, bem rápido. E aí *zuuuuum*.... cheguei no céu. Mamãe?! Mamãe, eu quero ser pilota.

Ela piscou para a filha. Agitada, Dodo abria os braços para imitar o avião decolando. Como seus olhos cinza brilhavam. Os olhos de Paul. Quanta força e vontade havia naquela criança.

– Dodo, me dá um lenço, por favor.

– Henni! Traz um lenço limpo!

Henni olhou pela fresta da porta e não parecia muito contente com a ordem recebida.

– Mas só desta vez. Só porque é para a sua mãe – falou a menina.

Ela trouxe um delicado lenço rendado que tinha um forte cheiro de perfume caro. Provavelmente Henni o encontrara na cômoda de Kitty.

A febre persistia, às vezes voltava como brasa, mas sua força vinha cedendo. Marie conseguia distinguir os ruídos ao seu redor, os cochichos e risadinhas das mulheres, entremeados pelos gritos birrentos de Henni, o barulho das panelas na cozinha, as vozes baixas dos dois garotos na sala de música. Ela escutava com atenção, acompanhava as melodias, sofria quando as interrompiam e compartilhava do êxtase quando concluíam uma estrofe.

– Mamãe? Sua cara está melhor, mamãe. Tocamos Mozart para você. A Sra. Ginsberg falou que é melhor do que Beethoven quando tem gente doente. Disse que Beethoven agita a pessoa, Schubert deixa triste e com vontade de chorar. Mas Mozart acaba com todas as preocupações e deixa todo mundo feliz. Foi o que ela disse. É verdade, mamãe? Você está feliz agora?

Pelo menos seu filho parecia flutuar de felicidade. Ele tagarelava sobre acordes e cadências, sobre dó maior, lá menor, *piano* e *pianissimo*, *moderato* e *allegro*.

Por um instante pensou que seu rosto radiante de alegria lhe lembrava alguém, mas logo a imagem desapareceu. Seu cabelo havia escurecido tanto que brilhava em tons quase avermelhados sob a luz.

– Você e o Walter tocaram muitíssimo bem. Mas você tem que cortar esse cabelo, daqui a pouco vai parecer uma menina.

Ele passou, com indiferença, os quatro dedos sobre a franja que se formava sobre a testa.

– A tia Gertrude disse que vai cortar hoje mais tarde.

À noite, no horário em que a febre normalmente subia, ela se sentiu melhor. Riu junto com Hanna do casaquinho rosa-claro que Kitty havia lhe emprestado para que pudesse se sentar na cama enquanto a penteavam.

– Está humanamente impossível, Sra. Melzer – reclamou Hanna, empenhadíssima em domar a emaranhada cabeleira de Marie com pente e escova. – O pente fica preso.

Kitty também fez o melhor que pôde, mas sem o mesmo capricho de Hanna.

– Está vendo só como não é prático? – comentou a cunhada, provocando, antes de desistir da escova. – Quem tem um cabelo desse tamanho hoje em dia? Só as camponesas lá dos confins dos Alpes.

– Ai, Kitty.

– Tesoura nela! – proferiu Kitty, categórica.

Fazia tempo que Marie vinha flertando com a ideia. Acabara desistindo por causa de Paul. E pelas crianças.

– Quer sair na rua com esse emaranhado na cabeça? Capaz até de acharem que é um ninho de rato.

Marie apalpou a cabeleira. De fato, não havia maneira de desembaraçá-la.

Gertrude preparou todo o material e dedicou-se à incumbência com paixão, explicando que sempre quis ser cabeleireira quando criança, mas que depois preferira se casar com um banqueiro. O ruído era como se estivessem cortando fios de cristal, e Marie fechou os olhos por precaução. Depois, se olhou no espelho de mão que Kitty lhe entregara e constatou que ficava muito bem de cabelo curto.

– Ainda tem umas mechinhas aqui, Gertrude – disse Kitty, apontando. – Precisa olhar bem, porque Marie tem o cabelo muito volumoso. Mas está lindíssimo! É uma nova Marie! Ai, assim eu vou gostar ainda mais de você, minha querida. E agora vamos fazer um piquenique.

– Lá fora? No jardim? – perguntou Gertrude, sorrindo. – Assim tarde da noite?

– Não, não no jardim. Aqui com a Marie.

– Aqui... comigo?

Era a vida que voltava de maneira arrebatadora e inundava o antigo quarto da doente com um delicioso caos. Febre e fraqueza foram varridas para longe e, de repente, tudo se encheu de movimento. Estenderam uma toalha xadrez azul sobre o edredom, Hanna acomodou suas costas em três volumosas almofadas, enquanto Gertrude colocava uma imensa tigela de salada de batatas com *maultaschen* sobre a cama. Pratos, talheres, uma cesta com pão fresco, manteiga e – a cereja do bolo – um tabuleiro com a primeira torta de ameixa do ano!

Todos se sentaram ao redor dela, até as crianças. Gertrude advertiu para que não sujassem os lençóis brancos com sidra, mas seus apelos foram encobertos pela algazarra generalizada.

– Mamãe, você está horrível com esse cabelo curto!

– Leo, pare de ser burro! A tia Marie está linda!

– Também achei. Quando eu for pilota de avião, vou cortar minhas tranças fora.

Marie recebeu um prato cheio de Hanna. Para sua própria admiração, ela não só conseguia comer, como se sentia realmente faminta. A campainha da porta quase passou despercebida, se não fosse pelos ouvidos aguçados de Leo, que desceu apressado para abrir. Instantes depois, retornou e, como um arauto, inclinou-se teatralmente e anunciou:

– Sr. Von Klippstein!

– Klippi? Ai, que amável da parte dele! – exclamou Kitty. – Diga para ele entrar e trazer uma cadeira. Ainda tem algum pedaço da torta de ameixa? Hanna, me passa essa almofada, só sobrou a cadeira da cozinha para o coitado do Klippi.

Ao entrar, o visitante deixou um grande buquê de rosas sobre a cômoda. Kitty comentou mais tarde que Klippi parecia uma barata tonta. Era evidente que ficou morto de vergonha ao cruzar a porta do quarto de Marie, então sentou-se estranhamente ereto na cadeira bamba da cozinha e não soube o que fazer com o copo enquanto tentava equilibrar o prato com a torta de ameixa no colo.

– Ficou sabendo que Tilly prometeu vir semana que vem? – disse Kitty.
– Ela quer visitar a mãe por alguns dias antes de o semestre começar. Pobre Tilly, está passando por maus bocados com aqueles professores velhos e cabeças-duras.

– Coitada da Srta. Bräuer. Ela é uma moça tão inteligente e talentosa, tem toda minha admiração. Quando chega? – perguntou Klippi.

– A torta acabou, Gertrude?

– Hanna, você sujou os lençóis!

– Mamãe, posso dormir com você esta noite?

Marie se sentia saciada e cansada. Embora mal conseguisse acompanhar as conversas, ela se alegrava com aquele alvoroço e escutava com atenção, participando com respostas esporádicas e sorrindo sozinha. Suas pálpebras pesavam cada vez mais, e sonhos lúcidos se misturaram à realidade: era o sono levando-a em seus braços.

– Se a Dodo vai dormir com a tia Marie, essa noite quero dormir com o Leo – impôs Henni.

– Jamais! – exclamou Leo, defendendo-se, indignado.

– Pode me servir um pouquinho mais de salada de batatas? Está deliciosa, senhora.

– Imagine, Sr. Von Klippstein. Assim eu fico com vergonha. É uma saladinha normal. Só cozinhar as batatas, cortar cebola, picles, colocar um pouco de vinagre, azeite...

– O Sr. Von Klippstein não precisa de tantos detalhes, Gertrude.

– E por que não? Que mal há em um homem entender um pouco de cozinha? Já na época das Cruzadas, eram eles que preparavam a própria comida.

– Acho que Marie precisa dormir agora, Sra. Bräuer.

– Tem razão, Hanna. Você é uma menina esperta. Não sei o que faríamos sem você. Então, meus caros, o piquenique acabou. Cada um desce com alguma coisa para a cozinha. As crianças também. E sem barulho. Marie agora precisa dormir... Ai, meu Deus. Acho que já dormiu. Henni, a tigela é muito pesada para você. Leo, você está enchendo o tapete de migalhas. Klippi, leve por favor as flores lá para baixo.

Marie não percebeu quando deixaram o pequeno quarto, munidos de louça, talheres e cadeiras. Ela caía em um poço frio e profundo, quando o sono a agarrou em seus braços. Nada além de uma escuridão agradável e o silêncio revigorante. Sem sonhos. Sem imagens. Os portais das memórias haviam se fechado novamente.

Na manhã seguinte, acordou com o cantarolar dos pássaros e se sentiu revigorada. Levantou-se com calma, foi até o banheiro e se lavou com água fria. Então, penteou os cabelos curtos e vestiu o robe de Kitty.

– Voltei à vida – declarou ela, com um sorriso, ao ver Gertrude na cozinha.

– Já era hora – comentou Gertrude, servindo-lhe uma caneca de café quente. – Seu marido disse que vem hoje de manhã.

Marie sentiu uma ligeira palpitação, mas não se importou.

– Que bom – disse ela, sem pressa, e sorveu o café. – Finalmente vamos conversar. E fazer as pazes.

Gertrude nada disse. Um melro chilreava sua canção matutina em frente à janela. Após alguns minutos em silêncio, Hanna apareceu. Sorriu para Marie e avisou que acordaria as crianças para a escola. Logo em seguida, vozes agudas dominaram a casa; Henni e Dodo correram para o banheiro e causaram uma pequena inundação, enquanto Leo, o dorminhoco, precisou ser acordado por Hanna três vezes até finalmente largar o travesseiro.

Um rápido desjejum à mesa da cozinha, conversas animadas, gargalhadas. Hanna passou manteiga no pão que Gertrude logo embrulhou e meteu na merendeira. Henni subiu correndo para pegar o caderno que havia esquecido, Dodo derrubou o copo de leite e Leo já estava no piano outra vez.

– Sonhei a noite inteira com essa música, Gertrude. Preciso tocar.

– Mas baixinho! – repreendeu Henni, com raiva. – Mamãe ainda está dormindo!

Os três se despediram de Marie com um abraço, um carinho fornecido por dedos grudentos de mel.

– Mamãe, agora que você melhorou, aqui ficou perfeito. Papai e vovó bem que podiam se mudar para cá também. E deixar a Sra. Von Dobern sozinha na Vila dos Tecidos!

Hanna já estava de prontidão para levar a turminha do barulho às respectivas escolas e, assim, logo partiram. De uma hora para outra, a casa ficou em silêncio. Gertrude arrumava a louça enquanto Marie subiu para se trocar. Hanna, aquela boa alma, havia lavado e passado sua roupa. Ela deu um suspiro. Não, a garota não tinha futuro como costureira, era atrapalhada demais. Ali, na Frauentorstraße, ela parecia plenamente satisfeita. Ajudava na cozinha, limpava, se encarregava das crianças com carinho... E, para completar, Hanna cuidara dela com devoção. Era o espírito bom daquela casa. Que desgraça ter se envolvido com aquele russo e abortado o bebê. Desde o terrível acontecimento, ela se tornara arredia com todos os homens que se aproximavam. Mas não restava dúvida de que seria muito feliz como esposa e mãe.

Esposa e mãe, pensou Marie. É isso que eu sou. Será essa a vocação mais importante da mulher? De que me adianta o ateliê de moda se negligencio meu marido e meus filhos? Não... Posso abrir mão do ateliê sem problemas.

Paul chegou por volta das dez. Como Kitty ainda não saíra da cama, Gertrude o recebeu na porta. Marie olhava o descuidado jardim pela janela da sala e seu coração batia tão forte que se sentiu tonta.

– Ela melhorou? Está de pé? – A voz agitada de Paul soou do corredor.

– Ainda está fraca, Paul. Não pode se alterar de maneira alguma.

– Meu Deus, que alívio! – exclamou ele.

Ela escutou sua breve risada e a saudade do marido a dominou. Paul. Seu amado. Como ela adorava aquele riso jovial e atrevido. Seu humor seco. O olhar de soslaio quando a desafiava.

Bateram à porta. Não de forma suave, mas tampouco com impertinência.

– Entre, Paul – disse ela.

Ele abriu e, ainda segurando a maçaneta, olhou para a esposa sorrindo. Marie sentiu um calor subir por seu corpo, o rosto enrubescer. Como ela sentira falta dele.

Por um instante, os dois se mantiveram imóveis, sentindo a atração entre seus corpos, a vontade de ser apenas um, de mergulhar na pessoa amada. Marie se deu conta de que aquele momento seria único. Nunca mais em suas vidas se amariam e se desejariam com tanta intensidade como naqueles poucos segundos.

Foi Paul quem aliviou a tensão. Após fechar a porta, andou até ela, deteve-se por um momento e, em seguida, a abraçou de uma maneira impulsiva, pressionando-a contra si.

– Não acredito que estou te abraçando – sussurrou ele. – Tive tanto medo, minha querida!

Aconchegada em seus braços, Marie sentiu uma felicidade sufocante, uma sensação de retorno e segurança junto com tontura, pois o aperto lhe tirava o ar.

– Com cuidado, meu amor. Minhas pernas ainda estão um tanto bambas – explicou ela.

Ele a beijou com ternura, conduziu-a até o sofá para que se sentasse e a abraçou.

– Foi imperdoável o que eu disse sobre sua mãe, Marie. Me desculpa. Já me arrependi. Ela era uma artista, uma mulher corajosa e, acima de tudo, era sua mãe. Nunca poderei agradecer-lhe o bastante por ter colocado você no mundo, minha amada, minha única Marie.

Ele a abordava com doçura. Tão cheio de remorso e afeto... Pedia-lhe perdão. Era mais do que Marie havia esperado. E queria corresponder. Não, ela não era o tipo de mulher que queria ficar por cima do marido. Queria mostrar que também sabia ceder.

– Andei pensando, Paul. Não preciso do ateliê para ser feliz e realizada. Pelo contrário, ele só me trouxe aborrecimento. Quero entregar o negócio e, daqui para a frente, me dedicar só a você e à família.

Ele a beijou e ambos se entregaram brevemente à maravilhosa emoção do reencontro.

– É uma decisão sábia da sua parte, minha querida – disse ele. – Por mais que eu lamente de verdade que seja o fim do ateliê de moda. Você sabe que eu mesmo te incentivei muito no começo. Mas tem razão, Marie. É melhor entregá-lo.

Ela assentiu e escutou atentamente o marido desenvolver seu raciocínio. Seria benéfico sobretudo para Alicia, que se livraria da sobrecarga de gerir a mansão sozinha. As crianças também sairiam ganhando, pois, nos últimos tempos, mal viam Marie – assim como mal o viam.

Para ele é tão natural eu me sacrificar, pensou ela, decepcionada. *Será que não percebe o que isso significa para mim? E que eu só aceito isso por amor?*

– E claro que você vai poder pintar um pouco ou desenhar seus vestidos sempre que tiver um tempinho. Já me encarreguei de que apenas você tome conta das crianças, e Hanna vai te ajudar.

– Então você demitiu a Sra. Von Dobern? – indagou ela.

Com um sorriso jovial, Paul explicou que havia encontrado a solução perfeita.

– A partir de agora, a Sra. Von Dobern vai assumir a posição de governanta da Vila dos Tecidos. Foi sugestão da mamãe e aceitei com prazer... – contou ele.

– Governanta?! – exclamou ela, revoltada. – Mas Paul! Impossível isso dar certo...

Ele a abraçou com mais força e acariciou seus cabelos. Aos sussurros, confessou que o novo corte lhe caía como uma luva; ela nunca estivera tão linda como com as madeixas curtas.

– Não vai funcionar, Paul. Os funcionários a odeiam. Vão se revoltar, talvez haja até demissões.

– Vamos ver, Marie. Vamos pelo menos tentar. Não quis aborrecer mamãe. Ela é muito apegada à Sra. Von Dobern.

Marie se calou. Estavam ali para se entender. Fazer as pazes. Chegar a um acordo. De nada servia impor exigências. Apesar de ele, até então, pouco ter cedido. A Sra. Von Dobern ficaria, não como preceptora, e continuariam tendo que aturar sua presença. Paul, astuto como ninguém...

– O que mais quero é que você volte, Marie. Foram dias horríveis para mim, de tanta solidão e abandono. Você é uma parte tão importante da minha vida que eu tinha a sensação de que haviam arrancado um pedaço do meu corpo...

Comovida, ela roçou seu corpo no dele para consolá-lo. Sim, logo faria as malas – Hanna poderia cuidar da bagagem das crianças e depois partiriam juntos para a Vila dos Tecidos. Ela queria voltar para casa... e também para o quarto do casal.

Ele a agarrou com tanto ímpeto que Marie temeu que o marido quisesse cumprir com suas obrigações conjugais ali mesmo – o que, em consideração a Hanna, Gertrude e Kitty, seria obviamente impossível. Paul também estava ciente das limitações e, portanto, contentou-se em abraçá-la e sussurrar ternamente em seu ouvido:

– Prometo que de agora em diante vou me dedicar mais às crianças,

Marie. Principalmente a Leo. Acabou essa história de piano. Vou levar meu filho à fábrica, para ele fazer um trabalhinho ou outro e aprender sobre o funcionamento das máquinas. Por mim, Dodo é quem poderia aprender um instrumento. Afinal de contas, ela é menina e saber um pouco de música não faria mal.

– Mas Paul, quem se interessa por máquinas e tecnologia é justamente a Dodo – respondeu Marie.

– Por mim, não há problema algum. Mas precisamos colocar o Leo nos eixos de uma vez por todas. Você verá o pai cuidadoso que eu sou, Marie.

Então tudo continuaria como antes. Que estranho Paul não perceber o quanto se parecia com o próprio pai. Aferrando-se com teimosia a convicções que já haviam se provado absurdas. Leo se tornaria uma pessoa infeliz se fosse obrigado a assumir a fábrica no futuro.

– Também refleti sobre aqueles quadros – prosseguiu ele. – Vou comprá-los, pelo preço que for. Não tem cabimento Klippstein ter as pinturas da sua mãe. Vamos embrulhar as obras com muito cuidado e deixá-las bem guardadas no sótão para não danificar.

Estava claro que o principal para ele era tirá-las de circulação e evitar uma possível exposição. Paul era mesmo esperto, mas tudo tinha limite.

– Isso não, Paul – objetou ela. – O lugar desses quadros não é no sótão. Minha mãe os pintou e eu gostaria que um dia fossem exibidos ao público. Devo isso a ela.

Ele deu um longo e aborrecido suspiro, mas se conteve. Marie se livrou de seus braços e se recostou no sofá. Por que ela dissera aquilo? Não bastava responder que era desnecessário comprar os quadros?

– Marie, você sabe muito bem que uma exposição dessa natureza causaria sérios danos à reputação de nossa família e, com isso, também à fábrica…

– Mas por quê? Trata-se da pintora Louise Hofgartner e de seu desenvolvimento como artista, de encaixá-la em um ou vários movimentos artísticos.

– Isso é conversa fiada, Marie. Não vão demorar um minuto para começarem a falar de Jakob Burkard e do meu pai.

Óbvio, aquele era o ponto. O orgulhoso clã dos Melzers não podia de forma alguma revelar que sua opulência se devia às invenções do pobre e alcoólatra, porém genial, Jakob Burkard. Ela já havia se resignado, de fato. Tinham lhe pedido perdão. Paul a desposara. Não por remorso, mas por amá-la. Contudo, o fim de seus pais voltava a atormentá-la. A história se repetiria? Não era de novo um Melzer tentando obrigar a filha de Burkard a seguir sua vontade? A se submeter?

– Sinto muito, Paul. Mas encontrarei uma forma de impedir que Ernst von Klippstein venda a parte dele dos quadros para você!

Ela notou o corpo do marido se enrijecer. Os músculos de sua mandíbula estavam tensos, conferindo-lhe um aspecto grosseiro.

– Você insistiria nessa exposição contra a minha expressa vontade? – perguntou ele.

O tom ameaçador do marido a assustou. Mas dentro dela não havia apenas a meiga Marie, ali habitava também um pedaço de Louise Hofgartner, a mulher que ousara enfrentar o poderoso empresário Johann Melzer.

– Acho que não precisamos discutir isso agora, Paul. Para mim, o mais importante é que a Sra. Von Dobern saia da Vila dos Tecidos. Desculpe, mas disso eu faço questão – pontuou Marie.

– Já lhe disse que não posso fazer isso com a mamãe.

– E comigo pode? – rebateu ela.

Ele bufou com raiva, se levantou e andou até a janela. Marie via seus punhos cerrados, escutava sua respiração.

– Eu não posso simplesmente mandá-la embora da noite para o dia! – insistiu ele.

– Não precisa ser assim, Paul. Posso esperar. Mas só volto para a mansão quando a Sra. Von Dobern tiver saído.

Aquelas palavras o fizeram ficar com raiva. Ou seria desespero? Impotência? Paul chutou a cadeira de balanço, que iniciou um vaivém veloz. Sua base curva de repente lembrou Marie da faca meia-lua que Gertrude usava para picar ervas na cozinha.

– É sua última palavra? – perguntou ele.

– Sinto muito, Paul. Não tem outro jeito.

Ele agarrou com a mão direita o peitoril da janela, como se precisasse fincar os dedos em algo.

– Você sabe que eu posso te obrigar, Marie... Não quero tomar medidas extremas. Mas as crianças voltam para a Vila dos Tecidos. Ainda hoje. Disso sou *eu* quem faz questão!

Ela se calou. Paul poderia pedir o divórcio e levar as crianças. Também poderia fechar o ateliê, registrado no nome dele. Não sobraria nada para Marie.

– Enquanto eu morar aqui com Kitty, as crianças ficam comigo – afirmou ela.

Paul se virou abruptamente; seus olhos brilhavam, raivosos. Ah, como se parecia com o pai. Teimoso e irracional. Um Melzer. Alguém acostumado a triunfar. Onde estava seu amor por ele? Já não o encontrava. Como fora capaz de um dia haver amado aquele homem?

– Então me vejo obrigado a tomar outras providências, Marie! – exclamou Paul.

Ele correu até a porta e a abriu com força, então virou-se mais uma vez, como se quisesse lhe dizer algo. Mas apenas contraiu os lábios e permaneceu calado.

– Paul – disse ela, em voz baixa. – Paul...

Mas logo também sentiu que naquele momento não havia mais nada a dizer.

Segundos depois, ouviu a porta da rua bater e o motor do carro, que arrancou aos solavancos.

22

Outubro de 1924

— Que nojo, deu verme no repolho!

Gustav caminhava com dificuldade sobre a terra, levando uma cesta cheia da hortaliça em cada mão. Eram cabeças pequenas, pois ele precisara arrancar várias folhas para tentar salvar pelo menos a parte de dentro. Alguns dos mais promissores e volumosos repolhos haviam se convertido em nada. Apenas folhas mordiscadas e talos podres. Para completar, começara a chover. Tarde demais: se a água tivesse chegado poucas semanas antes, teria acabado com as malditas moscas que botaram seus ovos com toda a tranquilidade do mundo nas verduras.

– O que não vendermos, vamos usar para fazer chucrute – disse Auguste, consolando-o. – Posso pegar emprestado um ralador e uns jarros grandes de barro na mansão.

Gustav assentiu. Não havia outra solução. Ele chamou Liesel e Maxl, que amarravam maços de verdura para sopa embaixo de um pequeno abrigo.

– Podem empilhar na carroça. Mas com cuidado. Cubram com a lona para não molhar – instruiu Gustav.

– Sim, papai.

Caía uma chuva fina que entrava no tecido das roupas sem dificuldade. O tempo esfriara. Naquele dia, a grama havia amanhecido levemente salpicada de branco, sendo que ainda era outubro e o inverno estava longe.

– E como vai esse pé? – perguntou Auguste, após flagrar Gustav mancando.

– Está bem – respondeu ele. – Ainda dói um pouco, mas logo vai melhorar. Me passa as cestas. Quero pegar cenoura e aipo. O repolho roxo pode esperar, vamos colher só na primeira geada.

Auguste acenou com a cabeça e foi para baixo do abrigo, onde teria pelo menos um lugar seco para trabalhar. Hansl, com 3 anos, estava agachado e batia com as mãozinhas na lama cinzenta. Auguste teria que lavar aquela calça, mas pelo menos o menino estava dando sossego. O pequeno Fritz, por sua vez, acabara de completar 9 meses. Era um bebê forte e gorducho, ávido por escalar tudo ao seu alcance. Mais uma ou duas semanas e o rapazote daria os primeiros passos. Enquanto amarrava os maços, Auguste observava as coloridas dálias e ásteres que Liesel havia cortado para colocar nos latões com água. Ela também as venderia no mercado. Era uma pena não saber fazer lindos buquês como as floreiras. Elas conseguiam, no mínimo, o dobro do valor pelas mesmas flores.

Auguste desviou o olhar para a imensidão do parque que pertencia aos Melzers. *Que desperdício*, pensou. Aquilo era terra boa, poderiam plantar batata e nabo, construir um canteiro para cultivar couve-flor... Mas os ricos Melzers não precisavam de nada disso. Já lucravam muito com a fábrica e usavam o parque como refúgio. Árvores, grama e flores – tudo só de enfeite. Coisa para quem podia.

Evidentemente, ela não tinha razão para se queixar dos Melzers, afinal ela e a família continuavam vivendo sem pagar aluguel no casebre do jardim. Era apertado e os quartinhos do sótão careciam de aquecimento no inverno, mas continuava sendo de graça. Se não morassem de favor, talvez já tivessem morrido de fome há tempos.

Inclinou-se para a frente para ver o que Gustav e os dois filhos mais velhos faziam na horta. Ainda estavam às voltas com as poucas cenouras e o aipo? Teriam que sair logo para armar a barraca na feira, antes que outra pessoa lhes tomasse o lugar. E quando terminassem, precisaria limpar Liesel e Hansl com um pano úmido para que não tivessem aborrecimentos na escola por causa dos dedos sujos. O que se passava na cabeça do professor? Dedos limpos... Isso era luxo de gente rica. Na sua família, dependiam do trabalho dos filhos mais velhos, do contrário não teriam como viver.

Pois é, senhor professor, pensou ela. *E se o senhor não acredita, então vai lá em casa tirar cenoura de dentro da terra. Vamos ver como seus dedos ficam depois!*

– Gustav! Anda logo! Temos que ir! – exclamou ela, de longe.

Então pegou as ervas para dispô-las nas pequenas cestas. Salsinha, endro e cebolinha estavam disponíveis em praticamente todas as barracas. Mas eles tinham também manjerona e estragão, alecrim e tomilho, que as cozinheiras das famílias mais abastadas compravam para temperar assados e molhos. Pelo menos conseguiriam algum dinheiro.

Gustav e as duas crianças correram para a carroça, protegida da chuva por uma lona. Se ao menos tivessem um cavalo. Ou ainda um automóvel. Mas era melhor nem sonhar. Em algumas semanas, a renda da família minguaria tanto que o dinheiro mal cobriria o aluguel do ponto na feira. No final de novembro, as flores acabariam e sobrariam apenas cebolas, cenouras e couves-de-bruxelas. As cenouras eram armazenadas no porão do casebre, em jarras cheias de areia, e, assim, se mantinham frescas e suculentas durante todo o inverno.

Uma estufa, era disso que precisavam. Uma grande estufa que recebesse muita luz e pudessem aquecer no inverno. Ali poderiam cultivar flores e ervas o ano inteiro.

– Muito bem, vocês dois – disse Gustav às crianças. – Trabalharam direitinho. Vão até a mamãe pegar o café da manhã.

Deu uma palmadinha carinhosa no traseiro de Maxl. Liesel ganhou um cafuné na cabeça coberta pelo gorro. Auguste sacou as fatias de pão e encheu os copos com leite. Manteiga não havia, apenas um pouco de geleia, que estava líquida demais para ser vendida na feira.

– Mamãe, meus pés estão doendo – queixou-se Liesel. – É porque tenho que ficar sempre encolhendo os dedos.

Os sapatos dela já estavam pequenos havia tempos, e os pés de Maxl tinham crescido tanto que já não cabiam nos calçados que costumava herdar de Liesel. Seria preciso comprar pares novos para os dois, pois os dedões de Maxl também começavam a incomodar. Em outros tempos, ganhavam de presente roupas e sapatos dos Melzers, mas desde que Marie Melzer fora embora da Vila dos Tecidos, não podiam nem pedir. A Sra. Alicia se punha imediatamente a chorar com qualquer menção aos netos.

Fritz berrava furioso no pequeno abrigo, pois Auguste o amarrara com uma fita à porta, por precaução. Do contrário, o bebê sairia engatinhando rumo a territórios desconhecidos e a mãe teria que retirá-lo da terra, sujo e enlameado como um nabo.

– Terminaram? – perguntou Gustav, antes de colocar na carroça as cestinhas com temperos e hortaliças para a sopa.

– Tome, pode pegar. Só vai ter mais à noite.

Auguste lhe ofereceu uma fatia de pão com geleia. Gustav deu algumas mordidas, sem apetite. Em seguida, partiu o restante em pequenos pedaços e os colocou na mão de Hansl, que o observava com avidez. Podiam falar o que quisessem, mas as três crianças não pareciam passar fome. Muito pelo contrário. Apenas Liesel era magra: a menina havia dado uma espichada após os 11 anos recém-completados.

Auguste colocou o filho mais novo no velho carrinho de bebê que ganhara dos Melzers, no qual outrora Paul, Kitty e Lisa haviam sido levados em seus passeios. Hansl ia na frente de Fritz, sentado na beirada, e assim os dois conseguiam se acomodar. Gustav puxava a carroça das verduras, enquanto Liesel e Maxl o acompanhavam por trás. O comboio se pôs então em movimento. Era uma labuta extenuante. Sobretudo pela chuva que caíra na noite anterior, fazendo com que atolassem no caminho lamacento que conduzia à rua.

Não podemos continuar assim, pensou Auguste. *Gustav é um homem honrado, trabalhador. Um rapaz decente, incapaz de puxar o tapete de alguém. Mas é justamente por isso que nunca vai ser ninguém na vida. Pois é assim que as coisas funcionam: as pessoas humildes afundam. Só vai para a frente quem tem olho grande e coragem de se arriscar.*

Cruzaram a Jakoberstraße, passaram pela torre Perlach e entraram na Karolinenstraße, onde acontecia a feira de hortaliças. Foi uma jornada interminável pelos paralelepípedos irregulares e vielas encharcadas; o carrinho de bebê rangia e estalava, parecendo prestes a colapsar a qualquer momento. Como era de se esperar, seu ponto favorito estava ocupado e tiveram que se contentar com um local um tanto escondido, ao lado da loja de laticínios. Pelo menos podiam se proteger da chuva, pois permitiram que Gustav fixasse a lona em um gancho da fachada.

– Hoje vai ser ruim de freguês – disse o vizinho de barraca deles, que vendia batatas, ameixas e maçãs. – Quando chove, o pessoal fica em casa.

– O tempo vai abrir mais tarde – afirmou Auguste.

Ela não tinha ideia de onde vinha aquela certeza, mas algo precisava ser feito contra tamanha tristeza. Ela vendeu dois maços de hortaliças para uma ajudante de cozinha encharcada pela chuva. Algumas mulheres olharam os repolhos, mas preferiram comprar em outro lugar. Auguste estava morrendo de frio, as crianças também tremiam e Maxl já estava com os lábios roxos.

– Vão limpar os dedos – ordenou ela.

A escola ainda não havia começado, mas pelo menos eles poderiam se abrigar por lá; se o bedel fosse compreensivo, os deixaria entrar. Auguste deixou Maxl com Gustav e colocou ervas e flores junto com Fritz no carrinho de bebê.

– Vou passar na Jordan – avisou a Gustav. – Para ver se ela quer alguma coisa.

Sentado sobre um caixote, ele colocou o pequeno no colo.

– Pode ir. O movimento está fraco mesmo.

Gustav parecia sempre tão satisfeito. Raramente se queixava, nunca esbravejava. Tudo o que precisava era tomar sua cervejinha à noite. Para afogar os problemas. Às vezes ela desejava que o marido tivesse opinião, que batesse a mão na mesa e tomasse as rédeas. Mas isso não era do seu feitio. Ele simplesmente esperava que a esposa decidisse e agia de acordo.

A chuva, de fato, cedeu um pouco, e a névoa se dissipou sobre os telhados, conferindo um aspecto mais aprazível à cidade. As ruas se encheram de vida, cavalos puxavam veículos cheios de barris e caixas, surgiram os primeiros automóveis e, entre eles, uma charrete. Trabalhadores amontoavam-se no bonde, a caminho dos escritórios ou lojas. Muitos deles costumavam ir a pé para economizar dinheiro, mas, naquele tempo, preferiam chegar secos ao serviço. Auguste observou com inveja as mulheres bem-vestidas que saltaram no ponto, abriram os guarda-chuvas e correram para o trabalho. Elas não precisavam se aborrecer com repolhos sujos de terra e quatro fedelhos a tiracolo. Ficavam sentadas, secas, em um belo escritório, datilografavam em suas máquinas... ou talvez exercessem o ofício de telefonista ou vendedora em alguma linda loja. No outro lado da rua, avistou o ateliê de moda da Sra. Melzer. Há cerca de três semanas, o estabelecimento fora reaberto. As abastadas clientes entravam e saíam. Dizia-se, inclusive, que estavam recebendo encomendas até da esposa ou filha do prefeito. Fritz começou a chorar. Auguste o pegou no colo, ao mesmo tempo que semicerrava os olhos para distinguir algo por trás da vitrine. Aquela não era Hanna, correndo com um monte de tecido enrolado no braço? Não, tratava-se daquela mulher que um dia estivera na Vila dos Tecidos com o filho. Um amigo da escola de Leo, judeu. A preceptora os mandara embora. Então quer dizer que a judia havia se tornado funcionária da Sra. Melzer? Pois é, ela não temia nada mesmo.

Auguste brincou um pouco com Fritz para animá-lo, em seguida devolveu-o ao carrinho e seguiu caminhando. Depois da torre Perlach, desceu a Maximilianstraße até a Milchberg, onde ficava o comércio de Maria Jordan. A afastada região não era exatamente nobre, mas atendia bem ao seu propósito: quem a procurava para ler o futuro geralmente preferia fazê-lo na surdina. Auguste precisou parar novamente, pois o filho voltou a berrar e espernear tão vigorosamente que ela temeu pelas ervas no carrinho. Então, comprou dois *bretzel* de uma vendedora – um para o menino e outro para ela. Com isso, gastou o pouco dinheiro que ganhara com a venda de hortaliças para sopa.

Encontrou consolo na ideia de que, apesar de todo o dinheiro dos Melzers, as coisas na Vila dos Tecidos tampouco iam às mil maravilhas. A Sra. Melzer continuava morando na Frauentorstraße com as crianças e, embora já se falasse em divórcio e decisão judicial para levar os gêmeos de volta à mansão, o Sr. Melzer aparentemente não tomara qualquer providência até o momento. Mesmo com a mãe morrendo de saudade dos netos e infeliz. Mas o pior era aquela monstra. A nova governanta, Serafina von Dobern. A personificação do mal. Não, a Vila dos Tecidos nunca vira uma pessoa tão pérfida. Nem Maria Jordan era páreo para ela. Serafina se apossara do escritório da Srta. Schmalzler e se abrigara por lá. Gertie lhe levava o desjejum todas as manhãs, pois a única refeição que fazia com os demais funcionários era o jantar. Após o café, surgia na cozinha e distribuía ordens, repreendia, advertia, insultava e exigia, então todos se sentiam aliviados quando ela ia embora. Seu alvo principal era Gertie, que gostava de lhe contradizer. Certa vez, chegou a caluniar a coitada para a Sra. Alicia, de forma que logo a convocaram à sala de jantar para lhe chamarem a atenção. Segundo a Sra. Von Dobern, Gertie teria quebrado taças e, inclusive, roubado um prato de louça fina. Na realidade, o referido prato estava no escritório da própria governanta, que, sem perguntar, se servia regularmente da lata de biscoitos da Sra. Brunnenmayer. Else, como sempre, corria para o lado mais forte – que, infelizmente, no momento era o de Serafina. Julius vinha procurando outro emprego, mas até então não encontrara nada. Ele tentava ao máximo ignorar a governanta e não se deixar abater por seus comentários maliciosos, mas era nítido o quanto aquilo lhe era penoso. Não raras vezes, encontravam o pobre rapaz vermelho de raiva. Fanny Brunnenmayer era a única que a enfrentava. No jogo de forças entre as duas, Serafina saía perdendo. As ordens que tentava dar entravam por um ouvido e saíam pelo outro. A cozinheira continuava realizando seu serviço da mesma forma, dando à governanta a mesma atenção que dedicava a uma mosca na parede. Mas, às vezes, se permitia uma travessura. Na vez em que a Sra. Von Dobern exigiu cristal de açúcar para seu chá matinal, a cozinheira encheu o açucareiro com bolas de gude que Gertie havia trazido do quarto das crianças. Jesus, Maria e José! A governanta ficou uma fera. Acusou-a de tentativa de homicídio. Disse que chamaria a polícia. E que ela apodreceria na cadeia. E que, antigamente, na época do kaiser, gente da laia da Sra. Brunnenmayer acabava na forca.

Auguste se deteve tão bruscamente que uma cestinha com estragão quase caiu do carrinho. Aquela parada em frente à coluna de anúncios não era Gertie? Sim, claro que era. Com o cesto de vime no braço e um lenço cobrindo a cabeça por causa da chuva. Auguste a reconheceu pela saia vinho estampada. A peça pertencera à Srta. Elisabeth, que depois se casou com o tenente Von Hagemann e se mudou com ele para a fazenda na Pomerânia. Pobre rapaz, o tal Von Hagemann. Era um oficial tão elegante. Um verdadeiro galã... Auguste decidiu não resvalar para as lembranças do passado e dirigiu-se à desavisada Gertie.

– Olha só quem está aí. Se não é a Gertie, toda distraída.

Para sua decepção, ela não esboçou qualquer assombro, limitando-se a virar lentamente a cabeça e sorrir com simpatia.

– Bom dia, Auguste! Já estava ouvindo vocês de longe. Esse carrinho chia mais que uma ninhada de leitões. Estão indo para a feira com as verduras?

– Não, estou levando para a Jordan.

– Ah, tá.

Auguste olhou de relance o cartaz que Gertie examinava, distinguindo apenas "Associação de Mulheres Cristãs"; o resto estava em letras muito pequenas.

– Vai para o convento? – perguntou Auguste.

Gertie soltou uma gargalhada. Apesar dos aborrecimentos diários com a nova governanta, ainda não cogitava dar adeus à vida mundana.

– Estão oferecendo cursos. Veja. Cursos para ajudante de cozinha duram dois meses e meio. Os de camareira, três meses. E são grátis.

Quem diria, Gertie está sonhando alto. E logo a função de camareira, pensou Auguste. *Bem, se a pessoa tem tempo e energia...*

– E o que ensinam lá? Me conta – falou Auguste.

Gertie deslizava o indicador sobre as linhas enquanto lia em voz alta.

– Sim, aqui: lições de etiqueta e formalidade. Aquisição de boas maneiras. Servir e pôr a mesa. Penteados. Passar a ferro. Corte e costura. Cuidados com roupas e limpeza de lustres.

– Mas você já sabe quase tudo dessa lista – comentou Auguste.

A moça recuou um passo e deu de ombros.

– Claro que sei a maioria das coisas. Menos a formalidade e as boas maneiras. Mas quem faz esse curso ganha um diploma. Que você pode mostrar quando for procurar trabalho. Entendeu?

Auguste assentiu. Gertie não era do tipo que seria ajudante de cozinha para sempre. Ela própria também queria ascender e até tinha vocação para a coisa. *E por que só cheguei a segunda copeira?*, perguntou-se. Ah, foram os amores. Com o criado Robert. O tenente Von Hagemann. O bebê que precisava de um pai. O casamento com Gustav. E, depois, pariu um filho atrás do outro. Mas Gertie era astuta demais para se entregar a um homem.

– Seria uma pena você deixar a Vila dos Tecidos, Gertie – falou ela, com sinceridade.

Gertie suspirou e confessou que tampouco seria fácil para ela. Mas desde que aquela criatura vil passara a tecer suas teias em todos os cantos da Vila dos Tecidos, tudo ia de mal a pior.

– Você tem a horta e sua família – comentou Gertie. – Mas nós temos que aturar aquela erva daninha dia e noite. Está bem difícil.

Auguste concordou com a cabeça. Gertie não fazia ideia. Pensava que ter família e uma horta era um mar de rosas e que as preocupações com o pão de cada dia não passavam de brincadeira. Recolheu a metade do *bretzel* que Fritz jogou no chão, limpou-o com a saia e o guardou na bolsa.

– Bem, chega de conversa – disse Auguste.

Então olhou para a torre da prefeitura, iluminada pelo sol. Ao fim e ao cabo ela tinha razão, a chuva estiara.

– Isso, tenho que ir também. A Sra. Brunnenmayer fez uma longa lista de compras. Até mais, Auguste – disse Gertie.

Mesmo de longe era possível reconhecer os dois imóveis de Maria Jordan, pois eram os únicos rebocados e com pintura nova. Eram pequenos e com pé-direito baixo. Ainda assim, muito melhores que o casebre do jardim, onde penavam dia após dia. O jovem funcionário, Christian, trouxe uma mesa para a calçada e dispôs sobre ela uma miríade de produtos. Potinhos com pasta milagrosa e frascos com temperos do Oriente, coroas de flores artificiais, pequenos porta-retratos de prata, um cachecol de seda, uma dançarina nua em bronze.

– Bom dia, Christian – cumprimentou Auguste. – A Srta. Jordan está aí dentro?

Ele enrubesceu ao ser abordado. Provavelmente porque, no exato momento, tateava com o dedo os contornos da dançarina. Era um bom rapaz. E que olhos azuis maravilhosos ele tinha. Torcia para que Maria Jordan não o estivesse seduzindo, aquela malandra.

– Sim, sim. Espere, eu ajudo a senhora com o carrinho – disse ele.

Deixou de lado os artigos expostos e levantou o carrinho de bebê pela frente, para subir o degrau da entrada. E se alegrou quando Fritz lhe sorriu e agarrou seu jaleco cinza.

– Eu também tinha um irmãozinho – contou para Auguste. – Morreu de escarlatina, já faz cinco anos.

– Ai – respondeu Auguste. – Coitadinho.

Na realidade, ela podia se dar por feliz, já que seus quatro filhos raramente adoeciam. Tantas crianças morriam, principalmente nos bairros mais pobres. Era um horror ter que enterrar criaturinhas tão inocentes. A tal ponto, não se permitiria chegar. Ela era capaz de lutar. Assim como Gertie, também queria subir na vida.

A porta da sala dos fundos se abriu e Maria Jordan surgiu na loja. Sua aparência estava ótima – claro, ela tinha recursos, podia gastar. Usava um vestido escuro com o colarinho bordado de branco e, vista de longe, parecia uma menina. Além disso, era magra, o que lhe favorecia. Mas claro que, de perto, era possível ver as rugas em seu rosto, afinal já beirava os 50 anos.

– Bom dia, Auguste – disse ela. – O que traz de bom?

Analisou as verduras e as flores, arqueou as sobrancelhas e disse que só precisava de um pouco de estragão e manjerona. Talvez tomilho. Havia alecrim também?

Maria Jordan era esperta. Secava a maioria das ervas e elaborava misturas para almofadinhas aromáticas. Ou as colocava em frascos como sais de banho. Com poderes de cura, obviamente. Sem tais promessas, era muito difícil que alguém pagasse rios de dinheiro por coisas tão fedidas.

– E as flores? – perguntou Auguste.

Jordan negou com a cabeça. No momento, ela não tinha demanda por flores.

– Pensou direitinho? – perguntou ela, abafando a voz.
– Sim. Mas não por trinta por cento. Isso é quase um terço!
– Certo – respondeu Maria Jordan. – Entre. Vamos chegar a um acordo.

Após pedir ao funcionário que vigiasse a loja e o carrinho de bebê, fez um gesto para que Auguste entrasse na sala dos fundos.

Era a primeira vez que adentrava aquele cômodo sobre o qual tanto se cochichava e especulava. Tudo preto, uma ova. Os papéis de parede eram normais, e havia ainda uma cômoda, um divã e uma mesinha com um abajur verde, que irradiava uma luz relaxante. Além disso, um tapete com estampa oriental cobria o chão e uma fileira de almofadas de seda enfeitava o divã. Mas aquilo nada tinha de sinistro. Bem, talvez os quadros nas paredes fossem um tanto insólitos. Havia um sultão com turbante verde, olhando boquiaberto um grupo de mulheres nuas se banhando. Também viu a pintura de um rosto feminino, coberto por um véu negro. E uma paisagem com rochas pontiagudas sob o luar. Isso sim parecia meio sinistro.

– Sente-se – falou Jordan.

Auguste tomou assento em uma cadeira em frente à mulher e percebeu que a mesinha exibia um belo padrão em marchetaria. Havia uma daquelas na sala dos patrões, na Vila dos Tecidos. Jordan devia estar ganhando mesmo muito bem para arcar com móveis tão caros.

– Então, Auguste. Só porque é você. E porque já nos conhecemos há muito tempo. Vinte e oito...

– Ainda é muito. Não vamos ganhar dinheiro logo. Vamos construir ainda a estufa. E precisamos plantar primeiro. Devemos ficar até março nisso.

Jordan assentiu, ela sabia que era verdade.

– Por isso não vou cobrar logo. Você paga cada mês um valor. Primeiro só um pouco. Depois, quando estiverem com renda, vocês aumentam. Vou anotando tudo e você assina.

– Vinte e cinco.

– Não quer logo o dinheiro de presente?

– Vinte e cinco por cento. E no máximo em um ano você recebe tudo de volta. Com juros.

– Vinte e seis por cento. É minha última oferta. Já estou sendo bem generosa. Lembre-se da inflação.

– Que bobagem. Não tem mais isso. Agora, com o novo *reichsmark*, a inflação já era.

Jordan respirou fundo e declarou-se de acordo. Vinte e cinco por cento de juros, um ano para pagar. E 5 mil *reichsmark*, em espécie, na mão.

– Exato – disse Auguste; seu coração palpitava tanto que ela sentia a pulsação quase no pescoço.

Ela observou Maria Jordan sacar uma pasta de couro da gaveta da cômoda e colocar o tinteiro sobre a mesinha para molhar a pluma. Sua ponta rabiscava o papel, anotando prazos, datas, cifras. Até janeiro não era preciso pagar nada, então começariam as parcelas mensais. Em caso de atraso por mais de dois meses, Jordan estava autorizada a exigir todo o valor restante de uma só vez e, caso necessário, confiscar seus bens.

– Pode ler com calma. Depois, assine aí embaixo – indicou ela.

Jordan lhe entregou o documento e Auguste se esforçou para decifrá-lo. A leitura nunca fora seu forte e a letra diminuta de Jordan não ajudava em nada. Clientes chegaram na loja. Ela escutou Friz choramingar e temeu que ele caísse do carrinho.

– Está bem. E que Nossa Senhora olhe por mim – falou Auguste.

Com caligrafia rígida e truncada, ela escreveu "Auguste Bliefert" e devolveu o papel a Jordan.

– Viu? Não foi tão difícil. Vou pegar seu dinheiro.

Jordan se levantou e retirou da parede o quadro com o rosto feminino. Auguste não acreditava em seus olhos. Por trás da pintura, revelou-se uma portinhola de ferro, com uma fechadura e uma peça redonda em cima, semelhante a um parafuso grande. Maria Jordan meteu a mão na blusa e sacou uma pequena chave que pendia em um cordão de prata. Auguste a observou enquanto inseria a chave no buraco e girava. A porta metálica se abriu, mas a mulher se posicionou de tal maneira que Auguste – por mais que tentasse – não conseguiu enxergar o conteúdo.

– Pode contar – ordenou Maria Jordan, deixando sobre a mesinha um pequeno volume protegido em papel de embrulho.

Já havia preparado tudo, aquela matreira. As mãos de Auguste tremiam enquanto ela soltava o barbante e abria o pacote. Nunca em sua vida vira tanto dinheiro, mal se atrevia a tocar as notas.

– É tudo cédula nova. O bom e forte *reichsmark* – disse Jordan, que a olhava por trás do ombro. – Fui buscar hoje cedinho no banco.

Eram notas de dez, vinte e cinquenta *reichsmark*. Havia também algumas de cem. Tratando de se controlar, Auguste começou a contar, separando as cédulas por valor e somando. Errou os cálculos duas vezes e, por fim, constatou que estava tudo certo.

– E cuidado nas ruas desta cidade – advertiu Jordan. – Está cheio de malandro por aí, eles não têm medo de nada.

Auguste envolveu zelosamente seu tesouro no papel e atou o barbante.

– Não há o que temer, vou esconder no carrinho, embaixo do colchão.

Maria Jordan achou a ideia excelente.

– Só cuidado para não molhar as notas, Auguste!

– Mesmo que molhe, dinheiro é dinheiro!

23

— Sinto muito por fazer você esperar, meu velho amigo! – disse o advogado Grünling, estendendo a mão para Paul com alegria. – Você sabe como é, um imprevisto. Uma cliente que não podia recusar.

– Claro, claro.

Paul apertou a mão que lhe fora estendida e disfarçou a irritação. Que mais lhe restava? Enquanto aguardava na poltrona de veludo da antessala, acabara escutando pelo menos parte do telefonema de Grünling. Uma cliente – isso era possível. De fato, ele não a recusara. Mas o suposto imprevisto era, sem dúvida, de natureza particular. Grünling, o eterno moleque, estava marcando um encontro.

– Sente-se, meu caro. A Srta. Cordula já lhe serviu café? Não? Ah, isso é imperdoável.

Paul conseguiu evitar que a bela secretária recebesse uma advertência, explicando que ela lhe oferecera várias vezes, mas ele recusou.

– Já tomei duas xícaras na Vila dos Tecidos e mais uma na fábrica. Acho que já foi suficiente – justificou Paul.

Grünling assentiu satisfeito e se sentou à mesa. Uma peça esplêndida, o melhor do barroco de Danzig, couro verde-escuro e apoio para escrita com motivos orientais. Atrás dela, o amigo mais parecia um animalzinho de óculos. Principalmente quando entrelaçou as mãos sobre a barriga.

– Como posso te ajudar, Paul?

Ele tratou de manter uma postura descontraída. Grünling já trabalhava há anos para a Vila dos Tecidos como assessor jurídico. Johann Melzer o contratara porque Grünling, nas palavras de seu pai, era macaco velho. E discreto. Isso era o mais importante.

– Preciso de uma consultoria, Alois. Assunto particular.

– Entendo – respondeu Grünling, sem o menor sinal de surpresa.

Era claro que aquilo não o surpreendia. Em Augsburgo já era fato notório que o casamento de Paul Melzer, conhecido no setor têxtil, já vivera dias melhores.

– Preciso de mais detalhes sobre… o processo de divórcio. Só para me informar. E estar preparado para eventuais circunstâncias futuras.

Ainda impassível, Grünling ajeitou-se na cadeira e apoiou os braços no tampo da mesa.

– Pois bem – começou ele. – O processo de divórcio foi bastante alterado este ano por lei parlamentar. A premissa básica é tentar manter o casamento o máximo possível e permitir o divórcio apenas como último recurso.

– Certo.

– A maior novidade foi o adendo de que homem e mulher são iguais. Infelizmente, nos últimos anos constatou-se que são elas que fazem cada vez mais uso da possibilidade de divórcio. Uma infeliz consequência de sua entrada no mercado de trabalho.

Grünling endireitou os óculos e se levantou para examinar o texto com a nova legislação, que tinha guardado em um arquivo.

– A responsabilidade continua sendo do tribunal regional. O requerente precisa de um motivo sério para exigir a separação. O divórcio consensual, que alguns deputados da esquerda defendem, também deixará de existir no futuro.

– E o que se considera um "motivo sério"? Adultério? – questionou Paul.

O advogado folheou o arquivo, deslizou o dedo sobre uma linha ou outra, moveu os lábios sem produzir som e seguiu passando as páginas.

– Como? Ah, sim. Adultério, certamente. Mas é preciso haver provas e testemunhas. E, mesmo assim, tenta-se primeiro a reconciliação em juízo e tanto a parte requerente quanto a requerida devem comparecer. Para averiguar se o matrimônio ainda pode ser mantido ou se as diferenças são de fato tão graves a ponto de não haver mais esperança. Só então se iniciam as negociações sobre a causa do divórcio.

– E por quanto tempo um processo desses normalmente se arrasta?

Grünling deu de ombros.

– Não se pode precisar, mas conte com alguns meses. Se você realmente está com isso em mente, Paul, então precisa atentar para alguns detalhes – declarou ele, antes de se sentar na beirada da mesa. – Para evitar complicações. Se é que me entende.

Paul não gostava daquele misto de confiança e desdém do advogado. Na verdade, nunca lhe tivera apreço. Um baixinho feioso que enriquecera após a guerra com sua habilidade para os negócios. Entretanto, era o assunto do divórcio que o tirava do sério e fazia com que visse Grünling com uma antipatia que o homem não merecia.

– Não tenho nada em mente, Alois – respondeu ele. – Mesmo assim, obrigado pelas informações.

– Disponha, meu caro. De mais a mais, já socorri seu pai em alguns apuros. Ah, lembrei do ateliê de sua esposa na Karolinenstraße. Muito generoso da sua parte. Você sabe que ela só pode dispor dele com sua autorização. Em caso de necessidade, o recomendável seria fechar a loja e cancelar a inscrição no registro comercial.

Paul se calou. O advogado não lhe contava nada de novo, mas até o momento evitava dar aquele passo. De fato, com tal medida cortaria a renda de Marie. Mas o que ele tinha a ganhar com aquilo? Por acaso ela voltaria arrependida à vila? Provavelmente não. Tudo o que conseguiria seria acirrar ainda mais os ânimos.

– Que possibilidades a lei me dá para trazer meus filhos de volta?

Grünling respirou fundo, fitando Paul um tanto desesperançoso.

– Bem, pode ser por consequência do que acabei de mencionar. Se o cônjuge carece dos meios financeiros, é possível provar que as crianças estão sofrendo negligência ou, inclusive, abandono no domicílio atual.

– Estão estragando as crianças! – exclamou Paul, tomando a palavra, furioso. – Desenvolvendo seus talentos na direção errada. Vão virar uns imprestáveis!

Paul se deteve ao notar, para seu próprio desagrado, que elevara o tom de voz.

Grünling deixou seu assento na beirada da mesa e voltou à cadeira. Elaborou um sorriso apaziguador e prosseguiu a uma distância segura:

– O mais importante de tudo é reunir provas. Registrar por escrito as declarações das testemunhas, com data e assinatura, para poder validá-las perante o tribunal. Tanto no que diz respeito aos filhos quanto ao divórcio.

Paul precisou conter um novo acesso de raiva. Por mais que suspeitasse das segundas intenções de Ernst von Klippstein, não pretendia abordar o assunto justo com Grünling.

– Não será tão simples – comentou ele, taciturno.

– Existe ajuda profissional para casos assim. Vai custar algum dinheiro, mas o trabalho é bem-feito.

Paul franziu os olhos e entendeu que seu interlocutor se referia a um detetive. Mas que ideia! Algo do tipo só podia ser concebido na mente de um frio jurista. Grünling acreditava mesmo que ele se prestaria a contratar um bisbilhoteiro para vigiar seus filhos ou até mesmo Marie?

– Obrigado pelos bons conselhos. Caso surja qualquer eventualidade, volto a te procurar. Mas agora não quero mais tomar seu tempo.

Aquele macaco velho, como papai o definia, não parecia nada constrangido. Pelo contrário, ele sorriu com ar de compreensão, estendeu-lhe a mão e avisou que estaria às ordens caso necessário.

– Nem sempre é fácil lidar com o sexo frágil – comentou ele. – Sobretudo se é uma mulher que amamos. Acredite em mim, meu caro Paul. Você está diante de um homem que fala por experiência própria!

– Claro! – replicou Paul, em tom lacônico.

Sentiu imenso alívio quando deixou o espaçoso escritório pomposamente mobiliado e desceu as escadas, apressado, em direção à rua. *Um homem que fala por experiência própria.* A frase voltou-lhe à cabeça. Mas que ignorante imbecil! Paul tinha certeza de que Grünling jamais se entregara de corpo e alma a uma mulher. E nem poderia. Onde nas pessoas pulsava um coração, Grünling tinha uma carteira recheada.

Mais tarde, enquanto sorvia um café em sua sala, já imerso no trabalho, conseguiu finalmente se tranquilizar e enxergar a situação com outros olhos. Pelo menos ele tomara ciência de alguns detalhes do divórcio que poderiam lhe ser úteis em uma conversa com Marie. Infelizmente, não ocorrera qualquer aproximação nas semanas anteriores. Viam-se em um impasse, e as muralhas erguidas se consolidavam cada vez mais. Perguntou-se pela centésima vez se não seria inteligente escrever-lhe uma carta. Um texto sensato e bem pensado, com propostas para uma conciliação amistosa. Claro, ele também poderia ceder. Se Marie estivesse mesmo disposta a voltar, ele conversaria com a mãe e a Sra. Von Dobern seria demitida na hora. Mas só usaria essa carta depois que a esposa manifestasse intenção de voltar. Não antes, como um adiantamento, por assim dizer. Assim, não. Paul não se deixaria intimidar de modo algum. Se Marie queria um marido frouxo, então estava com a pessoa errada. Ela que fosse atrás de Ernst von Klippstein. Kitty, que um dia conversava inocentemente ao telefone com mamãe, havia relatado que Klippi era um frequentador amoroso e muito bem-vindo da Frauentorstraße, fazendo com que Alicia proibisse no ato sua presença na Vila dos Tecidos.

– Esse senhor, que você tanto considerava um amigo, já esteve de olho na Marie. Ele declarou seu amor na época do hospital de campanha, foi o que Kitty me contou.

Era impressionante como as mulheres eram volúveis. Inclusive a mãe. Não fora ela quem por anos se referira a Von Klippstein como um "amável e pobre rapaz", convidando-o para a Vila dos Tecidos em toda e qualquer oportunidade? Ele se livrou da ideia que vinha atormentando-o. Não, Marie era fiel. Nunca o havia traído. Nem na época em que fora capturado pelos russos na guerra e Ernst – conforme afirmava sua mãe – lhe fazia declarações de amor, nem depois disso.

Coisas como adultério, vida dupla ou divórcio jamais existiram em sua família e seguiriam sem existir. Marie e Paul tinham um sério conflito conjugal que seria resolvido em breve. Apenas isso.

Resolveu voltar a pé à Vila dos Tecidos para almoçar. O clima estava seco e ensolarado; só o vento incomodava um pouco, mas o ar fresco e a caminhada lhe fariam bem. Não era por menos que seu pai – com exceção dos últimos meses de vida – fazia questão de percorrer aquele trecho com as próprias pernas. Na antessala, onde as duas secretárias comiam o pão com linguiça trazido de casa, lançou um olhar à porta do escritório de Von Klippstein.

– O Sr. Von Klippstein saiu para o almoço – informou a Srta. Hoffmann com a boca cheia, e logo enrubesceu. – Desculpe.

– Tudo bem – respondeu ele. E prosseguiu ironicamente em tom militar: – Sentido, descansar, continuar comendo.

As duas expressaram uma boa aceitação da piada, dando uma risadinha. Ótimo.

Açoitado pelo vento e com o sobretudo esvoaçante, Paul chegou à mansão. O passeio teve suas vantagens, pois constatou que o vento espalhara vários galhos pelo parque – já era hora de cuidarem das árvores. Como fazia algum tempo que só ocasionalmente contratavam pessoas para cuidar do terreno, seu aspecto andava bastante selvagem. Precisavam encontrar um jardineiro – ele teria que conversar com a mãe a respeito.

Else abriu a porta, inclinou-se em reverência e tomou seu sobretudo e chapéu.

– Minha mãe está bem? – indagou Paul.

A pergunta se tornara praxe, uma vez que Alicia quase sempre vinha padecendo de enxaqueca ou qualquer outro mal. Contudo, em geral, ela descia para o almoço.

– Infelizmente não, Sr. Melzer... Ela está lá em cima, no quarto.

Else franziu o cenho para esboçar um sorriso de pesar, sem abrir a boca. Era estranho, mas já estavam acostumados com aquilo.

– A Sra. Von Dobern queria falar com o senhor – avisou ela.

Péssima hora, mas ele se obrigou a atendê-la. Desde que se transformara em motivo de disputa conjugal e familiar, a presença de Serafina von Dobern lhe dava nos nervos. O que, obviamente, não era culpa dela – era preciso ser justo. A coitada simplesmente não dava conta de seu novo cargo, Marie tinha razão.

– Ela o aguarda no salão vermelho.

Ou seja, antes do almoço. Certo, talvez fosse melhor resolver logo o assunto. Provavelmente ela queria delatar algum funcionário e, como Alicia estava indisposta, decidira recorrer ao filho. A propósito, ele não gostava nada que ela tivesse ocupado o salão vermelho. A Srta. Schmalzler jamais tomaria tal liberdade.

– Diga-lhe para me procurar no escritório – ordenou Paul.

Serafina teve a pachorra de deixá-lo esperando alguns instantes, para irritação do já faminto Paul Melzer. Por fim, escutou a porta do salão vermelho bater. Quem diria, a governanta parecia ofendida por ele não haver atendido ao seu chamado nas dependências dos patrões. E então ele se propôs a pôr rédeas na soberba da funcionária.

– Sinto muito por ter feito o senhor esperar – disse ela, justificando-se ao entrar. – Precisava passar a limpo uma carta que sua mãe me ditou apressada.

Ele assentiu e sinalizou para que se sentasse, sem dizer uma palavra. Por mero costume, Paul acomodou-se atrás da mesa, o mesmo móvel onde Jakob Burkard outrora escondera suas plantas técnicas. Já fazia dez anos que Marie encontrara aqueles desenhos. Marie... como ele a amava naquela época. Como ficara feliz ao pedir sua mão em casamento. Será que as sombras do passado eram mais fortes que o amor entre os dois? Seria possível que a culpa do pai dele fosse capaz de destruir a felicidade do casal?

– A mãe do senhor me pediu que lhe informasse sobre uma situação inesperada que aconteceu – contou Serafina, encarando-o com um sorriso.

Paul manteve a calma. Não fazia sentido imaginar o pior.

– E por que não vem ela mesma falar comigo? – quis saber ele.

O sorriso da governanta converteu-se em uma expressão de pesar.

– A mãe do senhor recebeu um telefonema hoje, que deixou seus nervos, já tão frágeis, à flor da pele. Tive que lhe dar um calmante. Ela vai descer para o almoço, mas no momento não está em condições para longos debates.

Com o consentimento do Dr. Greiner, Serafina administrava valeriana a Alicia Melzer de vez em quando. Totalmente inofensivo, conforme o médico explicara. Até porque a dose receitada era baixa.

Paul se preparou. Marie havia telefonado? Exigira o divórcio? Que ideia louca. Mas o advogado não lhe dissera que eram as mulheres quem mais vinham entrando com o pedido? Consequência de tê-las no mercado de trabalho...

– Infelizmente haverá um divórcio – anunciou Serafina.

Era verdade! Ele sentiu-se cair em um abismo. Perderia Marie. Ela não o amava mais.

– Um... divórcio... – pronunciou ele, lentamente.

Serafina observava com atenção o efeito de suas palavras e tardou um pouco em prosseguir.

– Exato, infelizmente. Sua irmã ligou de Kolberg informando que entrou com o pedido de divórcio de Klaus von Hagemann. Por desejo do marido, o processo tramitará aqui, no tribunal regional de Augsburgo.

Lisa! Então era Lisa que se divorciaria. Por sabe-se lá qual motivo. Lisa, e não Marie, entrara com o pedido de divórcio. Sentiu um imenso alívio e, ao mesmo tempo, irritação, por ter demonstrado seus sentimentos tão abertamente diante de Serafina.

– Nossa... – sussurrou ele. – Ela disse o que pretende agora?

– No momento, ela se mudará para a Vila dos Tecidos. O que pretende fazer depois, não sabemos.

Ele imaginava que aquela notícia – que Lisa provavelmente dera de maneira curta e grossa, como era de seu feitio – havia se abatido como uma catástrofe sobre a mãe. Que escândalo... A alta roda de Augsburgo ainda cochichava sobre a esposa fugida de Paul Melzer e, dali em diante, não faltaria assunto sobre o divórcio da irmã e seu regresso à casa dos pais. Sem contar o permanente falatório sobre a vida supostamente imoral da jovem viúva Kitty Bräuer, que transitava sem qualquer constrangimento com diversos rapazes das artes. A vida dilacerada dos Melzers voltaria a correr à boca miúda.

– Posso fazer uma observação? – perguntou Serafina.

– Por favor!

Serafina parecia um tanto constrangida, o que lhe caía melhor que o sorriso forçado. Enfim, ela vinha de uma família nobre, onde só se demonstrava os sentimentos em casos excepcionais. Alicia era igual.

– Da minha parte, estou muito feliz com o retorno de Lisa. O senhor há de se lembrar. Somos amigas. Acho que ela tomou uma decisão difícil, porém acertada.

– É provável – admitiu ele. – Lisa obviamente é muito bem-vinda nesta casa e terá todo o meu apoio.

Serafina acenou com a cabeça e pareceu sinceramente comovida. Aquela intrometida até que tinha um lado bom. E a aparência insossa não era culpa sua.

– É uma sorte imensa ter um irmão como o senhor. Alguém que se coloca incondicionalmente ao lado da irmã – disse ela em voz baixa.

– Ah, muito obrigado – replicou ele, e tentou trazer algum humor à conversa. – É na tristeza que os Melzers se mantêm unidos.

Ela assentiu e o fitou. Lânguida. Ah, não! Era a maneira como sempre o olhava nos bailes e reuniões no passado.

– Então vamos almoçar – falou ele, trivial. – Estão me esperando na fábrica.

A mãe já se encontrava à mesa, sentada ereta como de costume, porém pálida e com o semblante de quem via o mundo ruir. Paul a abraçou e beijou-lhe a testa.

– Paul... Já ficou sabendo? Ai, Deus. Parece que tudo acontece com os Melzers.

Ele fez o possível para consolá-la, com razoável êxito. Pelo menos ela estava em condições de conduzir a oração. Julius serviu a sopa em silêncio e com ar sombrio. Quando indagado por Paul como estava, o copeiro respondeu que raras vezes se sentira tão bem, enquanto encarava a Sra. Von Dobern como se quisesse atacá-la com a concha.

– Aquele Sr. Winkler... – comentou Alicia, pensativa, enquanto Julius retirava a sopa. – Me admira Lisa nem sequer tê-lo mencionado ao telefone.

– Bom... – disse Serafina, intervindo com um leve sorriso. – Não acho que isso seja importante. Vamos esperar. Quando ela chegar, com certeza vai abrir o coração conosco.

Para admiração de Paul, sua mãe pareceu de fato aliviada. Lisa não se abria com praticamente ninguém. Resolvia suas questões sozinha e logo aparecia com decisões surpreendentes. Alicia deveria saber disso melhor do que qualquer um. Mas, pelo visto, andava um tanto distraída nos últimos tempos e preferia confiar no que a Sra. Von Dobern dizia.

– Acho que o repolho ficou muito salgado – avaliou a governanta, e limpou os lábios com o guardanapo de pano.

– Tem razão, Sra. Von Dobern – concordou Alicia.

– Sério? – indagou Paul, surpreso. – Pois achei perfeito.

A Sra. Von Dobern ignorou sua avaliação e solicitou que Julius advertisse à cozinheira sobre o excesso de sal nos preparos. Julius sinalizou com a cabeça que havia escutado, mas nada respondeu.

– É importante manter os funcionários em rédea curta – explicou a Sra. Von Dobern. – Complacência é vista sempre como fraqueza. Principalmente, queira me perdoar, minha cara Alicia, com as mulheres. Elas não respeitam quem as trata com complacência. Toda mulher quer um homem que possa admirar.

Paul estava atônito por ouvir tais teorias vindas de uma boca feminina. Mas fazia sentido, afinal Serafina era filha de um oficial. A propósito, seu discurso não estava de todo equivocado. Ainda que fosse um tanto exagerado.

Alicia concordou plenamente e pontuou que sempre amara e respeitara seu falecido Johann.

– Ele sempre teve um gênio forte só dele – disse ela, com um sorriso. Então olhou para Paul. – E era bom desse jeito.

Ao que parecia, a mãe apagara completamente da memória as longas e exaustivas brigas do casal. Paul se lembrava muito bem de que Alicia jamais apreciara o "gênio forte" do pai. Mas e se aquele esquecimento fosse também uma forma de amor? Afinal, os dois nunca deixaram de se amar à sua maneira.

– Provavelmente Johann Melzer jamais permitiria que a esposa dirigisse um negócio próprio, não é mesmo? – supôs Serafina, virando-se para Alicia.

– Johann? Não mesmo! Para ele, lugar de mulher era em casa. E uma tão grande quanto esta já era trabalho suficiente.

– Sim, mas sua nora comprovou com o ateliê de moda que é possível uma mulher cuidar da casa e, ao mesmo tempo, dedicar-se aos negócios. A senhora concorda? Ou estou errada? – perguntou a Sra. Von Dobern.

– Está erradíssima, minha cara Serafina. Infelizmente, Marie negligenciou por completo os filhos e a casa. Na minha opinião, esse ateliê prejudicou muito o casamento de vocês, Paul.

Concentrado em seu *goulash*, Paul fingiu não escutar. Ele se sentia incomodado, mas preferia não intervir na conversa para não aborrecer Alicia. Entretanto, não gostava nada que seus problemas matrimoniais fossem discutidos à mesa com a governanta da casa. O que sua mãe estava pensando?

– Ai, acho que o Sr. Melzer está mostrando uma generosidade extraordinária para com a esposa – comentou a governanta, retomando o fio da conversa. – Imagine se ele fosse de fato rigoroso e o ateliê tivesse que fechar? Do que a esposa e os filhos viveriam?

Alicia não respondeu até que Julius terminasse de servir a sobremesa: um pudim doce de sêmola com calda de framboesa. Em seguida, olhou para Serafina com um sorriso de alegria.

– É exatamente a isso que eu queria chegar, Serafina. Ouviu, Paul? Desde o começo eu te avisei, mas você fez pouco caso. O ateliê subiu à cabeça de Marie. É por isso que você precisa deixar logo bem claro para ela como as coisas funcionam. Com complacência, não vai conseguir nada; pelo contrário, vai perder todo o respeito que ela tem por você.

Embora Paul já estivesse ciente da opinião da mãe, até então ela evitara dizê-la tão diretamente.

– Obrigado pelo conselho, mamãe. Agora tenho serviço na fábrica.

Saiu sem tocar no pudim, por mais que fosse uma de suas sobremesas favoritas. Paul não estava disposto a escutar as costumeiras queixas de Alice sobre o filho viver se refugiando na fábrica. Era impressão sua ou Serafina tentava induzir a mãe ao ponto que queria? Era melhor vigiar aquela mulher de perto.

Uma vez que deixara o carro na fábrica, teve que voltar a pé. Mas daquela vez a caminhada não o agradou tanto. Paul foi ruminando pensamentos, sendo dominado pela revolta, e chegou a pensar seriamente se o conselho da mãe não seria mesmo a solução para todos os problemas. Privando Marie do dinheiro para dar roupa e comida aos filhos, em breve ele teria a justificativa para exigir que Leo e Dodo retornassem à Vila dos Tecidos. Então

Marie entenderia que ele, enquanto homem, ocupava a posição dominante. Por acaso todo aquele sofrimento não era decorrência de sua complacência?

Passou o resto da jornada de trabalho com excelente humor, inclusive comentou projetos pendentes com seu sócio, que vinha intencionalmente ignorando há dias. Não foi fácil, pois Von Klippstein deixara claro que não estava disposto a vender sua parte na fábrica de forma alguma. De maneira que, pelo interesse da empresa, precisavam chegar a um acordo.

Só à noite, enquanto afogava as mágoas no vinho tinto em seu escritório na mansão, Paul percebeu que estava enganado. Ele não podia obrigar Marie. Ela precisava voltar para ele por livre e espontânea vontade. O resto era loucura de sua cabeça.

O que mais ela quer?, perguntou-se, desesperado. *Já lhe pedi perdão. Me prontifiquei a demitir a Sra. Von Dobern. Poderia até, com certas condições, permitir que Leo toque piano. Mas essa exposição... é realmente necessária?*

Empreendeu várias tentativas de escrever uma carta para Marie, que terminaram em bolas de papel amassado atiradas no cesto de lixo.

Kitty!, pensou ele. *Ela precisa me ajudar. Por que não a procurei antes?*

Na manhã seguinte, ele telefonaria para a irmã de seu escritório. A decisão lhe deu o ânimo de finalmente ir descansar. Ele odiava pernoitar sozinho no quarto de casal. O lado desocupado da cama, o silêncio, o frio, o travesseiro intocado ao seu lado. Marie lhe fazia tanta falta que ele mal sabia como viver sem ela.

24

De onde tirei essa ideia?, perguntou-se Marie. Estava envergonhada por ter se metido, sozinha, na cova dos leões. O que devem ter pensado dela quando chegou desacompanhada para a missa na igreja de São Maximiliano? Ela preferira não se sentar no banco da família Melzer, na segunda fileira à direita. Não se sentia autorizada e se escondeu em um dos bancos traseiros na parte esquerda da nave. De lá, observava por entre os fiéis o banco ocupado por apenas três pessoas: Alicia, Paul e Serafina von Dobern.

Por que aquela disposição de assentos a incomodava tanto? A preceptora sempre os acompanhara na missa, sentando-se no banco reservado à família com Dodo e Leo. Mas os gêmeos não estavam ali. Hanna vinha frequentando a basílica de Santo Ulrico e Santa Afra – ideia de Kitty, para evitar complicações. Serafina, promovida a governanta, ocupava o lugar ao lado de Paul. Estava tomando o lugar de Marie.

Enquanto o órgão tocava um prelúdio e o sacristão fechava as portas da igreja, Marie reprimiu o impulso de sair correndo. O que ela foi fazer ali? Certamente não havia sido impelida por sua devoção, que fora completamente extinguida no orfanato. Não, ela tivera a louca ideia de trocar algumas palavras com Paul na missa. Esclarecer mal-entendidos. Explicar-se, tentar ser compreendia. Ou simplesmente... vê-lo. Olhar em seus olhos. Fazer com que ele sentisse que seu amor não havia morrido... Muito pelo contrário.

Mas era a hora errada, o lugar errado. Enquanto o padre e os coroinhas entravam para dar início à missa, sentiu olhares curiosos dos conhecidos em Augsburgo vindo de todas as direções. Lá estava ela, Marie Melzer. A ajudante de cozinha que virou madame. Foram só alguns anos de sorte, depois acabou tudo. Coitada, mas assim eram as coisas. Paul Melzer merecia esposa melhor que uma garota de orfanato.

Pois é, pensou ela, amargurada. *Serafina pode ter empobrecido, mas vem de família nobre. O coronel Von Sontheim, seu pai, morreu na guerra pela pátria. Aristocracia decadente e um magnata da indústria, combinação perfeita.*

Seguiu espreitando as primeiras fileiras e viu Paul se virando para Serafina e cochichando algo em seu ouvido às risadas. Ela enrubesceu quando lhe respondeu em voz baixa.

O ciúme e a impotência abateram Marie como uma toxina paralisante.

Quem foi à roça perdeu a carroça, pensou ela. É culpa sua, você o abandonou, o deixou livre. Ou você achava que alguém como Paul Melzer tardaria em encontrar outra? Ele é rico, bonito, sabe ser incrivelmente galante... *As pretendentes vão cair aos montes assim que sair o divórcio.*

Será que ele já pensava em divórcio? Teria chegado a tal ponto?

Ela reuniu forças para assistir à missa até o final. Os antiquíssimos textos em latim a ajudaram, pois tinham um efeito tranquilizante sobre seu humor, o que a protegeu daquele turbilhão de sensações. Tão logo o órgão soou o fechamento da missa, Marie se levantou apressada, abriu caminho por entre os fiéis sentados e foi uma das primeiras a chegar à saída. Tudo o que desejava era não ser vista por Paul ou suas duas acompanhantes.

Fez sinal para um coche e entrou no veículo para sumir dali o mais rápido possível. Já na Frauentorstraße, subiu a escadas sem ser notada por Gertrude, que cuidava da cozinha, e, após se livrar do sobretudo e das botinas, sentou-se à mesa de trabalho.

Que me importa?, disse a si mesma, com afronta, enquanto esfregava as mãos geladas. *Tenho meu trabalho, isso ele não pode tirar de mim. E estou com as crianças. E tenho Kitty. Gertrude. Posso morar e trabalhar nesta casinha linda. Mesmo tendo perdido Paul, me restam muitíssimas coisas... Ele que seja feliz com outra...* São meus votos. Sim, quero que ele seja feliz, de verdade. Mas eu o amo. Amo muito.

Com o olhar fixo na janela, ela acompanhava o vento de outono arrancar as últimas folhas das faias. E se lembrou de que precisava trabalhar. Manter-se ocupada a ajudaria a esquecer. Ela se debruçou sobre o croqui, um rascunho de um sobretudo evasê com detalhes em pele para uma cliente. A gola era simples, já os punhos e a barra seriam mais pomposos. Para completar, um pequeno chapéu de veludo. Talvez do tipo clochê, tão em voga no momento? Ah, não! Ela não gostava daquele formato de penico.

Melhor uma criação com abas largas e borda em pele para arrematar? Ela esboçou algumas tentativas, que logo descartou ou alterou. Refletiu mais um pouco e teve novas ideias.

– Mas, mamãe, este assunto já está mais do que conversado.

Marie se deteve e ouviu a conversa. Na noite anterior, Tilly chegara de Munique para passar alguns dias na Frauentorstraße. Estava tão esgotada que mal comeu, retirando-se logo em seguida para o quarto do sótão. Pobre Tilly. Ela não parecia bem e, para completar, Gertrude a atacava.

– Filha, minha querida, nunca é demais repetir as verdades. Queria tanto que você tomasse juízo de uma vez por todas!

As duas deviam estar na sala. Infelizmente escutava-se tudo naquela casa, sobretudo a potente voz de Gertrude, que ressoava desimpedida por todos os andares.

– Por favor, mamãe, não quero falar sobre isso.

– Eu sou sua mãe, Tilly! E não posso ficar de boca fechada. Você já se olhou no espelho? Está parecendo Jesus na cruz. Essas olheiras, esse nariz pontudo, as bochechas afundadas. Chega a doer só de te olhar.

– Então não olhe – rebateu ela.

Marie já imaginava Gertrude, indignada, tomando ar e gesticulando com os braços. Ai, Tilly. Devia conhecer bem a mãe para saber que ela não se contentaria com aquela resposta.

– Não olhar? Ignorar que a única filha que me restou está definhando diante dos meus olhos? Estudar! Virar médica! Onde é que já se viu? Melhor tratar de encontrar logo um marido que possa te sustentar. Mas precisa se cuidar mais, garota. Homem nenhum vai desposar um espantalho.

Decidida, Marie largou o lápis e se levantou para apoiar Tilly. Claro, Gertrude estava preocupada. À sua maneira, só queria o bem da filha.

– Vou te dizer pela centésima vez: nunca vou me casar. Coloque isso na cabeça, mamãe!

Marie desceu apressada. Estava realmente aflita, pois a voz de Tilly começava a embargar. Talvez começasse a chorar.

– Gertrude! – exclamou Marie, ao abrir a porta da sala. – Acho que Hanna está chegando da igreja com as crianças.

Foi uma jogada certeira, pois Gertrude olhou para o relógio e correu para a janela.

– Ai, meu Deus. Você conseguiu vê-los lá de cima? Estão adiantados.

Vou preparar chocolate quente, está um vento gelado lá fora. E na igreja é aquele frio de sempre...

– Boa ideia! – elogiou Marie. – Chocolate quente é a melhor pedida neste clima de outono.

Animada, Gertrude correu até a cozinha para transformar cacau amargo, açúcar e um pouco de creme em um espesso mingau, que logo dissolveu em leite quente. Sua paixão pelo forno e fogão seguia intacta, e Hanna se transformara em uma esperta e diligente ajudante.

Tilly colocou de lado o longo cabelo solto e dedicou um olhar agradecido a Marie. Sob a luz da manhã, ela parecia ainda mais esquálida que na noite anterior. Seu vestido também tinha o aspecto puído, havia até um furo na manga direita.

– Chegou na hora certa, Marie. Mais uma palavra e eu ia voar no pescoço dela!

– Eu sei...

– Foi de propósito?

Marie deu uma discreta risada e assentiu. Tilly não pôde evitar sorrir. Vindo da cozinha, ouviram o estrondo da panela de ferro caindo no chão de cerâmica. Gertrude às vezes era um pouco atrapalhada.

– Jesus, Maria e José! – vociferou Kitty no corredor. – Que barulho é esse no meio da madrugada, Gertrude? Não se pode mais pregar os olhos nesta casa?

– É quase meio-dia, senhorita! – avisou Gertrude, com toda a calma. – Mas gente com vida noturna agitada deve precisar mesmo dormir o dia inteiro.

– Ela me deixa louca com essa barulhada de panela. Ai, Tilly. Você dormiu bem, minha querida? Está parecendo uma tulipa murcha. Vamos te paparicar muito, não é, Marie? Vamos sim, pode deixar, Tilly. Meu Deus, ainda estou meio zonza. Hoje é domingo, não é?

Ela deslizou os dedos pelo cabelo, riu e passou a mão na testa. Fez uma careta e continuou a rir.

– Domingo, exatamente. Sente-se, Kitty. Acho que ainda tem café no bule.

Marie conhecia o hábito de Gertrude de reservar uma xícara de café para Kitty, que raramente acordava antes das dez.

– Ah, sim! Café morno, tudo do que preciso – debochou ela, ingrata.

Fazendo o drama de sempre, Kitty afundou no sofá com um suspiro, aceitou a xícara com um gesto gracioso e continuou falando com a bebida na mão.

— Nossa, que gosto horrível. Mas pelo menos me desperta. Agora sim, acordei. Que festa ontem no clube de arte! Você não imagina, Tilly. Ele ficou muitíssimo entusiasmado quando disse que você já estava em Augsburgo... Disse que vem hoje à noite. Ah, sim, o Marc e o Roberto vão passar aqui também. E a Nele, suponho. Tenho que avisar Gertrude e Hanna, porque o Roberto gosta tanto do bolo de amêndoas delas...

Marie acompanhava a verborragia de Kitty com dificuldade. Ao perceber que Tilly franzia a testa, também com ar confuso, decidiu intervir.

— De quem você está falando, Kitty?

— Do Roberto, claro, minha querida Marie. Roberto Kroll, um rapaz tão bonito, mas que insiste em usar barba, por se considerar um artista geni...

— Esse Roberto ficou entusiasmado porque Tilly está na cidade?

Kitty a encarou com olhos arregalados.

— De onde você tirou isso, Marie? Não foi o Roberto. Foi o Klippi, o bom e velho Klippi.

Tilly enrubesceu e desviou o olhar de maneira involuntária. Kitty terminou o café, acomodou-se em um canto do sofá e ergueu os pés.

— Claro que sabemos que o pobre Klippi é perdidamente apaixonado por Marie — comentou ela, prosseguindo com a tagarelice. — Mas nossa querida amiga já decretou que não o quer e fico muito feliz por isso, pois Marie é do meu irmãozinho Paul. Acho que Klippi precisa buscar outro rumo. Ele é um homem de ouro, Tilly. Pode acreditar.

Tilly respirou fundo e tapou os ouvidos com as mãos.

— Por favor, Kitty! Não comece com isso você também. Mamãe acabou de me passar o sermão de sempre.

Kitty, contudo, seguiu inabalável.

— Só estou dizendo que o Sr. Von Klippstein é nosso convidado hoje e ficaria muito feliz em te encontrar aqui. Só isso. Ele é uma pessoa encantadora e muito generosa, como você mesma sabe. Jamais lhe ocorreria impor regras à sua esposa. Você poderia estudar e ser médica tranquilamente. Klippi sempre te apoiari...

— Está perdendo seu tempo, Kitty — declarou Tilly, assumindo a palavra. — Nunca vou me casar. Você é quem mais deveria entender isso.

Kitty, por um milagre, se calou e abraçou os joelhos, olhando para Marie em busca de apoio.

– Por causa... por causa do Dr. Moebius? – perguntou Marie, em voz baixa.

Tilly apenas assentiu. Engoliu em seco e prendeu o longo cabelo atrás das orelhas. Era estranho que justo ela, que tão bravamente aprendia um ofício dominado por homens, mantivesse um penteado tão antiquado.

– Você ainda espera que ele um dia volte da prisão?

Tilly negou com a cabeça. Por um momento, o silêncio imperou na sala, só se escutavam as batidas constantes do relógio e o tilintar das louças na cozinha. E então Tilly começou a falar, hesitante e com voz fraca.

– Eu sei que Ulrich já está morto. Morreu em uma aldeiazinha, em algum lugar na Ucrânia. Tinham montado um hospital de campanha bem atrás das linhas de frente, como sempre faziam. Para poderem atender os feridos o mais rápido possível. Mas havia guerrilheiros escondidos no povoado, que atiravam em tudo que se movia. Ulrich morreu enquanto tentava salvar a vida de um jovem soldado.

Marie não sabia o que dizer. Kitty, encolhida, parecia uma criança assustada.

– Como você soube disso? – indagou ela, angustiada.

– Um de seus companheiros avisou aos pais dele. Eles me escreveram... Ulrich tinha pedido a esse rapaz que me avisasse caso ele viesse a falecer.

Um entre tantos outros destinos iguais, pensou Marie, entristecida. *E, ainda assim, tão difícil de sentir na própria pele. Que estranho as pessoas evitarem se lembrar da guerra. E abraçarem essa vida nova e moderna, enquanto ignoram os inválidos mendigando nas ruas. Da mesma forma como tentamos esquecer nossas próprias feridas e cicatrizes...*

– Pois é – falou Tilly, mudando o tom. – Não estávamos noivos. Não deu tempo. Volta e meia eu me culpo por ter sido tão esquiva. Eu devia tê-lo encorajado, mas nós mulheres fomos educadas a nunca dar o primeiro passo. E, assim, Ulrich e eu tivemos apenas alguns minutos juntos. Um beijo, um abraço, uma promessa.

Precisou interromper-se, pois aquela memória a arrebatou. Kitty saltou do sofá e a abraçou.

– Claro que eu te entendo – afirmou ela, desolada. – Te entendo muito bem, mas pelo menos você sabe como ele morreu. Eu nunca saberei o que aconteceu com meu pobre Alfons. Ah, Tilly. Eu sempre sonho com as coisas mais horríveis! Ele lá deitado, impotente, esvaindo-se em sangue. A quilômetros de distância e sozinho. A guerra. Quem quis isso? Você conhece alguma pessoa que quis essa guerra? Pode me trazer que eu acabo com ela!

Marie se calou. Ela se sentiu ingrata e egoísta. Afina de contas, seu marido voltara. Quantas mulheres não a teriam invejado?! Contudo, ela o estava abandonando por não perdoar o que lhe fizera. A felicidade do reencontro e a convivência diária eram duas coisas totalmente distintas.

– Tenho muito apreço por Ernst von Klippstein – sussurrou Tilly. – Você tem razão, Kitty. Ele é uma pessoa maravilhosa. E já passou por tanta coisa. Lembro de quando a vida dele esteve por um fio.

– Exato – reafirmou Kitty, ainda acariciando o ombro de Tilly. – Você cuidou dele no hospital de campanha. Mas me diga, Tilly. Não são coisas que se falam em voz alta, vai ficar só entre nós, certo? Assunto íntimo. Então… Klippi conseguiria… Bem, você sabe… formar uma família?

Tilly olhou para a janela e viu surgir os rostos sorridentes das crianças. Dando pulos para enxergarem melhor o interior da sala de estar, elas acenaram para as três mulheres e logo correram entre risadinhas até a porta da casa, onde Hanna as esperava.

– Por favor – disse Tilly, apressadamente. – Ninguém pode ficar sabendo. Só fui me inteirar há pouco tempo. Tivemos um caso parecido na faculdade. Naquela época do hospital de campanha, eu não fazia ideia dessas funções fisiológicas.

– Então não pode – sentenciou Kitty, em tom seco. – Coitado!

Marie já o supunha, aquilo era apenas a confirmação. Que trágico. Ele tinha um filho, mas morava com a mãe. E jamais teria outros. Que ridículo o ciúme de Paul. Como foi que ele o chamara? "Amante", "cavalheiro que te envia flores". Aquilo era perverso e injusto!

A alegre profusão de vozes infantis no corredor aplacou a tristeza do momento. Kitty levantou-se de um salto, cruzou as mãos na nuca e se alongou.

– Quer saber? A vida continua. Um novo tempo se inicia e nós três estamos em pleno vigor – afirmou Kitty. – Eu com minhas pinturas. Marie com o ateliê. E você, Tilly, será uma excelente médica.

Parada nas pontas dos pés e com os braços ainda atrás do pescoço, ela olhou para as duas com ar desafiador, nitidamente esperando aprovação. Marie esboçou um sorriso, Tilly também tentou expressar alegria, com pouco êxito.

– Pois bem, meninas – falou Kitty. – Vou me vestir. Senão, Henni vai contar de novo na escola que a mãe passa o dia inteiro de camisola em casa.

Tilly também se retirou para prender o cabelo, arrumar o quarto e fazer a cama. A época em que era servida por criadas e camareiras ficara no passado, e ela já se acostumara a cuidar de si mesma. Não queria de forma alguma ser um trabalho a mais – Hanna já tinha serviço suficiente.

– Tia Tilly! – gritou Dodo do corredor. – Tia Tilly! Espera aí. Vamos subir juntas.

– Então vem, Dodo. Mas eu preciso arrumar o quarto.

– Eu te ajudo. Sei arrumar bem, a Sra. Von Dobern nos ensinou. Posso pentear seu cabelo? Por favooor! Vou tomar muito cuidado.

Marie se perguntou de onde vinha tanta afeição da menina por Tilly. Talvez ela quisesse estudar medicina também? De todo modo, era melhor que ser aviadora. Ela riu. Que preocupações absurdas... As crianças ainda tinham tanto tempo pela frente. Contudo, como se dizia, é de pequenino que se torce o pepino.

Leo irrompeu na sala, com a caneca ainda na mão e um bigode de chocolate quente.

– Mamãe, tenho uma notícia incrível para você! – começou ele.

Agitava os braços e apenas por um triz não derrubou o resto da bebida no tapete.

– Ótimo, querido. Mas coloca a caneca ali, senão vai sujar tudo.

– Tenho ouvido absoluto, mamãe!

Ele a olhava como se tivesse recebido uma distinção de cavaleiro. Marie revirou na memória. O que era mesmo um ouvido absoluto?

– Que bom. E quem foi que descobriu? – perguntou ela.

– Depois da missa, eu e o Walter fomos lá em cima no órgão. Porque queríamos tocar. Então o organista percebeu que eu sempre sei qual é a nota. E os semitons também. Reconheço todos. Até os mais agudos. E os mais graves. Em todos os registros. Eu escuto tudo, mamãe. O Walter não consegue. Ele ficou bem triste por não conseguir. O organista se chama Sr. Klingelbiel e ele disse que isso é raro. Que é um dom divino.

– Nossa, mas isso é excelente, Leo – comemorou Marie.

Uma vez que não havia mais ninguém no quarto, ele permitiu que a mãe o abraçasse e lhe acariciasse os cabelos. Quando a porta se abriu e Henni apareceu na fresta, Leo se desvencilhou e correu para o quarto de música.

– Tia Marie...

Era Henni, dando um toque especial à palavra "Marie". Seu sorriso também estava, no mínimo, tão encantador como o da mãe. Ora, ora... provavelmente ela tinha segundas intenções.

– O que houve, Henni?

A menina enrolava nos dedos uma de suas tranças loiras, sem tirar os olhos de Marie.

– Eu podia te ajudar no ateliê. De tarde. Depois das tarefas da escola...

Trabalho voluntário não era o que se esperava de Henni. Mas Marie acatou a sugestão de pronto.

– Se você quiser, por que não? Bem que eu preciso. Para separar os botões, enrolar as linhas. Regar as plantas...

Henni assentiu, satisfeita.

– E vou receber um salário também?

Ah, então era isso. Marie devia ter suspeitado. Após conter o sorriso, explicou à menina que ela tinha apenas 8 anos e não podia trabalhar em troca de salário.

– Mas... mas eu não vou trabalhar. Só vou ajudar um pouquinho. E você podia me dar uns dez fênigues. Porque você é minha tia preferida – sugeriu a garota.

Mas que espertinha. Não apenas queria ganhar dinheiro, como o fazia de maneira elegante, no estilo "uma mão lava a outra".

– E para que você precisa de dez fênigues? – quis saber Marie.

Henni largou a trança sobre o ombro e fez bico. "Mas que pergunta boba", lia-se estampado em seu rosto.

– Para nada. Só para economizar. Porque o Natal está chegando.

Como é meiga, pensou Marie. *Quer trabalhar para comprar presentes.* Sem dúvida, era do pai que havia herdado o discernimento sobre dinheiro e seu valor.

– Vamos tratar disso com a sua mãe, certo? – propôs ela.

O semblante de Henni se fechou, mas obedientemente assentiu e saiu. *Alguma coisa ela está tramando*, pensou Marie, apreensiva. *Talvez fosse mais sensato avisar Kitty sobre isso.*

Uma chuva forte caiu no final da tarde e o vento gelado de outono agitou os arbustos e árvores do jardim. Galhos golpeavam a casa, folhas amarelas e marrons voavam pelo ar. Para completar, Hanna veio avisar que o frio estava entrando por duas janelas no andar de cima.

– Coloque umas toalhas velhas no peitoril – sugeriu Tilly. – Senão, a madeira vai mofar.

– Esta casa só dá despesa – lamentou-se Kitty. – Tive que consertar o telhado no verão e quase fui à falência. Na minha próxima vida, vou trabalhar com esse tipo de coisa.

Ernst von Klippstein chegou com o sobretudo ensopado; o vento virara repetidas vezes seu guarda-chuva do avesso, fazendo com que ele desistisse e preferisse segurar o chapéu firmemente na cabeça. Em vez de flores, entregou às mulheres caixas úmidas de bombons e se sentiu felicíssimo quando Hanna lhe trouxe pantufas secas.

– Queiram desculpar minha aparência – pediu ele, enquanto cumprimentava Tilly e alisava o cabelo com as mãos.

– Ora, imagina. Você está ótimo, meu caro Ernst. Tão rosado e saudável. Parece recém-saído do banho.

– Bom, isso até que é verdade – confirmou Kitty, rindo. – A partir de agora vamos deixá-lo sempre na chuva antes de entrar, Klippi. Mas venha, já íamos começar.

Aliviada, Marie notou que, naquele dia, Ernst von Klippstein só tinha olhos para Tilly. No início de sua separação, ele frequentava a Frauentorstraße quase diariamente e fazia de tudo para consolar Marie. A intenção era boa, mas, para Marie, era mais um fardo do que uma ajuda.

– Viu só, Marie? – sussurrou Kitty, com malícia. – Os dois se sentaram lado a lado, cheios de confiança. Daqui a pouco vão se dar as mãos e abrir o coração.

Kitty trajava um de seus vestidos finamente cortados. O modelo da vez mal lhe cobria os joelhos e destacava sua silhueta, que voltara a ser de moça. Era um misto de menina e mulher, que brilhava, provocava e seduzia – nenhum homem lhe passava incólume. Quem recebia uma encarada de seus penetrantes olhos azuis embarcava em um carrossel de sensações. Marie, contudo, percebera que Kitty já se enfadara dessa brincadeira e só recorria a ela esporadicamente para autoafirmar seu poder. Por exemplo, Roberto, o pintor de barba preta, assim como Marc, o galerista, pertenciam ao seu séquito de admiradores. Até que ponto ia a simpatia de Kitty por aqueles cavalheiros, Marie não sabia. Se sua bela cunhada praticava o amor físico, nunca o fizera na Frauentorstraße.

– Nele, minha querida! Quem diria, saindo de casa com este tempo...

Nele Bromberg recebeu calorosos abraços de todos. Ela já passara dos 70 anos, era magra como uma cabrita e tingia de preto as curtas e bem-cuidadas madeixas. Antes da guerra, causara furor como pintora e chegara a vender vários quadros. Logo sua fama desvaneceu, mas isso não a impedia de dedicar a vida inteiramente à arte. Marie tinha particular afeição por aquela insólita senhora. Com frequência, pensava que sua mãe, se ainda fosse viva, talvez se parecesse bastante com ela.

– Bobagem! Chuvas e tempestades, o clima perfeito para nós, bruxas! – exclamou Nele. – Foi um prazer vir na minha vassoura te ver, minha fadinha.

Na maioria das vezes, ela falava muito alto, o que se devia à perda de audição, cada vez pior com a idade. Mas ninguém se incomodava e até as crianças, que puderam ficar mais um pouco entre os adultos, achavam a "tia Bromberg" divertida e brigavam com frequência para sentar-se à mesa ao seu lado.

Ah, aquelas reuniões gastronômicas na casa da Frauentorstraße! Como eram descontraídas! Sem normas rígidas de etiqueta como na Vila dos Tecidos, ninguém repreendendo as crianças para se sentarem eretas e não se sujarem. Tampouco havia patrões e criadagem, pois Gertrude distribuía tarefas a todos os convidados, que as aceitavam de bom grado. Colocar a mesa. Montar um arranjo de flores. Levar os pratos. Encarregar-se das bebidas. Klippstein foi o mais empenhado em ajudar, mas Marc também levou de bom grado a travessa de massa e Roberto, o pintor, dispôs os talheres entre os pratos em distâncias precisamente iguais. Com tudo preparado, sentaram-se juntos à mesa e estavam tão amontoados que era preciso atenção para não espetar o garfo no braço do vizinho. Também Hanna, que inicialmente hesitou, se uniu aos demais e se sentiu constrangidíssima quando os amigos de Kitty se dirigiram a ela como "Srta. Johanna".

Comeram, elogiaram a cozinheira, brincaram com as crianças, contaram piadas e brindaram. Os assuntos quase sempre giravam em torno de arte. Marc Boettger, o galerista, praticamente monopolizava a conversa, maldizendo uns e enchendo a boca para falar de outros, contando sobre artistas que se tornaram famosos da noite para o dia e sobre gênios que seriam para sempre ignorados. Nele Bromberg o interrompeu, pedindo para falar mais alto, pois não conseguia escutar. Então Dodo assumiu a tarefa de repetir para a velha senhora as partes mais importantes da conversa.

– Que menina inteligente você colocou no mundo, Marie. Ela é ímpar. Ainda vai deixar todo mundo boquiaberto.

De maneira geral, Nele tratava a todos sem formalidades. Ela simpatizara com Marie desde o princípio, desmanchando-se em elogios pelos quadros de sua mãe, ainda que, para seu grande pesar, não tivesse conhecido Louise Hofgartner em vida.

Quando todos já estavam saciados e as conversas começavam a perder o ânimo, era chegado o momento de Leo. Ele foi para o quarto de música e tocou algumas peças ao piano, com a paixão de sempre. Ao sinal de Marie, o músico recebeu efusivos aplausos, encerrando seu concerto noturno. Hanna então subiu com as três crianças para a cama, apesar do protesto dos pequenos.

Os adultos se distribuíram então em grupos na sala de estar; acomodaram-se no sofá, ocuparam as poltronas. Roberto adorava se sentar de pernas cruzadas no tapete. Ele era um ginasta dedicado e certa vez havia mostrado seu talento dando estrela, mas Kitty o proibira de fazer isso na casa, pois acabara danificando um vaso de cristal e a grande poltrona de vime.

– Eu amo essa poltrona! Foi aí que pari minha filha! – contou ela.

– Nessa poltrona? – indagou Marc, um tanto constrangido.

– Não, na verdade foi no sofá. Bem aí onde você está sentado, meu amigo.

Marie aderiu às gargalhadas. Ela se sentia um pouco cansada e tinha dificuldade em se concentrar na conversa. Era possível que fosse culpa do vinho, o forte vinho do Reno – ela não devia ter tomado a segunda taça.

Educadamente, ela escutava o que o jovem galerista contava, sorria nos momentos certos e ficou aliviada quando Hanna voltou à sala para informar que as crianças já estavam tranquilas na cama. Quando Marc se dirigiu à "Srta. Johanna" para convidá-la pela enésima vez à sua galeria na Annastraße, Marie teve a oportunidade de escutar outro diálogo.

Tilly se sentara novamente ao lado de Ernst von Klippstein e, ao que parecia, estava de fato abrindo o coração. Pelo menos Marie distinguiu grande interesse no semblante de Klippstein.

– Que maldade. E por pura inveja, presumo.

– É possível – disse Tilly, abatida. – Me aplico nos estudos e estou sempre entre os melhores. É importante, como aluna, ter bons resultados para ser reconhecida pelos professores. Mas alguns colegas ficam com raiva.

– E por isso esses moleques apareceram caindo de bêbados na porta da sua casa e exigiram à proprietária que os deixasse entrar? – indagou ele.

– Sim. E, para completar, afirmaram que já dormiram várias vezes comigo. Por isso que ela me mandou embora – contou Tilly.

Klippstein deu um suspiro de empatia. Talvez quisesse, naquele momento, segurar a mão de Tilly, mas não ousou.

– E agora? Encontrou um novo alojamento?

– Ainda não. Deixei minhas coisas com uma conhecida. É só uma mala e a bolsa com meus livros – explicou ela.

– Se eu puder ser útil de alguma forma, Srta. Bräuer. Tenho amigos em Munique...

Marie não conseguiu escutar se Tilly aceitou a oferta, pois Nele a abordou.

– Minha querida Marie. Você tem dois filhos maravilhosos, estou morta de inveja. O menino é um pequeno Mozart. E que lindo o topetinho loiro. Parece um anjinho. Um arcanjo.

– Ai, sim. Tenho muito orgulho deles.

Marie conversou, escutou, respondeu. Era agradável estar naquela sala, tão quente e protegida, rodeada de pessoas alegres, enquanto o vento lá fora arrancava galhos e a chuva golpeava os vidros das janelas. Mas então por que se sentia tão solitária?

Por que só brigamos?, pensou ela. *Será que reclamo dele sem razão? São coisas da minha cabeça. Um egoísmo lamentável.*

Ela pensou se não deveria procurá-lo no dia seguinte na fábrica para lhe dizer que o amava. E que nada mais importava. Que só o amor contava.

Foi quando lhe voltou à memória o que ocorrera de manhã. O banco reservado aos Melzers na igreja de São Maximiliano. Paul entre a mãe e Serafina von Dobern. O rosto sorridente de perfil, Serafina inclinando-se em sua direção para escutar o que ele cochichava...

Não. O amor não era capaz de substituir tudo na vida. Muito menos um amor baseado em mentiras.

25

Dezembro de 1924

— Ai, meu bendito Deus. Não! Não entro nesta caixa nem que a senhora me mate.

Elisabeth deu um suspiro aborrecido. Ela devia ter deixado na fazenda aquela menina que só dava desgosto. A ruivinha pomerana de curvas fartas e ar rural não servia para nada: ficava enjoada no trem e, para completar, tinha medo de embarcar em um automóvel.

– Controle-se, Dörthe! Já está escuro e não quero ir sacolejando em uma charrete velha.

Estavam em frente à estação de Augsburgo, rodeadas por suas bagagens, que o maleiro, tão prestativo, largara em uma poça. Fazia frio na cidade. Sob a luz dos postes era possível enxergar pequenos flocos de neve arrastados pelo vento. Mesmo assim, alguns inválidos de guerra permaneciam junto ao muro da estação, pedindo esmola aos últimos passageiros.

– Eu vou morrer nessa coisa, senhora – reclamou Dörthe. – Lá em Kolberg, um automóvel desses voou pelos ares. Foi um estrondo tão forte que os vidros das janelas até quebraram.

Lisa estava esgotada pelos dois dias de viagem e lhe faltavam forças para lutar contra tanta burrice e teimosia. Mas, tão logo chegassem à Vila dos Tecidos, a garota seria repreendida. Já bastava. Ela que voltasse para a fazenda. Se preferisse, podia até ir a pé.

Ignorou os táxis que esperavam e fez sinal para uma charrete. Pelo menos o cocheiro foi rápido em guardar as malas e ajudou Elisabeth a subir. Já estava no sétimo mês, sentia-se pesada e enrijecida, e suas pernas haviam inchado após tantas horas sentada.

– Mas que cidade grande, senhora. E quanta luz. E as casas vão até o céu! – comentou Dörthe.

– Chega para lá, preciso levantar meus pés.

– Sim, senhora. Nossa, parecem um barril de tão inchados. Vamos ter que fazer compressa fria com vinagre.

Elisabeth não respondeu. Ouviram o cocheiro estalar os lábios e as ferraduras do cavalo golpearem o paralelepípedo. A charrete logo tomou a direção do Portão de Jakob. Elisabeth recostou a cabeça no encosto de madeira e fechou os olhos por um momento. Estava em casa, em Augsburgo. Ela conhecia cada edifício, cada viela, poderia percorrer o caminho da estação até a Vila dos Tecidos de olhos vendados. Era uma sensação tão boa que chegava a surpreendê-la. Devia ser a gravidez, que ofuscava as dificuldades que a esperavam. Que curioso. Volta e meia tinha a impressão de viver em uma redoma de vidro que abafava todos os problemas e preocupações, criando um espaço de acolhimento e proteção. Esse estado de espírito, contudo, em geral durava pouco e ela logo caía naquela triste realidade.

Nas semanas anteriores, chegara à dolorosa conclusão de que ninguém na fazenda lamentava sua partida. Nem mesmo tia Elvira, sempre tão simpática com ela.

– Ah, garota. Seu lugar é na cidade, eu logo soube. Vá com Deus e seja feliz, Lisa!

Despediu-se com muito gosto. Christian von Hagemann também deu de ombros ao saber de sua decisão. Apenas Riccarda, a quem nunca suportou, pareceu abalada.

– E o que será de nós? – questionou.

Lisa a tranquilizou. Klaus continuaria na sua função de administrador da propriedade, tia Elvira fazia questão, pois estava muito satisfeita com ele e preferia não ter que procurar outro capataz. Pauline e seu filho bastardo se mudariam para a fazenda, pois Klaus manifestara a intenção de adotar o menino. Possivelmente aumentaria sua descendência por ali, mas isso era assunto dele e não lhe dizia mais respeito. A despedida do marido fora até bastante afetuosa, com abraços e agradecimentos.

– Sempre gostei de você, Lisa. Como uma amiga, uma companheira fiel – disse ele.

Ela se sentiu ridícula, pois o filho de Sebastian moveu-se bruscamente em sua barriga, como se quisesse chamar atenção.

– Só não me conformo que aquele sujeito sem sal tenha acertado na mosca – comentou Klaus, com um sorriso. – Mas não se pode dizer que não me esforcei, certo?

Elisabeth não comentou a gracinha e limitou-se a garantir que não tinha mágoas e queria partir em paz. Ele assentiu, mas, assim que ela se virou, agarrou seu braço.

– Ouça, Lisa. Se você preferir, me prontifico a assumir a criança.

– Obrigada, Klaus. Mas não será necessário.

Elisabeth abriu os olhos e endireitou a coluna, pois sua cabeça já estava doendo com os solavancos sobre o paralelepípedo. Dörthe, que por dias implorara para ser levada a Augsburgo, olhava pela janela, dura como uma estátua. Quando passavam por um poste de iluminação, casas e transeuntes surgiam na claridade cinzenta e logo voltavam ao escuro. Apenas as vitrines das lojas exibiam suas luzes coloridas e era possível até mesmo distinguir seus artigos. Muito havia mudado na cidade desde que saíra de lá. Pelo visto, a grave inflação era passado; o comércio e as empresas se recuperavam, as coisas na fábrica de tecidos dos Melzers também melhoraram. Que estranho sua mãe escrever tão pouco a respeito. Suas cartas nos últimos meses andavam bastante sucintas, e de Kitty ela nunca mais recebera nada. Talvez estivessem todos desgostosos por ela ter mesmo entrado com o divórcio e por voltar a morar, separada do marido, na casa dos pais. Que Alicia estivesse aborrecida, era compreensível. Mas que Kitty demonstrasse essa atitude... Sua irmã mais nova – conforme Serafina lhe descrevera com detalhes – levava uma vida bastante imoral, andava com vários homens e tinha amantes. Bem, Kitty sempre tivera tendências erráticas, desde a época em que fugira para Paris com aquele francês. Fosse como fosse, Kitty era a última pessoa que poderia julgá-la. No máximo Marie teria esse direito. Mas ela nunca fora assunto nas cartas de sua mãe, tampouco nas de Serafina.

Cruzaram o Portão de Jakob e seguiram até o bairro industrial.

– Está um breu aqui, senhora. Mais preto que piche. Ai, meu bendito Deus. Que luz é aquela ali na frente? Brilhando e se mexendo como mil vaga-lumes?

– Não tem nada se mexendo ali, Dörthe – respondeu Lisa, de má vontade. – São as janelas de alguma fábrica. Espere, acho que aquilo ali são máquinas de fiar algodão. Isso quer dizer que voltaram com o turno da noite. Devem estar cheios de pedidos.

Quando deixara Augsburgo, todas as fábricas de tecidos estavam arruinadas, mal havia lã e, menos ainda, algodão para trabalhar. Ela franziu os olhos e tentou distinguir ao longe as luzes da fábrica dos Melzers. Sem êxito. Pelo visto, haviam erguido novos edifícios que bloqueavam a vista.

– Estou tão enjoada, senhora. Falta muito? Do contrário, terei que pedir para o cocheiro parar.

– Só mais uns minutos. Acho que você consegue aguentar.

Dörthe assentiu várias vezes com grande convicção e continuou olhando para fora. De fato, a pobre coitada estava branca como uma folha de papel. A viagem e a visão daquela cidade à noite eram, provavelmente, as coisas mais emocionantes que já testemunhara.

O velho portão do parque ainda pendia torto. Dörthe cravou os dedos no couro do assento da charrete quando cruzaram a entrada. Logo foi possível enxergar, bem ao fundo, já no final da alameda, as luzes da mansão. Era a iluminação do pátio; deviam estar esperando por ela. Naquela manhã, ligara de Berlim para a mãe, pedindo-lhe que não se incomodasse com nada. Não, Paul não precisava buscá-la na estação, ela tomaria um táxi.

– Ali, está vendo aquelas luzes? – indicou ela.

O cocheiro parou em frente aos degraus da entrada e Dörthe desembarcou apressada para vomitar ao lado do canteiro central coberto com galhos de pinheiros. Do alto da escada, a porta se abriu e Elisabeth vibrou ao ver Gertie, sua antiga criada. Mas ela tinha apenas uma vaga lembrança do copeiro, que vinha descendo para recolher suas malas. Como era mesmo o nome dele? Johann? Não. Jonathan? Tampouco. O rapaz lhe passou uma impressão de soberba, mas talvez estivesse enganada.

– Bem-vinda à casa, Sra. Von Hagemann! – disse ele, com uma reverência. – Sou Julius, ao seu dispor. É um prazer recebê-la.

Ele a ajudou a descer da charrete. Julius demonstrava ser um sujeito forte, era preciso reconhecer. E não parecia tão melindrado como Humbert, que sempre hesitava antes de tocar alguém.

Lisa instruiu aonde levar cada mala e se perguntou em qual parte da casa iria ser acomodada. Kitty não lhe contara certa vez em carta que Marie havia transformado seu antigo quarto em escritório? Ela só esperava que não a colocassem no quarto do pai. Era muito apertado e, além disso, acabaria pensando o tempo todo nele.

– Lisa! Deixa eu te olhar direito, irmãzinha. Está com um aspecto ótimo! Com o nariz um pouco sem cor, mas deve ser por causa da longa viagem.

Era Paul, que também descera os degraus para cumprimentá-la. Mostrou-se afetuoso e sua alegria parecia genuína. Aquilo lhe fez bem. Mas quando a abraçou, não pôde ignorar o que ela ocultava sob o largo sobretudo.

– Você por acaso está... – perguntou ele, em voz baixa.

– No sétimo mês. Deve nascer em fevereiro.

Paul ficou atônito, pois ela nunca escrevera nada sobre a gravidez. Constrangido, passou a mão no cabelo, respirou fundo e sorriu. Descontraído e jovial como antes.

– Parabéns. Voltaremos a ter vida na casa. Mamãe já sabe?

– Vai saber hoje – respondeu Lisa.

Paul emitiu um chiado entre os dentes, como também costumava fazer.

– Mas seja diplomática, Lisa. Ou pelo menos tente. Mamãe já anda com os nervos à flor da pele.

– É mesmo?

– Ela está na cama. Vai acordar para o jantar.

Lisa ignorou o braço que o irmão lhe ofereceu e subiu a escada sem auxílio. Era só o que lhe faltava, ser tratada como uma doente incapacitada. A saúde frágil de sua mãe já era problema suficiente. Talvez fosse essa a razão de ela vir lhe escrevendo tão pouco.

Ao chegar ao átrio, viu que Else e a Sra. Brunnenmayer a aguardavam na porta da cozinha, enquanto Gertie e Julius levavam as bagagens para o andar de cima. Elisabeth se emocionou. Meu Deus, os olhos de Else estavam até mesmo marejados, e a cozinheira a fitava radiante.

– Fico feliz por tê-la novamente conosco, Sra. Von Hagemann. Afinal, também a vi crescer.

Lisa apertou a mão da Sra. Brunnenmayer e por pouco não a abraçou. Else recebeu a mesma saudação. Aquelas pessoas leais estavam ao seu lado, independentemente do que tivesse acontecido. Nada mau, após a fria despedida na fazenda Maydorn.

Serafina von Dobern a esperava na escada que conduzia ao primeiro andar. Lisa ofegava enquanto subia e, como Else havia levado seu sobretudo e o chapéu, seu estado ficou ainda mais à mostra. Mas Serafina foi discreta.

– Lisa, minha amiga. Que alegria imensa vê-la de novo. Fez boa viagem?

O abraço foi breve e a certa distância, assim como os beijos que trocaram sem que as bochechas se tocassem. Serafina recebera uma educação muito rigorosa e precisava de tempo para aceitar a ideia de que a amiga se divorciara e carregava uma criança no ventre. Lisa a perdoou.

– Obrigada, minha querida. Foi suportável. Os incômodos de sempre no trem, você sabe... Abre janela, fecha janela. Não se pode esticar as pernas e tem sempre alguém fazendo barulho com o jornal. Mas como você está? Está feliz aqui na Vila dos Tecidos? Andou emagrecendo?

De fato, Serafina parecia ainda mais magra do que antes. A cor de sua tez tampouco havia melhorado, mas pelo menos ela passara a aplicar uma delicada camada de blush nas maçãs do rosto.

– Se eu emagreci? É bem possível. A comida nesta casa não me desce.

Lisa percebeu que pisava em ovos, pois Serafina desde sempre padecera por ser tão magra.

– Verdade, seu estômago é sensível. E olha que a Sra. Brunnenmayer tem uma mão ótima na cozinha.

Que estranho. Elisabeth, que estava tão ansiosa para ver Serafina, sentiu um distanciamento incômodo entre ela e a antiga amiga de escola, com quem sempre tivera tantas coisas em comum. Seria sua gravidez uma questão tão sensível assim?

– Vou te mostrar o quarto que mandei preparar para você – avisou Serafina.

Mais uma escada. Lisa a seguiu com passos lentos até o segundo andar e se perguntou o que significava aquela frase da amiga. Ela mandou preparar o quarto? Tais tarefas não eram incumbência de uma preceptora.

Haviam lhe reservado o antigo quarto de Kitty. Bem, ela não podia se queixar, até porque ele tinha um cômodo a mais para as roupas. Só achou desagradável ter que dormir na cama de Kitty, mas os demais móveis haviam sido removidos e substituídos por outros. Serafina explicou que escolhera tudo com muito cuidado para sua estimada amiga. Ela abriu as portas e gavetas da cômoda, em seguida ajeitou as almofadas do sofá verde – certamente retiradas do sótão. Lisa lembrou vagamente que aquele móvel ficava na sala dos cavalheiros, tendo sido posteriormente trocado por duas poltronas.

– Me diga uma coisa, você não está contratada como preceptora? – questionou Lisa.

– Ah, ainda não te contaram? Já há algum tempo estou no cargo de governanta.

Lisa se sentou no sofá e olhou a amiga de cima a baixo.

– Você disse *governanta*?

Serafina sorriu com orgulho. O assombro de Lisa aparentemente a divertia.

– Isso mesmo. Como sua cunhada não está mais aqui...

Lisa não conseguiu acompanhar. Pelo visto, uma avalanche caíra sobre a mansão durante sua ausência e ninguém a havia inteirado de nada.

– Marie... Marie não está mais aqui? – indagou ela, só então se dando conta de que a cunhada não a recepcionara no átrio. – Não me diga que ela está doente...

Serafina ergueu as sobrancelhas e franziu os lábios. Era nítido que lhe dava prazer comunicar à amiga uma novidade tão emocionante.

– A jovem Sra. Melzer se mudou com as crianças para a Frauentorstraße. Tratamos o assunto com muita discrição e, por esse motivo, não te falamos nada. Principalmente por causa da tia Elvira. Ela às vezes é bastante direta e não esboça qualquer respeito pela boa reputação da família.

Lisa permanecia calada no sofá. A notícia lhe era tão inesperada que precisou de um momento para ordenar os pensamentos e as sensações. Marie havia abandonado seu irmão. Nossa! E levado os filhos... Kitty, sua irmãzinha, certamente apoiava Marie, já que moravam na mesma casa agora. Era de se esperar, claro! Ah, céus! Pobre Paul! E mamãe devia morrer de saudades dos netos. Por isso os nervos frágeis...

– Queria te pedir, Lisa, para ser o mais delicada possível com sua mãe. Me refiro... à sua situação. Ela já sofreu muito.

– Claro, sem dúvida.

Ainda ensimesmada, Lisa respondeu automaticamente. Mas não deixou de se irritar por aquela já ser a segunda vez que lhe advertiam para tratar a mãe com cuidado. Por acaso achavam que não tinha tato? Que era uma pessoa sem consideração e empatia pelo sofrimento do próximo? Sentiu-se um pouco aborrecida com a amiga, por mais que soubesse que não era culpa dela.

– Você pode pedir para a Gertie subir? – pediu ela. – E diga à cozinheira que Dörthe, a menina que veio comigo, pode ajudar na cozinha.

– Primeiro descanse, meu anjo – sugeriu Serafina, empática. – Você tem passado por tempos difíceis. Pode contar comigo para tudo, Lisa.

– Obrigada, minha amiga querida.

Serafina fechou a porta com imensa suavidade, como se uma enferma se encontrasse no quarto. Mal se ouviram seus passos no corredor, era como se ela flutuasse sobre a passadeira, os pés sem tocar o chão. Aquilo também incomodou Lisa, pois notou que vinha caminhando como um elefante e ofegava a olhos vistos, devido ao ganho de peso que lhe dificultava a respiração. Mais uma vez a sorte não lhe sorria. A gravidez de Kitty, ela ainda se lembrava, fora quase imperceptível. Marie, igualmente, apesar de esperar gêmeos, nunca chegara a inchar tanto. Ela havia engordado em todas as partes: nos quadris, nos braços e nas pernas, nas costas e, principalmente, nos seios. Sempre haviam sido fartos, mas vinham ganhando dimensões descomunais. Meu Deus, tão logo o bebê chegasse feliz ao mundo, passaria a se alimentar de legume cozido e pão seco. Não pretendia passar o resto de sua existência como um tonel ambulante!

Quando Gertie chegou, seu humor melhorou no ato. Que criatura amável era aquela jovem. Nenhuma palavra sobre a gravidez, nada de perguntas idiotas sobre as pernas inchadas ou demais impertinências. Após aquecer a estufa para o banho e lhe levar o largo roupão, começou a contar as novidades, enquanto a ajudava a se despir.

– Auguste nunca mais veio. Antigamente ela sempre precisava de um dinheiro a mais, porque o da horta não era suficiente. Fanny sempre separava uma marmita para os pequenos, para não passarem fome. Mas agora estão vivendo em riqueza. Ela só não diz de onde vem. Estão até construindo uma estufa. Grande que nem um mercado. Senhora, eu não sei direito, mas deve estar chovendo dinheiro por aí.

Elisabeth cogitou se seu ainda cônjuge, Klaus von Hagemann, tinha um dedo naquela história, uma vez que era pai de Liesel. Mas de onde teria tirado tanto dinheiro? Lisa se esticou com gosto dentro da água quente e pegou o sabonete de rosas. Ah, aquele perfume de sua infância. Era a mesma marca que sua mãe comprava há anos. Esfregou-o nas mãos até produzir espuma e ensaboou os braços e o pescoço, antes de entregar o tablete rosado e escorregadio a Gertie, para que lavasse suas costas. A moça o fazia com perfeição, massageando os pontos tensos e jogando água quente em seus ombros. Aproveitou ainda para contar a

Lisa que Humbert, o antigo copeiro, continuava em Berlim, apresentando-se no teatro, e que escrevia cada vez menos, para a preocupação da Sra. Brunnenmayer.

– Ela não fala nada, mas dá para ver que anda preocupada. Acho que a Sra. Brunnenmayer e Humbert têm uma amizade muito verdadeira. E Hanna, aquela cobrinha, se debandou para a Frauentorstraße. Mas Maria Jordan foi a primeira a sair. Agora ela é uma rica proprietária de imóveis. E está com um garoto.

– A Jordan teve um filho?

Gertie soltou uma gargalhada tão contagiante que Lisa aderiu.

– Não. É um amante jovenzinho, praticamente um menino. Isso se for verdade o que o povo diz – explicou Gertie.

Ela ajudou Lisa a sair da banheira, envolveu seus ombros com uma grande toalha que cheirava a lilás e bergamota e secou suas costas.

– E Jesus, essa menina que a senhora trouxe da Pomerânia! É uma peça! Fica na mesa da cozinha e não para de comer. Quando descascou as batatas, desperdiçou a metade. E não achou a pilha de lenha, sendo que a cozinheira explicou três vezes. E depois, pediu para lavar a louça. Vai quebrar tudo, isso sim. A Sra. Brunnenmayer disse que nunca viu uma menina tão desastrada na cozinha.

– Logo ela aprende – respondeu Lisa.

Gertie havia separado uma roupa de baixo limpa e um vestido leve que encontrara em uma das malas.

– Posso pentear seus cabelos? E prender? Seria bom para mim, pois estou fazendo um curso de camareira e já aprendi muito.

De lá para cá, ela deixara suas madeixas crescerem e as usava presas como antes. Não porque Sebastian desaprovasse seus cabelos curtos. Não mesmo. Que lhe importava Sebastian? Foi apenas por achar que seu rosto não combinava com um corte tão moderno.

Após o banho, conseguiu relaxar e se sentiu bastante sonolenta. Ela se olhou no espelho enquanto Gertie desembaraçava e penteava suas mechas úmidas. De fato, a jovem fez um penteado que lhe favorecia, dando um aspecto mais delgado ao rosto, que se assemelhava a uma rosada lua cheia. Ela era mesmo uma menina bastante prendada, chegava até a lembrar um pouco Marie. Nossa, já fazia dez anos desde a época em que a bela camareira Marie prendia seu cabelo e costurava aqueles vestidos encantadores para ela e a irmã. Era impressionante que a moça, que conseguira uma meteórica ascensão social, estivesse colocando tudo em risco.

Else bateu à porta do quarto. O jantar estava servido.

– O Sr. Melzer mandou pedir para a senhora descer.

– Obrigada, Else.

Por que ele estava com tanta pressa? Bem, decerto era melhor não se demorar, do contrário adormeceria ali mesmo na cadeira.

– Ficou excelente, Gertie – elogiou ela e levantou-se ofegante.

Satisfeita com o cumprimento, a criada fez uma reverência.

– Seria um prazer servir a senhora. Sei costurar e passar. E Dörthe já está ajudando na cozinha agora.

Ah, sim, pensou Elisabeth, entretida. *Agora está explicado.* Mas ela, infelizmente, não tinha poder algum de decisão na Vila dos Tecidos, ainda que lhe fosse muito útil ter à disposição uma garota tão esperta e bem-humorada como Gertie nos próximos meses.

No andar de baixo, a mesa de jantar se encontrava posta como ditava a etiqueta. O tal de Julius entendia do seu ofício. Os talheres dispostos com distância milimetricamente calculada. Acima dos pratos, à direita, as taças ordenadas de maneira correta; já à esquerda, os saleiros individuais, imaculadamente polidos, e os guardanapos de tecido engomado dobrados em forma de borboleta.

– Melhor sentar-se ao meu lado, Lisa – sugeriu Paul, que entrou junto com a irmã. – A Sra. Von Dobern tem seu lugar ao lado da mamãe.

Ele ajeitou sua cadeira e esperou que ela se acomodasse. Em seguida, tomou assento. Lisa estava intrigada.

– Serafina, digo, a Sra. Von Dobern come conosco?

Logo percebeu que a pergunta era incômoda para Paul.

– Mamãe quis assim – respondeu ele.

Enfim, como Marie e as crianças não moravam mais na mansão e Kitty também se mudara, os únicos que se sentavam à mesa eram sua mãe e Paul. Era possível que Alicia se sentisse um tanto sozinha. Contudo, era bastante inusitado que a governanta comesse com os senhores. A Srta. Schmalzler jamais se permitiria isso.

– Não quer colocar um xale, Lisa? Está um pouco frio aqui.

Paul entregou-lhe um largo xale de seda vinho, que na verdade pertencia a Alicia.

– Não, obrigada – disse ela. – Está agradável assim.

– Ande, Lisa. Coloque isso – insistiu ele. – Mamãe não precisa se inteirar das coisas logo no primeiro dia.

Aos poucos ela começava a se incomodar com todo aquele teatro. Qual a razão para se esconder? Em algum momento Alicia ficaria sabendo. Por que não logo de uma vez?

– Deixe mamãe pelo menos comer algo primeiro. Ela já emagreceu muito por causa das constantes enxaquecas.

Lisa bufou, resignada. Que echarpe mais horrível era aquela! Mas se a mãe estava mesmo tão mal, iria respeitá-la.

De fato, quando Alicia chegou, conduzida por Serafina, Lisa percebeu o quanto ela estava magra. Seu rosto estava enrugado, o cabelo grisalho, sem tingimento, e as mãos tão esquálidas que se viam os ossos.

– Lisa! Como você está fortinha. O ar do campo te fez bem!

Elisabeth, já prestes a se levantar para abraçar a mãe, sentiu a mão de Paul em seu braço e entendeu que era melhor permanecer sentada. A mãe fez menção de ir em sua direção, mas Serafina a agarrou gentilmente pelo ombro e a guiou até a cadeira.

– Sente-se, minha querida Alicia. Estamos todos tão felizes por ter Lisa conosco, não é mesmo? Façamos nossa prece.

No mesmo instante, Julius adentrou a sala para servir a sopa. Caldo de carne com *maultaschen*. Há quanto tempo ela não comia aquilo! E com salsinha fresca por cima, sendo que era dezembro!

Abriram os guardanapos no colo, para se ocuparem com a sopa, e por um momento escutou-se apenas o discreto tilintar das colheres nos pratos.

– E como ficarão as coisas para você, Lisa? – perguntou Alicia, finalmente tomando a palavra. – Ainda está decidida a se divorciar?

– Sim, mamãe. O processo já está em andamento. Não deve demorar muito.

Serafina interveio para explicar que o divórcio, naqueles dias, não era mais coisa de outro mundo.

– Em vez de passar toda uma vida em um casamento infeliz, é muito mais sensato se separar. Assim, há a possibilidade de se casar de novo e encontrar a felicidade – explicou a governanta.

Ela fitava Lisa ao falar, e a luz das arandelas iluminava as lentes de seus óculos. Era impressão sua ou os olhos de Serafina não se dirigiam a ela, mas a Paul?

Alicia afastou o prato ainda com comida e limpou os lábios elegantemente com o guardanapo.

– Pois, no meu tempo, isso não tinha nada de normal. E quando acontecia, era sempre por causa de um escândalo.

Escrutinou Lisa com o olhar e Paul se apressou em intervir na conversa.

– E quais são seus planos de vida para depois do divórcio, Lisa?

Ela quase respondeu que daria à luz um filho, mas mordeu a língua no último momento.

– Ai, acho que primeiro vou precisar de um pouco de espaço. Quero ser útil aqui na Vila dos Tecidos. Se você me permitir, mamãe, posso ser seu braço direito na administração da casa.

Serafina sorriu diligentemente e comentou que era uma boa ideia. Contudo, a mansão estava sob perfeita ordem e não necessitavam de auxílio.

– Não é verdade, minha cara Alicia? Estamos indo muito bem – falou Serafina.

Alicia concordou e logo a conversa se extinguiu quando Julius entrou para retirar a louça e trazer o próximo prato: assado de cordeiro com ervilha e cenoura, acompanhado de *knödel* com molho cremoso. Elisabeth esqueceu a irritação com a declaração de Serafina e aceitou, de pronto, três fatias do assado. Que delícia os temperos do molho! O *knödel*, imbatível. E o assado, tão suculento e macio!

– E que fim levou o Sr. Winkler? – indagou Paul, interrompendo seu deleite gastronômico. – Não havia certo... afeto entre vocês dois?

– Francamente, Paul! – exclamou Alicia. – Um professor! E que já esteve na prisão!

– Seja como for – insistiu Paul –, ele sempre me pareceu uma pessoa inteligente e honrada.

– Um comunista, não era? – perguntou Serafina, com tom suave. – Ele não era um dos líderes da tal república de conselhos? Quando a plebe pensou que assumiria o poder aqui em Augsburgo...

Paul ignorou a intromissão de Serafina e prosseguiu inocentemente com suas perguntas.

– Ele ainda trabalha como bibliotecário na fazenda Maydorn?

Elisabeth sentiu um calor no rosto. Paul, aquele astuto, já havia captado tudo. No final das contas, sabia até quem era o pai do bebê que ela levava no ventre.

– Já faz tempo que não – respondeu ela rapidamente. – O Sr. Winkler pediu as contas em maio e foi embora da fazenda. Até onde sei, queria procurar trabalho como professor em alguma escola.

– Meu pai eterno – lamentou Alicia. – Um revolucionário ensinando crianças inocentes. Mas ninguém vai lhe dar emprego, não é? Tomara que não!

Elisabeth notou que precisava esclarecer algo de uma vez por todas. Ela pousou os talheres sobre a borda do prato e respirou fundo.

– Para ser bem clara, mamãe: não sei e não quero saber por onde anda o Sr. Winkler e muito menos o que está fazendo no momento.

Um breve silêncio se impôs. Lisa agarrou os talheres de maneira tão brusca que o garfo caiu de sua mão, manchando de gordura a toalha branca bordada. Serafina sorriu compassivamente e virou-se para Alicia.

– Nossa Lisa deve estar cansada da viagem. Não me admira que se exalte. Até amanhã ela se recupera, minha querida Alicia.

Elisabeth olhou para Paul, que remexia as ervilhas em seu prato e parecia ignorar o teor da conversa. Impressionante as liberdades que aquela mulher – que sempre considerara tão próxima – se permitia. "Nossa Lisa", "Não me admira que se exalte". Por acaso era sua mãe quem lhe dava costas quentes?

– Minha pequena Lisa – disse Alicia, enquanto a fitava com um sorriso. – Você não mudou quase nada, minha menina. Sempre se ofendendo por besteira. Sempre se achando em desvantagem.

– Mamãe... – interveio Paul.

Alicia fez um gesto de rechaço em sua direção e prosseguiu:

– Está na hora de lhe dizer o quanto estou feliz pelo seu retorno. Justo agora, que tudo anda tão vazio por aqui.

Lançou um olhar de reprovação para Paul, que abaixou a cabeça, constrangido.

– Você é minha filha, Lisa. E, enquanto eu viver, terá seu lugar na Vila dos Tecidos. Minha alegria é ainda maior por saber que, em breve, teremos vida nova nesta casa. É para quando, Lisa?

A expressão de Paul era a de quem recebera um balde de água fria na cabeça. Elisabeth tardou alguns segundos para entender: a mãe já sabia de sua gravidez!

– Para... para fevereiro – gaguejou ela. – Como você sabe, mamãe?

Alicia balançou a cabeça, como se tivesse escutado uma pergunta idiota.

– Minha cara Serafina me confidenciou – respondeu ela, colocando a mão no braço da governanta, em sinal de cumplicidade.

26

Uma intensa neve havia caído na noite anterior, de maneira que Paul preferiu deixar o carro de lado e caminhar até a fábrica. Nos últimos tempos, vinha fazendo isso com excepcional frequência, não por querer imitar o pai, que só usava o automóvel em caso de necessidade, mas para esvaziar a mente durante a acelerada caminhada. Os pensamentos sombrios que o assaltavam ao acordar se dissipavam com a atividade física – o vento frio roçava em suas orelhas e bochechas, enquanto a escuridão da manhã o obrigava a focar toda a atenção no percurso. Como de costume, deteve-se um momento na guarita de entrada, sacou a luva e cumprimentou o porteiro.

– Bom dia, Gruber. E aí, o que está achando das eleições parlamentares?

O velho porteiro tinha o jornal aberto sobre a mesa, iluminado por uma lâmpada elétrica. A manchete em letras garrafais, "Comunistas caem do cavalo", saltava à vista. Paul já havia lido o artigo de manhã.

– Não acho nada, senhor diretor – disse Gruber, ajeitando o gorro de lã na cabeça. – Não vai dar em nada, de novo. Quanto mais se mexe nisso, mais fede. Não é assim que dizem? E quanto mais partidos se xingando entre si, pior.

Paul acabara se conformando com a república, mas em alguns pontos partilhava da opinião do porteiro. Duas semanas antes, o presidente do Reich, Friedrich Ebert, dissolvera novamente o parlamento. Por quê? Porque os senhores eram ineptos, não chegavam a um acordo. Tratava-se da inclusão do Partido Popular Nacional Alemão no governo; foram meses de discussões até que o chanceler – como se chamava mesmo? Ah sim, Marx –, até que Wilhelm Marx jogou a toalha. E, ao que tudo indica, as novas eleições não haviam resultado em maioria capaz de formar um governo.

– Quem está no poder agora? – indagou Gruber, irritado. – Nem eles sabem, porque vivem batendo uns na cabeça dos outros. E mal a gente se acostuma a um governo, aparece outro.

– Não é para tanto, Gruber – disse Paul, em tom apaziguador. – Já conseguiram implementar o plano Dawes, negociando com Londres, e alguns lugares no Vale do Reno estão livres da ocupação francesa. E desde outubro temos o *reichsmark*, que está se mostrando eficiente.

Gruber assentiu, mas Paul percebeu que só o fazia por consideração a ele. Na verdade, o velho porteiro sentia saudade dos tempos do kaiser. Como muitos outros.

– Enfim, vou indo. Tenha um bom dia, Gruber.

– Bom dia, senhor diretor.

Após acenar para os dois rapazes que removiam a neve do pátio, ele começou sua costumeira ronda matinal pelos galpões. A produção ia a todo vapor e os livros de pedidos engrossavam a olhos vistos, tudo graças ao seu conceito "qualidade e margem de lucro reduzida". Era uma satisfação que Ernst von Klippstein aceitara seguir sua cartilha além de o apoiar em outras questões. Havia uma trégua entre os dois, mas a velha amizade se rompera. Definitivamente, por mais que Paul lamentasse. Será que ele ainda tinha amigos? Nos tempos da guerra, quando rastejavam juntos pelas trincheiras, sem saber se viveriam o dia seguinte, os homens se tornavam amigos e companheiros. Ninguém desejava a volta do conflito, mas, naqueles tempos de iminente prosperidade, a amizade verdadeira era cada vez mais rara. Talvez por estarem todos ocupados com a própria vida.

Enquanto contemplava as máquinas de fiação de anel, que volta e meia enguiçavam, decidiu que elas precisavam ser retiradas da produção e revisadas por um mecânico. Em seguida, examinou os tecidos de algodão; verificou a firmeza da trama, o caimento, e deu sua aprovação. As estampas ainda eram as antigas, que até vendiam bem, mas já passava da hora de desenvolver e imprimir padrões novos. Surpreendeu-se pensando em Marie, que costumava criar aqueles emaranhados de galhos e pássaros, ainda na sua época de prisioneiro de guerra. Sentiu uma leve dor no peito, a que sempre sentia quando se lembrava da esposa, e franziu o cenho. Ela encomendava tecidos regularmente na fábrica e pagava por eles, o que às vezes o irritava. Afinal de contas, aquele dinheiro era dele, pois o ateliê era propriedade sua. Paul mandava atrasarem os pedidos, mas lhe faltava coragem para ignorá-los por completo. Pior seria se ela decidisse comprar com a concorrência.

O dia clareou e puderam apagar a iluminação dos galpões. Infelizmente, as lâmpadas consumiam muita eletricidade nos meses de inverno, sem contar o aquecimento nos dias de geada – todas aquelas despesas minavam o faturamento, e ele esperava recuperar o prejuízo no verão.

Elogiou o supervisor no setor de estamparia, acenou alegremente para duas operárias na fiação e deu um tapinha no ombro do velho Huntzinger. Então, atravessou o pátio já livre da neve e entrou no prédio da administração. Deu uma breve olhada nos escritórios – a contabilidade era incumbência de Klippstein – e subiu apressado. Ainda na antessala, o aroma do café lhe preencheu o olfato; as secretárias já haviam cuidado de tudo e a bandeja com uma xícara e alguns biscoitos o aguardava.

– Bom dia, Srta. Lüders. Está sozinha hoje? – perguntou Paul.

A Srta. Hoffmann havia avisado que não viria, pois estava de cama, com gripe. O Sr. Von Klippstein também se encontrava indisposto e comunicara por telefone que só chegaria de tarde.

Paul disfarçou a irritação, pois não considerava uma pequena "indisposição" motivo suficiente para perder uma manhã inteira de trabalho. Mas tudo bem, Ernst vez ou outra era afetado pelas sequelas de seu ferimento de guerra, era preciso compreender.

– Então hoje somos só nós no comando, é? – comentou ele, com uma piscadela para a secretária, que, lisonjeada, riu discretamente.

– Pode confiar em mim, senhor diretor!

– Sei que posso! Então aguardo meu café.

– Perfeitamente, senhor diretor. Ah, a irmã do senhor ligou.

Deteve-se na soleira de sua sala e virou-se, surpreso.

– Minha irmã? A Sra. Von Hagemann?

– Não, não. A Sra. Bräuer. Ela virá pessoalmente mais tarde.

Kitty! Enfim uma boa notícia! Paul ligara várias vezes para a Frauentorstraße, mas só encontrava Gertrude em casa. A mulher resmungava, dizia que o telefone era uma invenção do capeta, que sempre a perturbava enquanto preparava seus bolos, mas que transmitiria seu recado.

– A Sra. Bräuer disse a que horas chega exatamente?

A Srta. Lüders deu de ombros. No fundo, a pergunta era desnecessária, pois Kitty não se orientava pelo relógio, mas por sua própria noção de tempo. "Mais tarde" podia significar tanto na hora do almoço quanto no fim da tarde.

Ele mal havia tomado o primeiro gole de café quando escutou a voz aguda de sua irmã caçula na antessala.

– Ai, Srta. Lüders. Você não mudou nada desde a época em que eu visitava papai no escritório, quando tinha 10 ou 12 anos. Minha nossa, como o tempo passa. Meu irmãozinho fica na porta da direita ou da esquerda? Ah, já sei. Na da direita, onde papai ficava. Acertei?

– Sim, Srta. Bräuer. Vou avisá-lo.

– Não precisa. Eu mesma aviso. Pode continuar martelando aí. Nossa, não sei como você consegue encontrar a tecla certa entre tantas outras. Meus parabéns, não deve ser fácil.

Tão logo Paul se desfez da xícara e se levantou, viu a irmã irromper no escritório. Ela parecia uma peça rara em seu sobretudo vermelho com gola de pele, botinas de pelica branca e um chapéu esquisito de formato tubular, que lembrava um penico. A combinação de cores lembrou-lhe de que em poucas semanas comemorariam o Natal.

– Pode se sentar de novo, irmãozinho. Vim só dar uma passada, porque tenho que ir até a casa do Marc, que vendeu três quadros meus. Será que você me dá um cafezinho? Com açúcar. Sem leite.

Ele recolheu seu sobretudo, aproximou uma das pequenas poltronas de couro e pediu café com açúcar e mais biscoitos para a secretária.

– Que alegria te ver aqui, Kitty. Sério, tenho muita esperança em você.

Ela estava mais calma e o olhou empática, enquanto mexia o café.

– Eu sei, meu querido. Você está tão pálido e abatido. Queria mesmo poder ajudar vocês dois. Sim, vou tentar. Mas o que mais quero é colocar juízo na sua cabeça, Paul. Porque tenho a sensação de que seu cérebro atrofiou e você nem percebe o mal que está fazendo à pobre Marie.

Estavam começando bem. Paul engoliu a advertência em silêncio e tratou de ignorar seus próprios melindres. Talvez tivesse, de fato, cometido um errinho pontual. Não de propósito, pois nunca tivera a intenção de ofender Marie. Eram mal-entendidos que precisavam esclarecer. Muitas vezes, quem estava de fora via mais do que aqueles envolvidos no conflito.

– Então me diga o que fiz de tão errado para Marie. O que ela quer? Já pedi desculpas. Permiti que ela ficasse com o ateliê. Até agora não tomei nenhuma providência para trazer meus filhos de volta à Vila dos Tecidos, ainda que pudesse fazê-lo.

Kitty tomou alguns goles, colocou a xícara sobre a mesa e limpou a boca.

– Você disse "meus filhos"?

Quando a fitou, ele entendeu.

– Certo, nossos filhos, se você faz questão da precisão. Inclusive promovi a preceptora a governanta. Ou seja, a Sra. Von Dobern não tem mais qualquer relação com as crianças.

Kitty não se mostrou muito impressionada.

– E você fez isso por Marie ou porque não faz sentido uma preceptora sem crianças? – questionou Kitty.

– O que isso tem a ver? De uma maneira ou de outra, o pedido de Marie foi atendido.

Kitty respirou fundo e tirou o tubo vermelho da cabeça. Após balançar os cabelos, voltou a lhes dar forma. Impressionante como as modernas madeixas curtas lhe caíam bem. Na verdade, ele não suportava aquele corte, mas ficava perfeito em Kitty.

– Sabe, irmãozinho, enquanto essa mulher estiver pintando e bordando na vila, eu não cruzo aquela porta. E tenho certeza de que Marie pensa igual.

Paul já se irritava. Por que elas tinham que ser tão teimosas? Não que ele fosse um admirador da governanta, mas ela vinha sendo um apoio para a mãe. O que, aparentemente, pouco interessava a Kitty e a Marie.

– Mas deixemos essa moça de lado – prosseguiu Kitty. – Se você realmente não entendeu o quanto magoou Marie, deixa eu te explicar: você desdenhou da mãe dela, a insultou e zombou dela. Assim, ofendeu muito a Marie, muito mesmo, meu caro Paul!

Era isso que ela chamava de "ajudar"? No fundo, era exatamente como discutir com Marie. E o olhar reprovador de sua irmã tampouco lhe fazia bem.

– Já me desculpei por isso. Meu Deus, por que ela não reconhece de uma vez?

Kitty balançou lentamente a cabeça, como se falasse com uma criança.

– O que você não entende Paul, é que muitas vezes não basta dizer "Ai, sinto muito". Há outras coisas por trás. Marie teve que esquecer todo o mal que papai fez com os pais dela.

– Maldito seja! – exclamou ele, levando as mãos à cabeça. – Já aconteceu e pronto. Não foi culpa minha. Estou farto que me esfreguem na cara algo que eu não fiz!

Ele se calou, pois lembrou-se de que a Srta. Lüders poderia escutar sua voz na sala ao lado.

– Eu te entendo, irmãozinho – disse Kitty, com suavidade. – Eu amava papai muitíssimo e sei que tudo o que fez foi pela fábrica. E ele também não podia prever que a moça morreria tão repentinamente. Mas Marie perdeu a mãe e a enfiaram naquele orfanato miserável.

– Eu sei. – Paul rosnou. – E me esforcei ao máximo para fazê-la feliz. Juro, Kitty. E o que eu teria contra a mãe dela? Nem a conheci. Mas não posso permitir que difamem a família Melzer por causa dessa exposição. Impossível ter tanta piedade assim por Louise Hofgartner. Pense na mamãe!

Kitty revirou os olhos. Era óbvio que começaria a discursar sobre a artista Louise Hofgartner, que merecia justiça. Principalmente da parte dos Melzers. Para sua surpresa, contudo, Kitty abordou um tema completamente diferente.

– Você já percebeu que, há algum tempo, só se fala da mamãe na Vila dos Tecidos? Mamãe está com enxaqueca. Mamãe não pode se exaltar. Respeitem o estado de nervos da mamãe.

Que disparate era aquele? De fato, não fora uma boa ideia conversar com Kitty sobre seus problemas. Ela era incapaz de ser compreensiva.

– A saúde da mamãe infelizmente piorou muito desde que passou a cuidar sozinha da mansão – afirmou Paul.

– Engraçado – comentou Kitty, impassível. – Antigamente, mamãe nunca teve dificuldades com a casa.

– Você se esquece de que ela já tem certa idade.

– Você nunca se deu conta de que mamãe, desde o começo, sempre foi contra o ateliê de Marie? E que não desperdiçou uma oportunidade de atacá-la pelas costas?

– Não me venha com desconfianças, Kitty, por favor. Do contrário, terminamos por aqui! – exclamou Paul.

– Ótimo! – disse ela, com frieza, balançando a ponta do pé. – Só vim porque você pediu e meu tempo é curto.

Ele se calou e, entristecido, fitou o vazio. Era como se avançasse em direção a uma parede. Não havia abertura. Qual seria o caminho? Tudo o que queria era poder chegar até Marie.

– Ah, sim – falou Kitty, com um leve suspiro. – Agora que Lisa voltou à mansão, as duas amiguinhas vão acolher Marie com toda a alegria.

Como diabos ela sabia que Lisa se encontrava há alguns dias em Augsburgo? Teriam se falado ao telefone? Ou os funcionários vinham espalhando rumores?

– Lisa tem os problemas dela – observou Paul.

– Está se divorciando, eu sei.

Sentiu-se aliviado ao ver que a conversa, apesar da ameaça, voltava a engatar. Felizmente, Kitty, ao contrário de Lisa, nunca guardava rancor. Ela se exaltava facilmente, mas também era rápida na reconciliação.

– Não é só isso – disse ele, em voz baixa e com ar de importância. – Lisa vai ter um bebê em fevereiro.

Os olhos de Kitty se arregalaram como duas bolas. Exatamente como nos tempos de criança, quando ele a surpreendia com uma daquelas pequenas aranhas de jardim diante do nariz.

– Não! – sussurrou ela, piscando. – Mas isso... Repete, irmãozinho. Acho que escutei errado.

– Lisa está grávida. Bastante grávida, aliás. Está com o dobro do tamanho.

Kitty bufou de surpresa, jogou a cabeça para trás, balançou as pernas, arfou, tossiu e esteve a ponto de sufocar. Então, agarrou a mão dele tão forte que doeu.

– Lisa está grávida – murmurou Kitty. – Mas que maravilha! Ai, meu Jesus menino! Ela está grávida. Vou ser titia. Como estou feliz por ela.

Enquanto recuperava o fôlego, procurou na bolsa um espelho e um lenço e deu batidinhas nos cantos dos olhos para limpar o rímel escorrido. Quando abriu seu batom, um pensamento lhe veio à cabeça.

– Você acha que o bebê é de quem?

– De quem será? Do marido, ora.

Pelo olhar de Kitty, ele percebeu que ela tinha as mesmas desconfianças que ele.

– Bom, irmãozinho – disse Kitty, retocando o lábio superior. – Se Lisa está grávida de Klaus, por que resolveu se divorciar?

Ele se calou para esperar a irmã desenvolver o raciocínio. Kitty terminou a aplicação do batom, pressionou os lábios e contemplou o resultado no espelho.

– Já que ela cismou em se divorciar – supôs ela, pausadamente, antes de fechar o espelho –, é bem possível que o bebê nem sequer seja dele.

Os dois ficaram calados por um instante. Na antessala, ouviram a máquina de datilografar e o toque do telefone. As batidas no teclado cessaram quando a Srta. Lüders atendeu.

– E a história com o tal de... de Sebastian?

– Está falando do Sr. Winkler?

– Isso. O que ela levou para a fazenda. Como bibliotecário ou algo assim. Com certeza havia algo entre eles.

Paul também chegara a nutrir tais suposições, mas preferia mantê-las para si. Lisa era uma mulher casada, ela devia saber o que fazia.

– O Sr. Winkler pediu demissão e foi embora.

Naquele instante, o rosto de Kitty pareceu o de uma raposa astuta.

– Quando?

Intrigado, ele a fitou.

– O quê?

– Quando ele foi embora?

– Quando? Acho que em maio. Isso, em maio, foi o que ela disse.

Sua irmãzinha esticou os dedos e se pôs a contar. Repetiu as contas e assentiu.

– Bate direitinho – declarou ela, satisfeita. – Por pouco, mas bate.

Paul não pôde deixar de rir com sua expressão maliciosa. Ela devia estar se achando inteligentíssima. E, provavelmente, tinha razão.

– Ai, Kitty!

Às risadinhas, comentou que os homens em geral eram um pouco mais lentos naqueles assuntos.

– Será que o bom e velho Sebastian está sabendo o que aprontou? – indagou ela, pensando em voz alta.

– Seja como for, ela não quer nem saber dele.

– Ai, gente! – exclamou Kitty, suspirando e se inclinando para ajeitar a meia-calça de seda na perna direita. – Lisa às vezes é tão teimosa, irmãozinho. O mundo seria tão melhor se certas pessoas não fossem tão cabeça-dura.

Enquanto falava, ela mantinha o olhar cravado no irmão, que precisou se controlar para não responder em tom agressivo. Quem ali era teimoso? Ele não podia ser. Marie era a cabeça-dura da história.

– Mas é claro que também tive uma longa conversa com minha querida Marie e expressei minha opinião – comentou Kitty, para surpresa de Paul.

Pelo menos era algo. Não haviam conseguido grandes coisas, mas pelo menos a intenção fora boa.

– Consegui fazê-la ceder um pouco, até por causa das crianças. Irmãozinho, o Natal está chegando. E seria horrível não comemorar *en famille*.

Ele não pareceu entusiasmado. De que lhe servia forçar uma paz em família, se o mais importante não mudasse? Contudo, preferiu se calar e escutar.

– Então sugeri que celebremos juntos o primeiro feriado de Natal na Vila dos Tecidos.

Mas que ideia! Só podia vir de Kitty!

– E depois voltar para a Frauentorstraße? – replicou ele, rabugento. – Não, não vou compactuar com esse teatro. Ou Marie vem de vez com as crianças ou é melhor nem aparecer. Fui claro?

Kitty se recostou na poltrona com um suspiro de raiva e olhou para o teto. O balançar de seus pés começava a lhe dar nos nervos. Já não era do seu agrado que uma mulher se sentasse de pernas cruzadas na sua presença.

– Você não estava preocupado com a saúde da mamãe, irmãozinho? – perguntou ela, acintosa. – E vai lhe negar o reencontro com os netos? Nossa, que antipático!

Sua vontade foi dizer que fazia questão do reencontro de Alicia com os netos, mas em caráter definitivo, não por apenas uma noite. Mas seria inútil, Kitty não lhe daria ouvidos.

– Então acho que não vai te interessar o que mais eu arranquei de Marie.

– Se for outra maluquice dessas...

– Sabe de uma coisa? – resmungou Kitty. – Às vezes tenho vontade de sacudir vocês dois!

Paul prontamente percebeu que Marie rechaçara com igual veemência a reunião natalina. Mas acabara cedendo. Não seria mais sensato aproximar-se dela, em vez de insistir no "tudo ou nada"?

– Pois diga logo.

O olhar de reprovação de Kitty fez sua consciência pesar. Ela se esforçara, sua pequena Kitty. À sua maneira. Não era correto tratá-la com tamanha má vontade.

– Falei que ela não tem o direito de privar as crianças do convívio com o pai. Até porque sei bem o quanto um pai faz falta à minha pequena Henni. Mas meu querido Alfons se despediu deste mundo. Já você, irmãozinho, está bem aqui e pode cuidar da Dodo e do Leo.

Ao que ela se referia? Paul a encarava com descrença. Sua irmã não deixava de ter razão – bastante, inclusive. Contudo, nada lhe garantia que Kitty, a partir daí, concluísse o mesmo que ele: Marie precisava voltar a morar na Vila dos Tecidos com as crianças.

– Assim sendo, Marie concordou que Hanna leve os gêmeos à mansão em domingos alternados e os busque no final da tarde. Para você ter tempo de ficar com eles, fazer algo agradável ou, simplesmente, deixá-los com a mamãe. Como preferir.

Custou-lhe um pouco entender que, de certa maneira, estaria pegando emprestados os próprios filhos duas vezes por mês. Uma situação absurda.

– Nossa, quanta confiança! – comentou ele, irônico. – E se eu resolver não os devolver?

Ela o encarou com tanta raiva que Paul quase riu. Mas se controlou, o clima já estava acalorado demais.

– Só seguimos adiante se você der sua palavra de honra – afirmou ela, em tom de reprovação.

– Dar para quem? Para Marie?

– Não. Para mim!

Paul se sentiu quase comovido. Kitty confiava nele. Acreditava em sua palavra de cavalheiro, assim como sempre acreditara em seu irmão mais velho quando menina.

– Se prometer, você precisa cumprir.

– Não estou muito convencido, Kitty – admitiu ele. – Vou precisar pensar. Mas, mesmo assim, te agradeço. Sei que você se esforçou muito.

– E como!

Kitty se levantou com elegância, ajeitou o vestido e cobriu-se com o sobretudo que ele lhe estendeu. Paul a observava enquanto colocava na cabeça o estranho chapéu vermelho e pegava sua pequena bolsa.

– Ai, irmãozinho – disse ela com um suspiro antes de abraçá-lo. – Tudo ficará bem. Você vai ver. Tenho certeza!

As palavras de Kitty não lhe soaram muito convincentes, mas ele a abraçou e não se esquivou quando a irmã beijou suas bochechas.

– Até mais. E vê se me liga. Converse com mamãe e mande um abraço para Lisa.

Ela fechou a porta e foi embora. Apenas seu perfume permaneceu no cômodo, assim como a xícara vazia, marcada generosamente com o batom vermelho-cereja. Paul sacou o lenço e caminhou até o lavabo para limpar os vestígios daqueles dois beijos em seu rosto.

Está se sentindo sozinha, pensou ele. *Desde que Alfons morreu, lhe falta um porto seguro. Talvez ela tenha suas paixonites, mas nunca nada sério. E com a vida que leva, certamente nunca conhecerá alguém que lhe proporcione felicidade e proteção. Preciso cuidar dela...*

Mas também precisava cuidar de Lisa. De sua mãe. Da fábrica. Dos operários e das operárias. Da Vila dos Tecidos. Dos empregados.

Como Marie conseguia lidar com tudo isso sozinha?, perguntou-se. *Deve ter sido uma verdadeira provação. Que eu não soube reconhecer quando voltei da guerra...*

Decidiu pensar na inusitada sugestão de Kitty depois de se concentrar no trabalho. O que fez com grande êxito. Na hora do almoço, voltou à mansão para comer com a mãe, a Sra. Von Dobern e Lisa. Não disse uma palavra sequer sobre a visita de Kitty e não deixou de reparar que a outrora íntima amizade entre Lisa e Serafina von Dobern parecia estremecida. Era como se as duas competissem pelas graças de Alicia, mas talvez fosse apenas impressão, pois, por motivos óbvios, ele não estava exatamente a par da história.

Na parte da tarde, Von Klippstein apareceu no escritório. Ele não parecia bem. Havia contraído novamente um resfriado sério e sofria, sobretudo, com uma tosse insistente.

– Às vezes, quando tusso, uma das cicatrizes abre – confessou ele, e olhou para Paul com um meio sorriso. – Sou um incapaz, Paul. Um farrapo. Não tem como dizer de outra forma.

A empatia de Paul foi limitada, pois supôs que a autocomiseração de Klippstein se devesse à sua falta de sorte na Frauentorstraße. Era ridículo sentir ciúmes daquele pobre homem. Se Marie, de fato, estivesse pensando em outro, certamente não era Ernst von Klippstein. Ele se iludira em vão e, além disso, investira uma fortuna naqueles quadros horrorosos. Algo que Paul ainda não engolira.

– Ah, deixe disso! – respondeu ele, pousando a mão no ombro de Ernst. – E fico feliz por ter você a cargo dessa papelada infernal.

Aparentemente consolado, Ernst assentiu e se dirigiu à sua sala. Trégua. Que talvez chegasse à paz definitiva, por mais que a amizade tivesse acabado. Voltou a mergulhar no trabalho e só se permitiu pensar na conversa com Kitty pouco antes do fim do expediente.

A impressão geral era que Marie não estava aberta a uma reconciliação iminente. Pelo contrário, ela parecia se preparar para uma longa separação – ideia que Paul detestava. Quanto mais aquela situação durasse, mais eles se afastariam um do outro – e ele, das crianças. O pensamento o atormentava. Será que Marie estaria de fato planejando o divórcio? Nesse caso, ela perderia o ateliê e, consequentemente, os filhos. Ou não? Ela podia, como mulher divorciada, ter uma empresa? Talvez se Kitty se juntasse a ela...

Mas esse raciocínio não levava a nada. Quando os dois estivessem perante o juiz, não haveria mais possibilidade de recuperá-la. Estaria declarada a guerra, que era sempre o pior de todos os cenários.

A neve voltou a cair ao entardecer. Ele foi até a sala de Ernst e explicou que iria mais cedo para casa. Então, vestiu o sobretudo e deixou a fábrica a pé. Como esperado, o frio açoitou seu rosto e as mãos, mas ele passou reto pelo portão do parque e tomou a direção da cidade. Fazia-lhe bem afirmar-se diante do vento e do frio, avançar com sua própria força sem se deixar abater pelos olhares de assombro vindos dos carros que passavam, tampouco pelos pés gelados.

Caminhou pela Barfüßerstraße e entrou na Karolinenstraße. Ali, deteve-se em frente a uma vitrine e tirou o chapéu para sacudir a neve. Atrás dele, pessoas agasalhadas passavam apressadas, a maioria trabalhadores a caminho de casa, para gozarem das poucas horas de descanso. As mulheres usavam lenços de lã em volta da cabeça, que protegiam seus penteados e chapéus da neve. Os homens caminhavam contra o vento, com gorros e boinas enfiados até as orelhas. Paul deu alguns passos e, na calçada oposta, logo viu a vitrine do ateliê de Marie. Embora estivesse bem iluminada, a forte neve e os demais passantes lhe impossibilitavam distinguir o que acontecia ali. Permaneceu imóvel mais alguns instantes, franzindo os olhos e contemplando sombras, sem nada descobrir. Até que decidiu atravessar.

O asfalto escorregadio quase o levou ao chão, mas Paul conseguiu se segurar em um poste de luz a tempo. Ficou ali parado alguns instantes, ofegante pelo incidente e com a mão ainda apoiada na fria coluna de metal. Distinguiu uma silhueta em uma das vitrines e primeiro acreditou se tratar de um manequim, mas logo percebeu que era uma pessoa. Uma mulher. Delicada. Com cabelos curtos e escuros. O rosto muito pálido. E grandes olhos quase pretos.

Ela o encarou através da vitrine, como se Paul fosse uma criatura de outro planeta. Por minutos. Pedestres passaram, ele escutou a risada vibrante de uma moça e a resposta bem-humorada de um homem. As vozes se afastavam, passavam por ele, outras vinham. Enfeitiçado, ele olhava para

Marie, que ali estava, em carne e osso, mas, ao mesmo tempo, tão inacessível, separada dele pela multidão e pela grossa camada de vidro.

Quando ele, com um movimento involuntário, soltou o poste de luz e deu um passo na direção da loja, a magia se esvaneceu. Marie se virou e desapareceu nos fundos do estabelecimento.

Paul não teve coragem de segui-la.

27

— Por que temos que ir à Vila dos Tecidos?
– Para comemorarmos juntos o nascimento de Jesus, Leo. Sente-se direito. Aí não. Chegue um pouco para o lado, para dar espaço para a Dodo. Henni, pare de empurrar.

Nevava bastante, e a capota do automóvel de Kitty era de tecido e tinha dois buracos. Leo se encolheu no lado esquerdo do assento traseiro e meteu as mãos frias nos bolsos do casaco. O maldito gorro de pele que sua mãe lhe dera, além de pinicar sua testa, o fazia se sentir ridículo – segundo Gertrude, ele ficava parecendo um guaxinim da Sibéria.

A mãe se sentou ao lado deles no banco de trás, vestindo um sobretudo de lã branca com o capuz sobre a cabeça. Mas Leo já percebera que ela estava pálida e com o rosto carrancudo. Que idiotice. Exceto Kitty, que não calava a boca, ninguém queria ir à Vila dos Tecidos. Nem mesmo Gertrude. No máximo Dodo, que dissera no dia anterior que sentia muitas saudades do pai. Henni, na verdade, queria apenas ganhar os presentes e dar um abraço na avó. Leo, por sua vez, teria preferido ficar. A ideia de rever a Sra. Von Dobern era, por si só, pouco atraente. Mas Leo temia sobretudo o reencontro com o pai. Não sabia dizer por quê. Talvez por sentir que o havia decepcionado. Não havia solução: o que quer que fizesse, Paul nunca estava satisfeito. Sendo que, na verdade, tudo o que ele desejava era ser como seu pai sonhava. Mas era simplesmente impossível. Ele era o filho errado. E se a cegonha tivesse trocado os bebês e o filho verdadeiro de Paul estivesse com outra família? Não querendo outra coisa além de ver máquinas e brincar com blocos metálicos? Ao passo que esses outros pais "errados" preferiam que o menino tocasse piano e tivesse a cabeça cheia de sons, como Leo?

– Por que essa cara amarrada, filho? – perguntou Marie. – Lembre-se da árvore de Natal bem grande e bonita que colocaram no átrio.

– Sim, mamãe – respondeu ele.

Logo ela começaria a lhe dizer o quanto a avó se alegraria com sua visita. Mas ele duvidava disso. Se ela tivesse mesmo tanta saudade, já teria ido visitá-los há muito tempo na Frauentorstraße. Aliás, ele se sentia muito mais à vontade com Gertrude, avó de Henni. Ela podia ser resmungona e enxotá-los da cozinha quando beliscavam a massa do bolo, mas não o fazia por mal. Na verdade, ela gostava de ter crianças por perto. Até mesmo Walter, com quem era tão amorosa quanto com a neta e os gêmeos. Isso era o que Leo mais gostava na avó Gertrude.

– Vou ganhar presente do tio Paul também? – inquiriu Henni. – Ou só Dodo e Leo?

Kitty não ouviu, pois o carro novamente teimava em fazer o que queria. Começou a produzir estalos e solavancos, e uma fumaça branca saía da parte dianteira. Se estivesse com sorte, o veículo enguiçaria e não precisariam mais ir à Vila dos Tecidos.

– Esse meu carrinho... Toda hora é a mesma coisa – lamentou. – Tenho que convencê-lo, fazer um carinho, elogiar. Você é o melhor! Vai conseguir. Tenho certeza de que vai conseguir, meu garoto.

Leo escutava com interesse. Por mais que seu pai entendesse de máquinas, não sabia que elas tinham alma. Deviam ter, pois o automóvel logo resolveu obedecer à tia Kitty e seguiu sem maiores percalços e sacolejos. Que pena!

Já haviam celebrado o Natal no dia anterior. A ceia do dia 24 era a verdadeira comemoração, pois, afinal, Jesus nasceu à noite. E foi à noite que os pastores se aproximaram do estábulo, enviados pelo anjo. Levando peles de ovelha para aquecer o bebê. E talvez uma garrafa de leite também. E alguns pães de mel. Pois Maria e José com certeza estavam famintos. Já os reis chegaram no meio da madrugada. Isso era óbvio. Afinal, como poderiam ver a estrela se seguissem durante o dia?

Havia sido uma bela noite na Frauentorstraße. Ainda que só tivessem um pequeno pinheiro de Natal, as crianças puderam decorá-lo com estrelas e cordões de papel feitos por elas mesmas. A avó Gertrude trouxera uma caixa com bolas prateadas e pediu que tivessem cuidado com elas, pois eram de vidro. Havia também passarinhos coloridos de cristal para prender nos galhos. E festões! Finíssimos fios de prata, que Marie pendurou em pequenos maços nos ramos e concluiu que a obra parecia uma árvore encantada que viera do céu. Convidaram Walter com a mãe e alguns amigos de

Kitty, além do Sr. Klippi. Seu nome, na realidade, era Ernst von Klippstein, mas todos o chamavam apenas de Klippi. O homem era um pouco estranho, bastante rígido e, às vezes, tinha o olhar triste. Mas levara presentes fabulosos. Dodo ganhou uma boneca com cabelo de verdade e um avião de latão. Leo, por sua vez, recebeu um gramofone e mais três discos. Dois com sinfonias de Beethoven e o outro com um concerto para piano de Mozart. O som era esquisito, diferente do que era tocado ao vivo, um tanto mais abafado. Como se estivesse à distância. Mas, mesmo assim, era incrível. Tocaram os vinis tantas vezes que Kitty ameaçou arremessá-los longe se continuassem escutando-os. Sua tia falou pelos cotovelos a noite inteira, como fazia com frequência. Ela não conseguia fechar a boca nem parar de rir, para irritação geral. Com exceção dos cavalheiros, que achavam tudo nela "encantador". Um deles, o Sr. Marc, um rapaz loiro, mais tarde levou Walter e sua mãe para casa a bordo de seu automóvel.

Hanna os colocou para dormir por volta das onze, e Dodo voltou a acender a luz tão logo a moça fechou a porta do quarto das crianças. A irmã ganhara um livro da série *Nesthäkchen*, pelo qual tanto ansiava, e não conseguia parar a leitura. Leo, por sua vez, desejava apenas permanecer quieto e deitado, escutando novamente a sinfonia que tocava em sua cabeça. Mas então Henni se levantou para descer a escada sorrateiramente e ele não se aguentou na cama. No corredor do andar de baixo, vozes e toda sorte de ruídos se misturavam e ainda se sentia o aroma do assado com repolho roxo, bem como o dos biscoitos de canela feitos pela avó Gertrude. Henni se agachou diante da porta da sala, para espiar pelo buraco da fechadura. Quando Leo a alcançou, a prima permitiu que ele também desse uma olhada. Era possível enxergar um galho da árvore de Natal e uma bola prateada pendurada. A vela já chegava ao final, apenas uma ínfima chama azulada bruxuleava. Vez ou outra, viu sua mãe passando e organizando algo. Ela parecia bastante aflita, por mais que tivesse feito piadas e jogado ludo com eles durante a noite. A tagarelice de Kitty soava ainda mais escandalosa – ela não parava de rir enquanto bebia espumante de uma taça fina e comprida. O Sr. Marc e o pintor de barba preta, que também falavam alto, achavam tudo engraçado.

– Vá para a cama – murmurou ele para Henni.

– Estou sem sono. É porque mamãe me deu um gole de champanhe. O gosto é tão bom e faz cócegas, como se você tivesse mil mosquitos na boca.

Que nojo. A descrição não lhe apeteceu em nada. De repente, os dois subiram a escada a toda a velocidade, pois Hanna abrira a porta da cozinha. Ela trazia na mão um pedaço de papel, que levou até o telefone sobre a pequena cômoda do corredor. Henni arregalou os olhos.

– Hanna não pode fazer ligações. É o telefone da mamãe.

– Shhh!

Do andar de cima, viram Hanna sacar o fone e girar a manivela. Ela abafou a voz ao falar.

– Senhorita? Por favor, uma ligação para Berlim. O número é...

Que estranho Hanna telefonar para Berlim. Nem mesmo tia Kitty o fazia. Às vezes ligava para Munique, para alguma galeria. Ou para tia Tilly. Mas era raro. Porque as chamadas custavam dinheiro. O uso do aparelho era proibido para as crianças e funcionários, pelo menos sempre fora assim na Vila dos Tecidos. Contudo, a Sra. Von Dobern sempre usava o telefone, aquela bruxa.

– Humbert? – indagou Hanna. – Humbert, é você? Ai... ai, que alegria... Sim, sou eu, Hanna.

– Quem é esse Humbert? – sussurrou Henni.

Ele não sabia ao certo. Já escutara aquele nome, mas não se lembrava quando nem da boca de quem.

– Com certeza é o namorado dela – afirmou Henni. – Que nome estranho.

– Shhh!

Hanna tinha ouvidos aguçados. Apesar do barulho que chegava da sala de estar e do ruído das panelas de avó Gertrude na cozinha, conseguiu escutar Henni cochichando. Ela se virou e olhou para a escada, mas não flagrou ninguém na escuridão do andar superior.

– Você não pode fazer isso, Humbert. Ninguém tem o direito, só Deus. Você precisa ter paciência.

A conversa era de difícil compreensão. Henni suspirou, decepcionada. Provavelmente esperara que Hanna começasse a falar sobre amor e beijos. As meninas sempre se entusiasmavam com coisas desse tipo.

– Não, não. Se estiver complicado mesmo, vou perguntar à Fanny... Vou, sim. E vamos te mandar dinheiro, Humbert. Queira você ou não.

O mistério só aumentava. Leo se sentiu mal por espreitar Hanna. Ela parecia nervosíssima e pressionava o fone com tanta força contra a orelha que sua bochecha perdera a cor. Henni, sem qualquer peso na consciência, balançou a cabeça, confusa.

– Que burro! Por que não quer esse dinheiro, se ela está dando?

A vontade de Leo era voltar para o quarto, mas teve medo de que o assoalho rangesse e Hanna flagrasse os dois. Assim, manteve-se ao lado de Henni, junto ao corrimão da escada, e esperou Hanna terminar. Os cabelos loiros da prima estavam despenteados, pois Hanna não lhe fizera as tranças antes de dormir. Usava também uma das camisolas que Marie lhe fizera e que cheirava a recém-lavada. Ele conseguia ouvir claramente uma melodia em dó maior dentro de sua cabeça. Henni era a típica pessoa em dó maior: radiante e enérgica, azul, assertiva, que nunca estava para brincadeira.

Quando finalmente puderam regressar ao quarto, Leo correu para baixo das cobertas e adormeceu na hora...

– Chegamos! – exclamou Kitty. – Vejam só, Else já está na porta. E Julius vem logo atrás. Aaah, não!

O automóvel deu um sacolejo, soltou fumaça e logo o motor morreu.

– Você o afogou de novo, tia Kitty – disse Dodo. – Você tem que terminar de passar a marcha antes de soltar a embreagem.

Leo se surpreendeu com os conhecimentos de Dodo. Ele, por sua vez, não tinha noção de como um automóvel se movimentava, mas isso tampouco lhe interessava. Tia Kitty virou-se para a sobrinha e, antipática, comentou que da próxima vez a famosa aeronauta, a Srta. Dorothea Melzer, poderia assumir a direção.

– Sério?! – exclamou Dodo, radiante de felicidade. – Posso mesmo dirigir?

Em alguns aspectos, sua irmã era bastante ingênua. Kitty limitou-se a revirar os olhos e Marie explicou com ternura que ela só poderia adquirir a licença de motorista em, no mínimo, treze anos.

Julius abriu com ímpeto a porta do carona, ajudou a avó Gertrude a descer e recolheu, junto com Else e Gertie, os presentes que traziam. Todos os seguiram subindo as escadas, sendo Marie a última da fila.

E ali estava ele, o grande pinheiro. Ornando suntuosamente o átrio, com suas bolas vermelhas e *lebkuchen* pendurados, exalando Natal. No ano anterior, Paul e Gustav haviam cortado a árvore no parque e todos ajudaram a levá-la para dentro. Leo ainda se lembrava muito bem das mãos sujas da seiva viscosa, que não saía nem mesmo com água e sabão. Fora um incômodo enorme para tocar piano depois, pois os dedos grudavam nas teclas.

– E então? Gostou da nossa árvore de Natal?

Ele estremeceu de susto, pois estava tão ensimesmado que nem sequer notara o pai.

– Gos... gostei. Ela é... bem grande.

– Não é maior que o normal. Este ano a encomendamos, a trouxeram lá de Derching.

– Ah, sim.

Não lhe ocorreu nada mais que pudesse responder. O olhar curioso do pai o paralisava completamente. Acontecia com frequência. Sempre que Paul lhe fazia uma pergunta, ele tinha a sensação de que sua cabeça se esvaziava.

– Tio Paul! – gritou Henni. – Mamãe disse que vou ganhar um presente seu.

Aos sorrisos, Paul se virou para ela e Leo se sentiu aliviado por deixar de ser o centro das atenções. Impressionante como era fácil para Henni fazer o pai de Leo sorrir. Bastava falar qualquer coisa e, pronto, funcionava. Ele, por outro lado...

– A festa vai ser no átrio ou podemos ir para o quentinho? – perguntou a avó Gertrude, enquanto entregava seu sobretudo e chapéu para Gertie.

– Minha querida Sra. Bräuer, posso lhe oferecer meu braço como apoio? – ofereceu uma voz familiar.

Leo a reconheceu imediatamente; Dodo e até mesmo Henni também ficaram em alerta. Era a Sra. Von Dobern. A coluna de Leo enrijeceu, e Dodo empinou o nariz com ar desafiador. Henni fez bico e sua boca assumiu a forma de uma cereja levemente enrugada.

– Muito amável de sua parte, Sra. Von Dobern – replicou a avó Gertrude em alto e bom som. – Mas não sou tão frágil a ponto de precisar de ajuda para subir a escada.

Gertrude nunca tivera papas na língua, e Leo, naquele momento, a amou ainda mais. Enquanto ele e Dodo subiam, lado a lado, os degraus até o primeiro andar, ele escutava a voz do pai. Parecia diferente, quase como se tivesse medo de dizer algo errado.

– Boa tarde, Marie. Fico feliz em te ver – cumprimentou o pai.

A resposta da mãe também soou estranha. Seca e distante.

– Boa tarde, Paul.

E nada mais disse. Pelo visto, não se alegrava em rever o marido. Leo sentiu um peso invisível sobre si. Algo como um pano escuro. Ou uma nuvem feia e cinzenta. Flagrou-se compadecido pelo pai, mas só um pouco.

No andar de cima, vó Alicia já os aguardava na sala de jantar. Quando fizeram fila para beijá-la, Leo quase morreu de constrangimento, inclusive porque ela não parava de chorar. Ele enxugou disfarçadamente as bochechas molhadas e respirou aliviado quando lhes deram permissão para tomarem seus assentos. Mas, ao perceber que se sentaria entre o pai e a Sra. Von Dobern, logo mudou de humor. Ele já sabia que aquele dia seria horrível, mas não podia imaginar o quanto. Tampouco Dodo se mostrava animada, pois lhe coube o lugar entre a Sra. Von Dobern e a avó Alicia. Henni era a única com sorte, sentada na cadeira entre Marie e a avó Gertrude.

Se ao menos Hanna estivesse ali, mas ela ficara na Frauentorstraße. Julius, que servia os pratos, aparentava completa indiferença à situação; apenas Gertie lhes acenava vez ou outra, enquanto ajudava a recolher a louça. Era um clima terrivelmente pesado. Kitty, por sua vez, desfiava seu monólogo à vontade e, às vezes, a Sra. Von Dobern tomava a palavra. Marie e Paul ocupavam as cabeceiras da longa mesa e, embora estivessem frente a frente, não se entreolhavam nem abriam a boca. Uma pena que nenhum dos comensais demonstrasse o apreço que as deliciosas iguarias preparadas pela Sra. Brunnenmayer mereciam.

– Como vocês cresceram! – comentou uma mulher rechonchuda ao lado de Kitty. – Não me reconhecem mais? Sou Lisa, tia de vocês. Irmã do papai e da tia Kitty.

Dodo disse educadamente que talvez se lembrasse. Já Leo tinha certeza de que nunca vira aquela mulher na vida. Ela afirmava mesmo ser a irmã da tia Kitty?

– Você não se parece em nada com a minha mãe – observou Henni, com um sorriso encantador. – Ela não é loira e nem gorda desse jeito.

– Henriette! – repreendeu a governanta. – Isso não é coisa que uma menina educada diga!

– Lisa está esperando a visita da cegonha – explicou Kitty, rápida. – Vocês vão ganhar uma priminha. Ou priminho.

– Ah... – respondeu Henni, sem grande entusiasmo. – Entendi. Se for uma prima, ela vai poder dormir no meu carrinho de bonecas.

– Que generoso de sua parte, Henni – disse tia Lisa, com sinceridade.

Leo preferia que fosse um primo. Já havia meninas demais na família. E por que a cegonha só chegava para as mulheres gordas? Assim fora com Auguste. A tia Lisa, quando entrara na sala de jantar, mais parecia uma chaleira gigante. Mas não era má. Ela olhava em seus olhos e acenava com a cabeça para mostrar cumplicidade. Inclusive chegou a perguntar se ele não queria tocar algo no piano, mas sua resposta afirmativa foi ofuscada pelos altos brados da tia Kitty.

Após comerem, se dirigiram ao salão vermelho, onde um pinheirinho decorado os aguardava em cima da mesa. Em sua base encontravam-se vários embrulhos: eram seus presentes. Dodo ganhou uma boneca com olhos que se fechavam e membros de porcelana articulados que rangiam de um jeito irritante. Vinha acompanhada de um guarda-roupa cheio de vestidinhos e uma mochila de escola. O presente de Henni foi uma caixa de pintura e vários livros para colorir, e ele, por sua vez, recebeu um equipamento aterrorizante de metal preto, que contava com uma chaminé pontiaguda e o corpo em formato de caixa com uma tampa de cobre. Por todos os lados havia manivelas, portinholas, ganchos e travas. Dois longos cabos saíam de uma grande roda metálica, passavam por várias rodinhas menores e chegavam a um pequeno martelo, instalado sobre uma mesa de metal.

– Uma máquina a vapor! – exclamou Dodo, com inveja. – Tem que colocar água dentro. E aqui você acende o fogo. Na hora que começa a ferver, o vapor faz o pistão subir. E quando vem a água fria, o pistão desce de novo.

Leo se viu impotente diante da geringonça e notou o olhar decepcionado do pai. Não, ele não tinha ideia do que fazer com sua maravilhosa máquina. Ainda que viesse a tentar entendê-la, aquilo jamais entraria na sua cabeça. Mas se fosse um piano... Ele podia ter contado ao pai como os martelinhos se moviam para golpear as cordas do instrumento.

– Papai! – berrou Dodo. – Vamos ligar a máquina?

– Não, Dodo. Ela é do Leo.

– Mas ele nem quer. Eu sim, papai. Eu sei como ela funciona.

Leo percebeu o pai franzir a testa. Sinal de bronca, ele já sabia.

– Você ganhou uma boneca, Dodo! – afirmou o pai, em tom afiado. – Uma boneca muito cara que a vovó comprou só para você.

Dodo estava prestes a dizer algo, mas a Sra. Von Dobern interferiu a tempo.

– Ingratidão é pecado, Dorothea! Ainda mais hoje, dia do Senhor Jesus, que nasceu pobre em uma manjedoura. Você deveria agradecer por ter pais e avós tão generosos.

– Amém – sentenciou a avó Gertrude, sentada no sofá.

Todos se calaram por alguns instantes e Leo percebeu que o clima estava arruinado de uma vez por todas. Contrariado, o pai encarava o vazio, e a mãe, por sua vez, parecia estar apenas de corpo presente, o olhar fixo na janela e no jardim coberto de neve. Kitty tomou ar para quebrar o incômodo silêncio, mas Lisa foi mais rápida.

– Minha nossa, Paul! A menina sabe como uma máquina a vapor funciona e você a trata desse jeito!

– Lisa! – repreendeu Alicia, relutante. – *Pas devant les enfants!*

– É só trocarmos os presentes – debochou Kitty. – Dodo fica com a máquina a vapor e Paul com a boneca!

Leo sentiu-se aliviado por ninguém o inserir na piada absurda. Seu pai os fitava um a um, como se estivesse pensando em como salvar aquela situação. Paul olhou muito brevemente na direção de Marie, mas foi justo no momento em que ela também lhe dirigia o olhar. Era como se um tivesse surpreendido o outro cometendo um pecado: seus olhos se encontraram, se detiveram um instante e logo sua mãe virou a cabeça e o pai olhou para outro lado.

– Certo – disse ele. – Se sobrar um tempinho depois, eu ligo a máquina. E quem quiser me ajudar, será bem-vindo.

Em seguida, fitou Leo, como se lhe dissesse: *Esta é sua última chance, meu filho.* Dodo agarrou a boneca e ficou puxando as pontas do vestidinho engomado de renda. Já Henni aproveitou a oportunidade para empanturrar-se de bombons de marzipã sem ser notada. Tudo o que queria era voltar à Frauentorstraße, pois a Vila dos Tecidos era um lugar terrível.

Mas, ao que tudo indicava, mais horrores os espreitavam.

– E agora chega de enrolar aqui dentro – comentou o pai, com alegria forçada. – Vamos dar uma olhada no parque.

Um passeio no parque! Provavelmente com a Sra. Von Dobern! Aflito, Leo olhou para Dodo, enquanto Henni, com a boca cheia de marzipã, explicou que preferia não molhar os pés e, portanto, ficaria por ali.

– Como quiser, senhorita – disse Paul.

Leo e Dodo obviamente não tiveram opção. Como a mãe e a tia Lisa queriam conversar e a tia Kitty não trouxera botas de inverno, as três permaneceram no salão vermelho. As avós, sentadas lado a lado, folheavam um álbum de fotos. Apenas a Sra. Von Dobern se ofereceu para o passeio. Ora, que surpresa!

Ao chegarem ao átrio, viram a Sra. Brunnenmayer junto à entrada da cozinha. Seu semblante radiante fez com que Leo se sentisse melhor no ato. Dodo correu em sua direção e se lançou em seus braços.

– Dorothea! – exclamou a Sra. Von Dobern, indignada.

Paul acompanhou a cena às risadas, razão pela qual a governanta se calou.

– E você, rapaz! – disse a cozinheira. – Como cresceu. Está lindo! Cada vez mais bonito. Tem tocado piano bem, daquele jeito? Ai, que saudade de escutar você tocando.

Ela deslizou os dedos roliços sobre seus cabelos. Uma sensação agradável, embora suas mãos sempre cheirassem a cebola e aipo. Por pena da Sra. Brunnenmayer, Leo lamentou não morarem mais ali.

Paul os apressou para que finalmente saíssem. Ele desceu as escadas tão rápido que a Sra. Von Dobern mal pôde acompanhá-lo. Não se via tanta neve no pátio, pois Julius a havia varrido, mas o parque estava totalmente branco, com todas as trilhas cobertas.

– Vamos! Vamos correndo até o casebre do jardim!

Que ideia era aquela do pai? Paul caminhou no meio da neve, que lhe chegava até os joelhos, e se virou para os filhos. Não parecia incomodá-lo o fato de que a Sra. Von Dobern ficava cada vez mais para trás. Dodo se divertia, seguindo as pegadas do pai e rindo com a distância que os separava. Leo, com as mãos enterradas nos bolsos do casaco, os seguia com indiferença.

– Vamos andando! Não desistam. Lá na frente, tem uma surpresa atrás do zimbro.

Tomara que não seja outra máquina a vapor, pensou Leo, enquanto espiava as folhagens do arbusto. Aquilo ali eram pegadas na neve? Claro, alguém havia andado por ali antes deles.

Foi quando as crianças pularam para fora. As três com os casacos cobertos de branco. Liesel usava um gorro de tricô e Maxl uma elegante boina com tapa-orelhas – Leo definitivamente queria uma assim. E Hansl, encapotado como estava, caiu imediatamente na neve.

– Oba! Surpresa. Feliz Natal!

Os três, entre saltinhos e sorrisos, lhes acenaram. Foram correndo em sua direção e ali ficaram, rindo felizes pelo reencontro.

– Deixa eu ver seu cabelo – exigiu Dodo a Liesel. – Nossa, está curtinho. Mamãe me faz usar estas tranças idiotas.

Maxl gabou-se dos dois carrinhos de lata e do posto de gasolina que ganhara do menino Jesus e Hansl falou qualquer coisa sobre uma loja de brinquedos. Leo limitou-se a mencionar a máquina a vapor, provavelmente por saber que Maxl e Hansl não se impressionariam com seu gramofone e os discos novos. Liesel já estava com 12 anos, ou seja, quatro a mais que ele. Tinha uma aparência totalmente diferente da mãe, Auguste. A menina era magra, seu cabelo loiro-escuro formava ondas, o rosto era fino e a boca pequena, em formato de coração. Leo gostava dela, por ser sempre tão amorosa e meiga, e se aborrecia quando os irmãos implicavam com ela.

– E o menino Jesus te trouxe o quê? – perguntou Leo.

– Um vestido e um casaco. Sapatos novos. E dois lencinhos bordados.

Antes que pudesse indagar se ela não ganhara brinquedos também, uma bola de neve voou em seu gorro, arrancando-o de sua cabeça.

– Ei! – berrou Dodo. – Espera, Maxl! Você vai ver só.

Todos se inclinaram para juntar a neve do chão e produzir munição. Dodo acertou Maxl no ombro, Liesel atingiu o braço de Dodo e Leo disparou uma bolada perfeita na barriga de Maxl. Bolas de neve cruzavam o ar em todas as direções, havia gritos de alegria e revolta. Dodo chiou quando sentiu o frio no pescoço após ser atingida na nuca, e Liesel riu de Leo, que errara o arremesso. Hansl era o mais talentoso em esquivar-se na batalha. Ele simplesmente se jogava no chão.

– Mas crianças! – Era a voz da Sra. Von Dobern.

Todos a ignoraram.

Paf! Uma bolada acertou o traseiro de Leo. Sentiu dor, mas logo limpou a neve, se virou e viu que era seu pai o responsável pelo tiro. Ele estava rindo. Sem malícia. Tampouco estava chateado. Tinha um certo ar traquinas. Assim como às vezes olhava para Marie em tempos anteriores. Leo se abaixou e apertou a neve. Suas mãos estavam geladas, era como se agulhas de gelo se cravassem em sua pele. Ele olhou para o pai, que o observava. Paul continuava sorrindo, como se dissesse "Anda. Vamos. Tenta me acertar. Estou aqui e não arredo pé".

Seu primeiro arremesso falhou. Na segunda tentativa, uma bolada de Hansl acertou-lhe o pescoço, fazendo com que perdesse novamente a pontaria. Então, acertou seu pai no peito. Paul se agachou para fazer mais uma bola de neve, mas foi logo atacado por três adversários. Dodo e Maxl haviam se juntado ao amigo.

– Bando de covardes! – gritou o pai, rindo. – Todos contra mim. Vocês vão ver!

Em meio à branca saraivada, todos gritaram, riram e resmungaram, até que por fim se detiveram, exaustos, com os rostos vermelhos e dedos doloridos. Em seguida, escutaram um suave badalar de sinetas, pelo menos quatro. Em ritmo regular, saltitando, balançando com alegria. Ré maior. Também escutaram o ruído da neve e um discreto chiar de algo que deslizava.

– O menino Jesus – sussurrou Dodo, com tom de reverência.

Maxl começou a rir e Liesel apontou para a mansão, onde viram um veículo estranho. Um cavalo puxando um carro. Não – um trenó!

– É o nosso papai! – exclamou Liesel – Ele consertou o velho trenó. Vamos poder andar nele!

O velho trenó! Certa vez, o haviam visto na cocheira, coberto de ferrugem. Ele era vermelho, com os assentos de couro, mas já bastante danificados, e os patins marrons pela oxidação.

– E aí? Gostaram da surpresa? – indagou Paul.

E como! Gustav Bliefert parou na frente deles, claramente orgulhoso por poder conduzir o trenó. Todos embarcaram, inclusive Paul e, por último, a Sra. Von Dobern, sorrindo de um jeito um tanto forçado. Provavelmente estava com frio – seu sobretudo não era grosso o suficiente e suas botas não tinham forro.

– Que ideia maravilhosa o pai de vocês teve – disse ela. – Henni vai ficar triste por não estar aqui.

Leo, na verdade, se alegrou com a ideia da prima observando o parque pela janela da mansão, morrendo de inveja. O trenó deu uma longa volta. Passaram pelo casebre do jardim, onde a chaminé fumegava e Auguste, com o pequeno Fritz no colo, lhes acenou. Avançaram pelos pinheiros e zimbros que, curvados pelo peso da neve, pareciam seres com imensas corcundas. Em seguida, contornaram a Vila dos Tecidos e cruzaram o gramado até quase o portão, atravessaram o caminho rodeado pelas árvores peladas cobertas de branco e enfim chegaram ao canteiro do pátio. Leo percebia os ruídos o tempo inteiro e acompanhava o ritmo dos cascos do cavalo. Em sua cabeça se fez música novamente, notas surgiam, muitas de uma vez, mas também barulhos e, às vezes, melodias. Quando tocaram o chão do pátio, por causa da pouca neve, os patins do trenó rangeram e guincharam, chegando a produzir faíscas coloridas.

Gertrude e Alicia aguardavam na escada, ambas bem agasalhadas. Kitty também queria dar uma volta.

– Ai, irmãozinho! – exclamou ela, entusiasmada. – Lembra quando passeávamos pelo bosque nesse trenó? Uma vez eu chamei Marie para vir conosco. Você e meu pobre Alfons nos seguiram a cavalo.

Paul desceu para abrir caminho e as três se acomodaram; Hansl sentou-se no colo de Gertrude. Henni ficaria em casa, pois havia comido muito marzipã e agora estava enjoada.

Era compreensível que a tia Lisa não os acompanhasse, uma vez que o pobre cavalo provavelmente não aguentaria tanto peso. Mas Leo sentia a ausência da mãe.

Mais tarde, quando já haviam se despedido e entrado no carro, Henni voltou a agir como antes.

– Vou poder levar meus presentes – alardeou ela. – Mas os seus vão ficar na mansão, tio Paul que disse. Só vão poder brincar com eles quando estiverem lá!

Dodo lamentava muito, pois se encantara pela máquina a vapor. Paul havia colocado o equipamento no quarto das crianças e o acionara, mas logo o desligou, dizendo que já era muito tarde. Já a boneca não lhe importava.

Tudo o que Leo queria era correr para o piano e tocar os sons que davam voltas em sua cabeça. Pretendia ao menos tentar. Embora não houvesse teclas suficientes para a maioria deles.

28

Janeiro de 1925

Prezado Sr. Winkler,
Como o senhor decidiu fugir sem se despedir, preferi não me empenhar em descobrir seu paradeiro nos últimos meses. Que finalidade teria? Ficou claro seu desinteresse pela fazenda Maydorn e por minha humilde pessoa. Não sou o tipo de mulher que corre atrás de homem nenhum. Sem dúvida o senhor já deve ter encontrado um rumo na vida que lhe seja conveniente. Tenho certeza de que é um excelente professor e educador dos jovens. O senhor tem talento para isso, assim como para a pesquisa sobre os tempos passados e a história nacional.

Lisa se recostou e colocou a pluma no tinteiro. Descontente, ela leu o texto, balançou a cabeça e fez algumas alterações. "Fugir" era muito duro, vinha de um lugar de mágoa, para não dizer raiva. Não queria dar a impressão de que aquela carta era uma espécie de "acerto de contas". A intenção era ser educada e transparecer tranquilidade. Ela não estava correndo atrás dele. Menos ainda fazendo acusações. Eram águas passadas. A questão no momento era apenas...

O que eu tenho a ver com os talentos dele?, pensou ela, antes de riscar a última frase com um traço grosso de tinta. *Até porque não estou disposta a passar a mão na cabeça de Sebastian. Era só o que faltava. Depois de tudo o que aquele covarde me fez!*

Ela se levantou, ajeitou o robe e notou que a peça, outrora larga, mal fechava. Que horror. Sentia-se pesada como chumbo, imóvel como uma abelha rainha. Estavam em meados de janeiro – com sorte, seu tormento terminaria em breve. Embora estivesse com medo do parto, ele passaria logo, pois aquilo acontecia desde os primórdios da humanidade. O mais importante era o bebê vir saudável, fosse menina ou menino. E, depois, faria de tudo para recuperar sua silhueta anterior. Seria a prioridade. Ela quase não tinha mais o que vestir e nem seus sapatos cabiam direito, devido aos pés inchados.

Apesar de ainda serem seis horas e não ter amanhecido, ela afastou as cortinas e abriu uma janela, respirando o ar frio. Pequenos flocos de neve pousaram em seu rosto aquecido e entraram em seu nariz quando inspirou, causando-lhe cócegas. *Brrr*, que gelado estava ali fora. Do outro lado do parque, era possível perceber que havia gente trabalhando na fábrica. Suas luzes distantes iluminavam fracamente as árvores e a superfície do gramado coberto de branco. Uma lebre saltou pela neve, seguida por outra. Apoiadas nas patas traseiras, elas se encararam e a menor, acovardada, fugiu por entre os pinheiros. A outra relaxou e se pôs a vasculhar o solo.

Ela fechou o robe até o pescoço e se inclinou para a frente. Sobre o amontoado branco que cobria a varanda, viu que bailavam luzes amarelas. Haviam ligado a iluminação do átrio. Provavelmente fora a Sra. Brunnenmayer, já há muito de pé, preparando o café, ou Julius, limpando as botas dos patrões. Ela suspirou. Serafina já havia lhe dito várias vezes que Dörthe era um "desastre completo" e não servia para nada. O melhor seria mandá-la de volta à fazenda na primeira oportunidade. Talvez a governanta até tivesse razão, mas Lisa opinava que deveriam dar mais uma chance à menina. Defendia seu ponto de vista com veemência, pois se divertia contrariando Serafina.

Mas agora estava frio demais. Ela fechou a janela e se aproximou da lareira, que Gertie alimentara na noite anterior com lenha em brasa. Era muito agradável apoiar as costas doloridas no azulejo quente, entregando-se àquela sensação de aconchego. Não que ela se sentisse acolhida ali na Vila dos Tecidos. Muito pelo contrário: ela se via sozinha. Mais do que isso, abandonada. Paul andava ocupado com seus problemas conjugais, Alicia padecia dia e noite das enxaquecas e mal saía da cama, e Serafina, sua queridíssima amiga, que tanto quisera reencontrar, cuidava apenas da própria vida.

– Você não imagina, minha querida Lisa, como nossa pátria é ingrata com seus heróis. Todos que deram a vida e o sangue nos campos de batalha... Parece que fazem questão de diminuir o sacrifício deles e esquecê-los.

Bem, de certa forma, Lisa até a entendia. O pai de Serafina, o general Von Sontheim, morrera na Rússia, assim como seu irmão mais novo e o marido. Armin von Dobern era tenente e morrera heroicamente em Flandres.

Pelo visto, as pensões das viúvas não figuravam entre as mais generosas e a governanta sustentava, além da mãe, os sogros, cuja fortuna fora devorada pela inflação. Não lhe admirava que Serafina fosse tão amargurada. Contudo, era um atrevimento o modo como aquela mulher se intrometia em sua família: "Sua mãe precisa descansar, Lisa. Se for algo muito importante, pode falar comigo", "Sua querida mãe está cochilando. Não pode ser incomodada de maneira alguma", "Eu dei um calmante leve para sua mãe. Ela não pode se exaltar, você sabe".

Lisa já indagara que coisas eram aquelas que Serafina constantemente administrava a Alicia. Um vidrinho aqui, umas gotinhas ali, uma "poção calmante" para que passasse a noite tranquila.

– É valeriana, Lisa. Totalmente inofensivo. Os romanos já a conheciam.

A própria Elisabeth já havia administrado valeriana com frequência no hospital de campanha, quando os feridos sofriam de dores ou inquietação. O cheiro era inconfundível. Contudo, seu nariz andava quase sempre entupido desde o começo da gravidez, de maneira que não conseguiu reconhecer o calmante na "poção" de Serafina.

– Por que mamãe não pode se exaltar? Ela está com algum problema no coração?

O sorriso prepotente de Serafina foi tão expressivo que os pelos do braço de Lisa se eriçaram de aversão.

– Ah, você sabe, Lisa. Sua mãe já tem certa idade e o coração dela já não é mais o mesmo.

– Mamãe vai fazer 67 anos. Não 87!

Serafina ignorou a objeção. Naqueles tempos, 67 ainda era uma idade avançada.

– Seu pobre pai morreu exatamente com essa idade, Lisa. Não se esqueça.

– Garanto que nunca vou esquecer, Serafina!

Ela recorria a todas as armas para tentar sair por cima. Mas era preciso paciência: logo veriam quem aguentaria mais tempo.

– Na minha opinião, mamãe tem muito mais saúde do que você quer que ela acredite.

– Francamente, Lisa. Aquelas enxaquecas horríveis...

– Besteira! Mamãe teve enxaqueca a vida inteira.

– Fico muito triste com sua falta de consideração pela saúde frágil de sua mãe, Lisa. Espero que você não venha a se arrepender.

Foi preciso se controlar. Afinal, prejudicaria o bebê em sua barriga se ela se lançasse sobre Serafina para esbofeteá-la. Mas sua hora chegaria.

Coitada da Marie! Nos últimos dias, Lisa havia se inteirado de algumas coisas. Na comemoração de Natal, conseguira falar um pouco com a cunhada a sós. No começo, Marie se mostrara lacônica, mas ao entender que ela não tinha intenção de lhe fazer acusações, tiveram uma conversa bastante sincera. Ai, como sentia saudades de Marie ali na Vila dos Tecidos. De súbito, entendeu que ela era a alma daquela mansão. Aquela que sempre se mostrava compreensiva e empenhada em resolver todas as brigas e desentendimentos. Aquela que cuidava de todos, sempre com alegria, satisfação e boas ideias na manga. Marie era como uma brisa calorosa e revigorante que soprava pela casa, dando a todos uma sensação de bem-estar.

Mas, nos últimos tempos, tinha a impressão de sentir ali, 24 horas por dia, uma aragem fria e com cheiro de mofo, exalada sobretudo por Serafina. E torcia para que não fizesse mal ao bebê.

– Você e Paul precisam se entender! – dissera Lisa, aconselhando Marie. – Eu sei o quanto ele te ama. Passa as noites sozinho no escritório, debruçado sobre papéis e esvaziando garrafas de vinho. Isso não é normal!

Marie então lhe explicou que não era tão simples.

– Pode ser coisa da minha cabeça, Lisa. Mas tenho a sensação de não ter mais espaço nesta casa. De uma hora para outra, voltei a ser a pobre órfã, acolhida por pena. A filha bastarda da mulher que pintava quadros escandalosos e se contrapunha veementemente às vontades de Johann Melzer. Chego a ter a impressão de que até a triste morte da minha pobre mãe é vista aqui mais com irritação do que com tristeza.

– Mas que disparate é esse, Marie?

– Eu sei, eu mesma me questiono sobre isso, Lisa. E infelizmente Paul não me apoia. Pelo contrário, está do lado da mãe de vocês. E é uma lástima, mas ela mudou muito.

– Também percebi, Marie. E sabe o que eu acho?

Marie não concordou nem discordou da teoria de que a mudança de mamãe se devia à influência de Serafina. Era possível, mas não podiam comprovar. De qualquer maneira, as crianças haviam sofrido em suas mãos e Marie se arrependia por não ter interferido antes. Kitty resolvera o problema à sua maneira: indo morar com Henni na Frauentorstraße. E assunto encerrado!

– E até quando vai durar essa situação?

– Não sei, Lisa.

Na realidade, ela invejava Marie um pouco. Na Frauentorstraße, com certeza levavam a vida com mais alegria e leveza do que ali, na Vila dos Tecidos. Havia a correria das crianças, Gertrude ameaçando-os com a colher de pau, sem contar as visitas frequentes. Além disso, Kitty podia desfrutar da companhia de Marie. Tudo lá era boêmio, descontraído, pouco convencional, abundante. Provavelmente ninguém julgaria uma mulher grávida e divorciada. Já na Vila dos Tecidos, raramente recebiam convidados e, mesmo quando o faziam, eram apenas os habituais amigos de negócios dos Melzers. Nem uma única vez Lisa havia sido chamada para participar dessas reuniões, pois a mãe já contava com Serafina ao seu lado. Impressionante. A mulher se sentava exatamente no lugar de Marie durante os eventos. Foi o que Gertie lhe contara, tão indignada com a situação quanto os demais funcionários.

Também fora Marie quem lhe convencera a escrever uma carta a Sebastian.

– Seja como for, Lisa, ele tem o direito de saber que será pai. O que ele vai fazer depois é problema dele.

Assim era Marie. Em momento algum chegou a acreditar que o bebê que Lisa esperava era do então cônjuge. Com a intuição apurada, ela decifrara toda a situação e a tomava como algo óbvio.

– Duvido muito que ele faça pouco caso, Lisa.

Ela discordava. Por quatro anos os dois conviveram na mesma casa e a teimosia e a exagerada honradez de Sebastian sempre a haviam tirado do sério.

– Esse caso foi um... um infeliz acidente. Se é que me entende.

Ela mesma percebeu o quanto suas palavras soaram inverossímeis e, de fato, eram mentirosas. Mas Marie assentiu. As duas se levantaram e olharam brevemente pela janela. E não é que Paul havia mesmo mandado reformar o trenó em segredo e levado as crianças para passear no parque?

– Achei muito bonita essa ideia do Paul, e você? – indagou Lisa.

Marie apenas esboçou um sorriso triste. Talvez estivesse se lembrando do passeio de trenó, doze anos antes, quando ela ainda era a ajudante de cozinha na mansão. Na época em que ela e Paul estavam apaixonadíssimos.

– Talvez esteja certo isso de não se casar com gente de berço diferente – concluiu Marie, em voz baixa.

– Que besteira – desdenhou Lisa. – Mamãe e papai eram de classes distintas. Mamãe era aristocrata e papai burguês.

Mas então gaguejou, pois ela própria se pegou duvidando de que os pais houvessem sido de fato felizes no casamento. Então lembrou-se de que Sebastian também vinha de uma família muito humilde e ela, como filha de um empresário próspero, seria inatingível. Pelo menos antigamente. Mas, depois da guerra, muita coisa havia mudado!

– O que você faria se Sebastian aparecesse do nada ali na porta? – perguntou Marie, de repente.

– Deus me livre! – exclamou Lisa, horrorizada. – Inchada e feia como estou, não quero que ele me veja de jeito nenhum!

Marie se calou e observou Alicia e Gertrude subirem juntas no trenó. A expressão no rosto de Lisa revelava claramente seus sentimentos. Ela ainda amava Sebastian. Ainda mais do que antes.

– Espia só ali embaixo – disse Marie, apontando com o dedo para o pátio. – A desenvoltura de mamãe subindo no trenó. E como ela ri. Nem se importa de estar tão apertada com as crianças por cima.

Na noite do dia 25, depois que Kitty e seus alegres comparsas voltaram para a Frauentorstraße, Alicia foi acometida por terríveis dores de cabeças.

Serafina, com olhar acusador, voltou-se para Paul.

– Trouxeram os netos só para tirar depois. É uma crueldade o que a esposa do senhor está fazendo com sua mãe.

– Não compete a você julgar, Sra. Von Dobern! – objetou Paul, com firmeza, antes de bater a porta do escritório.

Lisa observou com gosto o semblante petrificado de Serafina.

Depois de duas semanas, os gêmeos viriam de visita em um domingo. Lisa franziu a testa quando o bebê se revirou em sua barriga. No dia anterior, ele se mexera tanto que ela chegou ao ponto de não conseguir mais caminhar. A dor lhe descia dos quadris até o tornozelo direito. Que martírio era a gravidez!

Ela afastou as costas do azulejo quente e voltou à antiquada escrivaninha que também haviam trazido do sótão. Examinou criticamente a carta, substituiu "fugir" por "partir repentinamente" e pensou em como informaria sua situação.

Sem querer influenciar o rumo de sua vida, venho informar que nosso breve encontro teve consequências...

Ela se interrompeu quando escutou um barulho incomum. Um grito, uma voz feminina. Um guinchado quase histérico. Era Else? Vinha do térreo com certeza. Dörthe? Ai, Deus! Não Dörthe, aquele desastre em forma de menina!

Ouviu uma porta bater e passos ligeiros subindo os degraus. Só podia ser a escada de serviço, de alvenaria crua, uma vez que a dos senhores era acarpetada.

– Ajudem! – gritou uma agudíssima voz de mulher. – Polícia! Assaltaram a casa!

Não se tratava de Dörthe, constatou Lisa, aliviada. Parecia Serafina. Nossa, quanta histeria!

– Um homem... um homem entrou no meu quarto – bradou ela.

Outras vozes se misturaram à da governanta. Lisa reconheceu a da Sra. Brunnenmayer e a de Julius. Certamente fazendo de tudo para tranquilizar a mulher.

Um homem? No quarto de Serafina? Lisa também ficou incomodada. As opções masculinas na Vila dos Tecidos andavam limitadas e, se não tivesse sido Julius, restava apenas Paul. Por um nefasto segundo, pensou que seu irmão poderia ter procurado Serafina no quarto. Sabe-se lá por quê. Homens eram assim. Mas não, nesse caso ela jamais gritaria. Pelo contrário, ficaria quieta. Então era mesmo um ladrão. E, pelo visto, havia subido até o sótão, onde ficavam os quartos dos criados e a área de secar roupa.

Após fechar o robe da maneira que conseguiu, Lisa irrompeu no corredor. Paul já estava totalmente vestido junto à porta do quarto de Alicia, tentando convencê-la de algo.

– Vá se deitar, mamãe. Por favor. Com certeza foi alguma piada de mau gosto.

– Chame a polícia, Paul – ordenou Alicia.

– Primeiro quero saber o que está havendo.

Lisa correu em sua direção. O bebê chutou com violência, provavelmente contagiado pelo alvoroço.

– Alguém subiu pela escada de serviço, Paul.

– Quando?

– Agora há pouco. Depois desse grito.

– Arrá! Então vamos olhar isso.

– Paul! – gemeu Alicia. – Pelo amor de Deus, tenha cuidado. Ele pode estar espreitando lá em cima.

– Seja quem for – opinou Lisa, em tom seco –, após ter visto a governanta de camisola, tudo o que deve estar querendo é fugir.

Alicia, com os pensamentos distantes, não entendeu a piada ferina sobre Serafina. E então deixou que Lisa a conduzisse para dentro do quarto e se sentou na cama.

– Me dê minhas gotas, Lisa. Estão ali em cima, do lado da garrafa.

– Você não precisa de gotas, mamãe. Tome apenas um gole d'água.

Alicia havia acionado a campainha e logo se escutaram os passos pesados de Else no corredor.

– Senhora – disse ela, e fez uma reverência à porta.

– O que houve, Else?

– Ah, não precisa se preocupar, senhora.

Else era uma péssima mentirosa. Estava estampado em seu rosto que ocultava algo.

– Por que a governanta gritou? – indagou Alicia.

Else titubeou; os movimentos de seus pés e a maneira como agarrava o avental a denunciavam.

– Parece que a Sra. Von Dobern teve um pesadelo, senhora.

E desde quando uma governanta acordava tão tarde? Eram seis e meia. A essa hora, a Srta. Schmalzler já estaria de pé há tempos.

– Então não aconteceu nada com ela? – perguntou Alicia, preocupada.

Apertando os lábios, Else negou veementemente com a cabeça.

– Não, não. Ela está ótima. Está se vestindo. Só está um pouco assustada.

Não conseguiram fazê-la falar mais. Alicia pediu para mandar Julius ao sótão para ajudar Paul, caso necessário.

No mesmo instante, Serafina surgiu. Estava pálida como um lençol por causa do susto – no mais, parecia serena.

– Ai, que constrangimento, minha querida Alicia.

Sua voz tremulava um pouco e ela respirava com dificuldade. Lisa quase sentiu pena, porque a mulher devia estar à beira de um infarto.

– Sente-se, minha querida – sugeriu Alicia. – Tome umas gotinhas de valeriana, você está precisando.

Serafina recusou, afirmando que já se sentia tranquila. E que, infelizmente, tinha uma queixa em relação aos funcionários.

– Pedi que Julius chamasse a polícia. Em vão. Quando fui, eu mesma, fazer a ligação no escritório, a Sra. Brunnenmayer se colocou na minha frente.

– Inacreditável – comentou Alicia.

– E veio para cima de mim.

– A Sra. Brunnenmayer? Está falando da nossa cozinheira, Fanny Brunnenmayer?! – exclamou Alicia, dirigindo um olhar impotente para Lisa.

– Isso! Ela torceu meu pulso.

Serafina desabotoou os punhos da blusa para mostrar a marca, mas ninguém lhe deu atenção. No outro andar, a porta da escada de serviço se abriu e ouviram passos.

– Anda logo! – ordenou Paul. – A gente não morde.

Alguém tropeçou contra a porta.

– Não caia! Espera, eu te seguro.

– Obrigado – disse uma voz frágil. – Estou ficando... tonto.

Serafina se levantou e, em um rompante, saiu do quarto de Alicia. Lisa, que ainda não se vestira completamente, hesitou um pouco antes de segui-la.

– Mas esse é... Humbert!

Por pouco ela não reconhecera o antigo copeiro, de tão cadavérico que estava, escorado nos braços de Paul. Não haviam lhe contado que Humbert trilhava uma exitosa carreira nos palcos da capital? Devia ser um mal-entendido. Pelo aspecto, mais parecia que ele vinha passando fome há anos nos piores bairros da cidade.

– É ele – constatou Serafina, recomposta, mas com a voz ainda trêmula. – Esse é o homem que entrou no meu quarto. Que bom que o senhor o pegou, Sr. Melzer!

Humbert levantou a cabeça para enxergar Serafina melhor, mas pareceu não a reconhecer.

– Pois muito bem, Humbert – disse Paul, encarando a situação um tanto descontraído. – O que você queria lá? E entrou na mansão a esta hora da manhã por quê?

Humbert pigarreou e tossiu.

Tomara que não esteja tísico, pensou Lisa. Afinal, ela tinha que priorizar o bebê.

– Peço-lhe mil perdões – falou Humbert para a governanta. – Não fazia ideia de que havia gente dormindo naquele quarto. Só queria descansar um momento... Estava exausto depois da longa viagem.

A explicação não foi das mais elucidativas. Paul franziu a testa e Serafina bufou, revoltada.

– Então o senhor invadiu a casa sem o consentimento dos patrões – declarou ela. – Quem abriu a porta?

Humbert tinha o olhar perdido e, quando falava, sua voz parecia vir de outro mundo.

– Sempre abrem o trinco da porta às seis e meia, por causa do menino do leite. Foi quando entrei sem ser percebido.

– Não me venha com conversa fiada – rebateu Serafina, com as bochechas já tomando um tom avermelhado. – Alguém foi cúmplice. Abriram a porta e o senhor entrou na mansão em segredo.

Humbert parecia esgotado demais para responder. Seu corpo pendia de tal maneira nos braços de Paul que temiam que ele pudesse cair se lhe retirassem o apoio.

– Eu sei exatamente quem é a responsável – afirmou Serafina, prosseguindo com ar triunfante. – Minha querida Alicia, por anos você desperdiçou sua bondade com uma pessoa indigna. A cozinheira é uma falsa, uma fingida. Não passa de uma tirana que envenena os funcionários contra mim e deliberadamente ignora minhas instruções. Sem dúvida tem o dedo da Sra. Brunnenmayer nessa história!

Paul fez um gesto de impaciência, já estava farto de escutar aquelas acusações ridículas.

– Julius! Pode levar o jovem aqui para algum quarto de empregado que esteja livre. E, depois, gostaria de tomar meu café.

Julius, que esperava ao pé da escada, passou correndo por Serafina, sem lhe dignar um olhar. Atrás dele estavam Gertie e Dörthe, obviamente interessadas em saber o que os patrões decidiriam. Para Lisa, estava óbvio que toda a criadagem apoiaria a Sra. Brunnenmayer. Que ótimo. Serafina tomou um susto e por culpa própria, afinal, por que diabos estava dormindo no escritório da governanta? A Srta. Schmalzler jamais faria isso, pois utilizava o espaço apenas como área de trabalho e dormia em seu quarto, no andar de cima. Mas claro, os aposentos dos empregados ficavam gelados no inverno e Serafina preferiu se acomodar ali embaixo, perto do calor da cozinha, o que certamente causou desgosto entre os demais funcionários.

– Minha cara Serafina – disse Alicia, irritada. – No que diz respeito à Sra. Brunnenmayer, você está completamente enganada.

A ex-amiga de Lisa não era tola. Após perceber claramente que havia ido longe demais, retirou o que tinha dito.

– Talvez tenha razão, minha querida. Ah, mas tanto tumulto por nada. Precisa se acalmar.

Ela encheu o copo com água e abriu a tampa do bojudo frasco marrom. Alicia, contudo, negou com a cabeça.

– Não, obrigada. Nada de gotas... Else, ajude-me a me vestir. E, antes do desjejum, gostaria de falar brevemente com a cozinheira. Lisa, vá se deitar. Vamos tomar o café juntas às oito e meia.

Lisa agradeceu a compreensão, pois estava tão cansada que mal conseguia parar em pé. Era impressão sua ou o inesperado incidente havia revigorado os ânimos de sua mãe?

Passada uma hora, ela desceu para comer e encontrou Alicia com o jornal sobre a mesa. Ela lhe sorriu e perguntou, preocupada, como estava.

– O bebê não para de fazer ginástica, mamãe – contou Lisa.

– Pois é assim que tem que ser. Mandei prepararem chá para você, o café pode deixar a criança agitada.

E quanto a Serafina? Ficou decidido que a governanta ocuparia seu quarto no sótão.

– A Sra. Brunnenmayer me explicou tudo, Lisa. O pobre Humbert teve uma recaída em Berlim. Lembra? Teve um daqueles ataques de pânico de que sofria antigamente.

Hanna e Fanny haviam lhe suplicado que voltasse a Augsburgo. Mas não sabiam que ele chegaria justo essa noite.

– Do contrário, a Sra. Brunnenmayer certamente teria me pedido permissão. Mas é nosso dever cristão acolher o coitado, certo?

– Você está tão animada, tão ativa, mamãe – comentou Lisa.

– Pois é, querida. Fazia tempo que não me sentia tão bem.

– Então deveria parar de tomar aquelas gotas. Elas que devem causar sua dor de cabeça.

– Ah, Lisa! Valeriana é totalmente inofensivo.

29

O mês de fevereiro estava incrivelmente ameno naquele ano e só faltava os brotos de açafrão começarem a surgir no gramado do parque. Contudo, sempre que o clima começava a mostrar ares de primavera, um vento gélido irrompia na região nos dias seguintes, trazendo a geada de volta. O gelo formado no chão já havia interrompido duas vezes o trânsito nas vias na cidade e causado inúmeras torções e fraturas nos pedestres. Constava que o advogado Grünling figurava entre as vítimas. Auguste, que voltara a trabalhar na mansão havia alguns dias, relatara que o pobre Sr. Grünling havia quebrado ambos os braços.

– Jesus, Maria, José! – exclamou Gertie, bebericando seu café. – Assim não vai poder ir ao tribunal.

– Como não? – indagou Auguste. – Ele ainda consegue falar.

– Mas não vai poder mover os braços enquanto fala.

Auguste deu de ombros e pegou uma fatia do pão branco. Aplicou-lhe uma generosa camada de manteiga e tampouco economizou a boa geleia de morango.

– E como será que ele veste o casaco? – perguntou Dörthe, pensativa. – E como ele faz para abaixar as calças?

A alegria com a desgraça alheia pairou sobre a longa mesa da cozinha. Nem mesmo a Sra. Brunnenmayer disfarçou o sorriso. Assim era a vida, vez ou outra os ricos também tinham azar. Deus sabia ser justo.

– Deve ter encontrado uma qualquer por aí para lhe abaixar as calças – comentou Auguste, com deboche. – Um solteirão daquele com certeza tem uma namorada amorosa. Talvez até mais de uma. Deve ser um tal de sobe e abaixa calças...

Todos caíram na gargalhada, Gertie chegou a se engasgar com um pedaço de pão e se pôs a tossir, mas Julius a acudiu, dando-lhe palmadas nas costas. Else, por sua vez, com o rosto ainda vermelho, removeu a casca do pão, passou manteiga e mastigou demorada e pacientemente. Às vezes, ela o molhava no café para amolecê-lo. Dentaduras eram muito caras para uma copeira de idade avançada. E, além disso, nunca perdera seu pânico de dentista.

– Não é certo debochar de uma pessoa doente – comentou ela, em voz baixa, e engoliu o pão com um gole de café.

– Ele já tirou dinheiro de tanta gente – lembrou Auguste, inclemente. – Bem feito!

Ninguém discordou. Era fato sabido que alguns espertalhões haviam aumentado o patrimônio consideravelmente após a guerra, enriquecendo às custas da necessidade daqueles que se viram forçados a vender tudo durante a inflação. Esses abutres, entretanto, eram pessoas que já tinham dinheiro antes. Quem nascia pobre continuava pobre – não importava o que fizesse. Essa era a verdade.

– E que fim levou sua herança, Auguste? – perguntou a cozinheira, sem qualquer discrição. – Já gastou tudo?

Auguste justificara a repentina abundância com uma história de herança. Uma tia distante, sem descendentes, que contemplara sua querida sobrinha em Augsburgo. Não, ela não fazia ideia, as duas se viam pouco. Mas quem diria que a bondosa Lotti possuía um pé de meia tão gordo... Coisa de gente mais velha.

– O que você acha? – retrucou ela. – Estamos construindo uma estufa com o dinheiro. O que sobrou, usei para comprar roupas e sapatos para as crianças.

Era um relato bastante incompleto, mas Auguste absteve-se de contar aos demais que havia adquirido móveis novos e vários itens de luxo que conhecia da Vila dos Tecidos. Prataria e vasos de porcelana. Pratos e talheres que combinavam. Mas também trajes de trabalho para Gustav, roupas de baixo e um terno bom. Fronhas e lençóis caros. Também aproveitara para renovar o guarda-roupa. Valia mencionar ainda o automóvel, que estava guardado na cocheira e só seria usado na primavera. Para evitar a falação.

Dörthe pegou a terceira fatia de pão e virou o bule quando tentava alcançar a manteiga.

– Custa muito prestar atenção? – ralhou Julius, com a manga suja de leite. – Agora vou ter que lavar a camisa e a manga do casaco.

– Foi só um pouco de leite.

– Hoje o leite. Ontem a panela com banha. No outro dia, uma garrafa de vinho tinto que o senhor havia pedido. Suas mãozinhas de fada quebram tudo que você toca.

Julius salvou sua caneca de café do pano úmido que Dörthe passava sobre a mesa para limpar a bagunça. Auguste balançou a cabeça; os demais não se importaram. Todos já tinham entendido há tempos que a menina não o fazia por mal, era simples falta de jeito. Por outro lado, tinha bom caráter, embora fosse um tanto estúpida. Mandavam-na pegar lenha para o fogão, descascar as batatas ou varrer a neve no pátio, para que não causasse tantos desastres. Havia se oferecido para cuidar das jardineiras da varanda e plantar as mudas no canteiro central do pátio. Talvez tivesse mais sucesso com a jardinagem.

– Humbert ainda está dormindo? – indagou Auguste, curiosa. – Pensei que ele já estivesse melhor.

A cozinheira terminou de fatiar o presunto e acrescentou um salsichão de fígado e um pedaço de linguiça defumada. Todos sabiam que ela o fazia sobretudo para Humbert, mas, obviamente, os demais poderiam se servir do delicioso prato de frios do café da manhã.

– Ele já vai descer – disse ela. – O rapaz precisa de muito descanso. E de comida também, antes que desapareça de tão magro.

Auguste assentiu compreensivamente e se apressou em cortar uma fatia do salsichão. Ela passara a trabalhar três vezes por semana na Vila dos Tecidos, supostamente por lealdade.

– E naquela hora que a senhora defendeu Humbert... – comentou Gertie, enquanto mastigava. – Foi maravilhoso. Não conseguia acreditar nos meus ouvidos.

O assunto causou certo desconforto na cozinheira, que lançou um olhar hostil à colega e resmungou:

– E por que diabos você estava escutando atrás da porta? Não era para você ouvir o que eu disse para a Sra. Melzer.

Gertie, com o olhar na porta e esperando Humbert chegar, não se deixou intimidar e se pôs a imitar a voz da cozinheira.

– "Se não tiver serviço para o Humbert aqui na mansão, vou-me embora. Há 36 anos trabalho aqui e nunca me queixei de nada. Mas, se for assim, arrumo minhas trouxas e me instalo no primeiro lugar que encontrar."

– A senhora disse isso mesmo para a Sra. Melzer? – indagou Julius, surpreso.

Por mais que Gertie já tivesse repetido aquelas frases várias vezes, Julius não deixava de se impressionar. Nunca em sua vida ele se atrevera a colocar-se de tal maneira diante dos patrões. Não o faria mesmo que fosse para defender o próprio irmão – o que não se aplicava, pois era filho único.

– Juro que disse! – exclamou Gertie, acenando três vezes seguidas com a cabeça. – A Sra. Melzer ficou até assustada. Disse que não lhe passava pela cabeça expulsar Humbert. Mas que gostaria de ter sido informada de sua chegada.

– E agora chega! – esbravejou a Sra. Brunnenmayer, batendo com o punho na mesa. – A senhora tem um bom coração. Eu estava fazendo uma tempestade num copo d'água. Esqueçam isso!

Haviam combinado que Humbert primeiramente repousaria para recuperar as forças. Depois, ajudaria no trabalho da maneira que conseguisse. E no que precisassem: cuidar do automóvel, podar os arbustos no parque, ajudar na cozinha, levar recados… A princípio, apenas por casa e comida. Mais adiante, conversariam.

– Tomara que ele melhore logo – disse a cozinheira, esperançosa. – A guerra e aquela miséria. Até hoje estão entranhadas em todos nós. E vão continuar por um bom tempo.

Ela levantou a cabeça quando escutou o famigerado *toc toc toc* no corredor da escada. Os sapatos da governanta, apesar de velhos, haviam recebido solas novas de couro duro.

– Cuidado! – avisou Julius, ofegante, pois lhe custava respirar pelo nariz quando ficava nervoso.

– Acabou a paz – sussurrou Gertie, servindo-se de mais um pouco de café com leite.

Para evitar aborrecimentos desnecessários, a cozinheira escondeu o prato de embutidos na gaveta da mesa.

A Sra. Von Dobern adentrou a cozinha com ar de quem era vítima de todas as maldades e injustiças do mundo. Por trás das lentes dos óculos, seus olhos percorreram todo o recinto, incluindo os funcionários sentados, as comidas servidas, as panelas e o bule de café sobre o fogão, indo até a bancada da pia e a tina com a louça suja da noite anterior.

– Bom dia a todos! – cumprimentou ela.

Devolveram-lhe a saudação sem entusiasmo; apenas Gertie se permitiu perguntar-lhe se havia dormido bem.

– Obrigada. Pode retirar a bandeja do escritório, Gertie.

Embora estivesse finalmente ocupando seu quarto no andar de cima, ela mantinha o hábito de tomar o café sozinha em seu escritório.

– Gostaria de comer um pouco de presunto e linguiça defumada amanhã no café.

– Linguiça no café da manhã? – perguntou a Sra. Brunnenmayer, fingindo espanto. – Hoje é sexta-feira.

– Ainda não estamos na quaresma – revidou a governanta. – Ou a senhora acha que não senti o cheiro do salsichão e da linguiça que vocês estão comendo?

– Perfeitamente. Eu estava fatiando para a Sra. Von Hagemann. Ela está esperando um bebê e pode comer carne às sextas.

A Sra. Von Dobern bufou, desdenhosa, deixando claro que não acreditava em uma só daquelas palavras – e não estava errada. Mas de nada adiantaria, pois a cozinheira estava disposta a ignorar seu pedido.

– Como sabem, hoje à noite o senhor fará uma pequena reunião – declarou Serafina, começando a expor a programação do dia. – São três casais e mais dois cavalheiros desacompanhados, ou seja, sete pessoas, além de mim, do Sr. Melzer e sua mãe. O menu já foi decidido entre a Sra. Melzer e a cozinheira. Serviremos um aperitivo antes, isso é incumbência sua, Julius. Agora de manhã, Else e Gertie limparão o salão vermelho e a sala dos cavalheiros, para ficarem apresentáveis. Dörthe se encarrega dos calçados dos convidados quando chegarem.

Escutaram-na entediados. Ela acreditava mesmo que não sabiam organizar uma pequena festa na mansão? Era uma das tarefas mais fáceis, e a falação da governanta só gerava confusão nos procedimentos habituais. Em tais ocasiões, a Srta. Schmalzler sempre os motivara a darem o melhor de si e a honrarem a Vila dos Tecidos. Naquela época, o trabalho era encarado de maneira totalmente diferente. Contudo, além de Humbert, que continuava na cama, as únicas que testemunharam aquilo foram a cozinheira e Else – os demais não chegaram a conhecer a extraordinária governanta.

– Você pode ajudar a lavadeira e pode bater os tapetes – disse a governanta para Auguste.

– Já sacudimos os tapetes na segunda – afirmou Auguste. – Seria melhor cuidar dos estofados.

Foi um erro e ela percebeu imediatamente. A governanta inflou as narinas, o que nunca era bom sinal.

– Você quer me ensinar como administrar uma casa? E o que está fazendo sentada à mesa? Aqui não é restaurante, tome seu café na sua casa!

O rosto de Auguste inflou como se ela tivesse comido fermento, mas a mulher preferiu se calar. Foi quando se escutou a voz grave da cozinheira.

– Quem trabalha na casa pode comer aqui. Sempre foi assim e não vamos mudar isso!

– Se a senhora diz... – replicou a governanta. – Terei esse desperdício em mente quando revisar as contas da casa.

Ela se sobressaltou quando, ao lado do fogão, um balde de carvão virou e espalhou todo o conteúdo pelo chão da cozinha. Era Dörthe, anunciando sua presença.

– Sinto muito... Desculpe. P-perdão – gaguejou a menina, afobada, recolhendo o carvão e o escondendo no avental.

– Estou para encontrar neste planeta alguém mais estúpido do que você – declarou a Sra. Von Dobern, chutando um pedaço de carvão na direção de Dörthe.

– Ai, não, Sra. Von Dobern. Tenho uma irmã em Döbritz que com certeza é mais estúpida que eu – respondeu Dörthe, com seriedade.

Gertie quase deixou escapar um risinho, que dissimulou com um ataque de tosse. A cozinheira encarava o vazio, nitidamente incomodada. Julius permanecia impassível e sorria com os dentes à mostra. Auguste, por sua vez, seguia com tanta raiva que não escutou nada.

– Precisa mesmo colocar o carvão no avental? Pega o balde – ordenou a governanta.

– Sim, Sra. Von Dobern.

O tom de desprezo da mulher fez com que a pobre Dörthe se atrapalhasse ainda mais. Todos anteviram o que aconteceria, Gertie chegou a gritar "Cuidado!", mas foi tarde demais. Enquanto juntava o carvão, Dörthe se moveu para trás, na direção da pia, e seu farto traseiro bateu na bancada. A tina com louça balançou, escorregou e, na sequência, a louça suja do jantar despencou sobre o chão da cozinha. Prato a prato, xícara a xícara...

Gertie e Auguste conseguiram salvar o pequeno jarro de leite e a bandeja, mas o restante ficou aos pedaços.

– Ai, Jesus. Quanta desgraça num dia só – balbuciou Dörthe, petrificada pelo susto. – É que não tenho olho na nuca, Sra. Von Dobern.

– Impressionante – sibilou a governanta, vermelha de ódio. – Vou providenciar para que você desapareça daqui.

Dörthe irrompeu a chorar. Quando levou as mãos ao rosto, deixou cair novamente todo o carvão que reunira no avental. Julius comentou em voz alta que cabia à Sra. Von Hagemann decidir, pois Dörthe era sua criada pessoal. Gertie, Else e Auguste juntavam os cacos e os pedaços de carvão.

Naquele momento, Humbert surgiu na cozinha. Mas, dado o tumulto generalizado, não foi notado. Deteve-se junto à porta, de braços cruzados e com as costas apoiadas no portal.

– Mas veja pelo lado positivo – comentou ele, com um sorriso. – Se quebrou, não precisa mais lavar.

O semblante de Dörthe se iluminou um pouco. Já a Sra. Von Dobern, aborrecida, voltou-se para Humbert e o fulminou com o olhar.

– Você também acha engraçado quebrar os pertences dos patrões?

– De modo algum – respondeu ele, com simpatia.

Ele chegou a descruzar os braços para lhe fazer uma breve porém expressiva reverência. Foi difícil distinguir se era por educação, admiração pessoal ou ironia.

– Mas quase tudo no mundo pode ser substituído, cara Sra. Von Dobern. Menos a saúde e a própria vida.

Apesar da aparência quase cadavérica, Humbert sabia que provocava certo efeito nas mulheres, algo que preferia não exercer nos tempos de outrora. A governanta não foi exceção e, com um sorriso, confirmou que, naquele ponto, ele tinha razão.

– E como está se sentindo hoje, Humbert?

Após agradecer a pergunta, explicou que vinha melhorando dia após dia.

– É o repouso e essa comida deliciosa, sem falar na amistosa recepção e todas essas pessoas queridas cuidando de mim com tanto carinho – disse ele, e dirigiu uma piscadela à governanta.

Em seguida, agradeceu imensamente por tudo e completou:

– Se eu puder ser útil de alguma maneira, cara Sra. Von Dobern, pode contar comigo. Peço de coração. Não gosto de ficar encostado, com tanto trabalho a se fazer.

Se sua intenção era acusá-lo de não ter movido um dedo até então, as palavras de Humbert a deixaram desarmada.

– Pois bem, se achar que está em condições, pode ajudar Julius a limpar o automóvel. Por dentro e por fora. Domingo que vem, o Sr. Melzer quer dar um passeio com as crianças.

– Será um prazer.

A Sra. Von Dobern assentiu satisfeita e olhou para as três mulheres que recolhiam o carvão e os cacos do chão, depositando-os em um balde. Em seguida, se dirigiu à saída que levava ao átrio.

– Às oito quero o desjejum para a Sra. Melzer, a Sra. Von Hagemann e para mim na sala de jantar. O de sempre! – ordenou ela, sem olhar para trás.

A cozinheira esperou a ameaça se afastar para sacar o prato de embutidos de dentro da gaveta e oferecê-lo a Humbert.

– Queria saber aonde vai parar tanta comida – sussurrou ela. – Café da manhã às sete, sozinha na sala dela. Café da manhã às oito com os patrões. Uma da tarde, almoça com os patrões. Depois tem a tortinha de creme e mais café, sem contar o jantar lá em cima. E, mais tarde, ainda aparece aqui para encher um prato e subir com ele. Sendo que ela continua seca como uma uva-passa.

– Tem gente que é sortuda mesmo – afirmou Auguste, que seguia rechonchuda após a última gravidez e alegava engordar só de olhar para um pãozinho.

– Ai, credo. Não queria ser daquele jeito, não – comentou Gertie. – A mulher parece um pau de virar tripa. Sem falar naquela cabecinha de caroço.

As gargalhadas preencheram a cozinha e até Dörthe, com o rosto choroso e ainda sujo de carvão, voltou a sorrir.

– Quero só ver como vai ser domingo que vem – comentou a cozinheira, enquanto servia o café com leite de Humbert. – Da última vez, os dois não ficaram nem cinco minutos comigo na cozinha e já tiveram que ir embora. Para ver a nova impressora da fábrica. E depois foi a Sra. Melzer quem lanchou com os meninos.

Else, que normalmente evitava comentários negativos sobre os senhores, pontuou angustiada que não deixaram o pobre garoto sequer se aproximar do piano.

– Pois é – concordou Gertie. – Parece que na fábrica foi um aborrecimento só. Precisava ver quando eles voltaram. O senhor com uma tromba deste tamanho, e depois não quis nem saber das crianças a tarde inteira.

Humbert esperou pacientemente a Sra. Brunnenmayer montar seu sanduíche de presunto com picles e cortá-lo em fatias menores. A cozinheira fazia tudo com muito zelo, como se ele fosse um menininho. Contudo, já se sentia melhor; só piorava à noite. Todos o ouviam perambulando pelo corredor; às vezes descia correndo até a cozinha e se escondia embaixo da mesa. Era onde se sentia mais seguro, dissera certa vez. As granadas não eram páreo para a velha mesa. Tampouco os aviões, que disparavam suas metralhadoras do ar.

– Coitadinhos – disse ele, antes de começar a mastigar. – Por que o senhor é tão cego? O rapaz não gosta de máquinas. E se toca piano tão bem como vocês falam...

– Ele podia se apresentar em Berlim. Como prodígio – sugeriu Gertie, com convicção.

– Em Berlim? Melhor não – murmurou Humbert.

– Por que não? – questionou Gertie, curiosa.

Mas Humbert, ocupado com seu sanduíche de presunto, não respondeu. Já havia mencionado algumas coisas sobre a grande cidade de Berlim, sobre as lojas, as salas de cinema, os muitos lagos onde se podia tomar banho e remar. Sobre os trens urbanos, o edifício do Parlamento, a Coluna da Vitória... mas também sobre seu quarto nos fundos de uma pensão. Além disso, contara a respeito do cabaré na Kurfürstendamm. Era pequeno, comportava cerca de cinquenta pessoas, mas havia fila para comprar ingressos. Principalmente por causa dele – pelo menos era o que a Sra. Brunnenmayer acreditava.

Em algum momento, acontecera algo que Humbert não pôde suportar. O que exatamente, permanecia em segredo. Uma história de amor? Uma intriga entre colegas de trabalho? Um acidente? Ninguém sabia. Seus ataques que começaram na guerra haviam voltado e se tornaram cada vez mais frequentes, impossibilitando-o de se apresentar.

– Se Hanna não tivesse me convencido, não sei o que seria de mim.

Hanna devia ser a única a saber de algo. Ela vinha diariamente à Vila dos Tecidos, quase sempre escondida, para que a governanta não a flagrasse. Raramente aparecia na cozinha, em geral subia para o quarto de Humbert, onde passavam o tempo todo conversando.

– Só conversando? Ai, Gertie. Não me diga que você acredita nisso – debochara Auguste certa vez.

Ela tinha certeza de que algo mais acontecia ali. Afinal de contas, Hanna não nascera ontem e Humbert sempre gostara da jovem. Mas tanto Gertie quanto Else e Julius lhe garantiram que estava enganada. E a Sra. Brunnenmayer concordou.

– Bom, então vamos lá – disse a cozinheira, já se levantando. – Dörthe limpa a cozinha. Else e Gertie se encarregam do salão vermelho e da sala dos cavalheiros. Auguste, você ajuda com os legumes. Julius, você cuida da bandeja com o café da manhã da Sra. Von Dobern. E depois já pode colocar a mesa lá em cima.

Ela falou rápido, sem pontos ou vírgulas, mas todos sabiam o que devia ser feito – o que gerava entre eles uma agradável sensação de confiança. Enquanto a cozinha funcionasse sob a batuta da Sra. Brunnenmayer, as coisas não estavam perdidas na Vila dos Tecidos.

Com a bacia de legumes no colo, Auguste se sentou à mesa ao lado de Humbert, começou a descascar as cenouras e observou-o comendo seu sanduíche longa e pausadamente.

– Me diz uma coisa, Humbert. Você ganhava bem, não é? Digo, um artista como você poderia ficar rico.

Humbert franziu a testa, sinalizando surpresa com a pergunta.

– Toma. Você gosta de cenoura? Está fresquinha – ofereceu ela, estendendo o legume recém-descascado, que ele gratamente recusou, afirmando não ser um coelho.

– Até ganhei algum dinheiro. Às vezes mais, às vezes menos – respondeu ele, hesitante. – Por que quer saber?

Auguste manejava a faca com tanto afinco que parecia que não sobraria nada da cenoura.

– Só estava pensando... Gustav e eu estamos construindo uma estufa, né? E andamos meio apertados.

– Ah, sim – comentou ele, antes tomar mais um gole do café. – E pensou em me pedir algo emprestado?

– Exato – cochichou Auguste, com olhos esperançosos.

Humbert, entretanto, balançou a cabeça.

– Já gastei tudo há tempos. Quando dei por mim, não tinha sobrado nada.

30

Ela sempre tivera horror àquele edifício tosco na Alten Einlaß, número 1. Neoclássico. Pretensioso. Feio. Mas, bem, um tribunal só poderia mesmo ser horroroso. Sobretudo por dentro. Céus, mas que labirinto! Passagens intermináveis. Escadas. Corredores. Siga em frente, vire à direita, depois à esquerda e pergunte de novo perto da escada. Se Marie não estivesse com ela, certamente teria desistido e voltado à Vila dos Tecidos. Mas a cunhada agarrou ternamente seu braço e procurou encorajá-la.

– Só mais um pouquinho, Lisa. Estamos quase chegando. Vamos no seu tempo, ainda é cedo. Ande devagar.

Não entendeu metade do que ouviu, pois estava muito nervosa e, para completar, arfava mais que uma máquina a vapor. Finalmente encontraram o salão certo e o serventuário, compreensivo, deixou que entrassem antes da chegada do juiz.

– Podem se sentar aí dentro. Cuidado para o bebê não nascer no meio do corredor, agitada como a senhora está – observou o homem.

– Muito obrigada.

Marie estendeu algumas moedas ao simpático senhor de bigode, que agradeceu com uma expressiva reverência e lhes abriu a porta.

– É ali que sentam os requerentes, por favor. Lá na frente não, lá é o banco dos requeridos – indicou ele.

– Nossa, que horror! – cochichou Lisa, ao se sentar no banco duro como uma pedra.

A paredes eram revestidas por painéis tão escuros quanto as cadeiras de madeira. Os janelões eram guarnecidos por cortinas, tão altos e estreitos que intimidavam. O magistrado e seus assessores deviam se sentar na tribuna, acima de todos, provavelmente para terem uma visão geral.

– Não é nada aconchegante, tem razão – sussurrou Marie.

– E esse cheiro. Fico até enjoada.

– É cera, Lisa. E talvez o óleo que aplicam na madeira dos bancos.

Com certeza Marie estava certa. Para Lisa, no entanto, tudo cheirava a poeira de um sem-fim de documentos. Ou pior. Aquele ar estava carregado de ódio. E desespero. Vingança. Triunfo. Ira. Dor. As cortinas mofadas haviam testemunhado inúmeras tragédias que impregnavam o revestimento de madeira das paredes.

– Aguente firme, Lisa. Estou aqui – disse Marie.

Lisa sentiu o braço da cunhada sobre seus ombros. Meu Deus, sim. Ela desejara tanto aquilo e agora precisava aguentar. O que estava acontecendo com ela? Provavelmente era a gravidez que a deixara tão sensível. Ademais, o bebê em sua barriga não dava um segundo de paz. Mas só faltavam mais alguns dias. Se não estivesse equivocada...

Logo em seguida, o juiz apareceu. Um homem magérrimo, de testa alta e maxilar anguloso, que com sua toga preta parecia um cabideiro ambulante. Ele repreendeu o serventuário por ter deixado as senhoras entrarem e as cumprimentou com um antipático aceno de cabeça. Em seguida, colocou sobre a mesa uma pilha de pastas com visíveis sinais de uso. Dois cavalheiros, também vestidos de preto, chegaram logo depois e, por fim, Klaus.

Após cumprimentar e fazer uma breve reverência, ele se sentou no banco dos requeridos. Deus, que ridículo todo aquele teatro. Era como na escola, quando se sentavam em lugares marcados. Os melhores da classe, bem atrás. Os piores, logo na frente, perto do professor. Ela avaliou Klaus, que ali não podia esconder o rosto ferido e as cicatrizes na cabeça sob o chapéu. Embora o cabelo disfarçasse mais ou menos algumas marcas, seu aspecto era lamentável. Nem o próprio magistrado conseguiu desviar o olhar, que esboçava um misto de repulsa e compaixão. Klaus, que em geral parecia lidar bem com aquela atenção curiosa, tomou assento e aguardou tranquilamente.

Em seguida, para imensa surpresa de Lisa, chegou o advogado Grünling. Seu braço direito enfaixado pendia em uma tipoia, o pulso esquerdo protegido por um grosso curativo.

– Minhas caras senhoras, aceitem meus cumprimentos. O Sr. Melzer me pediu que conduzisse as coisas em seu nome. Sra. Melzer, que honra vê-la. Sra. Von Hagemann...

No começo, Lisa não entendeu nada. Paul havia contratado um advogado para ela? Por que não lhe contara nada? E para que ela precisava daquele tal de Grünling? Nunca o suportara.

– Não há nada que possamos fazer agora, Lisa. Talvez Paul tenha razão.

Deu-se início ao espetáculo. Discursos intermináveis que deveriam ser respondidos com "sim" ou "não". Perguntaram a Klaus sobre o incidente de adultério e ele, sem rodeios, informou ter um filho com uma jovem empregada.

– O senhor declara, portanto, haver cometido adultério?

Havia mais que apenas incredulidade na pergunta do juiz. Sugeria a convicção de que deslizes com funcionárias não configuravam adultério. Tratava-se apenas de um passo em falso que qualquer homem era passível de cometer sem maiores consequências.

– Exato, senhor juiz.

O magistrado o fitou e admitiu ter grande respeito por todos aqueles que sacrificaram a vida e a saúde nos campos de batalha.

Lisa teve que se levantar perante o juiz para o interrogatório. Já de pé, teve uma leve tontura. Sentiu também uma fisgada incomum nas costas.

– A senhora não acha um tanto inconveniente o momento deste divórcio, Sra. Von Hagemann? Digo, é evidente que está esperando um bebê. Do seu marido, suponho.

O advogado Grünling interveio. A pergunta não tinha qualquer relação com o adultério provado e confessado e, portanto, sua cliente se absteria de responder.

O juiz, que aparentemente conhecia Grünling, manteve a serenidade.

– É apenas um comentário – prosseguiu o juiz. – Infelizmente, cada vez mais mulheres estão entrando com pedido de divórcio. Sobretudo por não estarem dispostas a permanecer ao lado de seus maridos feridos na guerra. Como seria a obrigação de uma esposa fiel.

Lisa se calou. Poderia ter mencionado que abrira novas portas ao marido, dando-lhe um lugar e um ofício que lhe possibilitavam seguir em frente. Mas ela se sentia tão tonta e enjoada que foi incapaz de proferir uma só palavra.

O restante do processo transcorreu sem que Lisa prestasse muita atenção. Seu coração batia acelerado, como se ela estivesse correndo, embora permanecesse sentada naquele banco. As fisgadas nas costas também persistiam. Como já se acostumara àquela leve dor, preferiu se concentrar em manter a respiração regular, tentando se convencer a cada três minutos de que tudo acabaria logo.

– O que houve, Lisa? Está com dores? – perguntou Marie, em voz baixa.
– Não, não. Está tudo bem. Fico feliz por você estar aqui, Marie.

Prosseguiram com a leitura de tratados intermináveis. Klaus assentia pontualmente, ela fazia o mesmo. Pouco a pouco, sentiu-se indiferente a tudo, e caso tivessem lhe perguntado se queria se jogar no rio Lech, provavelmente teria dito que sim. O magistrado a olhou com desprezo, colocou seus óculos de aro dourado e folheou os autos que tinha diante de si. Por algum motivo, Klaus encarava Marie. Os dois cavalheiros vestidos de preto escreviam apressados. Em algum lugar do salão, ouvia-se o zumbido de uma resiliente mosca, que ali passara o inverno, apesar do fedor de cera. Lisa sentiu sua coluna tensa e a barriga endurecer; até a respiração lhe causava dor.

– ... passando o divórcio a vigorar na data de 15 de março de 1925. As custas judiciais fixadas... – declarou o juiz.

– Finalmente – sussurrou Marie, apertando sua mão. – Acabou, Lisa. Em meados de março, você estará livre.

Sua alegria foi comedida, pois ela se sentia péssima. Algo estava acontecendo em sua barriga, algo que nunca vivera e não sabia como controlar.

Marie a apoiou quando se levantou. Klaus veio em sua direção e lhe apertou a mão.

– Parabéns, Lisa! – disse ele, sorrindo. – Se livrou de mim. Não, minha cara, não o digo por mal. Eu sei o quanto você fez por mim. Acho que nunca terei uma companheira como você.

Enquanto acompanhava as duas até a saída, ele deu atenção especial a Marie. Perguntou-lhe como estava, comentou que havia escutado sobre seu ateliê e que ela vinha se saindo uma excelente mulher de negócios.

– Admiro muito a senhora – falou ele. – Tanto talento desperdiçado por anos e que agora está desabrochando de maneira deslumbrante.

Paul as esperava no corredor. Sem demonstrar grande alegria, cumprimentou-as com um aperto de mão e dirigiu-se a Grünling, que vinha logo atrás. Lisa só escutou por alto o que os dois conversavam. Abatida por um cansaço repentino, ela se sentou em um dos bancos.

– Esse nervosismo todo deixou você abalada – sugeriu Marie, enquanto lhe entregava um lenço para que enxugasse o rosto empapado de suor. – Ainda bem que Paul veio. Ele vai poder te levar logo à mansão. Você e o bebê precisam de uma cama confortável e muito sono.

– Não, Marie. Queria que você viesse comigo.

– Mas... mas, Lisa... Você sabe que...

Marie estava entre a cruz e a espada. De bom grado, ela se dispusera a acompanhar Lisa à audiência. Mas sua ideia inicial era pedir um carro para a cunhada e ir para o ateliê. Havia remarcado duas clientes para o horário da tarde e, antes disso, ainda tinha muitas pendências por resolver. Ademais, no momento não tinha intenção de colocar os pés na Vila dos Tecidos. Menos ainda sem avisar.

– Eu te imploro, Marie – suplicou Lisa. – Preciso de você agora. Você é a única pessoa em quem eu confio.

Paul interveio, dizendo que aquilo não era assunto para se discutir nos corredores do tribunal. Ele agarrou Lisa pelo braço e a conduziu até a escada.

– Não entendo esse drama todo, Lisa – cochichou seu irmão, enquanto desciam os degraus. – Mamãe está na mansão, a Sra. Von Dobern também.

Lisa não conseguiu responder, pois uma dor insuportável comprimiu sua barriga. Deus, o que estava acontecendo? Já eram as contrações? Sentiu-se dominada pelo pânico.

– A Sra. Von Dobern? Aquela mulher que está envenenando a mamãe com suas gotinhas? Não quero que sequer se aproxime de mim. Se entrar no meu quarto, vou gritar e jogar tudo o que eu alcançar em cima dela!

– Faça o favor de se controlar, Lisa! – sibilou Paul.

Marie os seguia de perto, ao lado de Klaus von Hagemann. O advogado Grünling ficara para trás, pois ainda precisava se livrar da toga.

– Muita calma – disse Klaus. – Às vezes, a mulher grávida fica um pouco... difícil. Não se pode contrariá-la de maneira alguma.

Lisa percebeu que Paul se virou para ver Marie, que caminhava com uma expressão de desaprovação.

– Acho que conseguimos resolver isso tudo sem sua presença – disse Paul para a esposa.

– Também acho – replicou Marie, com frieza.

– Então vou providenciar um carro para você.

– Não precisa. Vou a pé.

Naquele momento, Lisa sentiu uma contração e, em seguida, uma imensa pena de si mesma. Ninguém lhe tinha em consideração ao tomar uma decisão. Todos a ignoravam. Até mesmo Marie.

– Vocês poderiam pelo menos uma vez na vida fazer a minha vontade? – gritou ela. – Estou tendo um bebê, diabos! E preciso da Marie. E quero que ela esteja comigo. Vocês ouviram? Marie! Marie!

Os três estavam parados no saguão de entrada do edifício e sua voz ecoou pelo corredor inteiro. O porteiro lançou um olhar de censura de sua cabine e dois cavalheiros se detiveram com suas pastas embaixo dos braços. O advogado Grünling, que finalmente os alcançara, tropeçou no último degrau da escada, chocando-se contra o corrimão.

– Não se altere, Lisa – pediu Marie, em tom tranquilizador. – Eu vou.

Nos minutos que se seguiram, Lisa tratou de recobrar o fôlego. Logo notou que alguém – Paul, talvez? – a ajudou a descer os degraus da escada externa e, em seguida, a embarcar em um carro. Klaus despediu-se dela com um aceno na calçada e desejou-lhe felicidades. Marie se sentou ao seu lado, colocou a mão sobre sua barriga e sorriu.

– Estou sentindo. São as contrações. Já está vindo, não é? Vou ter o bebê no carro, Marie? – indagou Lisa.

– Não, não. Ainda falta muito.

– Mas está doendo... doendo demais.

– Querida, isso vai passar. E, em retribuição, você receberá o mais maravilhoso presente que pode existir.

Como não poderia deixar de ser, Marie encontrara as palavras certas. Lisa daria à luz um bebê. Por que se queixava tanto? Não era ela quem vinha há anos brigando com Deus e o mundo por não conseguir engravidar?

– Ai, Marie. Tem razão.

De uma hora para a outra, começou a ver o mundo em cor-de-rosa. Aquele no volante não era Humbert? Que bom que o pobre rapaz melhorara e encontrara trabalho na Vila dos Tecidos! E na mansão encontraria também Gertie, aquela moça tão linda e espirituosa. Ela chamaria a parteira sem demora. E, claro, mamãe estaria ao seu lado. Não deixaria de ligar para Kitty. Sim! Afinal de contas, sua irmãzinha deveria estar perto, assim como ela fizera quando Henni veio ao mundo. Ela se sentia bem. Não eram mais que breves contrações. Coisa passageira. Precisava apenas deitar-se na cama e aguardar. Em uma hora o neném chegaria. No máximo uma hora e meia. Ou talvez até mais rápido. E se pôs a pensar no berço de madeira que Alicia mandara buscar no sótão e que os esperava em seu quarto, com travesseiros recém-comprados e um dossel branco de renda.

– Gostou da cerimônia? – perguntou alguém, com ironia.

Paul vinha sentado ao lado de Humbert, no banco do carona, e se virou parcialmente para falar com Marie.

– Não! – replicou Marie, curta e grossa.

Ela parecia ausente. Era evidente que preferia que a deixassem em paz. Mas Paul não se intimidou. Usava o chapéu afundado na cabeça e trazia um brilho agressivo no olhar.

– Não? Muito me admira. Estava certo do seu interesse em um "divórcio feliz".

Lisa notou a tensão na mão de Marie.

– Engano seu.

Humbert precisou parar o carro, pois um professor atravessou a rua com um grupo de alunos. Eram do ginásio São Estevão e andavam obedientemente em duplas, segurando as boinas do uniforme para que o vento não as levasse.

– E o que você tem em mente? – perguntou Paul, colérico, quando o carro avançou. – A situação atual é insustentável!

– Eu espero que você me aceite como eu sou!

Marie era mesmo capaz de falar com bastante veemência, algo que Lisa nunca teria imaginado. Pelo jeito, tampouco Paul, que se calou por um momento, como se precisasse de tempo para pensar.

– Não entendo o que você quer dizer com isso. Já te desrespeitei alguma vez? Já te tratei mal? Que raios você quer de mim?

Lisa sentia uma corda apertando sua barriga com tanta força que lhe faltava ar. E soltou um discreto gemido. Aquilo já ia longe demais. Que dor atroz!

– Quero que você me reconheça como filha dos meus pais. Jakob Burkard foi meu pai. E Louise Hofgartner, minha mãe. E os dois valem tanto quanto Johann e Alicia Melzer.

– Por acaso já duvidei disso? – questionou ele.

– Sim, duvidou. Você ofendeu a obra da minha mãe e queria esconder os quadros dela no porão.

– Mas isso é uma besteira! – esbravejou Paul, e socou enfurecido o estofado do assento.

– Se acha mesmo uma besteira, então nossa conversa acaba aqui!

– Ótimo! – exclamou ele. – Arque então com as consequências.

– Pois bem! – gritou ela, furiosa. – Estou ansiosa por sua demonstração de poder.

Lisa gemia sem ser notada. Os solavancos do carro sobre os paralelepípedos iam matá-la. E ainda tinham que parar o tempo inteiro. Pedestres. O bonde. Uma carroça carregada de caixas. Para completar, um táxi fechou o caminho deles.

– Vocês podem parar de brigar, de uma vez por todas? – lamentou ela. – Não quero que meu bebê nasça neste ambiente. Façam o favor de respeitar pelo menos isso!

Paul a encarou, impotente, e endireitou a postura.

– Vamos, Humbert! Anda. Ultrapassa esse burro lerdo! – ordenou ele.

Humbert pisou no acelerador e, após uma perigosa manobra, o carro passou rente a uma carroça. Pombos assustados levantaram voo. Atravessaram o Portão de Jakob a pelo menos sessenta por hora. Enquanto o veículo chacoalhava, Lisa cravava os dedos no sobretudo de Marie. As construções e o gramado da Haag-Straße passaram ao seu lado como vultos, e ela escutou a voz reconfortante da cunhada.

– Não se preocupe. É só uma pequena discussão. O bebê está mais preocupado consigo mesmo. Ele quer vir ao mundo, e isso é um trabalho e tanto. Já, já chegamos. Lisa? Lisa, está me ouvindo?

De fato, ela tivera uma breve ausência. Estava em algum lugar entre o céu e a terra, flutuando sobre uma névoa cinzenta, e agora voltava àquele mundo extenuante e hostil.

Humbert fez uma curva fechada para entrar no parque e passou como um raio pelo desolado caminho invernal, respingando a água marrom das poças por todos os lados. Até que, finalmente, chegaram ao pátio.

– Julius! Gertie! Else! – chamou.

Paul subiu nervoso os degraus da entrada da mansão e deu instruções confusas, alarmando os funcionários. A Sra. Von Dobern, petrificada, fitava o automóvel, do qual desembarcava Marie.

– Humbert! – chamou Marie. – Precisamos de uma das poltronas de vime do átrio. E peça para Julius vir aqui para ajudar a carregá-la.

Lisa tinha certeza de que não sobreviveria àquele parto. Ser humano nenhum poderia suportar aquelas dores. Desesperada, agarrou-se ao encosto do assento da frente e, após alguns instantes, entendeu que teria que saltar para se sentar na poltrona.

– Eu não… não consigo. As escadas.

– Nós sabemos, Lisa. Vamos carregá-la escada acima até sua cama.

Como de costume, Marie mantinha a serenidade. Julius agarrou o braço direito da poltrona, Paul veio pelo outro lado. A cozinheira, que surgira de algum lugar, também ajudou. Da mesma forma, Humbert fazia o melhor que podia.

– O Colosso de Rodes deve ser mais leve – resmungou Paul.

– Tomara que a poltrona aguente! – disse Else, observando tudo com ar amedrontado.

– Se ela cair na escada, é o fim! – exclamou Serafina. – Por que vocês não a deixam lá embaixo?

– Na cozinha é quentinho, ela pode ter o bebê lá – interveio Dörthe.

– Ou na sala de jantar.

Marie conduzia o traslado, ignorando a falação ao redor.

– Subam por aqui. Devagar. Abram a porta, Else… Cadê Gertie?

– Foi colocar uns lençóis velhos na cama. Para depois não ficar tudo…

– Já entendi. Peça para a mamãe chamar a parteira.

O assento de vime rangia de maneira alarmante, o rosto de Julius se contorcia pelo esforço, enquanto Paul gemia em voz baixa. A Sra. Brunnenmayer, que apoiava a poltrona por trás, não dizia uma só palavra, apenas arfava.

Já na soleira da porta do quarto, o braço esquerdo se soltou e a poltrona virou de lado. Por sorte, conseguiram colocá-la no chão a tempo.

– Mamãe e neném, hora do desembarque. Já para a cama.

Mais para lá do que para cá, Lisa deu os poucos passos até a cama e mergulhou nos lençóis frios e macios, sentindo o travesseiro de plumas sob a cabeça, enquanto alguém lhe retirava os sapatos e erguia suas pernas, para que pudesse esticá-las. Em seguida, mais uma contração a dominou e, repentinamente, perdeu qualquer consideração por cama, lençóis e travesseiro. A única coisa que importava era a dor infernal que começava nas costas, envolvia sua barriga e a apertava com força.

– Marie… Marie, você está aí? – chamou ela.

Sentiu uma mão pequena e firme massageando sua barriga.

– Estou aqui, Lisa. Ficarei o tempo todo com você. Relaxe, está indo bem.

– Então acho que estou sobrando aqui – comentou Paul.

– Está mesmo – concordou Marie.
– Eu pedi para não brigarem – lembrou Lisa.

Uma hora se passou. Duas. Quanto tempo mais? Já não lhe restavam forças. A parteira, que naquele ínterim já havia chegado, a manuseava de vez em quando, enfiava o dedo entre suas pernas, apertava seu abdome e a auscultava com um tubo longo.

– Está vindo... está vindo – anunciou a mulher.
– Não aguento mais! – exclamou Lisa.
– Vamos, coragem! – incentivou a parteira.

Marie refrescava sua testa com panos molhados e procurava confortá-la, segurando sua mão. Gertie trouxe sanduíches, café e uma sobremesa. Nem Marie nem Lisa tocaram na comida, mas a parteira engoliu alguns sanduíches, tomou café e pediu um caneco de cerveja.

– Talvez isso aqui vá madrugada adentro – sugeriu.

Kitty apareceu no quarto, frenética e tagarela como sempre. Acariciou a face da irmã, beijou sua testa e contou sobre o parto de Henni e o quanto a neném era terna quando dormiu na sua caminha.

Três horas, quatro horas, cinco horas. A noite deu lugar à madrugada. Às vezes as cólicas lhe davam alguns instantes de trégua e ela jazia de barriga para cima, suas pálpebras pesavam e ela caía no sono. Em seguida, a maldita parteira cutucava sua barriga e as dores voltavam, piores do que nunca e tão insuportáveis que Lisa preferiria morrer a seguir com aquele martírio.

Já era de manhã e uma luz tênue penetrava pelas cortinas, quando a criança decidiu fazer uma última tentativa desesperada.

– Força! Vamos lá! Com tudo agora! Mais, mais. A senhora não é fraca. Agora! Empurra. A criança quer ver o mundo. Não desista!

Lisa não sentia o que acontecia. Seu corpo trabalhava alheio aos seus comandos. A dor cedeu e cessou. Ouviu cochichos, mas estava esgotada demais para compreender.

– O que houve com ele?
– A cânula... Segura pelos pés. O bebê engoliu muito líquido amniótico.

A parteira segurava uma coisinha azulada e besuntada de sangue. Ela balançava, dava-lhe tapinhas, até que a colocou em sua barriga, aspirou pela cânula e voltou a levantá-la, pendurada pelos minúsculos pezinhos.

– Meu Pai eterno – sussurrou alguém ao lado da cama.

– Maria, mãe de Deus! Olhai por nós!

Era Else. Lisa fitou a estranha criatura suspensa no ar, que obviamente saíra de dentro dela. O bebê chorou baixinho, como um pranto de lamento. Os bracinhos balançavam. A ponta do cordão umbilical ainda pendia em sua barriga, como uma minhoca gorda e vermelha.

– Agora sim! Que rapazinho forte. Estava com preguiça de sair, menino? Varamos a madrugada aqui por sua causa – disse a parteira.

Em seguida, a mulher voltou a manusear Lisa, mas ela pouco se importou. Deixou que tudo acontecesse, sem nem sequer perceber que a haviam lavado, trocado seus lençóis e sua camisola.

– Ai, Lisa, minha pequena Lisa!

Era a voz de sua mãe. Ela estava sentada na borda da cama e abraçou a filha.

– Que rapazinho lindo! Estou tão orgulhosa de você, Lisa. Sabe o que andei pensando? Poderíamos batizá-lo de Johann. O que acha?

– Sim, mamãe.

Que estranho. Nunca sofrera tanto. Mas, naquele momento, sentiu a maior felicidade de sua vida.

31

Devido ao feliz acontecimento, Julius havia se esmerado ao servir a mesa do desjejum dominical. Sobre a toalha branca bordada, colocou um delicado *voile* com aplicações de renda de bilro. Três exuberantes amarílis vermelhos, rodeados por ramos de pinheiro, adornavam o centro da mesa. Para combinar, o criado escolheu louças de padrão floral e os guardanapos de tecido que Alicia levara como dote para a Vila dos Tecidos. Eram bordados com seu monograma: um "A" entrelaçado nas letras "V" e "M". Alicia von Maydorn.

– Que amável, Julius – comentou Paul. – Espere para servir o café quando as senhoras chegarem.

– Perfeitamente, Sr. Melzer.

Julius devolveu o bule ao *réchaud* e fez uma breve reverência. O bom rapaz era um tanto antiquado. Rígido demais e com uma expressão quase sempre impassível, como se nada o abalasse. Bom, afinal ele fora treinado em uma casa aristocrática.

Paul sentou-se em seu lugar e olhou para o relógio. Já eram 8h10. Por que será que a mãe vinha descendo tão tarde para o café nos últimos tempos? Alicia, que sempre se queixava da falta de pontualidade da família, deixara de seguir os horários das refeições. Ele se recostou e tamborilou os dedos na toalha.

O que está acontecendo comigo?, pensou ele. *Por que acordar com esse mau humor? Afinal de contas, hoje é domingo e a missa só começa às onze. Há tempo suficiente para tomar o café com tranquilidade.*

Contudo, seu desconforto persistiu e ele logo entendeu que estava agoniado com o que se passaria à tarde. Por volta das duas, Kitty levaria as crianças à mansão e Paul precisava decidir o que faria com elas. Passara metade da noite refletindo, elaborando diversos planos, que logo descartou. A decepção do último encontro ainda pesava em sua cabeça, principalmente porque havia se esforçado muito para encontrar algo que os dois gostassem. Contudo, diante da impressora da estamparia, Leo ficara paralisado, franzindo os olhos e tapando os ouvidos. Já Dodo, curiosa como era, chegou perto demais do rolo de impressão e sujou a mão de tinta preta. Paul teve que arrancá-la à força da máquina, antes que a menina perdesse os dedos. Mais tarde, quando estavam no carro, ele tentara explicar que, em alguns anos, todas as máquinas funcionariam com eletricidade e as caldeiras a vapor se tornariam obsoletas na indústria. Mas os futuros herdeiros pouco se interessaram por aquilo, ainda que já tivessem idade suficiente para entender. Ele próprio quando criança teria adorado que o pai o apresentasse aos processos da fábrica.

– Por que não faz algo divertido com eles? – perguntara Kitty ao buscá-los. – Leve-os ao circo. Ou ao cinema. Ou ensine os dois a pescar. Não era você que gostava tanto de correr na grama com seus amigos e fisgar peixes no rio?

Paul pedira que a irmã guardasse essas sugestões para si mesma. Circo! Cinema! Por acaso ele era palhaço? Não era sua intenção conquistar o afeto dos filhos daquela maneira barata. Ele era responsável pelo desenvolvimento dos dois, tinha a obrigação de educá-los e prepará-los para o futuro. Além do mais, há muito tempo já não existiam peixes no canal de Proviantbach.

Ah, finalmente! Alicia adentrou o cômodo, escoltada pela incansável Serafina. Cumprimentaram-no com animação, elogiaram Julius pela bela mesa posta e ocuparam seus assentos.

– Fomos dar uma olhadinha rápida em Lisa e no menino – relatou Alicia, desdobrando o guardanapo. – Meu Deus! Veja só, Serafina. Eu que fiz essas rendas uns quarenta anos atrás. Naquela época, eu mal sabia que me tornaria a Sra. Melzer e que o destino me traria a Augsburgo.

– Ai, que lindo! – disse Serafina, analisando as rendas. – É difícil encontrar hoje em dia trabalho assim, tão bem-feito.

Enquanto Julius servia o café, passaram a cesta com os pãezinhos que a cozinheira assara na primeira hora do dia. Com brilho nos olhos, Alicia contou sobre o pequeno Johann: um bebê rechonchudo, rosado e comportado em seu berço, com mãozinhas que pareciam de boxeador.

– Nasceu com mais de quatro quilos, vejam só. Você pesava uns três, Paul.

– É mesmo? Poxa, não me recordo, mamãe.

Ninguém riu de sua brincadeira. Serafina passou manteiga no pão e Alicia explicou que Lisa pesava três quilos e meio ao nascer e Kitty, por sua vez, também três. Ele assentia e achou curioso que as mulheres classificassem seus bebês por quilos e gramas. Assim sendo, não lhe agradou em nada saber que Lisa viera com meio quilo a mais que ele.

– Que alívio tudo ter corrido tão bem – disse Alicia, suspirando. – Preferi não comentar com ninguém, mas passei noites em claro de tanta preocupação! Lisa vai fazer 32 anos. Para ter o primeiro filho, já é um tanto velha.

Serafina a contradisse. Não dependia da idade, mas sim da constituição física. Lisa sempre fora forte e, certamente, tivera uma "juventude protegida". Com isso, estava se referindo às mulheres dos bairros operários, que muitas vezes aos 13 anos já tinham experiência com homens.

– É uma pena ter que comemorar o batizado sem o pai do bebê – comentou ela, lançando um olhar mordaz ao outro lado da mesa.

Paul percebeu que a mãe o encarava em busca de apoio, mas não estava disposto a abordar aquele delicado tópico na presença da governanta. No dia anterior, Kitty lhe contara que Lisa havia se aberto com Marie. Justo com ela! Não havia outra solução, precisava ter uma conversa séria com a esposa. Lisa, teimosa como sempre, se mantinha em silêncio quando o assunto era o pai do menino.

– Bem, de qualquer forma, na qualidade de mulher divorciada, o melhor é Lisa se retirar da vida pública – proferiu Serafina. – Sobretudo porque a família Melzer tem certa importância aqui em Augsburgo e essa situação seria mesmo um motivo de vergonha.

– A senhora pode me passar um pãozinho? – interrompeu Paul.

– Perdão?

– A senhora faria a gentileza de me passar um pãozinho, Sra. Von Dobern?

– Ah, claro! Com prazer, meu caro Paul.

A conversa fiada daquela mulher o tirava do sério! E ela não percebera que ele a havia chamado pelo sobrenome? No mínimo, deveria retribuir a forma de tratamento. Mas ela insistia em chamá-lo de "caro Paul".

– Estou ansiosa para ver o que Dodo e Leo dirão sobre o priminho que chegou ao mundo – comentou Alicia. – Kitty vai trazê-los depois do almoço, não é?

– Claro.

Paul pigarreou energicamente, pois uma migalha ficara presa em sua garganta, e ele estendeu a xícara para Julius, que a completou com café. Que perturbação. Ainda não tinha a menor ideia do que poderiam fazer. E se fossem mesmo a uma sessão de cinema? Os tais comediantes americanos pareciam bem engraçados. Buster Keaton. Charlie Chaplin. Mas não seria um desperdício de tempo ficarem sentados calados diante de uma tela?

Interrompeu seus pensamentos quando Julius correu até a porta. Era Lisa, descendo para o café da manhã. Continuava rechonchuda, mas seu rosto estava rosado e sorridente de satisfação. Ela acenou para todos e se sentou. Julius, que não havia posto a mesa no lugar da mãe de primeira viagem, apressou-se em lhe trazer uma xícara, pratos, guardanapo e talheres.

– Mil desculpas, Sra. Von Hagemann. Não sabia que a senhora viria para o desjejum.

– Tudo bem, Julius. Pode ficar tranquilo. Obrigada, nada de café para mim. Tem chá?

Alicia acariciou sua mão e perguntou se o pequeno seguia dormindo. Se havia mamado. Se ela concordaria em contratar Rosa Knickbein, que era uma excelente babá.

– Uma babá, sim! Mas de ama não vou precisar. Estou explodindo de tanto leite – contou ela.

Serafina ficou estarrecida. Paul também considerava o assunto um tanto inadequado para a hora do café. Por outro lado, estava feliz pela realização materna de Lisa. Com marido ou não, era a primeira vez que ela parecia realmente satisfeita consigo mesma. Ali, sentada majestosamente à mesa e com ar pleno e descontraído, aceitou o pão com manteiga que a mãe lhe ofereceu, enquanto misturava açúcar no chá.

– Se entendi bem, Dodo e Leo vêm nos visitar depois do almoço. É isso? Já pensou no que vai fazer com eles, Paul?

Por que diabos a família inteira resolvera abordar aquele assunto tão incômodo?

– Ainda não decidi – respondeu ele entre os dentes.

– Dodo com certeza vai querer ver aviões. E Leo só pensa em tocar piano – comentou Lisa, com um sorriso um tanto maldoso.

– As crianças têm que aprender desde cedo a respeitar as vontades dos pais – declarou Serafina. – Nem sempre é bom, mas é necessário. Não queremos criar revolucionários, não é mesmo? Pontualidade, empenho e, principalmente, estar ciente das obrigações. Essa é a base de uma vida exitosa.

– Tem razão, minha querida – sentenciou Alicia, antes que Lisa pudesse intervir. – Também concordo em seguir à risca as virtudes prussianas na educação das crianças.

Lisa abriu seu ovo cozido com desenvoltura e Paul se manteve calado. A princípio, ninguém se opunha ao que a governanta dizia. Ainda que...

– Se não tiver problema, Paul, posso sair para passear com as crianças – falou Serafina.

– Que ótimo – elogiou Alicia. – E, depois, tomamos café todos juntos e jogamos um pouco de ludo.

– Nossa, os dois vão adorar! – comentou Lisa, irônica.

– Minha cara Lisa... – disse Serafina, com um sorriso afável. – Em se tratando de criação de crianças, acredito que ainda tenha umas coisinhas a aprender.

Enquanto mastigava o pão com manteiga, Lisa olhou para a ex-amiga em silêncio. Por alguns instantes, não se ouviu uma palavra, apenas um discreto gemido vindo do segundo andar, que logo se converteu em choro. Lisa tentou se levantar, mas a governanta segurou seu braço com um gesto terno, porém firme.

– Não, não. As coisas não funcionam assim. Você precisa acostumar seu filho a ter horários, Lisa. Do contrário, ele vai se transformar em um pequeno tirano.

– Mas ele está com fome!

A Sra. Von Dobern dobrou cuidadosamente o guardanapo, deixando-o ao lado do prato.

– Ele não vai morrer se ficar uma horinha chorando, Lisa. É até bom para os pulmões.

O que se sucedeu não foi surpresa para Paul, que conhecia bem a irmã. Lisa era do tipo que acumulava raiva e explodia quando menos se esperava. A louça tremeu e o lindo bule quase tombou do *réchaud* quando Elisabeth socou o tampo da mesa com as mãos.

– Já basta! – vociferou ela, antes de lançar um olhar furioso aos presentes.

– Lisa... – sussurrou Alicia, assustada. – Por favor!

Mas Lisa a ignorou completamente.

– Você pode fazer o que bem entender com Paul e a mamãe, Serafina. Mas não venha querer me ensinar como cuidar do meu filho!

Serafina arfava tanto que parecia acometida por um infarto.

– Lisa, não se descontrole. Alicia, minha querida, fique tranquila. A mulher no pós-parto pode tender à histeria – falou a governanta.

Foi a palavra errada no momento errado, que só serviu para atiçar ainda mais a ira de Lisa.

– Pare de se esconder atrás da mamãe, sua víbora! – exclamou ela em tom estridente. – Marie está coberta de razão. Você só fica fazendo intriga. Desde que se mudou para esta casa, só causou desgraça e discórdia!

Naquele momento, Lisa chegava a parecer uma deusa vingadora grega – e bem robusta.

Serafina fitou Alicia em busca de apoio, em seguida Paul. Ele se sentiu obrigado a tranquilizar a irmã, mas lhe faltaram palavras.

– E quero te dizer uma coisa, mamãe – prosseguiu Lisa, bufando e apontando para Serafina, colérica. – Não me obrigue a fazer minhas refeições na presença dessa governanta. Do contrário, pego meu filho e vou morar com Kitty na Frauentorstraße!

Paul percebeu a mãe encarando-a, petrificada. A geleia de morango escorreu do pão que segurava e caiu no prato.

– Por favor, Lisa. Não sejamos tão dramáticos!

– Estou avisando, Paul! – bradou a irmã, dirigindo-lhe a palavra. – Faço minhas malas hoje mesmo!

– Não! – disse Alicia, em uma decisão repentina. – Você não fará isso, Lisa. Não permitirei. Serafina, sinto muito.

O impensável então aconteceu. Sob o olhar imperativo de Alicia, a governanta lentamente se levantou da cadeira e lançou um último olhar interrogativo a Paul, que deu de ombros para sinalizar que não pretendia intervir. Julius permanecia impassível junto à porta, mas seus olhos arregalados pareciam quase saltar das órbitas. Ao abrir a porta para permitir que Serafina saísse, o fez com rara agilidade.

– Pois bem... – disse Lisa, bebendo o resto do chá. – Agora me sinto muito melhor!

– Precisava desse escândalo? – indagou Paul, aborrecido. – Entendo seus sentimentos, mas podíamos ter tratado desse assunto com mais discrição.

Lisa o fitou com um ar enigmático. Um misto de teimosia e sensação de vitória. Sem responder, virou-se para Alicia.

– Mamãe, por que você não me ajuda a trocar a fralda do neném? Gertie está na cozinha.

– Estou morta de dor de cabeça de novo, Lisa. Peça para Else te ajudar.

Lisa, que já se pusera de pé, irradiava energia.

– Else? Ai, meu Deus! Aquela ali desmaia só de abrir a fralda e ver o pintinho. Ai, vamos, mamãe. Seu neto precisa de você. Deixa a dor de cabeça para depois.

Alicia esboçou um sorriso e afirmou que há tempos não trocava fraldas. Além do mais, era a babá quem o fazia na maioria das vezes. Mas acabou pedindo licença para se retirar e seguiu Lisa. Quando Julius abriu a porta, escutaram o vigoroso pranto do pequeno Johann.

Que papelão! Um verdadeiro terremoto! Paul, que permanecera na sala de jantar, se sentiu repentinamente abatido. Ele se levantou e foi até a janela, afastou as cortinas e contemplou o parque invernal. Fora ali que ficara parado em pé anos antes, quando Marie começara a sentir as contrações e seu pai lhe oferecera uísque para acalmá-lo. Quanto tempo já se passara desde então? Nove anos. Mas papai havia morrido. Marie tampouco se encontrava ali. E ele via os filhos apenas esporadicamente. Como haviam chegado a tal ponto? Ele amava Marie mais que tudo no mundo. Amava também os filhos. Inferno! Embora nenhum dos dois fosse da maneira que esperava, não deixavam de ser sangue do seu sangue.

Alguma coisa precisava acontecer. Tinha de derrubar aquele muro. Bloco por bloco. Custasse o que custasse. Ele não desistiria até tê-la de volta. Pois, sem ela, não havia razão para viver.

Após o almoço, que transcorreu sem a presença de Serafina, Paul se pôs a esperar na janela do escritório. Corvos pousavam nos galhos desnudos. O chão estava duro e congelado, e minúsculos flocos de neve bailavam no ar. Quando viu o carro de Kitty entrar no parque um tanto bruscamente e aproximar-se da mansão, percebeu que ainda não havia planejado nada. Só tinha certeza de que queria passar a tarde com os filhos, estar perto deles.

Observou Kitty dar duas voltas no canteiro central do pátio, certamente para divertir os gêmeos. Quando finalmente parou o carro, Dodo foi a primeira a desembarcar, seguida por Leo. Estavam apáticos, quase que de má vontade. Leo trazia na mão o gorro de pele; Dodo tentou deslizar sobre os paralelepípedos cobertos de gelo, mas logo parou.

Um tobogã, pensou. *Como fazíamos quando crianças na descida do campo. Um atrás do outro, deslizávamos de trenó no chão, até deixar o caminho* liso como gelo. E depois, quando a diversão estava boa mesmo, o fazendeiro nos expulsava...

Desceu a escada até o átrio, onde Gertie estava recolhendo os sobretudos das crianças e pedindo que tirassem as botas. Dodo riu, pois havia deixado a meia esquerda cair, e Leo lançou seu gorro de maneira certeira sobre o gancho do cabideiro. Quando avistaram Paul, ambos ficaram sérios.

– Ei, vocês dois! Tudo bem?

Dodo largou a meia e se inclinou respeitosamente. Leo esboçou uma reverência.

– Sim, papai – respondeu a menina.

– Boa tarde, papai – cumprimentou o menino.

Quanta formalidade. Alguma vez ele já exigira tal coisa dos dois? Aquilo o magoava. Não queria que os próprios filhos o cumprimentassem como se fosse o diretor da escola.

– Claro que estão todos bem, maninho. Os pestinhas têm casa, comida e roupa lavada. Ah, vem cá! Deixa eu te dar um abraço. E essa tromba? Está preocupado com algo?

– Ai, Kitty – falou Paul.

Ela riu e segurou as crianças pelas mãos.

– Tratem de ficar bem quietinhos. Como dois ratinhos, está bem? Senão o bebê acorda. Gertie? Como está tudo lá em cima? Os dois queriam ver o priminho novo.

– Acho que ele está mamando agora.

– Ai, Senhor – disse Kitty. – Bom, mas qual o problema? A vida é assim, crianças. Os bebês mamam no peito da mãe.

Paul mais uma vez percebeu que estava apenas reagindo aos acontecimentos. Ele seguiu Kitty, que subiu com os gêmeos, até chegar ao segundo andar e desaparecer no quarto de Lisa. Confuso, deteve-se no corredor por não se sentir autorizado a entrar também.

– Diga aos pequenos que estou esperando no meu escritório, Else.

Os três tardaram mais do que Paul imaginara, então ele resolveu passar o tempo folheando um catálogo de máquinas de fiação por anéis, sem conseguir se concentrar. Até que finalmente escutou a voz de Kitty no corredor.

– Comportem-se, vocês dois. Até de noite – despediu-se ela.

– Quando você volta, tia Kitty? – perguntou Leo.

– Não demora muito, tá? – pediu Dodo.

– Por volta das seis, acho.

Ele escutou um suspiro a duas vozes e, logo depois, batidas na porta do escritório.

– Já vai! – exclamou ele. – E podem se vestir, porque nós vamos ao parque.

Cochichos atrás da porta. Quando saiu, cada um foi para um lado, com expressão de falsa inocência.

– A Sra. Von Dobern vai também? – indagou Dodo.

– Não.

Ambos pareceram aliviados. Ele quase sorriu ao ver os saltitantes gêmeos correndo em direção ao átrio, onde calçaram as botas e vestiram o sobretudo. Gertie ajudou a enrolá-los em um cachecol de lã e entregou o agasalho e o chapéu a Paul.

– A gente vai dar um passeio, então? – perguntou Leo, desconfiado.

– Vamos ver. Por que você não põe o gorro? Está frio.

Leo, que girava na mão a referida peça de pele, franziu o nariz, mas terminou por ceder.

– O que houve? – inquiriu Paul.

– Nada, papai.

Paul ficou inquieto. Por que ele mentia? Tinha tão pouca confiança assim no pai?

– Leo, eu fiz uma pergunta! – insistiu.

Ele se deteve ao ouvir a fúria na própria voz. Dodo interveio para socorrer o irmão.

– Ele odeia esse gorro, papai. Porque pinica. E porque os meninos da escola riem dele.

Arrá! Pelo menos era uma explicação. E já lhe servia de algo.

– É verdade, Leo?

– Sim, papai.

Ele hesitou. De fato, Marie poderia entender errado. Afinal, fora ela quem presenteara o filho com aquele gorro no Natal. Por outro lado...

– E que gorro você gostaria de usar?

O filho o fitava, incrédulo. Seu olhar chegava a transparecer certa desconfiança, o que causou uma pontada de dor em Paul. Era nítido: Leo não tinha confiança no pai.

– Um igual ao de todo mundo – respondeu o garoto.

Em um ano, Leo entraria para o ginásio de moços e a questão do gorro seria irrelevante. Mas, até lá...

– Então vamos primeiro à cidade e você pode me mostrar o gorro que você quer.

– E... e você vai comprar para mim? – perguntou Leo.

– Se eu puder pagar!

Paul sorriu, colocou o chapéu e saiu na frente para tirar o carro da garagem. No banco traseiro, a tagarelice continuou. Os filhos não se largavam mesmo, eram como unha e carne.

– Mas o papai é rico! – comentou Dodo.

– Tudo bem – respondeu Leo. – Mas nunca vi ele comprar gorro nenhum. Além do mais, hoje é domingo e as lojas estão fechadas.

– Vamos ver – disse a menina.

De pronto, Paul percebeu que seria muito mais fácil conquistar o coração da filha. Dodo era uma garotinha acessível, lhe dava abertura. E parecia confiar nele.

– Papai? – chamou ela.

Ele conduziu o carro lenta e cuidadosamente pela alameda que dava acesso ao portão, já se perguntando onde estacionaria na cidade.

– Sim, Dodo?

– Posso dirigir?

A menina estava testando os limites dele. Paul imaginou a voz repressora da Sra. Dobern e se aborreceu no ato.

– Infelizmente não, Dodo. Crianças não podem dirigir.

– Mas eu só quero mexer no volante, papai.

Hum. E por que não? Aquele era seu parque, sua alameda. Ninguém poderia acusá-lo de nada dentro de sua propriedade. Paul parou o carro.

– Vem para a frente. Cuidado, não vá sujar o assento com essas botas. Isso... Senta no meu colo.

A filha ficou em polvorosa. Ela agarrou o volante com toda a força, levando tudo muito a sério, com os olhos focados, os lábios tensos e um ar de determinação.

Paul conduzia o mais devagar possível, ajudava-a quando lhe faltava força e elogiava a menina. Finalmente, informou que já era o suficiente.

– Que pena! Quando eu crescer, só vou andar de carro. Ou voar de avião a motor. Pode ser um a vela também.

Paul esperou que ela se sentasse no banco traseiro e olhou para trás, encarando o filho em sinal de indagação. Leo, contudo, se calou. Pelo visto, não tinha a menor vontade de manejar o volante.

Havia pouco movimento nas ruas comerciais da cidade àquela hora de domingo, até porque o frio obrigava a maioria dos cidadãos de Augsburgo a ficar dentro de suas aquecidas residências. Poucos transeuntes flanavam olhando as vitrines: algumas senhoras envoltas em peles, cavalheiros de bengala e chapéu. Paul parou em frente à galeria central e os três contemplaram os gorros infantis expostos, nenhum deles do agrado de Leo.

– Como é o que você quer? – questionou o pai.

– Um igual ao do Walter. Marrom, com protetores de orelha que podem ficar presos em cima. E com uma aba na frente, como uma viseira.

– Entendi.

Encontrou uma loja de moda esportiva, onde, de fato, viram exposto o cobiçado gorro. Faltavam apenas os protetores de orelha, mas não era tão grave.

– Um assim, é? – indicou Paul.

– Isso. Esse mesmo, papai!

Paul foi recompensado com o brilho daqueles olhos cinza-azulados. Em seguida, se detiveram brevemente em frente à Casa dos Chapéus, onde Dodo contemplou demoradamente os elegantes modelos femininos. Mas, quando Paul descobriu a confeitaria Zeiler no outro lado da rua e atravessou, a menina foi atraída por uma pequena livraria, ficando petrificada sob a placa que dizia: "Impressão de artes e livros. Jornais, revistas, literatura".

– Olha aquele livro, papai! – exclamou Dodo, encantada.

Ela apontou para uma obra encadernada em tecido marrom e com letras douradas. Otto Lilienthal. *O voo das aves como base da aviação.*

– É um livro científico, Dodo. É uma linguagem muito difícil. Você não vai entender uma palavra.

– Vou sim! – rebateu ela.

– Não tem cabimento, Dodo. Você vai achar chato.

Como era teimosa. Ele flertou com a ideia de que a determinação da menina fora herdada da avó. Não de Alicia, mas de Louise Hofgartner.

– É simples, papai. O avião voa como um pássaro. Ele tem duas asas também.

Em todo caso, Paul por coincidência tinha um trunfo na manga. E não hesitou em revelá-lo.

– Temos esse livro na biblioteca, Dodo. Você pode lê-lo lá.

– Sério? E já estamos voltando?

Que menina peculiar. A boneca que a avó lhe comprara seguia intacta em cima do sofá. Por outro lado, a pequena donzela cismava em ler uma obra sobre aviação muito além de sua capacidade de compreensão.

– Podemos ir ao cinema. Vamos ver o que está passando no Capitol?

O interesse foi morno. Dodo insistiu em voltar imediatamente à mansão, e Leo deu de ombros.

– Por mim... – respondeu ele, entediado.

Mais uma vez, Paul precisou reprimir seu desgosto. Afinal, era culpa sua por perguntar. Ficaram um tempo em frente à loja de música Dolges, apreciando um reluzente piano de cauda na cor preta, exposto entre dois outros com candelabros móveis e pés talhados.

– Isso aí não presta – afirmou Leo, ousado.

– Por que não?

– Se é para ser com cauda, então que seja uma de verdade, grande. Um Bechstein. Não essa bugiganga barata.

Impressionante. De onde saía tanta arrogância? Até porque o preço do instrumento não era dos mais baixos.

– E por que um Bechstein?

– São os melhores, papai. Franz Liszt só tocava neles. A Sra. Ginsberg sempre diz...

Ele se interrompeu e, inseguro, fitou Paul.

– Sim? O que diz a Sra. Ginsberg?

Leo hesitou. Afinal, sabia bem que o pai desaprovava aquelas aulas de piano.

– Ela sempre diz que o Bechstein tem um som limpo e, ao mesmo tempo, vibrante. Os outros não chegam nem perto.

– Interessante.

Ao retornarem à Vila dos Tecidos, o pai lhes ensinou como fazer um tobogã no pátio. Dodo se mostrou encantada. No começo, Leo achou tudo um tanto constrangedor, mas logo ficou comprovado que Paul acertara na mosca com essa ideia.

– Vamos fazer um desses na escola também, papai. Mas só quando o Sr. Urban não estiver olhando – disse o menino.

A alegria foi geral quando o tobogã ficou realmente liso. Pouco depois,

Humbert se juntou a eles, revelando-se bastante habilidoso na brincadeira, e Julius tampouco se fez de rogado. Conseguiu, ainda, convencer Gertie a uma tentativa. Else e a Sra. Brunnenmayer assistiam da janela da cozinha, balançando a cabeça em desaprovação. Vez ou outra, Alicia gritava do andar de cima, dizendo que bastava, que deviam parar de se comportar como crianças e poupar a saúde dos ossos.

Quando, por volta das seis e meia, Kitty chegou para buscar as crianças, encontrou os três na biblioteca. Dodo estava sentada ao lado de Paul, ouvindo a explicação sobre o fenômeno do empuxo; já Leo estava tocando Debussy no piano.

– Mas já? – perguntou o menino, contrariado.

32

Março de 1925

— Ebert morreu.
Auguste tentava empurrar mais uma colherada da papinha de cenoura a Fritz, que estava em seu colo. O menino balançava a cabeça energicamente, e suas bochechas infladas pareciam prestes a explodir.

– Quem morreu?

Gustav levantou a vista do jornal estendido sobre a mesa. Haviam passado a comprar o *Augsburger Neueste Nachrichten*. A mesa e a cadeira também eram novas. Assim como o bufê, sobre o qual exibiam uma caixa marrom, com uma aplicação em tecido redonda na parte dianteira acima de dois botões giratórios. Era um rádio, o grande orgulho de Gustav.

– O presidente Friedrich Ebert. Morreu de apendicite.

– É mesmo?

Fritz cuspiu a papinha, que respingou em tudo: mesa, jornal, tapete e mangas do casaco de Auguste. Gustav tampouco passou incólume.

– Pare de entupir o menino de comida! – exclamou ele, limpando o rosto com o punho da camisa.

Auguste colocou no chão o pirracento Fritz, que correu com as perninhas ainda cambaleantes. Hansl, que aguardava ansiosamente pela comida, pôde se servir dos restos do irmão. O menino era bom de garfo, comia praticamente tudo que lhe davam. Inclusive coisas que não devia, como rolhas e guimbas de cigarro.

Auguste correu até a cozinha e voltou com um pano úmido para eliminar as manchas alaranjadas dos belos móveis novos.

– E você vai continuar com a obra hoje? – perguntou ela.

Gustav negou, irritado. Fazia muito frio. O cimento não endureceria. Teriam que esperar dias mais quentes. As colunas precisavam estar bem cimentadas. As vigas de ferro e as escoras de madeira, produzidas pela serralheria Muckelbauer, esperavam na cocheira. Auguste pagara por elas em dinheiro vivo. Já haviam recebido também as vidraças.

– Tomara que a gente consiga instalar os vidros antes de a chuva voltar.

A nova estufa já deveria estar pronta há tempos. Mas Gustav não era pedreiro e as pessoas que contratara tampouco tinham formação técnica. Haviam escavado a terra e erguido algumas paredes baixas e, aos trancos e barrancos, conseguiram terminar a fundação. Mas logo começara a chover, e a estrutura, que ainda carecia de teto, se enchera de água. Liesel se animara com aquilo, dizendo que finalmente tinham uma piscina. Em dezembro, a água acabou congelando, e Maxl trouxe seus colegas da escola para patinarem no gelo. Foi uma grande diversão.

Estavam em março, época em que deveriam estar colhendo as primeiras hortaliças. Gustav já havia plantado as mudas e distribuíra os vasos por todas as janelas da casa. Mas aquilo era uma gota no oceano: com a estufa, conseguiriam uma produção muito maior.

– Aconteceu do nada, né? – murmurou Auguste, enquanto limpava um respingo na madeira polida do rádio. – O Sr. Ebert não era velho nem nada.

– Foi a vontade de Deus – comentou Gustav, virando o jornal para examinar os anúncios.

Auguste agarrou Fritz, que estava na sala de estar fazendo besteiras, e o levou até a cozinha. Assim, teria um motivo para fechar a porta sem levantar a desconfiança de Gustav. De qualquer modo, não era bom que o marido estivesse o tempo inteiro ocioso, pois era tomado por pensamentos sombrios. Se ao menos aquele frio passasse, ele poderia sair e se ocupar com algo. Gustav era do tipo que precisava mexer na terra para se sentir feliz e satisfeito.

Auguste colocou Fritz no chão e lhe entregou duas colheres de pau. A criança se divertia mais com elas do que com o caro jogo de madeira que ela lhe dera de Natal – os bloquinhos de construção eram usados pelo menino apenas como munição. Maxl, por sua vez, já destruíra seu brinquedo de latão. Apenas a linda boneca com vestido rosa de babados de Liesel estava inteira; a menina a guardava como um tesouro em cima do armário, longe do alcance dos irmãos. Auguste aproveitou que o pequeno corria pela cozinha, batendo com a colher ora no fogão, ora na cadeira e na caixa de madeira, para fazer as contas da casa. Com um suspiro, abriu o grosso caderno que sacara da gaveta da mesa, folheou e ordenou as faturas que encontrou dentro. Felizmente, a maioria já estava paga, faltava apenas quitar as sementes que Gustav comprara, duas pás novas e uma foice. Havia também o pagamento do vidraceiro, que inflaria as despesas em algumas centenas de *reichsmark*. Mas, como uma das vidraças estilhaçara na entrega, ela só daria o dinheiro quando a substituíssem por uma nova.

A fortuna que pegara emprestada com Maria Jordan desaparecera antes do esperado. Ainda restavam seiscentos *reichsmark* sob o colchão, mas era a reserva intocável, com a qual teriam que pagar não só o vidraceiro, mas também os operários que levantariam o teto da estufa e instalariam os vidros. Ela abriu um pouco mais a gaveta e pegou a carteira. Uma bela peça, de couro marrom, que ganhara há anos, logo que se casou com Gustav, em um Natal na Vila dos Tecidos. Ou seja, antes da guerra. A Sra. Melzer colocara vinte marcos dentro, com os quais comprara roupinhas para Maxl e uma calça boa para Gustav. Com o passar do tempo, o couro havia se desgastado, mas ainda servia, apesar de restar dentro apenas alguns fênigues e três marcos – que mal eram suficientes para as compras do dia.

Levantou-se de um salto, pois Fritz estava prestes a derrubar a chaleira do fogão, e lhe entregou uma bacia de lata para que continuasse batendo com a colher. Em seguida, se sentou novamente e matutou sobre o que faria.

Maldita Maria Jordan! Que impostora! Por que ela não supôs que havia algo de podre naquela generosa proposta? "Nos primeiros meses não precisa pagar muito, é quase nada." Uma ova! Aquela ordinária gananciosa a deixara em paz por apenas dois meses, e logo lhe escrevera uma carta para comunicar que, dali em diante, deveria abater mensalmente cinquenta *reichsmark* da dívida. Em janeiro, aumentou a parcela para setenta *reichsmark*, informando-lhe ainda que enviaria o oficial de justiça, caso Auguste atrasasse os pagamentos em mais de um mês. No momento em que terminou de ler a advertência, ela colocou Fritz no carrinho, tomou Hansl pelo braço e se dirigiu até Milchberg para dizer umas tantas verdades àquela avarenta. Mas Maria Jordan, com um sorriso frio, colocou-lhe diante do nariz o contrato assinado por ela e explicou que, nos próximos anos, ainda teria muito o que pagar e que estavam apenas começando.

– É assim que funciona quando a pessoa constrói algo. Eu te emprestei o dinheiro e, se você está fazendo negócios com ele, quero ter o meu quinhão.

– Claro. Mas ainda não terminamos a estufa. E no inverno não temos vendas. Por isso não tenho o suficiente nem para os juros.

Péssimo argumento para convencer Jordan. Por acaso ela pensava que o empréstimo fora um presente? Pelos seus belos olhos e os dois melequentos que levara consigo?

– Trabalho duro para ganhar minha parte – afirmou Jordan. – Ninguém me dá nada de graça, Auguste. E, por isso, não dou nada a ninguém. Então trate de pagar ou procuro a justiça e peço a execução do seu terreno.

Tomada pela ira, ela voltou para casa. Aquela bruxa sabia muito bem o que fazia. Seu objetivo era colocar as garras sujas no terreno pelo qual Auguste tanto trabalhara e economizara. Jordan não passava de um abutre, uma traça, um rato que espreitava na vala para morder os pés de quem passava. "Trabalho duro para ganhar minha parte." *Rá-rá! Quem não te conhece que te compre*, pensou Auguste. A mulher ficava o dia inteiro sentada, tranquila, naquela salinha dos fundos, lendo o futuro de clientes endinheiradas na bola de cristal. Ela também queria ganhar dinheiro fácil assim. Mas Auguste não tinha estômago para enriquecer às custas de tantas mentiras. Era preciso ser mesmo uma golpista sem escrúpulos.

Aliás, por que uma mulher sozinha, já com certa idade, queria tanto dinheiro? Na padaria, haviam lhe contado que Jordan pretendia adquirir a taberna Árvore Verde e transformá-la em um estabelecimento bastante peculiar. Com poltronas estofadas de pelúcia rosa e pequenas camas sob um teto de espelhos... E pensar que Maria Jordan já trabalhara como diretora de um orfanato cristão! Mas eram os novos tempos, as moças andavam por aí sem corpete e com saias que mal chegavam aos joelhos, exibindo suas panturrilhas e muito mais. Não era de se admirar que até o mais comportado dos maridos tivesse pensamentos tortuosos.

Auguste quase temia por Gustav, embora ele sempre tivesse sido um homem respeitoso e fiel. Sempre fazia o que a esposa dizia. Acreditava em tudo e jamais lhe perguntava se estava falando a verdade. E ela quase sempre falava, com exceção da história do dinheiro, aquilo sim era conversa fiada. Herança de uma tia. Ela nem sequer lhe revelara o valor exato, limitando-se a dizer que finalmente poderiam construir a estufa. Bastou isso e ele se deu por satisfeito; era um alívio que a esposa se encarregasse das finanças da casa. Até porque matemática nunca fora seu forte.

Ela usara a quantia emprestada por Maria Jordan para abater as parcelas de janeiro e fevereiro, e logo se dera conta de que estava devolvendo o próprio dinheiro. Era março, e a próxima parcela logo venceria. Se continuassem assim, Auguste não poderia pagar o vidraceiro nem os operários. A família se sustentava apenas com o que ela ganhava na Vila dos Tecidos.

Não havia solução, ela teria que tentar negociar com Jordan outra vez. Caso necessário, aceitar juros maiores, se ela pudesse esperar até abril. Mais para a frente, quando os negócios engrenassem, conseguiriam pagar. Naquele momento, contudo, eles simplesmente não tinham renda.

Após respirar fundo, guardou o caderno na gaveta. Pegou a carteira, tomou Fritz no colo e o levou até a sala.

– Vou fazer compras, Gustav. Fique de olho no Hansl e no Fritz. Quando Liesel e Maxl voltarem da escola, eles tomam conta dos pequenos.

– Tudo bem – respondeu ele.

Ela vestiu o sobretudo azul-escuro de lã e colocou o chapéu. Que ótimo que havia comprado aquelas botas grossas – uma bênção naqueles dias congelantes. Claro, seu guarda-roupa também lhe custara uma fortuna, mas fora a única coisa que se permitira. Outras mulheres, tão logo tinham dinheiro na mão, compravam pérolas e colares de ouro. Ela só se sentira tentada por tais coisas uma única vez, diante da vitrine de uma loja de objetos usados. Viu uma pulseira de ouro com pingente de coração. Havia um pequeno rubi cravejado no centro, justo como ela sempre sonhara. Uma pechincha, mas, mesmo assim, custava trinta *reichsmark*. Resistindo à vontade, Auguste seguira em frente.

Tomou um atalho pela trilha até o Portão de Jakob. O chão estava duro como pedra devido ao gelo, de maneira que não sujou as botas ao passar. Chegando lá, cruzou o burburinho das vielas até a Santa Úrsula, passando por Predigerberg e pela Bäckergasse, quando finalmente desceu em direção a Milchberg. Boa ideia não ter levado as crianças, do contrário não conseguiria andar tão rápido. Logo viu os imóveis recém-pintados de Maria Jordan e a mesinha que Christian, o das orelhas de abano, sempre punha na calçada. Naquele dia, havia exposto dois candelabros perfeitamente polidos. Certamente não eram de prata, ou Jordan não os deixaria do lado de fora. Exibiam ainda uma linda tigela de latão, com duas maçãs bem vermelhas e um cacho de uvas verdes dentro. Tudo de porcelana, modelada e pintada com maestria. O cacho contava, inclusive, com folhinhas verde-escuras.

Auguste manteve certa distância da loja até recuperar o fôlego. Seu coração palpitava, era evidente que havia corrido demais. Não sentia medo, mas sim gana de lutar. Afinal de contas, estava em jogo tudo o que possuía: o terreno que comprara com a pensão que o tenente Von Hagemann lhe pagava – infelizmente, com pouquíssima frequência. Foi esperto de sua parte não ter guardado o dinheiro na poupança; a inflação o teria devorado. E, justamente por isso, suas terras não poderiam cair nas mãos daquele demônio em forma de mulher. Nem que tivesse que pular em seu pescoço murcho.

Viu dentro da loja uma senhora maquiada envolta em peles, com um pequeno chapéu preto à última moda cobrindo os cabelos curtos. Ela pedia várias das iguarias expostas nas prateleiras superiores: frascos com geleias de frutas exóticas, chocolate com pimenta, sopa de caranguejo enlatada. Nojeiras que Auguste não queria nem de presente, mas havia gente que não sabia mesmo o que fazer com o dinheiro. Sem hesitação, a mulher pagou a quantia absurda e esperou a empregada, que a acompanhava com uma cesta na mão, guardar os horríveis itens. Christian perguntou por Fritz e Hansl com um sorriso alegre.

– Ficaram em casa. Posso falar com a Srta. Jordan?

– Claro. Ela está lá atrás, é só bater na porta. Acho que foi só terminar umas faturas.

Christian acenou com a cabeça, abriu uma caixa de papelão e se pôs a arrumar as conservas. Auguste notou o desenho de uma tartaruga nos papéis colados nas latas e preferiu não saber o que havia ali dentro. Na verdade, ela sentia pena de Christian, bem que ele poderia lhes ser útil na horta. Um rapaz tão simpático. Com certeza cuidaria das crianças sem reclamar.

Mais uma vez, ela respirou fundo, reuniu todas as forças e bateu na porta da sala dos fundos. Não houve resposta.

– Pode bater de novo. A Srta. Jordan às vezes fica muito distraída com os números dela.

Vai ver ficou surda de tanta ganância, pensou Auguste. Então voltou a bater mais forte. Ninguém atendeu.

– Tem certeza de que ela está aí?

– Sim, sim. Acabei de levar um café para ela.

Auguste não tinha a intenção de ser educada ou paciente e, menos ainda, de abortar a missão. Ela baixou a maçaneta e entreabriu a porta.

– Jordan? Sou eu, Augus...

As palavras entalaram em sua garganta, pois, em vez de Maria Jordan, viu o copeiro Julius. De pé ao lado da bela mesinha, ele fitou Auguste com os olhos arregalados, enquanto segurava algo erguido na mão direita. Uma faca!

Por um momento, ambos se calaram diante do horror, mas logo Auguste notou a mulher sentada na cadeira em frente a Julius.

– Jordan... – balbuciou Auguste. – Jordan... O que aconteceu?

O pânico se apoderou dela. Algo ali estava errado. Uma terrível desgraça havia acontecido naquele lugar, onde ainda rondava um espírito maligno que se lançaria sobre ela, caso entrasse. Começou a tremer.

– Meu Deus! – sussurrou alguém ao seu lado.

Era Christian, que também olhara pela fresta e recuava horrorizado.

Auguste seguia paralisada, mas seu olhar percorreu o recinto, descobrindo coisas que ela preferia não ter visto: Maria Jordan, tombada de costas sobre o encosto da cadeira, a cabeça caída sobre o ombro e as pernas estiradas. Seus braços pendiam junto às laterais do corpo e a mão que Auguste conseguia ver estava contraída e tingida por um vermelho vibrante, como se tivesse tentado arrancar os olhos de alguém com as unhas. O tapete logo abaixo ostentava uma grande mancha vermelha. Aquilo era sangue?

– Eu não fiz n-nada – gaguejou Julius.

Ele olhou para a faca na própria mão e murmurou:

– Ai, meu Deus.

– Um médico – balbuciou Christian. – Precisamos de um médico! A Srta. Jordan está ferida.

Julius o encarava como se ele estivesse falando chinês, mas não fez qualquer menção de deter o jovem funcionário. Christian cochichou qualquer coisa no ouvido de Auguste, que ela só foi assimilar depois. Ele havia pedido para ela tomar conta da loja, enquanto ele ia buscar o Dr. Assauer, cujo consultório odontológico ficava a três ruelas de distância.

– Auguste – disse Julius, tremendo dos pés à cabeça. – Por favor, acredite em mim. Quando entrei, ela já estava na cadeira com a faca na barriga. Eu só tirei.

Ela assentiu, sem reação, e deu dois passos para dentro do cômodo. A portinhola que se escondia por trás do quadro estava aberta. Havia papéis espalhados por toda parte. Notas promissórias. Faturas. Notificações. Entre outros. Então percebeu as manchas vermelhas nas almofadas de seda sobre o sofá. O assoalho e o tapete estavam encharcados de sangue; viam-se respingos também no papel de parede.

Um crime, pensou Auguste. *Alguém a atacou com uma faca. Por não ver outra saída. Para não ter que perder tudo para ela.*

Sentiu uma calma repentina e ousou contemplar o rosto pálido de Jordan. Os olhos semicerrados, a boca meio aberta, o nariz pontudo. De fato, ela aparentava bastante tranquilidade, não parecia brava ou assustada. Quase como se estivesse em paz.

– Ela está morta? – perguntou Auguste.

Julius fez que sim. Tomado por um calafrio, o homem não parava de acenar com a cabeça. Quando a faca tombou no chão, ele cambaleou para trás e se apoiou na cômoda. Suas pernas mal o aguentavam, e Auguste temeu que ele caísse e também se despedisse do mundo.

Um grito estridente fez os dois estremecerem. Atrás de Auguste surgiu uma mulher de mais idade, uma cliente da loja. Horrorizada, ela cobria a boca com as mãos, mas seus berros continuavam tão altos que Auguste teve a impressão de ouvir as conservas vibrarem nas estantes.

– Assassinato! Crime. Sangue. O assassino está aqui. Socorro! Polícia! Tem sangue em toda parte. Assassino! Assassino! – gritou a mulher.

– Calma! – exclamou Auguste. – Foi um acidente. O médico está vindo.

Ela própria reconheceu que suas palavras não tinham muito sentido e pouco serviram para tranquilizar a senhora. Apavorada, a cliente deu dois passos para trás, chocando-se contra dois rapazes, provavelmente entregadores de cerveja em horário de almoço, que surgiram ao escutar o alarido.

– Onde está o sujeito? – questionou um deles.

– Ali! – berrou a mulher, esticando o braço. – Ele ainda está ali. Ao lado da vítima!

Afastaram-na com um empurrão. Auguste também retrocedeu. Quando avistaram a morta, os corpulentos rapazes precisaram se agarrar ao portal. Na porta da loja, apareceram outras pessoas, vizinhos, curiosos e, pouco depois, um homem de uniforme.

– Rapaz, essa aí já era! Esfaqueada...

– Que carnificina! Olha quanto sangue!

– Não toquem em nada! – exclamou o homem uniformizado. – Você aí! Parado! Detenham esse homem! Segurem firme.

O que se sucedeu depois foi como um pesadelo para Auguste. Pessoas se acotovelaram na saleta, latas e frascos caíram no chão, as estantes se esvaziaram misteriosamente. Mulheres berravam, outras pessoas tentavam abrir caminho entre os demais para obterem uma visão privilegiada da saleta dos fundos. O senhor de uniforme bradou ordens, enquanto Julius era arrastado para a parte da frente da loja por vários homens. Seu casaco estava rasgado, a camisa fora puxada para fora da calça e mechas de seu cabelo, normalmente modelado com pomada e penteado para trás, caíam sobre o rosto. Não parava de balbuciar que era inocente, mas, quanto mais repetia isso, mais se convenciam de sua culpa. Logo apareceu Christian, acompanhado do Dr. Assauer, o dentista. Forçando passagem em meio à multidão, os dois chegaram ao local do ocorrido e Auguste escutou o doutor dizendo que não podiam fazer mais nada.

Mais tarde, um automóvel escuro parou em frente à loja, logo seguido por outro: eram os agentes da polícia criminal. Formou-se mais um alvoroço, expulsaram todos que não tinham relação com o local do crime, examinaram a defunta, fizeram o corpo de delito e recolheram a arma do assassinato. Christian foi interrogado e disse, às lágrimas, que a Srta. Jordan sempre fora boa com ele. Por volta das dez, ainda viva, havia lhe servido uma xícara de café. Depois, atendera os clientes, até que chegou a Sra. Bliefert, pedindo para conversar com a falecida.

E como não vira o assassino passar pela loja? Christian explicou que ele poderia ter entrado pela porta dos fundos. Por onde vinham os "clientes especiais". Auguste se inteirou de que as abastadas damas que procuravam os serviços místicos de Jordan nunca chegavam pela porta da loja. Havia uma discreta entrada pelo jardim dos fundos para tal fim.

Interrogaram Auguste também. Perguntaram o que ela pretendia falar com a Srta. Jordan. Se conhecia o assassino. Se não o vira atacando a vítima com a faca. Qual motivo o teria levado àquilo...

Maria Jordan foi enrolada no *kilim* que cobria o sofá, dois homens atravessaram a loja carregando o corpo e o colocaram no carro da polícia. Auguste escutou as portas do veículo baterem e precisou se sentar em um banco.

– A senhora está bem? – perguntou o jovem policial.

O homem tinha o rosto pálido e olhos castanhos. Seu bigode tinha a mesma cor preta de seus cabelos.

– Fiquei muito assustada. Eu a conhecia há anos. Ela era camareira na Vila dos Tecidos.

– Vila dos Tecidos? – questionou o policial.

– É, a casa dos Melzers, donos da fábrica de tecidos no canal Proviantbach.

– Por acaso o Sr. Julius Kronberger trabalha lá também?

Auguste assentiu.

– Certo. Me informe seus dados pessoais.

Ele anotou tudo em sua caderneta com letras diminutas e logo a fechou com a caneta dentro.

– Pode ir agora, Sra. Bliefert. Entraremos em contato se tivermos mais perguntas.

Quando se viu de novo na rua, ela percebeu que a mesinha estava tombada. Uma maçã de porcelana jazia quebrada na sarjeta, os demais objetos graciosos haviam desaparecido. Que estúpida. Auguste também poderia ter corrido e se apossado de um candelabro ou, melhor, de uma das belas pulseiras de prata, como os outros haviam feito. Mas era tarde demais, dois investigadores da polícia continuavam dentro da loja, interrogando o pobre Christian.

Auguste percorreu as vielas sentindo uma espécie de torpor. Já passava do meio-dia, e ela ainda precisava comprar leite e pão para poder, ao menos, preparar uma sopa. Enquanto esperava na fila da loja, se deu conta de que havia sido realmente idiota.

A nota promissória que havia assinado para Jordan! Certamente devia estar entre os outros papéis naquela saleta. Era só ter ficado de olhos bem abertos. Poderia ter sumido com aquilo e pronto. Atirado no fogo. Transformado em cinzas...

Mas agora era tarde demais!

33

Marie estremeceu ao escutar a voz dele. *Que ridícula*, pensou. Mas não podia evitar aquela sensação que ia do susto à alegria. De fato, sentiu certo alívio, pois já temia que tudo estivesse acabado.

– Marie? Desculpe ligar para o ateliê. Mas tenho um motivo. Estou atrapalhando? Posso entrar em contato depois também.

Duas costureiras aguardavam suas instruções para terminar o molde de um vestido de festa e em dez minutos a mulher do Dr. Überlinger chegaria para uma prova.

– Não, não. Pode falar. Tenho uns minutinhos ainda.

Paul pigarreou, como era de seu costume quando precisava informar algo desagradável. De repente, ela sentiu medo de que ele fosse comunicar o divórcio. Mas por telefone? Não deveriam proceder por escrito, através de um advogado?

– É sobre Lisa. Tenho a impressão de que ela está se autossabotando. Gostaria de ajudá-la.

Arrá, pensou Marie. *Ele está atrás de informações.* Apesar disso, sentiu-se aliviada ao perceber a intenção pacífica do contato.

– E o que tenho a ver com isso? – perguntou ela.

O tom desdenhoso das próprias palavras a incomodou. Contudo, achava prudente manter certa distância.

– Você falou com ela, não foi? Ela te disse quem é o pai da criança?

– Ela me confiou essa informação em segredo, Paul. Não acho que tenho o direito de...

– Tudo bem – respondeu ele, impaciente. – Não quero que você traia a confiança dela. Estou enganado ou o pai é um certo Sr. Sebastian Winkler?

– Por que não pergunta diretamente a ela?

Marie o escutou bufar de irritação.

– Já fiz isso, Marie. Sem sucesso, infelizmente. Escute, não estou perguntando por curiosidade. Sou o irmão de Lisa e me sinto na obrigação de resolver essa situação. Até pelo bem da criança.

– Acho que Lisa tem plenas condições de resolver os próprios assuntos, Paul.

Ele se calou por um momento e Marie temeu que desligasse. Então, escutou a campainha da loja. Era só o que faltava: a Sra. Überlinger chegara cinco minutos antes do combinado.

– Se ajuda em algo – disse ela ao telefone –, fiquei sabendo que ela escreveu uma carta.

– Ótimo. E recebeu alguma resposta?

– Até onde sei, não.

– Quando foi isso?

Marie hesitou. Mas já havia ido tão longe que seria absurdo privá-lo daquela informação. Além disso, a situação permanecia a mesma e era provável que de fato Lisa precisasse da ajuda do irmão.

– Em janeiro. Deve fazer umas oito semanas.

Paul murmurou qualquer coisa, como sempre fazia quando precisava refletir. Naquele momento, a Sra. Ginsberg – que vinha trabalhando há algum tempo com ela – surgiu na porta do escritório e Marie lhe sinalizou que já estava indo. A funcionária assentiu em silêncio e se retirou.

– Gostaria de procurá-lo para esclarecer as coisas. Você tem o endereço?

Era sua velha tática de bombardear os outros com perguntas até ficarem zonzos. Funcionava perfeitamente com os funcionários e também surtia efeito com Alicia e Kitty. Com Lisa era mais difícil. Marie, por sua vez, jamais caíra nessa armadilha.

– Endereço de quem?

Ele ignorou sua indagação e simplesmente continuou falando.

– Não... não é fácil para mim, mas queria te pedir um favor, Marie. Não gostaria de ir atrás dele sozinho. Para não passar a impressão de que busco um acerto de contas ou algo semelhante. Com você seria mais fácil. Tenho certeza de que você encontraria o tom certo.

Seu pedido inesperado quase a deixou sem ar. Ele queria sua companhia para ir até Gunzburgo? Sentados lado a lado no trem, fingindo ser um casal feliz diante dos demais passageiros?

– Partiríamos de manhã cedo e voltaríamos no final da tarde. Sem pernoite. Tenho um colega que me emprestaria o carro em Nuremberg.

– Nuremberg? – questionou ela.

– Não é Nuremberg? Pensei que ele tivesse voltado para lá. Sebastian não é daquela região?

Por fim, não por inocência, mas quase que por vontade própria, ela caiu em sua armadilha.

– Ele está em Gunzburgo, na casa de um irmão – informou.

– Excelente! Não está tão longe como eu temia. Por favor, eu seria imensamente grato, Marie. Trata-se de Lisa.

Paul se manteve em silêncio enquanto esperava a resposta. Marie teve a impressão de escutar as batidas do coração dele. Mas, provavelmente, era o seu. Viajarem juntos, compartilhando uma cabine de trem. O que fariam se ficassem a sós? Era isso que ela desejava? Ou o que temia?

– Escute, Paul. Se pudermos mesmo ajudar Lisa com essa viagem, me disponho a ir com você.

Marie o ouviu respirar aliviado. Imaginou o rosto dele, seu sorriso de vitória, o brilho de seus olhos cinza.

– Mas com uma condição – impôs ela.

– Condição aceita. Seja lá o que for.

Pelo tom de voz do marido, Marie percebeu o quanto ele estava eufórico. Ela quase sentiu pena, mas não havia outra maneira.

– De modo algum quero fazer isso pelas costas de Lisa. Por isso te peço que a informe sobre essa viagem, Paul.

Após soltar um de seus grunhidos ininteligíveis, ele admitiu que já imaginava algo semelhante.

– Eu te ligo, Marie. E agradeço desde já por sua disponibilidade. Até mais.

– Até mais.

Ela escutou o clique do gancho quando Paul desligou e manteve o fone na mão por alguns instantes, como se aguardasse algo. Não, nada havia mudado. Paul só precisava dela. Apesar de... As crianças haviam voltado em polvorosa da Vila dos Tecidos dois domingos antes. Sem comparação com a penúltima visita, quando os dois lhe imploraram para nunca mais passarem uma tarde sozinhos com o pai.

Ela não conseguira arrancar de Leo o que mudara tão de repente, mas na segunda-feira um carteiro entregara um pacote contendo um gorro. Que, desde então, quase nunca saía da cabeça do filho. Dodo, por outro lado, não parava de falar de pássaros e aviões, de correntes ascendentes e descendentes, de empuxo e redemoinhos. Ninguém entendia ao certo do que se tratava, apenas Gertrude tinha paciência de ouvir as intermináveis explicações da menina.

Então as coisas estavam diferentes? Pelo menos Paul parecia se esforçar para conquistar os filhos. Aquilo era um bom ou mau sinal?

– Sra. Melzer?

A Sra. Ginsberg estava com a expressão amuada. Ela era uma funcionária dedicada, mas infelizmente sempre achava que as grosserias das clientes eram um ataque pessoal. E a Sra. Überlinger sabia ser bastante hostil quando a faziam esperar.

– Sinto muito, Sra. Ginsberg. Era um telefonema importante. Estou indo – respondeu Marie.

O resto da tarde transcorreu de maneira tão frenética que nem sequer tiveram tempo para um café. Na verdade, ela estava contente por ver os negócios indo tão bem. Só se aborrecia quando as clientes pediam que outras costureiras copiassem seus modelos. Claro, sempre com muita discrição e apenas para as melhores amigas – tão fascinadas pelas criações de Marie que queriam a todo custo um vestido e o sobretudo combinando. E, uma vez que a outra modista já tinha os moldes, não era difícil oferecer o belo conjunto a outras clientes interessadas. Tudo a preços consideravelmente menores do que os praticados no Ateliê da Marie. Era uma chateação, mas não havia como evitar. A única maneira de resistir era com novas ideias, com peças criativas e bem cortadas, perfeitas para a pessoa que as quisesse vestir. Ali residia o ponto forte de Marie: ela sabia disfarçar as imperfeições e ressaltar as qualidades de qualquer pessoa. A mulher que usava seus modelos adquiria a silhueta que sempre sonhara.

Quando desembarcou do bonde na Frauentorstraße, Marie se sentia esgotada. Por que não aprendia a dirigir? Podia perfeitamente se dar ao luxo de ter um automóvel, assim não teria que esperar a condução embaixo de chuva e neve. Como chamavam mesmo aquele pequeno carro que se via com cada vez mais frequência nas ruas? *Laubfrosch*, ou "sapinho", que simpático. Dispunha de quatro cavalos, seria como rodar pela cidade levada por quatro animais de carga.

Foi recebida à porta por Dodo, que erguia um jornal sobre a cabeça, fora do alcance de Henni. A prima saltava para agarrar o papel, em meio a caretas e agitando os braços.

– Eu quero... É o jornal da mamãe. Me dá, Dodo. Sua feia! – brigava a menina.

– Pode espernear que eu não dou – replicou Dodo, com ar de vitória.

Marie, impaciente como estava, arrancou o jornal da mão da filha e sinalizou para Henni que ela havia perdido uma pantufa enquanto saltava.

– Hmm... Já estou sentindo o cheiro do jantar: *Schnupfnudel* – comentou ela, sorrindo, e chutou a pantufa rosa na direção de Henni. – Kitty já chegou?

– Mamãe está no telefone. Lá-lá-lá... Lá-lá-lá-lá... – cantarolou Henni, acompanhando a peça que Leo vinha praticando, exasperado, no piano.

"Rondo a Capriccio", de Beethoven. Difícil demais para um menino de 9 anos, sobretudo a parte da mão esquerda. Leo era no mínimo tão perseverante quanto a irmã, que pretendia ler e entender Otto Lilienthal até domingo, impreterivelmente.

– Você tem que ler o jornal, tia Marie.

Marie livrou-se do sobretudo, tirou o chapéu e colocou o jornal em cima da cômoda. Passou os olhos pelo editorial e concluiu que não havia razão para pressa.

– "Composição do gabinete fracassa novamente. Wilhelm Marx renuncia à presidência da Prússia" – recitou Marie.

– Não é isso! – exclamou Dodo, impaciente, enquanto passava as páginas do periódico. – Aqui dentro. Notícias de Augsburgo. Páginas policiais. Estão falando da Vila dos Tecidos.

– O quê?

Marie não acreditava no que via. Uma reportagem sobre um terrível assassinato na parte antiga da cidade. Maria Jordan, comerciante, 51 anos, brutalmente esfaqueada em sua loja no dia anterior.

– Maria Jordan – sussurrou Marie. – Que horror. Meu Deus, coitada. E todos aqui pensando que ela tinha tirado a sorte grande.

Marie percebeu o brilho nos olhos curiosos de Henni, cravados em sua direção.

– Você leu, tia Marie? O assassino é o Julius.

– Que Julius?

– Mamãe! Como assim, que Julius? – questionou Dodo, revoltada. – O copeiro da Vila dos Tecidos. Que vive de nariz em pé, fungando daquele jeito estranho. Ele que matou Maria Jordan a facadas.

– Por favor, Dodo. Não use essas palavras feias.
– Mas está no jornal.

Marie perscrutou a breve reportagem. Julius fora levado em custódia policial como principal suspeito. Por supostamente atacar com uma faca a indefesa senhora.

– Aqui diz "atacou com uma faca". Não "matou a facadas".
– Mas foi a vó Gertrude quem disse.

Segurando o jornal, ela adentrou a sala e encontrou Kitty sentada majestosamente em uma poltrona mexicana de vime, com o telefone no colo. O cabo preto que conectava o aparelho à parede estava esticado ao ponto de quase arrebentar.

– Não, imagina, Lisa... Deixe-a dormir. Ligo mais tarde. Coitada da mamãe. Mas que susto. Não quero soar insensível, mas essa mulher sempre causou problemas... Não, não é falta de piedade. Mas tudo tem seu lado bom... É, eu sei que ela já trabalhou na sua casa, mas ela não suportava a Marie. Nunca perdoei isso. E como Paul recebeu a notícia? Ah, sei bem... Coitado do meu irmãozinho. Como se já não tivesse preocupações suficientes...

Emudeceu ao ver Marie entrar, acenou-lhe com a mão e mudou de assunto.

– E o menino está mamando direitinho? Que ótimo. Você deve ter litros de leite mesmo. O quê? Poderia até amamentar outro bebê? Não entupa o menino de comida, para não virar um preguiçoso. Então está bem, Lisa. Marie chegou. Um abraço... Certo, vou avisar... Isso, hoje de tarde estou aí... Diga à mamãe que vou consolá-la.

Com um profundo suspiro, levou o fone ao gancho e fitou Marie expressivamente.

– Você ficou sabendo? Viu que horror?

Marie assentiu, lendo atentamente a reportagem pela segunda vez. O sobrenome "Melzer". A "Vila dos Tecidos". Tudo com riqueza de detalhes. Paul não dissera uma palavra a respeito.

– E pensar que impediram com todas as forças a exposição de Louise Hofgartner por medo das fofoqueiras de Augsburgo... – comentou Kitty.
– E agora isso. O copeiro da Vila dos Tecidos é um assassino! Ui, sinto até um frio na espinha só de lembrar que esse Julius já me levou chá com biscoitos no quarto.

Bateram à porta e escutaram as crianças correndo no corredor para abrir.

– Hanna! Você já leu?

– Julius é o assassino!

– Dizem que ele deu 120 facadas.

A porta da cozinha se abriu de um só golpe e logo se ouviu o discurso aborrecido de Gertrude.

– Nossa, Hanna! Onde você se enfiou a manhã inteira? Você trabalha aqui ou na Vila dos Tecidos, com seu querido Humbert? O quê? Tem que arrumar os quartos. E o cesto de roupa suja no quarto das crianças está abarrotado. Aqui! Leva esta travessa. Está quente! Cuidado para não cair.

– Sinto... sinto muito – disse Hanna, antes de fechar a porta novamente.

Rodeada pelos três pequenos, ela surgiu na sala com a travessa fumegante nas mãos. Marie ajudou colocando uma esteira de madeira sobre a mesa, para que a moça pudesse se livrar do peso. Em seguida, dispuseram as louças e os talheres. Kitty também colaborou, colocando uma violeta africana ao lado da panela de *schnupfnudel*.

– Gente, que coisa horrível. – Hanna suspirou, tirando os guardanapos da gaveta. – A senhora nem imagina, Sra. Melzer. Os investigadores ficaram três horas interrogando todo mundo na mansão. A Sra. Alicia e a Sra. Von Hagemann também. E, no horário de almoço, foi a vez do Sr. Melzer. E, depois, questionaram todos os funcionários. A Else estava morta de vergonha por conhecer alguém suspeito de assassinato.

– Já se tem certeza de que Julius é mesmo o assassino? – perguntou Marie.

– Ora, ele estava do lado dela, com a faca na mão – replicou Hanna, com mais um suspiro. – Ai, Sra. Melzer... A gente se recusa a acreditar. Talvez não passe de um engano.

Gertrude surgiu com uma vasilha de manteiga derretida, que verteu sobre o *schnupfnudel*.

– E agora chega dessa história de assassinato – resmungou ela, sentando-se na cadeira. – As crianças já estão com os olhos deste tamanho! Quero ver elas dormirem hoje à noite.

– Não somos medrosos – respondeu Leo, agitando a mão esquerda, já dolorida por tanto praticar. – Talvez a Henni, sim. Porque ainda é pequena.

O protesto de Henni só surgiu quando a menina terminou de engolir seu *schnupfnudel*. Então, declarou em alto e bom som que não estava impressionada.

– Eu vi a Liesel na escola. Ela contou para as amigas que a polícia interrogou a mãe dela. Disse que ela estava lá e viu tudo.

– A Auguste? – indagou Kitty, surpresa. – O que ela queria com a Maria Jordan?

Gertrude deu de ombros e ofereceu uma colherada de chucrute a Henni.

– Tem que comer pelo menos um pouquinho – ordenou ela. – Ou vai querer só *schnupfnudel* com manteiga? Ora, só me faltava essa!

– Chucrute. Chucro. Chuchu. Chulé.

– Talvez tenha ido comprar algo na loja da Jordan – ponderou Kitty. – Auguste recebeu uma herança, não é? E, conforme dizem, está levando uma vida de alto padrão.

– Pode ser – disse Marie, reflexiva.

Mas ela também tinha as próprias teorias. Uma de suas abastadas clientes lhe confidenciara recorrer aos serviços de cartomante da Srta. Jordan. A mulher se desmanchara em elogios, pois quase tudo que ouvira havia se comprovado depois, e chegara a recomendar que Marie a procurasse. Todas as amigas da mulher já haviam feito o mesmo. Maria Jordan devia estar, de fato, nadando em dinheiro, pois cobrava caro por suas previsões. Para completar, Marie escutara dizer que a antiga camareira passara a oferecer empréstimos.

– E tem mais: no mesmo dia, dois jornalistas ficaram de plantão na entrada da Vila dos Tecidos – relatou Hanna. – Um do *Augsburger Neueste Nachrichten*, o outro do *Münchner Kurier*, lá de Munique. Mas a senhora não os deixou entrar. Depois tentaram pela porta de serviço, mas a Sra. Brunnenmayer os ameaçou com uma frigideira e eles saíram correndo. Então, ficaram rodeando a mansão, acho que para entrarem pelo alpendre. Mas as portas estavam trancadas. Que abuso! Humbert comentou que a imprensa é o pior tipo de gente. Ninguém supera. Nem os políticos, nem os genocidas. Ela tem o poder de destruir toda uma vida com apenas duas frases.

– Fala bonito esse Humbert – comentou Gertrude, enquanto mastigava. – Ele melhorou?

Hanna fez que sim com a cabeça e sorriu. Relatou que Humbert substituiria Julius, pois era obrigação de todos na mansão seguirem sendo fiéis aos patrões.

– A Sra. Brunnenmayer disse para nos mantermos unidos nos tempos difíceis. Como antigamente.

Ela se interrompeu e baixou os olhos em direção ao prato, ainda intacto. Obviamente, todos sabiam que se referia ao dia em que o agente da polícia os abordara na cozinha da mansão para perguntar sobre Grigorij. O jovem russo que Hanna, por amor, havia ajudado a fugir. Todos intercederam por Hanna, mas fora Humbert quem, de fato, a livrara daquele apuro. Do contrário, as consequências teriam sido graves.

– E a distintíssima governanta? – perguntou Kitty, jocosamente. – Está cooperando?

– Aquela lá?! – exclamou Hanna, revoltada. – Não mesmo. Gertie ficou ouvindo escondida quando a Sra. Von Dobern foi interrogada.

– A pequena Gertie sempre foi ótima em escutar atrás das portas – comentou Kitty.

– Shhh! – ordenou Gertrude. – E o que a nobre dama relatou?

Hanna espetou o garfo no *schnupfnudel*, mas não o levou à boca, mantendo o talher na mão.

– Dos senhores ela não falou nada. Mas fez a caveira de todos nós. Disse que sempre suspeitou de Julius. Que ele tinha índole de criminoso e sempre a amedrontava com seu olhar de assassino. E que os funcionários da casa sabiam, mas estavam todos mancomunados e ficavam quietos. Para completar, contou que Julius vinha rondando a Srta. Jordan. Por, segundo ela, achar que a falecida era rica e que ele nunca mais teria que trabalhar caso se casasse com ela. E que tinha certeza absoluta de que Julius era seu amante e que a havia esfaqueado por ciúme. Por causa do Christian, o funcionário dela.

– Misericórdia! – sussurrou Gertrude.

– O que é amante, mamãe? – indagou Dodo.

– É um amigo.

– Como o Sr. Klippi?

Marie ergueu as sobrancelhas e flagrou Kitty sorrindo, achando graça.

– Mas como você é burra! – exclamou Henni, intrometendo-se enquanto revirava a pequena porção de chucrute no prato.

– Dodo não tem nada de burra – rebateu Leo, em defesa da irmã. – Burra é você, Henni!

– Não sou, não – respondeu a prima, fazendo bico antes de prosseguir com a relevante explicação. – Amantes são amigos que podem beijar e abraçar. Não é, mamãe?

O sorriso de Kitty desapareceu.

– Boa observação – disse ela, em tom seco. – E agora trate de comer seu chucrute. E nem sonhe em empurrar para o prato da Hanna!

– Tenho que ir – disse Marie, olhando para o relógio. – Tenho quatro provas e uma cliente nova hoje à tarde.

– Você ainda vai morrer de tanto trabalhar, Marie – advertiu Gertrude. – Tem bolo de pera de sobremesa. Acabei de assar. Com açúcar e canela.

– Fica para depois do jantar, Gertrude.

Já no bonde, Marie estava tão absorta em seus confusos pensamentos que quase passou do ponto na Karolinenstraße. Chegou inquieta ao ateliê e sentiu-se aliviada ao ser prontamente abordada pelos clientes e funcionários. Desse modo, poderia distrair-se de suas preocupações e manter o foco no trabalho. Contudo, sempre que o telefone tocava, ela estremecia e aguardava, com o coração palpitando, que a Sra. Ginsberg a chamasse no escritório. Mas eram apenas telefonemas de negócios: fornecedores, clientes ou a gráfica, que estava produzindo seus novos catálogos. Quando já estava de sobretudo, conferindo se haviam coberto as máquinas de costura com as devidas capas, o telefonema de Paul chegou.

– Estava até com medo de não te encontrar.

– Ai, Paul. Eu li hoje no jornal. Sinto muito, por todos nós, mas principalmente por você e a mamãe.

Será que a declaração espontânea dela o havia deixado contente? Se sim, Paul preferiu não transparecer.

– Pois é, que situação desagradável – respondeu ele.

Marie percebeu que não era sua intenção incomodá-la com queixas. Compreensível. Contudo, aquele silêncio do marido a machucava. Por que tudo precisava ser tão complicado?

– Falou com Lisa? – indagou ela, preferindo mudar de assunto.

– Sim. Não gostou muito da ideia. Mas tampouco se opôs.

Não soava nada bem. Ela já imaginava a fúria da cunhada.

– E quando partimos?

– Que tal segunda-feira de manhã?

Seria preciso adiar várias clientes e deixar o serviço encaminhado para as costureiras. Mas Paul certamente deveria se encontrar em uma situação não muito diferente.

– Segunda-feira, então. Combinado.

– O trem sai às 7h20. Busco você de carro?

Como era de se esperar, ele já havia se informado sobre as conexões. Talvez até já tivesse reservado a cabine.

– Obrigada. Vou de bonde.

34

Paul havia dormido mal. Primeiramente por causa do bebê, que chorou a noite inteira, fazendo Lisa chamar a pobre Gertie no meio da madrugada para preparar chá de erva-doce contra as cólicas. Mas, principalmente, porque não parava de pensar em Marie. Naquelas poucas frases ao telefone, quando ela comentou sobre a reportagem no jornal. De uma hora para outra, tudo passara a ser como antes. O jeito compreensivo e acolhedor dela. A sensação de tê-la ao seu lado, como uma parte sua. Ele podia vê-la diante de si, com seus grandes olhos negros, que tanto o seduziam desde a época em que ela trabalhava como ajudante de cozinha e fugia de suas investidas. Claro, também lhe passavam outras coisas pela cabeça. Desejos. Vontades. Afinal de contas, Paul era homem, e estar vivendo há meses como um monge não era pouca coisa. Sem dúvida poderia ter recorrido a um dos sigilosos estabelecimentos cuja existência todos fingiam ignorar, embora fossem bastante frequentados por vários conhecidos seus de Augsburgo. Discrição, profissionalismo e requinte. Também poderia ter procurado qualquer menina inocente – várias de suas funcionárias não hesitariam em aceitar uma proposta sua. Mas isso só lhe traria aborrecimentos e, além disso, tinha certeza de que o prazer seria mínimo. Ele queria Marie, apenas sua Marie e ninguém mais.

Paul deixara a compra das passagens de primeira classe a cargo da Srta. Hoffmann. Era nítido que a mulher mal se aguentava de curiosidade para saber com quem o senhor diretor viajaria para Gunzburgo na segunda-feira. Contudo, realizou a tarefa expressa de reservar uma cabine para não fumantes e não fez perguntas, apesar de ter criado toda sorte de suposições.

Embora já estivesse em posse dos bilhetes, chegou meia hora mais cedo na estação. Trêmulo de frio, ele esperou no saguão, com a gola do sobretudo voltada para cima e as mãos inchadas apesar das luvas de couro com forro. Era o dia 30 de março, em duas semanas seria Páscoa, mas a primavera tardava em aparecer. No dia anterior, Rosa Knickbein, a nova babá, havia levado o pequeno Johann para seu primeiro passeio no parque, mas fora surpreendida por uma verdadeira nevasca. Apesar dos pesares, todos haviam se divertido – inclusive Alicia e Lisa, que caminhavam junto ao carrinho, mas principalmente Dodo e Leo.

Após deixar o bebê, Lisa, Alicia e a babá em segurança na mansão, Paul e os gêmeos continuaram a brincadeira no parque. Fizeram uma visita aos Blieferts e, enquanto as crianças se entretinham juntas, ele acompanhou Gustav até a estufa inacabada. Quando reparou que a construção estava bastante inclinada, prometeu enviar operários com formação de verdade. Paul nunca vira semelhante catástrofe, mas, afinal, Gustav era jardineiro, não pedreiro.

Faltavam dez minutos para a partida do trem e nem sinal de Marie. A assombrosa ideia de que ela pudesse ter desistido martelava em sua cabeça. O que faria nesse caso? Bem, pelo menos ele havia finalmente conseguido o endereço do sapateiro Josef Winkler, irmão mais novo de Sebastian.

Após uma longa hesitação e vários ataques de fúria, Lisa finalmente havia concordado com a visita.

– E, por favor, diga a ele que isso não foi ideia minha. Não tenho nada a ver com essa viagem e quero que ele saiba disso – dissera a irmã ao se despedir.

Mesmo sem Marie, teria que ir a Gunzburgo. Paul devia aquilo à sua família. Mas sabia que, com a esposa, tudo seria mais fácil.

Quando já seguia em direção à plataforma, ela surgiu no saguão, vestindo um acinturado sobretudo vermelho-escuro com aplicações em pele e um moderno chapéu cobrindo a testa e os olhos quase que por inteiro. Marie ficou um instante parada, olhando ao redor em busca de Paul. Quando o avistou, correu em sua direção.

– Bom dia. Temos que nos apressar, não? – disse ela.

– Com certeza – respondeu ele.

Correram lado a lado até a plataforma, sendo às vezes separados pelos passageiros que vinham na direção contrária. Enquanto subiam a escada, viram de pronto o vapor da locomotiva envolvendo os primeiros vagões. Um fiscal uniformizado os cumprimentou e perguntou diligentemente pelos bilhetes.

– São dois carros mais adiante, senhores. Cuidado ao subirem.

Os seis assentos da cabine estavam livres, apenas um jornal sem dono indicava que algum passageiro – que fizera uma viagem ainda mais cedo do que eles – devia ter saltado em Augsburgo.

– Prefere se sentar de frente? Ou na direção oposta? – perguntou Paul, educadamente.

– Tanto faz. Pode se sentar onde quiser.

Marie se livrou do sobretudo antes que ele pudesse ajudá-la e logo sentou-se na direção contrária ao sentido do trem. Ele ocupou o assento em frente. Do lado de fora, as portas se fecharam, o maquinista soou o apito e o vapor esbranquiçado logo se transformou em fumaça cinza, que cobriu a plataforma e as construções ao redor. Logo em seguida, a composição se pôs em movimento.

Marie não havia tirado o chapéu e mal era possível ver seus olhos. Só se vislumbrava o queixo e a boca, com seu formato que lembrava um coração e que tanto desconcertava Paul. Não usava batom e seus lábios macios descamavam um pouco nos cantos devido ao frio. Ele conhecia bem o toque daquela boca e era uma tortura não poder senti-la.

– Lisa ficou muito brava? – indagou ela.

Paul teve que interromper suas fantasias antes de responder.

– Um pouco. Me obrigou a deixar claro para o Sr. Winkler que a visita não foi ideia dela.

Ele sorriu, mas Marie se manteve séria. Havia tentado ligar para Lisa, sem sucesso.

– A governanta se recusou a passar a ligação – contou ela.

A acusação provavelmente tinha fundamento, mas veio em momento inoportuno. Teriam que brigar de novo? Não poderiam apenas se tratar com amabilidade ou serem pelo menos cordiais durante o breve trajeto?

– Sinto muito. Terei uma conversa com ela.

Por fim, Marie sorriu. Com graça e um tanto de maldade, na percepção de Paul.

– Não precisa. Deixei minha opinião bem clara.

Paul assentiu e decidiu não insistir mais no assunto. A Sra. Von Dobern vinha lutando desesperadamente por sua posição na Vila dos Tecidos, algo que dependia unicamente de Alicia. Lisa havia se tornado sua inimiga declarada, no que, sem dúvida, contava com o apoio de Kitty e Marie. Os empregados, por sua vez, a detestavam desde sempre. Paul sentia certa pena de

Serafina, pois, pelo visto, perderia aquela batalha mais cedo ou mais tarde. Mas ele fazia de tudo para não a demitir, justamente para não cumprir a exigência de Marie. Por mais que a amasse e desejasse, ele não era do tipo que se deixaria coagir por uma mulher.

Quem mesmo costumava dizer isso? Ah, não importava...

– Você se incomoda se eu tirar um cochilo? Mal consegui pregar os olhos à noite – perguntou ela, repentinamente.

Ora, ora. Então ele não era o único. Bem, talvez fosse melhor que ela dormisse. Pelo menos não brigariam.

Ela tirou o sobretudo do gancho e se cobriu. Não deixou sequer o queixo à mostra, mas logo reclinou a cabeça um pouco e Paul espiou por baixo da aba de seu chapéu. Viu suas narinas e os olhos fechados. Seus exuberantes cílios curvados, que vez ou outra tremiam, provavelmente pelo sacolejo constante e monótono dos vagões que às vezes se tocavam ao longo da viagem. Ela estava dormindo mesmo ou era fingimento, para evitar estender a conversa? De todo modo, Paul olhava pela janela. Os arbustos pelados e as últimas edificações de Augsburgo passavam diante de seus olhos. Mais tarde, surgiu o resplandecente Danúbio, que acompanhava a linha férrea. Depois, verdes prados, pequenos bosques com os primeiros brotos castanho-avermelhados, em meio a casas baixas e balsas que se arrastavam pelo rio.

De fato, Marie dormia. A perna direita não estava dobrada, mas sim estirada na direção dele. Seu pé, escondido em um sapato escuro de botão, quase tocava o de Paul. Quando o trem parou em Diedorf, os calçados dos dois se tocaram e ele fitou seus olhos assustados, ainda zonzos de sono.

– Desculpe – disse ela.

– Imagine.

Ambos se retraíram, sentando-se eretos frente a frente. Marie ajeitou o chapéu e puxou o sobretudo para cima. Paul reprimia a imensa vontade de abraçá-la. Como costumava fazer todas as manhãs, quando ela o fitava com os olhos entreabertos, ainda sonolentos. Por que só viviam falando de problemas, discutindo, querendo ter razão? Não seria mais simples trocarem um abraço? Ou se entregarem a todas as lindas e loucas coisas de que tanto desfrutavam?

– Já pensou no que vai dizer a ele? – perguntou Marie.

– Prefiro deixar isso com você.

– Ah, sim. Bem, vai depender muito do desenrolar da situação, não é?
– Isso.

Paul não conseguia se concentrar nos problemas de Lisa, pois a ideia de se declarar para Marie rondava sua cabeça. Se esse era mesmo o intuito, seria melhor se apressar e aproveitar que estavam a sós na cabine. Essa situação poderia mudar em um piscar de olhos.

– Para mim, a principal pergunta é: por que ele não respondeu à carta de Lisa? – indagou Marie. – Bom, também é possível que ele nem esteja mais em Gunzburgo com o irmão. Talvez tenha se mudado de novo.

– Nesse caso, o irmão podia ter encaminhado a carta.

Marie deu de ombros.

– Isso se ele souber onde Sebastian se enfiou.

– Vamos ver.

Na realidade, Paul também tinha a impressão de que Sebastian Winkler não fazia muita questão de ser encontrado. Que tipo de pessoa era ele? Engravidara sua irmã e desaparecera da face da Terra. Isso não era conduta que se esperasse de um rapaz com ar tão sério e honrado. Por outro lado, naquela época, Lisa ainda era casada com Klaus von Hagemann.

Marie se levantou para recolocar o sobretudo no gancho, uma vez que não pretendia alongar seu cochilo. Paul piscou por conta do brilho do sol que adentrava diagonalmente a cabine e esperou que ela se sentasse.

– Sabe, Marie... Às vezes acho que nossas brigas e discussões não levam a nada.

– Também tenho essa impressão – respondeu ela, com semblante impassível.

– Isso porque cada vez mais acabamos esquecendo as coisas que nos unem.

– E porque você se recusa a entender as coisas que nos separam.

Inferno! Não era nada fácil confessar seu amor a uma pessoa tão cabeça-dura. Paul engoliu em seco e arriscou outra abordagem.

– Independentemente do que haja entre nós, Marie, é irrelevante. Vamos nos entender, eu te prometo. O mais importante é que nós...

Ela, contudo, balançou a cabeça com veemência e o interrompeu.

– Para mim, meu caro Paul, isso não tem nada de irrelevante. Você só quer varrer os problemas para debaixo do tapete. A poeira some, o chão parece limpo, mas a sujeira continua lá.

Ele fechou brevemente os olhos e escutou os ruídos ao redor. *Não*, disse para si mesmo. *Você vai manter a calma.*

– O que quer dizer com "sujeira"? – perguntou Paul.

Com um gesto, Marie sinalizou que havia escolhido a palavra por mero acaso. Mas ele a conhecia bem.

– Você quer que eu respeite sua mãe, não é? Que eu concorde com essa exposição. É isso que está exigindo de mim?

– Não!

Paul bufou e golpeou os joelhos com as mãos.

– Então é o quê?

– Nada, Paul. Não faço exigências nem quero te obrigar a nada. Quem tem que saber o que quer fazer é você.

Ele a encarou, tentando decifrar o sentido daquelas palavras. Se não lhe exigia nada, se não queria obrigá-lo a nada, então o que queria? Por que ele se via novamente diante daquele muro que os separava? Maldito muro, sem portas ou janelas, alto demais para saltar por cima.

– Então me explique. Por favor...

A porta da cabine se abriu, revelando um senhor que lhes lançou um olhar breve...

– Número 48 e 49? Ah, já vi. É aqui mesmo. Venha, querida.

Ele fez uma tentativa frustrada de colocar a elegante mala de couro marrom no bagageiro e observou, contrariado, a agilidade com a qual Paul a ergueu.

– Agradecido, meu jovem. Muito amável de sua parte. Querida, está trazendo as chapeleiras?

A mulher que atendia por "querida" chegou envolta em um sobretudo de visom, de modo que só se viam seus cabelos loiros e a maquiagem pesada em seus olhos azuis. Apesar da generosa aplicação de rímel e lápis, seu ar era um tanto infantil.

Mais duas malas, três chapeleiras e uma bolsa de viagem em tecido floral foram acomodadas no bagageiro com o auxílio de Paul. Em seguida, a jovem se livrou das peles e se sentou junto a Marie.

– Que horror esses trens – comentou o senhor, que tomou assento ao lado de Paul. – Minha esposa sempre fica com dor de cabeça.

Marie lhe sorriu e sugeriu que ela tomasse sais para combater a dor.

– Antigamente, a gente ia pelo mato na carroça dos correios, atravessando lamaçal atrás de lamaçal, e ainda era atacado por ladrões – replicou Paul, incomodado com a companhia.

– Sim, sim, os velhos tempos.

Instantes depois, Marie e "querida" encontravam-se imersas em uma conversa sobre a última moda da primavera: chapéus de Paris e lã inglesa. Paul se abismava cada vez mais com a capacidade da esposa de se conectar com gente tão difícil e cheia de vontades. Quando finalmente estavam prestes a descer em Gunzburgo, "querida" se pôs inconsolável e anotou o endereço do ateliê de Marie, prometendo lhe fazer uma visita assim que possível.

O sol primaveril conferia a Gunzburgo um aspecto deslumbrante, a começar pelo imponente castelo que se erguia sobre uma colina, uma construção fortificada do século XVIII que circundava um pátio interno e contava com duas pequenas torres de cúpulas. Como não podia deixar de ser, a estação se localizava fora da cidade e não havia qualquer sinal de charrete ou táxi que pudesse levá-los ao centro.

– Vamos logo a pé – propôs Marie, sem pestanejar. – Não temos malas ou chapeleiras.

Foi a primeira vez que os dois sorriram, divertindo-se com o curioso casal do trem, e Paul se atreveu a oferecer-lhe o braço. Marie hesitou, fitou-o brevemente e, por fim, aceitou.

Ele não deveria ter feito aquilo, pois o contato lhe causou uma inoportuna desorientação. Durante a caminhada, disse coisas que depois julgou completamente absurdas, mas Marie tampouco se manteve séria – o que os dois posteriormente, ao rodear os muros da cidade antiga, atribuíram ao clima de início de primavera.

– Por que não paramos para lanchar em alguma padaria? – sugeriu ele com ousadia.

Marie recusou. Havia tomado um bom café da manhã em casa e, além do mais, os dois estavam em uma delicada missão que não podiam adiar de forma alguma. Embora estivesse faminto, pois mal comera na mansão, acabou por lhe dar razão.

Perguntaram aos transeuntes por Josef Winkler, que morava na Pfluggasse, número 2. Duas vezes lhes indicaram a direção errada e os dois passaram a manhã vagando pela cidade antiga até encontrarem alguém que, de fato, soubesse de algo.

– O Sr. Winkler? A sapataria dele fica pertinho da velha torre.

– Ali? – perguntou Marie, apontando para um sapato de ferro fundido pendurado em um gancho.

A sapataria de Josef Winkler consistia de duas casinhas estreitas unidas por uma passagem. A pequena vitrine ficava à esquerda e exibia sapatos femininos empoeirados, algumas botas de equitação e um sem-fim de solas de borracha avulsas. Entrava-se pelo lado direto, descendo três degraus que conduziam à oficina.

Paul não se deu o trabalho de bater à porta, pois não seria ouvido em meio ao constante martelar de ferramentas. O sapateiro barbudo mal levantou a cabeça quando adentraram e continuou a golpear os pinos de madeira de um solado.

– Erika! – chamou ele.

A voz saiu abafada, pois o homem segurava no mínimo uns dez pinos com a boca. Mas o escutaram, e logo uma mulher alta e esquelética surgiu da sala anexa. Com um olhar curioso mas crítico, ela analisou de cima a baixo o casal vestido com roupas da cidade.

– Em que posso ser útil aos senhores?

– Gostaríamos de falar com o Sr. Sebastian Winkler – disse Paul, um tanto incomodado com a antipatia da moça.

O rosto dela exibia extrema desconfiança e hostilidade. Ela e o sapateiro, provavelmente seu marido, se entreolharam. A mulher, então, arqueou uma sobrancelha em sinal de autoridade. Arrá! Estava claro quem dava as cartas na sapataria.

– E o que querem com ele? – questionou ela.

Havia mais que frieza naquelas palavras. Sua reação levava a crer que Sebastian não se encontrava longe dali.

– Queríamos dar uma notícia e ter uma breve conversa com ele. Não é nada grave, minha cara Sra. Winkler.

Paul exibiu seu encantador sorriso. Teve sucesso: a mulher logo suavizou a expressão.

– Ele é um homem decente, nunca se meteu com coisa errada – explicou ela, fitando Paul com ar de advertência.

– Disso nós temos certeza, Sra. Winkler. Ele se encontra em Gunzburgo?

Ela mais uma vez trocou olhares com o marido, que logo voltou a martelar. A oficina se resumia a uma mesa velha com toda sorte de retalhos de couro, ferramentas e caixinhas de pregos em cima. O sapateiro tinha perto de si uma peça de madeira crua e, ao lado, o desenho de uma sola e um sapato de couro preto inacabado. Penduradas nas paredes havia pinças, perfuradores e tesouras de todos os tamanhos, bem como outros utensílios, cuja função provavelmente apenas o artífice conhecia. Em um canto encardido pela fuligem, viram ainda uma estufa de ferro fundido, com o cano de escape saindo pelo teto.

Uma vez que a sapateira não respondera à pergunta, os dois hesitaram por um momento, até que Marie finalmente tomou a iniciativa.

– Também tem sandálias à venda, Sra. Winkler? – indagou ela, com interesse e simpatia, enquanto tirava um sapato feminino da estante para examinar o solado.

– Sandálias?

– Sim – disse Marie, com um sorriso. – Com salto baixo e tirinha. Para usar sem meias. Só no verão, claro.

– Não fazemos isso.

– Nossa, com certeza seria coisa fácil para seu marido. Posso desenhar para a senhora ver?

Na sequência, ela e a ossuda Sra. Winkler desapareceram na sala anexa, que certamente se tratava de uma espécie de escritório, deduziu Paul ao ver uma mesa coberta de papéis sob a luz elétrica do teto. Marie falava pelos cotovelos, desenhava tiras, sapatos e saltos, enquanto explicava à mulher que aquela seria a grande moda do verão. Também contou que possuía um ateliê de moda em Augsburgo e poderia intermediar vários pedidos, caso tivesse em mãos um exemplar de mostruário. Sua esperta Marie acertara na mosca. Paul enxergou a cobiça despertando no rosto da sapateira, que provavelmente já matutava que preço cobraria das senhoras de Augsburgo.

Então aproveitou a oportunidade para interrogar o homem:

– O irmão do senhor mora aqui em Gunzburgo?

– Ele não se encontra.

Uma vez afastado do raio de influência da esposa, o sapateiro se mostrou mais falante.

– Para onde ele foi? Encontrou trabalho como professor?

Josef negou com a cabeça e espreitou a sala anexa, onde Marie apresentava seu terceiro croqui à Sra. Winkler. A mulher estava impressionada com tanto talento para desenhar.

– Como professor? Não. Ele cuida da papelada aqui e faz as entregas dos sapatos. Aos sábados varre a rua. Também cuida dos meninos e lhes ensina a ler e fazer contas. Eles já estão na escola, mas não aprenderam nada. Devem ser muito burros mesmo.

Então se calou e voltou ao trabalho.

Na outra parte do estabelecimento, Marie contava uma história sobre um par de sapatos pretos de cadarço que certa vez encomendara em Augsburgo. Paul olhou para a sapateira, que escutava atenta, enquanto examinava os desenhos contra a luz. Uma suspeita lhe veio à cabeça.

– Então ele mora aqui?

– Claro. Lá em cima. No quarto do sótão.

– Sabe se chegou uma carta para ele nas últimas semanas?

– Não sei. Quem pega a correspondência com o carteiro é a Erika.

– Entendi.

O sapateiro prendeu mais um lote de pinos de madeira entre os lábios e seguiu trabalhando. Então era possível que a diligente Sra. Winkler nem sequer tivesse entregado a carta de Lisa. Afinal, por que deveria? Seu cunhado trabalhava por casa e comida, se encarregava das contas e faturas, limpava a sujeira e ainda cuidava das crianças. Nunca encontrariam um ajudante tão bom e barato.

– E onde ele está agora?

O sapateiro gesticulou com a cabeça em direção à entrada.

– Deve estar chegando.

Pronto. Paul sorriu satisfeito e sinalizou para Marie que a pessoa que buscavam não estava longe. Marie baixou brevemente os olhos, indicando que entendera.

Tiveram que esperar vinte minutos por Sebastian Winkler. Marie já havia desenhado mais quatro croquis quando ele finalmente adentrou a sapataria. Estava bastante magro aos olhos de Paul e continuava mancando devido ao pé amputado. Suas roupas dispensavam comentários. Pelo visto, ainda usava o mesmo terno rasgado com o qual viajara anos antes para a Pomerânia.

Sem dúvida seu susto foi imenso ao reconhecer os dois. Contudo, procurou manter o controle.

– Sr. Winkler – cumprimentou Marie com suavidade, estendendo-lhe a mão. – Espero que se lembre de mim. Sou Marie Melzer, da Vila dos Tecidos. Este é meu marido.

Paul também apertou a mão dele e logo sugeriu que fossem para fora, de maneira a não incomodarem mais ali dentro. Erika, pensando só em seu benefício, ficou contrariada ao ver os três saírem.

– Mas você não consegue ficar quieto mesmo – sibilou ela para o marido, que seguiu impassível martelando seus sapatos.

Os raios do sol primaveril brilhavam por entre as casas, mas não chegavam a atravessar os telhados até a rua. Logo um bando de pardais alçou voo, pousando em seguida sobre os muros e telhados.

– Imagino que os senhores venham a pedido da... da Sra. Von Hagemann – disse Sebastian, que parecia pálido e alterado. – Sei que estou em dívida com ela.

– De maneira alguma – replicou Paul. – Após o senhor ter ignorado a carta que ela lhe mandou, ela fez questão de não ter qualquer relação com esta visita.

– Carta? – perguntou Sebastian, confuso. – Elisabeth me escreveu uma carta?

– O senhor não a recebeu? – questionou Marie, inocentemente. – Mas isso é... inexplicável. Nossos correios são tão confiáveis...

Sebastian se calou, e seu rosto perdeu o pouco de cor. Seus lábios já azulados tremiam. Paul se apiedou do homem. Estar nas garras de uma cunhada como aquela não devia ser fácil.

– Queríamos dar duas notícias – declarou Marie, retomando o turno da conversa. – Por acharmos que o senhor deveria saber. Depois, voltaremos para casa e não o incomodaremos mais.

Paul tinha outra ideia: ele queria apelar à consciência de Sebastian, mas o pobre homem parecia tão arrasado que preferiu evitar. Tiveram que abrir caminho para duas mulheres aos gritos, empurrando um carrinho de mão tão abarrotado de sacos de farinha que quase ocupava a estreita rua inteira. Logo, ouviram apenas os pardais piando nos muros.

Marie se aproximou de Sebastian e falou baixo, mas com clareza:

– Primeiro: minha cunhada se divorciou do marido faz algumas semanas. No momento, está morando em Augsburgo, na Vila dos Tecidos.

Se Sebastian estava surpreso com a notícia, não demonstrou. Ele parecia inabalado, apenas seus olhos por trás das lentes dos óculos adquiriram um estranho brilho vítreo.

– Segundo: em fevereiro, Elisabeth deu à luz um menino saudável. E, conforme me confidenciou, não há possibilidade de o pai ser seu ex-marido, Klaus von Hagemann.

Finalmente ele pareceu abalado. Trôpego e ofegante, recuou alguns passos, chocando-se com a fachada da sapataria.

– Um... filho. Ela teve um filho! – exclamou Sebastian.

Paul colocou a mão amistosamente sobre seu ombro.

– Uma notícia dessas abala as estruturas de qualquer homem, não é? Assimile a notícia e depois, com calma, decida o que fazer. Até porque trata-se do... do *seu* filho.

– Eu juro – balbuciou Sebastian, com evidente nervosismo. – Não tinha ideia. Meu Deus! O que ela estará pensando de mim? Com que cara vou olhar para ela?

– Se o senhor tem mesmo apreço por Lisa... – disse Marie, gentilmente. – Se o senhor a ama, então saberá o que fazer.

Eles se despediram, deixando-o perplexo em frente à sapataria, no meio da ruela.

– Agimos bem? – perguntou Paul, enquanto caminhavam em direção à estação.

– Acho que sim – respondeu Marie. – Ele fugiu em plena madrugada, agora terá que pensar em como resolver as coisas. E acho que ele tomará a decisão certa.

Paul a olhou de soslaio com um sorriso. Intuição feminina? Ou observação atenta? Ele achava a mesma coisa e ficou aliviado por finalmente concordarem.

– Você quer mesmo encomendar essas sandálias?

Marie soltou uma risadinha e deu de ombros.

– Talvez. Quem sabe? Se ela me mandar uma peça de mostruário decente...

Estava ali uma astuta mulher de negócios, que aproveitava as oportunidades para ter e divulgar suas ideias. Seu pai, Johann Melzer, também reconhecera isso em algum momento, pois, pouco antes de morrer, ele a tinha na mais alta estima. Talvez as coisas tivessem saído de outra forma caso o patriarca ainda estivesse vivo.

Encontraram um táxi que os levou à estação, onde almoçaram cedo e conversaram sobre Sebastian Winkler. Mais tarde, quando já se encontravam no trem, pensaram juntos em como ajudar o ex-professor e Elisabeth.

– Tenho certeza de que Lisa ainda o ama – opinou Marie. – E Sebastian com certeza ainda sente algo por ela.

Finalmente ela tirou o chapéu para ajeitar as curtas madeixas com seu pente de bolsa. Ele a observou e teve a sensação de que nunca haviam se separado.

– Temos que agir diplomaticamente, Paul – prosseguiu Marie. – Sebastian pode ser bastante orgulhoso. Não será fácil para ele aceitar sua proposta.

Durante o almoço, haviam combinado oferecer-lhe uma vaga de contador na fábrica.

Paul respirou fundo e comentou sobre o absurdo que era dar trabalho a alguém de mão beijada e ainda precisar ter cautela.

– Tem gente fazendo fila por uma oportunidade dessas – comentou ele.

– Tem razão, Paul. Mas seria uma solução excelente para essa pequena família. Não acha?

– Sim, Marie. Vamos tentar.

Paul tinha a ligeira impressão de que as árvores ao longo das várzeas já exibiam alguns brotos naquele final de manhã. Era como se uma leve camada verde-limão cobrisse alguns daqueles galhos, mas talvez não passasse de imaginação. Fazia calor na iluminada cabine, onde, por sorte, viajavam sozinhos. Enquanto debatiam o futuro de Lisa, ele se sentiu novamente em casa. Ao lado de Marie. Ela era sua alma gêmea. Quando estavam juntos, seu mundo brilhava, tudo era possível e nada os ameaçava.

Quando surgiram na janela as primeiras edificações de Augsburgo, os novos bairros em Oberhausen, no outro lado do bairro Pfersee, e já se via de longe a cúpula verde da torre Perlach, assim como a basílica de Santo Ulrico e Santa Afra, ele entendeu que precisava fazer algo. Uma tentativa. Por mais que pudesse se ferir ao ir mais uma vez de encontro àquele maldito muro que insistia em separar os dois.

– Marie... Tem algo mais que eu queria te dizer: se você quiser fazer a exposição, não vou mais me opor.

Ela o encarou com seriedade. E Paul percebeu que precisava dar um passo além.

– Nesse meio-tempo, entendi que é o certo a se fazer. Ela é sua mãe e, além do mais, uma artista excepcional. Ela merece que suas obras sejam expostas.

Marie olhava pela janela, o trem passava pela ponte Westach, de onde era possível ver um bando de cisnes na água rasa. Paul aguardava com o coração na boca. Por que seguia calada?

– Aliás, te mandaram um abraço – disse ela, finalmente sorrindo.

– Abraço? Quem?

– Leo e Dodo. Estão ansiosos pela próxima visita à mansão.

Finalmente uma boa notícia. Mas não aquela que ele esperava.

– E você? – perguntou ele.

O trem entrou na estação e parou com um solavanco. Os passageiros arrastavam suas malas pelo corredor estreito. Alguns mais curiosos olharam para dentro da cabine pelo vidro da porta.

– Não sei ainda, Paul. Me dê algum tempo.

Ali estava. Uma brecha. Uma passagem naquele muro de pedra. A vontade de Paul era gritar e saltar de alegria. Mas se limitou a levantar, estender-lhe o sobretudo e observá-la enquanto punha o chapéu. Ao desembarcar, Marie aceitou sua ajuda.

– Até breve – disse ele no saguão.

Marie saiu apressada, pois ainda queria pegar o bonde.

35

Abril de 1925

— Gente, não estou acreditando – sussurrou Auguste entre os dentes, para que não a escutassem.

O cemitério Hermanfriedhof estava tingido de preto pela quantidade de pessoas que compareceram ao funeral. Elas vinham aos montes pelas duas entradas, se espalhavam pelos caminhos entre as tumbas, reuniam-se em grupos, conversavam entre si. A maioria, contudo, dirigia-se à sepultura aberta, localizada perto da face norte, logo atrás da capela.

— Que sorte não termos vindo de carro – comentou Gustav. – Não teríamos como estacionar.

Trajava seu belo terno e os sapatos de cadarço em couro envernizado. Auguste estava igualmente bem-vestida – tudo comprado com o dinheiro de Jordan. Portanto, também queria prestar sua última homenagem.

— Veja só, Gustav – disse ela, cutucando seu ombro. – A Sra. Brunnenmayer ali. Nossa, e esse sobretudo preto? Quase não a reconheci. Olha a Else do lado dela. Gertie também veio. E Humbert junto com a Hanna.

— Sra. Bliefert! – Ouviu alguém chamar pelas costas e se virou.

Era Christian, o antigo funcionário de Jordan. Ele lhe sorriu, as orelhas de abano brilhando sob o sol primaveril como duas asinhas rosadas.

— Oi, Christian. Como está?

— Estamos indo, não é, Sra. Bliefert? As crianças estão bem?

Enquanto Auguste explicava que Liesel havia faltado à escola para cuidar dos pequenos, sentiu pânico de que ele abordasse o assunto do dinheiro emprestado. O tal de Christian não era tolo. Sabia muito bem o que Maria Jordan fazia na saleta dos fundos.

— Veio muita gente – comentou ele, olhando ao redor, impressionado. – Percebe-se que a Srta. Jordan tinha muitos bons amigos.

— Sim, era uma pessoa muito querida — falou Auguste, sem muita convicção.

Deve estar cheio de devedores neste cemitério, pensou ela. *Talvez uma meia dúzia de endinheiradas também, para quem ela lia o futuro. E alguns curiosos, afinal, saiu tudo no jornal.*

Tanto o *Augsburger Neueste Nachrichten* quanto o *Münchner Merkur* haviam publicado um obituário de tamanho generoso.

SAUDADES ETERNAS DE
MARIA JORDAN
2 DE MAIO DE 1873 – 23 DE MARÇO DE 1925
Todos que a conheceram choram sua partida.
Que descanse na paz de Deus.

Provavelmente a pedido de Christian. Não podia ter sido Julius, o pobre rapaz continuava preso. Ou quem sabe algum parente...

— Vamos tentar chegar até a sepultura — sugeriu Gustav, irritado por ficar tanto tempo parado.

Seu marido tinha mesmo formiga nos fundilhos, mas pelo menos o telhado da estufa estava finalmente pronto e o vidraceiro começara a instalar os painéis naquela manhã. No dia seguinte, já poderiam preparar os canteiros e levar os vasos de mudas para dentro. Ah, tudo parecia quase perfeito. Estavam se recuperando e progredindo. Se não fosse aquele medo constante... Até então, nada acontecera, mas certamente a polícia havia encontrado a nota promissória com sua assinatura. Mas, uma vez que a credora falecia, o que acontecia com a dívida? Desaparecia? Ou brotariam herdeiros exigindo a devolução do dinheiro?

— Amor-perfeito não serve pra isso — comentou Gustav, analisando as plantas das tumbas no caminho. — Cresce feito mato. Em dois dias já era. Olha isso aqui, Auguste. Um arranjo de narcisos e jacintos. Temos um monte disso, devíamos vender logo.

Ele se enchia de entusiasmo para falar de seus cultivos. Só se irritava com o canteiro central do pátio da Vila dos Tecidos, ainda coberto pelos galhos do pinheiro natalino. Precisavam removê-los o quanto antes, do contrário as prímulas não receberiam luz. As tulipas e os narcisos já haviam até crescido por entre os galhos, uma vergonha!

– Deviam contratar logo um jardineiro – declarou Auguste. – Você não pode cuidar de tudo sozinho, Gustav. E dinheiro eles têm. Voltaram com os turnos da noite na fábrica e até pintaram os prédios.

Entre os presentes, viram ainda alguns órfãos, acompanhados pela sucessora de Maria Jordan. A igreja reabrira o Orfanato das Sete Mártires seis meses antes. Conforme se via, as crianças ainda se lembravam da antiga diretora. Quem diria? Auguste e o marido haviam se aproximado bastante da sepultura e conseguiram ver o padre ao lado do caixão, com sua bata preta e postura ereta, provavelmente esperando que o público se congregasse.

– Que caixão lindo! – exclamou Auguste ao ver a esquife castanho-clara, adornada com entalhes.

Sobre ela, repousava um arranjo de rosas vermelhas e lírios brancos. Com certeza oriundos de Munique, pois em Augsburgo não havia rosas bonitas assim. Menos ainda naquela época do ano.

– Está com inveja, é? – perguntou Gertie, que já havia se metido ao lado da colega. – Também quer uma cova linda assim?

– Não, obrigada – replicou ela, irritada. – Prefiro de outro jeito.

Mais à frente, junto aos coveiros, estavam o Sr. Melzer, sua mãe e Elisabeth von Hagemann. Quem diria que eles viriam! A Sra. Von Hagemann parecia verdadeiramente consternada, pois não parava de enxugar os olhos com o lenço. Do outro lado do pároco estavam a Sra. Marie Melzer e a Sra. Kitty Bräuer, na companhia do Sr. Von Klippstein. Marie Melzer parecia atordoada, o que não deixava de ser estranho. Desde o começo, Maria Jordan nunca suportou Marie e, com o passar do tempo, nunca abrira a boca para dizer algo de positivo a seu respeito. Mas a jovem Sra. Melzer era uma mulher dotada de compaixão. Era uma pena ver o casal na iminência do divórcio. Auguste estava segura de que havia ali o dedo de Serafina von Dobern. Todos na Vila dos Tecidos sabiam que a desgraça começara com aquela mulher. O Sr. Melzer e sua mãe eram os únicos que não percebiam.

Contudo, diante do sucesso promissor do comércio de hortaliças, ela não precisaria mais ir à mansão mendigar serviço. Teriam o suficiente para viver e, se quisesse, nunca mais veria aquela víbora venenosa chamada Serafina.

– Viu só, Sra. Bliefert? – sussurrou Christian. – O homem ali. Do lado da árvore.

Ela tomou um leve susto, pois não percebera que Christian vinha atrás dela o tempo todo. A árvore que o rapaz indicava com o dedo estava desfolhada, com o tronco tomado por uma hera. Um esquilo que saltitava de galho em galho desapareceu entre a folhagem intrusa – provavelmente havia um buraco na madeira.

– Que homem?

Christian não conseguiu responder a tempo, pois o padre iniciou seu sermão em alta voz. Falou sobre a soberana vontade de Deus e Seus caminhos tortuosos, que muitas vezes pareciam incompreensíveis ou até mesmo cruéis. Discorreu ainda sobre a onipotência divina que a todos guiava e governava.

– "Minha é a vingança", disse o Senhor – proferiu o padre sobre a cabeça dos enlutados.

Auguste viu Else e a Sra. Brunnenmayer assentindo fervorosamente.

– Um dos investigadores – cochichou Christian. – E logo ali tem outro. O de bigode, não está vendo?

Auguste observava o homem de cabelos negros, que tomava notas apressadamente, apoiado no tronco de uma faia. Ela o reconheceu. Havia sido investigada por ele, o bigodudo pálido como uma vela.

– Estou vendo! O que ele veio bisbilhotar aqui? – perguntou ela.

– Silêncio aí na frente! – repreendeu alguém. – Vocês não têm educação?

Gustav se virou, furioso. Ele não admitia que desrespeitassem sua Auguste.

– Se você insultar minha esposa mais uma vez, seu... seu ignorante!

Auguste o agarrou pelo braço e lhe pediu ao pé do ouvido que deixasse estar. Todos haviam se calado ao verem que, mais à frente, junto à sepultura, já preparavam o caminho de Maria Jordan rumo à paz eterna. Fortes mãos masculinas esticaram as três cordas sob o caixão, um coveiro removeu as tábuas de apoio, fazendo o ataúde deslizar lenta e solenemente cova abaixo. O padre recitava textos da Bíblia a respeito da vida eterna e borrifava água benta. Escutaram alguém soluçando em sonoro pesar.

É a Else, pensou Auguste. *Jesus, que vergonha. Mas ela é assim mesmo.* Contudo, logo percebeu estar enganada. Else se mantinha rígida como uma estátua ao lado da Sra. Brunnenmayer, com um lenço diante da boca. Os soluços vinham de um idoso, que levava nas mãos um moderno chapéu Homburg e polainas novas sobre os sapatos pretos de couro. Com incontrolável tristeza, o homem se aproximou de tal maneira da tumba que temeram que ele fosse cair. E logo atirou seu ramo de flores antes de o padre terminar a defumação.

Auguste tinha a sensação de já havê-lo visto. Quando dirigiu o olhar para a Sra. Brunnenmayer e os demais, percebeu os semblantes igualmente pensativos. Será que Maria Jordan tinha, de fato, parentes? *Tomara que não*, pensou Auguste. *Meu Deus, que seja só um de seus ex-amantes. Ou um devedor desgraçado. Algum cliente a quem prometera um futuro cor-de-rosa. Mas, por favor, ninguém que possa reclamar aquela nota promissória.*

Poucos seguiram o exemplo de demonstração de pesar do senhor de chapéu. Alguns dos presentes também jogaram punhados de terra e flores na tumba aberta. Fanny Brunnenmayer foi um deles, assim como Else, Christian e duas senhoras, e então um vizinho com sua esposa. A maioria das pessoas permaneceu algum tempo ali, cumprimentando conhecidos, conversando frivolidades e afirmando reiteradas vezes que, finalmente, a pobre Maria Jordan havia encontrado a paz. O homem de chapéu e polainas entregou ao padre um envelope fechado, sussurrou-lhe qualquer coisa e logo escapuliu por entre os presentes em direção à saída. Olhares curiosos o seguiram, assim como sussurros, gestos de indiferença. Quando Auguste procurou os investigadores, percebeu que eles também haviam desaparecido.

– Vocês vêm conosco para a vila? – perguntou Fanny. – Vamos comer um bolinho, jogar conversa fora. Traz os meninos. Para não ficar nessa tristeza toda.

Gustav recusou. Ele queria voltar para sua estufa. Talvez conseguisse transportar a terra até o final da tarde. Isso se os vidros já estivessem prontos.

– Quer vir, Christian? – perguntou Gertie, que observava com pena o solitário rapaz.

O convite pareceu agradá-lo muito, pois suas orelhas passaram do rosado ao vermelho intenso.

– Posso mesmo?

– Claro! – respondeu Humbert.

Auguste não disse nada. Se por um lado ela até simpatizava com o jovem, por outro tinha medo de que ele fizesse alguma observação infeliz e revelasse seu segredo. Tomaram o bonde e foram juntos até o ponto da Haagstraße. Gustav logo virou à esquerda, rumo à estufa. Os demais seguiram em frente, cruzaram o portão do parque e, no caminho, foram ultrapassados pelo carro da família, conduzido pelo jovem Sr. Melzer. No banco traseiro, a Sra. Brunnenmayer ia ao lado da Sra. Von Hagemann. Na qualidade de funcionária mais antiga da casa, haviam lhe oferecido carona – para desgosto de Else, que chegara à Vila dos Tecidos apenas um ano depois da cozinheira.

– Vocês viram a formalidade na despedida da jovem Sra. Melzer e o marido? – perguntou Gertie, enquanto se dirigiam à mansão.

– Mas pelo menos a vi sorrir um pouco – opinou Humbert. – Talvez os dois reatem em breve.

– Você não pode estar falando sério! – exclamou Gertie, com sarcasmo. – Acabou, está acabado. Fim.

– Chegou o verão, chegou a paixão – cantarolou Humbert, com alegria.

Ele olhou para Hanna e os dois trocaram sorrisos. Vinham de mãos dadas por todo o caminho, como um casal apaixonado.

Que engraçado, pensou Auguste, que sempre acreditara que Humbert não gostasse de mulheres. Mas talvez estivesse enganada.

– Vocês dois estão unha e carne, hein? – comentou ela, debochada.

– Sim – disse Humbert, com grande seriedade. – Jamais poderia seguir adiante sem Hanna.

– Ai, imagina – respondeu a jovem, com um sorriso, e logo lhe deu um empurrãozinho para o lado. – Você sempre com essas palavras bonitas.

– Estou mentindo? – perguntou ele.

– Não, não está – admitiu ela, enrubescida.

No grande canteiro central, viram a atarefada Dörthe de tamancos e um guarda-pó de linho. Após ter reunido os ramos de pinheiro dentre as flores que brotavam, para levá-los depois à pilha de lenha, a jovem cuidadosamente descompactava a terra. Mais tarde plantaria ali os amores-perfeitos que vinha cultivando em vasos grandes na lavanderia.

– Já conseguiu destruir um vaso – criticou Gertie, com um sorriso. – Mas, no mais, é bastante boa nisso. Ela vem da roça, né? Deve revolver essa terra que nem minhoca.

Auguste pediu que Dörthe fosse até o casebre do jardim buscar as crianças. Depois do café, Liesel e Maxl poderiam ajudá-la a plantar, já estavam acostumados ao serviço.

– Essa sua filha só trabalha? – indagou Gertie, intrometendo-se. – Liesel é muito esperta, ela tem que ir à escola e depois aprender um ofício decente.

– Que nem você – replicou Auguste, com irritação.

O que importava a Gertie se Liesel estava na escola ou não? Por acaso Gertie ganhara algo com o caro curso de camareira que concluíra? Pelo menos na Vila dos Tecidos, até o momento, ninguém lhe oferecera o cargo para o qual se qualificara. Ela não passava de uma faz-tudo. E provavelmente assim seguiria enquanto a Sra. Von Dobern se mantivesse na casa. A mulher era mesmo uma pedra no sapato de todo mundo.

A mesa da cozinha já estava posta fazia tempo. A Sra. Brunnenmayer preparava o café. Primeiro, obviamente, encheu o bule de porcelana Meissen para a Sra. Von Hagemann e a mãe. Em seguida, uma jarrinha já danificada para Serafina, que sempre comia em seu escritório. E, por fim, a grande chaleira azul esmaltada para os funcionários. Que aroma! Gertie e Hanna trouxeram a cuca recém-assada, além de biscoitos de passas e o bolo de chocolate que as crianças tanto amavam.

– Quanta sobremesa gostosa tem aqui – comentou Christian, surpreso. – E café de verdade.

Maria Jordan, aquela avarenta, nunca deve ter oferecido nem um café para esse coitado, pensou Auguste, desgostosa. Embora soubesse que não se devia maldizer os mortos, reconhecia que Christian tinha sorte em se ver livre daquela mulher. E isso também valia para ela mesma!

Após se sentarem, passaram a chaleira, junto com a leiteira e o pote de açúcar, e serviram a cuca. Logo Dörthe e a prole de Auguste irromperam na cozinha e foram lavar as mãos imundas na pia. Todos riram ao perceber que as mãos de Dörthe estavam consideravelmente mais sujas do que as das crianças.

Fritz e Hansl correram decididos até Christian e subiram em seu colo; Maxl procurou o colo de Auguste, enquanto Liesel se juntou a Gertie.

Olha, olha, pensou Auguste, desconfiada. *Tenho que ficar de olho para ela não estragar a menina. Precisamos de todos os braços na horta.*

Talvez pudessem oportunamente perguntar a Dörthe se ela não gostaria de trabalhar com eles. A menina, além de robusta, parecia entender bem de plantas. E como vinha da roça, certamente não cobraria nenhuma fortuna. Talvez apenas casa e comida? Poderia, inclusive, dormir no andar de cima com as crianças. Sim, Dörthe era a melhor solução. Christian podia até ser simpático, mas, pensando bem, era muito delicado para pegar na enxada.

– Também acho que o conheço de algum lugar – disse alguém à mesa, interrompendo as elucubrações de Auguste.

– O de cartola? – perguntou ela. – Está falando dele? O que se acabou de tanto chorar?

Humbert assentiu e mordeu um pedaço da cuca. Hanna verteu café na xícara dele. A menina parecia saber bem o quanto servir, pois o fez sem perguntar.

– Sei não... – disse Else. – Um homem tão alinhado... Mas também acho que já o vi alguma vez.

Ela amoleceu um pedaço da cuca na caneca e logo fez uma expressão confusa, pois, ao retirá-lo, metade havia ficado dentro do café.

– Bem, eu não conheço – disse Hanna.

Gertie também deu de ombros. Nunca vira o sujeito. Mas de uma coisa ela tinha certeza: ele havia tirado a barba recentemente.

– Como assim? – indagou Else.

Gertie lhe lançou um olhar desdenhoso.

– Porque estava com aquelas manchas vermelhas. Parecia irritação pós-barba.

– Credo! – exclamou Auguste. – É contagioso?

– Só pega com beijo, Auguste – respondeu Gertie, sorrindo.

Todos riram. A cozinheira se engasgou com o café e Humbert lhe deu palmadas nas costas.

Gertie, sua bocuda, um dia ainda torço seu pescoço, pensou a já furiosa Auguste.

– Barba grisalha e aquele cabelo ralo e liso... Lembrei! – exclamou Humbert, após a ponderação.

– Eu também – disse a cozinheira, devolvendo o pedaço de bolo ao prato, tamanha a surpresa. – E vocês também deviam saber, Else e Auguste!

Houve silêncio por um momento, apenas Fritz choramingava por não conseguir alcançar a leiteira.

– Jesus! – exclamou Else. – O homem que a visitava de vez em quando. Aquele velho bêbado. Como se chamava mesmo?

– Sepp, acho – murmurou a Sra. Brunnenmayer. – É o marido dela. Foi o que ela disse uma vez, há muito tempo.

O biscoito de passas quase entalou na garganta de Auguste. Isso. Havia um homem que antigamente entrava escondido pela porta de serviço. Ela dividia o quarto com Else, mas um dia, quando saíra para ir ao banheiro, se deparara com o sujeito. Nossa, ela quase morrera de susto... Seu marido! Que horror! Se fosse verdade, ele era também seu herdeiro...

– Eu também o vi uma vez – relatou Humbert. – Cambaleando pelo corredor de serviço, veio cair bem nos meus braços. Era até repugnante de tão imundo que estava. E o cheiro! De sujeira, de álcool e... Melhor nem dizer. Quase desmaiei de tanto asco.

Todos concordaram que havia sido antes da guerra. A cozinheira sabia também que o tal Sepp – ou fosse lá como se chamava – fora o grande amor de Maria Jordan tempos atrás. Na época em que ela dançava no teatro de variedades.

Gertie arregalou os olhos. Mas que mulher, essa Jordan! Dançarina de *vaudeville*, camareira, diretora de orfanato, comerciante, clarividente...

– Está para nascer alguém igual – opinou Gertie, impressionada.

– E tem mais coisa – comentou Christian.

Como os meninos haviam descido de seu colo para correrem pela cozinha, o rapaz voltara a prestar atenção na conversa. E antes que Auguste pudesse impedi-lo, soltou sua língua de trapo.

– Também oferecia empréstimos a juros – relatou ele, cheio de orgulho. – A Srta. Jordan era uma mulher rica, os devedores vinham uma vez por mês fazer os pagamentos.

– Aaah, então era isso! – disse a cozinheira, antes de emitir um silvo entre os dentes.

A vontade de Auguste era de se enfiar em um buraco, pois todos a encaravam. Else era demasiado lenta para ler as entrelinhas, mas Gertie há tempos já entendera tudo, assim como Humbert, que acabou unindo as pontas soltas da história. Ninguém nunca engolira aquela conversa de herança.

– Então esse... esse Sepp também frequentava a loja em Milchberg? – perguntou Auguste, apressada em desviar a atenção dos demais.

– Eu o vi lá uma vez. Acho – disse Christian, incerto. – Foi nos primeiros dias... Um vagabundo esfarrapado entrou na loja, fedendo a aguardente. Eu ia colocá-lo para fora, mas o homem entrou na salinha dos fundos, sem mais nem menos. Quando fui abrir a porta para ajudar a Srta. Jordan, foi ela quem me expulsou. É, acho que era ele mesmo.

– E foi uma vez só? – indagou Humbert, descrente.

Escutou-se um berro – Maxl havia empurrado Fritz no chão.

– Ele estava indo para o fogão, mamãe!

Auguste se levantou, agarrou o mais novo e o ergueu em seus braços para consolá-lo. O menino logo se acalmou.

– Não sei quantas vezes ele esteve por lá – respondeu Christian, pensativo. – Até porque ele podia entrar pela porta dos fundos.

Enquanto Auguste seguia aturdida com a notícia de que Jordan tinha um marido, os outros continuaram confabulando. Como sempre, Gertie era a mais rápida. Principalmente com a língua.

– E de onde esse fedido tirou o belo terno, o chapéu e as polainas?

– E também deu um envelopinho para o padre – comentou Humbert.

Auguste reuniu umas migalhas de bolo sobre a mesa e jogou em seu prato.

– Deve ter herdado – disse ela. – Se é o marido dela...

– Herdado o quê? – replicou Christian. – Não sobrou nada lá dentro. Roubaram tudo. Menos as notas promissórias.

– Talvez ela tivesse dinheiro no banco.

– É possível – admitiu o rapaz. – Mas não sei direito. Ela era muito calada com essas coisas de dinheiro.

– E agora se calou para sempre – opinou Else, assentindo solenemente com a cabeça.

Um silêncio se instaurou à mesa, escutavam apenas a água fervendo no fogo. No lado de fora, Dörthe plantava as flores com Liesel e Maxl.

– E se não tiver sido o Julius? – disse Gertie, como um desafio, em voz baixa. – E se, no final das contas, foi esse Sepp? Entrou pelos fundos, a esfaqueou e levou o dinheiro.

– Afff... – resmungou Humbert, balançando a cabeça. – E você acredita mesmo que ele teria ido ao enterro? De polainas novas?

Todos concordaram. Não fazia sentindo alguém cometer latrocínio para depois irromper em prantos ao lado do caixão da vítima. Nesse caso, o sensato seria desaparecer com o dinheiro na mesma hora. E para sempre.

Continuaram conversando um pouco sobre os patrões. Desde que a Sra. Von Hagemann voltara à Vila dos Tecidos, muito havia melhorado. Principalmente porque ela colocara a Sra. Von Dobern em seu devido lugar.

– Mais algumas semanas e estaremos livres – profetizou a Sra. Brunnenmayer. – E Deus sabe que não sentirei pena!

Mais tarde, quando Auguste e as crianças voltaram para casa, Christian os acompanhou em parte do caminho. Ele havia pedido emprego como auxiliar em duas lojas: na casa de porcelanas Müller e na gráfica Eisele, que também vendia livros. Pretendia tentar ainda nos cinematógrafos, onde adoraria trabalhar para ver os filmes.

Quando chegaram à bifurcação que conduzia ao casebre do jardim, tiveram que se separar.

– Tem uma coisinha que é melhor você não comentar, Christian – disse Auguste, cautelosa.

Olhou ao redor para conferir se Liesel não a estava escutando. A menina era muito observadora e já entendia de quase tudo.

Christian sorriu e, com isso, suas orelhas se mexeram. Era uma visão engraçada.

– A nota promissória, não é? Aqui, tenho algo para a senhora – disse ele.

O rapaz sacou do bolso uma bolinha de papel e lhe entregou de um jeito um tanto conspiratório.

– Ficou o tempo todo em cima do tapete, bem diante do meu nariz, enquanto me interrogavam. Quando os investigadores foram ao banheiro, peguei rapidinho.

A nota promissória! Amassada, quase irreconhecível, mas sem sombra de dúvida era o maldito documento que havia assinado. Datado de sexta-feira, 3 de outubro. E com a assinatura de Jordan. Auguste quis abraçar o rapaz.

– Você é uma pessoa do bem, Christian! Se quiser, pode recomeçar conosco.

– Claro que quero – respondeu ele, sorrindo.

36

Elisabeth cerrou os olhos e prendeu o ar por um instante. Sempre que o menino pegava o peito pela primeira vez, seu mamilo direito doía de maneira atroz. Mas logo passava e ela não sentia mais nada, apenas uma intensa sensação de ternura enquanto olhava o rosado bebê. A avidez com que mamava. A força que o pequeno fazia. Chegava a ficar vermelho e suar. Pouco antes, quando Rosa o trouxera, ele gritava a plenos pulmões – sim, sua voz era potente. Alicia recentemente comentara que o rapazinho trazia mais vida à Vila dos Tecidos que todas as crianças juntas, o que encheu Lisa de orgulho.

– Ai, gente! – exclamou Kitty, refestelada no sofá azul-claro, observando a irmã amamentar. – Que imagem da fertilidade! Posso pintar você dando o peito ao Johann?

– Não ouse!

– E fotografar? Talvez só um esboço?

Lisa se limitou a lhe dirigir um olhar de advertência. Kitty e suas ideias disparatadas! Imagine, um desenho seu, com o seio à mostra, em uma de suas exposições. Possivelmente com o título "Irmã da artista amamentando o filho". Como se já não houvesse fofoca o suficiente sobre a família Melzer em Augsburgo.

– Francamente, Lisa – lamentou-se Kitty. – Como você é antiquada! Não, sério. É uma visão tão bonita. Tão... tão maternal. Você fica totalmente entregue. Parece uma orgulhosa mamãe cachorra, com seus dez filhotes pendurados às tetas.

Lisa conhecia a irmã desde que ela nascera e, mesmo assim, Kitty ainda conseguia tirá-la do sério. Tranquilizou-se ao perceber que a irmã excepcionalmente a invejava. Alicia havia comentado pouco antes que o pequeno era a cara do avô. Ótimo. Lisa, que sempre se sentira meio sobrando na família, finalmente desbancou a irmã. Dera à luz um menino.

Quem sabe, talvez o filho assumisse a fábrica um dia. Leo, pelo menos, não era a pessoa indicada, e só o destino diria se seus pais lhe dariam um irmãozinho.

Por falar em Paul e Marie...

– O que está havendo com esses dois? – perguntou ela, pegando a toalha limpa que Rosa havia lhe entregado para enxugar o leite. – Não entendi direito, Kitty. Por que ainda estão brigados? Eles ainda se amam, não é?

Kitty revirou os olhos e colocou mais um travesseiro de seda nas costas.

– Meu Deus, Lisa! Não está óbvio? Você já conversou tanto com Marie a respeito.

A verdade era que, desde o nascimento do pequeno Johann, ela só falara com Marie duas vezes ao telefone. Sobretudo a respeito dos próprios problemas. Marie era sempre um ombro amigo, além de esperta e prestativa. Mas pouco revelava sobre si mesma.

– Só sei que é horrível ficar testemunhando o sofrimento do Paul.

Kitty reagiu como se aquele comentário fosse infeliz e descabido, mas Lisa a conhecia bem. Ela amava demais o irmão para ser indiferente àquilo.

– Ai, Lisa. Paul é um bobalhão, como todos os homens – opinou ela, os dedos brincando com as franjas da almofada. – Não, nem todos. Meu bom Alfons jamais agiria assim. Mas era o único.

Lisa enxugou a testa suada de Johann, que mamava avidamente, e relaxou o braço esquerdo. No dia anterior, o havia segurado com tanta tensão que ficara com os membros dormentes.

– Como assim, "bobalhão"?

Kitty assumiu o semblante de uma professora que precisava explicar o mundo a uma criança inocente.

– A história é a seguinte: o sujeito escuta as queixas da esposa, faz que sim com a cabeça e afirma que, dali em diante, tudo será diferente. Porque ela é o amor da vida dele. Diz que não pode viver sem ela... E depois que ela está comovida e aconchegada em seus braços, a mulher percebe que nada mudou. E por que deveria mudar? Ele já admitiu seu amor. Na cabeça dele, isso deveria bastar.

Lisa inclinou a cabeça, pensativa. Sua irmã não estava de todo errada. De fato, Paul era cabeça-dura. Por outro lado, fora ele quem montara o ateliê para Marie. Que marido faria uma coisa daquelas?

– O ateliê... Ah, sim! – exclamou Kitty, como se aquilo fosse uma ninharia. – Mas aqui na Vila dos Tecidos, Marie não apita mais nada. Contrataram até uma preceptora sem que ela pudesse opinar.

Nesse ponto, Lisa andava muito sensível, pois havia sido dela a recomendação de Serafina à mãe.

– Bem, eles precisavam de alguém para cuidar dos gêmeos.

– Sem dúvida! – exclamou Kitty. – Mas não se decide uma coisa dessas pelas costas da mãe.

Lisa sentiu frio no peito, em seguida o pequeno Johann começou a chorar, pois havia perdido o acesso ao alimento. Ela empurrou seu mamilo para dentro da boquinha aberta, e ele agarrou-o e continuou a sugar. Que esforço imenso para se manter de estômago cheio!

– Sim, também só agora fui conhecer Serafina de verdade – admitiu Lisa, contrariada. – Antigamente, ela era uma amiga querida. Quem diria que se tornaria o que se tornou?

– Eu diria! – exclamou Kitty. – Nunca a suportei. Sempre foi uma dissimulada, além de insossa.

– É, ela nunca ligou muito para a aparência.

Kitty riu com sarcasmo.

– Não é isso, não. Essa mulher é horrorosa e pronto. Por dentro e por fora.

Lisa observou a irmã. As unhas dela estavam pintadas. Típico de Kitty, que sempre embarcava em toda e qualquer moda idiota! Seu cabelo estava ainda mais curto que antes e os cílios ostentavam uma generosa camada de rímel.

– Mas o pior foi Paul ter ofendido a mãe de Marie – prosseguiu Kitty. – Como pôde? Todo mundo aqui sabe o que nossa família fez com ela.

Lisa retirou o faminto Johann de seu peito direito, para passá-lo ao esquerdo. O pequeno protestou, pois estava longe de se sentir satisfeito. Que sorte ele mamar tão bem. Logo após o nascimento, o bebê emagrecera um pouco, mas em pouco tempo recuperou o peso com folga. E também passara a esticar as pernas e dar chutes no ar. No começo, ele vivia em posição fetal e, como Rosa o mantinha quase totalmente enrolado em um pano branco de algodão, Lisa chegara a crer que seu filho era minúsculo.

– Sabe, Kitty, na verdade eu até consigo entender o Paul. Essa Louise Hofgartner... era assim que se chamava, não? Ela parece ter sido uma pessoa difícil. Podia simplesmente ter dado os tais desenhos ao papai e resolvido a situação. Mas não, cismou que tinha que se impor.

– Em primeiro lugar, ela era a mãe de Marie – replicou Kitty por entre os dentes. – Segundo, ela era uma artista excelente, que morreu de forma trágica. Para mim, Paul está sendo leviano. Onde já se viu querer que os quadros dela fiquem escondidos no sótão?

– Eu só não entendo como alguém arruína um casamento feliz por conta disso, Kitty!

– Ai, ai, ai! – exclamou Kitty, exaltada. – Olha só quem está falando! Mas tenho certeza de que Paul vai acabar cedendo. Sabe, Lisa, nosso irmãozinho é igual ao papai. Teimoso como uma mula, mas, depois que percebe que não tem jeito, muda. Não lembra como ele se opôs ao hospital de campanha? E depois não queria de forma alguma que a fábrica produzisse tecido de papel. E o que nos salvou durante a guerra? O papel!

Lisa não estava convencida. De onde tirara essa história de que Paul era igual ao pai nesse aspecto? Além do mais, um matrimônio era regido por outras leis.

– Só espero que você tenha razão, Kitty.

– Claro que tenho, Lisa – respondeu a irmã, balançando os pés.

Ela usava sapatos de tira encantadores, em couro claro com salto baixo. Os pés de Lisa, ainda inchados, pareceriam bolas dentro deles.

– Mas seria ótimo se mamãe visse pelo menos um dos filhos com um casamento bem-sucedido, não é? – comentou Kitty, olhando a irmã de soslaio. – Acho que nesse ponto nós duas demos com os burros n'água, certo?

Lisa deu de ombros. Por acaso Kitty estava tentando lhe arrancar alguma informação? Após retornar de Gunzburgo, Marie se manteve tão calada quanto Paul. Não que Lisa esperasse grandes resultados, mas contava com algo além de um "Vamos ver". Haviam encontrado Sebastian, no final das contas? Nem sequer isso Paul havia confirmado. Mas bem, ela tampouco perguntou, como se tudo a respeito de Sebastian lhe fosse completamente indiferente. E, de fato, era. Depois de tudo que aquele covarde fizera, não poderia ser de outra maneira. Sim, foram três anos que ela passara iludindo-o, mas isso não justificava que fugisse como um coelho assustado. E tudo por ter fraquejado apenas uma única vez. Não, Lisa estava farta. Só faltava convencer seu tolo coração disso. Mas o tempo se encarregaria daquela situação...

— É mesmo? — respondeu ela, em tom inofensivo. — Sempre pensei que você tivesse uma coleção de admiradores e escolheria um deles como futuro marido.

Kitty achou a ideia tão divertida que se afundou nas almofadas de tanto rir. Foi preciso apoiar-se no encosto do sofá para voltar a se sentar.

— Pare, Lisa! Ai, vou morrer. Você é mais antiquada do que pensei. Foi nisso que deu inalar tanto ar puro na Pomerânia?

— Ah, esqueci que você é artista e leva uma vida de liberdades. Em todos os sentidos — falou Elisabeth.

Kitty procurava na bolsa o espelho e um lenço para limpar o rímel borrado, que escorria com qualquer lagrimazinha.

— Isso mesmo, Lisa. Sou artista. Além disso, tenho trabalho e ganho meu próprio dinheiro. É exatamente por isso que não preciso de marido. Ponto!

Obrigada, pensou Lisa, ofendida. *Entendi o recado. Para você, sou uma parasita. Porque não trabalho, vivo de renda e ainda dependo de Paul e da mamãe. Muito obrigada, irmãzinha, por esfregar isso na minha cara!*

— Aliás, os cavalheiros que conheço são todos muito simpáticos, gosto bastante deles — declarou Kitty, tagarelando sem parar. — O problema com certeza é comigo, até porque já recusei várias propostas. Não, não me contento com qualquer coisa. Tive uma grande paixão, como sabe, o Gérard. E tive um amor ainda maior, meu Alfons. Não tem mais nada neste mundo que um homem possa me oferecer!

Ai, ai, que discurso mais patético o da minha irmãzinha, pensou Lisa, que se mantinha cética. Quando Kitty desvairava daquela maneira, quase sempre estava escondendo algo.

— Sim, te entendo perfeitamente, Kitty. Praticamente todas as minhas experiências com homens foram... decepcionantes. O mundo é assim mesmo. A propósito, sempre pensei que você ainda mantivesse contato com Gérard. Mamãe disse que vocês trocavam cartas.

Kitty gargalhou sonora e forçadamente.

— Não, não! Já faz tempo. Ele se casou.

— Nossa, quem diria?

Então era isso. Kitty não a enganava. Gérard, o grande amor de sua vida, o jovem francês de sangue ardente com quem fugira para Paris, havia optado por formar uma família. Uma família francesa. Compreensível. Não eram donos de uma loja de sedas? Uma fábrica? Bem, ele devia estar ciente de suas obrigações.

– Sabe, Lisa, essa história acabou há tempos. Gérard envelheceu – comentou ela, soltando uma risadinha. – Dei os parabéns a ele e desejei que tivesse muitos filhos.

Seu tom tornou-se mais estridente, como se Kitty precisasse se convencer de algo. Então prosseguiu:

– É ótimo ter filhos. Estou muito feliz com minha Henni. Se você quiser, Lisa, pode vir morar com a gente. Com seu filhinho, claro. Talvez Tilly também queira se juntar a nós, depois que fizer a prova de conclusão na faculdade. Ai, como seria divertido uma casa com tantas mulheres! Para que precisamos de homens? Eles só atrapalham.

Ela riu, sacou mais uma vez o espelho e enxugou o rosto cálido com um lenço, pois o cabelo curto grudava em sua testa e nas bochechas. Em seguida, se ergueu com notória agilidade e ajeitou o vestido.

– Quero dar uma passada rápida nos Blieferts. Marie me pediu para levar umas coisas do Leo que ele não usa mais. Tilly chega hoje, parece que vai ficar para a Páscoa. Ai, que lindeza! Olha só ele mamando. Parece um saco sem fundo. Mas leite é o que não falta, né? Até mais, Lisa. Fico feliz por você ter saído daquela fazenda horrorosa na Pomerânia. Nos vemos em breve, minha querida.

Lisa se sentiu aliviada quando Kitty se levantou do sofá completamente revirado e fechou a porta ao sair. Ela ainda escutou a voz da irmã perguntando pela mãe no corredor.

– O quê? Cochilando? Ainda? Não vou poder esperar tanto. Diga-lhe que Henni está entusiasmadíssima com a caça aos ovinhos no domingo.

– Perfeitamente, Sra. Bräuer – respondeu Else.

– Ai, e esse artigo no jornal de hoje... Vocês já leram? O pobre Julius é inocente...

– Sim, senhora. Estamos em polvorosa! O assassino era o marido dela... Prenderam o homem e ele confessou...

– Ah, Else! – exclamou Kitty, com alegria. – Eu sempre soube que mamãe jamais contrataria um criminoso... Julius pode ser um janota, mas é boa pessoa. Certo?

– Com certeza, senhora...

Lisa constatou que seu pequeno tesouro acabara adormecendo, exausto e satisfeito, e logo se levantou para colocá-lo no berço. Permaneceu parada, como que enfeitiçada, contemplando o sono tranquilo do bebê, sua pequena boca rosada, as bochechas gordinhas, os delicados traços das pálpebras fechadas. Seu filho. Ela finalmente se tornara mãe. Às vezes, quando acordava de manhã, temia que tudo aquilo fosse um sonho. Então, procurava com os olhos o berço – disposto bem ao lado de sua cama, conforme ordens expressas – e se acalmava.

Rosa apareceu e pegou o menino no colo para trocar a fralda. Aparentemente, ele não se importava que o fizessem enquanto dormia.

– Quer que leve o bebê para passear? Acho que agora o sol saiu.

Já haviam ido ao parque naquela manhã, e Lisa quase morrera de frio. Provavelmente por estar vestida apenas com um casaco. O sobretudo ainda lhe apertava na parte de cima.

– Mas os caminhos no parque ficam quase todos na sombra – disse ela, hesitante, e se dirigiu à janela.

De fato, os pinheiros e zimbros estavam na penumbra. Contudo, as outras árvores, ainda com pouquíssimas folhas, permitiam a passagem do sol. O canteiro central do pátio, por sua vez, exibia tantas flores que parecia uma explosão de cores. Mérito de Dörthe. Lisa estava genuinamente feliz com a menina que trouxera da Pomerânia. Havia jacintos brancos e lilases, tulipas vermelhas e amarelas, prímulas de todas as cores e narcisos dourados.

Lisa esticou o pescoço para ver melhor dois homens conversando distraídos junto ao canteiro. Um deles era Paul. Por que não estava na fábrica? Ah, claro, era Sexta-Feira Santa. Nesse dia, trabalhava-se um turno a menos. E o outro? Ó, Deus! Devia ser uma miragem! O homem se parecia com... com...

Sebastian!

Ele trajava o mesmo terno velho. E... Ai, céus! O horrível chapéu que segurava nas mãos também era um antigo conhecido. Quando os dois repentinamente olharam para cima, na direção de sua janela, ela recuou assustada. Percebeu que seu coração batia loucamente e se sentou no sofá. Ele estava ali. Não era ilusão. Sebastian viera até Augsburgo. Meu Deus! Justo quando ela mais parecia um bolo fofo!

Bateram à porta. Gertie surgiu cuidadosamente na fresta, para não acordar o bebê.

– Tem um cavalheiro querendo falar com a senhora – informou ela.
A reação de Lisa foi espontânea, fruto de todo seu ressentimento.
– Diga-lhe que desapareça. Imediatamente. Não quero vê-lo. Você ouviu, Gertie? Desça e fale isso para ele!
– Sim... claro, senhora! – sussurrou Gertie, com ar de impotência.
A porta se fechou. Gertie atravessou o corredor depressa e desceu. Lisa permanecia ofegante, sentada no sofá azul-claro.
Ai, meu Deus, pensou ela. *Ele está aqui embaixo. Sebastian...*
O homem que amava. O abraço que vinha desejando nos últimos três anos. Durante três anos, Sebastian reprimira a própria paixão. Ele a queria por completo: ou tudo, ou nada. E se mantinha esquivo. Até que, naquela noite de Natal, veio o primeiro e maravilhoso beijo...
Lisa saltou do sofá e correu até a janela. Viu Gertie ao lado de Paul, que abria os braços, exclamando qualquer coisa ininteligível. Sebastian já estava a certa distância; ele caminhava pela alameda em direção ao portão do parque. Ela viu suas costas, o casaco amassado, a calça sem vincos e com as barras gastas. O chapéu continuava em sua mão.
– Sebastian! – murmurou ela. – Sebastian... espere... Espere!
Ela afastou as cortinas e tentou abrir a janela, mas a maldita trava emperrara de novo.
Lisa concluiu que ele já estava muito longe e não poderia mais escutá-la.
– Melhor não abrir essa janela – advertiu Rosa. – O bebê não pode pegar corrente de ar.
Lisa saiu do quarto às pressas. No corredor, deparou-se com Else, que levava uma pilha de roupas passadas e se afastou, assustada ao vê-la. Lisa passou pela funcionária como um raio, apenas de meias e um esvoaçante vestido leve, então desceu as escadas até o átrio. Por pouco não escorregou no piso recém-esfregado, mas conseguiu se segurar em uma das colunas e logo se livrou das meias para poder correr melhor.
– A senhora não pode sair sem seus sapatos – balbuciou Gertie na porta de entrada.
– Sai da frente! – ordenou Lisa.
Ela viu Sebastian quase no final da alameda, afastando-se cada vez mais com seus passos apressados. Paul o acompanhara por um bom trecho, provavelmente enquanto tentava, em vão, detê-lo. Parado no meio do caminho, ele observava o homem rejeitado ir embora. Lisa desceu os degraus da

entrada a toda a velocidade e mal notou os ásperos grânulos sob seus pés desprotegidos; era o maldito sal que usavam sobre o chão congelado para evitar escorregões no inverno.

– Sebastian! – gritou ela. – Pare! Sebastian!

Ele não se virou. Lisa perdeu o ímpeto e sentiu o desespero se apossar dela. Pois sim, já era de se esperar. Mais uma vez, ela fizera tudo errado – expulsara Sebastian dali, em vez de lhe dizer que...

– Lisa! – Era a voz de Paul. – Olha como você está! Pelo menos abotoe esse vestido!

Já com o coração na boca, ela se deteve e apalpou o vestido. De fato, após amamentar, havia esquecido de fechar todos os botões. E o que o irmão tinha a ver com isso? Quem se importava?

– Vá atrás dele, Paul – implorou ela, aos soluços.

– Não adianta – ralhou ele, irritado. – Volte para dentro, vai pegar um resfriado. Encontraremos uma solução, Lisa...

– Não!

Ela se pôs a correr novamente, até que escutou o ronco de um motor. Em seu velho carro, Kitty surgiu por uma das pistas laterais do parque, acenou com um sorriso e seguiu na direção do portão.

Sua irmãzinha já havia lhe aprontado poucas e boas. Chegara a seduzir seu ex-marido, Klaus von Hagemann. Costumava debochar de seu corpo. E sempre contara com o apoio do pai. Não foram poucas as vezes em que Lisa teve vontade de torcer o pescoço daquela desgraçada encantadora. Contudo, naquele dia, a irmã se redimiu por tudo.

Kitty deu uma freada brusca e o automóvel derrapou para a esquerda, parando em cima de uma faixa de grama entre duas árvores. Kitty abaixou o vidro, pôs a cabeça para fora e gritou qualquer coisa para Sebastian. Em seguida, apontou para o banco do carona e, por milagre, Sebastian lhe obedeceu. O homem abriu a porta e embarcou.

– Inacreditável! – sussurrou Paul. – Mas agora quero ver ela tirar essa carroça de cima da grama.

Foram necessárias várias tentativas, o motor zumbia como um abelhão irritado. Um dos para-lamas dianteiros acabou ganhando um novo amassado – o para-choque traseiro já era veterano de guerra. Após uma bem--sucedida manobra, Kitty conseguiu conduzir o cambaleante carro até a mansão, estacionando em frente à entrada.

– Desembarque obrigatório! – exclamou Kitty, em um tom encantador e imperativo.

Demorou alguns instantes, pois Sebastian, nervoso como estava, não encontrou a maçaneta para abrir a porta do carro. Assim que saltou, Kitty deu partida no motor, deixando para trás uma nuvem de fumaça. Dali em diante, cabia a Lisa resolver a situação.

Desorientados, os dois se viram frente a frente. Mal atreviam a se olhar nos olhos. Nenhum deles tinha coragem de dizer a primeira palavra.

– Seus pés... – balbuciou Sebastian, por fim.

Lisa constatou que estava descalça e seu dedão do pé esquerdo sangrava.

– Corri tão rápido que... – gaguejou ela. – Estava tão assustada, não queria que você fosse embora.

– É tudo culpa minha, Lisa. Me perdoe.

Seus olhos já estavam marejados. Vê-la descalça e com o pé ensanguentado foi o golpe de misericórdia.

E então tudo aconteceu. Não se soube ao certo quem deu o primeiro passo, talvez tudo tivesse ocorrido de uma só vez. Correram na direção um do outro e se abraçaram com força. Ela soluçava, sentia seus beijos – em um primeiro momento tímidos, como se temesse que ela o rejeitasse, mas, depois, cada vez mais apaixonados, ardentes e, sem dúvida, inadequados ante o olhar dos funcionários.

– Você me deixou sozinha... Tive que passar por tanta coisa sem você. A gravidez, aquela viagem longuíssima de trem, o divórcio.

Lisa escutou a si mesma e se espantou com o quanto sua voz soava lamuriosa. Jamais pensara em lhe dizer aquelas coisas. Queria ser forte. Recebê-lo com ar de superioridade. Desdenhar de suas desculpas. Mas havia fraquejado, porque era maravilhoso estar em seus braços. E saber que ele era seu. Só seu. Porque a amava.

– Não tenho nada, Lisa – lembrou ele. – Não tenho trabalho, nem dinheiro, nem onde morar. Como ousaria apresentar-me diante de você sem ter o que lhe oferecer?

– Vamos encontrar uma solução – sussurrou ela. – Você precisa ficar comigo, Sebastian. Comigo e com nosso filho. Precisamos tanto de você. Eu vou morrer se você me abandonar de novo.

– Não vou a lugar algum, Lisa. Jamais te deixaria novamente.

Beijaram-se outra vez, pouco se importando com o carro de entregas que chegara no pátio ou com Paul, que discretamente lhes rogou para que continuassem a "conversa" dentro de casa.

– Você não pode andar, meu amor. Espere – pediu Sebastian.

Ela se esquivou, dizendo ser muito pesada. Sem êxito.

– Não vai ser a primeira vez que faço isso!

Sebastian a levou no colo até o primeiro andar e, então, não conseguiu mais. Subiram a última escada, que levava ao quarto de Lisa, de mãos dadas.

37

Leo se sentia bastante estúpido com a cesta na mão. Era cada ideia que a avó tinha! Todos os netos haviam recebido uma ridícula cestinha forrada com papel verde imitando plantas. Além do pequeno Fritz e também de Walter, que fora convidado junto com a mãe para passar o domingo de Páscoa na Vila dos Tecidos.

– É para colocarem os ovos que o coelhinho escondeu no parque.

Dodo lhe deu uma cotovelada para que não dissesse nada errado. Mas, mesmo sem as advertências da irmã, ele não tinha qualquer intenção de estragar a diversão da avó Alicia. Os adultos eram mesmo esquisitos, principalmente os mais velhos. Onde já se viu acreditar nessas lendas de Páscoa! No ano anterior, ele e Dodo haviam espionado da janela do quarto e flagraram Gertie e Julius escondendo os ovos coloridos e coelhinhos de açúcar no parque.

Haviam relatado tudo para a mãe, que riu e lhes explicou que, provavelmente, o coelhinho estava sobrecarregado com tantas crianças, e às vezes contava com a ajuda dos humanos. Mas ela sorrira tão chistosamente que os dois logo concluíram que aquilo se tratava de uma "mentirinha inofensiva". Algo permitido apenas aos adultos, jamais às crianças.

E ali estava ele, parado com a cesta idiota, enquanto os demais irrompiam como animais selvagens pelo parque, se metiam em meio aos arbustos, pisoteavam flores e assustavam os pobres esquilos. De vez em quando, alguém gritava:

– Achei! Achei!

Os outros corriam para cima e havia brigas.

– São meus, eu vi primeiro.

– É um coelhinho para cada um. Você já tem o seu.

– E daí? Não posso fazer nada se fui mais rápido.

Na maioria das vezes, eram apartados por Gustav, que corria em meio às crianças junto com Humbert e Paul.

– Hansl! Dá esse coelho para a Henni agora mesmo!

– Fui eu que achei – reclamou o menino.

– Agora!

– Deixa ele – disse Paul.

Mas Gustav se manteve firme. Maxl e Hansl eram tão velozes que não sobraria nada para os outros. Fritz cambaleava com suas pernas curtas, levando um ovo colorido em cada mão, enquanto a trapaceira Henni tinha no mínimo três coelhos de açúcar dentro da cesta. E Leo havia visto direitinho como ela engambelara Walter para conseguir um deles.

– E você, Leo? – perguntou Marie. – Não vai brincar?

– Não – respondeu o garoto.

Ele odiava aquela correria sem sentido e o escândalo que faziam por meia dúzia de ovos – algo que, de mais a mais, estava sempre disponível no café da manhã. E tampouco gostava de coelhinhos de açúcar. Ainda tinha alguns do ano passado, guardados em cima do armário, pois era incapaz de mordiscar as patinhas e as cabeças. E não permitia que ninguém o fizesse, pois não queria que os bichinhos sentissem dor.

Por sorte, a mãe o deixou em paz. Seu pai também acabara desistindo de lhe lembrar o tempo todo de que ele era um menino e deveria subir em árvores. Apenas tia Elvira, que viera da Pomerânia passar a Páscoa com eles, havia comentado que Leo era certamente um menino travesso, uma vez que se parecia muito com seu tio-avô já falecido. Tio Rudolf era irmão da avó Alicia. Ele o vira certa vez em uma foto amarelada, de uniforme e montado a cavalo. O animal, conforme lhe explicara a tia, se chamava Freya e se tratava de uma égua alazã, um equino maravilhoso. Leo, que adorava cavalos, chegou a ter vontade de visitar a tia na Pomerânia qualquer dia.

– Psiu! Leo!

Humbert surgiu repentinamente ao seu lado. Tomou-lhe a cesta das mãos e a encheu com três ovos coloridos e dois coelhos de açúcar.

– Obrigado, Humbert – disse ele, acanhado.

Humbert sorriu e explicou que havia esquecido os itens no bolso da calça e não sabia onde deixá-los. Em seguida, desapareceu. O homem era incrivelmente ágil, além de um verdadeiro camarada. Tomara que continuasse na Vila dos Tecidos, pois até então era o substituto de Julius, que havia sido solto no dia anterior. O antigo funcionário passava a maior parte do tempo na cozinha; a mão com que segurava a caneca cheia de chocolate quente não parava de tremer. Além disso, estava magérrimo e pálido. A Sra. Brunnenmayer comentou que tamanho sofrimento era culpa dos investigadores. Era uma vergonha que tivessem trancafiado um inocente e permitido que definhasse daquela forma.

Finalmente encontraram todos os ovos. Dodo, Walter e Henni correram pelo gramado até o alpendre, onde os adultos tomavam seu aperitivo: um vinho vermelho ou amarelado, servido em copos muito pequenos. Cheirava a verniz de piano e calda de cereja cozida. Como alguém podia gostar daquilo era, a seu ver, um verdadeiro mistério.

– Pois então, Leo – disse a Sra. Von Dobern, trazendo uma bandeja com suco de maçã para as crianças. – Achou muitos ovinhos?

A mulher parecia mansa como um gato. Mas não importava, ele a odiava mortalmente. Só em vê-la, suas orelhas já começavam a doer, com a lembrança dos beliscões que recebia da então preceptora.

– Sim, alguns – respondeu ele laconicamente, antes de dar-lhe as costas.

– É um menino tão bonitinho. – Ele escutou Serafina comentar com Alicia. – E tão talentoso.

– Daqui a pouco ele toca algo para a gente – disse a avó, acariciando-lhe os cabelos.

Se ele ao menos pudesse cortar aquele maldito topete... Por causa dele, era motivo de chacota na escola. "Lindeza", assim o apelidaram. Certa vez, encurralaram o garoto em uma sala e prenderam um laçarote em sua cabeça; foi o cúmulo da maldade. Haviam deixado Walter do lado de fora, para que não pudesse ajudá-lo. Até que chegou Maxl Bliefert e junto com Walter abriu a porta à força. Maxl, além de ser dois anos mais velho, era bastante corpulento. A história terminou em pancadaria, e o Sr. Urban deixou todos de castigo.

Os adultos haviam se separado em dois círculos. Em um grupo estava tia Kitty, Marie, tia Tilly, além do Sr. Klippi, que voltara a frequentar a mansão, e da mãe de Walter. No outro extremo do alpendre reuniam-se, por sua vez, a avó Alicia com tia Elvira e a avó de Henni, Gertrude. E logo a Sra. Von Dobern se juntou às três. Paul era o único que alternava entre um grupo e outro, trocava umas palavras ali, outras acolá, e volta e meia olhava para a esposa, que não lhe sorriu uma única vez.

Entre os dois círculos estava tia Lisa, sentada em uma poltrona de vime, com uma manta de lã sobre os ombros e acompanhada pelo Sr. Winkler, que ninava o pequeno Johann em seus braços. Leo gostava bastante da tia Lisa – já sobre o Sr. Winkler, ainda era incapaz de opinar. Ele sempre parecia tão amuado, mal abria a boca e passava a impressão de se sentir constrangido em meio aos demais. Principalmente por estar usando o terno que outrora pertencera ao avô Melzer. Foi o que Else contara a Leo, horrorizada com a situação. Mas Dodo logo interveio, dizendo que o vovô estava morto e não precisava mais daquelas roupas.

Nesse meio-tempo, os adultos admiraram as cestinhas repletas de ovos e fizeram os comentários de sempre: "Não comam tudo de uma vez", "Dividam com os irmãos", "Agradeçam aos pais".

– Por quê? – perguntou Henni. – Foi o coelhinho que trouxe.

E, então, gritou em direção ao parque: "Obrigada, coelhinho querido!", para o encanto de todos os adultos. Afagaram seus cachinhos loiros, sem sequer notar que a menina havia se apossado indevidamente de cinco coelhinhos de açúcar. Sendo que em sua última visita ao dentista fizera um verdadeiro escândalo ao descobrir que tinha duas cáries. Efeito do consumo exagerado de doces, afirmara o dentista. Tia Tilly, que pretendia se tornar médica, confirmara o diagnóstico durante o café da manhã e, desde então, Henni não lhe dirigia mais a palavra.

Humbert trajava o belo libré que Julius sempre usava nos dias festivos. Um colete azul-escuro com botões dourados, calça justa com pesponto claro nas laterais e a camisa branca engomada. Após sussurrar algo no ouvido de Alicia, a senhora acenou com a cabeça. Finalmente! O almoço estava a caminho. O estômago de Leo roncara diversas vezes, e Walter chegara a comentar que o barulho se assemelhava ao grave rugido do tigre que haviam visto enjaulado no zoológico.

– Meus caros convidados, o cordeiro de Páscoa já está servido. Por que não passamos à sala de jantar?

Chegando lá, encontraram a mesa posta com a belíssima louça. Era tudo tão encantador que causava pânico só de pensar em quebrar algo. Dois anos antes, Dodo deixara cair um prato, e desde então a avó Alicia lhe pedia cuidado em todas as refeições que faziam juntos.

Os filhos de Gustav e Auguste haviam voltado para a casa com o pai. Uma pena, pensava Leo. Pelo menos Liesel seria ótima companhia à mesa. Walter também simpatizava com a menina e havia lhe perguntado recentemente se tocava piano. Mas os Blieferts não tinham piano em casa.

– Leo, seu lugar é ali – indicou Marie. – Olha só, a vovó escreveu cartõezinhos com os nomes de cada um.

Ele, de fato, avistou um cartão com bordas douradas que continha seu nome escrito. Walter ficou em polvorosa ao descobrir o papel que levava seu nome e perguntou se poderia levá-lo para casa. Seu lugar era ao lado de Leo, em frente a Dodo. Ótimo, pois Leo teria se recusado terminantemente a se sentar ao lado de Henni. A cadeira da prima estava junto à de Walter e, à direita, ficava a de tia Kitty. A tia era a única que não caía nas artimanhas de Henni. À mãe, pelo menos, a prima tinha que obedecer.

Os adultos se sentaram à mesa mais ou menos como no alpendre. Na cabeceira, a avó Alicia com Gertrude, tia Elvira e Paul; em frente a eles, Marie, tia Kitty e tia Tilly. Os demais se espalharam entre os dois grupos. Já o nome da Sra. Von Dobern, por sorte, não constava na mesa.

Como de costume, a comida estava deliciosa. Por mais que Gertrude se esforçasse, jamais chegaria aos pés da Sra. Brunnenmayer. Na arte de servir, Humbert superava Julius com folga. Era inacreditavelmente ágil, como se flutuasse, e trazia os pratos no momento certo. Além disso, nunca parecia de mau humor, como era o caso de Julius.

– Meus amados filhos e netos, prezados amigos e convidados – anunciou Alicia.

Ela proferiu as palavras erguendo a taça. Lisa ainda fatiava o assado em seu prato, enquanto o Sr. Winkler se ajeitava na cadeira e sorria, constrangido. Paul olhou para Marie, que estava bastante pálida. Talvez a acidez da salada de repolho roxo não tivesse lhe caído bem.

– Para mim é um prazer imenso celebrar a Páscoa junto à minha família. Quanta gente maravilhosa nesta mesa! Sobretudo as risadas das crianças, que finalmente voltamos a escutar na mansão, me enchem de alegria.

Se algo ali não faltava, eram crianças. Antes do almoço, havia oito. Sem contar com o bebê, que só fazia chorar – e justamente por causa dos risos das crianças. O berreiro pueril era capaz de estragar a mais bela música ao piano. Tudo o que Leo mais desejava era que o primo se acalmasse quando fossem tocar as músicas.

– Fique tranquilo – dissera Walter. – Tenho certeza de que nossa apresentação vai abafar o barulho do seu primo.

Dodo derrubou seu copo d'água e se assustou com o olhar reprovador que recebeu do pai. Mas tia Elvira logo arrumou tudo e colocou um arranjo de flores no lugar, na tentativa de cobrir a mancha.

– O que mais me alegra é ter meus filhos nesta celebração. Lisa, minha querida, você e seu filhinho encantador são os responsáveis pela minha felicidade hoje. Paul e Kitty, meus queridos…

Tia Lisa exibia um sorriso de orelha a orelha. Ela assentia durante o discurso da mãe e segurava a mão do enrubescido Sebastian, que acompanhava as palavras de Alicia enquanto ajeitava os óculos.

– Mas eu tive outra alegria que gostaria de compartilhar nesta Páscoa com vocês, meus caros filhos, parentes e amigos.

Leo sentiu um calor subindo-lhe o rosto. Por acaso sua mãe pretendia voltar a morar na Vila dos Tecidos? Ele olhou para Dodo, que estava boquiaberta. Por um momento, sentiu imensa alegria. Morar com a tia Kitty era bom, mas, de alguma forma, não parecia certo. E, além do mais, seu pai se transformara em outra pessoa.

– Meus queridos, sem mais delongas, quero comunicar que hoje também comemoramos um noivado. Nossa jovem estudante de medicina e o Sr. Ernst von Klippstein estão noivos!

– Ah, tá… – murmurou Dodo, profundamente desapontada.

Leo também teve a sensação de perder a esperança. Tia Tilly e o Sr. Klippi se casariam. E daí? Quem se importava? Com certeza, nem ele nem Dodo.

– Tilly! – gritou Lisa. – Gente, mas que surpresa maravilhosa! Sr. Von Klippstein… ai não… Ernst, meu querido, podemos deixar de lado essas formalidades de "senhor" e "senhora"?

Humbert surgiu pontualmente com a bandeja repleta de taças de espumante e correu até a mesa para que todos se servissem.

– Para vocês, a bebida especial – sussurrou o copeiro para Leo, enquanto oferecia suco de maçã às crianças.

– Aff – resmungou Henni. – Eu quero espumante!

– Você quer voltar comigo agora para casa, é? – advertiu tia Kitty.

Seu descontentamento com o noivado era nítido. Tia Gertrude verteu um par de lágrimas com tia Elvira, Marie sorria e Paul, entusiasmadíssimo, ergueu sua taça de espumante e exclamou:

– Brindemos ao jovem casal de noivos! Vida longa aos dois e que Deus os abençoe!

– E muitos filhinhos – disse Kitty, com sarcasmo.

Em seguida, o Sr. Klippi se levantou e proferiu seu discurso esquisitíssimo aos ouvidos de Leo, que versava sobre coisas como "afeição", "conveniência" e, ainda, proteger e apoiar um ao outro sempre.

– Agora tem que beijar! – bradou Henni.

Ninguém lhe deu ouvidos. Dodo tentou corrigir a prima, dizendo-lhe que o Sr. Klippi era apenas noivo, não namorado. Apenas os casados e namorados podiam se beijar.

– E o beijo dos noivos? – indagou Henni, insistindo.

– Fique quieta, menina – ordenou Kitty. – Em casamento de conveniência não tem beijo.

– Mas eles ainda estão noivando.

– Aí menos ainda.

– Credo – disse Henni, decepcionada. – Quando eu ficar noiva, vou beijar que nem doida!

Walter ficou constrangidíssimo, pois a menina o encarava triunfantemente enquanto falava. Beijos de verdade. Ele tinha pavor de tal coisa. Leo também.

– Só cuidado para não ficar com a boca torta de tanto beijar – advertiu Dodo, fazendo caretas e esticando os lábios.

– Dodo! – repreendeu a avó Alicia, no outro extremo da mesa. – Você sabia que, se o relógio bater agora, vai ficar com essa cara para sempre?

– Blém! – exclamou Henni, imitando o imenso carrilhão do salão vermelho e desatando a gargalhar.

Era um tormento dividir a mesa com aquela menina. Finalmente serviram a sobremesa: creme de framboesa com pedacinhos de chocolate e creme. A Sra. Brunnenmayer sempre colocava um pouco de baunilha também, mas Leo preferia comer o creme puro. Walter suspirou sonoramente e afirmou estar tão cheio que não conseguiria sequer segurar o violino.

– Estou só brincando – explicou ele, quando Leo o fitou decepcionado.

Após a sobremesa, os adultos se estenderam um pouco mais à mesa. Humbert serviu o *moccaccino* em pequenas xícaras e logo Lisa subiu com o Sr. Winkler para amamentar o bebê.

– Por que ele foi junto? – indagou Dodo, admirada.

– Acho que tem medo de ficar aqui embaixo sem a esposa – opinou Walter.

– Ela não é esposa dele – replicou Henni.

Walter ficou novamente encabulado quando ela lhe sorriu.

– Eu... eu pensei... É que eles têm um bebê.

Do outro lado da mesa, o Sr. Klippi comentou que finalmente poderiam eleger o homem certo para presidir o parlamento. Hindenburg se candidatara.

– Hindenburg? – indagou Kitty. – Depois de mandar milhares de soldados para a morte naquela guerra sem sentido? Tudo por não querer chegar a um acordo de paz.

– Não, não, minha querida – disse o Sr. Klippi com um sorriso, provavelmente por crer que mulheres não entendiam nada de guerra. – O marechal Hindenburg certamente teria conduzido nossas tropas à vitória, não fosse a perda de apoio no próprio país. Os socialistas apunhalaram o Exército alemão pelas costas.

– Que absurdo! – bradou Kitty. – Quem insistiria na guerra, quando tudo já estava perdido? Além do mais, ele já passou da idade. Um velho coroca como presidente do parlamento... Bem, não esperaria outra coisa dessa república ridícula.

Alicia aprumou ainda mais a postura sobre a cadeira e lançou um olhar de desaprovação para a filha.

– Minha querida Katharina, tenha modos. Olha as crianças. E, por favor meu caro Sr. Von Klippstein: não discutimos política no círculo familiar.

– Perdão, senhora – disse ele.

Para Walter, foi um alívio quando Leo agarrou a manga da sua camisa. A avó fez um aceno com a cabeça, o que significava que poderiam se retirar. Correram até a sala dos cavalheiros para pegar o violino e as partituras. No salão vermelho, Humbert e Julius já haviam afastado o piano da parede, para que o som não ficasse abafado.

A Sra. Ginsberg também se levantou; era ela quem viraria as páginas da partitura enquanto Leo tocasse. Na verdade, era desnecessário, uma vez que ele já sabia de cor a sonata para piano e violino em mi menor de Mozart. Walter também dispensava as partituras. Mas a Sra. Ginsberg sempre dizia: "É só para garantir."

Quando chegaram ao salão vermelho, grande parte do público já os aguardava. Apenas Lisa e o Sr. Winkler se encontravam no andar de cima com o bebê. Por que o pequeno gritava tanto se estavam lhe dando de mamar?

Infelizmente, não havia remédio: tiveram que tocar com o berreiro ao fundo. Foi irritante, pois Walter iniciava suavemente a bela melodia e apenas quando chegava a enérgica frase em *forte* é que Leo entrava com o piano. Só então os escutariam devidamente.

A Sra. Ginsberg sorria para encorajá-los. Estavam indo bem. Começaram logo em seguida e, assim que se viram imersos na música, tudo ao redor desapareceu. Eram apenas sons, ritmos, melodias. Bem no começo de seus estudos, Leo tinha certa implicância com Mozart, que considerava fácil demais para seus dedos. Mas, com o tempo, percebeu que o compositor era do tipo que dançava sobre a corda bamba. Acima dele, o céu; abaixo, o inferno – e, entre um e outro, eles pegavam carona nas asas de Mozart. Era insano. Porém, não havia nada mais lindo em todo o mundo.

Walter se atrapalhou duas vezes, mas Leo seguiu com sua parte, até ser alcançado pelo amigo. A Sra. Ginsberg era a única que não disfarçava o nervosismo; ele notava a respiração acelerada da professora, sentada na cadeira bem ao seu lado. Quando terminaram, os aplausos foram tão fortes que os dois se assustaram.

– Bravo! Bravo! – exclamou o Sr. Klippi.

– Maravilhoso! – elogiou Lisa, que em algum momento voltara do quarto com o Sr. Winkler.

– Dois pequenos Mozarts – sussurrou tia Elvira.

Dodo gritava "Hip, hip, hurra!" e até Henni se juntou ao coro antes que Kitty finalmente ordenasse que se calasse. Definitivamente, tia Kitty não estava de bom humor; do contrário, jamais teria tentado reprimir o deslumbramento alheio com "os dois meninos prodígio". Por outro lado, Paul se aproximou dos músicos, apertou a mão de Walter, da Sra. Ginsberg e, por fim, de Leo. Então, começou a distribuir seus presentes.

– Estou parecendo uma floreira – brincou.

Todos riram; até mesmo Marie achou graça. Mas só a Sra. Ginsberg acabou recebendo um buquê de flores; Walter e Leo ganharam ingressos para um concerto no Ludwigsbau, no parque da cidade. Seria uma apresentação do pianista Artur Schnabel, que não só tocava, mas também compunha, conforme dissera a Sra. Ginsberg. Leo ficou em polvorosa, pois era exatamente aquilo que desejava fazer no futuro.

Em seguida, serviram o sorvete que a Sra. Brunnenmayer guardou na geladeira. O sabor da vez era cereja. Permitiram que as crianças o acompanhassem com algumas gotas de licor de ovo. Henni tentava uma vez mais apropriar-se da porção de Walter. Mas tia Lisa a vigiava com seus olhos atentos.

Terminadas as cumbucas de sorvete, colocaram-nas sobre a bandeja que a Sra. Von Dobern trouxera da cozinha, pegaram as partituras e correram para a sala dos cavalheiros, onde Walter havia esquecido a capa do violino. No corredor, viram a Sra. Brunnenmayer, junto com Else, Gertie e Julius, que haviam se reunido para prestigiar o "espetáculo".

– Ai, que coisa mais linda – elogiou a cozinheira. – Nem acredito que presenciei uma coisa dessas.

Leo ficou muito emocionado ao perceber que a reação deles era sincera, e não mera bajulação como faziam seus familiares. Quando os funcionários voltaram à cozinha, Leo decidiu ir à sala dos cavalheiros com Walter, mas se deteve no meio do caminho ao escutar a voz de Kitty vindo do jardim de inverno. Ela parecia realmente furiosa.

– Vá na frente – disse Leo para Walter. – Já vou.

Walter entendeu na hora e entrou na sala. Leo se aproximou cuidadosamente da porta do jardim de inverno para escutar.

– Você não me contou nada. Absolutamente nada! Que covardia! – exclamou Kitty, enfática.

– Eu tentei, Kitty. Mas você não me deixou falar.

Era a voz de Tilly. Provavelmente tinha razão. Em geral, era difícil conseguir abrir a boca em uma conversa com Kitty.

– Me pegou de surpresa, com tudo já resolvido – falou Kitty, soluçando. – Sendo que o combinado era você vir morar em Augsburgo depois do exame da faculdade.

Houve alguns instantes de silêncio. Provavelmente era Tilly tentando abraçar a amiga, pois ela logo gritou.

– Não toque em mim, sua insensível! Quero só ver esse casamento com aquele insosso. Tudo bem que ele te ajudou muito, conseguiu seu apartamento, cuidou de você. Mas será que ele é um bom amante? Hein?

– Por favor, Kitty. Eu e ele concordamos com esse casamento de conveniência. Não teremos filhos. Você sabe que meu coração ainda pertence a outro.

Leo já não acompanhava a conversa, mas entendeu que coisas como "noivado", "casamento", "amante", "coração" e "conveniência" compunham uma dinâmica complicadíssima. Ainda mais tratando-se de mulheres. Embora já não tivesse o que fazer ali atrás da porta, sentiu pena de Kitty. Ela era a mais linda entre todas as tias e vivia sempre tão alegre...

– Mas por que Munique? – lamentou ela. – Vocês poderiam se instalar por aqui. E agora ainda querem tirar de mim minha querida Gertrude.

– Ai, Kitty! Ernst resolveu vender sua parte na fábrica e investir em uma cervejaria em Munique. Tenho certeza de que Paul não vai se incomodar. Afinal de contas, tem havido atritos entre os dois, não é mesmo?

– Isso não é motivo – objetou ela.

– Compramos uma casa ótima em Pasing. Vocês sempre serão bem-vindos lá. E mamãe decidirá por si só onde quer morar.

– Pois muito bem! – replicou Kitty, em tom soberbo. – Está tudo decidido e consumado. Mas fique sabendo que na sua lindíssima casa eu não piso.

Tilly deu um suspiro audível.

– Sabe, Kitty... – disse ela. – Acho que você primeiro precisa se acalmar. Depois, vai ver tudo com outros olhos.

Leo conseguiu esconder-se a tempo do lado da cômoda do corredor, quando Tilly saiu e se dirigiu ao salão vermelho, onde provavelmente estavam servindo licores e biscoitos de amêndoas. Não era certo escutar a conversa alheia, ele sabia. Hora de voltar à sala dos cavalheiros, pois Walter provavelmente já estaria se perguntando onde ele havia se metido.

Estava prestes a se retirar quando ouviu o pranto desolado de tia Kitty. Espontaneamente, deu meia-volta e abriu a porta do jardim de inverno. Ali estava ela, ao lado da figueira e com os ombros trêmulos.

– Tia Kitty! – exclamou ele, correndo em sua direção. – Não chore! A gente vai ficar. Mamãe, Dodo e eu. Não vamos te deixar sozinha.

Ela se virou e o sobrinho se lançou em seus braços. Enquanto abraçado com força, Leo sentiu que ela ainda soluçava.

– Ai, Leo. Você é um tesouro. É o amorzinho da titia.

38

Paul se esforçava para manter a calma enquanto percorria os galpões com Sebastian Winkler. Se a felicidade de Lisa não estivesse em jogo, ele já teria expulsado aquele insuportável da fábrica sem pestanejar. Já causara um mal-estar logo de manhã, ao chegar à antessala. Muito por acaso, conforme afirmou, ele havia observado a Srta. Hoffmann datilografando e descoberto um erro de digitação. Ela escrevera "maquina", sem acento. Certamente por um descuido incomum, pois era uma funcionária muito eficiente.

– Tem um errinho aí, minha cara – informou o professor sabichão.

– Impossível.

Por fim, a secretária sentiu-se ofendida, pois, como não podia deixar de ser, o Sr. Professor tinha razão.

Já começamos bem, pensou Paul.

E esse fora apenas o começo. Como era possível que justo Lisa, normalmente tão sensível, tivesse escolhido aquele sabe-tudo? Paul se irritara no setor financeiro, quando Winkler afirmou que as calculadoras estavam antiquadas e as lâmpadas não iluminavam o suficiente. Os funcionários teriam problemas de vista. Será que ele por acaso não havia percebido que quase todos ali já usavam óculos?

Ao subirem para a sala da contabilidade, Sebastian inspecionou as estufas e chamou a atenção para a falta de lenha e carvão.

– Estamos no final de abril, Sr. Winkler. Está calor lá fora, é só os funcionários abrirem as janelas.

Sebastian caminhou até as janelas e verificou que a maioria havia empenado durante o inverno e, portanto, estava emperrada. Além disso, o barulho que vinha do pátio era insalubre, ninguém poderia trabalhar com tamanho desconforto acústico.

Blá-blá-blá, repetia Paul mentalmente. *Quando formos aos galpões, ele vai querer exigir que as máquinas operem em silêncio, para não estragar a audição das operárias.*

Na última compra de máquinas, Paul já havia se atentado para que fossem ainda mais silenciosas que as antigas. Mas ali era uma unidade de produção, não um cemitério.

– Quantos operários trabalham aqui? – quis saber Sebastian.

– Cerca de dois mil. Os números exatos estão no escritório.

– E os demais funcionários?

Por acaso ele pretendia bombardeá-lo com perguntas? Qual a razão do interesse daquele professorzinho desempregado? Ele agia como se Paul estivesse tentando lhe vender a fábrica. Provavelmente não havia sido uma boa ideia oferecer aquela visita guiada às instalações, pois era nítida sua intenção de lutar pelos direitos dos operários pobres, oprimidos e explorados.

– Uns sessenta.

– E tem uma comissão de trabalhadores?

Arrá! Paul já esperava aquela pergunta!

– Claro. Tudo como exige a constituição.

O barulho na tecelagem era muito alto para dar qualquer explicação. Desse modo, Paul tomou o corredor central, cumprimentou alguns supervisores e se apressou em chegar ao outro lado do galpão. E o que fez Sebastian Winkler? Ficou onde estava, abordou uma operária e começou a conversar com ela. O supervisor interveio, do contrário teriam que parar a máquina, pois dois carretéis haviam chegado ao fim e precisavam ser substituídos imediatamente.

– Está um ruído infernal ali dentro – berrou Sebastian, quando saíram.

– Pode falar mais baixo aqui no pátio – replicou Paul.

– Perdão.

Em vez de seguirem para o galpão onde ficavam as máquinas de fiação por anéis, Paul preferiu levar Sebastian diretamente à cantina. Ela era seu orgulho, pois dispunha de uma cozinha que oferecia diariamente uma refeição quente aos funcionários, além de várias bebidas – obviamente sem álcool – e até mesmo sobremesa, mas só três vezes na semana. Às sextas-feiras havia peixe, normalmente arenque – salgado ou em conserva –, com batatas e beterraba. Aos sábados, serviam ensopado de carne bovina com feijão ou lentilha.

– Muito bem – elogiou Sebastian. – Quanto tempo eles têm para o almoço? Meia hora? É muito pouco. Como conseguem atender tantos funcionários de uma vez?

– Comem em horários alternados. Assim as máquinas não param.

– Certo. As janelas precisam ser limpas. E não fica muito calor no verão? Poderiam instalar umas cortinas ou venezianas.

Paul mordeu a língua de raiva e se perguntou se Winkler também não gostaria de colocar algumas poltronas e divãs no refeitório.

– Acho que os operários preferem mais dinheiro no bolso a um refeitório com cortinas de seda e jardineiras no parapeito das janelas.

Sebastian esboçou um sorriso simpático e comentou que talvez ambos fossem possíveis.

– Um ambiente de trabalho agradável e sadio não só é um aporte para um mundo mais justo, como também aumenta o engajamento dos funcionários.

– Claro – respondeu ele.

Sebastian, o dono da verdade, teimava em importuná-lo com suas ressalvas. Justo ele, que tanto brigara com o pai por tudo aquilo. Que desautorizara Von Klippstein a reduzir os salários, de forma a superar os preços da concorrência. Paul imaginou os insultos que seu falecido pai teria dito àquele impertinente e sorriu de maneira involuntária. Johann Melzer acreditava piamente que não se devia "mimar" os funcionários. Quanto mais lhes davam, mais queriam. Até que acabariam exigindo vencimentos astronômicos para ficarem em casa.

– Os operários recebem férias remuneradas?

– Três dias por ano. Os demais funcionários, seis dias.

– Já é um começo.

Para Paul, foi a gota d'água. Ele estava fazendo de bom grado aquele favor para a irmã, inclusive por ter a impressão de que Sebastian Winkler era um homem de confiança. E devia ser, de fato. Mas não deixava de ter suas manias.

– Não vivemos em uma república de conselhos, Sr. Winkler! – disse Paul, com veemência.

A mensagem foi clara e Sebastian a captou, abaixando a cabeça, ressentido. Em tempos passados, o professor gozava de uma posição de destaque na efêmera república conselhista de Augsburgo e acabou pagando por ela com o emprego e a liberdade. Contudo, podia se considerar com sorte – outros haviam terminado em pior situação.

– Estou ciente, Sr. Melzer – respondeu ele, assertivo. – Entretanto, não pretendo abrir mão dos meus ideais. Nem que, para isso, tenha que aceitar funções mais modestas.

Paul já imaginava sua missão fracassando e Lisa debulhada em lágrimas. Portanto, decidiu recuar.

– Pois bem, nem tudo era tão ruim, preciso admitir. E algumas pautas dos conselhos foram incorporadas à atual constituição.

Sebastian assentiu ensimesmado, mas Paul sabia que sua vontade era dizer: "Mas não o suficiente." No entanto, não se atreveu.

– Devo confessar que nunca lamentei não terem conseguido a expropriação das grandes fortunas – comentou Paul, com um sorriso.

– Eu também não – afirmou Sebastian, para grande surpresa do outro. – Era uma medida impossível de se implementar da noite para o dia. Quem mais se prejudicaria com o caos resultante seriam justamente os mais vulneráveis.

– É verdade. Podemos trocar uma palavrinha no meu escritório, Sr. Winkler? Acho que a Srta. Hoffmann já se recuperou do susto e vai poder nos servir um café.

Sebastian demonstrou estar arrependido de verdade pela gafe da manhã. Enquanto subiam as escadas do edifício da administração, ele explicou ser um detalhista incorrigível. Sobretudo no tocante à ortografia e sintaxe.

– E quanto aos números?

– Eu queria estudar matemática quando era garoto. Para calcular as rotas das estrelas.

Ai, Senhor. Por que não se interessava por regras de três, contabilidade e balanços? Mas ele não parecia estúpido – era possível que se adaptasse rápido ao serviço. Só precisava querer, o problema era esse. Problema de Lisa. E, logo, de Paul também.

– Gosto do café um pouco mais fraco, por favor.

Henriette Hoffmann voltou à antessala para buscar um bule de água quente. Ele agradeceu imensamente, mas a secretária se manteve fria. Era evidente que continuava magoada.

Sentaram-se nas poltronas de couro com suas xícaras de café e conversaram alguns instantes sobre amenidades. Que a primavera finalmente estava chegando e as faias estavam cheias de folhagem nova. Que o pequeno Johann tinha engordado mais trezentos gramas e ria para qualquer um que se aproximasse do berço. Que a economia alemã começava a deslanchar e, em breve, a região do Vale do Ruhr se veria livre dos franceses. Por fim, Paul decidiu que era hora de abordar o assunto, afinal de contas ele tinha mais o que fazer.

– Como o senhor deve saber, o meu sócio, o Sr. Von Klippstein, em breve sairá da empresa.

Sebastian estava a par da situação. Ou havia se preparado para a conversa, ou tomara ciência por Lisa.

– E temos que proceder com muita cautela nos próximos anos, porque ele vai retirar seu capital da fábrica. Não gostaria de fazer cortes no pessoal de forma alguma.

Para Paul, era importante o Sr. Bom Samaritano saber que não estava lidando com um capitalista que enriquecia às custas de seus operários, mas sim com o proprietário de uma fábrica, responsável pelo sustento de mais de dois mil homens e mulheres.

– É nobre da sua parte.

Sebastian pousou sua xícara sobre a mesa e tentou aprumar as costas. Com pouco êxito, afinal, aquelas poltronas exigiam uma postura relaxada, que Winkler não conseguia manter.

– Sr. Melzer, aprecio muito o senhor ter me dedicado grande parte do seu tempo esta manhã. Estou ciente de que não é tanto pela minha pessoa, mas sim pelas circunstâncias incomuns que, de certa forma, nos uniram em família.

– Não é bem assim – discordou Paul. – Sempre considerei o senhor um homem competente e lamento de verdade que não encontre trabalho na sua área de formação. Portanto, gostaria de lhe oferecer a oportunidade de aplicar suas habilidades na fábrica.

– É realmente generoso de sua parte, Sr. Melzer – respondeu Sebastian, fitando-o com grande seriedade. – Me dedicarei ao serviço de corpo e alma. Se eu puder fazer um pedido, gostaria de trabalhar na tecelagem.

Paul ficou boquiaberto. Havia escutado bem? Aquele doido pretendia começar como operário sem qualificação na tecelagem? Para viver na própria pele a situação dos trabalhadores? Se ele consentisse com aquilo, Lisa teria um ataque histérico.

– Gostaria de lhe oferecer outro serviço, Sr. Winkler. Estou precisando de funcionários de confiança na contabilidade.

– Infelizmente, não entendo muito disso.

Mas se ele se encarregava das contas da sapataria do irmão, pelo menos de alguns conhecimentos básicos ele dispunha.

– O senhor vai aprender rápido. Meu sócio fica na fábrica até o final de maio, e não terá qualquer problema em lhe ensinar todos os segredos da escrituração de partida simples e dobrada.

Klippi era no mínimo tão meticuloso quanto Sebastian – ou os dois se dariam muitíssimo bem, ou se odiariam. Só o tempo diria. Mas uma coisa era certa: Sebastian Winkler ainda lhe traria problemas.

– Se o senhor pretende me confiar esse cargo, não posso recusar. Ah, tenho outras perguntas. É sobre a comissão de trabalhadores. Ela é formada por quantas pessoas? E a presidência? Com que frequência se reúnem? São liberados do trabalho para isso? Com certeza eles precisam registrar minha contratação, não?

– Claro.

O fato era que a comissão dos empregados se reunia no máximo uma vez a cada dois meses e, na prática, não tinha voz. Por isso que consistia de apenas alguns poucos voluntários.

Foi um alívio quando a Srta. Hoffmann avisou que o Sr. Von Klippstein havia chegado. Era a oportunidade de se livrar, pelo menos momentaneamente, de Sebastian.

– Excelente! Vou acompanhá-lo e ele vai lhe dar as primeiras instruções sobre sua futura atividade.

Ernst von Klippstein lhe devia aquele favor. Meses antes, havia batido o pé que não retiraria seu capital da empresa. Depois que mudara de ideia, era o mínimo que ele podia fazer. Enfim, o amor. Ou o que chamava de amor. Mas, no final das contas, ele era um bom rapaz, pois não deixara de expressar seu remorso.

– Muito prazer, Sr. Winkler. Fique aí para nos conhecermos um pouco.

– O prazer é meu. E muito obrigado, Sr. Von Klippstein.

Paul retornou ao escritório, onde Alfons Dinter já o esperava para mostrar as novas estampas. Não eram exatamente ruins, mas lhes faltava certa criatividade.

– A esposa do senhor desenhava uns padrões tão bonitos antigamente. O Sr. Dessauer, que grava os rolos, a elogia até hoje.

Paul escrutinou o funcionário com o olhar, mas não havia nenhuma malícia em sua expressão. Pelo contrário, o homem era a inocência personificada.

– Vamos começar a produção, Dinter – disse Paul, em tom indiferente.

O restante da manhã passou voando, com uma decisão atrás da outra sendo tomada, em meio a telefonemas, correspondências, queixas, faturas infladas e cálculos apertados. Quando saiu para o almoço, a Srta. Hoffmann informou que o Sr. Von Klippstein e o Sr. Winkler comeriam juntos na cidade.

– Nossa!

– Os dois se deram muito bem – comentou ela, com um quê de desdém.

– Ótimo.

Aliviado, Paul entrou no carro e tomou o caminho da mansão. O parque apresentava uma sinfonia de cores que apenas a primavera podia trazer. Entre o verde-limão das faias, surgiam pinheiros mais escuros, zimbros em tons de oliva e cedros azulados. As flores brancas dos arbustos interrompiam o verdejar da vegetação, as amendoeiras resplandeciam em nuances de rosa, enquanto o amor-perfeito do canteiro em frente à mansão explodia em todos os matizes. Que pena passar seus dias naquela fábrica cinzenta, sentado no escritório igualmente cinza. De pronto, percebeu como estavam longe as felizes lembranças da infância, de quando passava as tardes correndo com as irmãs no parque ou saindo com os amigos para pescar...

Seus filhos, Leo e Dodo... Queria que fossem tão livres e felizes naquele parque como ele fora um dia fora! E Marie, sua Marie...

Após voltar à realidade, Paul estacionou o carro em frente à entrada, como de costume, e sorriu para os dois diligentes copeiros que surgiram na escada.

– Quem diria, não é? Algo assim na Vila dos Tecidos – gracejou ele. – Dois mordomos, parece coisa da família real.

Na verdade, nem Humbert e tampouco Julius gozavam plenamente de suas capacidades – ajudavam-se mutuamente. Contrariando todas as expectativas, os dois pareciam se dar bem.

No corredor do andar de cima, foi recebido por Lisa. Continuava rechonchuda, e seu humor se transformara nas últimas semanas. Ela parecia realmente satisfeita consigo mesma e com o mundo, e seu sorriso era o de uma mulher feliz.

– Você foi maravilhoso, Paul – observou ela, agarrando a mão dele com entusiasmo. – Sebastian acabou de ligar. Ele está indo comer com Klippstein e vai me contar tudo depois. Acho que, apesar de tudo, conseguimos!

– "Apesar de tudo" mesmo – gracejou ele, revirando os olhos. – Seu amado Sebastian é osso duro de roer para qualquer empresário.

A zombaria do irmão lhe agradou tanto que Lisa irrompeu em uma risada alegre.

– Pois é, ele tem seus princípios.

Paul concluiu que seria infrutífero brigar com a irmã por causa de Sebastian. Ela o amava e seria preciso lidar com o homem. Ponto-final.

– Como está mamãe? – indagou ele, por costume.

– Péssima, Paul. Está fora de si. Principalmente por causa desse artigo no jornal. E ainda tem a Serafina.

– Mas teve outro artigo? Eu não li nada de mais hoje de manhã.

Lisa deu um sorriso mordaz.

– Porque você pulou a seção de cultura.

Prontamente lhe veio à memória que Kitty comentara que os preparativos estavam a todo o vapor. No final de maio, ocorreria o vernissage e fariam uma bela divulgação até lá.

– A exposição? – perguntou ele.

– Adivinhou.

Paul respirou fundo e se preparou antes de abrir a porta da sala de jantar. Aquele não seria um almoço harmonioso em família.

Alicia já estava em sua cadeira, pálida como uma vela, com um copo d'água diante de si e uma colher na mão, com a qual dissolvia seus sais para dor de cabeça. Lisa e Paul trocaram um olhar aflito e se sentaram. Concentrada em engolir a branca e amarga substância, a mãe mal lhes deu atenção. Em seguida, pigarreou, fez sua prece e, quando Humbert entrou com a sopeira, indicou-lhe que não comeria nada.

– Só um pouquinho, senhora. Para o remédio não atacar seu estômago.

– Obrigada, Humbert. Depois.

Com ar de preocupação, Humbert se inclinou em reverência e serviu a sopa para Lisa e Paul. Mal ele havia se retirado do recinto, Paul notou o olhar acusador da mãe.

– Suponho que tenha lido o jornal hoje de manhã.

– Só a parte de política e economia, mamãe. Temos um novo chanceler, o que é excel...

– Não mude de assunto, Paul!

– Acho que infelizmente não li o artigo ao qual se refere, mamãe. Trata-se da exposição?

– Isso mesmo. Ah, Paul. Você me prometeu que impediria esse horror e eu me deparo com um artigo desses no *Augsburger Neueste Nachrichten*! Não acreditei no que estava vendo. Mais de meia página. Com três fotografias. E um monte de disparates sobre aquela despudorada que deixou seu pai à beira da loucura.

Por mais que entendesse a indignação da mãe, aquelas palavras não poderiam passar em branco.

– Por favor, mamãe. A mãe de Marie foi uma artista, a vida dela se pautava em normas diferentes das que regem o dia a dia da maioria das pessoas. Não gosto que você se refira a ela como "aquela despudorada"!

Lisa tinha o olhar fixo no buquê de flores que Dörthe colhera para o almoço. Alicia bufou sonoramente, e seu rosto pálido tomou cor.

– Já chegamos ao ponto em que me proíbem de abrir a boca na minha própria casa. Então como você definiria essa mulher, Paul?

Por que era tão difícil fazer uma mulher furiosa recuperar a razão? Se isso fosse mesmo uma característica feminina, ele estava perdido.

– Vou ler o artigo com atenção – afirmou ele, forçando um tom apaziguador. – De fato, me pareceu exagerado e mais longo que o necessário. Mas jornalista é uma gente esquisita.

Sua mãe teve que concordar, pois a fatídica história de Maria Jordan já lhes havia garantido péssimas experiências com a imprensa.

– No mais, eu já tinha lhe contado sobre minha promessa a Marie de não tentar impedir essa exposição. Você sabe que ainda a amo e não quero magoá-la. Afinal, trata-se da mãe dela.

Embora não concordasse com tamanha permissividade, Alicia se manteve calada enquanto Humbert servia o prato principal – assado de porco com repolho roxo e batatas –, aguardando o momento certo para expressar sua opinião.

– Se acha mesmo que pode reconquistar sua esposa fazendo as vontades dela, está muito enganado. Tudo o que vai conseguir é que ela perca o respeito por você.

– Mas mamãe... – interveio Lisa. – Não estamos mais no século XIX. A mulher não se submete ao marido dessa forma.

Atacada por duas frentes, Alicia insistiu em seu posicionamento. Ela cerrou os lábios e olhou para a janela com o semblante de uma mulher vítima de grande injustiça da parte de seus aliados.

– O amor nasce do respeito – declarou ela, enfática. – Sempre foi e sempre será assim!

– Respeito *mútuo*, mamãe – replicou Lisa, com um sorriso amável. – É o que você quer dizer, certo?

– Obrigar o marido a jogar na lama a reputação da própria família, isso para mim não é respeito! E menos ainda amor!

Paul pretendia terminar a refeição em paz e decidiu não insistir no assunto, pelo menos momentaneamente. A mãe, entretanto, tinha outro tema sensível na manga.

– Só para você não se surpreender depois: Serafina pediu as contas. Ela fica até sexta-feira, pois começa no novo trabalho dia 15 de maio.

Ele se irritou ao notar o sorriso complacente nos lábios da irmã. O que teria maquinado para conseguir expulsar da casa sua impopular ex-amiga? E, claro, tudo pelas suas costas. Paul chegava a entender a indignação da mãe.

– Assim do nada, sem aviso prévio? E que trabalho é esse?

Alicia tomou mais um gole d'água e permitiu que Humbert servisse a sobremesa. Torta quente de maçã polvilhada com açúcar de confeiteiro com creme de baunilha. Aparentemente ela havia recuperado o apetite após descarregar sua raiva.

– Ela vai ocupar a posição de governanta na casa do advogado Grünling. A esposa do diretor Wiesler fez o contato.

Arrá, pensou Paul. *Tem dedo da Kitty nessa história.*

Com um suspiro de prazer, Lisa espetou o garfo na torta, que, sob uma fina crosta, ocultava a delicada massa doce e os pedaços ácidos de maçã.

– Humbert, por que não trouxe o café?

– Perdão, senhora. Trago imediatamente.

Após o almoço, Paul se trancou no escritório que ficava ao lado da sala de jantar, levando uma edição do *Augsburger Neueste Nachrichten*. Abriu na seção de cultura e começou a ler. Cada frase o deixava mais furioso.

> *...a extraordinária pintora, um talento por muito tempo esquecido, viveu entre os muros de nossa cidade. Para Augsburgo é um orgulho ter sido lar de uma artista tão ímpar e talentosa. Por outro lado, é inevitável perguntar-se o que teria levado a jovem moça a uma morte tão trágica e prematura. Por que Louise Hofgartner, apesar de sua promissora carreira nas artes plásticas, morreu na miséria? É tentador pensar nos artistas de Montmartre, que levam uma vida livre, passam fome, frio, mas são capazes de criações artísticas espetaculares. Louise Hofgartner também seguiu sua vocação, dedicou-se de corpo e alma a seu nobre ofício e, entretanto, fracassou. Por qual razão ela deixou de receber trabalhos em Augsburgo? O que explica a extrema pobreza da qual foi vítima, junto com sua filha pequena? Não queremos levantar acusações, mas nos permitimos indagar qual teria sido a relação entre Louise Hofgartner e Johann M., famoso empresário do ramo têxtil...*

Paul amassou o jornal, furioso. Que jornaleco mais vil! E quem teria passado toda aquela informação à imprensa? Inferno, embora ele já contasse com algum disse me disse, não imaginava tanta difamação e riqueza de detalhes semanas antes do vernissage.

O telefone tocou. Com um gesto automático, retirou o fone do gancho, já supondo tratar-se de Sebastian Winkler, procurando por Lisa. Paul lhe explicaria de maneira curta e grossa que os telefonemas entre a mansão e a fábrica custavam dinheiro e deviam ser reservados a situações importantes.

– Paul? Sou eu, Marie.

Ele demorou para voltar a si.

– Marie... Perdão, não estava esperando sua chamada.

– É rápido. Você sabe que o intervalo de almoço aqui é curto. Trata-se do artigo no jornal.

– Não me diga – respondeu ele, sem conseguir disfarçar a irritação. – Você está por trás dessa porcaria?

Seus nervos estavam à flor da pele, provavelmente devido aos aborrecimentos que se acumulavam desde a manhã. Marie pareceu assustada, pois se manteve em silêncio por um momento.

– Não. Muito pelo contrário, queria dizer que discordo totalmente desse tipo de divulgaç...

– Então por que não tentou impedir? – bradou ele. – Eu me esforcei de verdade para atender seus desejos. É assim que você me agradece? Com uma vingança póstuma de Louise Hofgartner contra os Melzers?

– Já entendi – murmurou ela. – Nada mudou.

Paul percebeu a ira desinflar. Por que a havia atacado daquela forma? Ainda mais se ela havia ligado para dizer que não era sua culpa... Ele precisava dizer que se alegrava com seu telefonema. Que vinha esperando há tempos um sinal dela. E, principalmente, que não se importava com aquela maldita exposição. Que pensava apenas nos dois. Em seu amor. No casamento... As frases davam voltas em sua cabeça e, inseguro como estava, foi incapaz de abrir a boca.

– Tenho que trabalhar – disse Marie, com frieza. – Adeus.

E desligou antes que ele pudesse responder. Paul ficou encarando o fone preto em sua mão como se fosse um réptil asqueroso, e teve a impressão de escutar uma rocha desmoronando. Suas esperanças não estavam alicerçadas em uma base firme – com um sopro de vento, tudo vinha abaixo.

39

— Chá para a Sra. Von Hagemann e dois cafés – gritou Humbert para a cozinha.

Fanny Brunnenmayer se levantou para retirar a chaleira do fogo e levá-la até a bandeja com os bules, já sobre a mesa.

– Esperta é a Rosa – comentou Gertie, com inveja. – Toma o lanche lá em cima com os senhores, depois desce para filar nosso café com leite.

– Então você gostaria de passar as noites com aquele chorão gritando no seu ouvido? – indagou Humbert, que não tinha a menor paciência para bebês.

De fato, Gertie já tivera tal experiência por alguns dias, antes da contratação de Rosa Knickbein como babá na Vila dos Tecidos. E não tinha saudade alguma daquela época.

– Não, obrigada – respondeu ela, em meio às risadas. – Prefiro ser camareira.

Ela havia conseguido. A partir do mês seguinte, trabalharia como camareira na casa da Sra. Von Hagemann. De início, seriam três meses de teste; se desse conta do serviço, seria contratada definitivamente. Uma vitória! O curso, no final das contas, havia valido a pena. Adeus à vida de ajudante de cozinha. Ela havia ascendido e estava obstinada a ir além.

– Mulher... Se você fizer que nem a Marie, em vinte anos vai estar casada com o pequeno Leo e se tornará a nova Sra. Melzer – comentou Else, em tom de deboche.

Não era de se admirar que ela tivesse certa inveja de Gertie. Afinal de contas, em trinta anos nunca fora além de copeira.

Dörthe surgiu na cozinha após obedientemente deixar os tamancos na porta de serviço e calçar as pantufas – duas vezes a cozinheira já a havia ameaçado com a colher de pau, caso voltasse a entrar na cozinha com os calçados sujos.

– Sentiu o cheirinho do café? – perguntou a Sra. Brunnenmayer, bonachona. – Mas, antes, lave as mãos. Estão imundas.

Dörthe sorriu e se dirigiu à pia. Era começo de maio e ela passava os dias inteiros no parque. Às vezes pedia a ajuda de Humbert ou Julius, pois não conseguia cortar a grama que crescia em abundância. Na maioria das ocasiões, entretanto, se virava sozinha: podava arbustos, varria os caminhos de pedriscos, dispunha canteiros, removia ervas daninhas. Inclusive, havia começado a peneirar dois grandes montes de compostagem para depois espalhar sobre a terra.

– Umas ovelhas manteriam a grama baixa e a adubariam – comentou ela.

A jovem agarrou a caneca de café com as mãos e levou à boca. Dörthe fazia barulho ao beber, arrotava depois das refeições e coçava sem pudor lugares que os demais nem sequer ousavam nomear. E achava tudo normalíssimo. Mas como era simpática, ainda que um tanto atrapalhada, os colegas se limitavam a rir e não se sentiam ofendidos.

– Pode esperar sentada o dia em que o Sr. Melzer vá comprar um rebanho de ovelhas – disse Else, rindo.

Humbert pegou a bandeja com xícaras, bules e biscoitos e saiu pela escada. Julius seguia na lavanderia limpando sapatos. Embora o mês de abril tivesse se despedido com dias de sol, maio nutria o solo com suas generosas chuvas, favorecendo o crescimento das plantas.

– Ih, lá vem chuva de novo – anunciou Dörthe, apontando o polegar para a janela da cozinha.

De fato, o céu estava cada vez mais escuro. Gertie, que ainda pretendia esfregar mais uma panela, precisou apurar bastante a vista para não deixar passar nenhum resto de leite queimado.

– Um temporal, isso sim – opinou Else, amedrontada. – Ali! Acabei de ver um raio!

– Essas chuvas em maio são uma bênção – comentou Gertie, olhando de relance para fora.

Logo em seguida, colocou a panela sobre a bancada da pia e secou as mãos no avental.

– Olha lá! – exclamou, correndo para a janela. – Correndo com a mala e uma bolsa de viagem!

Com exceção de Dörthe, todos sabiam a quem ela se referia. Humbert havia informado alguns dias antes que a governanta pedira demissão.

– Deus seja louvado! – dissera a cozinheira diante da notícia. – Tomara que seja verdade.

Ficaram todos grudados à janela. Dörthe com sua caneca de café, Else ainda segurando a faca do pão. Julius, que chegava à cozinha depois de ter terminado seu trabalho, também se juntou aos demais.

– O que está havendo? – quis saber ele.

– Credo. Você está fedendo a graxa de sapato, Julius.

– Chega para o lado, Dörthe! Está tapando a visão de todo mundo!

– Perguntei o que está acontecendo – insistiu Julius.

– A Sra. Von Dobern está dando no pé!

– No duro?

– Não, no mole. Se está andando nesse gramado encharcado...

Todos se afastaram para o lado quando Julius abriu a janela. A antiga governanta já havia chegado à alameda e se afastava rapidamente.

– Esse sobretudo foi a Sra. Alicia quem deu – comentou Else, aborrecida. – E o chapéu também. Só os sapatos gastos são dela.

– A cara dela essas cafonices. Essa porcaria aí eu não queria nem de graça!

Um vigoroso trovão fez o grupo estremecer. Uma forte rajada de vento atravessou o parque, balançando pinheiros e arrancando galhos das faias e dos velhos carvalhos. Escutaram algo caindo no pátio.

– Ai, meu Deus! – exclamou Dörthe. – A picareta.

Relâmpagos rasgavam o céu escuro, iluminando-o momentaneamente.

– Tomara que não atinjam ninguém.

– Mas quem semeia vento colhe tempestade.

– Ou uma árvore no meio da cabeça.

– Acho que vai cair um raio nela!

– Agora que ela já está indo mesmo, tanto faz.

– Antes tarde do que nunca – rosnou Julius.

O céu, contudo, mostrou clemência e a Sra. Von Dobern foi poupada dos raios, mas não de um intenso aguaceiro que a fez buscar refúgio embaixo de um velho bordo.

– Encharcada da cabeça aos pés. Fez por merecer. Bem feito!

– E agora fecha isso, vai molhar tudo aqui dentro – disse Julius.

– Jesus, minha massa de pão! – exclamou a cozinheira. – Esfriou toda, já desandou. Tudo por causa dessa bruxa!

Julius fechou a janela e se esticou mais uma vez para ver melhor, mas a chuva estava tão intensa que mal se distinguia o canteiro central do pátio. Dörthe lamentou que a maldita tormenta destruiria seus amores-perfeitos e as não-me-esqueças, além de inundar as calêndulas recém-plantadas. Ninguém lhe deu ouvidos. Humbert havia voltado e mandou Else subir, pois havia roupa suja do bebê para levar à lavandeira.

– Ela arrumou o quarto hoje bem cedinho, na surdina, e fez as malas – relatou Humbert. – Mas eu vi.

– Nem se despediu da gente – disse a cozinheira, balançando a cabeça.

– Para mim, não fez falta alguma – opinou Gertie.

– Mas isso não é coisa que se faça.

Else voltou à cozinha, ofegando. Havia corrido com a cesta de roupa suja a toda a velocidade para não perder nada.

– Está chovendo a cântaros. E como troveja! – reclamou ela, suspirando, e se sentou à mesa com seu café.

– Que pavor – murmurou Julius.

Gertie deu de ombros e pegou uma fatia de pão com manteiga.

– É só um temporal – comentou ela, enquanto passava geleia de morango por cima da manteiga. – Não é agradável se você está embaixo de uma árvore. Mas daqui a pouco ela chega à casa nova e vai ficar sequinha.

– Na casa do Grünling – afirmou a cozinheira, desdenhosa. – O que ele vai querer com uma sujeita dessas? Ele só gosta das novinhas, de seios delicados e coxas duras.

Humbert revirou os olhos e afundou o nariz em sua caneca. Gertie deu risadinhas, enquanto Else tapou a boca com a mão. Julius sorriu e achou a piada boa.

– Então o Sr. Advogado não vai ter retorno com o investimento na Sra. Von Dobern – comentou Julius, com uma ponta de inveja.

Gertie terminou de mastigar enquanto estava com uma feição pensativa.

– Mas quando se passa dos 50 anos, nada no homem funciona mais – explicou ela, e bebeu um gole de café com leite. – A única coisa que fica dura são as juntas, nada mais. E como não querem dar vexame com as mocinhas jovens, procuram uma senhora compreensiva da mesma idade, com princípios firmes e um penteado singelo. Sabem coque de beata?

A gargalhada foi geral. A Sra. Brunnenmayer achou particularmente engraçado o "coque de beata". Mas logo um tremendo relâmpago cortou o céu e o parque e a alameda se iluminaram com o fantasmagórico clarão azul. A trovejada que se seguiu foi tão violenta que Else deixou o pão mordido cair. Humbert ficou pálido como um cadáver. Ele deslizou de seu assento e se encolheu no chão, trêmulo.

– Bomba... Certeira... Aos fuzis... Ataque.

– Humbert! A guerra já acabou tem tempo!

Ajoelhada ao seu lado, a cozinheira tentava acalmá-lo. Mas ele mantinha as mãos tapando os ouvidos e balbuciava toda sorte de sandices. Voltou a trovejar e em seguida escutaram a porta do pátio se abrir. Uma figura encharcada, com o rosto coberto por um capuz pontudo, surgiu na cozinha. A já falecida Maria Jordan usava aquele tipo de capa, o que causou uma impressão de aparição sobrenatural.

Else gritou histericamente e Julius cobriu a boca com a mão, enquanto Gertie olhava estarrecida. Dörthe, a única que não conhecera Maria Jordan em vida, disse com simpatia:

– Sim? Bom dia.

– Bom dia – respondeu Hanna, abaixando o capuz. – Que tempo horrível.

Else relaxou e se recostou, esgotada, na parede. Julius deixou o ar retido nos pulmões escapar com um silvo.

– Jesus, Maria, José! – exclamou Gertie. – Que susto! Onde você arrumou essa capa?

– Comprei usada. Por quê? – falou Hanna.

Gertie hesitou, com vergonha de parecer idiota. Mas, pelo visto, não estava sozinha em sua suposição.

– Por um momento pensamos que Maria Jordan tivesse voltado.

– Pelo amor de Deus! – respondeu Hanna, assustada.

Ela se livrou rapidamente da capa molhada, correu para Humbert e agarrou seus ombros, enquanto lhe sussurrava algo no ouvido. O homem relaxou, levantou a cabeça e chegou a sorrir. Continuava pálido, mas logo melhoraria. Hanna era capaz de mágicas, pelo menos no que dizia respeito a Humbert.

Julius havia levantado para examinar melhor a capa. Ela a virou de um lado e de outro, abriu a peça diante de si e analisou a parte interna.

– É bem possível – sussurrou ele.

Deu um suspiro e colocou a roupa no gancho.

– Será que aquele meliante levou as coisas dela ao mercado de pulgas?

– murmurou a Sra. Brunnenmayer, observando o copeiro. – Que canalha. Esfaqueou a mulher e deixou que outro fosse preso em seu lugar.

Com o olhar perdido, Julius se sentou à mesa em silêncio. Ele mal havia comentado o caso desde que voltara à Vila dos Tecidos. Mas todos sabiam pelo jornal que a polícia havia detido o verdadeiro assassino. Tratava-se mesmo de Josef Hoferer, marido de Maria Jordan. Contava-se que haviam se separado há anos, mas ele a perseguia para arrancar dinheiro dela. No quarto de aluguel onde morava, foram encontrados vários porta-joias com peças valiosas pertencentes à falecida, além de uma grande soma em dinheiro. O homem mal se aguentava em pé de tão bêbado quando foi preso e, chorando como um bebê, não parou de repetir o quanto se arrependia do crime.

– Quem vai ficar com todo o dinheiro? – indagava-se Gertie, na época da prisão. – Agora que o viúvo vai passar o resto da vida atrás das grades...

Ninguém sabia a resposta. Talvez Maria Jordan tivesse parentes. Ou até filhos.

– Você tinha esperança de se casar com ela, Julius? – perguntara Else, um pouco insensível. – Não parava de rondar a mulher depois que ficou rica.

Julius a fitara furioso, sem dizer uma palavra. Amedrontada, a copeira assegurara que não o dizia por mal.

– Você e essa língua ferina, Else – repreendera Fanny.

Desde então, por consideração a Julius, nunca haviam voltado a tocar no assunto. O tempo encarcerado e o medo de ser enforcado por homicídio o haviam aniquilado. Por mais que todos tivessem certeza de que o flerte com Maria Jordan surgira apenas do vislumbre de lucros futuros, o castigo que recebera foi severo demais.

Mas, dado o cuidado com que ele examinou a capa e quão profundos eram seus suspiros, pareceu um sinal de que também havia de fato algum afeto.

– Não precisava ser assim – murmurou ele, apoiando o queixo na mão. – A vida é um jogo, quem embaralha as cartas é o destino. Não se pode trocar, tampouco trapacear. Resta aceitar o que recebemos.

– Nossa, está virando poeta, Julius?

Ele fitou Gertie, respondeu que talvez sim e completou:

– Um dia ainda vou escrever minhas memórias. Vocês vão ficar boquiabertos.

Gertie pegou a última fatia de pão e quis servir-se de mais café, mas o bule estava vazio.

– E vai escrever sobre o quê? Suas paixões, por acaso? Não acho que isso daria muito pano para manga...

Julius bufou de desdém e arqueou as sobrancelhas.

– Quero relatar minhas experiências lidando com a aristocracia. E creio que tem leitores bastante interessados nisso!

Ninguém à mesa demonstrou entusiasmo, nem mesmo Else, que – conforme Gertie já percebera – nos dias de folga devorava romances nos quais só apareciam aristocratas.

– Não acho certo – proferiu a cozinheira. – Expor os patrões e espalhar fofoca. Fico até com pena do Sr. Von Klippstein, que agora vai colocar alguém do tipo dentro de casa.

Julius fez um gesto de desprezo com a mão, mas percebia-se seu incômodo. Ernst von Klippstein o havia chamado para se mudar com ele para Munique, onde assumiria a função de copeiro em sua nova casa em Pasing. Julius aceitou a proposta com prazer, pois temia – e com razão – não encontrar outro trabalho decente em Augsburgo.

– Foi brincadeira – admitiu ele. – Claro que jamais me ocorreria ser leviano e cometer tais indiscrições.

Com exceção de Fanny e Humbert, ninguém entendeu suas palavras incomuns, então se limitaram a assentir e refletir em seu canto. Já era hora de voltar ao trabalho. Precisavam preparar o jantar, pré-cozer as patas de porco para o dia seguinte e ainda lavar a louça que se empilhava. No final da tarde, Gertie se encarregaria de limpar e lubrificar o fogão, Else lavaria as roupas e os brinquedos das crianças e os penduraria no varal, pois a lavadeira só voltaria na segunda-feira.

– Ainda está chovendo? – perguntou Else.

A chuva havia estiado um pouco, aqui e ali já se viam os primeiros tímidos raios de sol surgindo por entre as nuvens O parque parecia recém-lavado. As folhagens e a grama brilhavam, o azul e o lilás dos amores-perfeitos estavam mais intensos do que antes e, entre eles, o amarelo das calêndulas cintilava.

– Deus fez o favor de regar as plantas por mim – comentou Dörthe. – Vou plantar as últimas calêndulas e abrir uns buracos nos canteiros do muro. A terra vai estar uma manteiga agora!

Decidida, ela caminhou até a saída para o pátio. Logo em seguida, ouviram a campainha do salão vermelho: a louça do café deveria ser recolhida.

– Eu vou, Humbert – disse Julius, antes de sair apressado.

– E não é que ele é até simpático? – opinou Gertie, sorrindo. – Vamos sentir saudade...

Alguém bateu à porta. Todos na cozinha estremeceram.

– Será que ela voltou? – sussurrou Gertie.

– A Sra. Von Dobern? – murmurou Else. – Deus me livre!

A Sra. Brunnenmayer, que já seguia a caminho da despensa, se deteve e balançou a cabeça diante das suposições absurdas.

– É o Franzl Kummerer, da fábrica de farinha Lechhausen. Abra, Dörthe. E fale para ele ter cuidado nos degraus, para não tropeçar carregando aquele saco como na última vez.

– Bom dia, senhor! – Escutaram Dörthe dizer.

Gertie, que levava sua caneca para a pia, sorriu. A menina havia chamado de "senhor" o rapaz da farinha. Provavelmente estava até fazendo uma reverência.

– Igualmente, senhorita – falou alguém à porta. – Estou procurando Fanny Brunnenmayer. Ela ainda trabalha aqui?

A cozinheira ficou paralisada na entrada da despensa, como se tivesse ouvido um feitiço.

– Virgem Santa! – exclamou Else. – Não acredito. É... é um fantasma. Ou... é você mesmo?

– Robert! – disse a Sra. Brunnenmayer, que finalmente ousou dar meia-volta. Levou a mão à testa, como se precisasse colocar algo dentro da cabeça. – Nossa, Robert! Não acredito que estou te vendo de novo!

Um cavalheiro elegantemente vestido adentrou a cozinha, tirou o chapéu e riu das duas mulheres assustadas. Gertie se apaixonou na hora. Que homem mais bem-apessoado! Algumas discretas mechas grisalhas no cabelo loiro-escuro, barba feita, o nariz não muito grande, os lábios finos, porém atraentes.

Ele abraçou sem pudores a rechonchuda cozinheira, como se fosse sua mãe ou sua avó. Depois fez o mesmo com Else, que quase desmaiou de vergonha.

– Estou passando uns dias nesta linda cidade de Augsburgo – relatou ele. – E não poderia ir embora sem ver esta cozinha de novo.

Então se virou para Hanna e Humbert, que o observavam com assombro e certa desconfiança.

– Eu era copeiro aqui anos atrás – explicou ele. – Robert Scherer, prazer.

Estendeu-lhes a mão sobre a mesa. Seu humor parecia ótimo. O homem se comportava com total naturalidade. Ele percorreu a cozinha, contemplou os armários e estantes, sacou um prato aqui, uma panela ali e os colocou de volta no lugar.

– Quase nada mudou – comentou ele. – Está tudo como antes.

– Sente-se – ordenou a Sra. Brunnenmayer. – Ou ficou muito chique para lanchar com a gente na cozinha?

Ele riu e desabotoou o casaco, pousou o chapéu sobre a mesa e acomodou-se em um banco.

– Estou vindo de um país onde não existem mais essas diferenças de classe. O que não significa que lá sejam todos iguais.

E começou a contar sobre a América. O mundo novo e estranho ao qual viajara com o coração ferido, porém com gana de desbravar.

– Não, não é o país das infinitas possibilidades, Else. A maioria das pessoas passa fome, trabalha duro e recebe pouco. Mas há chances para aqueles que têm coragem de arriscar. – Ele sorveu o café com leite recém-servido e sorriu, contente. – Era assim antigamente. Todos sentados à mesa conversando.

Gertie não conteve a surpresa diante das outras revelações do dia. Claro que ela já sabia das incríveis qualidades de Eleonore Schmalzler, mas o inesperado convidado contou mais uma porção de histórias sobre ela. Também falou sobre a ajudante de cozinha Marie, que no começo fazia tudo errado e era severamente repreendida pela Sra. Brunnenmayer. Mais tarde, ascendeu a camareira na Vila dos Tecidos. Robert já estava ciente de que ela acabara se transformando na Sra. Melzer. Assim como de várias outras histórias da mansão.

– Como eu sei? Bem, troquei cartas com a Srta. Schmalzler por anos.

Que estranho, pensou Gertie, enquanto olhava Robert Scherer de soslaio. *Ele até que ri bastante, mas tem algo triste dentro dele. Por que será que voltou da América?*

– E você teve sorte lá na América?

Ele lhe sorriu e seu coração quase saiu pela boca. Ai, céus, havia sido fisgada. Ela conhecia aquela sensação que a tirava do juízo, levando-a a cometer os maiores disparates. Até então, sempre que se apaixonara, a história terminava mal.

– Eu tive sucesso, Gertie – respondeu Robert, e ela se derreteu ao ver que ele havia gravado seu nome. – Bem, pode-se dizer que conquistei bastante coisa. Sou independente e não preciso contar cada fênigue. Se quiser chamar isso de sorte, então sou sortudo mesmo!

E riu novamente, o que Gertie considerou um tanto forçado. Seria um costume americano rir alto daquele jeito? Como se a vida fosse uma grande piada?

Entretanto, quando Else contou sobre a terrível morte de Maria Jordan, acabaram-se as risadas. Robert, que a conhecera bem, balançou a cabeça, entristecido.

– Ela sempre foi uma mulher peculiar – comentou ele. – Às vezes lia o futuro nas cartas para nós. E tinha seus sonhos. Nossa, que horror.

Após terminar o café, Robert disse que não queria mais distraí-los do trabalho. Que fora um prazer rever Fanny e Else, mas que ainda passaria na casa dos Blieferts.

– Preciso dar um abraço na Auguste antes de seguir viagem.

Para onde ia, ele não disse. Mas Gertie supôs que voltaria à América. Onde era tão bem-sucedido e encontrara sua sorte.

Talvez seja melhor assim, pensou ela. *Isso só acabaria em confusão mesmo.*

– Felicidades para todos vocês.

Em meio a sorrisos, apertou a mão de cada um e colocou o chapéu antes de cruzar a porta.

Viram no pátio um automóvel descaradamente vermelho, com bancos pretos e rodas brancas.

– Um Ford modelo T – disse Humbert, com inveja. – O *Tin Lizzie*.

40

Maio de 1925

Marie passara o dia inteiro indisposta. Ela fechou o ateliê duas horas antes do habitual, dispensou os funcionários para a folga do fim de semana e tentou organizar um pouco o escritório antes de seguir para a Frauentorstraße. Sua cabeça martelava, as têmporas latejavam, suas mãos estavam geladas.

É minha pressão, pensou ela. *Não me admira. Mas agora já está decidido. Eu concordei com isso e não posso voltar atrás. Como dizem, "ajoelhou, tem que rezar".*

Após ordenar sem qualquer necessidade uma pilha de pedidos pela segunda vez, jogou-se na cadeira e apoiou a cabeça nas mãos.

Naquela noite, ocorreria o vernissage da exposição "Louise Hofgartner – uma artista de Augsburgo". Por que tanto nervosismo? Tudo já estava decidido há meses e ela, desde o começo, sempre se mostrara bastante contente. Contudo, diante da iminência do fato, seus nervos estavam à flor da pele. Talvez fosse por suas clientes, que já comentavam o "grande acontecimento" e haviam confirmado presença, inclusive dos maridos, sogros, tios e amigos. E, claro, desde o extraordinário artigo no jornal todos já sabiam quem fora Louise Hofgartner e que Marie Melzer era sua filha. Corriam rumores de que o "velho Melzer" submetera a viúva de seu antigo sócio a todo tipo de barbaridade. Suas clientes, discretas como sempre, não tocavam no assunto, mas Marie tinha certeza de que matutavam algo do tipo. Ah, ela daria tudo para simplesmente poder cancelar aquele evento.

Marie aprumou a postura e se obrigou a pensar no futuro. Como podia ser tão covarde? Cancelar a exposição! E, com isso, negar a Louise Hofgartner a merecida justiça. Sua mãe fora uma mulher corajosa – a filha fraquejar naquele momento estava fora de cogitação.

Ela tomou os sais para dor de cabeça e vestiu o paletó do *tailleur* e o chapéu. O sol da tarde refletia intensamente na vidraça da loja. Ela franziu os olhos enquanto fechava a porta e se apressou para tomar o bonde.

– Boa tarde, Sra. Melzer! – exclamou alguém em um automóvel. – Aceita uma carona?

Estava prestes a recusar, mas logo reconheceu Gustav Bliefert e preferiu não cometer uma desfeita com o simpático rapaz.

– Muito amável da sua parte. Sim, para a Frauentorstraße. Tudo bem? Como está a horta?

Era bom conversar com ele, pois sua personalidade tranquila aplacava o nervosismo dela.

– Está ótima – relatou ele, orgulhoso. – As mudas estão vendendo mais do que pão quente. E agora vêm as flores. É Liesel quem monta os buquês, quem vê nem acredita. A menina faz os arranjos muito melhor que a Auguste. O pessoal na feira chega a brigar por eles.

Liesel, pensou Marie. *Será que algum dia vão contar para a menina que Gustav não é seu pai? E ela seria mais feliz se soubesse? Quem, afinal, poderia saber?*

Ao chegarem ao destino, Gustav desembarcou rapidamente para abrir a porta do carona.

– E, mais uma vez, obrigado por se lembrar da gente. Maxl e Hansl ficaram todos bobos com as roupas de Leo.

– Fico feliz – disse Marie, ao descer do veículo. – E obrigada pela carona neste belo carro.

Ele sorriu, orgulhoso, e fechou a porta.

– Às ordens, Sra. Melzer. E hoje à noite estaremos lá, Auguste e eu. Saiu até no jornal que esse vai ser o evento do ano.

Marie lhe sorriu, com a angustiante sensação de que o fiel casal de amigos se decepcionaria muitíssimo com os quadros de sua mãe. Bem, não seriam os únicos.

Henni já saltitava impaciente na entrada do prédio. Ela segurava as pontas do vestido com as mãos e as abanava como se fossem duas asas.

– Tia Marie… Tia Marie. Mamãe não deixou que eu apresentasse minha dança hoje à noite. Mas na escola eu dancei como uma ave do Paraíso.

Após as férias da Páscoa, os alunos de Sant'Ana haviam sido recebidos com uma linda apresentação e Henni participara empenhadíssima. Sua nova meta era tornar-se uma bailarina famosa algum dia.

– Hoje não tem dança, Henni. As pessoas só vão ver os quadros, conversar e depois acabou. Vai ser bem chato, não é coisa para criança.

Mas Henni não se deixou dissuadir tão facilmente. Ela ergueu o queixo e fitou Marie com seus expressivos olhos azuis.

– Mas deixaram Leo tocar piano na Vila dos Tecidos.

– Na vila você pode dançar, Henni. Mas hoje à noite estaremos no clube de artes, na Hallstraße.

Mediante a falta de argumentos, Henni franziu o nariz, mas quis confirmar pelo menos sua recente conquista, mesmo que pequena:

– Então na mansão eu posso dançar, né? Na festa de verão?

– Melhor combinar isso com a sua mãe, Henni.

A menina respirou fundo e rodopiou para esvoaçar a saia.

– Mamãe está nervosa hoje.

Não me admira, pensou Marie. Afinal de contas, fora ela quem coordenara tudo. Com a melhor das intenções. A querida Kitty estava fazendo aquilo pela amiga. E, óbvio, pela arte também.

– Então vou lá falar com ela – disse Marie, sorrindo para Henni. – Talvez consiga tranquilizá-la.

Kitty estava na poltrona de vime, com o telefone no colo e o fone no ouvido. Quando Marie entrou, ela acenou com a mão livre e continuou falando.

– ... evidente que a Sra. Melzer pode conceder uma entrevista para vocês. O quê? Para o *Nürnberger Anzeiger*? Ótimo, fomentar a cultura na província é o nosso lema... Sim, começamos às sete da noite. Claro, teremos bebidas e um bufê também... Não, a imprensa não poderá entrar antes... Eu que agradeço. Qual o seu nome mesmo? Zeisig? Muito bem... Então até mais tarde, Sr. Reisig.

Tornou a colocar o fone no gancho e deixou o aparato sobre a mesa bamba de bronze.

– Minha Nossa Senhora, Marie! – exclamou Kitty, com os olhos vibrantes de entusiasmo. – Você não faz ideia! Vem gente de Nuremberg. E de Munique, óbvio. E um escultor de Bamberg. E você não vai acreditar: até Gérard está em Augsburgo, só por causa da exposição. Vem com a esposa, porque estão em lua de mel. Na verdade, pouco me importam esses dois. Principalmente Gérard, aquele ratinho covarde. A mulher, coitada, nada tem a ver com isso. Lamento por ela.

Esgotada, Marie se jogou na cadeira e tapou os ouvidos.

– Por favor, Kitty. Tem como fazer pelo menos um minuto de silêncio. Estou com os nervos...

– E você acha que os meus estão como? – lamuriou-se a cunhada. – O que devo fazer se o Gérard aparecer do meu lado? Como pôde me fazer uma coisa dessas? Trazer a esposa aqui... É para eu contar sobre nossas noites de amor em Paris? Ai, bem que eu faria isso.

A porta se abriu e Gertrude surgiu com uma fumegante sopeira.

– E agora as grandes artistas vão comer. *Maultaschen* com caldo de carne. Fortalece o corpo e a alma.

Marie se levantou mecanicamente para colocar o descanso de madeira sobre a mesa e distribuir os pratos. Kitty estirou os braços e gemeu.

– Não consigo nem pensar em comer, Gertrude. Leva isso daqui, pelo amor de Deus. Fico enjoada só com o cheiro.

– Na-na-ni-na-não! – replicou Gertrude, pegando as colheres na gaveta do armário. – Vai ter espumante hoje. Quero todas bem alimentadas para ninguém cair já na primeira taça.

Kitty afirmou que poderia tomar garrafas e garrafas de espumante sem se embebedar. Só ficava um tanto alegre. Mas sempre se mantinha senhora de si.

– Mas tudo bem, vou me sentar com vocês. Só não vou comer. E as crianças?

– Leo foi à casa dos Ginsbergs e Dodo está desmantelando alguma coisa no sótão. Vão comer quando vocês saírem. Prometi para eles panqueca com purê de maçã.

– Eca! – disse Kitty, levando a mão ao estômago. – Só de pensar...

Entretanto, cedeu e aceitou umas colheradas de caldo. E um minúsculo *maultasche*, um *maultasche* bebê, por assim dizer. E depois mais meio. E, como a outra metade ficara tão sozinha, acabou comendo também.

– Ai, estou melhor – falou ela, reclinando-se na cadeira. – Ontem trabalhamos até de madrugada. Mas ficou tudo lindo, Marie. Você vai amar... Logo que a pessoa entra, ela vê aquele quadro azul dos fragmentos de montanha azulados. Os nus preferimos deixar na sala ao lado. Deus, eu que sei o quanto as pessoas aqui são pudicas... E os retratos chatos ficaram no outro lado, no pavilhão.

Marie se mantinha calada. Ela deixara a disposição das obras a cargo de Kitty e seus conhecidos, que se dedicavam à exposição com todo afinco e de forma voluntária. Mas, por ela, exibiria primeiro os trabalhos mais conservadores, como os retratos e paisagens que as várias coleções particulares de Augsburgo haviam disponibilizado. Louise Hofgartner os pintara após o falecimento de Jakob Burkard, quando precisava de dinheiro.

– Você vai ver, Marie. Será um sucesso! O pessoal de Munique vai morrer de inveja. Estou ansiosa para saber se Lisa vem. Ela não tem dado notícias.

Tilly ligara na noite anterior, avisando que não poderia viajar para Augsburgo, pois em breve faria uma prova importante.

– A futura Sra. Von Klippstein eu até dispenso – opinou Kitty. – Mas gostaria que Lisa viesse. Tomara que Sebastian consiga convencê-la. Ele é um homem de fibra. Nem o acho tão ruim. Tirando a aparência. Jesus, ele não é nenhum Adônis, né? E quando o imagino sem camisa...

– Kitty! – advertiu Gertrude. – Ninguém na mesa quer saber disso.

Marie se obrigou a comer um pouco do caldo com *maultasche* e, no mais, deixou Kitty tagarelar. Seu humor estava ainda pior do que antes, pois começava a pensar em Paul. Obviamente ele não iria, não poderia fazer aquilo com a mãe. Principalmente depois daquele maldito artigo. A fúria com que havia falado ao telefone, chegando a interrompê-la, em um acesso da mais completa grosseria. Ele fora dominado pela soberba e para Marie estava claro que o abismo que se criara entre eles na verdade se tornara mais fundo e intransponível. Um buraco que não fecharia, devorando o amor e o próprio casamento, sem deixar qualquer margem para reconciliação. Como poderia viver com um homem que desprezava sua mãe? Que se envergonhava de suas origens?

– Sabe, Marie... Quando isso tudo acabar e vocês fizerem as pazes, vamos todos morar na Vila dos Tecidos – afirmou Kitty.

Arrancada de seus pensamentos, Marie fitou a cunhada, intrigada. O que ela havia dito?

– Estou mentindo? – indagou Kitty, em tom de diversão. – Andei pensando muito, Marie. Se Tilly tem tão pouca consideração a ponto de se casar com Klippi e se mudar com ele para Munique, não sou eu quem vai deixar Gertrude em apuros.

Ela agarrou tão forte o braço de Gertrude que, surpreendida, quase deixou cair da colher um pedaço do *maultasche*.

– Você tem que ficar com Tilly, Gertrude. Afinal, ela é sua filha e precisa de você. Eu, por minha vez, também tenho mãe, é por isso que eu queria voltar a morar na Vila dos Tecidos com a Henni. Agora que aquele estrupício da Serafina foi embora, não tem mais nada no meu caminho.

– Que belos planos – comentou Marie, com um sorriso indulgente.

Ela conhecia Kitty bem o bastante para saber que, na manhã seguinte, a cunhada surgiria com uma nova invenção. Não valia a pena discutir. Gertrude também sabia disso, então continuou a comer tranquilamente e limitou-se a comentar que, na verdade, se sentia muito bem na Frauentorstraße.

A campainha da porta tocou e ouviram Henni correndo escada abaixo para abrir.

– É aqui mesmo. Pode deixar comigo!

Em seguida, um imenso buquê de flores de verão irrompeu porta adentro. Henni vinha carregando-o, mas mal se via a menina.

– Mamãe, o homem está esperando gorjeta – avisou ela.

– Ai, Senhor! – exclamou Kitty, levantando-se de um salto para pagar o mensageiro. – São os primeiros cumprimentos pela exposição, Marie!

– Não temos vaso para uma árvore dessas – resmungou Gertrude, com o arranjo nos braços. – Tem um cartão dentro.

Marie, que já pensava nas hipóteses mais loucas e absurdas, se decepcionou. O buquê não era para ela, mas para Kitty.

– O quê? Para mim? Tomara que não seja do Gérard. Senão, jogo esse mato pela janela.

Impaciente, ela sacou o cartão do envelope, analisou as poucas linhas e, desorientada, balançou a cabeça.

– Não faço ideia de quem tenha enviado isso. Talvez seja de algum piadista.

Sem demonstrar curiosidade, Marie se levantou e avisou que trocaria de roupa e caminharia até a Hallstraße. Kitty enfiou o papel de volta no envelope.

– Nem pensar, Marie. Vamos juntas no meu carro. Me arrumo em dez minutos. Gertrude, você me faria o favor de colocar essas flores num vaso?

– Para que tanta pressa? – grunhiu Gertrude. – Ainda são dez para as cinco.

Marie não tinha muito o que pensar, usaria o vestido preto. Na altura da canela, de corte justo, com gola V, um tanto quanto ousada. Como acessório, um colar de pérola, com duas voltas no pescoço, tal qual ditava a moda. Sapatos pretos de salto. Um casaco curto e leve e um elegante chapéu na diagonal.

Kitty obviamente optou por um vestido de seda branco, com delicadas rendas nos punhos, também até a canela, com sandálias de tira e salto baixo. Franzindo a testa, ela analisou o vestido de Marie.

– Parece que está indo para um enterro. Toda de preto...

De fato, era como Marie se sentia. Mas Kitty não precisava saber.

– E você parece que está querendo ir a um casamento – debochou ela.

Kitty riu da piada e pontuou que só lhe faltavam o véu e a grinalda. Que, aliás, ela nunca usara.

Como era de esperar, o "carrinho" de Kitty aprontou das suas, deu seus solavancos, exalou o fedor de borracha queimada e cuspiu água. A reação de Marie foi lamentar não ter ido a pé. Mas Kitty tentou consolá-la com tanto afeto e truques que Marie não ousou descer do automóvel.

– Está vendo? Conseguimos! – exclamou a triunfante Kitty ao parar em frente ao edifício do clube de artes na Hallstraße. – E ainda temos meia hora até abrirmos as portas.

Não havia muita gente na rua. O jardim – outrora propriedade do famoso banqueiro de Augsburgo, Euringer – jazia plácido sob os últimos raios do sol da tarde. As árvores anciãs estendiam seus galhos protetores sobre o velho pavilhão, que ainda há pouco havia reaberto suas portas para exposições.

– Talvez não venha ninguém – disse Marie, esperançosa.

Mas tão logo adentraram o primeiro corredor, começaram a escutar o vozerio e o tilintar de copos. Marc as recebeu, com as madeixas loiras engomadas, provavelmente com brilhantina.

– Os urubus da imprensa já chegaram. Querem falar com Marie. A esposa do Dr. Wiesler está no telefone... E o Roberto já nem se aguenta em pé.

Ele abraçou as duas, primeiro Kitty, depois Marie, e as empurrou até a sala anexa, onde expunham os nus. Ocorria uma acalorada discussão entre os cavalheiros e as senhoritas, enquanto um fotógrafo se empenhava em fazer registros do interior com seu flash descomunal.

– Posso ter a honra de apresentar? Sra. Marie Melzer, filha da artista.

Marie se viu rodeada por todos os lados. Bombardearam-na com perguntas, flashes, lápis deslizavam sobre folhas de blocos, olhares de curiosidade e lascívia tentavam penetrá-la como flechas. De uma hora para outra, Marie se tornou a calma em pessoa. Respondeu às perguntas que quis, ignorou outras, sempre sorrindo e assegurando o quanto estava contente por sua mãe finalmente receber o reconhecimento que merecia.

Ofereceram-lhe uma taça de espumante, que ela manteve parada na mão por muito tempo até finalmente levar à boca. Repentinamente a sala contígua se encheu de gente; Marie abriu caminho entre os convidados para chegar ao salão principal, mas viu que estava igualmente lotado.

– Sra. Melzer! Que maravilhoso.

– Marie, minha querida. Parabéns pelas grandiosas obras de sua mãe.

– Minha cara Sra. Melzer. Estou bastante impactado. Que talento.

Cumprimentou um sem-número de conhecidos e amigos, inclusive os que conhecia apenas de vista ou até mesmo quem nunca havia visto. Rostos passavam diante dela, olhos assustados, feições emburradas; escutou cochichos nervosos, viu rostos horrorizados, senhoritas cobrindo a boca com a mão, algumas dando meia-volta e procurando a saída.

– Sra. Melzer? Sou do *Münchner Merkur*. A senhora teria tempo para uma breve entrevista mais tarde?

– Ah, a senhora é filha da artista! Não diria que invejo esse legado...

O advogado Grünling conversava com o psiquiatra Dr. Schleicher – ambos acenaram educadamente com a cabeça quando Marie passou por eles. O Sr. e a Sra. Manzinger, proprietários de várias salas de cinema, ergueram suas taças e brindaram a ela. Hermann Kochendorf, genro do casal, sorriu constrangido enquanto sua mulher lhe falava algo agitadamente.

– Que horror! – disse alguém ao lado de Marie. – Tudo torto.

– Isso é arte? Não sei onde. Francamente...

– Degenerado.

– Mau gosto.

– Obsceno!

– Mas pelo menos desenhava bem. Já foram ao pavilhão?

Marie terminou sua taça e se sentiu aliviada ao encontrar Lisa e Sebastian Winkler em um canto.

– Marie! Vem aqui. Já vão fazer o discurso de abertura! – exclamou Lisa.

Ela atravessou a ruidosa multidão e cumprimentou os dois. Lisa trajava um vestido azul-celeste que Marie costurara anos antes. Sebastian vestia um terno do finado Johann Melzer.

– Não ficou bem nele? Caiu como uma luva. Seria uma lástima deixar uma roupa tão boa definhar na coleção de mamãe.

– Verdade. Acho que papai ficaria orgulhoso.

Sebastian esboçou um meio sorriso, provavelmente por estar se sentindo mais do que desconfortável naqueles trajes. Que curioso... Apesar de o homem ser teimoso como uma porta na maioria das coisas, cedia às vontades de Lisa muitas vezes. Isso certamente não devia ser fácil para ele.

– A esposa do diretor Wiesler vem me perturbando há semanas – comentou Marie, sorrindo. – Ela se empenhou ao máximo nesse discurso.

– Ai, estou morta de curiosidade.

Marie avistou Kitty, uma iluminada mancha branca em meio à aglomeração. Ela acenou para alguém e sua franja caiu para trás quando ergueu a cabeça e gritou entre os presentes:

– Vai começar! Bom discurso!

Uma clareira se formou em torno da Sra. Wiesler, diante do grande quadro no meio do salão – uma representação abstrata de uma paisagem bruta e montanhosa, coberta de neve. Ela estava ainda mais rechonchuda, os cabelos cuidadosamente tingidos, o vestido folgado verde-limão salientando suas formas.

– Meus queridos amigos – disse ela, com sua potente voz de contralto. – Meus caros e respeitáveis entusiastas da arte. É uma honra...

Ela abriu os braços em um gesto teatral e um cavalheiro de terno escuro destacou-se da multidão para ir ao seu encontro.

– Obrigado – disse Paul Melzer, fazendo uma reverência em sua direção.

Em seguida, virou-se para o público, que estava perplexo.

– Meus caros amigos, sem dúvida é uma surpresa para vocês que justo eu faça essa homenagem à artista Louise Hofgartner. Permitam-me explicar...

Atônita, Marie fitava aquela aparição, que só poderia ser fruto de sua imaginação. Ou seria efeito daquela única taça de espumante? Aquele ali não podia ser Paul, tão decidido na frente do público e prestes a realizar um discurso. Uma homenagem a...

– O vínculo entre a família Melzer e Louise Hofgartner existe há anos. Muitas coisas boas e outras ruins aconteceram nesse período. E digo diante de todos vocês que a pintora Louise Hofgartner é um membro de nossa família. Não se trata apenas da mãe de minha amada esposa Marie, ela é também minha sogra e a avó de nossos filhos.

Era ele. Não se tratava de uma assombração, e tampouco era efeito da embriaguez. Ali parado, em frente às montanhas pintadas de azul, estava Paul, discursando sobre Louise Hofgartner na frente de todos. Ele dizia coisas que jamais ousara admitir, nem mesmo para sua amada. Marie sentiu uma leve tonteira, suas pernas perderam repentinamente as forças e se sentiu aliviada quando Sebastian Winkler agarrou seu braço para escorá-la.

– Não disse? – sussurrou Lisa. – Ainda bem que a pegamos a tempo.

– Não quer se sentar? – perguntou Sebastian, em voz baixa.

Marie se restabeleceu. Inúmeros convidados se viraram para ela, e os olhares curiosos a dardejavam.

– Está tudo bem. Obrigada – disse.

Isso foi tudo combinado, pensou ela. *Todos já sabiam. Kitty também. Qual é a intenção dele?*

– Nascida em Inning, junto ao lago Ammer, a jovem Louise Hofgartner foi para Munique, onde estudou por um ano na Academia de Belas-Artes, mas nunca se adaptou. Numerosas viagens ao lado de um mecenas a levaram por toda a Europa. Em Paris, conheceu Jakob Burkard, que mais tarde veio a desposar.

Paul habilidosamente deixou alguns detalhes desagradáveis de lado e logo chegou ao legado artístico da Sra. Hofgartner. Ela fora uma artista de raro talento, uma exploradora, que se movia em diversas direções, deixando sua marca em cada uma delas.

– O que vemos nesta exposição é apenas parte de uma grande obra inacabada, pois não teve tempo de alcançar a maturidade. Contudo, o que temos aqui não deixa de ser impressionante e jamais poderá cair no esquecimento. O talento dela segue vivo em sua filha e, a meu ver, em seus netos. Estamos orgulhosos por ter em nossa família, seja de sangue ou por laços, essa mulher extraordinária.

– Agora ele exagerou – murmurou Lisa.

Marie custava em se manter de pé. Dentro dela girava um redemoinho de desespero, felicidade, revolta, esperança e dúvidas. Não estava em condições de dizer uma palavra sequer; seus lábios tremiam como se a temperatura tivesse despencado a níveis siberianos.

– Proponho um brinde à admirável Louise Hofgartner e à sua grandiosa obra!

Ela viu o brilho do cristal em sua mão, seu sorriso de vitória que já lhe era tão familiar e agora era exibido para todo o salão. Escutavam-se copos tilintando, aplausos cada vez mais altos, inclusive alguns gritos de "bravo". O fotógrafo desbravou a multidão, acotovelando-se entre os presentes e pedindo que cedessem passagem. Paul, ainda sorridente, respondia perguntas e apertava mãos, até que o público ao qual ele se dirigia bloqueou a visão de Marie.

Repentinamente, Kitty surgiu ao seu lado, pegou-a pelo braço e lhe beijou as bochechas.

– Meu irmãozinho não foi ótimo? Ai, ele fala tão bem. E que presença, que naturalidade! Diga alguma coisa, Marie! Fale logo! Ele fez isso tudo por você. Ontem houve uma briga feia entre ele e a mamãe.

– Por favor, Kitty... – balbuciou Marie. – Eu... eu queria um copo d'água.

– Ai, meu Deus do céu! – exclamou Kitty, passando o braço sobre o ombro da cunhada. – Venha comigo até o bufê, sente-se um pouco lá. Vou pegar água. Ficou abalada, né?

– Um pouco – admitiu Marie.

Ela seguiu Kitty até os fundos do salão, onde haviam disposto as cadeiras para os mais velhos. Após alguns passos, se deteve. Aquele ali, surgindo em meio à multidão, não era Paul? Ele vinha em sua direção? Por um instante, sentiu-se confusa, ainda estava bastante aturdida. Mas Paul não foi falar com ela; ele buscava a saída e logo em seguida desapareceu.

Eu devia ter ido ao seu encontro, pensou ela. *Dizer que nunca exigi isso dele. Que o admiro imensamente.* Mas, diante de toda aquela gente... Ela sentiu um medo repentino de que fosse tarde demais. Paul foi embora. Para onde? De volta à Vila dos Tecidos? Furioso e decepcionado com ela? E se ainda estivesse nas instalações do clube de artes?

– Aqui. Sua água, Marie. Sente-se ao meu lado. Daqui a pouco chegam os abutres da imprensa e...

– Obrigada, Kitty. Os abutres depois, por favor...

Ela se virou e correu até a saída. Foi abordada por conhecidos, gente que a chamava, mas não se importou e passou direto. Já era noite do lado de fora, viam-se as luzes da rua, as janelas iluminadas das casas, os contornos dos automóveis que estacionavam. Para onde ele tinha ido? Por que tanta pressa? Seus olhos fitavam o pavilhão aceso, que por trás dos galhos mais se assemelhava a uma gaiola de vaga-lumes em meio ao jardim escuro. Talvez ele estivesse ali. Ela levou um susto ao ver que um homem se aproximava pela penumbra da trilha. Quando a viu, reduziu o ritmo, até que parou.

– Marie...

Estava atônita. Aquele era o dia dos milagres e bruxarias?

– Perdão – disse ele, tirando o chapéu e parecendo tão surpreso quanto ela. – Quis dizer "Sra. Melzer". Não está me reconhecendo?

Aproximou-se um passo e contemplou seu rosto. Impossível. Era ele mesmo.

– Robert... Digo, Sr. Scherer. O senhor está em Augsburgo?

– É o que parece, não? – respondeu ele.

Por um momento, ambos estiveram frente a frente sem saber como agir. Marie percebeu seu olhar admirado e entendeu que a lembrança que ele tinha dela ainda era como uma ajudante de cozinha.

– Eu... lamento por ter chegado atrasado. A senhora sabe me dizer se a Sra. Bräuer está lá dentro?

– Kitty? Com certeza. Estava ainda há pouco no bufê.

O homem agradeceu apressado e, quando estava prestes a seguir seu caminho, ela o deteve.

– Por acaso o senhor... viu meu marido? Digo, Paul Melzer.

– O Sr. Melzer? Sim, eu sei que ele é o marido da senhora. Está no pavilhão.

– Muito obrigada – disse ela.

Acenaram um para o outro e continuaram em direções opostas, cada um visando seu objetivo.

Vi um fantasma, pensou Marie. *Um sonho. De uma noite de verão, em pleno maio.*

Ela abriu caminho por entre os galhos do arbusto e se aproximou do pavilhão pela grama. O chão estava úmido; o negligenciado jardim cheirava a lírios silvestres e folhas de trevo, a terra quente e resina dos zimbros. De onde estava podia ver os convidados por trás das vidraças, eles vagavam pelos desenhos expostos, paravam aqui e ali, apontavam com os dedos, conversavam.

Um homem surgiu rente à janela e olhou para fora em direção ao jardim pouco iluminado. Era ele. Viu seu cabelo loiro, suas mãos grudadas involuntariamente no vidro, como se quisesse empurrá-lo, seus olhos cinza fixos nela. Quando Marie se mexeu, ele desapareceu.

A porta bateu, ela escutou seus passos e sentiu o coração palpitar, impotente. Naquela noite encantada de verão, seria impossível resistir a ele, sobretudo ali, naquele jardim escuro que exalava uma doce fertilidade...

– Marie.

Paul estava ao seu lado, com a respiração exaltada, esperando uma reação da parte dela. Antes que Marie pudesse pensar no que dizer, sua boca começou a falar.

– Foi impressionante... Não sei o que dizer. Estou tão confusa.

Ela percebeu que Paul relaxou. Será que temia que ela estivesse furiosa por sua intervenção? Ele parecia finalmente aliviado.

– Demorei muito para entender, Marie. Me perdoe. Sua mãe é parte da nossa família.

Lágrimas começaram a correr pelo rosto dela. Aquilo com que tanto sofrera finalmente se materializava. Ela se sentiu livre e, quando Paul a tomou em seus braços, seu sorriso surgiu em meio ao choro.

– Eu te amo, Marie. – Ela escutou a tão familiar voz. – Volte para mim. Por favor, volte...

Nem sequer ousou beijá-la. Apenas segurou-a rente a si, como se por medo de que ela pudesse desaparecer a qualquer momento.

– Por favor, Marie – implorou ele.

– Agora mesmo?

Paul a afastou um pouco e viu que ela só estava provocando. Seus olhos brilharam de felicidade.

– E quando mais? – disse ele, e segurou sua mão.

41

A penumbra onírica antes de despertar. Imagens que deslizavam e a sensação de leveza, de flutuar sob o céu em tom pastel. Um turbilhão de ideias que se desatavam e balançavam como linhas soltas, o canto dos pássaros saudando a manhã. Marie abraçou o travesseiro e se virou de lado.
– Está acordado? – perguntou ela.
Sentiu a mão dele apalpando seu ombro, o cabelo. Ele acariciou sua nuca, roçou sua orelha, passou os dedos sobre seu queixo e desceu até o pescoço.
– O que está fazendo? – quis saber ela, às risadinhas.
Usando as duas mãos e já incapaz de se controlar, ele a virou para cima. Paul, o homem que Marie amava, que tanto desejava, que na noite anterior a havia tomado com tanta paixão. Ela própria mal sabia o que fazia, chegou a cobrir a boca com a almofada, envergonhada pela arrebatadora volúpia. A sogra dormia no quarto contíguo e, do outro lado, ficavam os aposentos de Lisa e Sebastian.
Mas, na manhã seguinte, ele a amou com cautela, experimentando os toques que sabia que Marie tanto amava e, ao mesmo tempo, entregou-se a seus carinhos. Ela percebia o quanto Paul se continha para prolongar aquele agradável momento o máximo possível.
– Cuidado, amor. Você me deixou sozinho tempo demais. Isso é perigoso, Marie! – alertou ele.
Apesar dos esforços, a brincadeira terminou antes do previsto, pois foram tomados por um êxtase ainda mais forte do que na noite anterior, porém mais duradouro. Permaneceram um tempo calados, embriagados pela ideia de serem apenas um, duas criaturas entrelaçadas, duas almas abraçando-se em amor. Logo surgiu, vindo do quarto das crianças, o berro exigente do mais jovem morador da casa e os dois se entreolharam, sorrindo.
– Tem suas vantagens nossos filhos já estarem grandinhos – opinou Marie.
– Bem, eu não teria nada contra recomeçar do zero.

– Gêmeos de novo? – replicou ela, rindo.

– Por mim, podem ser trigêmeos.

Gargalharam juntos e se viraram de lado sem se soltarem. Paul lhe afastou os cabelos da testa, sussurrou que ela estava mais linda do que nunca, beijou seu nariz, sua boca. Ouviram os gritos furiosos de Lisa direcionados à babá. Sebastian, que tentava acalmá-la, foi grosseiramente dispensado e se calou, resignado.

– Conheço bem essa felicidade conjugal – comentou Marie.

Ela lembrou que Paul partira para a guerra poucos dias após o nascimento das crianças. Não os havia visto crescerem e, quando voltou, os dois já tinham 4 anos.

– Sabia que Lisa e Sebastian vão se casar no outono? – perguntou ele.

Marie não sabia. A única coisa que Lisa havia lhe contado era que Sebastian finalmente pedira sua mão. Ele enfim estava empregado e ganhava o suficiente para sustentar a família.

Paul levantou a cabeça para espiar entre as fendas da cortina. O sol brilhava, desenhando manchas luminosas no *voile* bege e penetrando o quarto como delicadas fitas douradas. Ao olhar para o despertador, Marie viu que já eram nove horas.

Ambos se espreguiçaram em meio a risadas e desfrutaram mais um pouco da sensação de estarem ali juntos sem qualquer impedimento. Infelizmente, já era tarde para ligar o aquecedor e tomar um lascivo banho a dois. Além disso, como compartilhavam o banheiro com Lisa, Sebastian e o bebê, seria inadequado demorar-se muito lá dentro.

– Vamos deixar para mais tarde – sugeriu Paul. – Quando mamãe estiver cochilando e a família Winkler e a babá saírem para passear no parque.

– O Sr. Melzer está cheio de planos – comentou Marie, alegre.

– Temos que correr atrás do tempo perdido, Sra. Melzer – respondeu ele, com um sorriso.

Quando surgiram na sala de jantar, ele de barba feita, ela de cabelo penteado, o ar de inocência dos dois foi recebido de distintas maneiras. Alicia fitou Paul com olhar acusador e desejou um frio "bom dia". Marie não entendeu se estava incluída na saudação, uma vez que a sogra parecia ignorá-la. Lisa, por sua vez, levantou-se para abraçar o irmão e a cunhada, Sebastian deu um sorriso simpático, sem, no entanto, ousar expressar sua opinião acerca daquela complexa situação familiar. O que foi certamente astuto de sua parte.

– A noite foi longa ontem – disse Paul para Alicia. – Tomamos a liberdade de dormir até um pouco mais tarde. Espero que não leve a mal, mamãe.

Como Alicia não respondeu e limitou-se a colocar uma colherada de geleia em seu prato, Paul puxou a cadeira de Marie para que se sentasse.

– Posso então concluir que você decidiu voltar para o seu marido? – perguntou Alicia finalmente, encarando a nora.

Marie sentiu a mão de Paul, preocupado, em seu joelho. Ela manteve a serenidade. Ainda cedo aprendera a expressar seus sentimentos o mínimo possível.

– Conclusão correta, mamãe. Espero que também esteja contente com isso. Daqui a pouco vamos à Frauentorstraße pegar as crianças e as malas.

O semblante de Alicia perdeu um pouco da rigidez. Mencionar os netos foi uma estratégia certeira. Mas Marie estava ciente de que não seria tão fácil reconquistar a sogra.

– Com certeza mamãe está contente, Marie – disse Paul, esforçando-se para intermediar o diálogo entre as duas. – Ela só precisa de um pouco mais de tempo.

Diante do silêncio de Alicia, que apenas dirigiu um preocupado olhar maternal ao filho, Lisa interveio.

– Vocês sabem por que Klippi não veio ontem à noite? Ele está em Munique ajudando a futura noiva com os estudos. Ela tem que decorar toda a anatomia humana. Uma vez olhei os livros dela, só tinha imagens de gente pelada.

Ela se interrompeu quando Humbert entrou com o segundo bule de café e pãezinhos recém-saídos do forno. Ao ver Marie, ele não disfarçou o sorriso. Quando lhe ofereceu o cesto de pães, disse em voz baixa:

– Que bom tê-la novamente conosco, senhora. Falo em nome de todos os empregados. A Sra. Brunnenmayer envia seus cumprimentos.

– Está bem, Humbert! – interveio Alicia. – Pode se retirar.

Após uma reverência, ele deixou o cesto sobre o bufê e saiu sem pressa.

– Quando o pai de vocês ainda era vivo, tomávamos o café antes das oito horas nos domingos, para podermos chegar pontualmente à missa com a família toda – comentou Alicia, fitando o grupo. – Mas parece que esses bons e velhos costumes saíram de moda. Os jovens hoje em dia passam o domingo, um dia sagrado, no quarto, e aparecem para o desjejum quase ao meio-dia.

Marie se controlou para não sorrir, Paul e Lisa se entreolharam. Finalmente Sebastian decidiu abrir a boca.

– Lamento muito, minha cara Alicia. Uma rotina regrada, inclusive nos finais de semana, é muito importante para a família. Sobretudo as crianças precisam de horários fixos e...

Ele se calou quando ouviram os barulhos e vozes estridentes vindo do átrio. Em seguida, Julius apareceu à porta, informando que as senhoras Bräuer haviam chegado com as crianças.

– Henni, pare de empurrar! – Escutaram Dodo reclamar.

– Eu cheguei na escada primeiro!

Os passos e a algazarra se aproximaram cada vez mais rápido.

– Henni, você esqueceu suas asinhas – gritou Kitty.

– Tia Kitty, ela amassou minhas partituras!

– Silêncio! – berrou Gertrude. – Quem gritar vai para o porão, com os ratos e camundongos.

– Até parece... – respondeu Henni, com desdém.

Escancararam a porta e a onda de energia envolveu todos sentados à mesa. Primeiro foi Henni, jogando-se nos braços de Alicia, depois Dodo, correndo em direção a Lisa. Leo titubeou entre a mãe e o pai, mas acabou optando por Paul. Foi a chance de Kitty se lançar sobre Marie.

– Ai, Marie! Marie do meu coração! Que lindo ver você de novo com meu irmãozinho. Nossa, que noite a de ontem. A cidade inteira estava lá. Amanhã vai sair em todos os jornais. De Bamberg a Nuremberg. E Munique com certeza. Louise Hofgartner é a descoberta do ano. Não é maravilhoso? Ai, estou tão feliz... Bom dia, mamãe. Dormiu bem? Está parecendo cansada, mamãezinha.

Alicia estava totalmente distraída com Henni, que lhe contava sobre sua grande apresentação na escola.

– Eu fui o anjinho. E Marie fez duas asas para mim, de papelão e pena de ganso de verdade. Depois eu danço para você. Certo, vovó? E vou ganhar presente se dançar bem?

Humbert e Julius colocaram mais cinco serviços sobre a mesa, ajeitaram as cadeiras e trouxeram pães frescos e leite com chocolate para as crianças.

– Ela é um dos anjos em *João e Maria* – esclareceu Leo. – Da ópera daquele homem com nome estranho. Humperdinck. E tenho que acompanhá-la. Infelizmente, papai, porque ela não para de me atazanar. Só estou fazendo isso pela vovó.

– É muita consideração da sua parte.

Repentinamente a tensão do ambiente deu lugar a uma alegre algazarra. Mãos infantis viravam canecas de leite, cortavam os pães de qualquer jeito, espalhavam migalhas, respingos, tocavam a geleia.

– Henni, cuidado com o vestido! – advertiu Kitty,

– Vovó, quero ser uma "brima pallerina". Uma "balla prillerina"... Quê? Isso, uma *prima ballerina*.

Leo perguntou se poderia dar aulas de piano a Liesel. Kitty contou que a esposa do diretor Wiesler definira o discurso de Paul como "inesquecível", que ficara comovidíssima, praticamente sem poder falar o resto da noite.

– Gente, que exagero! – disse Lisa.

Sebastian explicou que as obras de Louise Hofgartner certamente não eram para nervos sensíveis, mas era preciso certa maturidade e valores sólidos para sentir seus efeitos da maneira correta.

Enquanto escutava com atenção, Marie olhava vez ou outra para Paul, que conversava com Leo sobre o concurso infantil de música. Quanto entusiasmo. Ai, que lindo ver que ele passara a admirar e, inclusive, estimular o grande talento do filho.

– Um planador? – indagou Lisa. – Você está montando um planador?

– Exatamente – respondeu Dodo, orgulhosa. – É bem simples. Duas asas, a fuselagem e o leme de altitude na parte de trás. Fiz todas as peças de papelão. Papai que trouxe da fábrica.

Sebastian quis saber se ela se guiava por algum projeto técnico e a menina respondeu, com orgulho, que havia desenhado as peças que vira em um livro.

– Sozinha?

– Papai ajudou. Mamãe também. Porque ela desenha moldes de costura. Mas fui eu que recortei sozinha.

Seu grandioso plano era levar o avião até o sótão, onde estendiam as roupas, montá-lo ali e fazer com que voasse pelo parque.

– Mas tem que ter alguém dentro – interveio Leo, pensativo. – Para pilotar.

– É só colocar aquela boneca grande que eu ganhei no Natal.

Marie não parecia entusiasmada com o ousado plano e duvidava que a sogra fosse entender uma piada daquelas.

– Aquela boneca linda? – indagou Henni, horrorizada. – Está maluca?

– Ou vai você dentro, Henni!

Henni girou o indicador junto à cabeça, sinalizando que desaprovava a sugestão de Dodo e a achava doida.

– Ai, crianças! – Alicia suspirou, alisando o vestido que sofrera com a investida de Henni. – É outra vida ver a Vila dos Tecidos novamente cheia de gente. Kitty, você não tinha dito que também se mudaria para cá com a Henni?

Kitty havia se lançado sobre os pães quentinhos e o presunto defumado fresco. Enquanto mastigava com empenho, indicou com as mãos que logo responderia e pegou sua xícara de café.

– É o plano, mamãe. Até porque Henni é muito apegada a Leo e Dodo. E porque quero ter minha querida Marie por perto.

Ela riu e abraçou a cunhada, fazendo com que Alicia finalmente sorrisse para a nora.

– Me alegra que você tenha encontrado o caminho de volta, Marie! – comentou ela, ponderando. – Foram tempos sombrios para nós todos. Espero que caminhemos juntos rumo a um futuro melhor.

– É o que todos nós esperamos – declarou Paul alegremente, com seu sorriso jovial. – Daqui em diante seremos uma grande família feliz.

Humbert entrou na sala e sussurrou algumas palavras para Lisa.

– O pingo de gente está com fome – esclareceu ela, com um suspiro. – Com licença.

Em seguida, o copeiro se dirigiu a Kitty, que desatava as asas de anjo da filha.

– Sra. Bräuer, tem visita para a senhora. Peço para subir? – perguntou ele.

Kitty soltou o cordão e a segunda asa pendeu sobre as costas de Henni.

– De forma alguma, Humbert! Já estou descendo. Com licença.

Com uma pressa repentina, ela beijou a bochecha de Marie, acenou para a mãe e deu uma palmada no ombro de Paul. Em seguida, saiu com passos ligeiros.

– Quem chegou, Humbert? – indagou Alicia.

– Um antigo funcionário, senhora. O Sr. Robert Scherer.

– Nossa! – exclamou ela, surpresa.

Paul e Marie se levantaram ao mesmo tempo, desculpando-se pela retirada repentina. Correram até a biblioteca, abriram as portas brancas da varanda e saíram.

– Conversamos rápido ontem – contou Paul. – Ele mudou muito. Um *self-made man*, como dizem hoje em dia. Mas acho que na vida pessoal não teve tanta sorte.

Ele abraçou Marie e os dois olharam o pátio por trás do parapeito. Viram estacionado um automóvel conversível, vermelho, com bancos revestidos de couro preto. Robert segurava a mão de Kitty enquanto ela se acomodava graciosamente no banco do carona. Do andar de cima, não conseguiram distinguir os rostos, mas seus movimentos deixavam claro que o passeio havia sido combinado.

– É apaixonado por ela desde aquela época – comentou Marie.

Paul lhe deu um beijo terno na nuca, sem se importar com Sebastian e Alicia, que surgiram atrás deles na varanda.

– Kitty é uma caixinha de surpresas – disse Paul. – Vamos desejar-lhe sorte, ela merece.

LEIA UM TRECHO DO PRÓXIMO LIVRO DA SÉRIE

O regresso à Vila dos Tecidos

I

Março de 1930

Fanny Brunnenmayer parou de mexer a massa na vasilha para prestar atenção nas marteladas que invadiam a cozinha da Vila dos Tecidos, vindas do anexo.

– De novo isso – resmungou, indisposta. – Quase acreditei que a barulheira já teria acabado a essa altura.

– Longe disso – disse Gertie, sentada à mesa comprida tomando um café com leite. – Duas janelas estão com infiltração e o banheiro ainda não está conforme o desejo da Sra. Elisabeth.

Aproximadamente dois anos antes haviam começado as obras de construção de uma ala de dois andares na área dos fundos da Vila dos Tecidos. Ali morariam Elisabeth, a filha mais velha dos Melzers, e seu marido, Sebastian Winkler, junto com os três filhos do casal e os criados. As salas e os dormitórios já tinham sido concluídos, bem como vários quartos para a criadagem no sótão. A cozinha permanecera na ala principal da Vila, assim como a sala de jantar. Era lá que a família fazia as refeições, todos reunidos, pois essa fora a condição de Alicia Melzer para consentir com a obra. Mas a construção revelara-se uma novela – mesmo após a mudança, as marteladas nunca chegavam ao fim, e um dia desses a Sra. Elisabeth havia dito, aos suspiros, que a casa permaneceria um canteiro de obras permanente.

A Sra. Brunnenmayer balançou a cabeça e voltou a preparar o macarrão. Era necessária uma boa quantidade de massa para quatro adultos e cinco crianças, sem contar os criados, que também tinham grande apetite. Havia guisado de carne para os patrões, enquanto a criadagem tinha que se contentar com um molho de toucinho como acompanhamento para o macarrão. Era tempo de economizar na Vila dos Tecidos, e as coisas estavam longe de ser um mar de rosas, tendo em vista que a pobre Alemanha não havia conseguido se reerguer de fato após a derrota na guerra. A culpa, evidentemente, era das altas reparações que o Império Alemão havia sido obrigado a pagar aos vitoriosos.

– E que tipo de banheiro a Sra. Elisabeth deseja? – perguntou Else, havendo excepcionalmente despertado de seu cochilo durante a conversa.

Fazia alguns anos que a velha senhora desenvolvera o hábito de cochilar à mesa da cozinha apoiada nos braços, depois de terminar o trabalho.

– O que a patroa deseja? – disse Gertie, rindo. – É uma maluquice. Foi Robert quem colocou essa ideia na cabeça dela. Ela quer um chuveiro.

A Sra. Brunnenmayer parou de mexer a massa, pois o braço lhe doía. Tinha já 67 anos, mas nem pensava em se aposentar. Ela dissera uma vez que morreria caso parasse de trabalhar, razão pela qual estava decidida a prestar seu serviço até que – conforme a vontade de Deus – caísse dura um belo dia. Seu sonho era poder preparar mais um de seus magistrais menus de cinco pratos antes disso, recebendo os mais altos elogios dos patrões por seus talentos culinários. Assim, se curvaria à morte satisfeita e sem reclamações. Mas, evidentemente, ela desejava que esse dia não chegasse tão cedo.

– E o que é um chuveiro? – quis saber Else.

Gertie se levantou de um pulo para lavar uma mancha de café com leite na saia escura. Desde que começara a exercer a função de camareira para a Sra. Elisabeth ela prestava muita atenção em suas vestimentas. Em geral, usava roupas pretas e de bom corte, às vezes azul-escuras com uma gola de renda branca. Prendia os cabelos em um coque e calçava sapatos de salto para parecer um pouco mais alta.

– Serve para tomar banho – disse ela, rindo. – A pessoa é regada de cima para baixo com água. Isso existe na América. Eles chamam de ducha.

– De cima? – admirou-se Else. – Como se a pessoa estivesse debaixo de chuva?

– Exatamente – respondeu Gertie em meio a risos. – Você pode ficar pelada no parque e esperar chover, Else. Aí vai tomar um banho de chuveiro.

Else, que nunca havia despido o corpete durante o dia, exceto no hospital, ficou coradíssima ao imaginar tal situação.

– Ah, Gertie – disse ela, fazendo um gesto defensivo com as mãos. – Sempre com suas piadas sem graça!

Enquanto isso, A Sra. Brunnenmayer havia se sentado em uma cadeira da cozinha e batia a massa com a colher de maneira tão vigorosa que suava profusamente.

– Venha cá, Liesel! – berrou ela em direção ao fogão, ao qual a menina acrescentava dois tijolos de briquete para que a água do macarrão atingisse a fervura necessária.

– Estou indo, Sra. Brunnenmayer!

Liesel, a filha de Auguste, já era assistente de cozinha na Vila dos Tecidos havia dois anos. Era habilidosa, entendia tudo imediatamente e sempre percebia o que precisava ser feito, de forma que raramente era necessário dar-lhe instruções. Além disso, não era nem um pouco gananciosa (ao contrário de sua antecessora, Gertie), mas dócil, sempre simpática, além de nunca fazer perguntas enxeridas. Aliás, nem precisava, pois tinha boa memória e lembrava-se de como os pratos eram preparados. Ela era de fato a ajudante de cozinha mais habilidosa que a Sra. Brunnenmayer havia conhecido em toda a sua longa carreira. À exceção, naturalmente, da jovem Marie Hofgartner, que era esposa de Paul Melzer fazia bastante tempo. Ela, sim, sempre havia se destacado e tinha o que era preciso para ser patroa, mesmo no início, quando chegara à Vila dos Tecidos como uma órfã pobre.

– Vamos, continue batendo a massa, Liesel – ordenou a cozinheira, colocando a tigela pesada na mesa diante da menina. – Bata com vigor para que fique maleável. E prove para ver se está bom de sal.

Liesel pegou um pouco de massa com uma colher de chá que tirou da gaveta. Já no primeiro dia na Vila dos Tecidos ela havia aprendido que não se colocava o dedo na comida, mas sim que se usava uma colher para prová-la.

– Está boa – constatou ela, fazendo com que a cozinheira assentisse com satisfação.

É claro que a massa estava boa, pois a Sra. Brunnenmayer nunca errava no tempero, mas desejava que Liesel aprendesse. Ela se orgulhava de ensinar tudo que pudesse à menina, pois secretamente tinha esperanças de que ela se tornasse sua sucessora um dia.

Gertie, que já havia percebido isso fazia bastante tempo, ficava aborrecida, apesar de haver sido promovida a camareira pouco antes.

– Se você continuar apertando a massa desse jeito, Liesel – disse ela, mal-humorada –, as pessoas vão pensar que está com raiva de alguém. Do Christian, talvez?

– Por que justamente dele? – perguntou Liesel, constrangida, prendendo debaixo da touca uma mecha de cabelo que havia escapulido.

Gertie deu uma risada irônica e se alegrou ao perceber que Liesel ficara enrubescida.

– Todo mundo sabe que há algo entre vocês dois – disse ela. – Posso perceber a quilômetros de distância quando vejo Christian. Ele fica sempre com um olhar apaixonado quando vê você.

– Você não tem nada melhor para fazer em vez de ficar parada aqui como um poste, Gertie? – interrompeu a cozinheira. – Achei que estaria junto à Sra. Elisabeth, já que é tão indispensável.

Ofendida, Gertie empurrou a xícara vazia para o lado e levantou-se.

– É óbvio que sou indispensável – disse ela. – Ontem mesmo a patroa disse que não saberia o que fazer sem mim. Estou aqui simplesmente porque preciso passar roupa mais tarde e queria garantir que o fogo não apagasse.

– Então você poderia ter poupado sua visita à cozinha – resmungou a cozinheira. – Evidentemente o fogo não se apaga em minha cozinha.

Gertie se dirigiu à escada de serviço com lentidão proposital. Deixou a xícara usada em cima da mesa para que Liesel a lavasse.

– Cadê a Hanna? – perguntou ela casualmente. – Não a vi o dia todo.

A Sra. Brunnenmayer levantou-se para dar uma olhada no guisado, deixado no canto do fogão para que se mantivesse aquecido. Ela precisou fazer certo esforço nos primeiros passos e ficou preocupada com suas pernas, pois elas inchavam quando ela ficava muito tempo em pé.

– Onde você acha que ela está? Na sala de jantar, ajudando Humbert a pôr a mesa – disse ela, e pegou uma colher de pau.

– Os pombinhos da Vila dos Tecidos – disse Gertie, em tom de fofoca. – Humbert e Hanna e, como se não bastasse, Liesel com o jardineiro Christian. Precisamos ficar de olho para não sermos contagiadas. Não é mesmo, Else?

Ouviu-se uma pancada: a cabeça de Else havia escorregado dos braços e caído na mesa.

– Agora chispa daqui! – resmungou a cozinheira, fazendo Gertie subir as escadas às pressas. – Ela não consegue manter essa boca enorme fechada – grunhiu, aborrecida. – Antes era uma moça simpática, a Gertie, mas desde que virou camareira tem me lembrado cada dia mais Maria Jordan. Que Deus a tenha, a pobre. Mas que ela era uma peste, isso era.

Liesel tinha somente vagas lembranças da camareira, pois era uma criança quando Jordan morrera de forma tão trágica. Seu marido, um velho degenerado, a havia assassinado. Diziam por aí que ele ainda estava na prisão pagando pelo terrível crime.

– Ah, acho que Gertie não é feliz aqui – disse Liesel para a Sra. Brunnenmayer. – Ela frequenta um curso à noite para aprender a usar a máquina de escrever.

Isso era novidade até mesmo para a cozinheira, que geralmente sabia tudo sobre a criadagem. Essa era boa: Gertie queria trabalhar em escritório mesmo tendo sido promovida a camareira. Devia ser daquelas que nunca estavam satisfeitas com nada.

– Uma pena – resmungou a Sra. Brunnenmayer, parada em frente ao fogão com a tábua de madeira e a faca, esperando a água ferver para colocar o macarrão.

Ela engoliu o que ia dizer em seguida, pois escutou passos apressados diante da porta da cozinha.

– Meu Deus, é Rosa com as crianças – disse ela para Liesel. – Preste atenção para que nenhum dos pequenos chegue perto do fogão enquanto jogo o macarrão na panela.

– Deixe comigo, Sra. Brunnenmayer!

A menina só teve tempo de levar o macarrão até a cozinheira e a porta da cozinha se abriu, deixando a criançada entrar.

Em tempos passados, era estritamente proibido que os filhos dos patrões ficassem na cozinha junto aos empregados. A Sra. Alicia Melzer contava histórias sobre esses tempos. Algum tempo depois, na época em que a governanta Serafina von Dobern causava tumulto na Vila dos Tecidos, as crianças também não podiam entrar na cozinha. Somente depois que Elisabeth Winkler, a filha mais velha dos Melzers, voltara a morar na Vila dos Tecidos e tivera seu terceiro filho, dessa vez uma menina, novos costumes haviam sido criados. E Marie Melzer, sua cunhada, não achava ruim que seu querido temporão de 4 anos, Kurt, se esbaldasse na cozinha com os primos Johann e Hanno.

– Que seeede! – gritou Johann, de 5 anos, o primeiro a chegar à mesa da cozinha. – Sidra, Brunni. Por favor!

Johann tinha ficado ruivo, o que inicialmente havia horrorizado a mãe, Elisabeth. Agora ela já se acostumara com a ideia, especialmente porque seu filho mais velho havia desenvolvido um corpo forte de rapazinho e uma personalidade enérgica. O sensível Kurt, de 4 anos, seguia o primo como uma sombra e ambos eram amigos inseparáveis. Kurt com frequência dormia junto com a tia Lisa no anexo norte da Vila dos Tecidos, pois preferia passar a noite com Johann a pernoitar com os irmãos mais velhos, Dodo e Leo.

Logo atrás de Johann e Kurt veio Rosa Knickbein, a babá rechonchuda e sempre simpática. Ela entrou na cozinha de mãos dadas com Hanno, de 3 anos. Havia levado as crianças para um passeio no parque e é claro que os três quiseram fazer uma visita à cozinha antes de subirem para trocar de roupa e lavar as mãos.

– Tudo bem, vou lhes dar uma sidra – disse a cozinheira. – Mas só meio copo, senão vocês enchem a barriga de líquido e acabam perdendo o apetite para o macarrão.

Essa desculpa nunca havia impedido nenhuma criança de virar um copo enorme de bebida antes de comer, mas a Sra. Brunnenmayer não queria se indispor com os patrões, então cada uma das crianças ganhou meio copo de sidra. Nem mais nem menos.

– Meu estômago é muuuuito grande – murmurou Johann, mostrando sua barriga enorme e derrubando a xícara de café vazia de Gertie com seu movimento.

– O meu é muito maior – disse Kurt, abrindo os braços.

Else, que havia despertado com o barulho, quase não conseguiu tirar o copo de sidra da frente dele.

– Isso é macarrão, Brunni? – Johann esticou a cabeça enquanto a cozinheira raspava o macarrão da tábua de madeira com a faca e jogava-o rapidamente na água fervente.

– Não é macarrão, é faisão – disse Fanny Brunnenmayer. – Depois eles vão pular em seus pratos.

Kurt queria saber se os faisões sabiam cantar nos pratos.

– Como você é burro – disse Johann. – Faisões não cantam, eles só piam.

– Piu, piu! – disse Hanno, animado, sentado no colo de Rosa, que lhe levava o copo à boca para que não se sujasse.

– Você também é um faisão – disse Johann para o irmão mais novo, com um sorriso gentil. – Você é um faisão bobalhão.

– Nããão! – defendeu-se Hanno, com raiva. – Não sou bobalhão.

O pequeno Hanno havia aprendido cedo a palavra "não", pois compreendera que precisava se defender de seu irmão maior e do primo um pouco mais velho. Atualmente, ele gritava violentamente seu nãããão para Johann em qualquer oportunidade que se apresentasse, mesmo que não entendesse exatamente o que estava acontecendo. Melhor prevenir do que remediar.

Enquanto isso, havia um grande alvoroço diante do fogão. Liesel pescava os "faisões" prontos na panela e os colocava em uma das tigelas finas de porcelana para os patrões, enquanto a cozinheira continuava jogando a massa na panela incansavelmente. O criado Humbert apareceu no corredor da cozinha para colocar seu paletó azul-escuro de botões dourados, que ele vestia para servir as refeições no andar de cima. Humbert havia retornado à Vila dos Tecidos arrependido após sua breve incursão no mundo do cabaré de Berlim, e o cargo de criado, que acabara de ficar vago, foi-lhe confiado de bom grado. Fazia anos que ele tinha uma amizade íntima com Hanna, a qual Marie Melzer havia acolhido na Vila dos Tecidos após um terrível acidente na fábrica. Os dois eram como irmãos, o que instigava fofocas de algumas más línguas.

– Você pode colocar o caldo de carne em duas tigelas finas, Hanna – comandou a cozinheira. – E jogue um pouco da salsinha picada em cima, ela está ali em cima da tábua de madeira.

Hanna se apressou para seguir as instruções. Ela era uma pessoa meiga e amável, e nunca lhe passaria pela cabeça se negar a fazer serviços de cozinha por ser assistente de criadagem. Ela ajudava onde podia ser útil: cuidava das crianças, levava o remédio de dor de cabeça para a venerada Alicia Melzer e batia os tapetes junto com Else.

– Acelere! – disse Rosa Knickbein. – Acabe logo de beber, Kurti. Temos que subir.

Os três meninos saíram da cozinha se queixando e seguiram para o corredor com a babá em direção às escadas. Lavar as mãos, trocar de roupa, pentear os cabelos – nenhum deles gostava desses procedimentos desnecessários, mas vovó Alicia assegurava rigorosamente que os netos estivessem sentados à mesa bem vestidos e de mãos limpas. Assim havia sido em sua juventude, assim ela havia feito com os próprios filhos e, mesmo que os tempos e costumes tivessem mudado, ela fazia questão de manter essa bela tradição.

Humbert levou as tigelas de sopa para o elevador da cozinha. Apesar do ferimento de guerra na mão direita, ele servia os pratos de forma mais elegante e segura que qualquer outro criado já havia feito na Vila dos Tecidos. Só quando havia uma tempestade era que ele entrava em pânico, deixando-se tomar pelas memórias das trincheiras e das tempestades de aço. Nesses momentos, escondia-se debaixo da mesa, incapaz de realizar seu trabalho. A Grande Guerra da qual ele havia sido obrigado a participar tinha deixado marcas nele, uma pessoa sensível, como em tantos outros.

Enquanto ele subia as escadas para começar a servir, Fanny jogou os últimos macarrões na panela e começou a refogar o toucinho picado e as cebolas para o molho. Gertie voltou à cozinha para almoçar com os empregados, porém levantou o nariz e fez uma careta.

– Ui, que cheiro terrível! Essa gordura deixou a cozinha toda enfumaçada.

– Se não for do agrado da madame, ela pode comer na lavanderia – respondeu a cozinheira.

– Só estou comentando – disse Gertie, sentando-se em seu lugar. – Porque depois a patroa dirá novamente que minhas roupas estão cheirando a comida.

– Elas poderiam cheirar a coisas piores que o meu delicioso molho de toucinho.

Liesel havia tirado a sobremesa dos patrões da geladeira, deixando-a pronta para que Humbert a levasse. Um doce de coalhada e nata, acompanhado de compota de cereja em conserva do ano anterior. Um pouco do doce havia sido reservado para os funcionários, mas eles só provariam a compota de cereja se os patrões não comessem tudo, o que era improvável, tendo em vista que as cerejas eram especialmente cobiçadas pelos três meninos. E caso sobrasse uma gota sequer na tigela, Rosa Knickbein a traçaria, já que podia sentar-se à mesa para segurar no colo a pequena Charlotte, de um ano, e cuidar de Hanno.

Como só faltava colocar os pratos dos patrões no elevador, Hanna e Liesel distribuíram os pratos e talheres para os empregados na cozinha. Else se levantou calmamente para pegar os copos para a sidra no armário, e o jardineiro Christian entrou pelo portão do jardim para almoçar também. Ele havia trabalhado, tempos antes, para a infeliz Maria Jordan, que tivera uma loja na Milchstraße. Após o terrível acontecimento lá, Christian trabalhou na floricultura de Gustav Bliefert durante algum tempo, onde conheceu Liesel e logo ficou caidinho por ela. Agora o menino loiro e magrinho do passado havia se tornado um jovem apresentável. O trabalho de jardinagem lhe dera ombros largos e braços fortes que fascinavam muitas moças. Mas Christian só tinha olhos para Liesel, em especial desde que Paul Melzer lhe oferecera um cargo na Vila dos Tecidos. Com isso, ele havia se mudado para a casa do jardineiro, antes habitada pelos Blieferts, e ajeitado a antiga casa deteriorada com muito amor e competência, deixando todos curiosos para saber se Liesel desejaria se mudar para lá na qualidade de esposa de Christian. No entanto, ninguém sabia ao certo se o jovem rapaz já havia feito o pedido de casamento, pois ele continuava extremamente tímido como sempre fora, ficava facilmente constrangido e era de poucas palavras. Por isso, após uma breve refeição em grupo, ele se sentara quieto em seu lugar, ao fim da mesa comprida e perto da geladeira, e agora fitava Liesel com olhos desejosos enquanto ela colocava na mesa a frigideira pesada com o molho de toucinho.

– Olá, Christian – disse Gertie. – Que cortinas lindas de flores você pendurou nas janelas de seu quarto. Tenho certeza de que sua esposa vai adorar.

As orelhas de Christian ficaram vermelhas, e Liesel mexia tão vigorosamente o molho denso na frigideira que alguns respingos atingiram Gertie.

– Preste atenção! – gritou ela, limpando uma mancha de molho da manga da roupa. – Coloquei este vestido limpinho hoje de manhã.

– Perdão – afirmou Liesel com um sorriso travesso. – Sou uma desastrada mesmo.

A refeição tomou seu curso e o único que faltou foi Humbert, que chegaria somente mais tarde, quando os patrões não precisassem mais dele no andar superior. Gertie tomara a palavra e contava com ar importante que o Sr. Winkler, esposo da Sra. Elisabeth, esboçava grandes preocupações com o futuro do Império Alemão.

– Porque novamente um governo precisou se afastar após a Assembleia Nacional não conseguir chegar a um acordo.

Essa notícia não alarmou nenhum dos ocupantes à mesa. Else colocou mais uma colher de molho de toucinho no macarrão, Hanna serviu-se de sidra com toda a calma. Mudanças de governos e disputas na Assembleia Nacional tornaram-se parte do cotidiano da república. Muito piores eram as marchas dos comunistas e do NSDAP nas ruas, bem como a temida organização Stahlhelm, cujos membros andavam de uniforme e tinham cassetetes. Isso sem contar quando dois grupos opostos se encontravam, pois aí sim eles saíam às turras. Batiam uns nos outros sem fundamento algum, e quem tivesse a má sorte de parar no meio de uma confusão dessas não raro acabava no hospital com membros fraturados e uma hemorragia no crânio.

– No Império não havia essas confusões – observou Else. – Naquela época a ordem pública reinava. Mas desde que passamos a ter uma república, ninguém mais está a salvo.

Ninguém contradisse essa afirmação. A república de Weimar tinha poucos defensores entusiasmados, tanto entre os empregados quanto entre os criados. Paul Melzer, o chefe da empresa, estava especialmente insatisfeito com a república. Foram Rosa Knickbein e Humbert que contaram tal novidade aos outros, visto que ambos ficavam sabendo de muitas coisas no andar superior.

– As coisas não podem continuar assim – dissera o patrão recentemente. – As decisões urgentes não são tomadas, porque um partido não permite que os outros tenham nenhuma vitória.

O único defensor da república era Sebastian Winkler, que Gertie gostava de chamar de "esposo da Sra. Elisabeth". Mas nem mesmo ele estava satisfeito, tendo em vista que os comunistas não tinham maioria na Assembleia Nacional.

– Por que toda essa agitação? – perguntou a Sra. Brunnenmayer de forma depreciativa, raspando o resto do molho de toucinho da frigideira. – Afinal, a vida sempre encontrou um jeito de seguir em frente, não é mesmo?

Depois disso, o tema política ficou fora de questão. Hanna então contou que Leo, agora com catorze anos, passara a ter aulas com uma famosa pianista russa no Conservatório e que sua irmã Dodo folheava o jornal todos os dias à procura de notícias sobre aviação.

– Dodo tem um álbum no qual ela cola todas as notícias que encontra sobre aviões. Uma verdadeira esquisitice dessa menina.

– Isso não é normal, uma mulher querer voar em um avião – protestou Else, enquanto cutucava os dentes com um palito. – Isso é coisa de homem!

No momento em que Gertie ia contestar o comentário, Humbert voltou à cozinha e, para perplexidade geral, colocou a tigela com um resto da compota de cereja em cima da mesa.

– Meu Deus! – disse a Sra. Brunnenmayer, agitada. – Por acaso os patrões não gostaram da compota?

– Na verdade, gostaram, sim – respondeu Humbert com um sorriso. – Johann derrubou uma taça de vinho e sua avó privou-lhe da sobremesa.

– Pobre coitado – disse Hanna, suspirando. – Um menino tão meigo, mas sempre tão impetuoso.

A Sra. Brunnenmayer, que era quem mandava na cozinha, perscrutou a mesa com os olhos e tomou uma decisão.

– A compota de cereja fica para Christian. É ele que tem o trabalho mais pesado, merece ganhar um doce de vez em quando. Aqui, Christian, faça bom proveito.

O favoritismo deixou o jovem rapaz envergonhado, mas ele não teve coragem de recusar a oferta da cozinheira nem de oferecer a compota a Liesel, que era o que ele desejava.

Enquanto isso, Humbert também já havia se sentado à mesa, e Hanna lhe serviu uma porção de macarrão com molho de toucinho. Não era dos pratos favoritos do rapaz, que tinha pouco apetite. Ele colocou a mão no bolso do colete, suspirando.

– Aqui – disse ele, tirando um envelope do bolso e entregando-o a Hanna. – Foi o patrão que me deu. Estava na caixa de correspondências da fábrica hoje de manhã. É para você.

– Para mim? – perguntou Hanna, incrédula. – Só pode ser engano.

– Sim, vejamos – disse Gertie, que era toda olhos e ouvidos sempre que havia um acontecimento interessante. – Com certeza é uma carta de Alfons Dinter, do departamento de impressão. Há anos que ele tem uma queda por nossa Hanna.

Hanna nem prestara atenção nas palavras de Gertie, pois tentava decifrar o remetente, mexendo os lábios sem emitir som. A Sra. Brunnenmayer viu a menina ficar subitamente pálida e pensou tê-la visto pronunciar um nome. *Grigorij.*

CONHEÇA A SÉRIE AS SETE IRMÃS, DE LUCINDA RILEY

As Sete Irmãs

Filha mais velha do enigmático Pa Salt, Maia D'Aplièse sempre levou uma vida calma e confortável na isolada casa da família às margens do lago Léman, na Suíça. Ao receber a notícia de que seu pai – que adotou Maia e suas cinco irmãs em recantos distantes do mundo – morreu, ela vê seu universo de segurança desaparecer.

Antes de partir, no entanto, Pa Salt deixou para as seis filhas dicas sobre o passado de cada uma. Abalada pela morte do pai e pelo reaparecimento súbito de um antigo namorado, Maia decide seguir as pistas de sua verdadeira origem – uma carta, coordenadas geográficas e um ladrilho de pedra-sabão –, que a fazem viajar para o Rio de Janeiro.

Lá ela se envolve com a atmosfera sensual da cidade e descobre que sua vida está ligada a uma comovente e trágica história de amor que teve como cenário a Paris da *belle époque* e a construção do Cristo Redentor. E, enquanto investiga seus ancestrais, Maia tem a chance de enfrentar os erros do passado – e, quem sabe, se entregar a um novo amor.

A irmã da tempestade

Ally D'Aplièse é uma grande velejadora e está se preparando para uma importante regata, mas a notícia da morte do pai faz com que ela abandone seus planos e volte para casa, para se reunir com as cinco irmãs. Lá, elas descobrem que Pa Salt – como era carinhosamente chamado pelas filhas adotivas – deixou, para cada uma delas, uma pista sobre suas verdadeiras origens.

Apesar do choque, Ally encontra apoio em um grande amor. Porém mais uma vez seu mundo vira de cabeça para baixo, então ela decide seguir as pistas deixadas por Pa Salt e ir em busca do próprio passado.

Nessa jornada, ela chega à Noruega, onde descobre que sua história está ligada à da jovem cantora Anna Landvik, que viveu há mais de cem anos e participou da estreia de uma das obras mais famosas do grande compositor Edvard Grieg. E, à medida que mergulha na vida de Anna, Ally começa a se perguntar quem realmente era seu pai adotivo.

A irmã da sombra

Estrela D'Aplièse está numa encruzilhada após a repentina morte do pai, o misterioso bilionário Pa Salt. Antes de morrer, ele deixou a cada uma das seis filhas adotivas uma pista sobre suas origens, porém a jovem hesita em abrir mão da segurança da sua vida atual.

Enigmática e introspectiva, ela sempre se apoiou na irmã Ceci, seguindo-a aonde quer que fosse. Agora as duas se estabelecem em Londres, mas, para Estrela, a nova residência não oferece o contato com a natureza nem a tranquilidade da casa de sua infância. Insatisfeita, ela acaba cedendo à curiosidade e decide ir atrás da pista sobre seu nascimento.

Nessa busca, uma livraria de obras raras se torna a porta de entrada para o mundo da literatura e sua conexão com Flora MacNichol, uma jovem inglesa que, cem anos antes, morou na bucólica região de Lake District e teve como grande inspiração a escritora Beatrix Potter.

Cada vez mais encantada com a história de Flora, Estrela se identifica com aquela jornada de autoconhecimento e, pela primeira vez, está disposta a sair da sombra da irmã superprotetora e descobrir o amor.

A irmã da pérola

Ceci D'Aplièse sempre se sentiu um peixe fora d'água. Após a morte do pai adotivo e o distanciamento de sua adorada irmã Estrela, ela de repente se percebe mais sozinha do que nunca. Depois de abandonar a faculdade, decide deixar sua vida sem sentido em Londres e desvendar o mistério por trás de suas origens. As únicas pistas que tem são uma fotografia em preto e branco e o nome de uma das primeiras exploradoras da Austrália, que viveu no país mais de um século antes.

A caminho de Sydney, Ceci faz uma parada no único local em que já se sentiu verdadeiramente em paz consigo mesma: as deslumbrantes praias de Krabi, na Tailândia. Lá, em meio aos mochileiros e aos festejos de fim de ano, conhece o misterioso Ace, um homem tão solitário quanto ela e o primeiro de muitos novos amigos que irão ajudá-la em sua jornada.

Ao chegar às escaldantes planícies australianas, algo dentro de Ceci responde à energia do local. À medida que chega mais perto de descobrir a verdade sobre seus antepassados, ela começa a perceber que afinal talvez seja possível encontrar nesse continente desconhecido aquilo que sempre procurou sem sucesso: a sensação de pertencer a algum lugar.

CONHEÇA OS LIVROS DE ANNE JACOBS

A Vila dos Tecidos

As filhas da Vila dos Tecidos

O legado da Vila dos Tecidos

O regresso à Vila dos Tecidos

Para saber mais sobre os títulos e autores da Editora Arqueiro,
visite o nosso site e siga as nossas redes sociais.
Além de informações sobre os próximos lançamentos,
você terá acesso a conteúdos exclusivos
e poderá participar de promoções e sorteios.

editoraarqueiro.com.br